BASTEI
LÜBBE
TASCHENBUCH

ADRIAN SELBY

SCHWARZER SOLD

Roman

Aus dem Englischen von
Michael Neuhaus und Andreas Kasprzak

BASTEI
LÜBBE
TASCHENBUCH

BASTEI LÜBBE TASCHENBUCH
Band 20873

Dieser Titel ist auch als E-Book erschienen

MIX
Papier aus verantwortungsvollen Quellen
FSC® C019821

Vollständige Taschenbuchausgabe

Deutsche Erstausgabe

Titel der englischen Originalausgabe: »Snakewood«
Originalverlag: First published in Great Britain in 2016 by Orbit,
an imprint of Little, Brown Book Group.

Übersetzung der Kapitel 10 bis 14 von Andreas Kasprzak
Alle anderen Kapitel übersetzt von Michael Neuhaus
Textredaktion: Dr. Frank Weinreich, Bochum
Titelillustration: Guter Punkt, München | www.guter-punkt.de unter
Verwendung von Motiven von © Dleoblack; Thinkstock/Piotr Krześlak
Umschlaggestaltung: Guter Punkt, München | www.guter-punkt.de
Satz: two-up, Düsseldorf
Gesetzt aus der Garamond
Druck und Verarbeitung: C. H. Beck, Nördlingen
Printed in Germany
ISBN 978-3-404-20873-9

1 3 5 4 2

Sie finden uns im Internet unter www.luebbe.de
Bitte beachten Sie auch: www.lesejury.de

Für Rhian

An jenem Tage, da der Feste droben,
der Feste unten, sich kein Halt mehr bot,
da hielten diese hier, was sie gelobten,
empfingen Sold und standen sich zutod.

Daß Himmel sind, *den* Schultern ists zu danken;
sie standen, und es steht die Welt.
Da, wo Gott aufgab, kannten sie kein Wanken,
der Dinge Summe rettend für ein Geld.

ALFRED EDWARD HOUSMAN
Grabinschrift für ein Söldnerheer
(Übersetzung: Paul Celan)

Einführende Anmerkungen

von Chronist Goran

Ich habe meinen Vater nie gekannt. Bis an sein Ende nicht.

Es war mein Patron, der ihn heim zu unserer Sippe brachte, tödlich verwundet und bereit zum Sterben.

Alles Folgende ist für ihn, Gant. Sein letzter Wunsch war, dass Aufzeichnungen von dem künden mögen, was aus dem großartigsten Söldnertrupp wurde, der sich jemals verdingte. Kailens Zwanzig.

In all den Wintern seit ihrer Blütezeit ist es still um sie geworden. Beinahe zwei Jahre wandte ich für die Suche nach Menschen auf, die mit ihnen oder gegen sie kämpften – doch für mich ist ihr Untergang die fesselndere und tragischere Geschichte. Davon zu berichten war, was mein Patron mir auftrug, in Ehrerbietung für meinen Vater wie auch all die anderen, die, als er sie im Stich ließ, ihr Leben verloren. Ich habe all diese Dokumente in einer Weise zusammengefügt, von der ich hoffe, dass sie dem Schicksal der Zwanzig Klarheit verleiht. Zudem habe ich sie um Berichte aus jener Zeit ergänzt, da Kailens Trupp bei den Tharosfällen wahrscheinlich die Alten Königreiche rettete, als zwanzig Mann die Stellung hielten und niemand die Linie zu überschreiten vermochte.

Überdies wurden mir, um diese Geschichte zu erzählen, die Briefe der Königstochter zur Verfügung gestellt, die darauf wartet, auf ihren Thron zurückzukehren. Ebenso die jenes Mannes, dessen Loyalität zu ihr der Anfang vom Ende der Zwanzig war. Jenes Mannes, der bei Schlangenwald dem Verrat anheimfiel.

Auf dem Sterbebett stellte mein Vater uns eine einfache Frage, und aus den nachstehenden Schriften wird ersichtlich, dass es dabei nicht um ihn ging.

»Wer bekommt je, was er verdient?«

1. KAPITEL

Gant

Mein Name ist Gant, und es tut mir leid, dass ich nicht besser schreiben kann. Ich war Söldner und hab mich nie für solche Dinge interessiert, bis Kailen es uns beibrachte. Er und die Jungs sind der Grund, warum ich dies aufschreibe. Um zu berichten, was mit Kailens Zwanzig geschah.

Ich fange am besten mit dem Tag an, als ich und Shale auf einer Mission waren. Gegen Ende des Sommers, unten in der Konföderation der Roten Berge.

Es war der Tag, an dem ich zu sterben begann.

Wir hatten einen Kommandoeinsatz, um eine Versorgungskarawane zu überfallen. Es lief nicht gut für uns, und ich bekam einen Pfeil ab, dessen Gift mich früher oder später umbringen wird.

Wie die Jungs erwachte auch ich an jenem Morgen nass von Tau und Regen und bis auf die Haut durchweicht unter triefenden Bäumen. Doch mein Mund war staubtrocken, ganze Flüsse hätten das nicht ändern können. Das Zeug, das ich benutzte, um den Schmerz in den Knochen zu stillen, saugte stets meinen Speichel auf. Und das ist noch gelinde ausgedrückt.

Ich brachte kaum ein Pfeifen heraus, als ich versuchte, die Jungs aufzuwecken, die sich gegen den Wind aus den Ebenen hinter den Wäldern in ihre Ölkleidung gewickelt hatten; wie ein Nest von Nacktschnecken sahen sie aus. Ich bin alt. Also holte ich sie kurzerhand mit ein paar Fußtritten aus dem Schlaf, bevor ich meinen Bogen aus dem Sack nahm, in dem ich ihn verstaut hatte, um die Sehne vor dem Regen zu schützen. Die Waffe war eine

Schönheit, der ich den Namen Juletta gegeben hatte. Ich besaß sie schon fast mein ganzes Leben.

Die Jungs kamen nur allmählich auf Trab, bliesen sich in die Hände und maulten rum, während die eisige Luft im ersten Morgengrauen ihr Werk verrichtete. Sie wirkten in diesem Licht so düster wie Geister, als sie sich gegenseitig halfen, ihre Lederrüstungen anzuschnallen und die Schwerter mit Gift zu bestreichen.

Ich tätschelte Köpfe, drückte Schultern und sprach mit dem einen oder anderen, während ich die Runde machte, damit sie wussten, dass ich da war und aufpasste. Ich beherrschte ihre Sprache gut genug, um sie aufzumuntern und ihnen Mut zuzusprechen, als wäre ich einer der ihren. Auch etwas, das ich von Kailen hatte. Ist nützlich, um eine Beziehung zur Truppe aufzubauen.

»Schmiert sie dick ein«, sagte ich, als sie die Fäustlinge überstreiften und ihre Klingen mit den giftgetränkten Lappen aus dem Topf einrieben, den Remy aufgemacht hatte.

Ich ließ meinen Blick über die Jungs schweifen, mit denen ich in den vergangenen Wochen Felle und Tabakspfeifen geteilt hatte. Ein guter Haufen.

Da war Remy, der von seiner Mischerei zu mir aufsah, das Gesicht schartig wie eine milchige Walnuss. Mit seiner lispelnden Stimme hatte er mir von Rasiermesserkämpfen und Schieberbanden erzählt, mit denen er es probiert hatte, bevor er sich für eine Begnadigung den Söldnern anschloss. Sein Gift war sein eigenes Spezialgemisch, weniger raffiniert als meine Mixtur und nicht so schnell. Dafür schmerzhafter.

Neben ihm hockte Yasthin. Er war immer noch dauernd damit beschäftigt, Krämpfe aus seinem Bein zu schütteln, das einen Monat zuvor Bekanntschaft mit einem Streitkolben gemacht hatte. Sparte sein Geld für seinen Bruder. Sagte mir, dass der es investierte. Die Jungs hingegen meinten, sein Bruder würde es verspielen, und lachten ihn aus.

Neben Yasthin stand Dolly und kaute auf ein paar Speckschwarten herum. Erzählte mir, wie ihr Vater ihre versoffene Mutter durch die Straßen gejagt hatte. Schon immer, solange sie denken konnte. Kinder waren wiederum hinter ihrem Vater hergerannt. Hatten Spottlieder gesungen, sich aber immer vor seinen Messern in Acht genommen. Dolly war den Söldnern beigetreten, um ihrem Vater zu helfen, den jüngeren Bruder durchzubringen.

Sie alle hatten Sorgen und Nöte, die sie zu meinesgleichen führten und zu fettem Lohn für die harten Jobs. Damit meine ich die Unternehmen, bei denen es heißt: Alles oder nichts.

Bald schon standen sie in der Schlange und warteten auf die »Ehre«, auf *Kailens Glorie*. Das war der beste Kampftrank, den Kigan je gemischt hat, und damit der beste Kampftrank, der je gemischt wurde in all den Jahren. Seit ich das Kommando übernommen hatte, schwärmten die Jungs von nichts so sehr wie von diesem Gebräu. Gab einem das Gefühl, Löcher in Berge boxen zu können, wenn man auf seinen Fittichen flog.

Yasthin machte den Anfang und bekam als Erster sein Quantum. Ich musste mich auf die Zehenspitzen stellen, um es ihm einzuverleiben; viele der Jungs waren größer als ich. Dann ein Kuss. Die Lippen sind das wunde Ende deiner Ängste und deiner Liebe. Kein Stahl kann Lippen verhärten, und sie verraten mehr als die Augen, wenn man nur richtig hinsieht. Der Kuss sollte ihnen sagen, dass man nirgends sicher war vor dem Tod.

Der kleine Booey war der zehnte und letzte des Trupps, der seine Dosis erhielt. Anschließend nahm ich selbst einen Schluck, und Rirgwil zurrte meine Leder fest. Ich wartete, bis unsere Zähne klapperten wie schmuckbehängte Aristokraten, und ging den Plan dann noch mal mit ihnen durch.

»Hinter den Feldern im Norden, hält sich Trukhars Versorgungskarawane zwischen den Bäumen auf«, sagte ich. »Findet sie, tötet, wen ihr töten könnt, aber verbrennt vor allem die Wagen und Vorräte und knöpft euch dann die Handwerker vor. Wenn Shale zu uns stößt, nehmen wir sie in die Zange. Er führt seinen Trupp von Osten heran. Rote Bänder am linken Arm, nur damit ich's noch mal gesagt hab. Es geht hart auf hart, und ihr weicht nicht, bevor die Arbeit getan ist. Sonst seid ihr so oder so tot.«

Ihnen wurde klar, dass es jetzt ernst wurde, man konnte es sehen. Zwei der Männer fingen von ihrer ersten vollen Trankdosis an zu zittern, trotz aller Vorbereitung in den letzten paar Tagen.

»Denkt daran, was ich euch beigebracht habe, Leute. Konzentriert euch. Dieser Trank hat Kriege gewonnen, und er wird euch euren Lohn bescheren, wenn ihr's schafft, ihn an der Kandare zu halten. Und jetzt ab mit euch.«

Keine weiteren Worte mehr, nur noch Handzeichen in Richtung des Waldes: *Jonah vornweg, Yasthin, Booey und Henny kommen mit mir. Remys Gruppe nach Nordosten zum Waldrand.*

Das Blut toste geradezu durch unsere Adern und ließ uns erbeben, als es losging. Wir rannten durch das silbrige Gras, während der Trank Eisen und Feuer in unsere Knochen goss. Das Lied der Erde erfüllte meine Ohren.

Vor uns befand sich der Wall von Bäumen, und dahinter das Lager der Schwarzhände. Remys Jungs trennten sich von uns und wandten sich in die vorgesehene Richtung. *Langsam*, signalisierte ich ihnen.

Juletta lag warm in meiner Hand, der Pfeil zwischen meinen Fingern summte, als könne er es nicht erwarten zu fliegen. Dann, mit der Schärfe von Augen, die einem nur der Trank verleihen konnte, sah ich das rote Glühen einer Tabakspfeife ungefähr sechzig Meter vor uns bei den Bäumen.

Zwei Männer. Auf mein Zeichen.

Ich bewegte mich weiter voran für den Schuss, und trat in ein Nest voller Eier. Der Vogel, ein großer grauer Weger, kreischte mich an und erhob sich mit wildem Geflatter, sein Schrei hallte laut durch den Morgen. Einer der Jungs, angefeuert durch den Trank, brüllte los, und die beiden Männer sahen uns. Wir waren so gut wie tot. Die Pfeile der Jungs folgten meinem, die zwei Männer wurden getroffen; nur ein kurzes Aufquäken des Horns ertönte als Warnung. Doch das reichte aus.

Los!

Ich hatte uns alle auf dem Gewissen. Wir gingen trotzdem rein, das war der Handel. So berauscht wie der Trupp war, würden die Jungs sowieso nicht ohne Blutbad abziehen.

Als wir die Bäume erreichten, schwärmten wir aus.

Feind von links, bedeutete ich Jonah.

Drei Männer näherten sich durch die Bäume. Sie kippten ihr eigenes Kampfgebräu herunter, während sie zu sich kamen, die Augen noch gar nicht richtig geöffnet. Sie stellten ein leichtes Ziel dar, also machte ich wieder den Anfang. Das Schwirren von Pfeilen, ein dumpfes Knacken von Knochen. Alle drei außer Gefecht.

Meine vom Trank gespitzten Ohren fingen das Knarzen von Bogensehnen auf, die in einiger Entfernung gespannt wurden. Allerdings überall um uns herum. Und tatsächlich sirrten Pfeile von mehreren Seiten über uns hinweg, als wir uns zu Boden warfen.

Die Jungs erwiderten das Feuer. Sie bewegten sich, wie wir es trainiert hatten. Das Ziel war, die Angreifer weiter auseinanderzutreiben, sodass ein Teil von uns direkt zu der Karawane vorstoßen konnte. Es war das reinste Zielschießen für Trukhars Soldaten.

Ich sah Henny oder Jonah nie wieder, hörte nur Gelächter, Schreie und dann das Geräusch von Klingen bei der Arbeit, bevor auch das erstarb.

Ohne mich vom Fleck zu rühren, beobachtete ich die Bewegungen des Feindes. Ich lag in den Wurzelausläufern eines Baums. Unentdeckt – mit diesem Trank im Leib spürt man, wenn einen jemand anblickt. Dann entdeckte ich zwei Späher, die nach rechts abrückten, und Booey und Datschke folgten.

Ich schnappte mir einen Sporenbeutel, steckte ihn auf das Ende eines Pfeils, sprang auf und schickte ihn den beiden Kundschaftern vor die Füße.

Von meinem Gürtel nahm ich mir etwas Weißeichensaft, den ich für die Augen benutzte, damit ich in der Sporenwolke gefahrlos sehen konnte. Zum Atmen legte ich eine Maske an, die mit dem gleichen Zeug überzogen war.

Mir nichts, dir nichts hatten sie die Sporen intus, und hielten sich röchelnd die Kehlen. Ich gab ihnen den Rest.

Ich hatte gehofft, dass ich meine Jungs würde retten können, aber ich musste noch in ein paar Eingeweiden wühlen und die Sache mit Shales Gruppe zu Ende bringen.

Hörner erklangen, also war der Kampf jetzt in vollem Gange. Aus den Bäumen vor mir sah ich einige Gegner auf mich zukommen. Ich suchte Deckung hinter einem Stamm, obwohl ich wusste, dass man mich gesehen hatte. Sie wurden langsamer, und es knirschte der Hanf, als sie ihre Bögen anzogen. Es waren vier, den Atemgeräuschen nach zu schließen. Ich konnte hören, wie ihr Anführer flüsternd Anweisungen gab, mich von zwei Seiten anzugreifen.

Ich öffnete eine Tasche mit Reispapiertüten, jede gefüllt mit Ätzkalk und geölten Federn. Ich brauchte Rauch. Aus meiner Feldflasche goss ich Wasser auf ein paar der Tüten und schleuderte sie Richtung Gegner.

»Masken!«, ertönte es prompt. Als sich das Papier vollgesogen hatte, geriet der Kalk in Brand, und die Federn sorgten für mächtig viel Qualm.

Meine Augen waren noch gut eingeschmiert. Ich holte noch ein paar Pfeilsäckchen hervor, diesmal welche mit Agavenpulver, um Augen und Haut anzugreifen.

Zwei Schüsse auf Baumstämme verteilten das Pulver um die Position der Männer in der Luft. Als sie schreiend und blind herumstolperten, trat ich hinter meinem Baumstamm hervor und schritt auf sie zu. Die *Glorie* verlieh mir Sinne, die ausreichten, sie auch ohne Zuhilfenahme meiner Augen wahrzunehmen, die ich bei dem Rauch und dem Pulver in der Luft besser geschlossen hielt. Ihre Tränke waren sicher nicht mit der *Glorie* zu vergleichen. Sie bewegten sich, als staksten sie durch Honig. Leichte Beute.

Genau da traf mich der Pfeil, der mein Ende besiegelte. Ich war vielleicht fünfzig Meter weitergekommen, als ich das Knarzen des Bogens hörte. Bei dem Lärm vermochte ich das Geräusch nicht diesen einen Lidschlag eher einzuordnen, den es gebraucht hätte, um mich zu retten. Der Pfeil grub sich über der Hüfte in mein Gedärm. Irgendetwas in mir gab nach, und das Gift sickerte direkt ein. Schwarzes Senföl, den Dämpfen nach zu schließen, die in meiner Nase brannten, wahrscheinlich auch noch anderes Zeug.

Ich sank in die Knie und versuchte, den Pfeil zu packen, als ich zwei von ihnen herankommen sah. Derjenige, der mich zum Sterben verurteilt hatte, senkte seinen Bogen. Die Augen purpurn, die Haut wütend rot, lief er mit dem anderen zusammen auf mich zu, angetrieben vom Hass ihres eigenen Kampfgebräus und seinem Tosen.

Sie hielten mich für erledigt. Bis zu einem gewissen Grad hatten sie damit verdammt recht. Zwar trug ich behandelte Guaiarinde in meinem Gürtel für die Mixtur, die sie benutzten, aber es blieb keine Zeit, den Pfeil herauszureißen und die Rinde in die Wunde zu drücken.

Gemeinsam rückten sie an, einer vorn, der andere etwas seitlich dahinter. Der eine war ein schwerfälliger Klotz mit Kettenhemd und Breitschwert; eine Waffe, so groß, dass nur ein Anfänger sie in einem Wald ziehen würde. Der Ältere trug Leder und hatte ein langes Messer. Der zuerst. Meine Sicht schwand zunehmend, und die Welt wurde flach wie eine Zeichnung. Ich musste mir den Gescheiteren der beiden vom Hals schaffen, solange ich ihn noch sehen konnte, solange mich noch die Schärfe der *Glorie* antrieb.

Das Messer in der Hand, schnellte ich mit einer Sprungkraft nach vorn, auf die sie nicht gefasst waren. Der Ältere reagierte und wich aus. Allerdings hatte der Streich gar nicht darauf abgezielt, ihn zu treffen. Stattdessen schleuderte ich dem Mann mit meiner Klinge einen Schwall Kleister ins Gesicht. Dann wirbelte ich herum, riss die Waffe hoch und parierte den verzweifelten Hieb des Jungen, der dicht an mich herangekommen war. Die Wucht des Schlags zwang mich in die Knie zurück, und irgendwo in meinen Eingeweiden knackte es laut, als der Pfeil in mir zerbrach. Der Milchbart sah, wie sein Kamerad sich das rauchende Gesicht hielt und die Wangen blutig kratzte. Er erblickte den braunen Saft, der über meine Klinge lief, und nahm schnurstracks Reißaus. Offenbar hatte er immerhin genug Verstand, zu wissen, wann er geschlagen war. Um mein Tosen zu beruhigen, stieß ich dem alten Mann das Messer in den Hals. Das Blut roch so wundervoll wie frisches Brot.

Ich hob meine Juletta auf und ging weiter. Der Wald begann

sich nun mit Schwarzhänden zu füllen. Ich hatte keine Zeit, mein Wamba auszuziehen und etwas gegen die Wirkung des Pfeils zu unternehmen. Und herauspulen konnte ich ihn erst recht nicht, jetzt wo er in mir abgebrochen war. Ich verfluchte mich selbst, denn wahrscheinlich war dies der Ort, an dem ich verrecken würde, wenn nicht bald etwas gegen die fortschreitende Vergiftung geschah. Ich wurde langsamer und nahm einen Schluck *Glorie*, um mich auf den Beinen zu halten. Das würde noch einen harten Tribut von mir fordern, doch den war ich gerne bereit zu zahlen, wenn ich nur eine Behandlung bekäme.

Schließlich erreichte ich die Karawane; Rauch stieg von den lodernden Wagen auf und hing in den Bäumen vor mir. Die Kornkarren brannten, also hatte Shale uns Söldnern wieder einmal eifrig die Taschen gefüllt.

Dann stieß ich auf Dolly, zusammengesackt über den Wurzeln eines Baums. Vier Pfeile ragten stolz aus ihrem Bauch. Sie sah mich, und ihre Augen weiteten sich, und sie lächelte.

»Gant, du lebst …«, sagte sie, und »Oh«, als sie den Pfeil in mir erblickte. Vielleicht war meine Wahrnehmung nicht ganz klar, aber sie sah zweifellos nicht gut aus, als ob sie dahinschwand, als würde sie vor meinen Augen zu einem Geist.

»Hast du ein Fläschchen, Gant? Noch was von der *Glorie*?«

Ihre Hände waren voll Erde, krallten sich hinein, als wäre dies ihr letzter Liebhaber.

»Nein, alles weg, Dolly«, sagte ich. »Bin ebenfalls im Arsch. Tut mir leid, dass es so endet.«

Sie blinzelte, Kummer trat in ihren Blick.

»Es kann nicht schon vorbei sein. Ich bin zwanzig Sommer alt, Gant. Das hier sollte doch der ganz große Reibach werden.«

Es folgte ein Moment, in dem ich nichts mehr zu sagen wusste.

»Sprich mit meinem Vater, Gant. Sag ihm …«

Ich hob den Bogen. Tat mein Bestes, einen Pfeil an meinen Gamaschen zu säubern. Sie sah mir dabei zu. Verstand.

»Sag ihm, dass ich ihn liebe, Gant, und dass ich die *Glorie* erhielt. Gib ihm mein Erspartes und meinem Bruder einen Kuss.«

»Das werde ich.«

Während ich den Bogen spannte, schaute sie über mich hinweg. Sie erblickte etwas, von dem ich wusste, dass ich es nicht sehen würde. Meilen entfernt fand sie Antworten auf die Fragen in ihren Augen, in die sich nun ein Ausdruck von Verzückung stahl. Ich ließ den Pfeil fliegen, fiel auf die Knie und kotzte.

Wo war Shale?

Mein Mund war zu trocken, um zu sprechen oder nach ihm zu rufen. Aber ich brauchte ihn. In der hellen Sonne brannten meine Augen wie Feuer, und ich bedeckte mit den Händen das Gesicht. Es waren nur Ausgeburten meiner Einbildung, aber meine Brust fühlte sich so schwer an, als würde jemand auf mir sitzen, auf den dann noch andere stiegen. Ich hob die Hände ein kleines Stück und sah durch sie hindurch; mir war, als wären dort nur Knochen, das Fleisch darüber so dünn wie Fischflossen. Mein Atem rasselte, und ich griff mir an die Kehle in dem Versuch, sie weiter zu öffnen.

»Gant!«

So viel Blut. Shale kniete neben mir, von oben bis unten besudelt davon. Seine Augen waren grau, ohne Farbe. Ein Feind war für ihn nicht mehr als warmes Fleisch, das zum Erkalten gebracht werden muss. Er lächelte nicht viel, außer wenn er betrunken war. Zumeist trank er nichts. Er schnüffelte an mir und meiner Wunde, um herauszufinden, was für ein Zeug in mir war, dann zwang er den Pfeil mit einem Messer heraus und füllte das Loch mit Guaiarinde. Dabei kniete er auf meinen Schultern, um mich still zu halten. Shale bellte etwas zu einigen Jungs hinüber, während er mir Rugarablätter und Saft und anderes Zeug in den Mund stopfte und mir die Nase zuhielt, womit er mich beinahe ertränkte. Scheiße! Mir brummte der Kopf, als wäre ein Bienenstock darin. Eine schäumende Flüssigkeit füllte meine Brust an, und ich bäumte mich nach Luft ringend auf. Ungerührt goss er mir etwas aus einem Fläschchen über die Hüfte, und mit einem brennenden Schmerz überfror die Haut an der Stelle. Schließlich zauberte er ein paar Hüpferbeinknochen hervor und hielt sie an das Loch. Ritsch, ratsch, ein Aufflammen von blauem Feuer, und die Welt stürzte um.

Ich musste würgen, doch es fühlte sich nicht mehr nach mir an. Es fühlte sich nach dem Mann an, der ich war, bevor ich starb.

Kailen

»Lass sehen.«

Achi schnippte den Kiesel quer über den Tisch. Er kullerte über das Holz, doch dieser Stein hier war mit Präzision angefertigt, eine steinerne Münze, schwarz und so dick wie ein Daumen. Es befand sich keinerlei Beschriftung darauf, eine haarfeine Quarzlinie im Material selbst stellte die einzige Unvollkommenheit dar. Der Ozean hatte den Stein poliert. Meine Miene verfinsterte sich. Das war schon der dritte, den ich in den letzten paar Monaten zu Gesicht bekommen hatte.

»Der Prinz. Von Eurer alten Truppe. Sie haben ihm die Kehle aufgeschlitzt«, sagte Achi.

Achi leerte seinen Becher, lehnte sich auf dem Stuhl zurück und gähnte. Der Stuhl knirschte bedenklich. Für einen so großen Mann, noch dazu in vollem Leder, war er einfach nicht gemacht. Eine Lederrüstung übrigens, die verdreckt war und nach Wochen des Nächtigens im Freien einen scharfen Geruch verströmte.

»Wie geht's den Jungs?«, fragte ich.

Schon halb im Wegdösen fuhr er zusammen und riss die Augen auf. Ich sah seine Verärgerung und musste lächeln.

»Verzeiht, Herr, alle wohlauf. Danik und Stimmy kümmern sich um die Pferde, und Wil ist los, einen Stoffhändler suchen. Er will irgendwas für seine Frau kaufen, wo wir so lange weg waren.«

»Stimmys Junge ist auf dem Weg der Besserung, ich hab Nachricht vom Anwesen erhalten«, informierte ich ihn. »Lass es ihn wissen, wenn du ihn vor mir siehst.«

Achi nickte und gähnte erneut.

Ich wandte den Blick wieder der schwarzen Münze in meinen Fingern zu. Solche Münzen gab man Söldnern mit, die ihren Auftrag oder ihre Truppe verraten hatten. Aber wen sollte der Prinz verraten haben?

Wir nannten ihn den »Prinzen«, weil es einmal eine Zeit gegeben hatte, in der er als Dritter in einer Thronfolge gestanden hatte; am unbeliebtesten, doch mit Abstand der Klügste. Aber sein Heimatland erkor sich die Herrscher ebenso wider jede Vernunft wie alle anderen Reiche: Welcher Amtsanwärter ist der beste Kriegsherr? An dem Tag, als ihrer beider Vater starb, gewann seine Schwester ihre einzige Schlacht, und so wurde sie Königin. Doch war es nicht sein Schwert, das den Prinzen so wertvoll für die Zwanzig machte.

Der Prinz regelte die politischen Belange, für die seine Schwester nicht verständig genug war. Krieg erlaubt nur zwei Perspektiven, deine und ihre. Das war ein Tellerrand, über den seine Schwester nicht hinwegzublicken vermochte. Nationen aber müssen mit mehr Interessengruppen jonglieren können, als es Facetten an einem geschliffenen Diamanten gibt. Und ich habe noch nie jemanden getroffen, der sich die Politik seines Reiches geschickter zunutze zu machen verstand als der Prinz.

Ich pflückte mir eine weiße Traube aus der Schale, wie ein blinder Augapfel so milchig und saftig. Achi pellte mit gesenktem Kopf Eier. Die Schankmaid kam herein und räumte meinen Teller ab. Bevor sie wieder im Lärm der Schänke unter uns verschwand, schenkte sie mir ein flüchtiges Lächeln.

Ich musste an die zwei anderen schwarzen Münzen denken, die ich vor nicht allzu langer Zeit gesehen hatte, beide genauso perfekt wie diese. Der Prinz hatte sie mir vor ein paar Monaten in seiner Kabine an Bord einer der Galeeren des Quartetts gezeigt. Das Quartett war eine einflussreiche Kaufmannsgilde, deren Wirkungskreis sich über den größten Teil der Alten Königreiche erstreckte. Dementsprechend sah auch die Kabine aus. Solchen

Prunk hatte ich auf einem Schiff noch nicht gesehen: Satinkissen, exquisit geschnitzte Kisten und Spinde; einige Arbeiten von Meistern, deren Dienste ich auf Empfehlung meiner Gemahlin Araliah glücklicherweise schon selbst in Anspruch habe nehmen dürfen.

Ich hatte mich auf die Reise begeben, um mich mit dem Prinzen zu treffen, nachdem dieser mir eine Eskorte geschickt hatte mit der Bitte, in ihrer Begleitung zu ihm zurückzukehren.

»Diese Münzen wurden bei Harlain und Milu gefunden«, klärte er mich auf. »Ich werde versuchen, mehr darüber herauszufinden.«

»Wie sind sie gestorben?«, fragte ich ihn.

»Harlain ging zurück in seine Heimat, nach Tetswana. Er wurde ihr Anführer, nichts Geringeres als der Kaan von Tetswana also. Es geschah während der Versammlung vor der Regenzeit. Die Oberhäupter von neun Stämmen, samt Entourage. Es gab siebzig Tote oder mehr, aber nur in seiner Hand fand man die schwarze Münze.«

Harlain war in Schlangenwald nicht zu uns gestoßen, beim letzten Mal, als die Mitglieder der Zwanzig zusammengekommen waren. Er hatte uns verlassen, bevor das Ende kam. Die Farbe hatte ihn mutlos werden lassen. Sie hat von uns allen ihren Tribut gefordert, die wir Kampftränke nutzen, was sich nach kurzer Zeit, wie jeder weiß, in Form unterschiedlichster Hautverfärbungen zeigt. Die Farbe fordert immer ihren Tribut, doch Harlain nahm sie den Mut. Erst als ich ihn dieses letzte Mal umarmt und ihm in den Sattel geholfen hatte, war mir bewusst geworden, dass ich ihn seit einigen Monaten nicht mehr hatte singen hören. Ich war froh, zu erfahren, dass er bis nach Haus gekommen war.

»Milu?«, fragte ich.

»Er ist Pferdesinger geworden, draußen in Alagar. Man hat ihn neben einer Sängerkoppel gefunden, in seiner Hand die Münze. Jemand ist bei ihm gewesen. Es gab Fußspuren im Sand um seine Leiche herum.«

»Gift?«, fragte ich.

»So gut wie sicher. Aber nicht eindeutig zu sagen.«

Milu war in Schlangenwald bei uns, doch nur für einen kleinen Abschiedstrunk und um ein paar Vorräte einzukaufen, bevor er mit Kheld davonzog. Die beiden hatten ebenso den Mut verloren wie Harlain; kein Wort mehr über fetten Sold oder darüber, wo in der Welt gerade Krieg herrschte. Anders als Sho oder Shale es taten, debattierten die beiden nicht darüber, wie man meinen Namen am besten für sich arbeiten lassen könnte, um den Lohn für einen Auftrag in die Höhe zu treiben.

Ich bin es niemals müde geworden, Milu bei der Arbeit zuzusehen. Zuzuschauen, wie seine grotesk mächtige Brust anschwillt und die sackartigen Wangen sich mit den Liedern füllen, mit denen er die wilden Pferde zähmt. Oder wie er sie trainiert, damit sie im Kampf standhaft blieben. Es schien, als wäre er, wie Harlain, imstande gewesen, das Söldnerleben hinter sich zu lassen, bevor die Farbe ihm alles nahm.

»Zwischen ihren Toden besteht ein Zusammenhang, Kailen. Dabei muss es um die Zwanzig gehen.«

»Du hast von niemandem sonst gehört?«

»Nur dass Dithnir gestorben ist. Er ging zurück nach Tarantrea. Einer von ihren Boten kennt mich gut, denn ich repräsentiere das Quartett, mit dem er zu verhandeln pflegt. Er hat die Neuigkeiten mit mir geteilt. Ich hab ihn wegen einer Münze gefragt, aber da war keine. Abgesehen davon halte ich, wann immer ich in Handar bin, mit Kheld Verbindung. Aber was den Rest betrifft? Nicht ein Wort.«

Ich atmete den Morgenwind tief ein, als er über das Deck blies und die Ränder des Sonnendachs knattern ließ, unter dem wir saßen. Dithnir war Bogenschütze gewesen, Stixie nahezu ebenbürtig. Schüchtern und unverbesserlich romantisch bei den Huren, dafür kalt und unerbittlich im Feld.

»Ich erinnere mich an Schlangenwald«, sagte der Prinz.

Unsere Blicke trafen sich kurz. »Nein. Das ist vom Tisch.« Ich sagte es schärfer, als ich es beabsichtigt hatte. Warum nur fühlte ich mich wie ein Schraubgewinde aus Zweifeln?

Er langte über den Tisch, ergriff die Karaffe und füllte unsere Gläser mit dem Wein, den ich ihm mitgebracht hatte, wieder auf.

»Dein Gut scheint sich zu machen«, sagte er und hob uns zum Wohle sein Glas.

»Ja, diese Reben wurden vor zwei Wintern gesetzt. Und sie werden noch besser. Ich wünschte mir nur, wir hätten Juas kühlere Sommer. Oder vielleicht ein Gut näher bei den Bergen. Wie geht's dem Quartett? Wie ich hörte, hast du ein Abkommen mit den Shalec getroffen, um ihre Gewässer durchqueren zu dürfen. Nicht einmal die Wacht hat das hinbekommen. Hast du mal daran gedacht, ihnen deine Talente auszuleihen?«

»Warum sollte ich mich bei denen durch die Ränge bis zum Hochvogt oder Elite-Agenten hinaufrackern, wenn ich Kompagnon des Quartetts sein kann? Die Wacht könnte vom Quartett, was Verhandlungen mit den Shalec angeht, noch was lernen. Das gilt sogar für den Roten selbst. Aber ich bin froh, dass dem noch nicht so ist, denn ich fülle mir herrlich die Taschen. Trotzdem ist es bemerkenswert, da die Wacht doch andernorts so viel Handel betreibt. Sie könnten uns bei fast bei jeder Gelegenheit unterbieten; mit den Zweigstellen können wir nicht mithalten. Aber wir sind in der Lage, mit niedrigeren Gewinnspannen zu arbeiten und den Shalec Sonderkonditionen für den Muskat einzuräumen. Nur ein Almosen, versteht sich. Aber jeder Investor nördlich des Golfs glaubt, die Wacht könne selbst den Wind kontrollieren.«

»Solange die Wacht über weniger Sommer Gewinnanteile vorschießen kann als irgendwer sonst, strömen die Neureichen in Scharen herbei«, sagte ich. »Aber genug vom Handel. Mein Glückwunsch, Prinz. Ich freue mich, zu sehen, dass es so prächtig für dich läuft. Teilhaber zu sein steht dir gut. Schickst du mir eine Nachricht, wenn du Kheld findest? Es wäre schön, zu wissen, dass er noch lebt.«

Er nickte.

Der Prinz war in Ahmstad das Zünglein an der Waage gewesen. Er hatte vor der Nase des Königs von Vilmor drei prominente Familien auf seine Seite gebracht, die Grenzen erweitert und sie im selben Zuge auch gleich befestigt. Und der närrische König wird immer noch von der Schlinge stranguliert, die der Prinz für ihn geknüpft hat. Allein, der Tod des Prinzen bewies, dass wir alle uns in Gefahr befanden. Ich war es, der all unsere Aufträge annahm. Es konnte also nur darum gehen, an mich heranzukommen.

Achi war eingeschlafen.

Ich flößte ihm etwas von dem grässlichen Branntwein ein. Immerhin das beste Zeug, welches das *Rätsel* – so der Name der Schänke, in der wir uns befanden – zu bieten hatte.

Shale und Gant waren nur einen Wochenritt weiter südlich im Einsatz. Wenn sie auch nur halbwegs die Soldaten von einst waren, würde ich sie brauchen. Achis Trupp würde mit Freuden nach Harudan zurückkehren. Ich brauchte gute Männer für Araliah, meine Gemahlin. Aber da war noch etwas, das ich Achi persönlich fragen musste: Es ging um jemanden, von dem ich wissen musste, ob er tot war.

Der Prinz und der Bund von Ahmstad

Bericht eines Elite-Agenten der Wacht, Kailen und den Prinzen betreffend. (Elite-Agenten sind die Spitzenleute der Wacht, aus deren Reihen oftmals der Rote selbst aufsteigt, der Erste Mann der Wacht)
Dieser Elite-Agent war als Leibwächter des »Ladus« (Oberhaupt) von Ahmstad getarnt und bei den Verhandlungen anwesend, die Kailen und dem Prinzen – neun Jahre vor Schlangenwald – einen unblutigen Sieg Ahmstads über Vilmor gesichert hatten.
Goran

Bestimmungsort: Candar-Stadt, Q4 649 OE
Über Westroute östliche Sar
VERTRAULICH – NUR ZU HÄNDEN DES ROTEN
PERSÖNLICH
Bericht von: Elite-Agent 71

Ihr wisst um den vilmorischen Expansionismus unter König Turis. Die Vilmorer haben an zwei Fronten, den Provinzen Luzhan und Ahmstad, ein Heer für Angriffe zusammengezogen.

Ein Clanführer aus Ahmstad brachte zu deren dortigem Kriegsrat einen unter dem Namen Kailen bekannten Söldner mit. Zu behaupten, der Ladus sei darüber nicht erfreut gewesen, wäre milde ausgedrückt. Doch der Clanführer, Hasike, bat den Ladus, diesen Mann zu Ende anzuhören.

Es folgt ein Protokoll der Zusammenkunft, so gut ich sie wiederzugeben vermag. Es ist offensichtlich, dass Kailen ebenso wie sein Kamerad, den er nur den »Prinzen« nannte, eine außerordentliche Kenntnis beider Seiten des potenziellen Konflikts aufweisen. Er ist ein höchst ungewöhnlicher Söldner und ein fesselnder Redner, auch wenn dies in meiner Wiedergabe des Treffens freilich nicht vollumfänglich zum Ausdruck kommen kann.

»Darf ich den Ladus nach der Größe des ihm zu Gebote stehenden Heeres fragen?«, sagte Kailen.

»Die hier vertretenen Clans haben mir achtzehntausend Männer und Frauen überstellt. Spreche ich die Wahrheit?« Erhobene Stimmen, Beifall und das Aneinanderknallen einiger Becher.

»Und wie«, so Kailen weiter, »würde der Ladus sagen, sähen die Verluste bei solch einem Heer aus, bekäme Vilmor eine Streitmacht von schätzungsweise fünfundzwanzigtausend zusammen?«

»Woher habt Ihr derlei Zahlen, Soldat?«

Jetzt ergriff der Prinz das Wort. »Wir haben in Vilmors Diensten gestanden, wie Ihr ohne Zweifel bereits wisst. Sie verfügen über ein stehendes Heer plus sechsundsiebzig Lehen, die je nach

Größe jeweils zwanzig bis zweihundert Männer und Frauen bereitstellen.«

Wieder Kailen: »Und bei diesen Zahlen wären die Verluste in einer offenen Schlacht … wie hoch?«

»Auf deren Seite jedenfalls weit höher.« Weitere Becher stießen zusammen.

»Ladus«, warf Hasike ein wenig frustriert ein, »aber wer bitteschön trägt die Hauptlast bei ihren Überfällen? Mein Clan! Unser Gebiet grenzt bekanntlich direkt an Vilmor.«

»So wie unseres an die Wilden Lande«, meinte ein anderer, »aber heulen wir deswegen dem Ladus die Ohren voll?«

»Die Wilden Lande bringen nicht zwanzigtausend Mann vor einer befestigten Versorgungslinie in Stellung«, sagte Kailen. »Lasst eure Becher erklingen und spuckt große Töne, wenn es euch gefällt. Aber ihr beugt euch hier über eine Karte, die eindeutig zeigt, wo und wie Vilmor vorwärtsdrängen wird, nämlich durch Hasikes Land und dann tief hinein ins Herz von Ahmstadt.«

Der Ladus hob die Arme, um die Zwischenrufer zum Schweigen zu bringen. »Mein Rat lauscht atemlos den Weisheiten eines harudanischen Söldners, und das in unserer ureigensten Sache. Du hast mich enttäuscht, Hasike, indem du Männer zu dieser Versammlung bringst, die gegen Lohn Soldaten zerhacken, wenngleich es zur Stunde viel wichtiger wäre, Turis' Generäle zu überlisten.«

»Ihr solltet Hasike für seine Weitsicht dankbar sein, Ladus. Ich will Euch auch gern darlegen, warum.« Bemerkenswerterweise klang der Söldner wütend. In diesem Moment sah ich ihn schon durchbohrt. Schließlich genießt der Ladus nichts so sehr, wie aller Welt, von Bediensteten bis hin zu Mitgliedern der eigenen Familie, beim geringsten Anlass die Bäuche aufzuschlitzen.

»Ihr habt ja noch nicht einmal damit begonnen, Soldaten aus euren Wehrdörfern zu rekrutieren. Noch sichern die Schultheißen und Quartiermeister Eure Vorräte – das Holz, Vieh und Getreide. Die Männer an diesem Tisch erwarten ihre Abgaben, und das letzte Mal, als ich gegen Ahmstad antrat, hegte ich für die Mehrzahl der schwachen und schlecht ausgerüsteten Streiter nicht so fürchterlich viel Hoffnung. Hasikes Ländereien werden geplündert und niedergebrannt werden. Ihr verliert ungefähr den fünften Teil eures Zehnten an Büffeln und ein Siebtel eurer gesamten Guira- und Ska-Ernte.« Er hatte nun die ungeteilte Aufmerksamkeit aller im Raum. Die Knöchel der um den Griff der Axt des Ladus gelegten Faust traten unter dessen Anspannung weiß hervor.

Kailen wischte die positionierten Klötzchen von der Karte und setzte sie neu. Er bildete die Anmarschwege des vilmorischen Heers ebenso wie die möglichen Stellungen der Ahmstad-Streitkräfte ab – und jede Möglichkeit, die er aufzeigte, ging mit schweren Verlusten einher, selbst im Falle eines Sieges.

Nachdem jede zu erwartende Entwicklung und Kriegslist bedacht und die jeweiligen Folgen gründlich vor Augen geführt worden waren, herrschte einen Moment lang Stille im Raum.

»Ich habe eine Frage«, sagte schließlich der Ladus. »Wenn wir mit so hoher Wahrscheinlichkeit unterliegen, wieso habt Ihr Hasike dann Eure Dienste angetragen? Habt Ihr und Euer Freund aus irgendeinem dubiosen königlichen Geschlecht etwa die Absicht, Turis mit euren bloßen Händen niederzuringen?«

»Nein. Für hundertfünfzig Goldstücke wird mein Freund aus irgendeinem dubiösen königlichen Geschlecht Euch erklären, warum ihr nicht ein Schwert erheben müsst, um Vilmors Streitkräfte zu besiegen und Land für Euch zu gewinnen. Außerdem werdet Ihr neue Verbündete finden und Turis erheblich schwächen.«

Der Ladus brach in lautes Gelächter aus. »Wenn ich einen Narren wollte, hätte ich meine erste Gemahlin am Leben gelassen. Ich nehme an, Ihr wünscht, bezahlt zu werden, bevor Ihr Euren grandiosen Plan mit uns teilt?«

»Hör ihn an, um meines Volkes willen«, bat Hasike.

Der Ladus ist von Hause aus ein hünenhafter und einschüchternder Mann. Er war gut einen Fuß größer als jeder andere im Raum. Ich habe selbst erlebt, wie er Hasike ein ums andere Mal mehr Vieh für seine nördlichen Ahmstad-Clans abgepresst hat. Hasike war verzweifelt. Der Ladus holte tief Luft.

»Fünfzig Goldstücke. Wenn mir gefällt, was ich höre, sollt Ihr hundert weitere bekommen, wenn nicht, werdet Ihr sie schlucken, und ich schneid sie Euch aus dem Bauch.« Er wandte den Kopf geringfügig in die Richtung, wo ich mit seinem Schatzmeister stand, und befahl ihm mit einem Nicken, die Münzen abzuzählen. Kailen nahm den dargebotenen Beutel so ruhig entgegen, wie ein Wirt die Bezahlung für eine Mahlzeit einstreicht. Seine Souveränität sprach dafür, dass solche Summen nichts Besonderes für ihn waren.

Kailens Mann, der Prinz, übernahm das Reden. Wie ich wenig später erfuhr, wurde er so genannt, weil er einst Thronerbe von Alt-Cairad war. Er war Aristokrat, ein gebildeter und überzeugender Sprecher. Der Prinz machte ebenfalls von Ladus' Karte und den Klötzen Gebrauch, als er seine Argumente darlegte.

»Wie ich bereits ausführte, setzt sich Vilmor aus sechsundsiebzig Lehen zusammen, von denen elf an Eure Länder grenzen. Von diesen elf spielen drei im Weiteren eine Rolle, denn diese drei teilen eine gemeinsame Abstammung mit Hasikes Clan. Ihr werdet sicher bemerkt haben, wie friedlich die Grenze im Vergleich mit der zu den Wilden Landen oder zu Razhani ist. Einzig an der Seite zu Lagrad ist es noch ruhiger, und dies nur aufgrund eines langjährigen Vertrags.

Besagte drei Lehen, die zwei Clans umfassen, dinieren, so kann man wohl sagen, nicht zusammen mit Turis und den größeren Lehen am oberen Ende des Tischs. Tatsächlich hielten seine Majestät es für angebracht, eine Neufestsetzung der Lehensgrenzen vorzunehmen. Die fiel zugunsten eines Cousins aus, dessen Land hinter denen der beiden Clans liegt. Sein Fehler, so wie ich es sehe, bestand darin, dass er dem Cousin als seinem Bevollmächtigten die Aufsicht und Kontrolle über die Steuern überließ, damit der sich um die Errichtung der Festungen in diesen drei Ländereien kümmern sollte. Das sind genau die Festungen, die sich jetzt gegen Eure Grenzen richten.

Wie mir viele hier im Raum sicher bestätigen werden, wären auch sie wohl wenig erbaut davon, wenn der Ladus Hasike oder irgendjemand anderen dazu bestimmen würde, die eigenen Männer zu benutzen, um ohne Rücksicht auf eure Felder und Ernteerträge in seinem Namen Festungen zu errichten.« Zustimmendes Gegrunze von hier und von dort.

»Zwei Burgen wurden dort drüben erbaut, was einen immensen Aufwand für diese Lehen darstellte. Zumal die Kosten für sieben hölzerne Forts und die Konstruktion von Brücken dazukamen, die einige der Sumpfgebiete an Eurer Grenze erschließen. Dies alles verschafft in seiner Gesamtheit Vilmor den Vorteil, über den wir hier reden.

Ich würde vorschlagen, dass die hundert Goldstücke nicht jetzt ausgezahlt, da ich unseren Plan zusammenfasse, sondern erst nach seiner Ausführung. Wäret Ihr, Ladus, zu diesem Handel bereit?«

Ihr werdet jetzt verstehen, wie interessant diese beiden Söldner waren. Der Ladus ist ein großer Krieger, aber ein eitler und lächerlicher Mann. Das erfassten sie, genau wie sie Hasikes Lage sowie die Bedeutung der Informationen, die sie über die Grenze gesammelt hatten, erfasst haben mussten, bevor sie an Hasike und den Ladus herangetreten waren. Mir kam in dem Moment der Gedanke, dass hundertfünfzig Goldstücke vielleicht nicht ganz so absurd waren, wie es anfänglich schien. Auch änderte sich bei diesem Kurswechsel in den Vereinbarungen Kailens Haltung nicht für einen Augenblick. Ich hatte das Gefühl, als wenn das alles vorher geprobt worden war.

Der Ladus ließ seinen Blick durch den Raum schweifen, und ich bemerkte Kailens Befriedigung. Er zog, ebenso wie ich, aus diesem Verhalten den Schluss, dass das Oberhaupt von Ahmstad das Ruder hier nicht mehr in der Hand hatte. Stattdessen suchte er in den Gesichtern seiner Clanführer nach deren Meinung zu diesem Angebot. Obwohl er gewusst haben muss, dass es verrückt gewesen wäre, es abzulehnen.

»Erläutert Euren Plan«, sagte er.

Der Prinz fuhr fort. »Überlasst den beiden vilmorischen Clans

Lehen, gewährt ihnen freien Grundbesitz zu einem Viertel des Preises von Hasikes eigenem Land und vier seiner Herden. Macht außerdem jedem Clan ein Geschenk von fünfhundert Goldstücken, zusammen mit je zweihundert Krügen Ackerkrautsamen sowie den Rezepturen dafür. Verpflichtet Euch ferner, dort ein Wehrdorf zu finanzieren, und gebt den neuen Verbündeten Sitze im Rat. Im Gegenzug …»

Ausrufe wie »Schmach« und »Schande« wie auch drastischere Worte wurden laut, doch der Prinz sprach ungerührt weiter.

»Im Gegenzug habt Ihr Eure Grenzen erweitert, drei Clans vereinigt, über die Hasike rasch die Kontrolle erlangen wird, zwei Burgen und mehrere Forts gewonnen und Turis an dieser Front empfindlich geschwächt.«

Obwohl der Tumult noch einen Augenblick anhielt, forderte der Ladus mit erhobenen Händen Ruhe.

»Hasike?«, sagte er schließlich.

»Ich denke, mithilfe ein paar zweckdienlicher Vermählungen, dem Wehrdorf auf dem, was von meinem Territorium noch übrig bleibt, und unserer gemeinsamen Abstammung sollte es funktionieren. Die betreffenden Clans werden die Führung durch mich und meine Söhne nach mir anerkennen und, ganz wie der Prinz gesagt hat, bereitwillig in unseren Vorschlag einwilligen. Mit Kailens Hilfe kann ich genug von meinen eigenen Männern abstellen, um die Burgen zu besetzen, während wir die Ländereien sichern.«

Der Ladus nickte. Es war eindeutig, dass Hasike in seinem Ansehen um einiges gestiegen war. Er nahm sich einen Moment und ließ seinen Blick gedankenverloren über die Karte streichen.

»Kehr mit dem Abkommen zurück, und ich werde die Zahlungen leisten, sowohl die für die Clans wie die für diese zwei Söldner.«

Das Terrain war ordnungsgemäß gewonnen, Kailen und der Prinz hatten recht behalten.

Ich erfuhr von einigen der Soldaten, die ich diesbezüglich befragte, dass Kailen nur einen Haufen von zwanzig Kombattanten befehligt. Gleichwohl machten die sich einen Namen, wo immer sie sich verpflichteten. Es heißt, dass noch kein General, der sich ihrer Dienste versicherte, eine Schlacht verloren habe.

Ich schlage daher eine Kontaktaufnahme vor. Von diesem außergewöhnlichen Mann können wir noch viel lernen.

2. KAPITEL

Gant

Sonnenschein.

Ich lag auf einer Strohmatte in einem Zelt, in dem Männer entweder schliefen oder schrien oder brabbelten, abhängig von dem, was auch immer der Drudha ihnen eingetrichtert hatte. Mir brannte der Arsch, und ich musste scheißen. Meine Knochen ächzten von dem Trank, während ich in Form der üblichen Krämpfe und Kopfschmerzen und Wundstellen den Preis für die Einheiten bezahlte, die ich davon genommen hatte. Nach all den Jahren auf Gebräu fiel der Absturz mit jedem Mal länger und heftiger aus.

Ich hatte keine Ahnung, wie Shale uns zurückgebracht hatte. Ich brauchte was zu essen und meine Präparate. Auf allen vieren schaffte ich es gerade so auf einen Eimer und drückte mir unter einer Wolke von Fliegen ein paar Spritzer heraus, als er hereinkam. Er trug Hemd und Hosen, die so sehr stanken, dass es wahrscheinlich die gleichen waren, die er bei dem Überfall getragen hatte. Er hielt seinen Schädel stets kahlgeschoren, damit das durchkommende Grau nicht allzu offensichtlich war, doch seine Haut war so verwittert und dunkel gefärbt vom Tosen der Farbe, dass es wenig nutzte. Wenn du Kampftränke schluckst, verändern sie dein Blut und die Beschaffenheit deiner Haut. Die Verfärbungen sehen ganz unterschiedlich aus, abhängig davon, was, wie viel und wie lange du davon nimmst, von wem du das Zeug hast oder von welcher Qualität es ist. Man erkennt einen Soldaten an seiner Farbe.

»Du Vollidiot. Schwarzhandsoße, und du packst kein Guaia drauf?«, schimpfte er, half mir vom Eimer und versetzte mir einen Hieb mit dem Stock.

»Wozu? Ich war doch so oder so erledigt«, erwiderte ich. »Ich hab meine Jungs getötet und unseren Angriff vermasselt. Bin in so'n verfluchtes Vogelnest getreten.«

Er legte mir seine Hand auf die Schulter, setzte mich auf meine Matte und hockte sich dann neben mir auf die Knie. Eine Weile schaute er mich nur an, als würde er in meinem Gesicht nach etwas suchen. Schließlich schüttelte er kaum merklich den Kopf, bevor er sich straffte. Wer ihn kannte, wusste, dass er mit irgendwas hinterm Berg hielt.

»Hab getan, was ich konnte. Mit der Wunde, meine ich. Aber sie war wirklich übel. Bin mir nicht sicher, ob wir dich wieder hinkriegen, verstehst du? Wir brauchen ein paar Pflanzen, gute Pflanzen, aber ...« Er stieß einen schweren Seufzer aus, versuchte, mit der Sache klarzukommen. »Sieht nicht gut aus, Gant. Es ...« Seine Worte wollten nicht heraus. Er schluckte und blickte zu Boden, und ich ließ ihn in Ruhe.

Ich schaute auf meine eingepackte und mit Kattun umwickelte Flanke herab. Da lebt man ein Leben, bei dem es um nichts anderes geht als ums Töten, und dann haut einen so was immer noch um wie ein Keulenschlag. Meine Eingeweide spürten den Fall, als führe ich auf einem Schiff auf hoher See. Wenigstens versuchte Shale nicht, mir was vorzumachen. Mir blieben vielleicht noch Wochen.

»Dann gehe ich nach Norden«, sagte ich. »Meine Schwester sehen, wenn ich kann. Ich will in die Welt von Lagrad zurück. In die Nähe meines Vaters.«

Er hatte sich wieder etwas gefangen. »Ohne einen Drudha ist es Schwachsinn, sich von hier direkt Richtung Norden nach Oberlagrad aufzumachen, Gant. Du wirst es nicht bis nach Hause schaffen. Allenfalls bis zur Hochkommune Harudan. Und auch das nur, wenn wir auf der Straße nach Hisca ein paar Pflanzen und einen Kocher finden, dessen Gerätschaften wir benutzen. Wir können in ein paar Wochen dort sein, dich wieder halbwegs auf die Beine bringen, damit du wenigstens eine Chance hast, es bis zu den Deinen zu schaffen. Die richtigen Pflanzen werden das Gift um einen Gutteil verlangsamen. Und erst einmal schnappen wir uns einen ordentlichen Branntwein und trinken uns ein bisschen gute Laune an.« Er küsste mich auf den Kopf und stand auf.

»Harudan bedeutet einen Umweg nach Südwesten, das sind mehr als ein paar Wochen. Nichts da, wir gehen durch Hisca«, verlangte ich.

»Ein paar Wochen, die dir Zeit verschaffen werden für den Weg nach Norden.«

»Wir haben also gesiegt?«, fragte ich, um das Thema auf den Ausgang unseres Einsatzes gegen die Schwarzhände zu lenken.

»Drei Weiler aus den Roten Bergen sind von Osten her angerückt und haben Trukhars Haufen nach Norden zurückgedrängt. Schätze, sie sind abgeschnitten, aber die Konföderierten meinen, wir sollen hier die Stellung halten. Jedenfalls haben wir die Karawane niedergemacht und die Grenze wieder gesichert.«

Der Duft im Zelt war eine Klasse für sich. Leerte eigentlich irgendjemand unaufgefordert den Eimer aus?

»Ich brauch frische Luft, Shale«, meinte ich.

Er zog mich von der Matte hoch und angelte sich eine Pike, auf die ich mich abstützen konnte.

Eine leichte Brise kam auf, während wir uns von den Zelten und Werkstätten entfernten und für einen Ausblick über Mandriksweiler, unseren derzeitigen Geldgeber, ein paar Böschungen hinaufkraxelten. Das Bild, das sich dem Auge von dort oben bot, bestand größtenteils aus nacktem, trockenem Fels und ein bisschen Gebüsch. Sprach von einem harten Leben für die Leute hier in der Gegend.

Als wir eine Stelle erreichten, wo wir uns hinsetzen konnten, holte Shale für mich etwas Brot und Käse hervor und entkorkte uns eine Flasche. Mit dampfenden Kannabpfeifen lehnten wir uns schließlich zurück.

»Ich komm mit dir nach Norden«, sagte er. »Ich werde auch nicht jünger. Diese Typen hatten Jungs dabei, die mich tatsächlich ein wenig ins Schwitzen gebracht haben. Sieht mehr und mehr so aus, als wären es Taktik und Rüstzeug und nicht Muskeln und Stahl, die mich über den Scheideweg tragen.«

Ein Junge kam den Hügel hoch auf uns zu. Ich sehe es noch so klar und deutlich vor mir wie damals, ein Moment, der in meinem Kopf auf Hochglanz poliert ist. Der Anfang von allem.

Er war ein Rekrut, danach zu schließen, wie ihm seine Schwertscheide gegen die Beine schlackerte und wie blass seine Haut aufgrund mangelnder Erfahrung mit Kampftränken noch war.

»Bitte um Entschuldigung. Hauptmann Vorwald, er möchte Euch sehen. Sagt, es sei wichtig.«

Shale nickte und starrte dem Jungen hinterher, der den Hügel hinunterging. »Was kann der wollen?«, fragte er.

»Ich fühle mich nicht in der notwendigen Verfassung, groß nach Gründen zu fragen.«

»Und dafür werden wir auch nicht bezahlt. Stopf uns noch ein Pfeifchen, Gant, bevor ich dir wieder zurück helfen muss. Nimm diesmal vielleicht ein bisschen mehr von dem Rosie.«

Wie viele Hauptleute war Vorwald zu gut in dem, was er tat, um in einen Rang aufzusteigen, der ihm mehr Sicherheit geboten hätte. Er hielt die Herren der Weiler in Schach und verschaffte seinem Trupp den Lohn. Nur wenige besitzen das Talent, den Kämpfern die Tränke schlecht- oder den Verlust eines Beins oder des Augenlichts schönreden zu können. Kailen konnte das.

Der Abend überzog den Himmel mit einem tiefen Rot, als wir vor dem Hauptmann im Eingang des Zelts standen. Ein paar Männer waren bei ihm, die aufpassten, während er Münzen zählte und Verzeichnisse von Hinterlassenschaften hinkritzelte.

»Bin sofort bei euch, Jungs.« Sein Tisch war voll mit Soldunterlagen. Schweiß stand ihm auf der Stirn, was mich vermuten ließ, dass er bis eben noch mit Freiwilligen aus den Weilern Waffenübungen absolviert hatte.

Schließlich blickte er auf.

»Gute Arbeit, das mit der Karawane. Die Zange war solide. Shale hat mir erzählt, was passiert ist, Gant. Aber auch wenn wir auf den Arsch gefallen sind, hat es doch die Bewachung von der Hauptkarawane weggelockt. Wir werden ihre Armee wohl in die Wilden Lande oder in ihre Heimat zurückdrängen können. Schlückchen Branntwein?«

Wir nickten, froh, dass wir, so weit entfernt von Nachschub, nicht unsere eigenen Flaschen geköpft hatten.

»Dolly hat mir das Versprechen abgenommen, dass ihr Vater ihren Lohn bekommt. Sorgt dafür, Hauptmann, dass es so geschieht«, sagte ich.

»Gewiss, Gant, gewiss.«

Einer der Jungs in dem Zelt nickte ihm zu, als er sich danach erhob und zu einer Kommode hinüberging, auf der einige Flaschen und Holzbecher standen. Er spendierte uns einen ordentlichen Schluck und bedachte auch sich nicht zu knapp.

»Wie lange, Gant?«, fragte er.

Beinahe hätte ich schon gesagt, es sei eine Frage von Wochen. Schlagartig wurde mein Atem kürzer, als ich dieser Tatsache erneut ins Auge sah. Dann begriff ich, was er meinte, nämlich: Wie lange würde es dauern, bis ich wieder dabei sein, meinen Sold wieder verdienen konnte?

»Ungefähr eine Woche. Shale hat gute Arbeit geleistet, und Guaia und Rugara haben mich wieder auf die Beine gebracht«, sagte ich, auch wenn Letzteres nicht so ganz stimmte. Er nickte, und sein Blick löste sich von meinem, huschte über meine Schulter und, für einen winzig kurzen Moment, nach draußen vors Zelt. Dann richteten sich seine Augen sofort wieder auf mich, und er lächelte.

»Gut. Bedauerlicherweise lassen es Eure Verpflichtungen nicht zu, diese Hitze allein mit dem Bewachen des Forts zu überbrücken. Wir werden in ein paar Tagen Ausfälle machen, und …«

»Habt Ihr uns sonst nichts zu sagen, Vorwald?«, unterbrach ihn Shale und leerte seinen Becher. »Da kommt nur ein Schwall Scheiße aus Eurem Mund. So ziemlich das Gleiche wie das, was Gant heute Nachmittag in den Eimer des Drudha rausgequetscht hat.«

Vorwald tat so, als wäre er schockiert, doch Shale war niemand, mit dem man seine Späße machen konnte.

»Draußen vor dem Zelt ist es ein bisschen sehr schnell ein bisschen sehr ruhig geworden, Vorwald«, knurrte Shale, »und Euer Mann hier schwitzt ebenso heftig wie Ihr.«

Vorwald nickte und wiegte mit beiden Händen seinen Becher. Die zwei Männer, die sich mit uns im Zelt befanden, legten die Hände an die Griffe ihrer Waffen.

»Scheiße«, sagte Shale, »ihr Jungs seid dümmer als das Holz von diesem Tisch. Ihr wärt tot, wenn es die da draußen nicht gäbe, wen auch immer unser Hauptmann da abgestellt hat.«

»Tut mir leid wegen dieser Sache, Jungs«, mischte Vorwald sich wieder ein. »Was soll ich sagen? Auf euren Kopf ist eine Belohnung ausgesetzt, so hoch, dass unser Lord Olgin persönlich den Befehl gab. Eine oder zwei Stunden früher, und ihr wärt vielleicht nicht einmal mehr bei dem Überfall heute Morgen dabei gewesen. Ihr seid gute Männer. Wart auch gut für diese Kompanie. Während der Zeit, die ihr bei uns wart, habt ihr euch den Respekt der gesamten Truppe erworben. Nur traurig, dass ich euch und die Zwanzig nie in eurer Glanzzeit zu sehen bekommen hab. Kommt, bringen wir dieses Scheißgeschäft hinter uns.«

Er führte uns aus dem Zelt, und seine zwei angsterfüllten Wachen folgten. Da standen ein paar Handvoll Männer, schauten herüber zu uns; murmelnd, rauchend, halb nackt zu der abendlichen Stunde. Zwischen uns und ihnen war eine Gruppe anderer Männern um das Zelt herum postiert. Agenten der Wacht. Sie trugen das silbergraue Leder und als burgunderroten Lederflicken das Zeichen der Wacht: die Umrisse einer Kaltbuchtseeschwalbe, eingenäht in das größere Schulterteil an ihrem Schildarm. Jeder hatte zwei Feldgürtel doppelt um die Schultern geschlungen. Sie waren bereits gezeichnet und brodelten von einem etwas schwächeren Gebräu. Für diese Arbeit würde es ausreichen. Man konnte sie atmen hören, schneller Shale und ich. Ihre Körper summten geradezu vor Anspannung.

Einer von ihnen trat vor. Er war klein und stämmig, dem äußeren Anschein nach im gleichen Alter wie wir, seine Farbe der unseren ganz ähnlich, vielleicht von etwas blasserem Rot. Jahre guter Mixturen.

»Ihr könnt eure Feldgürtel und Schwerter ablegen und euch selbst ausziehen. Oder wir können es tun. Eine von beiden Möglichkeiten wird blutig ausgehen.«

Ich nickte Shale zu, und wir taten, was sie verlangten. Agenten der Wacht sind nicht wie die normalen Roten. Sie haben eine harte Ausbildung hinter sich und Zugriff auf die besten Mixturen, die die Wacht für Geld kaufen kann. Und das heißt: viele Tränke. Wer immer diese Jungs angeheuert hatte, um uns in die Finger zu kriegen, war ein wohlhabender Mann.

»Wer sucht nach uns?«, fragte Shale.

»Das werdet ihr schon noch rausfinden. Wir passen nur auf euch auf, bringen euch ein Stück weit nach Norden und warten auf die werte Dame. Die übliche Vorgehensweise. Ich bin überrascht, dass Ihr fragt.«

»Bin nicht so vertraut mit eurer ›Vorgehensweise‹«, meinte Shale. »Die Wacht konnte sich uns nie leisten. Nicht für irgendwas Gewöhnliches, jedenfalls.«

Ich lächelte, ebenso wie dieser kleine Bär von einem Mann.

»Unsere Vorgehensweise ist, dass wir Leute irgendwohin verfrachten. Normalerweise von ihrem Versteck zu dem, der uns dafür entlohnt, dass wir sie finden. Männer wie euch, Männer der Farbe, ziehen wir aus – keine Gürtel, kein Leder, keine Tricks. Wir könnten Euch eine Decke geben, wenn es regnet, nehme ich an.« Dafür erntete er Gelächter; es war Hochsommer in den Roten Bergen.

Er hob unsere Schwerter auf und zog meines aus der Scheide.

»Wie nennt Ihr es?«, fragte er.

»Als ob ich Euch das verrate.«

»Die Struktur sieht nach Rotwall-Stahl aus, dem besten. Kann sein, dass ich's behalte. Was meint ihr, Jungs?«

»Ich nehm das andere Zeug«, sagte ein weiterer Kerl. Damit griff er sich meinen Gürtel. Natürlich trug er Handschuhe, da wir, um Gelegenheitsdieben einen Strich durch die Rechnung zu machen, unsere Gürtel und Schwerter mit einem Gift einkleisterten, gegen das wir immun geworden waren. Er klappte die Beutel und Taschen an dem Lederriemen auf.

»Weißeiche, Rugara, roher Ziest. Schätze, dafür werden wir ein hübsches Sümmchen bekommen.«

»Was ist mit eurem Verhaltenskodex passiert? Ihr seid schlimmer als Wilde«, sagte Shale.

»Der Farlsgrad-Kodex? Der mag vielleicht unsere Herren interessieren, aber wir werden dafür nicht gut genug bezahlt.«

Einer der anderen hob unsere Halsketten auf, die wir zusammen mit den Hemden abgelegt hatten. »Gilgul«, sagte er, an den Gockel gewandt, der uns gerade verscheißerte, »sie haben Blüten.«

»Leck mich am Arsch. Schicksalsblüte, und gleich zwei davon! Beide versiegelt.« Die Kappen auf den Kapseln waren mit Wachs versiegelt und mussten aufgebrochen werden. Das Ganze war nur so groß wie ein kleiner Finger. Auf den Verschlüssen waren der Schädel und zwei Blätter eingeätzt. »Schon mal erlebt, wie jemand die benutzt hat?«, fragte er mich.

Ich nickte.

»Ja, ich auch. Wir verteidigten damals Hevendor vor Barbaren. Hin und wieder organisieren sie sich, kommen zu Tausenden daher, marodieren an den Grenzen und nehmen sich die Städte …«

»Scheiße«, unterbrach ich ihn, »mir steht jetzt nicht der Sinn nach alten Räuberpistolen.« Das brachte seinen Haufen zum Lachen.

»Nun, ich sah zehn Männer, die zu den Blüten griffen. Soweit ich weiß, hat sich seither nie wieder ein Wilder nach Hevendor verirrt.« Er zuckte mit den Schultern und steckte die Halsketten mit den Kapseln in seine Tasche.

Es befanden sich insgesamt acht Agenten um uns herum, und wenn man bedachte, dass wir noch unter den Nachwirkungen der *Glorie* litten, war es keine gute Idee, irgendetwas zu versuchen. Solange man für die Farbe büßt, ist man nicht zu viel in der Lage.

Aber wir würden schon sehen, welche Gelegenheiten sich uns boten, wenn wir uns erst wieder erholt hatten.

In jener Nacht marschierten wir nach Norden und hielten erst am nächsten Morgen an, weil meine Wunde stark blutete.

»Besser, ihr lasst sie mich versorgen«, sagte Shale zu ihnen, »sonst ist er tot, bevor wir irgendwo ankommen. Da steckt Schwarzhand-Gift drin.«

»Warum hat er nicht seine Rinde reingedrückt?«, fragte Gilgul. Er trat nah an mich heran und beugte sich herab, um sich den durchgeweichten Kattun anzuschauen. Dann riss er ihn herunter. Wider Willen entfuhr mir ein Aufschrei, obwohl ich damit gerechnet hatte, dass er irgendwas Idiotisches tun würde. Ein paar von seinen Jungs lachten. Ich sackte auf die Knie, meine ganze Seite schmerzte wie verrückt.

Er zog den Kragen seines Waffenrocks herunter, und ich sah die Rinde in seinem Hals. Es war die Sorte, die nach gewisser Zeit zu einem Teil der Haut wird, nicht die, die sich irgendwann auflöst.

»Ihr alten Knacker schwört auf Guaia, aber für das Loch da dürftet ihr Birkenrinde und –balsam brauchen. Ihr guckt ein bisschen in Lagrad, guckt ein bisschen in Vilmor, doch da gibt es weit und breit keinen Drudha, der auch nur die Scheiße wert ist, die ihr unterwegs kackt. Sonst befänden sich diese Gegengifte nämlich in eurem Gürtel und würden euch das Leben retten, wo ihr doch so viele von diesen Bäumen da oben habt. Auch wenn nur der Himmel weiß, wieso sich ein alter Sack wie du überhaupt noch an der Front rumtreibt. Reine Habgier, nehm ich mal an.« Dann fing er an, auf der Wunde herumzudrücken. Er machte und tat, um eine Reaktion zu erhalten. Wie ich leider zugeben muss, bekam er die auch. Während der ganzen Zeit blickte er natürlich auf Shale. Er versuchte, ihn in Rage zu bringen. Doch der blieb ruhig, schaute nicht einmal hin.

»Jador«, rief er zu einem Kumpanen herüber, »am besten, wir sorgen dafür, dass dem Mann nicht die Eingeweide rausquellen.

Die gute Dame wäre sonst gar nicht erfreut. Sie bezahlt dafür, selbst in den Genuss dieses Schauspiels zu kommen.«

Sie vertilgten ein paar Rationen, gaben uns Durrastangen und Wasser, und nachdem ich frisch verbunden war, führten sie uns wieder weiter, Hände und Füße gefesselt.

Die Sonne brannte uns den Arsch weg in der folgenden Woche, da wir die felsigen Schluchten der Roten Berge durchquerten. Es waren lange, harte Tage, die wir auf den Beinen verbrachten, vielleicht auch mehr als eine Woche. Ich weiß es nicht mehr. Der Auftrag schien unseren Häschern aber wichtig genug zu sein, um regelmäßig meine Wunde zu versorgen, sodass ich die Meilen, die wir zurücklegten, wider Erwarten durchhielt.

Eines Abends dann, als die Dunkelheit hereinbrach, wählten sie eine bescheidene Wiese für das Nachtlager aus, die um die paar bröckelnden Mauern von etwas herum wuchs, das wohl mal ein Fort gewesen war.

»Bindet sie an die Pfosten da«, ordnete Gilgul an, »und noch ein Schlückchen Wasser für unsere Gäste, Jador. Tja, da wären wir. Wie geht's euch zwei Hübschen denn? Ich hoffe, ihr habt die Enttäuschung über den Verlust eines fetten Solds verwunden. Na ja, und den Verlust eurer Feldgürtel, Schwerter, Goldmünzen, Pferde. Wir werden hier jetzt einfach auf die ehrwürdige Dame warten.«

Wir erwiderten nichts, wohl wissend, dass dies die beste Methode ist, jemanden, der einen provozieren will, selbst in Harnisch zu bringen.

»Wisst ihr«, fuhr er fort, »die Jungs können es kaum glauben, dass ihr beiden zu Kailens Zwanzig gehört und so was wie das an den Tharosfällen zustande gebracht haben sollt, so wie ihr in der letzten Woche gejammert, gebibbert und an euch rumgekratzt habt. Obwohl, ist schon eine nette Geschichte, was? Schätze, wenn ich genug Leuten erzählen würde, ich hätte zwei Schwänze, würden einige es auch irgendwann glauben. Was ist schon die Wahrheit, wenn ein prall gefüllter Geldbeutel winkt?« Für einen Moment trat Schweigen ein. Allein das Knallen einer Axt gegen einen Baum in der Nähe, wo ein paar der Burschen Feuerholz schlugen, störte die Stille.

»Nichts zu eurer Verteidigung vorzubringen, Jungs? Zu eurer Ehre? Ihr lasst das so stehen?«

Ich hatte mörderische Schmerzen, die mich mehr beschäftigten als das Geseire dieses Blödmanns. Es war schon eine ganze Weile her, dass ich meine Präparate bekommen hatte, und das interessierte mich jetzt viel mehr. Ich hatte ganz vergessen, wie elend es meinem Körper ergeht ohne die Pflanzen. Bärchen Gilgul fing jetzt an, die anderen anzublaffen, damit sie mit der Errichtung des Lagers voranmachten. Vielleicht hatte er ihr Schweigen als eine Art Herausforderung aufgefasst, als hämisches Warten, was wohl als Nächstes kommen würde, da wir den Köder nicht schluckten und uns auf sein Spielchen nicht einließen.

Ich schielte rüber zu Shale, und er zwinkerte mir zu. Er schien sich prächtig zu amüsieren.

Der lange Marsch, ein wenig Bilt und ein paar Nüsse sorgten für ausreichend Müdigkeit, um mich trotz der Schmerzen, die das Gift verursachte, in den Schlaf fallen zu lassen. Allerdings waren es nur ein paar Stunden, ehe ein scharfes Flüstern mich weckte.

Es war Nacht, und weitere Agenten waren ins Lager gekommen und standen herum.

Einer von ihnen sprach mit Gilgul. »Habt ihr ihre Pferde mitgebracht?«

»Wir werden der Kundin von dem hier berichten. Und nein, wir haben die Pferde dagelassen. Dachten uns, diese Sackgesichter sollen ruhig mal ein bisschen laufen«, antwortete Gilgul.

»Was ist hier los?«, fragte Shale.

»Scheint so, als ob die Wacht ein dringlicheres Interesse an euch hat als die Dame, die die Wacht überhaupt erst mit eurer Ergreifung beauftragt hat«, erwiderte Gilgul.

»Da ist doch was faul«, meinte Ranad, einer von Gilguls Trupp. »Die Wacht schließt keine Verträge und hält sich dann nicht daran. Bist du sicher, dass diese Papiere da in Ordnung sind?«

»Der Rote selbst würde sie nicht anzweifeln. Du hast das Siegel gesehen. Sie kommen direkt aus Candar.« Er wandte sich wieder dem Agenten zu, der unsere Übergabe verlangte, ein gedrungen wirkender Mann, allerdings nicht so groß wie Gilgul. Dafür zeigte seine Haut jedoch eine sattere, zünftigere Farbe.

»Aber ich erhalte meine Befehle von Marschall Laun«, sagte Gilgul. »Sie ist für diesen Auftrag verantwortlich. Sie sollte das hier bewilligen, nicht ich.«

»Das Siegel und die Papiere sind alles, was ihr an Bewilligung braucht. Ihr habt die Unterschrift des Hochvogts gesehen, und Eure eigene Schriftrolle bestätigt es. Ihr habt euch zu dem Anwesen von Gildenmeister Filston zu begeben und dort auf seine Rückkehr zu warten.«

Gilgul musterte ihn von oben bis unten. Er roch, dass hier irgendwas faul war. Shale und ich rochen es auch. Doch was immer es sein mochte, ihre Autorität wog es auf; ihre Farbe und ihre Leder waren so einwandfrei, wie sie nur sein konnten. Ein Schwindel schien so gut wie unmöglich.

»Gebt diesen Männern ihre Kleider, Waffen und Gürtel, Gilgul. Sie kommen mit uns.«

»Ach, pfeif drauf. Jador, hol ihre Sachen.« Gilgul drehte sich um und schaute mich an. »Ich hoffe, wir sehen uns wieder. Die gute Dame wird sich nicht aufhalten lassen, und ich würde es bedauern, wenn diese Soße dich umbrächte, bevor ich es tue.«

»Am besten gebt Ihr uns auch die Blüten zurück, was?«, sagte Shale. Gilgul schaute den Anführer der Neuankömmlinge an, dann holte er die Halsketten hervor und warf sie uns zu.

Ansonsten hielten wir allerdings die Klappe und taten nichts, was die Herausgabe unserer Feldgürtel irgendwie verzögern konnte. Wenn sie zwischenzeitlich nicht geplündert worden waren, hatten wir eine Chance. Allerdings würde dieser neue Agent es wohl kaum riskieren, sie uns zu lassen, wenn er nicht die Wahrheit gesagt hatte.

Es war ein kleinerer Haufen, der gekommen war, um Anspruch auf uns zu erheben, vier Leute insgesamt. Sie übernahmen das Lager und hängten einen Topf über das Feuer, das Gilguls Jungs angefacht hatten. Der Geck und sein Trupp waren da schon abgezogen.

Einer von den neuen Agenten schnitt unsere Fesseln durch, und Shale kam zu mir herüber, als ich die Taschen von meinem Hemd und Waffenrock durchsah. Er behandelte meine Wunde, verstrich eine Salbe und ein paar Blätter drauf und verband sie neu. Dann half er mir wieder in meine Leder und warf mir zum Schluss einen Umhang über, damit ich es warm hatte.

Der Agent war ihm behilflich, mich rüber zum Feuer zu schaffen, wo sie ein paar Becher fettige Suppe für uns hatten. Rindernackenbrühe. Es war deutlich zu sehen, dass die Neuen gut gedrillt waren, auch ihre Gürtel, Leder und Masken zeigten Zeichen ausgiebiger Benutzung. Sie bewegten sich wie wir, und standen sicher auch unter dem Einfluss der Pflanze. Niemand sagte etwas, alle schauten auf den Mann, der mit Gilgul gesprochen hatte. Kein Grau war an ihm zu erblicken, doch seine Augen hatten ein bisschen zu viel gesehen; er hatte etwas Ruhiges an sich, wie gute Kommandanten und Anführer es für gewöhnlich ausstrahlen.

»Mein Name ist Achi«, sagte er, »und es ist mir und meinen Jungs eine Ehre, Euch kennenzulernen. Das hier ist Hau, und er heißt Danik. Danik, hol ihre Sachen und Gürtel. Der große Kerl hier ist Stimmy.« Stimmy sah aus, als hätte er sein ganzes Leben lang Felsbrocken zerhauen.

»Wir sind euch außerordentlich dankbar«, sagte Shale, »aber wir kennen euch nicht. Und wir haben auch keine nennenswerten einflussreichen Freunde.«

»Ach nein? Kailen hat uns geschickt. Er steckt in Schwierigkeiten. Wie ihr alle, die ganze Zwanzig.«

Kailen.

Es war ein Schock, seinen Namen zu hören, nach all diesen Jahren. Und dass dieser Achi von uns immer noch als den Zwanzig sprach. Wo wir uns doch schon vor vielen Wintern schon aufgelöst hatten.

»Kailen? Wir haben ihn schon lange nicht mehr gesehen. In was für Schwierigkeiten steckt er denn?«, fragte ich.

Es war ein Segen, die Fesseln los zu sein. Stimmy half mir und Shale bei der Versorgung der tiefen Schnitte, die die Fesseln hinterlassen hatten.

»Er ist in Sporn. Viel mehr wissen wir nicht, und ich schätze, das ist auch so gewollt«, sagte Achi. »Einige der Zwanzig sind kürzlich umgebracht worden. Sie alle hatten eine schwarze Münze in der Hand. Als er das erfuhr und außerdem gehört hat, dass ihr euch in den Roten Bergen aufhaltet, schickte er uns aus. Er wird sich deshalb mit Olgin, dem Oberhaupt von Starunweiler, oder mit ein paar von dessen Quartiermeistern in Verbindung gesetzt haben. Über diese Ecke muss er die Bestätigung erhalten haben, dass ihr hier einen Auftrag angenommen hattet, und schon sind wir hier.«

»Es war Olgin, der uns an diese Agenten verschachert hat«, sagte Shale. »Vorwald meinte, auf unsere Köpfe wäre eine große Belohnung ausgesetzt. Weiß der Geier, warum. Seit vielen Wintern tun wir nichts anderes als unsere Arbeit, und nie sind von den Zahlmeistern irgendwelche Klagen gekommen. Es gab nicht einen Fall, bei dem wir uns nicht an die Abmachungen gehalten hätten.«

Achi nickte. »Ich kann dem nicht widersprechen, aber irgendwas ist im Busch. Kailen ist davon überzeugt. Überzeugt genug jedenfalls, um uns nach euch suchen zu lassen. Er wies uns an, um jeden Preis dafür zu sorgen, dass ihr euch nach Sporn aufmacht, und euch dort mit ihm trefft.«

»Dann seid ihr gar nicht von der Wacht«, stellte ich fest. »Diese Leder und was immer ihr Gilgul da gezeigt habt … Das wirkte alles sehr echt. Obwohl … irgendwie hat er euch trotzdem misstraut.«

»Du hast recht, wir sind nicht von der Wacht. Aber ihr Burschen solltet doch eigentlich ein bisschen was wissen über Tricks, namentlich darüber, zu was Kailen so alles fähig ist.«

»Dann hat er eine neue Truppe? Euch und diese Jungs?«, fragte ich.

Achi lächelte. »Er hat uns zwar gedrillt wie eine Truppe, aber eigentlich hat er sich zurückgezogen. Wir arbeiten unten in Harudan auf seinem Gut, führen jetzt seine Karawanen. Er handelt heutzutage mit Konfitüren, Wein und Ähnlichem. Er hat ausgezahlt.«

»Ausgezahlt haben« bedeutete, dass man das Soldatenleben hinter sich gelassen hatte. Wenn man sein Konto ausgeglichen hatte und weitergezogen war. Es hieß, die Kampftränke und das, was sie einem abverlangten, hinter sich zu lassen.

»Ihr bringt uns also nach Sporn?«, fragte Shale.

Er schüttelte den Kopf. »Kailen hat meinen Leuten befohlen, nach Harudan zurückzukehren. Er befürchtet, dass derjenige, der da an die Zwanzig seine schwarzen Münzen verteilt, herausfinden könnte, wo er lebt, und er will seine Frau und sein Landgut geschützt wissen.«

Wie schön für Achi. Er war raus aus dieser Scheiße.

»Dann brechen wir gleich morgen früh auf«, sagte Shale.

»Wir werden euch für ein paar Tage oder so begleiten, um sicherzugehen, dass dieser Gilgul uns unsere Geschichte tatsächlich abgekauft hat. Dann sind wir weg Richtung Süden. Na ja, meine Jungs zumindest. Kailen will, dass ich nach Norden gehe.

»Hat er mit jemand anderem von den Zwanzig Kontakt aufgenommen?«, fragte Shale.

»Hat er. Wie es scheint, seid ihr aber die Einzigen, die in der Lage sind, zu kommen. Ich meine, von denen, die er noch lebend vorgefunden hat.«

»Fühlt sich nicht richtig an«, sagte Shale, »fühlt sich überhaupt nicht richtig an. Aber wir schulden es ihm.«

»Wo in Sporn hält er sich auf?«, fragte ich. »Bin über die Jahre nur ein paarmal dort gewesen, kenn mich da nicht so aus.«

»Elendsviertel. Weiß nicht, ob ihr mit den Banden dort vertraut seid, aber er hängt bei den Typen vom Indra-Quartier rum. Findet sie, dort findet ihr ihn.«

Es war Wochen her, seit wir von Vorwalds Lager aus losmarschiert waren, und ich war immer noch wütend darüber, dass man uns gezwungen hatte, unsere Pferde zurückzulassen. Ich war mit meinem mehr als zwei Jahre durch die Weltgeschichte geritten, und es war das verdammt noch mal beste gewesen, das ich je hatte. Trotzdem waren die Pferde, die Achi mitgebracht hatte, für die Reise, die wir vor uns hatten, allemal gut genug. Shales Gaul machte zuerst ein paar Zicken, doch er hatte ihn bald schon im Griff. Wir verstanden beide ein wenig vom Pferdesingen, besaßen sogar die Mundstücke dafür. Etwas Räucherschinken und kalter Tee, eine Abreibung mit Öl, und schon ritten wir Richtung Nordwesten, auf Hevendor zu.

Ein paar Tage darauf trennten wir uns von Achi und seinen Männern. Über die Reise nach Sporn gibt's nicht viel zu erzählen. Wir verließen die Konföderation der Roten Berge im Nordwesten und hielten uns dann weiter westlich, ritten unmittelbarer auf Hevendor zu. Außer einigen Nomaden, von denen wir etwas Brot und Wein erhielten, begegneten wir keiner Menschenseele.

Wir sprachen wenig in dieser ganzen Woche. Dafür dachte ich viel nach. Es war lange her, dass wir uns Gedanken um die alte Truppe gemacht hatten. Allerdings drehten sich meine auch immer wieder um meine Schwester Emelt und ihren Jungen, Goran. Seit Jahren schickte ich ihr Geld für den Weiler. Sie gab es gewöhnlich an den Stammesrat weiter, damit das Dorf, wenn es nicht genug Vieh und Feldfrüchte zum Handeln hatte, weiterhin in der Lage war, Eisen und Salz und die Pflanzen, die sie benötigten, zu erstehen.

Schon eine Ewigkeit beackerte sie mich, ich solle zurückkommen, wo ich doch nicht mehr die Schande meines Vaters war, jetzt, da er weg war. Und wo Amila, meine große Liebe, den Jungen hatte. Der würde nach all den Jahren nun wohl im Rat sitzen, wo man, wie Emelt mir schrieb, jetzt anscheinend eher pragmatisch dachte. Man suchte Schwerter. Das Dumme ist, dass überall in Oberlagrad Oberhäupter und Weiler-Lords hocken, die Stahl und raue Männer brauchen, nicht zuletzt wegen der unkartierten Grenzen zu den Wilden Landen. Da gibt's kein Vertun, schließlich bin ich dort geboren worden und aufgewachsen.

Trotzdem bekniete meine kleine Schwester den Rat unermüdlich, auf die Hirten zu hören und in unseren Gebieten ein wenig Frieden zu wahren. Ich vermisste sie. Schon oft hatte ich eine leichte Sehnsucht verspürt, zurückzukehren in diese kalten Hügel und grimmigen Wälder. Jetzt zogen meine Eingeweide mich dorthin.

Aber auch Kailen beschäftigte mich. Es musste an die fünfzehn Jahre her sein, dass Kailens Zwanzig auseinandergegangen waren. Wir beschützten die Mitglieder der königlichen Familie von Argirwehr, den Regenten selbst und seine zwei Kinder. Er, der König, zahlte uns schließlich aus, als er sich außer Landes begab. Und wir, bis oben hin voll mit Gebräu, Schnupfpulver und Fusel, kriegten uns gegenseitig in die Haare. War ja klar. Kailen meinte, wir wären eine einzige Blamage und hätten nichts mehr zu tun mit der eingeschworenen Truppe, die er mal kannte.

Kailen hatte uns alle reich gemacht, uns zu Siegen geführt. Er hatte die Kriege und Kriegsherren studiert und uns das Rechte für Gold und Ruhm herausgepickt. Natürlich kam es zu Streit. Es endete damit, dass alle getrennter Wege gingen. Einige allein, andere zu zweit oder zu dritt. Ich tat mich mit Shale zusammen, weil wir von Anfang an gut miteinander ausgekommen waren. Ein paar blieben noch eine Zeitlang bei Kailen, doch die Geschichten von der Wacht und den Karawanen versiegten, während unsere Legende verblasste.

Scheint so, als ob er nach Harudan zurückgegangen war, wie ich's mir von Anfang an gedacht hatte; er würde sich wohl kaum mit schlechteren Leuten weiter nach Aufträgen umtun bei all dem Gold zuhause und seinen familiären Beziehungen zu den Aristokraten. Er musste niemandem mehr etwas beweisen. Selbst im Kampf Mann gegen Mann war er ungeschlagen, obwohl wir nie ganz sicher waren, ob er auch Shale kleinkriegen würde. Beim ersten Mal, als sie miteinander gekämpft hatten, war Shale unglücklich aufgekommen, und Kailen hatte gewartet, bis der Fuß wieder in Ordnung war, bevor sie sich ein zweites Mal beharkten. Was sie dann auch taten, allerdings ohne Zuschauer. Wie die Sache ausging, hat er nie erzählt, und Shale war außer Kailen der einzige Mann, den ich niemals im Schwert- oder Zweikampf oder sonst wie habe unterliegen sehen.

Shale beschäftigte auf unserer Reise nach Hevendor vor allem die Frage, was wohl hinter all dem steckte – unserer Ergreifung durch die Wacht und den Schwierigkeiten, in denen Kailen sich vermeintlich befand. Ein paar Tage, nachdem wir die Roten Berge hinter uns gelassen hatten, brachte er es zur Sprache, als er gerade einen Hasen ausnahm.

»Weiß nicht, wer nach all den Jahren noch immer Probleme mit den Zwanzig haben könnte. Wie viele von uns kämpfen noch, Gant? Wer nimmt noch Aufträge an? Söldner fallen. Nur weil wir genug Gold gemacht haben, konnten wir uns die guten Sachen und die besten Rezepte leisten, die uns über Wasser hielten. Seit Jahr und Tag mixen harudanische und juanische Drudhas unser ganzes Gebräu. Und trotzdem macht das Zeug einen einfach kaputt, lässt einen durchdrehen. Erinnerst dich an Ibsey? Hat für uns zum Aufputschen total krasses Zeug zusammengemischt. Stixie, Digs, Säbel-Sho, Ibsey und alle … Keiner brachte wegen des Zitterns noch seine Waffenübungen zustande. Und dann die Sauferei … Scheiße, Gant, jeder von den Milchbärten, die wir bei diesem Überfall zurückgeschlagen haben, hätte am Ende einen oder mehr von uns erledigen können. Von heute gar nicht zu reden.«

Er hatte recht. Ich konnte dieser Tage nicht mal mehr Kailens Waffenübungen korrekt durchziehen. Meine Knie hatten's hinter sich, und den Rücken konnte ich nur noch mithilfe einer Mischung aus braunem Zuckeröl oder Salmöl mit Kupfersalzen gerade durchstrecken. Ich blickte in eine Schüssel mit Wasser und sah zwischen all den Schlachten- und Brandnarben nur ein paar Büschel Haare, und meine Hautfarbe tendierte aufgrund der Präparate inzwischen ins Grüne. Ich sah aus, als ob ich schimmelte. Wir kamen beide nicht mehr ohne unsere jeweiligen Öle aus. Shale war nicht so im Arsch wie ich, aber auch er brauchte Iridus-Öl für seine Augen, und seine Schulter musste er ständig einschmieren, sonst machte sie sofort Ärger.

Shale tat täglich sein Bestes, meine Wunde zu versorgen. Wir hatten einige Maden, die ganz gut halfen, das Gift in Schach zu halten, aber alles in allem konnte ich spüren, wie es immer tiefer in mich kroch. Schmerzhaft, als wäre ich durchgeprügelt worden.

Ohne Zwischenfälle erreichten wir Hevendor und schließlich unser Ziel. Sporn war ein großer Flusshafen an der Ost-West-Passage, Teil eines Netzes, das die Straße von Hisca ausmachte. Kostbarkeiten der Alten Königreiche, wie Pflanzen, Weine und dergleichen, gingen nach Osten. Sklaven, Felle, Metalle und andere Pflanzen kamen zurück. In den Süden, wo der Fluss das Land des Ten-Clans durchschnitt, wurde nicht viel verschifft. Allerdings hatte es dort unten in den letzten paar Jahren immer mal wieder lohnende Aufträge gegeben.

Auf dem Weg in die Stadt folgten wir einer Karawane Sklaven. Sie waren auf Wagen zusammengepfercht und blickten mit stumpfen Augen zu uns herüber. Die hatten gerade noch genug Verstand übrig, um essen zu können. Sie waren auf *Druup*, und die meisten hatten deswegen das Schütteln und wimmerten rum. Niemand muss gefesselt werden, wenn er auf Druup ist.

Als wir auf das Elendsviertel zusteuerten, wo wir ein paar Bandenmitglieder zu finden hofften, bemerkten wir, dass die Straßen und Gassen, ja sogar die Dächer voller Militär waren. Zahlreiche Gebäude in der Gegend waren eingestürzt und niedergebrannt, und über allem hing eine dichte Rauchdecke. Offenbar hatte es Unruhen gegeben. Außer bei einer Belagerung hatte ich noch nie so viele Soldaten auf einem Haufen gesehen. Überall lagen Trümmer, umgeworfene Stände, dazu übereinandergehäufte oder kreuz und quer daliegende Leichen. Die Totenkarren und die kapuzentragenden Männer, die sie schoben, kamen kaum hinterher.

Blöderweise trieben sich auch etliche Mitglieder der Wacht hier rum, also suchten wir uns eine Herberge, um die Pferde unterzubringen und rasch und leise zu Fuß weiterzugehen.

Wer immer hinter Kailen her war, hatte offensichtlich zum Zündeln aufgerufen. Gut, dass wir's verpasst hatten. Sah nicht wirklich schön aus für ihn, wenn er Militär und Rote gegen sich aufgebracht hatte und dazu noch ein paar örtliche Schläger. Aber er hatte schon Schlimmeres durchgestanden, und ich freute mich darauf, ihn zu sehen.

Bestimmungsort: Candar-Stadt, Q2 670 OE
Über Hauptroute östliche Sar
VERTRAULICH – NUR ZU HÄNDEN DES ROTEN
PERSÖNLICH
Bericht von: Elite-Agent 84
Kontaktierte Personen: Marschall Laun. Gildenmeister Alon Filston von der Filston-Blackmore-Gilde

Marschall Laun, Galathia zugeteilt, berichtete von der Ermordung von Söldnern im Ten-Clan-Gebiet und in der Konföderation der Roten Berge.

Bei den Söldnern handelte es sich um Connas'q und Digs, beide wohlbekannt für ihre ehemalige Zugehörigkeit zu Kailens Zwanzig.

Eurer Anweisung gemäß erteilte ich Marschall Laun und Alon Filston für ihre Nachsichtigkeit gegenüber Galathia einen Tadel. Es ließ sich keinerlei Bemühen erkennen, nach dem Zwischenfall im Povey-Tal und der Exekution jenes Mitglieds von Kailens Zwanzig namens Sho die Maßnahmen zu ihrer Sicherheit zu verstärken.

Der Attentäter, der Marschall Laun zufolge bei Shos Exekution zugegen war, und von dem sie glaubt, dass er dieselbe Absicht verfolgte wie Galathia, nämlich diesen Mann zu töten, wurde seither nicht mehr gesehen.

Sowohl Marschall Laun als auch Filston wurden an die Anweisung erinnert, Galathias Sicherheit zu gewährleisten, während wir die Basis für ihre Wiedereinsetzung auf den Thron von Argir schaffen. Namentlich Marschall Laun wurde nochmals darauf hingewiesen, dass Galathia die Verfolgung von Söldnern, die einst Kailens Zwanzig angehörten, ausdrücklich untersagt wurde.

Sie, Marschall Laun, ist sichtlich enttäuscht über unsere Sorge, der Sicherheit von Galathia könne nicht hinreichend Genüge getan worden sein. Sie bittet anzuerkennen, dass die Beurteilung von Risiken ihre Angelegenheit sei und die Verfolgung von Objekten ohne politischen Stellenwert unserem Gesamtziel nicht zuwiderlaufe. Im Übrigen seien diese Objekte für Galathia von solcher Wichtigkeit, dass es ihrer Ansicht nach illusorisch wäre, sie ohne Anwendung von körperlicher Gewalt davon überzeugen zu wollen, sie nicht weiter zu verfolgen. In beiliegenden Feldberichten hebt sie des Weiteren hervor, ihre Zielobjekte seien isoliert und außer Gefecht gesetzt worden, bevor sie selbst mit ihnen in Berührung kommen konnte. Ich machte unsere Ansicht deutlich, dass die Lage im Gebiet des Ten-Clans und in den Roten Bergen im Hochsommer – insbesondere einem Sommer, von dem unsere Wachtniederlassungen behaupten, es sei der schlimmste, den sie jemals erlebt hätten – ein Risiko eines Ausmaßes bedeutet, dem sie eigentlich nicht ausgesetzt sein sollte, und dass diese Einschätzung auch schon ungeachtet der Gefahr gelte, die ihre Zielobjekte als erfahrene Söldner auf jeweils eigenen Feldmissionen darstellten.

Alon Filston wurde angewiesen, sich bezüglich der Unterschriften für einen neuen Regierungsrat und die Wiedereinsetzung seiner Gemahlin Galathia und ihrer königlichen Familie in Argir mit seinen verbündeten Gilden, dem Haus Darrun-Luke von Euralwehr und unseren Vögten abzustimmen.

Doch Galathias Jagd auf die Zwanzig geht weiter. Gant und Shale von den Zwanzig wurden von Agent Gilguls Truppe ergriffen, die Filston über Marschall Laun rekrutierte. Die Gefangennahme im Norden der Konföderation der Roten Berge verlief ohne Zwischenfälle. (Die Gesuchten hatten den Auftrag übernommen, eine Grenzübertretung der Schwarzhände zu kontern.) Auch Kailen selbst wurde in Hevendor im Sporn identifiziert. Galathias Absicht ist es, alle Mitglieder der Zwanzig zu fassen und zu töten, wobei sie sich Laun und eine weitere Kolonne der Roten zunutze machen will. Mehrausgaben werden von Alon Filston gedeckt.

Gemäß Weisung untersagte ich die Verfolgung und Ergreifung von Kailen als einem in höchstem Maße gefährlichem Ziel. Ich habe Filston beauftragt, das Thema von Galathias Rückkehr auf den Thron anzuschneiden, und ihm zudem einen Rat mitgegeben, wie dies am besten zu bewerkstelligen sein wird. Ferner wurde der Persönliche Kanzlist veranlasst, erstens mit dem Entwurf einer Rede für einen solchen Anlass zu beginnen, zweitens Metallarbeiter aus Jua und Hoffnungsberg für die Fertigung von Geschenken in Dienst zu nehmen sowie drittens ein Bankett für die Adligen vorzubereiten, in deren Kreise sie zurückkehren wird.

Da ich damit rechne, dass meine Order hinsichtlich Kailen unter Umständen nicht durchgesetzt werden wird, habe ich den Hochvogt von Hevendor sowie die Obrigkeit von Sporn informiert, die erforderlichenfalls Beistand leisten werden. Abgesehen von dem Umstand, dass sie Galathias Eigensinn nicht Herr werden kann, hat Marschall Laun ihre aufrichtige Freundschaft und umfassendes Vertrauen gewonnen und wird ein wertvoller Verbündeter sein, der ihre Meinung zu unseren Gunsten zu beeinflussen vermag.

Instruktionen für den Hochvogt betreffs Kailen nebst einer Unterrichtung des Indra-Quartiers wurden besorgt.

3. KAPITEL

Galathia

Ich habe eine Darstellung von Prinzessin Galathias Anteil am Niedergang von Kailens Zwanzig zusammengetragen. Neben ihrer nachträglichen Schilderung der Geschehnisse, während sie in Gefangenschaft war, liegen ihrem Bericht Schreiben zugrunde, die sie an ihren Bruder Petir schickte. Dank der Position, die mein Patron innehatte, war er in der Lage, Abschriften dieser Briefe anzufertigen. Es folgen jene Briefe, die Galathias Jagd auf Kailens Zwanzig beschreiben, sowie eine persönliche schriftliche Erklärung hinsichtlich ihrer Rolle bei dem Angriff auf das Indra-Quartier.
Goran

Verfasst 669 OE, betreffend Ereignisse in den Jahren 668-9 OE

Lieber Bruder,
ich frage mich, wie du dich gefühlt hast, als du deinen ersten Kampftrank zu dir nahmst. Die Probetränke bereiten einen nicht wirklich darauf vor, habe ich recht?

Das erste Mal, als ich ein volles Maß nutzte, da zitterte ich in den Wüstenwinden der Ten-Clan-Steppe wie Espenlaub. Es ging darum, Digs zu töten; gleichsam das Morgengrauen meines Strebens, an Kailens Zwanzig Vergeltung für uns zu üben. Mein Gemahl Alon erwarb die Dienste eines Marschalls der Wacht, einer Frau namens Laun, und ihres Trupps, um mir dabei zu helfen. Laun stellte die Tüchtigkeit der Wacht in der Informationsbeschaffung beeindruckend unter Beweis. Digs war der erste der alten Söldner, den sie ausfindig machte.

Zwei Wochen lang hatten wir Kamele in die Ten-Clan-Lande und in eine Dürre geführt, wie sie keiner von uns je erlebt hat. Der Tod war auf den Hauptrouten allgegenwärtig. Für eine Handvoll Reis oder etwas Münze versuchten Männer, uns ihre Kinder zu verkaufen, während ihre Frauen stumm und wie betäubt danebenstanden. Allenfalls waren sie mit dem bisschen Kraft, das sie noch hatten, imstande, Steine nach uns zu werfen, um den Handel zu unterbinden. Wir hatten keine Verwendung für Kinder. Je näher wir der Grenze zu den Roten Bergen kamen, desto schlimmer wurde es, Hunger und Durst aufgrund der Dürre trieb die Menschen von dort in die Ten-Clan-Gebiete. Seit Generationen sind die dort draußen hausenden Nomaden daran gewöhnt, die Sommer im Herzen vom Ten-Clan zu ertragen, jetzt aber stellten sie den Flüchtlingen Fallen. Wie Statuen standen deren Familien da und warteten, während sie für etwas Bilt Wasser eintauschten. Ich habe manches Lagerfeuer gesehen, an dem Tiere sich an den Überresten ganzer Sippen gütlich taten. Nur wo noch ein Rest von Zivilisation geblieben war, wurden die Toten auf Scheiterhaufen verbrannt.

Digs und seine Leute hatten sich einer Karawane angeschlossen, die Korn und Räucherfisch von der Küste zu den Grenzsoldaten brachte. Dabei mussten sie nicht nur die hineinflutenden Flüchtlinge aus der Konföderation der Roten Berge abwehren, sondern die Grenzen auch vor Einfällen von Kriegern aus den Wilden Landen schützen.

Ich hatte gehört, dass Digs seit mehreren Sommern mit den Karawanen unterwegs war, daher war es unwahrscheinlich, dass er die Antwort auf die Frage bezüglich meines Erbes wusste. Doch genau wie die anderen hatte er mich verraten, mich und meinen Bruder.

Gegen Bares hatten die Nomaden etwas von ihrem Wissen über die Reiserouten im Kernland des Ten-Clan-Territoriums mit uns geteilt. Digs Karawane lagerte auf einem Kamm, von dem aus man nach Norden hin eine steinige Ebene überblickte.

Damit ich ein besseres Gefühl für das Tragen einer Rüstung bekam und lernte, wie man sie und die Pflanzen im Kampf einsetzte, hatte ich eine Garnitur Agenten-Leder und einen Gürtel erhalten.

Laun und Midgie halfen mir beim Anlegen, und dann halfen wir Laun. Sie trug ihr blondes Haar – die übliche Farbe von Frauen aus Farlsgrad – in einem kurzen Stoppelschnitt. In einem anderen Leben wäre sie bei entsprechender Abstammung oder gesellschaftlichen Geltung der Hauptgewinn für jeden Prinzen oder Lord gewesen. Ich selbst war mit meinem roten Haar und meiner weißen Haut für Alon genug Hauptgewinn. Die Hautfarbe, die mir die Tränke verliehen, die ich wegen meines Trachtens nach Rache nahm, hat bei den Versammlungen und Festmahlen, die Alons Gilde ausrichtete, mancherlei unverhohlene Äußerung provoziert. Ich war nicht das dralle, nett plaudernde Schmuckstück, auf das seine Standesgenossen angewiesen waren, um ihren Status widerzuspiegeln. Ich hatte jahrelangen Drill hinter mir seit meiner Zeit in der Hochkommune Jua. Allenthalben hieß es, er sei zu nachsichtig mit mir. Doch er wusste es besser. Alon wusste, was ich durchgemacht hatte. Um ihn allerdings dazu zu bringen, die Finger von anderen Frauen zu lassen, hatte es des Todes einer Konkubine bedurft.

Laun sah dabei zu, wie ich mein Kampfgebräu trank. Das Zeug besitzt die Konsistenz von Eiercreme und schmeckt nach abgekochtem Unkraut und Erde. Einfach scheußlich. Anschließend hat man stundenlang ein trockenes, kalkiges Gefühl im Hals, das es einem schwer macht zu schlucken. Dabei handelt es sich um einen Belag, der ein Anschwellen der Schleimhäute verhindert, wenn man Dämpfe oder Pulver einatmet. Natürlich wird sie mir nie die Rezeptur verraten, also kann ich es auch nicht weitergeben.

Da sind ein paar Augenblicke, in denen sich dir der Magen umdreht, ein Ekelgefühl, dass sich durch deine ganzen Gedärme frisst, allerdings weicht es bald einer Empfindung von Wärme.

Und dann wird es heiß, heiß bis selbst auf die Haut, während es sich in deinem Körper ausbreitet. Adern werden dicker, Muskeln verstärken sich, und dann passiert, was einige Soldaten das »Lied der Welt« genannt haben. Das ist, wenn einem das Gebräu ins Hirn zu steigen beginnt. Nach kurzer Zeit erstrahlt eine kalte Nacht, und es scheint einem, als ob sie sich mit Lichtpunkten füllt. Man hat das Gefühl, dass ein schwarzes Tuch über dem Himmel liegt, das kurz davorsteht, zu zerplatzen und dabei eine blendende Helligkeit in die Nacht zu entlassen. Ich kann kaum beschreiben, wie es sich anfühlt, wenn deine Gedanken plötzlich zu rasen beginnen und deine Wahrnehmung sich erhöht. Du meinst fast, dass der Wind selbst sichtbar wird, wenn er über die Härchen auf deinem Arm streicht und du das Gefühl hast, dass Du seine Bewegungen vorhersagen kannst.

Als wir alle unser Gebräu genommen hatten, konnten wir spüren, wie sich tief unter unseren Füßen etwas bewegte, Wasser vielleicht. Ich vermochte nun die Lagerfeuer der Karawane zu riechen. Den Duft des Fleischs, das sie brieten, den Gestank ihrer Kamele. Mir war schwindlig von dem Trank – wie jedes Mal, wenn ich ihn nehme –, und Laun und einer ihrer Leutnants namens Syle ergriffen meine Hand. Dann begannen wir zu singen. Nuschelnd, wie unerfahrene Rekruten. Das waren die »Gesänge der Selbstfokussierung«, um »das Gebräu zu versteinern«, wie es heißt. Dadurch soll man ruhig werden, alle Gedanken loslassen.

Ich folgte den anderen, als sie geduckt auf Digs Lager zuschlichen. Eine Schlucht und ein paar Dornenbüsche boten uns ausreichend Deckung vor Pfeilschüssen aus dieser Richtung. Wir waren insgesamt sieben. Die andere Seite hatte fünf Wachtposten aufgestellt. Drei befanden sich oben auf dem Kamm und sicherten in die andere Richtung, zwei Männer bewachten die Rückseite, von der aus wir uns näherten. Laun gab ein Zeichen, vorzurücken, und Syle und Omara gaben mit ihren Bögen zwei perfekte Schüsse ab. Lautlos sackten die beiden Wachen auf unserer Seite zu Boden.

Laun hatte Sorge, dass das Geräusch der Bögen die anderen Wachen aufgescheucht haben könnte. Deren Sinne waren zweifellos ebenfalls durch Tränke geschärft. Wir mussten das Lager erreichen, bevor unser Vorteil der Überraschung verschwunden war. Wir rannten los.

Im Laufen schossen Syle, Midgie und die anderen Sporenbeutel auf das Lager ab. Die Kamele begannen zu schnauben und trampelnd an ihren Stricken zu zerren. Die Karawane war alarmiert. Männer rissen ihre Zelte auf und brachten Bögen in Anschlag. Es war merkwürdig, wie langsam sie sich bewegten. Sie feuerten Pfeile ab, einige setzten vorher noch ihre Masken auf, aber es würde zu spät für sie sein. Die Pfeilspitzen hatten die Beutel aufgestochen, und ihr Inhalt breitete sich im Lager aus.

Der Kampftrank in meinen Adern hatte meine Wahrnehmung so sehr verbessert, dass ich sehen konnte, wie die Pfeile sich zitternd ausrichteten und von den Bogensehnen auf mich zu sprangen. Instinktiv wusste ich, ob ich mich fallen lassen oder weiterlaufen musste.

Schließlich erreichten wir das Lager, und wie abgesprochen hielt ich mich ein paar Schritte zurück. Ich hatte fast damit gerechnet, dass ich Angst verspüren würde, mich weggewünscht hätte. Schließlich hatte ich ein Schwert ehedem nur im Rahmen der Waffenausbildung in der Hand gehalten. Doch der Trank nahm mir alle Furcht, und ich spürte Macht, vielleicht zum ersten Mal in meinem Leben. Ich empfand das Verlangen zu kämpfen, zu töten, und es war überwältigend.

Zwei Männer stürzten aus einem Zelt heraus, um Syle anzugreifen, die gerade mit einer der Wachen beschäftigt war, welche unser anfänglicher Sturmlauf auf den Plan gerufen hatte. Ihr Gebräu hatte ihnen noch nicht ihre volle Kraft verliehen, wie ihr schweres Keuchen verriet. Sie waren bereit für das Tosen, aber noch um so vieles langsamer in ihren Bewegungen und Gedanken als wir. Mühelos parierte ich einen Schlag und stieß dem ersten ein paar Zentimeter meines Schwerts in die

Brust, als er aus dem Zelt hervorbrach. Erschrocken taumelte der Mann zurück, erst röchelnd, dann würgend. Unser Gift war eine Farlsgrad-Rezeptur, in der ganzen Wacht dafür bekannt, dass es beim Ten-Clan besonders effizient ist.

Syle warf sich vor mich, entwaffnete den anderen, bevor sie ihn durchbohrte, während ich mich auf die erste Wache stürzte, die sich jetzt hinter Syle befand, um ihr den Rücken freizuhalten.

Weitere Gegener kamen herbeigerannt. Sie hatten auf den Wagen geschlafen, als wir zuschlugen. Doch auf keinen von ihnen passte Digs Beschreibung, von dem es hieß, er sei unnatürlich groß. Vermutlich steckte er in irgendeinem Zelt und wartete darauf, dass sein Gebräu die gewünschten Effekte zeitigte, bevor er herauskam und sich uns stellte. Schnell wie der Wind rannte ich zu dem Feuer in der Mitte des Lagers, wobei ein Pfeil, den ich nicht kommen gesehen hatte, so haarscharf an meinem Kopf vorbeisirrte, dass ich den Luftstrom im Nacken spürte. Ich schnappte mir einen Ast, an dessen Ende eine Flamme tanzte. Damit lief ich von Zelt zu Zelt und setzte sie allesamt in Brand, wild entschlossen, Digs und seine Kumpane herauszujagen, bevor sie in vollem Ausmaß auf den Schwingen ihres Kampfgebräus ritten.

Launs Truppe war den Söldnern und Clanleuten der Karawane weit überlegen. Als Digs endlich mit vier seiner Männer auftauchte, war offensichtlich, dass sie noch nicht so weit waren. Prennen, ein Bogenschütze aus Launs Rudel, sah sie und erlegte einen davon mit seinem Pfeil, ehe Digs ihn erreichte. Währenddessen stürmte ich von hinten heran und machte mit meiner Klinge ein Loch in einen weiteren von Digs Begleitern. Der dritte wirbelte daraufhin zu mir herum, aber es gelang mir immerhin, ihm dabei einen tiefen Schnitt zu verpassen. Als der vierte ihm beisprang und mich zurückdrängte, verlor ich für einen Moment die Initiative.

Es war ein prägender Augenblick meines Lebens, die erste echte Bedrohung nach vielen Jahren. Ich dachte noch viel zu sehr in den Bahnen meiner Waffenausbildung, dabei war es bei der ganzen Vorbereitung doch immer nur darum gegangen, eben nicht zu denken, sondern das Gebräu zu versteinern, wie der einleitende Gesang es verlangte. Was ich gerade erlebte, entsprach dem Unterschied zwischen der Beschreibung eines Aromas und seinem tatsächlichen Geschmack. Das Lied, von dem die Soldaten sprachen, war gesungen; zu denken bedeutete, taub dafür zu sein. Ich zwang mich, die Gegner einfach zu beobachten und ihre Bewegungen zu erspüren, sie mit wachen Sinnen vorauszuahnen.

Als schließlich einer von ihnen einen jähen Vorstoß unternahm, glitt ich geschmeidig zur Seite. Eine Parade, ein Konter, und meine Klinge pflügte durch sein Gedärm; ein leichter Zug mit meinem Arm, mit dem sie ihn aufschlitzte, dann ein gegenläufiger Schnitt in sein Bein. Aus dem Augenwinkel heraus sah ich die Klinge des Anderen herabsausen und riss meine eigene hoch und blockte. Der nachfolgende Aufprall ging mir durch sämtliche Knochen. Mir wackelten die Knie, und ich geriet aus dem Gleichgewicht, als ich herumwirbelte, um die Wucht des Schlags aufzunehmen. Augenblicke gefroren, während ich meinen tauben Arm hochzubekommen versuchte, um mich vor dem zu schützen, was ich für den Todesstoß hielt. Da erstarrte der Mann plötzlich. Syles Schwert brach aus seiner Brust hervor und war so schnell wie eine Schlangenzunge wieder nach hinten verschwunden. Ich wäre tot gewesen, hätte ihr Kampfgebräu bereits die volle Wirkung entfaltet.

Ich drehte mich um und sah, dass Digs auf den Knien war, zitternd, während sein eigenes Gebräu weiter in ihm kochte und toste. Laun hatte ihm Fuß- und Handgelenke zusammenbinden lassen, und er sah aus wie ein gebändigter Bulle. Ich zweifle nicht daran, dass er es uns sehr viel schwerer gemacht hätte, wenn er sich bei unserem Überfall schon auf der Höhe seiner trankgegebenen Kampfform befunden hätte. Ich hatte viele Geschichten über seine Stärke gehört, darüber, wie gekonnt er Bergleute und Pioniere führte, und von seinen Kenntnissen aller möglichen Befestigungsanlagen und deren Schwachstellen. Manchen Sold hatten Kailens Zwanzig nur dank seiner Belagerungskünste errungen.

Und nun kniete er dort vor mir, taumelnd im Griff des Gebräus. Was für eine Kraft in einem einzigen Mann! Wie furchterregend muss es gewesen sein, den Zwanzig zu ihrer Glanzzeit gegenübergestanden zu haben, wenn sie alle mit ihm auf Augenhöhe waren oder ihm gar überlegen? Und wie berechtigt sie sich angesichts ihrer Macht und ihres Kampftranks, Kailens Glorie, gefühlt haben mussten, meines Vaters Ansinnen zu verraten. Meinen Bruder zu verraten. Und mich.

»Agenten der Wacht?«, rief er aus. »Haben wir uns etwa zwischen dem letzten Seidenkissen und unserem nächsten verlaufen?«

»Fick dich«, erwiderte Midgie.

»Genug!«, ging Laun dazwischen. Sie sah mich an. Eine Aufforderung.

»Wir sind wegen dir gekommen, Digs«, sagte ich.

Sein Blick wandte sich mir zu. Er würde mich nicht erkennen. Nicht mit der Maske, die ich noch trug, und meinen zum Zopf gebundenen Haaren.

»Ihr hättet einfach anklopfen können. Ich hab genug für euch alle in der Hose.«

»Ich hatte gehofft, du könntest mir sagen, wo ich die anderen finde, die mit dir in Kailens Zwanzig gekämpft haben.«

»Kailens Zwanzig? Die Truppe ist seit langem aufgelöst, wenn nicht größtenteils tot. Ich verstehe ja, dass Ihr mehr aus Eurem Auftrag rausschlagen wollt, als bei dem Haufen hier zu holen ist. Wenn sie auch nur annähernd gut wären, hätten sie im Krieg richtig Münze gescheffelt.«

Ich trat näher an ihn heran, getrieben von einem heftigen Verlangen, ihm wehzutun. Ich zitterte förmlich vor Gier, diesem Gefühl freien Lauf zu lassen. Aber ich erkannte auch, dass es sinnlos war, ihn zu schlagen, und wenn meine geballten Fäuste ihm noch so gern die Nase brechen wollten. Sein eigenes

Gebräu würde ihn gegen den meisten Schmerz unempfindlich machen. Ich streckte meine Finger, versuchte die Wut, die der Trank verursachte, von mir zu streifen.

»Hündin, was würde es für mich ändern, wenn ich wüsste, wo sie sind? Ich weiß nicht, wo sie stecken, mit Ausnahme von Connas'q. Höchstwahrscheinlich hält er sich nördlich von hier auf und wartet auf die Clans – er ist ein Kind der Roten Berge, und schlimmer noch, ein Afagi. Vielleicht solltet ihr mit der Folter anfangen, um sicherzugehen, dass ich die Wahrheit sage.«

»Ich brau uns gern einen Tee, der uns beim Runterkommen hilft«, sagte Midgie, »während Ihr Euch schon mal an die Arbeit macht. Oder ich nehm ihn mir zur Brust, wenn Ihr das wünscht.«

Ich glaubte Digs. Trotzdem quälte ich ihn. Ich wollte dieses große, arrogante Schwein winseln und schreien sehen, wollte, dass er etwas von dem erlitt, was er für Gold und Silber sein Leben lang Zahllosen angetan hatte. Ich häutete ihm einen Arm fast komplett, streute Salz darauf und wurde belohnt mit einem Geräusch, das gebräugeschwängerte Soldaten zu hören begehrten. Er hatte nichts mehr über die Zwanzig zu sagen. Die Fingernägel, dann die Finger wurden langsam entfernt, und er ächzte und schwitzte. Natürlich besaß ich nicht das Geschick in dieser Kunst, um die Grenzen seines Willens aufzuspüren. Er hatte keine Antworten für mich, keinen Anhaltspunkt über Connas'q hinaus. Die Afagi, Connas'qs Clan, haben aus historischen Gründen nichts mit seinem eigenen Morafan-Clan zu schaffen. Der Ten-Clan und die Roten Berge befanden sich alle naselang immer wieder mal im Krieg. Im Übrigen vermochte ich ihm bei seinem Gebrüll und Gekreische, während ich an ihm zugange war, sowieso nicht ganz zu folgen. Ich zupfte an seinem offenen Armmuskel, um noch irgendetwas Wichtiges in Erfahrung zu bringen, und zog bereits in Erwägung, mich näher mit seinen Hoden zu befassen, als ich abzustürzen und für die Farbe zu büßen begann. Midgies Tee half, aber mein Körper versagte mir den Dienst.

Digs Kopf hing herab. Er atmete schwer, während sein eigener Fall sich ankündigte und die Schmerzen der Tortur zunahmen. Ich hätte das gern noch fortgesetzt, aber ich musste mich ausruhen. Seinen gekeuchten Beleidigungen nach zu schließen, entging ihm das nicht. Er versuchte, seine Unbeugsamkeit zu beweisen und zugleich einen beschleunigten Tod herbeizuführen. Ich sagte nichts, hob nur ein in der Nähe liegendes Schwert vom Boden auf, schwang es und trennte ihm sauber den Kopf ab. In dieser einen Hinsicht hatte er mich geschlagen, und ich heulte prompt unkontrolliert los. Laun kam zu mir herüber und hielt mich fest. Ich konnte kaum mehr stehen. Alles, von meiner Preisgabe in Schlangenwald bis hierher, da der erste der Zwanzig seinen Tod gefunden hatte, stürzte in diesem Moment auf mich ein. Dann legte sich Laun mit mir hin, bis mein Körper von den Strapazen der nachlassenden Wirkung des Tranks, dem Absturz, erschöpft genug war, dass ich einschlief – die Arme um den Hals meines Vaters gelegt, drückte ich ihn fest an mich und flehte ihn inständig an, dass er mit uns aus dem Palast herauskommen solle.

Die Güter der Karawane sorgten, zusammen mit dem Siegel des Morafan-Clans, einer Distel, für eine angenehme Reise direkt zur Grenze der Konföderation der Roten Berge. Nach meinem Absturz und dem anschließenden Schlaf, war ich mit einer gewachsenen Zuversicht aufgewacht. Mit Alons Geld und Launs Trupp, davon war ich nun überzeugt, würde ich diese Verräter zur Strecke bringen. Diese Überzeugung wurde allerdings, als wir schließlich in die Berge und Täler vorstießen, auf eine harte Probe gestellt. Für die Jagd von Konföderierten in ihrem eigenen Land brauchte es Pflanzen; Heilkraut, Alka, mehr als bloß Gifte. In diesen trockenen und steinigen Hügeln gab es wenig Bedarf für ausgeklügeltes Gift. Und kein Clan, der wusste, dass es hier Pässe und Höhlen gab, an denen man geradewegs vorbeimarschieren konnte, ohne sie zu sehen, wäre so närrisch, offen einen Feind anzugreifen.

Ein Mann aus unserer Truppe, Ry'le, war bei diesen Clans aufgewachsen, die mit ihren kleinen Herden die Höhen durchstreifen. Er wusste, dass es in dieser Gegend mit Loyalität nicht weit her war. Nicht hier, wo der Wohlstand der Küstenclans, welche die Konföderation dominierten, nicht hinreichte. Es war eine Kurzsichtigkeit, wie man sie in den Alten Königreichen nur allzu häufig antraf, aber nicht zu ändern vermochte. Connas'qs Afagi-Clan stellte eine größere Macht in der Konföderation dar. Seine Territorien lagen um die Küste herum, weit weg von dem Leid und Elend hier. Ry'le beherrschte den Dialekt gut genug, dass es für die korrekte Ansprache und das Überreichen von Geschenken reichte. Launs Führerschaft würde hier angezweifelt werden, und wenn sie keinen Respekt vor uns hatten, würden sie uns wegen der Pflanzen und Waffen, die wir bei uns hatten, jagen. Also musste Ry'le dafür sorgen, dass niemand an Laun zweifelte. Beim letzten Posten der Wacht auf unserer Route in das Ten-Clan-Gebiet hatten wir erfahren, dass Connas'q zurzeit Kundschafter anführte, die an den Grenzen nahe der Morstenspitze patrouillierten.

Es handelte sich um lang umkämpfte Ländereien, deren Grenzen die Soldaten nur zu gern von Zeit zu Zeit verletzten, um sie dann zu ihren Gunsten neu zu ziehen. Ich schätze, es stimmte, dass die hier hüben wie drüben beheimateten Clans einander besser kannten als die, die sie regierten. Die Erfüllung von Ehrenpflichten, der Handel mit Pflanzen, Ziegen und Schafen, geheime Vorratslager und Kenntnis der Pfade waren so überlebensnotwendig, dass kein Mensch hier für den Luxus von Politik Sinn hatte.

Wir hatten einen Pass genommen, der sich zum Hochland hinaufwand. Auf dem Weg lag unter vereinzelten Felsen und Überhängen immer noch Schnee vom letzten Winter. Gebirge wie dieses, so wie meine Heimat Argirwehr, waren für gewöhnlich dicht mit Kiefern bewachsen und wegen des Schnees bis ins späte Frühjahr hinein unpassierbar. Aber hier glitten Adler auf scharfen, rauen Winden dahin und hielten nach Bewegungen auf einer weiten, leeren Ebene Ausschau, die einzig von verstreutem Schiefergestein bedeckt war. Vielleicht hatte sich hier sogar einmal ein See befunden, der vor langer Zeit ausgetrocknet war. Als wir das platte Land durchquerten, sah ich das Skelett eines Fischs.

»Alle Streitkräfte, die zur Morstenspitze wollen, nehmen diesen Weg, um sich die Meilen zu ersparen, die sich die Marschroute durch Abners Ebene auf der anderen Seite schlängelt«, informierte uns Ry'le. »Falls Connas'q hier durchgekommen ist, sollten wir das erfahren.«

Wir hatten gerade den Rand eines weiteren ausgetrockneten Sees erreicht, als die vorausreitende Syle plötzlich erstarrte. Fast im gleichen Moment, als sie die Bewegung etwas voraus an den Hängen bemerkt hatte, sahen wir fünfzehn Männer und Frauen auf uns zukommen, alle mit gespannten Bögen. Ihre Gewänder und Kopftücher waren in dem gleichen Grau gefärbt wie die Steine. Einige waren dick mit Staub überzogen, der nun in bauschigen Fahnen im Winde zerstob. Sie mussten in dem Schiefergestein gesteckt und das Becken beobachtet haben.

»Afa'n il an der Wacht«, rief Ry'le. In dieser unvertrauten Sprache fuhr er fort.

Ich konnte die Namen einiger unserer Pflanzen ausmachen. Außerdem ist »Drusst«, ein Wort, dass manche, wie ich auf Alons Festmahlen gehört hatte, für »Drudha« benutzten. Launs Drudha, ein stiller und zurückhaltender Mann namens Tofi, zog sein Rezepturenbuch aus einer Tasche in seinem Umhang und wedelte damit. Sie senkten ihre Bögen und kamen, einander irgendwelche Dinge zurufend, näher. Ein paar von ihnen rannten wieder den Abhang hinauf, vermutlich zu ihrem Lager.

Ich sah zu, wie Ry'le und der Anführer der Gruppe – sein Silberhaar war mit Bändern zu drei Zöpfen gebunden, die anderen hatten alle nur einen oder zwei – einander die Hände auf die Schultern legten.

Der Anführer sagte etwas, und Ry'le wiederholte es. Zwei- oder dreimal ging das auf diese Weise hin und her, aber als sie fertig waren, befanden sich die Verhandlungen, was unsere Geschenke betraf, anscheinend in trockenen Tüchern.

»Die Afagi sind vor zwei Tagen hier durchgezogen. Acht Kundschafter, einschließlich Connas'q«, setzte uns Ry'le in Kenntnis, während diese Hirten uns zu ihrem Lager führten.

»Wie finden wir Connas'q?«, fragte ich Laun, während wir die Taschen von den Maultieren nahmen und die Pflanzen und Bacca-Vorräte präsentierten, die in diesem Hochland bares Gold wert waren.

»Du erinnerst dich doch, wie ich dir erzählte, dass Kailen seinen Trupp zusammengestellt hat, und dass er in der Lage war, mit allen möglichen militärischen Einheiten zusammenzuarbeiten. Seine Leute konnten jegliche Streitmacht in beinahe jeder Lage ausbilden, schleifen und zum Sieg führen. Was immer sie auch anpackten, seine Männer waren in allem die Besten. Unser Freund Digs dahinten zum Beispiel war Konstrukteur und verantwortlicher Baumeister zahlreicher Forts, einschließlich Fort Zandar der Razhani. Ähnliches gilt für Kheld, der einmal eine ganze Handar-Flotte aus dem Boden gestampft hat, fünfundzwanzig Schiffe. Connas'q wiederum hat drei Oberhäupter des Ten-Clans in ihren eigenen Herrscherzelten gemeuchelt. Er hat sich darauf spezialisiert, unsichtbar zu bleiben, und ist außerdem der reinste Drudha, was Kenntnisse über die lebenserhaltenden Pflanzen von Hoffnungsberg oben bei Donag bis runter zu den Viraten anbelangt. Hier, in seiner Heimat, besteht für uns so gut wie keine Chance, ihn zu finden, wenn er nicht gefunden werden will.«

Laun stopfte sich etwas Bacca in ihre Pfeife, ein altes, stummeliges Teil aus Ton, dass von Großvater und Vater auf sie übergegangen war. Acht geritzte Symbole standen für jeden Sohn und jede Tochter in der Familie und reichten hundert Sommer oder mehr zurück. Die Qualität der Pfeife war gleichsam eine Mahnung an alle kommenden Erben, eine ebensolche Klasse zu zeigen, um sich das gute Stück auch zu verdienen. Eingedenk der ganzen Kampftränke war es jedoch unwahrscheinlich, dass Laun sie an eigenen Nachwuchs weitergeben konnte. Frauen hatten nach ein paar Jahren des Soldatenlebens nur geringe Chancen, ein Kind zur Welt zu bringen. Wir bezahlen für die meisten Dinge im Leben einen weit heftigeren Preis als Männer. Auch was die Farbe angeht.

Ich teilte die Pfeife mit ihr, Bacca und Bejuco, versetzt mit ein wenig Kannab. Dann setzten wir uns unter das Vordach eines großen Zelts in dem Lager. Der Anführer der Hirten hatte all seinen Leuten befohlen, uns wie Gäste aufzunehmen.

»Du musst dir doch irgendwas überlegt haben, Laun. Dafür bezahle ich dich schließlich.«

Sie lächelte. »Der Lohn ist großzügig, aber dem, was du uns zumutest, nur angemessen. Erst recht hier. Natürlich habe ich mir etwas überlegt. Und nun nimm noch einen Zug, das wird dir an diesem öden Ort beim Einschlafen helfen. Die Tage auf diesen Berghöhen sind heiß, und in der Nacht friert man sich zu Tode. Du wirst dich an mich kuscheln müssen.«

Vier Tage später. Ein paar der Hirten blieben, wo sie waren, damit Connas'q keinen Verdacht schöpfte. Als er und seine Kundschafter sich durch einen Graben zum Lager hinabschlängelten, riefen sie den Hirten schon von Weitem zu.

Midgie, Ry'le und Fazen, ein weiterer Mann aus Launs Trupp, hatten sich, in das Felsengrau der Hirten gekleidet, hinter Felsen oder im Geröll auf den Steigungen rings um das Lager versteckt. Wir anderen hielten uns in vier Zelten auf. Laun und ich in einem, in den anderen drei jeweils einer allein.

Midgie behauptete später, Connas'q hätte seine Männer gewarnt zu fliehen, bevor wir gesehen worden waren; vermutlich habe die Abwesenheit von Kindern in dem Lager seinen Argwohn geweckt. Doch um die Zelte herum hatten wir Knöchelbrecher eingegraben und getarnt. Zwei von seinen Leuten machten mit ihnen Bekanntschaft, einer direkt vor unserem Zelt. Der fing sofort an zu brüllen und schreien; wahrscheinlich wegen der Schmerzen und um uns zu irritieren.

Ich nahm einen Mundvoll von Launs ›Belagerungsgebräu‹, ein verdünnter Kampftrank, den man über einen längeren Zeitraum nehmen kann. Wir hörten das Schwirren von Pfeilen. Midgie und die beiden anderen mussten sich aus ihren verborgenen Positionen erhoben und angefangen haben, mit Beuteln auf die Kundschafter zu schießen. Die Hirten, die leider in Mitleidenschaft gezogen wurden, rannten um ihr Leben. Aus dem Zelt nebenan war das Klirren von Klingen zu vernehmen, dann ein Ächzen, das ganz wie der letzte Atemzug eines Menschen klang. Im nächsten Moment rissen zwei von den Kundschaftern unser Zelt auf, blutige Schwerter in den Händen. Laun hatte ihren Bogen bereits erhoben, und der erste bekam einen Pfeil in die Brust. Der andere schleuderte seinen Kalkbeutel auf den Boden, und die Matte fing Feuer. Sofort füllte sich das Zelt mit Rauch, und der Mann zog sich wieder zurück und schlug die Klappe herunter, damit der Rauch nicht entwich.

Ich wollte zur Öffnung hinüberspringen, aber Laun packte meinen Arm und hielt mich zurück. Sie legte einen Finger an die Lippen, deutete auf die Zeltseite und dann auf die Klappe. Es waren zwei. Rauch brannte mir in den Augen, aber ich begriff. Laun nahm ihren Bogen und schickte zwei Pfeile in Richtung der Stelle, wo sie den anderen Kundschafter erahnte. Er wartete noch darauf, dass wir auf der anderen Seite aus dem Zelt zu entkommen versuchten, als sich ein Pfeil mit einem dumpfen Geräusch in seinen Körper bohrte. Im selben Moment stürzte Laun schon nach vorn, um das Zelt aufzuschlitzen. Der andere Kundschafter hörte uns und attackierte, kaum dass sie durch den Riss geschlüpft war. Sie wich zur Seite aus, damit ich besser hinauskam.

Draußen ließ ich meinen Blick über das Lager fliegen und sah jemanden, bei dem es sich um Connas'q handeln musste, im Schusswechsel mit Syle. Midgie und Ry'le deckten unterdes einen der Kundschafter mit Pfeilen ein, der sich auf dem gleichen Weg, auf dem sie gekommen waren, zurückgezogen hatte.

Der Mann, gut über vierzig Sommer alt und ebenso ruhig und gelassen wie Connas'q, schoss nicht übel. Kailens ehemaliger Gefolgsmann hatte uns inzwischen erblickt und rief jemand anderem aus seinem Trupp etwas zu.

Meine Fähigkeiten im Umgang mit dem Bogen waren eher bescheiden, hatte ich mich doch in den Jahren, die ich mit den Soldaten gedrillt worden war, nahezu gänzlich Schwert und Dolch gewidmet. Nichtsdestotrotz versuchte ich, Connas'q mit meinen Sporenbeuteln einzudecken, in der Hoffnung, dass die anderen das zu nutzen wussten.

Der Kundschafter stellte keine Herausforderung für Laun dar. Ein paar gekreuzte Klingen lang hielt er sich wacker, doch dann wurde er ungeduldig, ein Problem, das einige Männer haben, wenn sie gegen eine Frau kämpfen. Ein Teil ihres Verstandes weigert sich offenbar einfach, die Möglichkeit in Betracht zu ziehen, dass die Hiebe eines Weibes sie zu Fall bringen konnten. Laun indes hatte man gelehrt, dass Gleichgewicht wichtiger ist als rohe Kraft.

Der andere Kundschafter war zurück in die ursprüngliche Richtung geflohen, und die übrigen waren mittlerweile tot oder gleichfalls getürmt. So schlossen wir einen Kreis um Connas'q, der nun den Bogen von sich warf und sein Schwert zur Hand nahm.

Er war ein schlanker Mann, seine Hautverfärbungen entweder verblasst oder kaschiert. Abgesehen von seinem weißen Haar gab es wenig, das ihn für den Betrachter als den auswies, der er war; ein nicht unbeträchtlicher Vorteil in seiner früheren Rolle. Er senkte sein Schwert und zog mit dessen Spitze einen Kreis um sich herum in den Boden. Ich hatte das schon einmal gesehen. Es war eine Botschaft an seine Gegner, dass er sie töten würde, ohne den Kreis verlassen zu müssen. Ich möchte behaupten, besser als spucken oder fluchen ist das allemal.

Wie bei Digs war ich wieder in Versuchung, meine Maske abzunehmen und ihm zu erklären, warum er gleich sterben musste und für was. Aber er war ein toter Mann. Solche Momente würden nur für mich sein. Jetzt reichte es mir, ihm beim Verrecken zuzusehen.

»Kannst du mir etwas über Kailens Zwanzig erzählen? Wo finde ich Kailen?«, fragte ich.

Er dachte einen Augenblick darüber nach. »Ihr habt lange und verzweifelt gesucht, wenn Ihr in diesem mörderischen Sommer ins Hochland heraufkommt«, antwortete er schließlich. »Noch dazu durchs Ten-Clan-Gebiet, den Bündeln auf den Kleppern da nach zu schließen. Was könnte ich der Wacht getan haben, um ihr Anlass zu geben, ihre Agenten hier rauszuschicken? Und warum sollte die Wacht meine alte Truppe auslöschen?«

Laun und ich sahen uns an. Er konnte nicht wissen, dass wir Digs umgebracht hatten.

»Wieso? Sind schon mehr von euch tot?«, fragte ich.

Er nahm eine kleine Flasche von seinem Gürtel und ließ mit seinem Daumen den Korken aufploppen.

»Ich denke, ich genehmige mir noch einen, bevor ich sterbe. Ich könnte mir schlimmere Orte vorstellen, wenn ich auf mein Leben zurückblicke.« Er schaute an uns vorbei. Der Himmel war klar und blau, und eine sanfte Brise erfüllte die Stille. Er nahm ein paar Schlucke und warf die Flasche dann weg.

»Die Antwort auf Eure Frage, junge Dame, sie lautet Ja. Ihr seid in das Leder der Wacht gekleidet, aber Ihr seid ebenso sehr ein Soldat, wie ich eine Frau bin. Ihr müsst die Auftraggeberin sein. Ich kenne Euch nicht und kann mir nicht denken, was ich verbrochen haben soll, dass Ihr hier herauskommt, um meine Truppe und mich zu töten. Aber vielleicht können wir vernünftig miteinander reden, wenn ich Euch verrate, dass ich direkt vor diesem Patrouillengang eine Nachricht von einem unserer Meldegänger erhalten hab. Sie wurde von jemandem, der für Kailen arbeitet, geschrieben, und es ist eine Warnung, die Augen aufzuhalten, weil irgendwer unterwegs sei, um uns zu töten. Die Warnung ist verbunden mit dem Vorschlag, wir sollten uns treffen.«

Ich hatte keine Ahnung, was ich denken sollte. Wie konnte

Kailen von all dem hier wissen? Über die Jahre hinweg hatte ich viel über Kailen gehört; Geschichten, die, da bin ich sicher, mit dem Erzählen immer größer wurden: Kailen, so hieß es überall, ist ein Mann, der weiß, was du tun wirst, bevor du es getan hast. Ein Mann, der niemals einen Zweikampf oder eine Schlacht verliert. Und so weiter …

Connas'q fuhr fort: »Was ich in Anbetracht dessen, dass wir hier stehen, nur nicht verstehe, ist, was für ein Verbrechen wir in diesen mehr als fünfzehn Wintern, seit Kailen unsere Auflösung beschloss, begangen haben sollen. Welche Tat rechtfertigt, dass man uns allesamt tötet? Wir hatten eine angenehme Zeit mit diesem traurigen alten König und hätten mindestens ebenso ersprießliche Aufträge bekommen können, nachdem die eigenen Leute seinen Kopf am Übergang nach Eural auf einen Pfahl aufspießten.« Ich zuckte zusammen. Am liebsten hätte ich ihm seinen Köcher voller Pfeile ins Maul gestopft. »Stattdessen hat Kailen uns, ohne irgendwelche Gedanken daran zu verschwenden, was wir denn machen sollten, unserer Wege geschickt. Verflucht soll er sein. Nach allem, was wir gemeinsam durchgemacht haben, und er stellt sich hin und sagt, das war's. Einfach so.« Er schnippte mit den Fingern. »Ein Brief wie der rührt das alles nur wieder auf. Als ob er sich heute, nach all den Wintern, einen Dreck darum schert. Ich sollte mich wohl nicht wundern, dass diese Nachricht so kurz vor Euch eingetroffen ist. Wir haben uns einige zum Feind gemacht, schätze ich, aber nicht die Wacht. Schließlich waren wir nicht blöd. Was bedeutet, dass Ihr selbst angeheuert wurdet, werte Dame, oder ich habe ein Mitglied Eurer Familie umgebracht oder irgendwas in der Art. Ich kann mich nicht erinnern, wen ich alles getötet habe. Ich war ein Söldner.«

Um uns herum peitschte der Wind den Staub vom Boden auf. Sie warteten darauf, dass ich seinem Leben ein Ende setzte.

»Na ja, ich denke, es wäre witzlos, mir zu sagen, wer Euch bezahlt, und mich dann zu töten. Aber das ist für keinen von uns besonders befriedigend. Wieso tretet Ihr oder einer von Euren

Roten nicht vor und versucht, mich aus diesem Kreis rauszukriegen? Wenn demjenigen das nicht gelingt, erzählt Ihr mir, wer Euch angeheuert hat, ja? Wollte denn nicht einer von euch immer schon mal gegen einen der Zwanzig antreten?«

»Nie was gehört von diesen verschissenen Zwanzig!«, brüllte Syle. »Du bist ja wohl näher an der Sechzig als an der Zwanzig, oder, du Arsch?«

»Lass gut sein, Syle«, sagte Laun. Sie trat einen Schritt vor. Ich wollte das Gleiche tun, doch sie hob ihre Hand, um mich davon abzuhalten.

Gute Anführer stellen sich Herausforderungen, um der Position, die sie innehaben, auch weiterhin würdig zu sein. Ihre Leute waren mit ganzer Seele loyal, aber ich glaube, ihr war es wichtig, diese Autorität erneut zu bekräftigen. Besonders, da eine direkte Herausforderung ausgesprochen worden war. Nicht anzutreten hätte ihrem Ansehen geschadet, und darauf setzte Connas'q – mit dem Ziel, die Truppe, die vor ihm stand, zu verkleinern und sich so den Hauch einer Chance zu verschaffen.

Laun näherte sich ihm, und schon die ersten Attacken und Paraden zeigten, wie gut dieser Mann immer noch kämpfte. Zweimal gelang es ihm, sie aus dem Gleichgewicht zu bringen, doch sie kam mit Schnitten davon, die lediglich ihre Leder trafen. Sie nickte, als wüsste sie nun, woran sie war. Die nächsten paar Klingenwechsel warf sie sich nicht mit allem, was sie hatte, hinein. Sie testete aus, was er wusste, und erfuhr, was sie wissen musste.

Schon bald wurde für uns Zuschauer erkennbar, dass sie beschlossen hatte, ihn zu zermürben. Sie kontrollierte den Kampf mit Bedacht; wo sie durch einen gewagten Vorstoß möglicherweise einen Vorteil hätte erringen können, wich sie eher zurück, und band seine Klinge lieber, wenn er sich wieder gefangen hatte.

Connas'q verspottete sie und lachte höhnisch, sobald sie eine solche Gelegenheit ungenutzt ließ – bis er begriff, was sie vorhatte. Sie blieb ganz ruhig, sah Finten voraus und vermied Lücken, die allzu offensichtlich aussahen. Nicht lange, und Connas'q, dem es an ihrer Ausdauer mangelte, atmete zusehends schwerer.

Zeit verstrich. Die Truppe und ich verfolgten schweigend die Szene, nur das Keuchen und Ächzen der beiden und das Klirren ihrer Schwerter waren noch zu vernehmen. Wir alle waren wie in Bann geschlagen von diesem Kampf auf Leben und Tod, der dadurch umso fesselnder war, als dass Connas'q durch seinen Stolz daran gebunden war, den Kreis nicht zu verlassen; der hieraus resultierende Nachteil arbeitete mit grausamer Präzision gegen ihn. Letztlich würde ihre Jugend und bessere Kondition ihn besiegen. Sie hatte es nicht auf einen schweren Hieb oder einen vernichtenden Stoß, sondern auf seine Ermüdung abgesehen. Sie legte es darauf an, ihn dazu zu verleiten, den Kampf beenden zu wollen. Schließlich sah Connas'q, dass der geringste Fehler mit einem Schnitt, Tritt oder Schlag bestraft wurde, sich seine Fehler aber häuften, je mehr seine Kräfte erlahmten.

Laun hatte sich für einen »sauberen« Kampf entschieden, ohne Gift an ihrem Schwert, denn ihre Treffer verursachten nicht mehr als blutende Wunden. Bald bedeckte Blut seine Hände, durchtränkte das bereits vom Schweiß dunkel gefärbte Leder. Sein Schnaufen erlaubte ihm nicht mehr zu sprechen. Schließlich nutzte sie eine schwache Deckung aus und traf sein Schwert mit solcher Wucht und so plötzlich, dass es ihm aus der glitschigen Hand rutschte und außerhalb des Kreises landete.

»Heb es auf, Connas'q.«

Stumm blickte er auf die Waffe, erschöpft, bevor er die Hände auf die Knie stützte, um zu Atem zu kommen.

»Tritt aus dem Kreis und heb es auf.« Auch Laun atmete jetzt schwer, und sie glänzte vor Schweiß. Doch der Triumph darüber, dass sie diese selbst auferlegte Herausforderung gemeistert hatte, überstrahlte die Anstrengung bei Weitem.

Er spuckte aus, aber selbst das geschah ohne Kraft. Der

größte Teil des Speichels sabberte ihm am Kinn herab und hing dann in einem Faden vor seinem Hals.

Sie schaute mich an und nickte. Ich hob meinen Bogen und jagte ihm einen Pfeil in die Hüfte. Trat einen Schritt vor und legte einen zweiten ein. Er sank auf die Knie. Diese Männer waren alt, doch ihr vergangener Ruhm hatte ihre Willenskraft nicht gebrochen. Ich schoss ihm den Pfeil durch das Bein. Er keuchte, unfähig, genug Luft in seinen Lungen zu sammeln, um zu schreien. Ich legte noch einen Pfeil ein und gönnte mir ein paar weitere Augenblicke, mich an seinem Leiden zu ergötzen. Dann starrte er mich an, das gleiche Starren, dessen ich mich aus dem Schloss meines Vaters entsann. Bei Tagesanbruch hatte er mit den anderen im Bankettsaal gelegen. Als ich vorüberging, schaute er mich an, während er mit einer Hand über die Brust seiner Hure strich. Ein nachdenklicher, abwesender Blick, als wäre jener Moment unter seiner Würde.

Der letzte Pfeil durchschlug seinen Kopf. Daraufhin schulterte ich meinen Bogen, ging zu Laun hinüber, umarmte sie und küsste den Schweiß von ihren Wangen.

Ein späterer Brief an ihren Bruder, der ihre fortdauernde Suche nach den Zwanzig beschreibt.
Verfasst 669 OE
Goran

Lieber Bruder,

ich kann dir gar nicht sagen, wie sehr ich mich gefreut habe, als ich deinen Kurier empfing und hörte, wie gut deine kleine Tochter sich macht. Ich kann es nicht abwarten, sie zu sehen. Ich bin sicher, dass sie nicht einmal halb so ein Plagegeist ist, wie ich es für unsere Bediensteten und Vater war.

Die Dinge laufen sehr gut für uns. Marschall Laun hat sich für mich als ausgesprochen wertvoll erwiesen, eine ausgeschlafene und fähige Anführerin. Mit ihrem Trupp sowie den Mitteln der Wacht haben wir es geschafft, noch mehr ehemalige Mitglieder von Kailens Zwanzig ausfindig zu machen. Drei sind tot, zwei weitere, Shale und Gant, in Gefangenschaft. Und Kailen selbst haben wir in Hevendor aufgespürt. Wir sind hier an einem Ort, der »Sporn« genannt wird, und beabsichtigen, ihm eine Falle zu stellen. Er hat sich in so einem Elendsviertel verkrochen. Es will mir nicht recht einleuchten, wieso er sich in einem so miesen Quartier aufhält, aber wir wissen, dass er es ist.

Ich hatte dir zuvor von unserer Exekution von Connas'q und Digs geschrieben. Der letzte der Zwanzig, der starb, war Sho. Du wirst dich vielleicht wie ich noch daran erinnern, wie er seine Krummsäbel dazu benutzte, auch noch das allerdünnste Pergament zu zerschneiden, als würde er ein Rasiermesser schwingen. Ich hab ihn selbst getötet. Aber bei der Hinrichtung Shos passierte etwas Unerwartetes und Beunruhigendes, wie du sehen wirst. Ich würde gern wissen, wie du darüber denkst.

Wir hatten Shos Spur bis in die Virate verfolgt, genauer gesagt nach Iltrick. Der übelste Teil der Gegend besteht aus einem Gewirr von rattenverseuchten unterirdischen Passagen tief unten im Povey-Tal, den sogenannten »Grabkammern«. Das sind in den Fels gehauene und gegrabene Löcher, die dazu dienen, der heißen Sonne dieses wüstenähnlichen Virats zu entkommen. Laun, Syle und der arme Kolm, der es da draußen nicht schaffte, hatten einen Hinweis von dem örtlichen Vogt der Wacht erhalten, einem in jeglichem Sinne des Wortes schmierigen Mann. »Säbel«-Sho, wie er sich, wie du dich vielleicht erinnerst, immer gern nennen ließ, brachte sein Gold in einer Khaat-Kocher-Kaschemme durch. Laut meinem Gemahl ist Khaat ein bedeutender Importartikel in Iltrick und trägt kräftig zur Verwahrlosung vieler schon ehedem nutzloser Männer bei, die mit dem Mist ihren Kummer und ihre Hoffnungen zerkauen und danach zu nichts nutze sind.

Trotz seiner Masse und eines schlurfenden Gangs, als er aus der Tür zum hinteren Teil der Gasse herauskam, wo wir auf ihn warteten, trug Sho noch immer diese beiden lächerlichen

Krummsäbel. Wie große Silberfedern ragten sie an seiner Hüfte aus dem Gürtel. Wir hatten uns in drei Türeingängen verborgen und waren schon kurz davor, den Laden zu betreten und ihn unter irgendeinem Vorwand nach draußen zu locken, als er plötzlich auftauchte wie ein Geschenk des Himmels. Er schüttelte seinen Kopf, als er sich mit einer Hand an der Mauer abstützte, um nicht das Gleichgewicht zu verlieren, und mit der anderen seinen Schwanz aus der Hose fummelte. Sein Kopf sackte langsam nach vorn auf die Brust, während die Pisse die Hauswand herunterlief.

Kolm zückte ein Messer und trat einen Schritt vor. Ich schüttelte den Kopf. Das hier war einfach, das konnte ich selbst.

Als ich mein eigenes Messer zog und aus unserem Versteck hervortrat, blickte ich instinktiv die Gasse hinab; nach etwa nur zwanzig Metern machte sie einen Knick und war nicht mehr einzusehen. Genau an diesem Knick stand eine maskierte Gestalt, mit Baumwollweste, weiten Gamaschen und einem Feldgürtel. Der Mann hatte für die Farbe gebüßt, das Weiß seiner Augen stach aus einem Gesicht heraus, das so dermaßen von Verfärbungen gefleckt war, dass man es in dem Halbdunkel unmöglich erkennen konnte. Ich hörte, wie der Pinkelstrahl schwächer wurde und Sho etwas in sich hinein grummelte. Mir war sofort klar, dass dieser Kerl auch an ihm interessiert war. Leise ging ich ein paar weitere Schritte voran, hielt den Atem an und stieß Sho mein Messer in den Nacken. Ein sauberer Stich in die Luftröhre, so wie Laun es mir gezeigt hatte. Sho erzitterte kurz, hatte es aber im nächsten Augenblick hinter sich und sackte leblos zu Boden.

»Los, Bewegung!«, zischte Kolm und zückte sein Schwert. Die Gestalt rannte bereits auf uns zu. Laun schleuderte ihr einen Sporenbeutel entgegen, ich warf einen weiteren zwischen uns auf den Boden, da packte mich Kolm auch schon an der Schulter und riss mich zurück. »Schafft sie hier raus!«

Ich wirbelte herum und lief Laun hinterher, dem Fluchtweg folgend, auf den wir uns geeinigt hatten, sollte etwas schiefgehen. Nicht umsonst waren sie Agenten. Diese Gewölbe sind ein Labyrinth aus Gängen, die auf allen Seiten von Gebäude umschlossen werden, die einst aus dem Stein errichtet wurden, in den man die Korridore gehauen hat. Wir schlängelten und drängten uns durch die Menschen hindurch, die sich außerhalb der Behausungen aufhielten: Familien, die in und vor ihren Türeingängen kochten, aßen und lärmten, Flöte spielende Bettler, jugendliche Banden auf der Ausschau nach günstigen Gelegenheiten. Es ging die Treppen an der Seite eines der Häuser hoch, über die man auf die obere Ebene gelangte, und von dort sprangen wir auf ein gerade noch erreichbares Dach. Dort bedeutete mir Laun mit einem Zeichen, mich flach hinzulegen, während sie sich duckte und über die Kante spähte.

»Bleib hier«, flüsterte sie. »Ich warne die Roten hinten auf dem Platz und komme dann wegen Kolm zurück. Beweg dich vor Tagesanbruch nicht hier weg, es sei denn, ich bin eher wieder da.« Damit glitt sie von dem Dach und war verschwunden.

Von der Stelle aus, an der ich mich befand, blickte ich auf das zu mir hinausgehende Fenster eines Zimmers. Eine Kerze irgendwo drinnen schuf ein mattes, flackerndes Licht, und der Alt einer Frau, die einem Kind irgendeinen Reim vorsang, drang heraus. Ich konnte die Sprache nicht verstehen, allerdings bestanden Teile des Lieds auch nur aus beruhigenden Lauten. Ich sperrte das widerhallende Geschnatter der Leute in der Gasse unter mir aus, und versuchte, das Zittern zu unterdrücken, das mich aufgrund der soeben begangenen Tat noch beherrschte. Welche Geschichte auch immer da gesungen wurde, in ihr lagen Augenblicke des Triumphs ebenso wie Augenblicke der Verzweiflung. Wie oft habe ich mir seitdem sehnlichst gewünscht, ich wüsste, was dies Lied erzählte. Die wenigen Fetzen, die mir in Erinnerung geblieben sind, haben bislang niemandem, den ich danach fragen konnte, etwas gesagt.

Dann ertönten ein paar Gassen entfernt laute Rufe. Jemand schrie, Unruhe brach aus. Die Miliz kündigte sich an, und die

Geräusche wurden lauter, als die Menschen in den Häusern ringsum den Lärm hörten und grüppchenweise loszogen, um selbst mitzumischen. Dies war ein Ort der Ärmsten der Armen, und mir war klar, dass das Gesetz nur wenig Respekt für sie hegte.

Nach einer Weile wich die Aufregung über das, was immer sich abgespielt hatte, zunehmend dem Krakeelen von Süchtigen und Säufern. Dann übersprang Laun die Lücke zu meinem Dach. Sie erschreckte mich zu Tode und brachte mich mit einem Zischen zur Besinnung, als ich nach dem Dolch greifen wollte. Sie keuchte, war völlig außer Atem und fiel auf die Knie. Mit einer schwachen Geste deutete sie auf ihr Gesicht und ihren Gürtel. Jetzt blickte sie auf, und ich sah, dass ihre Wangen und Stirn aufgedunsen, von weißen Blasen bedeckt und ihre Augen geschwollen waren.

»Fulva, getrocknete Arnika.« Ich wusste, was getan werden musste, und mischte beides mit Wasser zu einer Gallerte zusammen, mit der ich ihr Gesicht und ihren Hals einschmierte. Sie hatte Schmerzen, und ihre Haut würde sich trotz der Qualität unserer Pflanzen nie wieder völlig erholen. Anschließend saßen wir fast eine Stunde lang schweigend auf dem Dach, während die Mixtur die Blasen beruhigte und austrocknete.

»Kolm ist tot, vier von den Roten ebenfalls. Selbst von Pflanzen aufgeputscht waren wir keine Herausforderung für diesen Mann. Hätte einer von seinen Beuteln nicht ein kleines Mädchen getroffen, dass aus dem Haus rausgelaufen kam und zwischen die Fronten geriet, wäre keiner von uns mehr am Leben. Ein paar Leute, die in der Nähe standen, haben das mitgekriegt und sind auf ihn losgegangen. Im selben Moment, als die Kleine schreiend hinfiel, waren wir nicht mehr zu fünft, sondern zu fünfzehnt. Armes Kind. Es muss ihr eigener Bruder gewesen sein, der sie durchbohrte, um ihre Todesqualen zu beenden. Aber dieser Kerl hat seine Angreifer wie die Fliegen getötet, und der Beutel, den er die Gasse runterschleuderte, hat die meisten Leute wieder zurück in ihre Häuser geschickt.

Dann haben ein paar andere angefangen, oben aus den Fenstern Steine und was immer sie sonst in die Finger bekamen nach ihm zu schmeißen. Die Miliz hat das gehört und sich mit ihnen zusammengetan. Ich hab versucht, ihn mit ein paar Pfeilen zu spicken, aber der Bastard ist ihnen ausgewichen. Er war so viel schneller als wir, wie wir mithilfe des Kampfgebräus schneller sind als jemand, der gar nichts genommen hat. Ich nahm die Verfolgung auf, da mir inzwischen klar war, dass Kolm gefallen sein musste. Aber da rannten einfach zu viele Menschen herum, und ich denke … Na ja, ich denke, Schwert gegen Schwert hätte ich gegen ihn sowieso nicht viel Chancen gehabt.«

»Weshalb war er hier? Wieso war er hinter Sho her?«, fragte ich sie. Ich gab noch etwas mehr gestoßene Arnika in eine Alkasalbe und trug die Masse auf ihre Verletzungen auf.

Sie schüttelte den Kopf. »Keine Ahnung.«

Dies ist ein Bericht, den Galathia mir selbst gab. Er erzählt von dem Überfall auf das *Rätsel*, jener Schänke, wo sich, wie sie glaubte, Kailen selbst verbarg, in einer Stadt namens Sporn.
Goran

Ich war mit Laun im Elendsviertel von Sporn. Obwohl ich sie dafür bezahlte, meinen Anordnungen Folge zu leisten, hatte sie als Befehlshaberin von sieben Agenten keinerlei Bedenken, ihre Meinung zu äußern, auch wenn die der meinen widersprach.

»Syle und Faré haben sich noch nicht zurückgemeldet. Ich hege die Befürchtung, dass unser geheimnisvoller Meuchelmörder jetzt hier sein könnte und wild entschlossen ist, Kailen zu töten. In Iltrick sind wir nur knapp entkommen. Diese Sache ist viel zu gefährlich, als dass du an vorderster Front mit dabei sein solltest.«

»Du hast mich über ein Jahr lang im Kampf ausgebildet, Laun. Die Banden besitzen weder die Pflanzen noch die Gifte, um uns ernsthaft Schwierigkeiten zu machen, und ich kann das Gebräu kontrollieren. Ich muss ihn treffen. Du hast das Kommando, ich will lediglich helfen.«

Sie schaute auf den Steinboden, kapitulierte. »Ich muss aufbrechen. Der Hauptmann von Sporns Miliz wird uns allesamt in den Tod reißen, wenn ich ihm den Befehl über seine Männer überlasse. Diese Bandensäcke, ach was, das ganze Stadtviertel geht auf Miliz und Rote los, sobald sie sie nur sehen. Wenn du mit uns kommst, wirst du niemanden angreifen, der auch nur annähernd so aussieht, als hätte er einen Kampftrank intus. Falls du es doch tust, schlage ich dich persönlich bewusstlos.«

»Du machst dir unnötig Sorgen, Laun, ich habe nicht die Absicht, jetzt schon zu sterben. Und ganz gewiss nicht in einem solchen Elendsviertel.

Sie deutete den winzigen Hauch einer Verbeugung an und ging.

Ich nahm etwas von dem gewürzten Lammfleisch vor mir auf dem Tisch. Angst und Unruhe erfüllten mich, aber diese Anspannung würde sich auflösen, hatte das Kampfgebräu erst einmal Besitz von mir ergriffen. Ich betrachtete meine Handrücken. Meine Haut wies nicht mehr das Weiß meines Volkes auf. Sie war grau geworden, und auch die ehemals blauen Adern hatten unter dem Einfluss der Tränke, die ich in letzter Zeit bekommen hatte, einen viel dunkleren Ton angenommen.

Als ich das erste Mal für die Farbe büßen musste, nach meinem allerersten Übungstrank, begriff ich endlich, warum Soldaten einander so selten verlachten, weshalb es in ihren Rängen solchen Zusammenhalt gab. Da fand ich eine Vertraulichkeit, die Leute wie unsereiner, die wir gewohnt sind, sie herumzukommandieren, statt mit ihnen zu leben, vielleicht nicht verstehen können.

Laun und ihr Leutnant Syle, hatten mich gewaschen und gesäubert, als nach diesem ersten Mal mein Leib wie tausend Feuer gebrannt hatte und ich die Kontrolle über meine Bewegungen verlor. Ich hatte Angst, dass sie mich verspotten würden, weil ihre eigene Initiation viel besser ausgegangen war, da sie Soldaten waren. Außerdem wollte ich nicht, dass sie mich nackt sahen, vor allem nicht Syle und die anderen Männer. Doch als ich im Fieber darniederlag und es mich fast zu Tode schüttelte, war es Syle, die mir vorsang, wie meine eigene Mutter oder mein Vater es niemals getan hatten.

»Galathia von Filston?« Jemand war an der Tür. Es klopfte.

»Ja.«

Ein Junge trat ein, nicht älter als zehn oder elf Sommer. Seine Haltung und die Art, die er an sich hatte, verrieten mir, dass er sein bisheriges Leben vor allem damit verbracht hatte, nicht bemerkt zu werden.

»Wie ist dein Name?«, fragte ich.

»Ich soll Euch das hier geben, Herrin.« Er hielt mir den Brief hin, zitternd und den Blick auf den Boden gerichtet, als machte ich ihm seine Aufgabe dadurch, dass ich Fragen stellte, nur schwerer. Als ich versuchte, ihm in die Augen zu sehen, warf er den Brief auf den Tisch, um ihn auf Gedeih und Verderb loszuwerden.

»Ich sollte dir wohl ein bisschen Geld geben. Was meinst du?«

Er hob eine Augenbraue gerade weit genug an, um auf meine Stiefel zu schauen. Ein geprügelter Hund hätte wenigstens mit dem Schwanz gewedelt.

»Wie wär's mit diesem Kupferstück hier?« Ich ließ die Münze über den Tisch rollen. Er machte einen Diener, ein knapper Bückling, den man ihm wahrscheinlich eingeschärft hatte, damit er ihn vor einer Frau, die einmal eine Prinzessin gewesen war, nicht vergaß. Es sah mehr danach aus, als hätte er einen Krampf.

»Nimm dir etwas Lamm und stärk dich erst mal, bevor du wieder gehst.« Diesmal fiel seine Reaktion schon ein wenig mutiger aus; als ich ihm das Tablett rüberschob, ließ er es nicht aus den Augen. Geschwind steckte er sich ein paar Stücke in den Mund und atmete heftig durch die Nase, während er sie hinunterschlang. Ein weiterer Bückling wurde mir zuteil, und in seinen Augen standen Tränen angesichts des unerwarteten Glücks. Dann zog er sich in gebeugter Haltung rückwärts nach draußen zurück.

Mir fiel wieder ein, wie sich das fettige, heiße Hasenfleisch angefühlt hatte, das mir der alte Jäger gab, als er mich fand; dem Tode nah und Worte flüsternd, die ich für meine letzten Flüche gehalten hatte auf dieser Welt. Damals, vor so vielen Wintern.

Ich nahm die Nachricht zur Hand. »Shale, Gant in Gewahrsam.«

Gut. Zwei weitere Mitglieder der Zwanzig, um die ich mich kümmern würde, sobald ich hier fertig war.

Die Summe, die Kailen der Truppe des Indra-Quartiers bezahlt hatte, musste gigantisch gewesen sein. Sie schienen lieber sterben zu wollen, als einen Rückzieher zu machen. Infis Kulam, Vogt der Wacht und ihr oberster Verwalter hier in Sporn, wischte unsere Sorge wegen einigem bedauerlicherweise verkochten Pferdefleisch beiseite. Er kannte die »Scapos«, wie man die Anführer der Banden hier nannte, und hatte noch ein paar Gefallen bei ihnen gut.

»Morgen um diese Zeit werden wir mit den vier Scapos, die im Elendsviertel das Sagen haben, zu Abend speisen. Einer von ihnen hat diesen Kailen. Eure Großzügigkeit könnten nicht einmal Männer ignorieren, die weit mächtiger und wohlhabender als diese … Rohlinge sind.«

Doch am folgenden Abend dinierten wir allein. Diese Beleidigung hatte den Vogt zu einem unausstehlichen Gastgeber werden lassen.

Kailen hatte sich der Wacht bedient, um Botschaften überall in den Alten Königreichen in Umlauf zu setzen. Zweifelsohne hatte man ihn auch auf die Zettel aufmerksam gemacht, die mein Gemahl entlang des östlichen Ufers der Sar hatte anschlagen lassen. Demjenigen, der etwas Neues über Kailens Zwanzig zu berichten wusste, wurde eine reiche Belohnung versprochen. Kailen hatte auf die gleiche Weise nach seinen alten Kampfgefährten gesucht, wie unsere Kontakte bei der Wacht berichteten. Alon, mein Gemahl, reagierte darauf, indem er behauptete, wir besäßen solche Informationen. Er ließ verlauten, wir würden uns hier mit ihm treffen. Im Stillen rechnete ich damit, dass Kailen sich uns bald vorstellen würde. Da jeglicher Versuch einer Verbindungsaufnahme an Alon gerichtet sein würde, sorgte mein Gemahl dafür, dass seine Reise nach Sporn allgemein bekannt wurde.

Der Grund dafür, weshalb die Scapos sich in jener Nacht nicht hatten blicken lassen, wurde an den darauffolgenden Tagen allerdings klarer. In der Nacht, als wir zusammen mit dem Vogt gespeist hatten, verloren zwei der Banden einige ihrer ranghöchsten Mitglieder, und in der danach verloren alle vier Gruppen Männer. Während das diesbezügliche Entzücken des Vogts nur zu offensichtlich war, verfiel ich in Verzweiflung. Laun und ich waren überzeugt davon, dass die Toten unserem Attentäter zuzuschreiben waren.

Dann verlor der Vogt einen Offizier und drei seiner Roten. Er hatte sie mit dem Befehl ins Elendsviertel geschickt, die Scapos auf Linie zu bringen. Natürlich nahm sich die Wacht der Sache auch selbst an, und von den Niederlassungen in benachbarten Distrikten trafen Rote ein, um bei der Ergreifung des Mörders zu helfen. Der Vogt setzte außerdem Sporns Meisterkanzlisten unter Druck, um sicherzustellen, dass auch die örtliche Miliz ihr uneingeschränktes Augenmerk auf die Angelegenheit richtete.

Und so begannen die Roten und die Miliz im Verein, Köpfe einzuschlagen, bis das Elendsviertel keinen Piep mehr von sich gab und sich niemand mehr muckste.

Gestern schließlich, nachdem seine Familie zusammen mit zwei seiner Hauptleute in die grausamen Hände von Sporns Drudhameister geraten war, enthüllte Scapo Darin uns, dass Kailen sich im Indra-Quartier aufhielt, genauer: in einer Schänke mit dem Namen »Zum Rätsel«. Sie war weithin bekannt als der Ort, wo Scapo Ostler, das Haupt des Indra-Trupps, Hof hielt.

Das *Rätsel* war ganz hinten im Elendsviertel. Dem Vogt und Laun war dies nur recht, da der Distrikt der Indra-Bande an die Stadtmauer stieß und im Osten von dem Fluss Alnar begrenzt wurde. Damit gab es nur zwei Wege hinaus.

Anders als Darin ließ sich ein Hauptmann der Indras, den wir in unsere Gewalt hatten bringen können, nicht so leicht beeindrucken. Dieser Mann sah zu, wie seine Frau starb, bevor er selbst unter der Folter seinen letzten Atemzug tat, ohne auch nur ein Wort zu sagen. Gute Folterknechte sind schwieriger zu bekommen, als man gemeinhin denkt.

Dennoch sahen die Roten und die Miliz eine Chance, ihre Position zu stärken, wenn es ihnen gelang, die Indras in die Flucht zu schlagen und vor Ort einen gefügigeren Scapo zu erwischen. Aber ich hatte gesehen, wie Männer und Frauen kämpfen, wenn ihre Kinder bedroht sind. Der Distrikt war jetzt ruhig, die anderen Banden hatten ihn seinem Schicksal überlassen. Bald würden wir hineingehen, mindestens mit einer Hundertschaft. Und dann würden wir dort gnadenlos aufräumen. So lange, bis ihnen Kailen egal war.

Ich überprüfte noch einmal meinen Gürtel: Wachse, Pasten, Blätter, Sporenbeutel, Kalkbeutel, Fußangeln, Pülverchen, Guni-Stängel und ein von Gift triefendes Messer; eine feiste, kurze Klinge, die ich einst von einem Mann namens Nielus erhalten hatte. Sein Geschenk hatte mir als Mädchen das Leben gerettet.

Dann kehrte Laun zurück. Midgie war bei ihr.

»Wir haben Syle und Faré gefunden. Enthauptet, nackt ausgezogen und vollgeschissen«, sagte Laun. Sie atmete schwer, fest entschlossen, sich in Anbetracht des bevorstehenden Kampfs zu beherrschen. »Irgendwas ist hier faul. Außerhalb meiner Truppe gibt es niemanden in Sporn, der imstande wäre, mit beiden auf einmal fertigzuwerden.«

Midgie, die einzige in ihrer Truppe noch verbliebene Frau, nachdem Syle tot war, hatte geweint. Sie vermied es, mich anzusehen. Stets hatte sie die Härtere sein wollen, ungerührt und gleichmütig, ganz gleich, was kam. Sie wird es noch lernen.

»Es tut mir leid«, sagte ich. Ich hatte die beiden ebenfalls kennengelernt und war völlig erschüttert. Doch bevor ich Laun mit irgendeiner Geste zu trösten vermochte, war sie plötzlich wie verwandelt, hielt mich mit einem starren Blick fest, den ich nicht zu deuten wusste. Lag eine Anklage darin? (Ich war schließlich die Auftraggeberin.) Oder war es grimmige Entschlossenheit? Ich konnte es nicht sagen.

»Es ist Zeit«, meinte sie nur.

Ich legte meine Kleidung ab. Laun und Midgie halfen mir mit dem Baumwollhemd und den Beinlingen, die zusammengefaltet und mit Zwischenlagen aus dünnem, alkageschwängertem Kork in einer Tasche gesteckt hatten. Das Alka war eine Maßnahme, die Gift hemmen sollte, für den Fall, dass eine Klinge durch das Leder drang, welches ich darüber tragen würde. Von der Präparierung war der Stoff noch ganz klamm. Während sie mich für den Kampf bereitmachten, flüsterte Laun wieder und wieder den Plan vor sich hin.

Sie führte uns – die Übrigen ihres Trupps und ungefähr fünfzehn Milizangehörige, die ihr Drudha unter Kampfgebräu gesetzt hatte – aus der Herberge, in der ich uns untergebracht hatte. Es ging hoch zu den Warenspeichern, die am östlichen Ende des Indra-Quartiers lagen. Dort versammelten wir uns an der Rückseite eines der großen Schuppen und warteten auf das Signal zum Vormarsch, das wir von dem vor uns auf einem Dach hockenden Aufklärungsposten erhalten würden. Der wartete nur noch darauf, dass die anderen Roten und Milizionäre ihren Angriff von der entgegengesetzten Seite des Indra-Quartiers begannen. Nach wenigen Minuten war es so weit, und auf sein Zeichen hin setzten wir uns in Bewegung.

Der Rest der Wacht würde vom westlichen Elendsviertel aus ins Indra-Quartier vorrücken. Ziel war es, mit ihrer zahlenmäßigen Überlegenheit tief in die Linneygassen einzudringen, einem Wirrwarr aus Hütten, das in vergangenen Dekaden einen gewissen Bekanntheitsgrad genossen hatte, weil dort einmal zwei Scapos geboren worden waren. Unsere Gruppe würde von Osten her vorstoßen, zwischen den Lagerhäusern bei den Docks hindurchbrechen, und dann auf das *Rätsel* zu. In jenem Wirtshaus im Herzen des Indra-Quartiers, hatte der Scapo des Viertels seinen Unterschlupf, und hier würde sich auch Kailen verbergen. Wir waren nur eine Handvoll Leute, sodass etwaige Beobachtungsposten der Scapo-Truppen nicht argwöhnen würden, dass sie in die Zange genommen werden sollten.

Wir rannten schnell und leise wie ein Rudel Wölfe und versetzten jeden, der uns sah, in Schrecken, während wir durch die Fuhrwerke und die wenigen Hafenarbeiter stürmten. Die Leute in unserem Weg waren sich gar nicht bewusst, was in ihrem Viertel da gerade vorging. Ich konnte verstehen, wieso jemand den Lastern hier verfiel, den Tränken, der Gefahr.

Die Warenspeicher waren zwei Stockwerke hoch gebaut. Wir hofften, dass sie uns genug Sichtschutz vor den Indra-Posten boten, die sich auf den Dächern der Hütten zwischen den Lagerhäusern und dem *Rätsel* befanden. Ein Hornsignal ertönte, drüben im Westen von Linney, gefolgt von einem weiteren mehr in der Nähe. Das galt zweifellos jenen Bandenmitgliedern, die sich im direkten Umkreis des Wirtshauses befanden und die nun ihre eigenen Tränke zu sich nehmen und sich bereitmachen würden.

Entlang der Seite des dem Elendsviertel am nächsten gelegenen Lagerhauses preschten wir voran. Vorsichtig behielt Laun die armseligen Behausungen zwischen uns und dem *Rätsel* im Auge. Alles ruhig. Mit einigen knappen Gesten bedeutete sie der Miliz und ihrem Trupp, die Straße zu überqueren und in den Häusern auf der anderen Seite Deckung zu suchen. Die Soldaten rannten los, und ich wollte ihnen schon folgen, als Pfeile von beiden Enden des breiten Wegs und aus den offenen Fensterläden der gegenüberliegenden Hütten drei Milizangehörige trafen. Reaktionsschnell stieß mich Laun zu Boden, als die Pfeile auch in unsere Richtung sirrten. Noch während ich zurück hinter die Ecke des Lagerhauses krabbelte, prasselten und klackerten die Geschosse über mir gegen die Wand.

Dann hob ein vielstimmiges Pfeifen an. Die Indras verständigten sich mit ihren Mundstücken. Das Geschnalze und Gezirpe stellte eine ganz eigene Art von Code dar, den wir auf die Schnelle sicher nicht entschlüsseln würden.

Die Milizionäre, nun nur mehr zwölf an der Zahl, sahen Laun an. Sie waren nicht einmal an die leichtesten Kampftränke gewöhnt und stampften und zappelten unter dem Einfluss des Tosens. Der Drudha hatte ihnen eine angepasste Mischung verabreicht, und wie immer bei Neulingen auf Gebräu waren sie gleichermaßen erregt, nervös und ängstlich. Egal wie gut der Kocher, Truppführer oder Drudha auch sein mochte – es lief fast immer so ab. Aufgrund des Tranks, den wir selbst genommen hatten, waren wir schneller als die Milizionäre, und so wählte Laun uns dazu aus, den Gegner mit taktischem Beschuss einzudecken, unter dem die Neulinge dann auf die andere Seite hinüberspurten sollten. So kamen sie vielleicht sicher in die Häuser hinein und aus der Todeszone der Straße heraus, die uns von dem Elendsviertel trennte.

Laun führte uns hinaus, und während wir die Flanke des Bretterbaus sicherten, schickte jeder von uns Pfeilsäckchen durch die offenen Fensterläden von so vielen Gebäuden in der Nähe, wie es nur ging. Wir warteten nicht ab, um zu sehen, ob sie besetzt waren oder nicht.

Die zwölf Milizsoldaten nahmen die Beine in die Hand und stürmten durch die Todeszone. Drei weitere wurden von Pfeilen getroffen, doch die Sporenbeutel hatten den Schützen in den Häusern anscheinend zu denken gegeben. Die Milizionäre teilten sich auf vier der gegenüberliegenden Gebäude auf, und diejenigen, die mit schweren Hämmern bewaffnet waren, schlugen die Türen ein, während wir weiter Pfeile durch jedes offene Fenster schickten. In einiger Entfernung waren Schreie zu hören, die zu einem sich rasch ausbreitenden Tumult anschwollen. Ein Milizkämpfer gab uns ein Zeichen, zu ihnen aufzuschließen. Wir rannten zu dem Türeingang. Im Laufen blicke ich zu den Dächern hoch, auf die wir wollten, um von dort aus einen besseren Überblick über die Lage bei der dahinterliegenden Schänke zu haben.

Da kam er aus der Hocke hoch, der Meuchelmörder, den ich im Povey-Tal gesehen hatte. Er war jetzt in das Leder eines Agenten gekleidet, und feuerte in der gleichen Zeit, in der ich meine Warnung brüllte, zwei Pfeile ab. Ry'le stürzte, einen Wimpernschlag später ein weiterer Angehöriger von Launs Trupp. Sie musste sie fallen gesehen oder gehört und sofort erkannt haben, von wo der

Angriff kam. Ohne auch nur aus dem Tritt zu geraten, hob sie ihren eigenen Bogen und schoss. Doch sie verfehlte den Kopf des Mannes, wenn auch nur um wenige Zentimeter.

Als wir durch die Tür brachen, drehte sie sich um und schaute auf ihre beiden tot am Boden liegenden Leute zurück. »Scheiße! Scheiße! Scheiße!« Sie trat die Tür zu und dann noch einmal gegen das Holz, so heftig, dass es eine der Angeln herausriss, die schräg im Eingang hängenblieb.

»Der Assassine, er trägt unser Leder«, sagte ich.

Sie nickte und gab ihrem Trupp ein Zeichen, nach oben zu gehen und alles, was sich ihnen dort in den Weg stellte, zu töten. Dann holte sie tief Luft, drängte sich an mir vorbei und bedeutete mir, ihr zu folgen. Wir wussten jetzt, wie Syle und Faré ums Leben gekommen waren.

Wir durchquerten den Raum auf der anderen Seite des Hauses. Eine Kochstelle, ein Regal mit Wollsachen, ein paar Strohsäcke – mehr hatten die Behausungen hier nicht zu bieten. Die Bewohner waren vermutlich geflohen, um für diesen Hinterhalt Platz zu machen. Schreie ertönten, als unsere Leute sich die Indras in den Haushalten über uns vornahmen.

Vorsichtig schob ich den vorderen Fensterladen einen kleinen Spalt auf: noch eine Straße, breiter als die, von der aus wir ins Haus eingedrungen waren. Und auf der anderen Straßenseite stand die Schänke *Zum Rätsel*. Halb verborgen zwischen den Schornsteinkästen auf dem Wirtshausdach erkannte ich die Umrisse auf der Lauer liegender Männer. Von hinten spähte mir Laun über die Schulter. Ihre Augen waren feucht, und sie tupfte mit dem Daumen darüber. Ry'le war von Anfang an bei ihrer Truppe gewesen.

»Bleib hier, Galathia! Erschieß jeden, der das *Rätsel* verlässt. Wenn sie auf weniger als zwanzig Meter herankommen, begib dich nach oben. Versuch nicht, es allein mit denen aufzunehmen. Drücke ich mich da klar aus? Mein ganzer Trupp steht jetzt gehörig unter Gebräu, dieser Todesschütze wird uns nicht entkommen. Wenn wir ihn erledigt haben, warten wir, bis die Hauptstreitkräfte zur anderen Seite der Schänke vorgestoßen sind, und dann werden wir uns ihr nähern.«

Damit wandte sie sich um und stürmte die Treppe zum oberen Stockwerk hinauf, um sich an dem Gemetzel zu beteiligen. Ich schloss die Augen, erlag dem Lied der Welt und wovon es mir sang. Ein Haus weiter kämpfte die Miliz, und Holzdielen hallten vom Rennen und Stampfen wider, während wir die Bandenleute attackierten. Von draußen, von den Häusern her, wo wir noch vor wenigen Augenblicken hinterrücks überfallen worden waren, drangen noch mehr Schreie zu mir herein.

Ich öffnete meine Augen wieder und sah den Assassinen direkt vor mir stehen; er erfüllte mein Sichtfeld und starrte mich durch den teilweise geöffneten Fensterladen an. Die Spitze seines Schwerts befand sich kaum mehr als eine Haaresbreite vor meinem Auge. Ich taumelte zurück, als ob ich von einem Schlag getroffen worden wäre. Wann immer mich das Gebräu beherrscht, bin ich mir meiner Umgebung total bewusst. Dieser trankinduzierte Zustand der Allwissenheit ist so umfassend, dass die Lautlosigkeit, mit der er vom Dach herabgestiegen war, mich völlig schockierte. Ich konnte nur seine Augen sehen, aber es war offensichtlich, dass er mich anhand der Partien meines Gesichts, die meine Maske nicht verdeckten, erkannt hatte. Er schüttelte den Kopf, als wollte er aus einem Traum oder einer Erinnerung ausbrechen, bevor er herumwirbelte und das *Rätsel* ansteuerte, deren obere Fenster unablässig Qualmbeutel spuckten.

Ich versuchte, meinen Bogen zu heben und auf ihn zu schießen, aber irgendetwas hinderte mich. Der Schock darüber, dass er so plötzlich und ohne jede Vorwarnung nur Zentimeter vor meinem Gesicht erschienen war?

Im gleichen Moment, als sich in der Schänke zwei Fensterläden öffneten, aus denen sich zahllose Pfeile auf ihn richteten, stürzten aus den nahegelegenen Häusern und Speichern Bandenleute, um ihn zu stoppen. Ich sah, wie er sich umdrehte und die auf ihn zustürmenden Männer angriff. Er tat dies zweifellos in dem Wissen, dass seine Attacke die Schützen in den Häusern davon abhalten würde, auf ihn zu schießen. Da begriff ich, was meinen Pfeil an die Sehne gebannt hatte.

Ich kannte ihn.

Kailens Zwanzig und der Razhani-Clan

Ich gebe hier einen Bericht der derzeitigen Anführerin des Razhani-Clans Rhain wieder, der schildert, wie sie Kailens Zwanzig nach deren Erfolg in Ahmstad und vor der Sache mit ihrem Vater in ihre Dienste nahm. Kailen sorgte dafür, dass ihr Clan nicht nur zum bedeutendsten Clan der Provinz, sondern auch zum Verderben der Barbaren wurde, die zu jener Zeit die Grenzgebiete heimsuchten. Dies alles trug sich acht Jahre vor Schlangenwald zu.

Ich neige zu der Vermutung, dass Kailen möglicherweise unwissentlich eine große Gefahr für die Alten Königreiche heraufbeschworen hat durch das, was im Verlauf der Erfüllung dieses Auftrags mit den Barbaren geschah.

Goran

Zwar verlangten Kailens Zwanzig einen happigen Preis, aber sie leisteten meinem Vater gute Dienste.

Das Einzige, was er mit dem Bund von Ahmstad gegen diesen Esel Turis zustandebrachte, war ein endloses Palaver mit den Clans bei unseren Versammlungen. Wir warteten darauf, dass uns die Nachricht erreichte, Turis würde Ahmstad einnehmen, doch die kam nie. Jetzt berichteten unsere Leute, die ich in seiner Stadt und im näheren Umkreis als Horchposten eingesetzt hatte, er sei damit befasst, diejenigen auszumerzen, die er als Feinde am Hof ansah. Männer und Frauen, die ihm kritisch gegenüberstanden, weil er jene Clans an Ahmstad verloren hatte.

Mein Vater hatte Kailens Truppe schon einmal gedungen, um uns gegen Vilmor zu helfen. Sie hatten kurzzeitig in Turis' Diensten gestanden und ich denke, sie wussten, was er plante. Kailen ließ gegenüber Vater durchblicken, dass er nicht viel von Turis hielt. Er sah ihn sehr viel kritischer als noch dessen Vater Torin, der die Achtung aller besaß. Torin war ein Friedensstifter gewesen, wie unsere Grenzländer ihn bei den Barbaren überall um uns herum so dringend brauchten.

Als mein Vater starb, kamen Kailen und seine Männer zu seiner Heimfahrt. Einige Leute waren ziemlich wütend darüber, dachten sie doch, er sei gekommen, um sich in einem Abwasch neue Aufträge zu sichern. Also hielt er sich in jener Woche fern von mir und stand schon wieder kurz vor der Abreise, als ich ihn endlich treffen konnte. Ich gebe zu, ich war damals etwas eingeschüchtert von ihm, von ihm, seinem Trupp und nicht zuletzt seinen Drudhas. Im Vergleich zu denen wussten wir so wenig. Ihre Färbung und die Art, wie Kailen scheinbar in uns hineinsah, als könnte er Gedanken lesen, waren schon furchterregend genug. Schlimmer aber war, dass ich mich ein bisschen schwertat mit ihm, weil ich ihn aufregend fand. Genauer gesagt: Ich begehrte ihn. In seiner Nähe beschlich mich immer das Gefühl, er könne mir das ansehen. Augen wie Bergseen hatte er. Ohnedies war er ein ungewöhnlicher Anblick infolge eines Unfalls an der Akademie, an der er in seinem Heimatland ausgebildet worden war; seine Haut war ganz fleckig und hart, gerade so wie Schlangenwald.

Die Krankheit meines Vaters war der Grund, weshalb ich Kailens Dienste in Anspruch nehmen wollte. Sein Siechtum hatte eine lange Zeit gedauert, und das hatte sich herumgesprochen. Als es dem Ende zuging, hasste Vater es, wenn ich ihn so sah – hustend und ein Schatten seiner selbst. Er wollte nicht, dass ich ihn pflegte, aber wer sonst hätte es vernünftig tun können? Mutter war seit einigen Wintern tot, und er vermisste sie entsetzlich. Ich denke, er hätte die Fürsorge der Bediensteten noch viel weniger ertragen als meine. Also brachte ich etwa so viel Zeit an seiner Bettstatt zu wie mit dem Unterricht, der mir erteilt wurde, damit ich etwas über Politik und Herrschaft lernte, um für die kommenden Zeiten gerüstet zu sein: die Abkommen, die wir eingegangen waren, wer mit wem verfeindet war, die Probleme der Clans mit ihren Unterclans und Ähnliches mehr.

Während der Zeit seines Siechtums begannen die Hirten und Bauern, die für ihren Schutz als Gegenleistung den Zehnten ihrer Erzeugnisse abliefern mussten, es mit der Fälligkeit ihrer Abgaben nicht mehr ganz so genau zu nehmen. Außerdem standen die kleineren Clans an der Grenze unter dem Druck eines zunehmenden Andrangs von Barbaren und riefen bei den Versammlungen nach einem neuen Anführer. Ich konnte nicht zulassen, dass sie meinen Bruder wählten. Er war ein Schlappschwanz und taugte zu nichts. Mein Vater hatte das genauso gesehen und mit seinem Bruder und weiteren Ratgebern entschieden, mir die Kette zu übergeben; die Kette, die ich jetzt trage, so wie alle Razhani-Anführer sie von jeher tragen.

Wir servierten meinen Bruder ab, sodass er mir keinen Ärger machen würde. Dann schickte ich die Clangarde aus und ließ die Lehen wissen, dass ich nun ihr Anführer war und wir auf ihren Zehnten warteten. Wenn sie damit nicht einverstanden waren, so ließ ich sie wissen, befand sich der Hof, an dem sie das zu klären hatten, hier in Heje.

Nach den Querelen mit Vilmor gab es außerdem Schwierigkeiten unter den Clans. Die Lorzh waren von dem Konflikt schwer angeschlagen, und es wurde Zeit für einen Clan, der vortrat, um die Rolle des Erzclans zu übernehmen. Zumal es Einige bei den Lorzh gab, die nach dieser Kette trachteten, worunter ihr Volk letztlich nur noch mehr zu leiden hatte.

Wir Razhani besaßen eine Methode, das Alka, das wir aus unserem Korn gewannen, zu veredeln. Eine Destillation, wie unsere Drudhas es nannten, und wir trieben lebhaften Handel damit. Die Wacht und andere Gilden aus den ganzen Alten Königreichen kamen zu uns heraus, um es zu kaufen.

Kailen sagte, er wolle sehen, was nötig sei, um diesen Barbaren Einhalt zu gebieten, die im Sinn hatten, mein Volk zu versklaven und unser Getreide zu stehlen, wenn wir ihm dafür das Geheimnis der Destillation verrieten. Er hatte diesen seltsamen

Drudha Kigan; ein stiller Zeitgenosse und nicht so flatterhaft wie Ibsey, der andere Kocher der Zwanzig. Kigan erschien mir wie ein Einzelgänger, der nichts als seine Tränke im Kopf hatte. Er kritzelte fortwährend etwas in sein Buch und fragte andauernd nach Tieren oder auch nach Menschen, die wir hinzurichten gedachten, um sie zu benutzen. Er meinte, er könne die Ergebnisse seiner Experimente dazu verwenden, unsere Rezepturen deutlich zu verbessern.

Meine Drudhas waren außer sich vor Wut, dass wir diesem Söldner unser Buch zeigen wollten. Wie Ihr wisst, entscheidet hier draußen das Rezepturenbuch darüber, welcher Clan herrscht und welches die Unterclans sind.

Mein Vater hatte immer geglaubt, dass Kailen anders war. Ehrenhaft, wenn so etwas möglich ist. Ich überstimmte meine Drudhas und ließ diesen Kigan und jenen anderen namens Ibsey in das Buch schauen. Auf dieser Basis entbot Kailen uns seine Dienste kostenfrei. Und er hat die Rezepturen, soweit ich es weiß, niemals weitergegeben.

Kailen Schachzug, der uns den Sieg über die Barbaren einbrachte und die Provinz zur Provinz Razhani anstatt zur Provinz Lorzh machte, war ganz einfach. Allerdings nur von unserer Warte aus betrachtet. Er wies mich an, bei den Unterclans Truppen ausheben zu lassen, und erbat sich zudem meine Clangarde. Dann ließ er alle zusammen auf einer Ebene nahe Heje Aufstellung nehmen. Ich war stolz auf all die Soldaten, die dort versammelt waren. Es war ein hübsches kleines Heer, das unsere Abmachung da hervorgebracht hatte.

Doch Kailen zeigte sich weniger erfreut. Er und seine Männer zogen laut über die Truppen her, nachdem sie sie hatten antreten lassen. Besonders sein hünenhafter dunkelfarbiger Harlain, dieser Valdir mit den traurigen Augen und der Kerl, den Kailen Bense nannte und der ständig Witze riss und ihn auf den Arm nahm. Die anderen waren zurückhaltender und sagten nicht viel. Einer namens Mirisham und ein anderer, bei dem es sich um einen Prinzen von irgendwo jenseits der Sar handelte, waren aber die beiden, denen er am meisten vertraute. Alle drei waren sich darüber einig, dass meine Armee den Problemen, mit denen wir es zu tun hatten, nicht gewachsen sein würde. Zusammen mit ihnen nahm ich mir meine Hauptleute vor und lernte dabei eine Lektion in Sachen Krieg, Waffen- und Rüstungszustand. Und etwas über den Wert schlotternder und fröstelnder junger Burschen, die diese Ausrüstung benutzen sollen.

»Pumpt man sie mit Tränken voll«, meinte Kailen, »werden sie natürlich kämpfen, denn die Tränke wecken die Gier nach Blut. Aber ihre Verfärbungen sind armselig, und wenn wir sie jetzt hart rannehmen, würdet Ihr Euch, schätze ich, wünschen, Ihr könntet den Clan Eurem Bruder übergeben.«

»Welche Barbaren könnten eine Schar von fast achttausend Mann auslöschen?«, erwiderte ich.

Er nickte. »Ihr verfügt über sechshundert Pferde, mehr als sie zusammenbringen können, denke ich. Meine Männer Bense, Gant und Milu sind unsere Spezialisten für die Reiterei. Sie sagen, dass dies so ungefähr das Einzige ist, worauf Ihr hier stolz sein könnt, und dabei müssten sie immer mit den Tieren arbeiten, und auch mit deren Sängern.«

Ich wartete. Was gab es darauf auch zu sagen? Und meine Hauptleute schwiegen ebenfalls. Sie dachten anscheinend ebenso. Mir wurde klar, dass sie offenbar kein Vertrauen in mich hatten. Noch eine Lektion, die ich an jenem Tag lernte.

»Habt Ihr die Unterclans gefragt, wieso sie Euch Männer wie die hier schicken?«

Ich schüttelte den Kopf. Es schien auf der Hand zu liegen, und ich war zu beschämt, es auszusprechen.

»Sie ist noch nicht lange Oberhaupt, Kailen«, sagte mein Stellvertreter, ein Onkel mütterlicherseits.

»Still, Onkel, lass. Ausflüchte stehen Anführern nicht an.«

»Und darum hat Euer Vater Euch zum Oberhaupt gemacht«, sagte Kailens Mann Mirisham, der etwas älter schien als der Rest der Zwanzig. »Ein Anführer versteckt sich nicht. Er erkennt einen Fehler, akzeptiert und korrigiert ihn.«

»Und wie soll ich diesen Fehler korrigieren?«, fragte ich.

»Wenn Ibsey und Kigan mit Euren Drudhas fertig sind, werden Euch alle Clans um Euer Rezepturenbuch beneiden. Wie Ihr wisst, geht es im Krieg um Kampftränke, aber man kann eine Maus nur so groß machen. Einen Leoparden aber so groß.« Er zeigte mit den Händen die entsprechenden Größen an. »Ihr seid besser dran mit der Hälfte der hier angetretenen Männer, solange Ihr die Ausrüstung und Vorräte auf sie konzentriert. Und bedenkt, Ihr werdet sie mit Tränken ausstatten können, denen die Barbaren nichts entgegenzusetzen haben. Die anderen Männer könnten viel sinnvoller eingesetzt werden. Ich habe auch mit den Anführern Eurer Unterclans gesprochen, und sie alle haben mir gesagt, dass sie große Schwierigkeiten hatten, die Quoten an Kriegern zu erfüllen. Diese Leute hier sind genau die Männer, die sonst das Land bestellen, die Herden hüten oder Kinder großziehen. Wenn sie das nicht tun können, weil sie für Euch kämpfen müssen, führt das nur dazu, dass Eure Leute dort draußen Hunger leiden werden.«

Mirisham ergriff das Wort. »Schickt die Hälfte dieser Männer wieder nach Hause, und lasst die andere Hälfte bei uns, zusammen mit den besten Rüstungen und Waffen. Ein großes Heer zu Fuß ist ohnehin nicht die Streitmacht, die Ihr den Überfällen dieser berittenen Barbarenbrut entgegenstellen solltet. Und das wisst Ihr auch, Rhain. Wir nehmen die Hälfte der Mäuse, die Ihr da draußen habt, und machen aus ihnen Leoparden. Mit dem richtigen Kampftrank sind sie sehr viel mehr wert, als wenn Ihr sie mit der anderen Hälfte in den Kampf schickt. Gebt Euren Leuten diese Bauern und Hirten zurück, und sie werden Euch dafür umso mehr danken.«

Ich klärte die Sache mit den Unterclans, wir erhoben unsere Becher, und das halbe Heer verließ uns kurz darauf. Den Rest übergaben wir der Obhut von Kailen und seiner Truppe.

In den folgenden Monaten griffen wir Siedlungen an, drangen tiefer in die Wilden Lande ein als jemals zuvor. Kailen bestand darauf, dass es erforderlich war, mehr darüber in Erfahrung zu bringen, womit wir es zu tun hatten. Wir brannten nieder, was wir fanden, und seine Drudhas, vor allem der stille, machten mit denen, die uns in die Hände fielen, komische Sachen. Er und Kailen würden es wahrscheinlich abstreiten, aber Kigan folterte so dies und das aus den Gefangenen heraus, und schließlich bekamen wir denjenigen zu fassen, der die zunehmend besser organisierten Angriffe angeführt hatte.

Der Name des Barbarenführers lautete Caragula, ein Mann, der sogar noch ein paar Sommer jünger war als ich damals. Die Stämme schickten Leute, um ihn zurückzubekommen, und er behauptete, er könne unseren Grenzen Frieden bringen, und Frieden wurde tatsächlich vereinbart. Während seiner Gefangenschaft hatte er ziemlich herumgetönt, und ich schätze, seine dicke Lippe hat ihm wohl die eine oder andere Tracht Prügel eingebracht. Doch eine Bedingung für den Frieden war, dass er wieder zurückgeschickt wurde. Also ließen wir ihn ziehen, so gern ich und Kailen ihm auch den Hals umgedreht hätten.

Kailens Mann Digs und einem anderen namens Kheld wurde die Verantwortung für die Errichtung von Forts übertragen. Beim nächsten Treffen der Clans hatte die Kunde von unseren Tränken und den siegreichen Schlachten gegen die Barbaren bereits die Runde gemacht. Als es dann um die Wahl des Erzclans ging, fragte mich Kailen, was die Provinz meiner Meinung nach benötigte, und wie ich gedachte, sie zu stärken. Mir schien, als könnte Hevendor ein Bündnispartner nicht schaden, sowohl im Hinblick auf Vilmor wie auch wegen der Barbaren. Und wer wäre besser geeignet, einen solchen Bund zu gewährleisten, als unser Clan? Mein Vater hatte immer gute Beziehungen zu Hevendor gepflegt, und der Alka-Handel mit ihnen war uns nur zuträglich. Kailen teilte meine Ansichten, und dieser Prinz an seiner Seite nahm meinen Onkel und Stellvertreter und handelte einen Schulterschluss mit Hevendor über den Schutz unserer gemeinsamen Grenze zu den Wilden Landen aus. In Anbetracht der Clangarde, über die ich gebot, sowie unserer neuen Tränke gab es nur wenig zu diskutieren, wer den Vorsitz im Provinzrat übernahm.

Als Erstes erklärte ich unser Land nach meinem Clan zur Provinz Razhani.

Ich habe viel gelernt von Kailen und hätte nach jenen Ereignissen seine Hilfe so manches Mal verdammt gut brauchen können. Doch zumindest hat die von ihm initiierte Art, meine Truppen zusammenzustellen, die mir zuerst verrückt erschien, uns ein Rückgrat verliehen, das wir seither auch bitter brauchen. Allerdings konnte niemand, nicht einmal Kailen, voraussehen, dass Caragula auf die Weise zurückkehren würde, wie er es dann tat.

4. KAPITEL

Kailen

»Kailen, alter Freund, du kannst mir doch bestimmt ein bisschen geben, nicht wahr? Mich wieder in den Sattel hieven?«

Bense lag auf seiner Pritsche. Ich saß neben ihm, und seine Finger nestelten tastend über meine Kleidung, suchten nach meinem Gürtel, nach einer Dröhnung.

Ich sah zu dem Drudha hoch. »Ihr sagt, da ist Ziest drin?«, fragte ich.

Der Drudha, der mit einem Pisspott an der Tür stand und in Benses Scheiße herumstocherte, nickte.

»Der Farbe nach würde ich sagen, ja. Seine Kacke ist pechschwarz, die Lippen sind aufgeplatzt und verschorft, und er schwitzt sehr stark. Was denkst du?«

Der Drudha war sicher ein fähiger Mann, allerdings hatte er die Geschwüre auf Benses Haut noch nicht bemerkt, die auf eine wesentlich stärkere und reinere Mixtur hindeuteten, als ein Wachmann dieses Dienstgrads sich zu leisten vermochte. Oder sich erlauben konnte, wollte er seine Stellung behalten. Es war an seinen Augen mit den deutlich vergrößerten Pupillen zu erkennen, und daran, wie er in unregelmäßigen Abständen immer wieder anfallsartig zitterte.

Ich hatte die Fensterläden über seinem Bett geöffnet, das sich in einem Nebengebäude nicht weit vom Landhaus seines Herren befand; Lord Fesden, ein niederer juanischer Adliger mit einem bescheidenen Platz in der Hierarchie des Landes. Ein Taugenichts, sprich: neureich. Sein Vater hatte mit dem Handel ein Vermögen gemacht, aber seine Onkel versoffen und verqualmten das Geld fast so schnell, wie es verdient wurde. Ihr Banner hatten sie vermutlich irgendwann zwischen Tür und Angel entworfen, drei blaue Wellen und einen Schild, so farblos wie das Prestige der drei Familien, die sich ihm bislang verpflichtet hatten.

Bense versuchte, einen Beutel an meinem Gürtel zu öffnen. Behutsam löste ich seine Finger. Seine Haut fühlte sich wie Butter an.

»Drudha, ich danke Euch für Eure höchst hilfreiche fachmännische Meinung. Wärt Ihr so nett, mir, bevor Ihr geht, den Krug mit Wasser herüberzuholen?«

Er reichte mir den Krug, und ich wartete, bis ich seine Schritte auf den Steinen draußen hörte.

Aus meiner Satteltasche kramte ich etwas Kaffinpulver und Ziesttinktur hervor.

Ich kippte ein Gutteil des Wassers aus, gab Pulver und Tinktur in den Rest, schüttelte das Ganze kräftig durch und tröpfelte es Bense dann in den Mund. Das Zahnfleisch war zurückgegangen, und ein Großteil seiner Zähne fehlte; eine bekannte Folge der Einreibungen mit Ziest oder des Khaatgenusses. Er war einmal ein berühmter Kämpfer gewesen. Als ich begann, meine Truppe aufzubauen, hatte ich mich deshalb extra aufgemacht, um ihn in der Arena kämpfen zu sehen. Er hatte immer seine Schwierigkeiten damit gehabt, Befehle von Männern anzunehmen, die ihm in der Praxis nichts vormachen konnten, ihm aber erzählen wollten, wie man sich ordentlich schlug. Schon damals war offensichtlich, dass er süchtig nach Ziest war, und dies in einem Land, das den Gebrauch von Pflanzen ausschließlich bei seinem Militär duldete. Unser einziger Kampf war eine reine Formalität zwischen ihm und dem Geldsäckel, das ihm die allererlesensten Pflanzen einbringen würde, die es östlich der Sar gab. An meiner Seite legte er dann eine außerordentliche Begabung für die Reiterei an den Tag und erwies sich als wahres Naturtalent im Umgang mit Pferden.

Er war ein stolzer Mann gewesen, bevor der Ziest die Oberhand gewann. Das war nach den Tharosfällen gewesen. Seine und Milus Arbeit mit den berittenen Truppen von Ahmstad war für die Festigung unseres Rufes entscheidend. Doch das war nun lange her. Wir verdienten unseren Lohn und gaben ihn aus, und mit dem seinem zerstörte er sich selbst. Was übriggeblieben war von dem stolzen Mann, war ein schlurfendes Skelett.

Schon bald setzte er sich aufrecht hin. Es schien, als müsste er sich mit dem Raum und meiner Anwesenheit erst neu vertraut machen. Einen Moment lang hatte ich den Verdacht, dass das für ihn gar nicht so anstrengend war, wie er vorgab, tat den Gedanken jedoch ab. Im Nachhinein betrachtet hätte ich das wohl nicht sollen.

»Stixie erzählte mir, er habe dich gesehen, Bense. Auf seinem Weg zum Hartfels-Turnier kam er hier vorbei. Du siehst fürchterlich aus. Wo hast du den Ziest her?«

»Kailen? Was machst du denn hier? Ich hab Stixie gesehen. Er war auf der Durchreise, machte kurz Zwischenstation, und wir haben ein paar Pfeifen zusammen geraucht. Wird langsam fett und so.«

»Der Ziest, Bense, woher hast du ihn? Das ist 'ne heftige Mischung. Fesden überlegt, dich in die Wüste zu schicken.«

»Ach was, ach was. Er weiß, dass ich gut bin. Ich … na ja … Stixie hat mir ein paar Münzen gegeben, und weil er etwas knapp bei Kasse war, hat er halt ein bisschen rohen Ziest draufgelegt, einen Packen von drei Maß.«

»Er sieht gar nicht so reich aus, als könnte er einfach mal eben drei Maß rohen Ziest an die Leute verteilen.«

»Kannst ihn ja fragen.«

Er laberte Scheiße. Einen Augenblick lang schien er mit sich selbst beschäftigt zu sein. Der verwegene Reiter, der mehr schmutzige Geschichten als die Drudha eines Hafenbordells drauf hatte und der die Würfel rotieren lassen konnte, als wären sie geladen, war vollkommen verschwunden.

»Schön, dich zu sehen, Kailen«, sagte er schließlich. »Gut siehst du aus. Für dich scheint's ja immer noch richtig gut zu laufen, was? Nicht wie der Rest von uns, die wir gerade so über die Runden kommen und …« Er brach ab, schien mit einem Mal wie fasziniert von dem Fenster und kniete sich auf sein Bett, um hinauszuschauen.

»Da ist so'n junges Ding, siebzehn holde Sommer alt, würd ich mal sagen. Solche Möpse.« Er deutete mit seinen Händen den Umfang an. »Kommt von dem Hof, da, äh, unten, die Straße runter. Ja, genau, die Richtung, die war's. Na ja, ich halt gern Ausschau nach ihr, sie liefern Milch und Käse von dort hier rauf. Lächelt mich immer so nett an. Will wissen, woher ich meine Farbe hab, und dann sag ich ihr, von meiner Zeit bei dir. Sie hat noch nie was von dir gehört. Kannst du dir das vorstellen? Kailens Zwanzig? Noch nie von gehört? Ich erzähl ihr, was für ein toller Reiter ich bin, wie ich sie im vollen Galopp hinter mich auf den Sattel ziehn könnt. Frag sie, wohin wir denn mal reiten sollen, und dann wird sie rot. Ich weiß, dass ich da runter muss, mit ihrem Alten sprechen. Von wegen Hand anhalten und so.«

Er wurde still. Ein Maß roher Ziest ist an einem Handelsplatz oder über eine Akademie für nicht weniger als drei Silberlinge zu haben; direkt vom Erzeuger kann ich ihn für zwei Silber kriegen. Irgendwas passte hier nicht.

»Hast du noch mehr von der Mixtur?«

Er wandte seinen Blick nicht von dem Fenster. »Kauf dir deine eigene. Ach was, ich mach Spaß. Aber nein, nichts mehr. Zurück zum Tee, zurück zu dem Scheiß.«

»Das ist kein Scheiß, Bense. Ziest, auch nur ein bisschen stärker als ein Achtel der Norm, bringt dich innerhalb von ein paar Monaten um.«

Er zuckte die Achseln. »Bist du deswegen hier? Du hast Stixie getroffen und gehört, ich wäre ein bisschen breit, richtig? Da hast du deine weiche Seite entdeckt und angefangen, dir aus einem von deiner alten Truppe was zu machen. Hey, brauchst du mich zurück? Ich kann mit dir kommen, kein Problem. Ich muss mich bloß noch'n bisschen in Form bringen. Was mir Fesden bezahlt, ist der Witz. Gar nicht zu vergleichen mit dem, was wir vor … Wie lang ist das her?«

»Du bist am Arsch, Bense. Du hast kaum noch genug Kraft,

mir die Hand zu schütteln. Und Aufträge nehme ich schon lange nicht mehr an. Ich bin hier, weil ich glaube, dass jemand uns alle tot sehen möchte. Dachte, ich sollte dich warnen.«

»Kann ich etwas Suppe haben?« Ich habe keine Ahnung, ob er meine Worte gehört hatte. Er erhob sich. Auf seinem Nachthemd war ein kleiner Pissefleck zu sehen. Die Bettdecken, auf denen er lag, hatten auch etwas abbekommen.

»Hast du irgendjemand von den Zwanzig gesehen?«, fragte ich.

Er setzte sich wieder hin, starrte mich abermals auf eine Weise an, als hätte er gerade erst erkannt, wer ich war.

»Hast du außer Stixie sonst noch einen von uns gesehen?«, wiederholte ich meine Frage.

»Eigentlich nicht. Wenn du gehst, kannst du mir dann was dalassen? Nicht diese Scheiße, die du mir gerade gegeben hast, irgendwas, das mich wieder hochbringt? Sag Fesden, ich brauch noch 'nen Tag. Leg ein gutes Wort für mich ein, ja? Das bist du mir schuldig.«

Ich stand auf, um zu gehen.

»Etwas Suppe wird sich sicher rasch finden lassen, und dann, denke ich, mach ich mich daran zu trainieren. Ich bin bestimmt bald wieder der Alte.« Für ihn war ich nicht mehr da.

Als ich die steinernen Stufen hinab- und zu Fesdens Haus hinüberschritt, hörte ich ihn grunzen und zählen. Das vollbusige Mädchen von dem Hof war gerade dabei, einen Pferdeburschen zu umarmen.

Ein buckliges, schmierhaariges Großväterchen führte mich in seinem eigenen Tempo über einen Vorhof aus Eucabäumchen und weißgewaschenem Stein. Lord Fesden saß auf einer unpassend kunstvoll verzierten Marmorbank und beaufsichtigte ein Kind. Es war wohl sein Junge, der sich gerade mit einem Haufen Papierblätter herumquälte. Er brachte ihm das Lesen bei.

In gebührendem Abstand und mit einer angedeuteten Verbeugung blieb der bucklige Greis stehen und wartete, bis Fesdens Sohn fertig war und seinen Vater lobheischend anlächelte.

Fesden hatte gar nicht zugehört. Er bohrte in der Nase und betrachtete versonnen seine Seidenpantoffeln. Es war die plötzlich eingetretene Stille, die ihn aus seinen wie auch immer gearteten Betrachtungen riss.

»*Pri amota, pri.* Ausgezeichnet. Zu den Elfern wirst du uns allen zur Ehre gereichen.«

Der Junge zog sich zurück wie ein entlassener Diener, und Fesden wandte sich uns zu. »Du sollst dich anständig verbeugen, wenn du Gäste vorstellst, Haster. Selbst wenn es Söldner sind.« Er winkte mich zu sich, während Haster, der sich ein paar Zentimeter in die Höhe reckte, sich umwandte und ging, ohne mich vorzustellen. Ich war lange darüber hinweg, mich über die versteckten kleinen Beleidigungen aufzuregen, mit denen die, die für unsere Dienste bezahlten, sich von uns abzugrenzen versuchten.

»Mein Lord. Ich als Söldner gebiete nicht über den Wortreichtum und die Sprachgewandtheit, Euch zur Begrüßung in angemessener Weise zu preisen. Es wird Euch bekannt sein, dass ich früher einmal Benses Hauptmann war. Ich kam her, weil ich zufällig einen alten Freund von mir und Bense traf. Stixie, den Bogenschützen, der Euch, wie ich glaube, von Zeit zu Zeit seine Aufwartung macht. Er pflegt, eine blaue Feder am Hut zu tragen und einen weißen Bogen. Stixie berichtete mir, dass es Bense nicht gut ginge und er in Schwierigkeiten sei.«

»Stixie, ja. Bemerkenswerter Bogen. Die Pfeile, die der Bursche benutzt, stehen einem Wurfspeer an Stärke und Gewicht kaum etwas nach. Aber Bense war ein Problem, ein größeres als die meisten anderen Gefärbten, die wir hier hatten, seit die Armeen sie ausspuckten. Er hatte ein paar Tage dienstfrei, weil er rumgejammert hat wegen irgendeiner angeblichen Erkrankung, doch unserem Drudha war sofort klar, dass es am Ziest lag. Offenbar befindet er sich bereits auf dem Wege der Besserung.«

»Das ist schön zu hören. Aber dieser Ziest ist laut Eurem Drudha recht teuer. Zu teuer für Bense, sofern Ihr Eure Bediensteten nicht in Silberstücken entlohnt. Ich hege die Befürchtung, dass er auf diese Weise gefügig gemacht werden soll, damit man Euch erreichen kann. Um deutlicher zu werden: Ich glaube, Bense ist gekauft worden, um Euch an den zu verraten, der ihm diese Pflanze gab. Gibt es Personen, die Euch hassen, mein Lord?«

»Meine Gewinne sind jemandes anderen Verlust, nicht wahr? Zumindest sagt man so auf den Feldern und in den Wirtshäusern, wo die Bauern sich rumtreiben.«

Ich nickte und senkte meinen Kopf, um ihm das Gefühl zu geben, dass er die Kontrolle über unser Gespräch hatte.

»Ich glaube, es gibt eine Möglichkeit, Bense zu helfen, zu seiner alten Form zurückzufinden und wieder zu dem furchteinflößenden Kämpfer zu werden, der bei Tharos seinen Mann stand. Ein Krieger, der Euren Schutz auch zu gewährleisten vermag. Ich kann ihn in das Gefängnis in Cusston verfrachten, der Hauptmann der Miliz dort schuldet mir noch was. Da kann er den Ziest ausschwitzen und sich erholen. Sein ewiger Dank wäre Euch gewiss, da ihr ihm beigestanden habt, als er sich auf seinem absoluten Tiefpunkt befand. Er wird alles preisgeben, falls es wirklich eine Verschwörung gibt, an der er teilhatte.«

»Gut und weise gesprochen für einen Söldner. Ich möchtet also, dass ich Euch den offiziellen Auftrag erteile, ihn nach Cusston zu schaffen?«

»Ich nehme kein Geld dafür, dass ich ihm helfe. Wohl aber einen Gaul und Vorräte für ihn. Das Pferd schicke ich mit der Wacht wieder zurück.«

»So ist es beschlossen. Ich wäre geneigt, Euch solange seinen Posten zu übergeben. Was ist Euer Preis?«

»Ich habe keinen Bedarf mehr an klingender Münze. Aber danke für das freundliche Angebot.«

Er erhob sich und blickte mir in die Augen. »Wie lange wird es dauern?«

»Sechs Wochen vielleicht. Schwer zu sagen. Aber hinterher wird er ein anderer Mann sein, der den Ziest besiegt hat und wieder bereit ist, Euch zu dienen. Es wäre sicher sinnvoll, dafür zu sorgen, dass eine der Wachen in Cusston Euch über Benses Fortschritt auf dem Laufenden hält. Die Wächter sollten auch auf alles achten, was er im Schlaf sagt, egal, wie ungewöhnlich es ist. Ich kümmere mich darum. Ich will versuchen, baldmöglichst erneut hier vorbeizuschauen, und hoffe sehr, ihn dann bei bester Gesundheit zu finden.«

Ich entschuldigte mich und ließ ihn stehen. Bei Bense stieß ich auf überraschend vehementen Widerstand, als ich ihm, unter dem Vorwand, es handele sich um einen Botengang für Fesden, mitteilte, dass wir aufbrechen müssten. Als wir dann endlich Cusston erreicht hatten, handelte er sich mit seinem Gezeter und Gebrüll eine Tracht Prügel ein, noch bevor ich das Gefängnis verließ. Ich bezweifle, dass seine Laune sich verbesserte, als aus Wochen Monate wurden. Doch hoffentlich hatte ich ihm das Leben gerettet, zumindest bis ich wieder zurückkehren konnte.

Nun war ich in Sporn. Vor mir stand Scapo Ostler. Wie sie alle war er dazu fähig, seinen Sohn mit einer Liebe so rein wie Regen zu küssen, und im nächsten Moment einen Mann vor den Augen dessen eigener Familie in kleine rote Stücke zu zerlegen.

Ostler hatte sein Leben und das seiner Männer zu meinem Schutz offeriert, und ich werde das Angebot annehmen, ohne ihn auf die furchtbare Macht hinzuweisen, die mich sucht, die mir unter Umständen ebenbürtig sein könnte. Dabei warf er die Leben all derer, die im Indra-Quartier wohnen und ihre Häuser nicht verlassen würden, gleich mit in die Waagschale.

Das Indra-Quartier war ein nützlicher Ort, um von dort aus meine Suche nach jenen Mitgliedern der Zwanzig zu betreiben, die noch am Leben waren. Hier war ich vor fremden Blicken verborgen und mit Leuten zusammen, die jeden erkennen würden, der nicht hierher gehörte. Bis vor ein paar Nächten hatte ich keine besondere Sorge um mein Leben gehabt; nicht einmal, als man mir vor wenigen Wochen einen von der Wacht verbreiteten Aushang eines Gildenmeisters brachte, der auf der Suche nach Hinweisen auf die Zwanzig war. Ich antwortete auf das Gesuch und präparierte das Elendsviertel für ein Treffen mit diesem Gildenmeister. Ich war sicher, dass er mir feindlich gesinnt war – und höchstwahrscheinlich auch der Mann, der hinter der Ermordung meiner alten Gefährten steckte.

Doch dann tauchte ein weiterer Meuchelmörder auf, und ich hege keinen Zweifel daran, dass die Attentate auf sein Konto gehen. Allerdings sieht es so aus, als ob er in keinerlei Verbindung zu dem Gildenmeister steht. Ein interessantes Rätsel, das sich hinter den Taten dieses Assassinen verbirgt. Ein Rätsel zudem, dessen Lösung sich mir völlig entzieht. Ich habe den Gildenmeister wissen lassen, dass ich im Indra-Quartier zu finden bin. Aber dem Attentäter scheint das nicht bekannt zu sein. Er führt seine Anschläge offenbar wahllos aus, und sucht doch nach Informationen. Gut möglich, dass sie daraus den Rückschluss zogen, dass ich hinter seinen Taten stecke. Das würde auch erklären, wieso die Miliz und die anderen Scapos dem Indra-Trupp so eilig den Rücken gekehrt hatten.

Im Westen klangen Signalhörner auf. Die Wacht und die Sporn-Miliz – ich rechnete mit etwa hundert Mann – würden von den Linneygassen her vordringen. Diese Morde dürften für Sporns Meisterkanzlisten eine allzu verführerische Gelegenheit dargestellt haben, einem der Scapos die Taschen zu leeren und sein Revier an andere Scapos aufzuteilen. Die würden ihm dafür dankbar sein. Ein Akt, der ihm nicht zuletzt auch bei der nächsten Wahl zum Meisterkanzlisten helfen würde.

Ein weiterer Stoßtrupp rückte von den Docks her vor, also von Osten, der genau entgegengesetzten Richtung, vor der die Signale warnten. Aber das hatte ich erwartet. Den Rufen von den Dächern nach näherten sich auf dieser Route vielleicht fünfzehn Mann, unter ihnen auch Agenten. Ich drehte mich zu Ostler um, der sein Messer soeben mit einem mit Gift imprägnierten Wachsblock einrieb. Den hatte ich ihm gegeben, damit er ihn unter seinen Jungs im Wirtshaus *Zum Rätsel* herumgehen ließ.

»Es geht los. Sagt Euren Männern, sie sollen ihre Tränke nehmen. Die Miliz wird sich ihren Weg nach Linney hineinbahnen, und rechnet mit dem größten Widerstand in Blenner. Das ist zu offensichtlich. Ihr wartet, bis die ersten von ihren Männern auf die Schänke und die benachbarten Häuser losgehen, bevor Ihr sie in Brand setzt. Dann werden sie nach Blenner kommen, wo Ihr Eure Bogenschützen habt. Euer Hauptmann und seine Leute werden die Steißgasse mit Qualmbeuteln eindecken. Sie schießen jeden, der durchkommt, ab. Schön aus der Nähe. Da Ihr das Ende der Straße mit Eisenspitzen gespickt habt, ist das eine Todeszone. Ihr selbst begebt Euch nach Blenner. Bis zum Morgen seid Ihr König Scapo.« Ich lächelte beruhigend, bis er davonzog.

Ich konnte nicht begreifen, wieso die Zwanzig jetzt gejagt und umgebracht wurden, nach so vielen Jahren; warum so viele Menschen in diesem Elendsviertel jetzt in meinem Namen werden sterben müssen. Wieso sollten die Feinde, die wir uns in jenen Tagen gemacht haben, so lange warten, bevor sie Rache üben?

Ich wusste, dass Scapo Ostler mir helfen würde, zu entkommen, während meine Männer noch unterwegs waren, um die Überlebenden der Zwanzig aufzuspüren. Es war an der Zeit, dass ich der Frage nachging, wer uns allen nach dem Leben trachtete. Ich hatte gehofft, dass Achi Shale und Gant herbrachte, aber vielleicht werden sie nicht mehr kommen.

Ich habe Ostler vorausgesagt, dass die anderen Scapos ihn im Stich lassen würden, aber er wollte mir nicht glauben. Wie konnte er das nicht sehen?

Er hatte mich den anderen Scapos an dem Abend meiner Ankunft vorgestellt: Darin, Reed und Andorin. Ostler organisierte ein Nachtmahl für uns. Er war fest davon überzeugt, das würde ihm bei ihnen mehr Ansehen verschaffen – ein berühmter Söldner, der mit seiner Hilfe unterzutauchen gedachte. Doch seit fünfzehn Wintern gilt mein Name nur mehr alternden Soldaten etwas, die jetzt größtenteils im Ruhestand oder tot sind. Wie heißt es so schön in dem Gedicht: »Noch Lieder, die von Taten singen.« Nun, die anderen Scapos waren höflich, aber sie kannten mich nicht.

Darin sprach an jenem Abend von allen am ausgiebigsten dem Wein zu, den ich mitgebracht hatte. Er hielt es jedoch nicht mal für nötig, sich bei mir dafür zu bedanken, als er unsere Zusammenkunft verließ, geschweige denn, dass er ihn als einen juanischen Jahrgangstropfen erkannt hätte. Ich überreichte jedem von ihnen ein kleines Fässchen als Geschenk, doch er ließ seins einfach stehen, eine Brüskierung, die in Anbetracht des Werts nur umso lächerlicher wirkte. Ostler hänselte Darin wegen dessen Verwandtschaft mit dem Wachtvogt von Sporn, und Andorin sagte nichts, obwohl er selbst Verträge mit der Wacht hatte. Ostler ist ein ignoranter und selbstgefälliger Arsch, Darin kocht förmlich vor Antipathie, während Andorin alle beide hasst. Und Reed zeigt sich die ganze Zeit über betont unbeeindruckt von allem. Er ist der stärkste von ihnen, ungeachtet dessen jedoch nicht willens, Ostler aus dem Schlamassel zu helfen, in den ich ihn gebracht habe.

Nach nur drei Bechern Wein an jenem Abend war mir klar, ich würde Ostlers Hauptleute mit ins Boot nehmen müssen, wollte ich an ordentliche Informationen über diejenigen gelangen, die für das Abschlachten der Zwanzig verantwortlich waren. Oder gar Schutz vor ihnen erhalten. Nicht Ostler hatte bei seiner Truppe das Sagen. Es waren seine Hauptleute, die den Ton angaben, und die anderen Scapos würden sich ohne deren Hilfe Ostlers Viertel schneller einverleiben, als wir uns die auf dem Tisch liegende Sau.

Ostlers Schwester wartet meiner Gemahlin Araliah auf und berichtet, dass sie während meiner Abwesenheit oft in den Orangenhainen und den Weinstöcken spazieren geht, mit den Kindern Lieder singt und den Leuten, die auf unserem Anwesen arbeiten, Wasser bringt. Meine Gattin hat eine Angewohnheit, die beinahe alle Menschen aufweisen, die aus den vermögendsten Familien stammen. Ihr ist eine ausgeprägte Barmherzigkeit zu eigen, die der Wunschlosigkeit entspringt. Sie zeigt ein argloses Vertrauen in die Anständigkeit der Menschen aus einer anderen Welt sowie ein mit Neugier vermischtes Mitgefühl für sie. All das umso intensiver, je eher sie die Nöte zu lindern vermag, aus denen das Leid Anderer erwächst. Ich vermisse sie.

Ostlers Sippe hatte, so wie er selbst, einst als Leibeigene jener Familie gedient, die mein Anwesen gründete. Als diese Familie in den Bankrott ging, habe ich ihre Fronarbeiter übernommen und sie zu Pächtern erhoben. Als Junge war Ostler ein Raufbold und Bruder Langfinger. Vielleicht, weil er seinen Vater früh auf See verlor und allein mit der Mutter aufwachsen musste. Ostler wandte dem Dasein als Bauer den Rücken und kehrte zurück nach Sporn, wo Cousins lebten. Fünfzehn Sommer war er damals alt und hatte keine Ahnung, was ihn im Elendsviertel erwartete. Möglicherweise übten Huren und die billigen Pflanzen, mit denen er sich zudröhnen konnte, einen größeren Reiz auf ihn aus, als die Sommer von Harudan es taten. Es ist leicht, einen Narren zu überschätzen. Nichtsdestotrotz war er im Elendsviertel zu einem kräftigen und starken Mann herangewachsen, einem geborenen Kämpfer, wie es aussah. Irgendwann dann entdeckte er den Begriff der Ehre für sich und erinnerte sich, dass ich seiner Familie ihr Hab und Gut zurückgegeben hatte.

Jetzt hat er eine Familie in Sporn gefunden. Seine Truppe. Vor vier Tagen verlor er zwei Angehörige dieser seiner Familie, einer davon ein Hauptmann. Und Darins Bande erging es nicht besser. In der darauffolgenden Nacht verloren alle Scapos Männer. Deshalb waren sie ins *Rätsel* gekommen, um mit uns zu sprechen.

Jeder hatte fünf oder sechs seiner Leute dabei, größtenteils Grünhäute. Nur einer ließ die Rot- und Blautöne erkennen, die von Kampfgebräu sprachen. Sie trugen ihre Gürtel und Leder, als ob sie in den Krieg ziehen wollten. Doch das Leder aller war zu fleckenlos, um schon viel zum Einsatz gekommen zu sein. Die Scapos selbst erschienen zu einer Zusammenkunft wie dieser mit entblößtem Oberkörper, um ihre Tätowierungen zu zeigen. Allein Reeds kündeten von Kindern und seinen getöteten Gegnern, und nicht bloß von Reichtum und Wohlstand. Er war der stärkste Scapo.

»Worum geht es hier eigentlich genau, Kailen?«, fragte Andorin.

»In was für Schwierigkeiten steckt Ihr?«

»Einer meiner besten Jungs, Elsin, wurde vor den Augen seines Mädchens getötet. Sie wurde mit der Botschaft nach Hause geschickt, dass noch mehr sterben werden, falls Kailen nicht aufgibt«, sagte Reed.

»Es handelt sich um eine Ehrenschuld«, erwiderte Ostler. »Ich lasse meinen letzten Atemzug für Kailen, sollte ihn das retten.«

»Schaff ihn aus Sporn raus und rette ihn sonst wo. Seinetwegen sterben gute Leute.«

»Seid Ihr nicht imstande, Eure Leute zu beschützen?«, fragte ich.

Andorin sprang auf, stieß einen Finger in meine Richtung. »Wenn Ihr wirklich der große Krieger seid, für den man Euch hält, geht Ihr vielleicht da raus und zeigt diesem Agenten, oder was immer er ist, genau das.«

Alle, außer Ostler, schnellten mit ihm in die Höhe, eine Hand an den Griffen ihrer Waffen, die Finger in den Säckchen an ihren Gürteln.

»Das ist kein Agent.« Dass ich mir beinahe wünschte, er wäre einer, behielt ich für mich. »Ich hab zusammen mit Ostler Maßnahmen ergriffen, die helfen sollten, der Miliz – und diesem Meuchelmörder – klarzumachen, womit sie es zu tun haben. Ich gehe keine unnötigen Risiken ein.«

»Und wieso solltet Ihr das auch?«, meinte Reed. »Wo Leute wie wir sie doch für Euch übernehmen. Darin hat einen Hauptmann verloren, wir alle haben irgendjemanden verloren. Sogar die Roten. Deshalb hat Vogt Kulam jetzt auch ein Schüreisen im Arsch des Meisters, der Sporn verwaltet, und die Miliz bricht munter Knochen.«

Reed setzte sich wieder. Die anderen taten es ihm gleich.

Andorin ergriff das Wort. »Ich hab heute Kaufleute aus dem Beney-Distrikt und meine Leute aus den Ruvvies kommen lassen, dazu ’n paar Milizionäre und Agenten. Es ging um meine Abmachungen mit der Miliz, die immer zu unserem Vorteil waren. Stellte sich heraus, dass der Offizier, der für uns arbeitet, inzwischen die Treppe raufgefallen ist. Also haben sie jemand Neuen reingeholt, der sich vor allem einen Namen machen will. Gegen den habe ich nichts in der Hand, und jetzt pfeift er plötzlich auf die alten Vereinbarungen, und meine Leute verlieren das Vertrauen in mich.«

Mit »nichts in der Hand« meinte Andorin, dass der Neue keine Familie hatte, bei der er die Daumenschrauben ansetzen konnte. Es ist die Liebe, die Menschen schwach und verletzlich macht.

»Sagtest du, hier in Sporn sind Agenten?«, rief Reed dazwischen. Er funkelte Ostler und mich wütend an, eine unausgesprochene Herausforderung lag in der Luft. Ganz bestimmt befand sich kein Mann unter ihnen, der sich selbst gute Chancen gegen einen Agenten einräumen würde.

»Sie wollen, dass du mich dazu zwingst, ihn aufzugeben«, sagte Ostler. »Aber ich denke, jeder von euch, der irgendjemanden versteckt, würde wollen, dass ich sein Geheimnis wahre, ist es nicht so? Und auch ich habe Männer verloren.«

Das seinen Worten folgende Schweigen sprach für sich. Ostler besaß nicht den notwendigen Respekt, um ihre Gunst zu gewinnen. Die Art, in der er die eingetretene Stille falsch interpretierte, bewies mir, dass diese Einschätzung zutraf.

»Genau«, sagte er nämlich, »ich würde euch nicht verraten. Unsere Revieraufteilung macht sich doch bestens. Wir haben Übereinkommen getroffen, haben schon einige Sommer lang Frieden untereinander erreicht. Lassen wir es so.«

»Ich bin hier fertig«, sagte Darin und erhob sich.

»Hab ich dein Wort?«, fragte Ostler.

»Natürlich.« Darin schaute ihm in die Augen, blinzelte aber zweimal ganz kurz. Das war aussagekräftig genug. Darin würde Ostler hintergehen. Die Entführung seiner Gattin und Kinder durch den Meisterkanzlisten am darauffolgenden Tag beschleunigte das nur noch. Er würde der Miliz keinen Widerstand bieten und ohne einen Einwand zulassen, dass sie sich am Rand seines eigenen Reviers außerhalb von Linney versammelten. Darauf bereitete ich mich insgeheim vor.

Die Scapos verabschiedeten sich und verließen das *Rätsel.* Als sie gegangen waren, füllte sich die Schänke langsam mit Bewohnern des Viertels.

»Das lief doch ganz gut«, meinte Ostler. Einer seiner Hauptleute senkte den Blick auf den Boden, die beiden anderen starrten in ihre Becher.

»Es müssen Vorbereitungen getroffen werden«, sagte ich. »Ihr habt ausgezeichnete Hauptleute. Wir können Euer Viertel für die Invasion einer Armee rüsten, wenn Ihr mir freie Hand gebt.«

Ich sah, wie seine linke Hand an der Kordel seines Kannabbeutels herumnestelte. Seine Zähne waren grün, was wohl einem Einschlag von Iltrick oder Scharlachküste geschuldet war. Sein Kannab musste mit einem Opia versetzt sein, vermutlich mit Enlawurzel aufgezwirbelt, einem weiteren Hauptexportartikel des Virats in die Alten Königreiche. Er brauchte eine Dröhnung. Selbst jetzt, wo sein eigenes Revier bedroht war, konnte er an nichts anderes denken.

»Helft ihm«, war alles, was er zu seinen Hauptmännern sagte.

Ich trank von der *Glorie*. Während ich darauf wartete, dass die Wirkung einsetzte, bestückte ich meinen Gürtel und brachte meine Tagebücher und die Briefe, die sich zusammengebunden in einer Tasche befanden, in den Keller. Em, eines der Schankmädchen des Hauses, wartete dort.

»Vielen Dank, Em. Weiß der Wirt, dass du hier bist? Weiß er von der Kiste?«

Em schüttelte den Kopf. Sie war unruhig wie eine Maus, abgearbeitet und schmutzig. Niemand machte eine Bemerkung, wenn sie kam oder ging. Da war nichts an ihr, das das Auge zum Verweilen einlud. Deshalb war es mir möglich gewesen, den Männern, die in den Alten Königreichen für mich nach den Zwanzig fahndeten, vom Indra-Quartier aus durch sie Nachrichten zukommen zu lassen.

»Du musst diese Dokumente in die Kiste legen. Sag niemandem außer Achi etwas davon. Achi, den hast du ja vor zwei Wochen kennengelernt. Nur mit Gant oder Shale darfst du sonst noch darüber sprechen. Das sind zwei andere Soldaten, Männer die genauso eine verfärbte Haut haben wie ich. Eigentlich sollten sie längst hier sein, aber sie werden wohl nicht mehr rechtzeitig eintreffen, um mir zu helfen. Versteck die Kiste, und dann sieh zu, dass du bis Tagesanbruch aus dem Viertel hinaus bist.«

Sie nickte und nahm die Tasche an sich.

In dem Moment schwappte mir mit schwindelerregender Heftigkeit eine heiße Welle durch Eingeweide und Brust. Die *Glorie* begann, ihr Werk zu verrichten. Rasch schob ich die Kleine Richtung Treppe, damit sie weg war, bevor das Keuchen einsetzte.

Ich würde mich nicht *in dieser Schänke* verkriechen. Sie würde lediglich der Ort sein, an dem der Kampf endet.

Von der Steißgasse bis Linney und Blenner waren sämtliche Laternen gelöscht. Der Lärm der Frauen und Kinder, die vor dem flohen, was da heraufzog, hallte vom Flussufer herüber. Einer der Ostler-Hauptleute, Senis, führte mit mir eine Handvoll Bandenmitglieder über die diesige, schlammige Steißgasse, wobei wir uns zwischen den Klingen und Knöchelbrechern hindurchschlängelten, die im ganzen Viertel eingegraben worden waren. Vom Ende der Linneygassen her waren jetzt laute Rufe zu hören. Die Häuser zwischen uns und ihnen waren voller Männer und junger Burschen, die mit Bögen, Schleudern und Sporenbeuteln bewehrt auf ihr Einsatzzeichen warteten. Senis lotste uns durch ein Bordell, das man geräumt hatte, wenngleich noch hartnäckig der Geruch von Petunienöl in der Luft lag. Ich befahl drei Männern, in dem Haus zu warten, während ich mit Senis und einem weiteren Mann nach draußen aufs Dach kletterte. Die Dachziegel waren glitschig vom Nebel, und Dunkelheit hüllte uns ein, hier, wo die Häuser sich in den Schatten der großen Stadtmauer hinter ihnen schmiegten.

Dank der Lutamischung, mit der ich bei der Abschlussbesprechung all unsere Streiter eingedeckt hatte, konnten wir die zwei Männer auf den Dächern weiter oben in der Gasse, wo die Miliz anrückte, als graue Umrisse erkennen. Wir sahen, wie sie ihre Waffen ausrichteten, als die ersten Geräusche von berstendem Holz und Schwertgeklirr die Stille durchbrachen. Dann fingen die beiden Männer plötzlich an zu brüllen. So ein starkes Gebräu wie dieses Mal schienen sie noch nie benutzt zu haben – das Zeug riss ihr Bewusstsein beim Einsetzen der Kampfhandlungen anscheinend einfach mit sich fort.

Ich dirigierte meine Begleiter das Dach entlang, um auf das nächste Gebäude zu springen. Senis würde dort bleiben, in der Nähe dieses Endes der Steißgasse, und das Signal geben, den Rauchvorhang zu legen, sobald er selbst das entsprechende Zeichen erhielt. Zweck der Sache war, die Miliz und die Wacht nach Linney hineinzulenken.

Senis setzte über die Häuserlücke hinweg, doch mitten im Sprung zuckte er zusammen. Ein Pfeil hatte ihn getroffen. Er landete auf der anderen Seite, und eins seiner Beine gab nach. Auf dem steilen Dach verlor Senis den Halt, und er stürzte mit einem erstickten Röcheln hinab auf den Boden. Auf den Dächern zwischen Steißgasse und den Linneygassen befanden sich Männer, flach auf den Untergrund gedrückt, die Qualmbeutel wurfbereit in der Hand. Ein paar hoben die Köpfe, als sie begriffen, was sie soeben gesehen hatten. Fast gleichzeitig ließen der Mann neben mir und ich uns in die Hocke fallen. Ich bedeutete ihm mit einer knappen Geste, den Gassenbereich hinter uns kontrollieren. Er beugte sich vor, um über die Kante nach unten zu blicken. Fast sofort taumelte er zurück, setzte sich auf seinen Arsch und sackte dann vollends zur Seite weg. Ein erstaunliches Gift. Ich ließ meinen Bogen vom Rücken gleiten, bedachte die Art und Weise, wie mein Begleiter zusammengeklappt war, und versuchte die Richtung zu bestimmen, aus der der Angriff erfolgt war. Die Stadtmauer. Ich spannte den Bogen und wirbelte zu ihr herum.

Die Gestalt dort oben war schnell. Mein Pfeil verschwand hinter ihr in der Schwärze. Ich verlor keine weitere Zeit. Mit meinem Mundstück alarmierte ich die Männer, die sich noch in dem Bordell befanden, ebenso wie die auf den gegenüberliegenden Dächern. Die Schnalzlaute und Pfeifsignale klangen laut und nah in diesen Gassen, wie die von Menschenhand gemachten Metallvögel, die von Tarantrea kamen. Das seltsame Konzert entstand aus dem Zusammenspiel von Codezeichen zur gegenseitigen

Verständigung. Ich benutzte das Mundstück, um die anderen zu warnen, auf der Hut vor dem Meuchelmörder zu sein. Dann hörte ich ein Keuchen und Würgen, schaute in die Richtung, aus der es kam, und sah die Umrisse zweier Männer, die einander an den Kehlen hielten und mit ihren Fäusten gegen die Dachziegel hämmerten. Ihre Körper zuckten noch ein, zwei Wimpernschläge lang wie in Krämpfen, dann wurden sie still.

Ich ließ mich vom Dach fallen, krallte die Fingern um dessen Kante, trat unter mir einen Fensterladen ein und schwang mich in das dahinterliegende Zimmer. Rasch streute ich Titarumsamen innen vor die Fenster und auf die ersten paar Reihen von Dielen. Wenn man darauf tritt und die Sporen einatmet, muss man kotzen wie ein Reiher, da helfen auch die meisten Masken nicht viel.

Schnell verließ ich das Zimmer und gab den anderen Bandenmitgliedern, die Senis und ich in dem Bordell zurückgelassen hatten, durch stumme Zeichen zu verstehen, dass sie am Ende der langen Flure im Erdgeschoss und in der ersten Etage Stellung beziehen sollten. Ich selbst nahm Position in dem Gang im zweiten Stock ein, schloss die Augen und legte die Hände an die Wand. Die *Glorie* hatte jetzt ihre maximale Wirkung entfaltet, und über meine Handflächen nahm ich das Lied dieses Gebäudes auf. Ein Türangelwispern zu meiner Linken, zwei Räume weiter; dort steckte irgendwer. Ich nahm eine Phiole Alraunensud, zählte bis zwei und warf es vor die Tür, die in das Zimmer führte. Die Bodendielen dahinter knarrten, jemand trat einen Schritt vom Eingang zurück. Blitzschnell stürmte ich den Flur hinauf und stieß neben der Tür mein Schwert durch die Wand für den Fall, dass er dort darauf wartete, dass ich hereinstürmte. Ich trat die Tür auf und warf eine weitere Phiole hinein.

Der Raum war leer, nur der Geruch von zerquetschtem Titarumsamen, der sich mit Alraune mischte. Wohin war der Assassine verschwunden? Nicht einmal ein unterdrücktes Würgen war zu hören gewesen, die Pflanzen, die er oder sie benutzte, mussten ganz schön was taugen. Ich zog mich auf den Flur zurück, ehe die unheilvolle Alraune-Titarum-Komposition mir selbst zu Leibe rückte. In dem Moment drang vom unteren Stockwerk das Zwitschern eines Mundstücks herauf. Ich rannte zur Treppe. Einer der jüngeren Männer stieß keuchend Senis' Namen hervor, bevor er irgendwo unten auf dem Boden aufschlug. Lautlos bedeutete ich den anderen, Sporenbeutel hinabzufeuern und sich an dem Treppenhaus zu sammeln, das sich zentral durch das Freudenhaus zog. In den Fluren waren sie isoliert; sie mussten einer in des anderen Sichtweite bleiben.

Aber es war zu spät. Ich hatte unseren Gegner trotz allem unterschätzt. Jäh kreischte das Klirren von Schwertern durch das verlassene Haus, und schon musste der nächste von Senis' Männern dran glauben. Ein fieses Keuchen war zu hören, als die Klinge ihn wieder und wieder durchbohrte. Kurz darauf spuckte der letzte von unserem Trupp sein Mundstück aus und stürzte sich mit lautem Gebrüll auf den Schlächter. Über das Treppengeländer hinweg sprang ich hinunter in den ersten Stock und schleuderte von dort einen Kalkbeutel in das Eingangsgeschoss. Wegen der Lutamischung in meinen Augen wurde ich vom plötzlichen Feuerschein geblendet. Grell leuchtendes Weiß waberte durch den Empfangsbereich, schlug in Spritzern hoch und griff auf den Türrahmen über. Der Attentäter hatte all meine Begleiter getötet; wir waren allein in dem Gebäude.

Ich deckte die Korridore links und rechts von mir mit Fußangeln ein. Er hielt sich in diesem Stockwerk auf, das konnte ich spüren. Aber lokalisieren konnte ich ihn nicht. Die Flurdielen waren mit losen Brettern und Stolperfallen gespickt, ebenso die Zimmer. Alle bis auf eines.

In dieses zog ich mich zurück und befestigte Stoffstreifen mit Titarum über der Tür, die reißen würden, sobald jemand die Tür öffnete. Dann zog ich meinen Bogen und legte einen Pfeil auf.

Leise schlich ich zum Fenster. Signalisierte denjenigen in der Gasse mit meinem Mundstück, dass sie jetzt Rauch legen sollten, so, wie wir es ursprünglich geplant hatten. Da, ein Schritt vor der Tür. Ich ließ den Pfeil fliegen, tief und leicht seitlich versetzt von der Stelle, wo das Geräusch ertönt war. Er schlug durch die Tür und in die dahinter befindliche Wand. Der nächste Schritt, den ich hörte, kam aus dem Raum nebenan: ein Knarzen von Holz, das an einem Nagel schabt. Bemerkenswert, wie schnell und leise der sich bewegte.

Er konnte das Titarum offensichtlich riechen, was hieß, er roch auch mich. Wusste haargenau, wo ich stand. Dies Kraut gehörte zum Besten, das ich je benutzt hatte. Konnte er es sein?

Das Feuer fand im Erdgeschoss sattsam Nahrung. Dichter Rauch quoll empor, während das ganze Gebäude in Flammen aufging. Nein, er war fort. Das konnte ich spüren.

Ich sprang durch das offene Fenster hinter mir und in den Rauch, der mittlerweile die Steißgasse erfüllte. Mit meinem Mundstück rief ich um Unterstützung an dem Durchgang, der die Steiß- von den Linneygassen trennte, und befahl allen in der Nähe, ihn im Auge zu behalten. Der Dreckskerl würde es nicht eilig haben, ungeachtet dessen, wie nah er herankommen musste, um mich anzugreifen. Er wusste genau, wo er sich in die eine Stellung und wann in eine andere bringen musste, bis er sich den entscheidenden Vorteil erarbeitet hatte. Nun, wir würden sehen.

Ich rief den Männern auf den Dächern zu, die Position jedes Agenten zu melden, den sie sahen. Außer dem Attentäter würde dort nämlich mittlerweile kein anderer Mensch mehr sein – und er war kein Agent.

Drei weitere Bandenmitglieder kamen herbei. Ich bedeutete ihnen, so viel Abstand voneinander zu halten, dass sie ringsum alles stets im Blick hatten, und bewegte mich mit ihnen fort von der Steißgasse und rüber zu den Linneys.

Dort, wo die Linneys in einer der dem *Rätsel* abgewandten Sackgasse enden, surrten Bogensehnen über uns. Die Schützen oben signalisierten uns, dass der Kerl sich auf dem Dach des Hauses versteckte, das am toten Gassenende stand. Ich gab ihnen ein Zeichen, dass vier ihrer Leute auf das nächste Dach vorrücken sollten, während ich meine drei Männer in das erste Gebäude zu unserer Linken führte, um auf dessen Dach zu steigen und ihnen zu folgen.

Als wir das Haus betraten, sahen wir einen alten Mann vor geöffneten Fensterläden in einem Sessel sitzen. Auf seinen Oberschenkeln ruhend hielt er einen Besen fest umklammert, mit dem er sein kleines Reich anscheinend notfalls zu verteidigen gedachte. Während ich mit den Jungs zur Treppe nach oben durchpreschte, nickte der Mann uns zu. Die Fenster der ärmlichen Behausung gingen nach vorn und hinten hinaus, also teilten wir uns und kletterten, unter der Deckung der Männer, die sich auf dem Dach gegenüber bewegten, zu beiden Seiten hinaus.

Die zu uns herüberdringenden Rufe und Schreie wurden lauter. Am anderen Ende der Linneys schien sich das reinste Gemetzel abzuspielen, trotz aller Abwehrmaßnahmen, die viele Eindringlinge aufhielten und verkrüppelten, die nicht wussten, wo sie hintreten mussten. Wenn dies alles vorbei war, würden diejenigen, die dort überlebten, einiges an Rechnungen offen haben, denn aus den anderen Elendsvierteln ließ sich kein Schwein blicken, um ihnen zu helfen.

Dem ersten von den Jungs, der Halt an den Dachziegeln fand und seinen Kopf über die Kante hob, schlug ein Pfeil in die Stirn. Ich war direkt hinter ihm, als er getroffen nach hinten fiel. Er stürzte an mir vorbei in den Schlamm unten in der Gasse. Bewegte ich mich, verriet ich meine Position. Bewegte ich mich nicht, bedeutete das, dass die beiden, die gerade auf der anderen Seite des Hauses aus dem Fenster kletterten, gleichfalls tot waren. Ich hörte einen Mann nach einer Pfeilsalve auf sein Ziel brüllen, nahm wahr, wie die Geschosse draußen über mir durch die Luft zischten.

Der Schütze, der da geschrien hatte, fing an zu würgen, dann ertönten Schritte, als einer meiner Begleiter es aufs Dach und auf die andere Seite des Giebels geschafft hatte. Lange blieb er jedoch nicht dort. Nur Bruchteile eines Augenblicks später stürzte auch er von einem Pfeil durchbohrt nach unten. Das letzte Bandenmitglied, das noch übrig war, kam zurück in den Raum gerannt, in dem ich mich befand. Ich hob eine Hand, um ihn zum Schweigen zu bringen.

Der Meuchelmörder war Herr der Lage, war es die ganze Zeit gewesen, seit dem Moment, da er Senis getötet hatte. Zum ersten Mal, solange ich zurückdenken konnte, war ich nach allen Regeln der Kunst ausgetrickst worden. Bei jedem Zug hatte er den Standortvorteil für sich. Stets kannte er meine Position und verhielt sich entsprechend. Das musste ich ändern.

Ich erinnerte mich an die Agenten, die bei den Lagerhäusern gesichtet worden waren. Sie waren wahrscheinlich gerade in Richtung des *Rätsels* unterwegs, wo ich mich, wie sie glaubten, versteckt hielt. Da bot sich eine taktische Möglichkeit. Soldaten mit guten Pflanzen, die nicht mit dem Attentäter im Bunde waren, würden sich ihm gegenüber feindlich verhalten. Ich musste ihn nur weit genug in ihre Richtung führen. Sollte er sich mit ihnen befassen müssen, würde seine Aufmerksamkeit dabei zwangsläufig nachlassen.

Über dem Viertel wölbte sich jetzt eine Glocke von Rauch, die von unseren Qualmbeuteln und ein paar Bränden ausging, und verdunkelte die Straßen. Selbst mithilfe von Luta wurde es schwierig, da hindurchzusehen.

Per Zeichensprache forderte ich das Bandenmitglied neben mir auf, seine Jacke abzugeben und dafür meinen Waffenrock und meinen Feldgürtel zu nehmen und dann zum Fluss runterzulaufen. Erschrocken sah er mich an, als ich ihm beides reichte. Er hätte sicher protestiert, hätte ihn meine Anweisung nicht überrumpelt. Abgesehen davon verlor ich durch den Verzicht auf meinen Gürtel gegen einen solchen Gegner so gut wie all meine Handlungsmöglichkeiten. Ein paar Beutel behielt ich allerdings zurück. Die würde ich später sicher noch brauchen. Im Schutz des Rauchs, der sich inzwischen im ganzen Stadtteil ausgebreitet hatte, hoffte ich, ungesehen zurück zum *Rätsel* zu gelangen.

Er nahm auch meinen Bogen an sich, und wir schlichen uns wieder nach unten. »Danke«, flüsterte ich ihm zu, »für deine Familie wird gesorgt werden, falls du es nicht schaffst.«

Es half ihm, das zu hören; bei jedem Geräusch zuckte er zusammen, sich völlig bewusst, dass die Sache wahrscheinlich eine

Nummer zu groß für ihn war. Dann war er hinaus, rannte los Richtung Blenner. Er versuchte sein Glück über die breite Straße, die Blenner vom *Rätsel* trennte. Es war gar kein so weiter Weg, an den Wirtshausställen vorbei bis zu den Hafengebäuden zu kommen.

Dort würden die Agenten toben; aber wenigstens vierzig mit Bögen bewaffnete Männer waren dafür abgestellt, deren Vormarsch zu behindern und ihre Zahl so weit wie möglich zu dezimieren. Es war eine Todeszone, und Gebäude wie Straßen waren mit Fallen gespickt.

Als der Kerl fort war, schloss ich die Augen und ertastete mit meinen inneren Sinnen die Welt um mich herum. Die herrschende Stille gab mir die Zuversicht, dass der Todesschütze den Köder geschluckt hatte. Ich kletterte auf das Dach, wo er eben noch gewesen war, und schaute zum *Rätsel* hinüber, eine schäbige, aber florierende Herberge in dieser nordwestlichen Ecke des Flusshafens. Rauch stieg in der Richtung auf, in die mein Begleiter gerannt war, und jetzt hörte ich von dort auch die raschen Schritte eines Menschen, der direkt südlich des *Rätsels* über die Dachziegel lief. Dann sah ich die Umrisse des Mörders, der diesen Jemand verfolgte. Ich hatte einen Wurf, doch wenn der fehlging, war der Vorteil, den mir unser Mann verschafft hatte, dahin. Der Attentäter bewegte sich auf diesen Dächern so sicher wie auf Gras und so schnell wie ein Pferd. Als er in Richtung Kai von dem Haus und außer Sicht sprang, ließ ich mich ebenfalls vom Dach herab. Hilfe von Bandenmitgliedern durfte ich hier nicht erwarten. Sie waren alle tot. Die Schreie von Verletzten oder Sterbenden waren ab und an zu hören, doch im Wesentlichen wurden sie überlagert von den Hornsignalen der sich dem Wirtshaus nähernden Miliz. Der Lärm ließ die sich anrückenden Truppen zahlreicher wirken, als sie tatsächlich waren, und aus dem Viertel selbst kam nur noch wenig Widerstand. Ostlers Leute verfügten über gute Pflanzen, aber die Sporenbeutel der Agenten und die giftigen Dämpfe ihrer Ölbeutel hebelten ihre Masken und Tränke mühelos aus, und so starben sie in ihren eigenen Häusern.

Als ich beim *Rätsel* eintraf, gab ich den Männern auf dem Dach das Erkennungszeichen, und die schwere Haupttür öffnete sich, um mich einzulassen.

»Was für eine Scheiße ist das hier, Kailen?«, empfing mich Ostler. »Meine Jungs werden von irgend so einem Agenten abgeschlachtet, den selbst Ihr offenbar nicht zur Strecke zu bringen könnt. Und während der dabei ist, mein ganzes Revier niederzumetzeln, wartet Darin nur auf seinen Meister, um uns den Rest zu geben.« Ein Hauptmann war bei ihm, der Rest seiner Leute war in der Schänke verteilt.

»Verriegelt die Fensterläden, keine Bögen, schließt uns ein. Sichert uns die Initiative.«

»Die werden einfach die Bude abfackeln«, meinte Ostlers Hauptmann.

»Nein, sie wollen sichergehen, dass ich tot bin. Das Risiko gehen die nicht ein.«

»Leckt mich am Arsch, Kailen«, sagte Ostler, »wir hauen ab. Regelt das selbst. Ich lass mich hier jedenfalls nicht für irgendeinen Scheiß, den Ihr gemacht habt, als ich noch in den Windeln steckte, von einer Armee Roter massakrieren.«

»Das petz ich Eurer Mami, dass Ihr weggelaufen seid.«

Seine Faust legte knapp dreißig Zentimeter zwischen uns zurück, bevor ich sie mit meiner Linken beiseite schlug und ihm selbst einen Schwinger verpasste. Der Hauptmann zögerte, seine Loyalität gegenüber Ostler rang mit dem Respekt vor mir. Der Scapo schwankte ein bisschen auf seinen Beinen. Doch er war gerade mal so hart getroffen, dass er seine Klappe hielt, doch nicht mehr. Das wäre kontraproduktiv gewesen. Ich blickte den Hauptmann an.

»Die anderen können Euch, als einen von Ostlers Hauptleuten, gut gebrauchen, also lasst Euch von mir nicht aufhalten.«

Er nickte unverzüglich, hatte verstanden. Ostler war mit fähigen Anführern gesegnet. Dann drehte er sich um und hastete, über sein Mundstück Befehle erteilend, die Treppen hinauf.

Ich hörte jemanden husten, ein Desaster in dieser Situation.

»Helft mir, Ostler, wir können diesen Schankraum nicht verteidigen, wir müssen die Treppe kontrollieren.« Ich stand an dem einen Ende eines Eichentischs. Er holte tief Luft und hob das andere an. Zusammen wuchteten wir den Tisch vor die Eingangstür und verkanteten noch einen anderen an der Tür zum Hühnerhaus und dem Stall.

Männer rannten am *Rätsel* vorbei zu den Docks. Es war ein ungeordneter Rückzug. Ich folgte Ostler nach oben. Aus dem besten Zimmer, das die Herberge zu bieten hatte, zerrte ich ein Bettgestell heraus, stieß es auf die Treppe und erschwerte somit jedem Verfolger den Zugang. Nun galt es nur noch, zwei Stockwerke mit Schlafstätten zu halten, die von Deckmannschaften und Kahnführern auf ihren langen Reisen aus dem Norden benutzt wurden.

Den leichtesten Weg, unsere Bastion zu stürmen, stellten jetzt die auf das Stalldach hinausgehenden Fenster dar. Zusammen mit dem Hauptmann und zwei Bandenmitgliedern bezog ich in diesem Zimmer Posten. Der Fußboden vor dem Fenster war mit langen Nägeln präpariert, sodass es nicht ganz einfach sein sollte, leise hereinzugelangen. Als die Miliz und die Roten weiter auf das *Rätsel* vorrückten, erschollen überall in Blenner laute Rufe. Ich konnte hören, wie sie Harken vor sich her schoben, um die Fallen aufzuspüren. Die Männer über uns auf dem Dach begannen zu schießen. Es dauerte ein paar Minuten, dann ging unten das Hämmern an der Eingangstür los. Ich begab mich zur Tür am Ende des Stockwerks. Auf der entgegengesetzten Seite, etwa auf halber Höhe des zweiten Treppenaufgangs, standen Bandenmitglieder. Durch Zeichen machte ich sie auf die Geräusche von Händen und Füßen aufmerksam, die draußen die Mauern erklommen und die Fensterläden probierten. Ganz leise konnte man ein Knarren hören, wenn sie prüften, ob die Läden Widerstand boten. Da waren mindestens acht Mann, die sich hinauf zur zweiten Etage bewegten. Die Bandenmitglieder gaben die Warnung lautlos an ihre Kameraden in den oberen Zimmern weiter, die wiederum über leises Klopfen an die Hausbalken die auf dem Dach postierten informierten.

Zwei von unseren Leuten auf dem Dach wurden von irgendetwas getroffen und stürzten hinab. Im nächsten Moment hörte ich Klingen aufeinanderprallen, dann ein dumpfes Stöhnen, als zwei Kontrahenten miteinander rangen. Weitere Körper schlugen auf dem Boden unten auf. Dann Stille.

Kurz darauf erklang im Erdgeschoss das Splittern von Holz. Sie waren drin. Im Obergeschoss husteten zwei Bandenmänner, versuchten vergeblich, das Gekeuche zu unterdrücken. In dem Moment wurde mir klar, dass ich einen schwerwiegenden Fehler gemacht hatte. Einen Augenblick lang ließ ich meiner Wut freien Lauf und trat die mir am nächsten befindliche Tür aus den Angeln.

Ich lüpfte meine Maske ein kleines Stück, und sowie ich die Luft roch, wusste ich es. Eisenhut. Diese Männer hielten sich seit etlichen Stunden hier auf. Die ersten Symptome waren Atembeschwerden und ein Anschwellen des Halses. Das bedeutete, dass der Attentäter bereits vorher ins *Rätsel* gekommen war und das Zeug in den Zimmern aufgetragen haben musste. Er hatte wirklich an alles gedacht.

»Warum lächelt Ihr?«, fragte Ostler.

»Ich schätze, ich habe meinen Meister gefunden.«

»Was soll das heißen?«

»Das soll heißen, es tut mir leid, Ostler. Mein Plan, dass Ihr Euer Territorium kraft Überzeugung verteidigen und Euren Feinden eine Lehre erteilen könntet, er wurde von diesem Mistkerl vereitelt, der da draußen gleichermaßen Rote wie Bandenmitglieder ins Jenseits befördert. Ich würde ja sagen, das ist das Werk eines Elite-Agenten, nur warum meuchelt er dann auch die Mitglieder der Wacht?»

»Die sind deren Wunderwaffe, richtig? Ihre besten Männer, direkt dem Roten unterstellt?«

»Exakt. Aber ich bezweifle wirklich sehr, dass es ein Elite-Agent ist. Nur hilft das nichts, denn mit einer Einmischung dieses Formats habe ich einfach nicht gerechnet. Die Zimmer ringsum wurden mit Gift eingestrichen, das Zeug ist überall in der Luft. Nehmt Eure Männer, gebt Signal, dass wir uns ergeben, und werft Eure Waffen weg. Man wird eure Leben schonen, und ihr seht eure Familien wieder. Wenn sie Euch töten, verlieren sie die anderen Scapos, vom Rest des Elendsviertels gar nicht zu reden. Und das wissen die. Sagt ihnen, ich warte in meinem Zimmer auf sie. Übergebt ihnen als Beweis mein Schwert.«

»Meine Tage sind so oder so gezählt«, erwiderte Ostler. »Die Männer werden mir nicht folgen, wenn ich mich der Scheißmiliz ausliefere! Ihr habt mein Revier Darin in die Hände gegeben.« Den Tränen nahe, schüttelte er den Kopf. Es war gut für seine Männer, dass sie das sahen. Es würde ihnen viel bedeuten. Ich neigte mich etwas zu ihm, sodass seine Leute mich nicht hören konnten.

»Eure Familie lebt sicher und glücklich in Harudan, Ostler, darauf gab ich Euch mein Wort. Wie einer meiner Akademiemeister immer gern anmerkte: Alles ist ständig im Fluss. Ihr habt die Miliz im Haus, und ich werde von einem Schlächter gejagt, der vor Euch nicht haltmachen wird, solltet Ihr Widerstand leisten. Ich sagte Euch, Ihr würdet bis zum Morgen König Scapo sein. Ihr habt Euch vielleicht gedacht, das sei eine hohle Phrase, aber während der paar Wochen, die ich hier war, habe ich mehr über euch Scapos erfahren, als Ihr selbst in all den Jahren gewahr geworden seid, in denen ihr euch gegenseitig wegen ein paar matschiger Straßen umgebracht habt. Vielleicht seid Ihr morgen noch nicht König Scapo, aber spätestens in einem Jahr.

Darin ist eine Marionette der Miliz, doch Andorin hat sie beständig über sämtliche Aktionen von Darins Leuten informiert, und deshalb war er bis vor Kurzem König Scapo. Allerdings ist Reed viel gefährlicher für Euch. Andorins Geschäfte mit der Miliz stehen auf ziemlich wackligen Beinen. Er erzählte ja selbst, dass sein wichtigster Kontakt befördert wurde und ihm nicht mehr dienlich ist. Das beweist aber nur, dass Andorin weder schlau noch fähig genug ist, seine Interessen zu wahren. Folglich ist er schwach, vor allem im Augenblick, da man ihm den Angriff auf Euer Revier in die Schuhe schieben wird: ein aus Habgier geführter Bandenkrieg, der die bestehende Ordnung gefährden und den ganzen Sporn in Aufruhr versetzt. Nein, Ihr müsst Euren Blick auf Reeds Viertel lenken. Er hat eine ganze Reihe von Gilden nebst Lagerhäusern dort. Seid Ihr imstande, mir die vier mächtigsten zu nennen, abgesehen von der Wacht?« Er schüttelte den Kopf. »Das dachte ich mir. Das wird Euer nächster Schritt sein, nachdem Ihr einen Weg gefunden habt, Darin zu beseitigen und das Indra-Quartier zurückzuerobern. Findet heraus, wer diese Gilden sind. Ihr werdet feststellen, dass sie Einfluss auf Sporns Meister haben. Dann findet heraus, worin genau dieser Einfluss besteht. Und – schwupps – habt Ihr Sporns Meister. Wenn Ihr ihn habt, habt Ihr auch Andorin und Darin, da sie keine maßgeblichen Verbündeten mehr haben. So kommt Ihr in die Lage, Euer Hintergrundwissen über die wahren Machtverhältnisse in Sporn zum Nutzen Eurer eigenen Pläne einzusetzen und gleichzeitig Reed zu schwächen.«

»Und wie, würdet Ihr vorschlagen, soll ich das aus einer Zelle heraus alles bewerkstelligen?«

»Es gibt noch eine andere Sache, auf die ich Euer Augenmerk richten will, ohne eine Gegenleistung dafür zu erwarten. Dieser Hauptmann und all diese Bandenmitglieder, mit denen ich in den letzten paar Wochen gearbeitet habe – das sind äußerst fähige Männer! Ich bedaure sehr, dass Ihr so viele verloren habt. Ihr verlasst Euch auf sie, und sie erledigen Aufträge für Euch, aber das ist nicht das Gleiche, wie ihnen vertrauen, oder ihnen zuzuhören oder hinter ihnen zu stehen. Sie sind gute Soldaten, haben weder Euch noch mich im Stich gelassen, und dafür sollen sie, das verspreche ich, ihren Lohn bekommen. Schmeißt diesen Ziest-Inla-Mist auf den Müll und sucht Euch eine Kannabmischung, die euch entwöhnt. Damit bleibt ihr wach genug, um Entscheidungen treffen zu können. Gewinnt diese Leute zurück, so wie Ihr sie auf Eurem Weg zum Scapo für Euch gewonnen habt. Fangt damit an, dass Ihr mindestens die Hälfte Eures Geheimvermögens nehmt und es unter ihren Familien verteilt. Das gilt besonders für einen Mann aus Senis' Truppe, der sein Leben für mich gegeben hat. Seine Leiche muss hier ganz in der Nähe liegen. Er trägt den Waffenrock, den ich vorher anhatte, einen grauen mit schwarzen Nähten. Diese Männer werden Euch Eure Güte in den kommenden Jahren viele Male vergelten.«

Ich ließ ihm etwas Zeit, meinen Rat zu überdenken.

»Was werdet Ihr tun?«, fragte er schließlich. »Ihr habt doch sicher nicht vor, Euch zu ergeben.«

»Ich werde mir einen schnellen und schmerzlosen Tod bereiten, etwas, das mir die da unten nach Kräften zu verwehren trachten werden. Araliah führt mein Anwesen weiter, das tut sie schon seit Jahren.«

Er nickte. »Es war mir eine Ehre.« Ich schüttelte ihm und seinen Männern die Hände, als sie sich oben an der in den Schankraum hinunterführenden Treppe versammelten.

Dann schloss ich die Tür zu meinem Zimmer, setzte mich auf den Boden und lauschte dem Gebrüll der Kapitulationsverhandlung.

Der Meuchelmörder würde nun wissen, dass ich mich im *Rätsel* aufhielt. Ihm musste von Anfang an klargewesen sein, dass ich irgendwann wieder dort auftauchen würde. Die Agenten von den Docks dürften sich inzwischen auch schon eingefunden haben. Es gab keinen anderen Ausweg, nicht bei Verbündeten dieser Klasse und nicht ohne meinen Feldgürtel und Bogen. Außerdem spürte ich den Absturz nahen. Die Wirkung der *Glorie* ließ allmählich nach. Und sie würden mich mit Sicherheit foltern. Ich war noch nie wirklich schlimm gefoltert worden, aber die Prozedur war mir hinlänglich bekannt. Das Risiko, dass ich preisgab, was ich über den Verbleib der Zwanzig wusste – zum Beispiel Stixie oder Bense, oder den Aufenthaltsort von Gant und Shale – konnte ich nicht eingehen. Ganz zu schweigen von meiner geliebten Frau und allen anderen Belangen, die auf keinen Fall enthüllt werden durften. Aus einer Tasche meines Waffenrocks fischte ich eine kleine Phiole, die ich für diesen Zweck zurückbehalten hatte. Es handelte sich um eine ausnehmend starke Mixtur, deren Herkunft und Seltenheit zu erläutern mir augenblicklich die Zeit fehlt. Ich gestehe, dass ich zu gern den Mann treffen wollte, der mich hierhin gebracht hatte. Mein Instinkt sagte, um wen es sich handeln musste. Ich hatte so viele Fragen an ihn … Doch nicht zu diesem Preis.

Und ich war müde. Ich war so lange schon müde. Die Jahre hatten mich ›geröstet und ausgedörrt‹, wie es so schön heißt, und die Welt, über die ich einmal eine gewisse Oberhand besaß, hat mich langsam und allmählich aus ihrer Gegenwart in ihre Geschichte gepresst. Bis jetzt. Vielleicht kann ich jetzt schlafen.

Es tut mir leid, Araliah, meine Geliebte. Du hast etwas Besseres verdient.

Kailen und ›Der Winkel‹

Ein Bericht General Tins aus dem Ten-Clan. Er schildert, wie Kailen eine potenziell äußerst lange Belagerung zu einem beinahe sofortigen wie auch gewinnbringenden Ende führte.
Goran

Ich war Leutnant eines kleinen Trupps, und wir kämpften im *›Winkel‹*, dem Abschnitt unserer Grenze, der an die Roten Berge und die Wilden Lande stößt. Die feindlichen Einfälle von den Wilden Landen waren schon schlimm genug, doch diese Arschlöcher aus den Roten Bergen fackelten irgendwann bei uns die Gegend ab und ließen reichlich Hinweise herumliegen, dass es aussah, als wären es die Barbaren gewesen. Als wir dann eine Einheit vor Ort schickten, fanden wir dort Soldaten der Konföderation der Roten Berge vor, die meinten, sie hätten die Barbaren getötet und dass es ihr Gebiet sei. Wir wussten genau, dass es uns übel ergehen würde, wenn wir es jetzt auf einen offenen Konflikt ankommen ließen.

Aufgrund dieses Zwischenfalls verschob sich die Grenze dann für einige Jahre ein gutes Stück zu ihren Gunsten. Insgesamt machte die Gebietseinbuße etwa hundert Quadratmeilen sowie beträchtliche Abschnitte der Straße von Hisca aus. Das Ganze kostete uns Handelsplätze und Steuereinnahmen. Aber was schlimmer war: Die Sache hatte für uns ein Problem mit den Pflanzen zur Folge. Wir benutzten die Calabarbohne für unsere Pasten. Aus den südlichen Viraten fand sie seit einiger Zeit den Weg zu uns hinauf, nachdem einige Gilden unter Rückendeckung der Wacht Land dort unten erworben hatten. Die Calabar eignete sich exzellent gegen die Barbaren der Wilden Lande, und ohne sie waren wir wieder auf unsere Weiße Narzisse angewiesen, für die die Scheißer ein Gegenmittel besaßen.

Uns war klar, dass wir unser Land zurückgewinnen mussten, also suchten drei der Clans öffentlich nach Söldnern, die unser vereintes Heer unterstützten. Die Truppe war wegen des ständigen internen Machtgerangels nämlich ziemlich mies drauf, wie ich leider zugeben muss.

Damals kannte ich Kailens Zwanzig noch nicht, ebenso wenig wie irgendeinen der anderen Söldner, die dann in unserer Kolonne mitmarschierten, einer Kolonne von vieren, die die Generäle eingeteilt hatten. Der Auftrag lautete, fünfzig Meilen südlich des *Winkels*, unweit der Grenze zu den Roten Bergen, zwei große Forts einzunehmen, die einmal uns gehört hatten. Der General, unter dessen Kommando wir standen, war ein Gockel, ganz passabel im Schwertkampf und wenn es ums Kartenspielen ging, aber vollkommen unbrauchbar für die Leitung eines Heers. Also übernahm dieser angeheuerte Söldner Kailen das, nachdem auch noch ein paar von den Hauptleuten krank geworden waren.

Kailen sorgte dafür, dass seine Drudhas unsere Mixturen zusammenrührten und, scheiße noch eins, so abgegangen war ich noch nie. Und auch seither nie wieder. Ich hab hört, dass unser Hauptmann Kailens Kochern unsere Drudhazelte zur freien Verfügung anbot, doch es zeigten sich nur zwei. Weniger, als wir gedacht hatten. Und immer stritten sie mit Kailen herum, besonders der jüngere.

Sobald Kailen das Kommando übernommen hatte, wurde der Sold plötzlich pünktlich ausgezahlt und die Verpflegung besser. Und einer seiner Leute – wir nannten ihn schließlich Digs – stellte die Arbeitstrupps zusammen, ließ sie springen und die Befestigungen der Kolonne hurtiger auf- und abbauen, als sie es jemals auf unserem Marsch zur Grenze geschafft hatten.

Irgendwann hörten wir, wie er einen Hauptmann anschrie; war schwer, es nicht mitzubekommen, da sich die Zelte der Leutnants nicht weit von dem dieses Hauptmanns befanden. Anscheinend hatte der General Befehle gegeben, die dem, was Kailen und die anderen angeordnet hatten, widersprachen. Als Nächstes bekam ich mit, dass Kailen dem General einen Besuch abgestattet und ihn sich vorgeknöpft hatte. Der General wiederum meinte, er werde sich niemals was von einem Söldner sagen lassen, schon gar nicht, wie er seine Arbeit zu tun hätte. Seine Hauptleute waren in Aufruhr. Ich nehme an, es gefiel ihnen nicht, dass diese Söldner ihnen zeigten, wie der Hase lief. Das zeigte schließlich überdeutlich, dass sie selbst ihre Ränge nur ihren Familien zu verdanken hatten und sonst nichts.

Doch der Söldner versprach, dem General das Doppelte seines Solds zu zahlen, wenn die Belagerung länger als vier Tage andauern würde. Da konnte der General schlecht Nein sagen, und willigte ein. Anschließend verbrachte dieser Kailen einige Stunden damit, mit den Soldaten im Lager zu sprechen. Sein ganzer Trupp half ihm dabei. Sie schenkten Branntwein aus, diese Söldner, und spendierten gezwirbeltes Kannab, eine Kreation ihres Drudha. Die Soldaten waren nur allzu gerne bereit, mit Kailen zu plaudern.

Dann rief er uns Leutnants zusammen, erzählte uns, dass er die Hauptleute und Generäle für nichts als einen Haufen Großmäuler hielt, die es nicht wert seien, auch nur unsere Pisse zu trinken. Er meinte, mit uns würde er diese Belagerung mit links schaffen und das Fort schon in der darauffolgenden Nacht einnehmen.

Sein Kamerad Elimar, ein Freund des Rebensafts, hatte noch ein Fässchen gehortet, an dessen Vernichtung uns Kailens Truppe teilhaben ließ. Kein Lied, das sie nicht kannten, und die Frau in ihren Reihen, Bresken, stand ihren Kumpanen in nichts nach. Hatte auch eine recht hübsche Stimme. Klang toll, wenn sie mit diesem Benske aus Kailens Haufen zusammen sang. War eine verdammt schöne Nacht, an die ich mich noch heute gerne erinnere.

Am nächsten Tag zog Kailen mit ein paar seiner Männer unverzüglich los und kam nicht vor Sonnenuntergang zurück. Wir dachten schon alle, er und seine Leute hätten sich wegen der Wette abgesetzt, weil ihnen der Arsch mit Grundeis ging. Bei dem Betrag, um den er gewettet hatte, ging's bestimmt nicht um Kleingeld. Aber sie kamen abends wieder, und dann hatte der General schlechte Karten. Er bestand darauf, dass ein Rat einberufen wurde, der die Taktik ausarbeiten sollte. Als er Kailen dazurief, forderte er, dass nun nach seinem Plan vorgegangen werde, und dass er auf das Geld aus der Wette freiwillig verzichte.

Daraufhin schlug Kailen dem General eine andere Wette vor; hätte man sich denken können, denn er war von Natur aus ein Spieler. Wenn es ihm gelänge, das Fort am kommenden Morgen ohne einen einzigen Tropfen Blut zu vergießen, einzunehmen, sollte der General seine Hauptleute durch die Leutnants ersetzen. Er selbst, also der General, würde in dem Fall schließlich enormen Ruhm einheimsen. Aber würde er sich darauf einlassen? Sämtliche Hauptleute waren zu dem Zeitpunkt dafür, auf Kailens Dienste zu verzichten, doch da waren die Quartiermeister und wir Leutnants natürlich ganz anderer Meinung.

Wir hatten aus erster Hand erfahren, in welchem Maße es mit Verpflegung und Organisation der Truppe aufwärtsgegangen war, seitdem die Söldner sich uns angeschlossen hatten. Auf den Hagel von Scheiße, mit dem der General sich umgab, hatten wir nicht die geringste Lust mehr. Der General lachte Kailen aus, ließ sich unter Beifall seiner Hauptleute auf den Handel ein und gab uns den Befehl, am Nachmittag mit den Vorbereitungen für die Belagerung zu beginnen. Die Hauptleute schlossen sich dem Entschluss begeistert an und machten Kailen unmissverständlich klar, für wie arrogant sie seine Einstellung hielten. Ich hielt freilich den Mund, wie die anderen von uns auch; wir hatten längst begriffen, dass es was Besonderes mit diesem Trupp war. Die Hauptleute schnallten das nicht. Sie sagten, Kailen würde völlig vom Können seiner Drudhas abhängen. Vielleicht stimmte das zum Teil sogar.

Im Anschluss an die Zusammenkunft setzten Kailen und sein Trupp ihr Besäufnis fort und schliefen danach den Schlaf der Gerechten. Am nächsten Morgen wickelte der Söldner ein Pergament um einen Pfeil, und Stixie, einer seiner Männer, schoss ihn mit diesem riesigen Bogen über die Mauer.

Keine Stunde darauf kommt der Kastellan herausspaziert. Hat sein eigenes Kind auf dem Arm. Das Kind zittert, ist aschfahl, als würde es sich gleich übergeben. Der Vater fällt vor dem General auf die Knie und fleht ihn an, ihm das Gegenmittel zu geben, um das Leben seines Sohnes zu retten. Jubel bricht aus, und das Gesicht des Generals wird puterrot. Er ist so sauer, wie ich es noch nie bei ihm gesehen hatte und auch danach nicht wieder. Aber die Bedingungen werden akzeptiert und die Soldaten aus der Garnison abgeführt.

An jenem Abend betrank ich mich mit Kailen. Ich und die Leutnants, denen er zu ihrer Beförderung verholfen hatte. Wir waren nämlich nicht gewillt, diesen Saftsäcken irgendwas durchgehen zu lassen, sollten die noch versuchen wollen, sich aus der Affäre zu ziehen.

Ich wollte von Kailen wissen, wie er das angestellt hatte. »Ach«, erwiderte er mit einer wegwerfenden Geste, »alles nur Nachforschungen.« Er meinte, er habe bloß einfach die Soldaten gefragt, wer von ihnen aus der Gegend hier komme und ob einer schon mal in dem Fort gewesen sei. Dann hatte er sich bei denjenigen nach dem Fort selbst erkundigt. Wann es errichtet worden war, welche Familienzweige in diesem Distrikt in welchem Verhältnis zueinander standen. Dann ist er auf die Suche nach denen gegangen, die ringsum hier lebten, verwitwet oder versklavt oder sonst irgendwie. Hat die aufgesucht, die ihres Landes beraubt worden waren, und ihnen ebenfalls Fragen gestellt. Und einige haben ihm von der Höhle erzählt, von einem Geheimeingang etwa eine Meile weit draußen, wie es ihn immer gibt bei diesen großen Forts nahe der Grenze. Und sie erzählten ihm, dass die Besatzung des Forts Familien hatte, die nach der ursprünglichen Besetzung durch die Truppen der Roten Berge mit hergereist waren. Andere, die vor dieser Zeit dort Handel getrieben hatten, konnten ihm Näheres über die innere Anordnung von Gebäuden und Räumen verraten. Schließlich schickte er durch den Geheimgang dann einen Mann hinein, im Gepäck eine Spezialmischung seiner Drudhas, die gerade stark genug, um die Kinder von den Beinen zu holen. Das Zeug wurde ins Essen geschmuggelt, und während alle anderen, die davon aßen, lediglich mit einer morgendlichen Übelkeit zu kämpfen hatten, erwischte es die Kinder schwer. Das Einzige, das er jetzt noch tun musste, war, den Brief über die Mauer zu befördern, in dem stand, was geschehen war und dass wir das Gegenmittel besaßen, ohne das sich der Zustand der Kinder verschlimmern und sie einen grausamen Tod sterben würden. Das war nicht gelogen, denn einigen erging es tatsächlich so. Bei der Pflanze handelte es sich übrigens um ein Gift, das den Blutfluss zum Erliegen brachte. Also hatte er die Wette, den Sieg ohne Blutvergießen zu erringen, sogar im wahrsten Sinne des Wortes gewonnen.

Wenn ich also General wurde und wenn der Ten-Clan einen Großteil des Landes, das er verloren hatte, zurückerhielt, so aus dem Grund, weil Kailen mich einst lehrte, auf Privilegien nicht viel zu geben und sich das Schlachtfeld gut vorzunehmen, es richtig gründlich kennenzulernen, ehe man einen Mann oder eine Frau darauf schickt.

5. KAPITEL

Galathia

Das Folgende ist die Fortsetzung von Galathias Bericht über die Geschehnisse in Sporn. Ich habe den Text gesondert an diese Stelle gesetzt, da er zeitlich unmittelbar auf Kailens eigenen Bericht über die Belagerung und deren Ausgang folgt.
Goran

»Galathia, wir konnten nicht erwarten, eine Chance zur direkten Konfrontation mit ihm zu erhalten«, sagte Laun. »Du hast gesehen, was da draußen los war. Dieser Assassine hat ebenso viele von unseren Männern wie von den Bandenleuten erwischt. Wir hatten keine Kontrolle über den Angriff.«

»Er hat Kailen getötet. Wer weiß, was er vorher über die Zwanzig von ihm erfahren hat.«

»Dieser Scapo, Ostler, bestreitet, dass der Schütze an Kailen herangekommen ist«, entgegnete Laun.

Man hätte fast glauben können, er schliefe, wenn er nicht so absolut und vollkommen reglos gewesen wäre. Es hatte etwas Tröstliches, diesen Mann, der von so vielen als Legende betrachtet wurde, tot in einer miesen kleinen Spelunke zu sehen. Es war passend, obwohl ich annehme, dass Laun, selbst Söldnerin, vielleicht nicht ganz damit einverstanden wäre, wenn ich das aussprach. Natürlich sah er älter aus als bei meiner letzten Begegnung in Kindertagen. Kleiner, geschrumpft, wie alle, wenn sie den Preis bezahlt hatten. Allerdings war er kein bisschen in die Breite gegangen, was von einem disziplinierten Lebenswandel zeugte.

Das Schankmädchen war mit uns im Raum. Sie deckte Kailen

mit einem Bettlaken zu, damit er später darin eingewickelt und entfernt werden konnte.

»Was machen wir mit Ostler, um sicher zu sein, dass er uns im Hinblick auf Kailen auch alles gesagt hat, was er weiß?«

»Er scheint sehr wenig zu wissen«, meinte Alon, der die Läden geöffnet hatte und, auf die Fensterbank gestützt, zu den Lagerhäusern hinübersah.

»Ich denke, eine leidlich sanfte Befragung sollte wohl genügen.«

»Galathia, bitte, wir müssen hier auf die Miliz und den Meister von Sporn Rücksicht nehmen. Dies ist ihr Territorium. Ostler ist ihr Gefangener.«

»Das reicht nicht. Ich will ihn sehen. Laun, kann der Vogt intervenieren?«

»Wir haben etliche Rote und einige Agenten verloren. Der Vogt weiß, was wir wollen. Es tut mir leid, Galathia, aber es scheint so, als hätte Kailen das gesamte Stadtviertel, jeden Hauseingang, jede Schwelle, ja, die Gassen selbst gegen uns mobilisiert. Überall Bogenschützen. Wir können hier nichts erreichen, ohne noch mehr zu verlieren, und ich werde nicht noch weitere Leute opfern. Vier Tote, seit wir hier eingetroffen sind. Galathia, ich bitte dich, hör auf Alon. Ich habe Männer zu begraben und einiges zu richten.«

Sie zitterte, der Absturz kündigte sich an. Sie würde sich bald ausruhen, für die Farbe büßen müssen.

»Ich möchte den Vogt persönlich sprechen.« Gewiss fühlte ich mit ihr, schließlich hatte ich Ry'le und Ranz gut gekannt, ebenso Syle und Faré. Dessen ungeachtet war es nahezu beispiellos, dass ein Marschall, insbesondere einer der besten, so viele seiner Leute verlor. Gleichzeitig war ich frustriert, dass niemand diese Situation besser vorausgesehen hatte. Laun war eine außergewöhnliche Frau. Namentlich Ranz hatte ihre Anführerin abgöttisch geliebt, und sie wusste das natürlich.

Ein Mann, der sich uns als der Besitzer des *Rätsels* vorstellte, trat ein.

»Wir müssen'n wegbringen«, sagte er. »Is nich gut fürs Geschäft, wenn die Toten hier nachts aufm Boden rumliegen. Wer weiß, was der genommen hat oder was er für ansteckende Krankheiten hat.« Der Besitzer hielt seinen Kopf gesenkt. Er und das Schankmädchen ergriffen jeweils einen Arm und schleiften Kailen an uns vorbei Richtung Tür. Eine Phiole machte sich dabei selbständig und rollte über die Dielen davon. Laun hob sie auf und roch daran. Es sah nicht so aus, als erkannte sie, was da drin gewesen war.

»Tofi?«, rief sie. »Tretet von ihm zurück und lasst eure Finger von ihm. Niemand rührt die Leiche an, bevor mein Drudha sie untersucht hat. Es besteht Grund zu der Annahme, dass er sich selbst vergiftete.«

»Hat er sich möglicherweise mit etwas verseucht, das sich auf uns übertragen könnte?«, fragte ich.

»So was machen sie vielleicht westlich der Sar. Bei den Rhosiden oder diesen Wilden in Cassica. Aber nicht hier«, erwiderte Alon.

»Wir sollten mit dem Vogt sprechen, ich will diesen Ostler sehen«, sagte ich. Ich hatte nicht die Absicht, Ruhe zu geben.

»Lasst es, Frau!« Alons Wangen waren gerötet, fast so wie das letzte Mal, als ich ihn genommen hatte.

»Was bereitet dir Sorge, mein Gemahl?«, fragte ich. Ich genoss seine Ausbrüche.

»Du! Jeder hier versucht, dich zu schützen. Da hat's mit Sicherheit mehr als einhundert Tote gegeben, den Massen von Leichen nach zu schließen, die sie auf die Felder karren. Es fehlte nicht viel, und du hättest wegen deiner völlig beschränkten Weigerung, dich vom Blutvergießen fernzuhalten, deinen eigenen Kopf verloren. Und du besitzt die Dreistigkeit, den Marschall zu kritisieren, der dafür entlohnt wird, für deine verdammte Sicherheit zu sorgen. Eine Aufgabe, die du mit deiner Jagd nach dem gefährlichsten Söldner aller Zeiten und durch jedes Drecksloch dieser Welt so gut wie unmöglich machst.«

»Du bist damit einverstanden gewesen. Und bezahlst alle Rechnungen. Alon, du weißt, wie wichtig das hier ist, um meinen Vater und unsere Familie zu rächen.«

»Das weiß ich, wie mir scheint, besser als du, sonst würdest du nicht in dieser Maskerade herumrennen und dich für eine Agentin ausgeben.«

Was er sagte, war lächerlich. Er wusste sehr gut, was ich in den Jahren nach meiner Verbannung von Argirwehr durchgemacht hatte.

»Jetzt beruhig dich wieder, Alon. Der Grund, aus dem wir hier sind, ist Kailen. Wir können nicht abreisen, bevor wir alles erfahren haben, was er den Leuten hier vielleicht anvertraute. Und ohne ein bisschen nachzuhelfen, werden die wohl kaum etwas ausplaudern.«

»Du hörst dich an, als würdest du die Eisen am liebsten selbst anlegen.«

Tofi, Launs Drudha, trat ein. Über der Schulter trug er einen zweiten Feldgürtel, und seine Hände waren von der Versorgung der Verwundeten draußen voller Blut.

»Kannst du mir sagen, ob sich in diesem Zimmer irgendetwas befindet, weswegen wir uns Sorgen machen sollten?«, fragte ihn Laun. Sie reichte ihm die Phiole, die auf Kailen gelegen hatte.

Er schnupperte daran, nahm dann ein kleines Fläschchen von seinem Gürtel, tat einen kräftigen Zug, spuckte und streckte die Zunge heraus.

»Es entzieht sich meiner Kenntnis, was diese Phiole enthält. Aber ihr solltet den Raum verlassen. Jetzt! Die Luft ist geschwängert von Eisenhut. Das erklärt, warum einige dieser Banditen Blut husten. Ich dachte erst, es wären Sporen. Lasst im ganzen Haus die Fensterläden öffnen.«

»Können wir die Leiche jetzt mitnehmen?«, fragte das Schankmädchen.

»Ja«, entgegnete er.

Im Erdgeschoss wimmelte es von Milizsoldaten und Roten. Hinter dem Tresen hantierten zwei junge Burschen. Einer von ihnen weinte, während er den Männern Becher auf Becher hinstellte; die Nachricht über weitere Verluste war wohl hereingekommen und hatte ihn bei der Arbeit erwischt.

»Laun, besorg uns eine Flasche Wein. Wir sollten uns hier rübersetzen, in der Nische können wir ungehört sprechen.«

Sie begab sich hinter den Tresen zu einer der Weinkisten, nahm sich eine Flasche und drückte dem tränenüberströmten Jungen ein paar Münzen in die Hand. Mit der Flasche und drei Bechern kam sie zu uns zurück. Dann bedeutete sie drei Männern ihres Trupps, sich in unsere Nähe zu setzen. Der Verbleib des Meuchelmörders war nach wie vor ungeklärt.

»Eisenhut ist ein ziemlich starkes Gift, oder? Und sehr selten?«

»Ja, Gala. Es ist mir ein Rätsel, warum davon so viel hier in der Luft hängt, wo doch die Schänke seit mindestens einem Tag für alle Außenstehenden abgeriegelt war. Aber nach so kurzer Zeit sollte es auf uns keine nennenswerten Auswirkungen haben.«

»Das beweist, dass ich recht habe«, sagte Alon. »Galathia, ich habe deinen Wunsch, herauszufinden, was mit dem Buch der königlichen Rezepturen von Argir und deinen Familienerbstücken geschehen ist, stets toleriert. Aber du vergisst, dass diese Dinge dir nicht auf den Thron helfen werden. Der hängt an deiner Abstammung. Dein Volk, das Volk von Argir, ist derzeit nicht unbedingt glücklich mit der Politik. Es herrscht Unzufriedenheit über den herrschenden Rat. Die Abgaben wurden erhöht, Versprechen gebrochen. Es werden Forderungen laut, das Haus von Welvale – deine Familie – wieder einzusetzen.«

»Wo hast du das her? Was für Geschäfte betreibst du mit meinem Vaterland, von denen ich nichts weiß?«

»Viele unserer Händler führt ihre Suche nach einträglichen Angeboten regelmäßig nach Donag und Hoffnungsberg. Die Karawanen bringen dabei ihrerseits Waren bei den Kaufleuten der Wacht an den Mann. Unsere Leute würden ihre Arbeit schlecht machen, wenn sie all diese Kaufleute und Händler nicht aushorchten. Es wäre mir lieber, du würdest dich, jetzt, da dieser Kailen tot ist und dein mysteriöser Meuchelmörder sich um die Übrigen kümmert, auf deine Heimat konzentrieren, auf dein Geburtsrecht. Ich befinde mich durchaus in der Lage, dir bei den politischen Angelegenheiten in Argir eine große Hilfe zu sein.«

»Und wann, geschätzter Herr Gemahl, gedachtest du, mir das alles zu erzählen?« Ich gebe zu, ich war stinkwütend. Kann sein, dass ich noch immer überwältigt davon war, Kailen wiederzusehen, den Mann, der die Zwanzig an meines Vaters Seite geschmiedet hatte, sodass er uns ausbluten konnte. Und jetzt redete mein Gatte, mein holder Alon, der sich sonst immer nur übers Geschäft ausließ, auf einmal von Politik. »Du magst vielleicht Experte in der Vermehrung von Münzen sein, Alon, aber was die Angelegenheiten von Hof und Adel betrifft, so lass dir sagen, da spricht man eine ganz andere Sprache.«

»Jede Sprache, wie vornehm sie auch sei, auf welche Art und Weise sie auch über Ehre, Gut und Böse sprechen mag, lässt sich am Ende doch darauf reduzieren, dass sie sich ums Geschäft dreht. Letzteres bringt alles andere erst hervor. Du musst dein Schwert ablegen und dir von mir helfen lassen. Du sagtest mir, dass die Wacht wahrscheinlich hinter dem Umsturz steckte, bei dem die anderen Wehrlande und Argirs Gilden deine Familie, das Haus von Welvale, abgesetzt haben. Die Wacht strebte nach der Kontrolle über die Nordpassage und den darüber stattfindenden Handel, und Argir war der Schlüssel dazu. Die Vereinbarung muss sie demnach begünstigt haben, doch seitdem haben sie und ihre Verbündeten in den Gilden nichts als Schindluder damit getrieben. Ich bin bestens unterrichtet über die umfassende Unzufriedenheit mit der Wacht und den Leuten, denen sie Argirs Verwaltung übertragen hat.«

»Sie müssen nach so langer Zeit doch davon ausgehen, dass Petir und ich tot sind.«

»Es gibt anderslautende Gerüchte.« Er wirkte zufrieden mit sich, so wie es bei Männern häufig der Fall ist, wenn sie denken, sie hätten alles im Griff.

»Ich habe dich einmal gefragt, und ich frage dich noch einmal: Wann wolltest du mir erzählen, dass du über diese Dinge gesprochen hast? Über mein Leben und über mein Volk? Mir gegenüber hast du das jedenfalls niemals erwähnt, so wie du dir überhaupt gerne einbildest, dass du mich bloß langweilst.«

»Ich vermute mal, Gala, du warst zu sehr mit der Planung deiner Abenteuer in den Viraten beschäftigt, oder in den Roten Bergen und dem Ten-Clan-Gebiet, und damit, zusammen mit deinen Söldnerfreunden in der Wildnis zu campen. Du jagst einem Haufen alter Männer nach, während dein Königreich von innen und außen zerrissen wird. Dass Oberlagrad die Situation für Überfälle nutzt, macht die Lage noch schlimmer.«

»Du weißt, was dieser Rat meiner Familie angetan hat. Dass er mich dem Tode überließ. All das ist ungesühnt geblieben. Wenn ich nicht imstande bin, mir selbst Gerechtigkeit zu erkämpfen, wie kann ich sie dann für mein Volk erringen?«

»Jetzt überwiegt in Argir Stimmung, dass es dort draußen eine Prinzessin gibt, die man gerne zur Königin hätte.«

»Warum hast du mich geheiratet, Alon? Warst du scharf auf mich? Oder waren es doch wirtschaftliche Erwägungen?«

Seine Kiefer mahlten, und er stand auf. »Das weißt du ganz genau. Wir müssen darüber reden, wie es weitergehen soll, denn ich kann deine Hatz auf diese Söldner nicht länger unterstützen. Nicht nach heute, und ganz gewiss nicht, solange dieser Todesschütze Launs Leute umbringt, die dafür bezahlt werden, dich zu beschützen, ohne die geringste Möglichkeit zu haben, gegen diesen Mann zurückzuschlagen. Ich kann und werde deine Rückkehr auf den Thron von Argir unterstützen. Daran arbeitet meine Gilde jetzt schon seit einiger Zeit. Wir haben Verbündete dort, die selbst dem Rat angehören. Laun, wir brechen auf! Ich habe keine Lust, mehr Zeit in diesem Elendsviertel zu verbringen, als ich muss. Bei dem Aberwitz hier sind genug Leute gestorben, vor allem auf unserer Seite.«

Einen Moment lang blickte Laun in ihren Becher, bevor sie mich ansah. Alon wusste, dass ich im Augenblick wenig Geduld mit ihm hatte. Aber ich kannte ihn gut genug, um zu wissen, dass eine offene Konfrontation jetzt falsch war. Wenn ich jetzt nachgab, würde mehr Wein folgen, er würde sich zerknirscht geben, dann ein Fick und schließlich, wenn er wieder klar im Kopf war, würde er zur Vernunft zurückfinden.

Ich musste unbedingt aus ihm herauskitzeln, was er über Argir wusste. Ich gestehe, ich war überrascht, wie sehr es mich ins Herz traf, zu erfahren, dass meine Heimat und mein Volk litten. Und wenn Alon mich von ›meinem Volk‹ würde sprechen hören, wäre er mit Sicherheit nicht minder überrascht. Die Worte weckten eine Vielzahl von Emotionen in mir, doch ich versuchte, mir nichts anmerken zu lassen. Ich war noch nicht bereit, diese Gefühle ihm gegenüber zuzugeben. Ich brauchte mehr Zeit. Seltsam, wie sofort die eine Erinnerung an meine Mutter zurückkehrte, wenn ich an Argir dachte.

Ich schenkte meinem Gemahl ein Lächeln, trug ein wenig Demut zur Schau und erhob mich, um mit ihm gemeinsam zu gehen.

Plötzlich erstarrte ich in der Bewegung. Gegenüber unserer Nische, gleich hinter den betrunken herumlärmenden Soldaten der Miliz, saß der Meuchelmörder. Er lächelte, hatte offensichtlich darauf gewartet, dass ich ihn bemerkte. Er trug weder Maske noch Leder, nur einen schmutzigen Schurz über Hemd und Weste, wie Schmiede sie tragen. Seine Augen waren fast bernsteingelb, warm und fern wie die Sonne, und seine Haut wies eine exotische Mischung aus Blau- und Rottönen auf, während der Kopf von kaum mehr als einem grauen Flaum bedeckt war.

»Laun!«, zischte ich. In genau dem Moment trat eine Gruppe von Männern ein. Zwei von ihnen hatten die Arme um einen weinenden dritten gelegt, der, wie das Jüngelchen hinter dem Tresen, anscheinend den Verlust eines geliebten Menschen beklagte. Als die drei vorbeistolperten, verlor ich den Assassinen aus den Augen.

»Was ist, Gala?«

»Der Meuchelmörder, er ist da drüben.«

Laun stand auf, eine Hand am Griff ihres Schwerts.

»Wo?«

»Schmiedeschürze, blau-rote Haut.«

Sie trat einen Schritt vor, das Schwert gezückt; Gift tropfte von der Klinge auf den Boden. In der Schänke wurde es still. Die

Männer, die gerade hereingekommen waren, teilten sich vor ihr. Angestrengt spähte ich durch die so entstandene Lücke, doch natürlich war er verschwunden. Ich suchte mit meinen Blicken den Gastraum ab, rannte zu den Fenstern und schaute hinaus auf die Straße. Rauch hing noch in den Gassen, und wo der mir nicht die Sicht nahm, sammelte sich Abendnebel und verbarg die Welt draußen.

6. KAPITEL

Gant

Sah nach Scheißarbeit aus. Es schüttete, und die Miliz und ein paar Rote wühlten sich fluchend durch den Matsch. Sie beförderten Klingen und Fußangeln und dergleichen ans Tageslicht. Wir vermuteten, dass Kailen es gewesen sein musste, der das Zeug für eine Belagerung hier platziert hatte. Sie hatten Tragbahren dabei, und es hatte sich ein ziemlicher Mob angesammelt, der die Milizionäre nicht eben mit Nettigkeiten eindeckte, während diese die Straße von Fallen säuberten, sodass sie wieder passiert werden konnte.

Der Regen war gut. Ein famoser Vorwand, Kapuzen zu tragen, damit man unsere Farbe nicht gleich auf den ersten Blick erkannte.

Wir fanden eine Frau mit einem kleinen Scheißer auf dem Arm. Gesenkten Hauptes trottete sie durch den Schlamm. Sie trug kein Kopftuch, aber der Säugling war in eines gewickelt, und er schrie.

»Ein Silberstück, wenn du uns sagst, wo sich die Schänke *Zum Rätsel* befindet», sprach Shale sie an.

Sie hob den Blick, legte instinktiv ihre Hand auf das Kind. Passiert uns dauernd, wenn wir die Leute ansprechen. Mit einiger Verwunderung nahm sie das Geldstück entgegen und zeigte auf ein Gebäude, das wir wegen der vielen Menschen nicht ganz sehen konnten, nur gerade mal eine Ecke. Doch es war erleuchtet und hatte mitten am Tag geöffnet.

Ringsum herrschte lautes Palaver. Händler waren mit ihren Karren angerückt, um denen, die von den jüngsten Geschehnissen in Mitleidenschaft gezogen worden waren oder durch sie etwas verloren hatten, ihre Ware feilzubieten. Wir hingen ein bisschen rum, hörten uns an, wie die Armen den Wachen ihren Kummer klagten. Bisschen was von dem, was die Händler mitgebracht hatten, kauften wir, um es an Verzweifelte zu verteilen. Half uns, mehr darüber zu erfahren, was sich am Vortag hier zugetragen hatte. Jemand, den sie ›einen Scapo‹ nannten, war festgenommen worden, und ein anderer Scapo gab im Indra-Quartier Wolldecken und Essen aus. Es handelte sich bei Scapos anscheinend um die örtlichen Bandenführer.

Achi hatte recht, Kailen war in Schwierigkeiten, doch die Schwierigkeiten waren vor uns hier angekommen. Agenten, Rote und die Miliz hatten mehr als hundert Leute getötet und selbst, wie's schien, mindestens halb so viele verloren. War klar, auf welcher Seite Kailen gestanden hatte. Sonst hätten sie bei ihrer Übermacht kaum Verluste erlitten.

Der Regen wurde heftiger. Höchste Zeit, uns Richtung *Rätsel* aufzumachen. Wir trennten uns und näherten uns der Schänke von zwei Seiten. Besser, wenn niemand den Braten gleich roch. Ich hängte mich an eine Gruppe von Männern, die vermutlich am Fluss gearbeitet hatte und nun auf dem Weg war, sich einen auf die Lampe zu gießen. Drinnen war es rappelvoll. Lauter Männer, die die letzte Nacht durchgeackert hatten, wenn man ihren Gesprächen trauen konnte. Wie nicht anders zu erwarten, lag der immense Mief von billigem Hanf in der Luft, wahrscheinlich verschnitten bis zum Gehtnichtmehr, damit ein Leinenweber oder Fährmann ihn sich leisten konnte.

Am Tresen machten alle gleich Platz, und wir wurden umgehend bedient, als man unsere Hautfärbung und die Schwerter sah.

»Wir sind wegen eines Mannes hier, der vor einigen Wochen eine Weile hier war«, sagte Shale zu dem Kerl hinter dem Ausschank.

Seine Miene verriet nichts.

»Reicht das für ein Zimmer für'n paar Tage?« Shale ließ unauffällig eine Goldmünze funkeln.

Der Bursche wirkte ausgemergelt, drahtig und müde, mit einem lauernden Blick. Ganz offensichtlich hatten etliche Jahre des Schmugglerlebens und der Wirtshausschlägereien hier Spuren hinterlassen. Eine Goldmünze fiel ihm sicher nicht jeden Tag in den Schoß.

»Em! Gib den beiden Jungs hier ein Bier. Ihr kommt am besten nach hinten durch. Er hat gesagt, dass möglicherweise welche aufkreuzen würden, denen das ›Liedchen vom wilden Kitrinchen‹ was sagt?«

Shale räusperte sich und überraschte uns beide mit seiner künstlerischen Interpretation.

»*Ein Lied auf das wilde Kitrinchen, mit Möpsen wie pralle Melönchen, die uns wohlig umfingen in Prassers Idyll.* War die Tochter eines Bierbrauers, die alles in sich reinschüttete, was Gant ihr anbrachte. Als er schlief, hat sie ihm dann auf den Kopf gepisst.«

»Prassers Idyll sollte reichen«, sagte der Mann hinterm Tresen. Offenbar waren das die Worte, die er Kailens Weisung nach hören musste. Leider zerrten sie mir auch die Erinnerung ins Gedächtnis, in welchem Zustand ich mich damals befunden hatte, als ich am darauffolgenden Tag aufgewacht und das Mädchen über alle Berge gewesen war.

»Ich bin Robbo, kommt mit.« Eine stickige, von Rauch geschwärzte Treppe hinauf führte er uns zu einer Tür.

Als wir zu dem Absatz am oberen Treppenende kamen, sah ich Shale an. Er schüttelte den Kopf. Kailen wäre längst rausgekommen.

»Das war sein Zimmer. Wir ham's gelüftet und alles runtergewaschen.«

»Ich riech Eisenhut«, meinte Shale.

Er hatte recht, auch wenn der Eisenhut fast von einem ebenso starken wie teuren Duft überlagert wurde. Kailen hatte das Gift vielleicht nicht bemerkt deswegen. Dennoch war der Raum gelüftet worden.

»In diesem Zimmer ist er also gestorben?«, fragte ich.

»Ja, aber es war nicht der Eisenhut, es war ein Gift, dass er selbst genommen hat, um sich der Ergreifung zu entziehen.«

Shale und ich schüttelten gleichzeitig den Kopf.

»Dann lass ich euch beide jetzt allein. Em wird euch die Sachen hochbringen, die er für den Fall, dass er euch oder Achi nicht wiedersehen würde, dagelassen hat.«

»Kailen hat sich selbst umgebracht? Das kann mir keiner erzählen«, meinte Shale, nachdem Robbo gegangen war.

Ich wusste nicht, was ich sagen sollte. Ich war wütend wegen unserer Verspätung. Eigentlich waren wir es, die jetzt hätten tot sein sollen, anstelle von ihm. Er hatte uns seine Männer geschickt und uns damit das Leben gerettet, obwohl er sie in seiner ausweglosen Lage selbst gebraucht hätte. Ich glaubte ebenso wenig, dass dies ein Selbstmord war. Aber der Bursche vom Tresen unten hatte gemeint, was er gesagt hatte, und das war unmissverständlich gewesen. Kam mir immer noch vor, als wenn mich ein Hammer erwischt hätte. Ich und Shale brauchten beide einen Moment.

»Ich muss aus diesen Ledern raus, Shale, die Wunde macht Ärger. Und ich will sehen, wo sie ihn hingebracht haben.«

Shale ging zu dem offenen Fenster, das die großen Speicherhäuser am Rand der Docks überblickte. Von einer Reihe niedergebrannter Gebäude stieg noch an allen Ecken und Enden Rauch auf. Die ganze Gegend sah übel zugerichtet aus, fast wie zerstampft.

Ich sah, dass Shale sich mit den Neuigkeiten über Kailen schwertat und ließ ihm einen Augenblick.

Dann kam Em herein, in den Händen eine Platte mit frischem Brot, einem Napf Butter und einer Flasche Branntwein. Auf der Schulter trug sie eine große Tasche, die sie mit verblüffender Leichtigkeit auf dem Boden absetzte.

»Seine Sachen.«

»Wie hat seine Leiche ausgesehen?«, fragte ich.

»Er lag einfach da. Als würde er schlafen. Das hier hatte er auch noch dabei. Ich wollte es nicht einfach in die Tasche werfen.«

Es war eine Halskette, ein zartes Silberbändchen mit einem

marmorierten Stein aus geschliffener Jade. Darin eingeätzt eine Eichel. Eichen findet man nicht unbedingt in Harudan. Ich war deswegen schon immer neugierig gewesen.

»Wir möchten sehen, wohin ihr ihn gebracht habt«, sagte ich. »Wolln ihm die letzte Ehre erweisen.«

»Geh du, Gant, ich brauch was zu trinken. Können wir dieses Zimmer bekommen, meine Hübsche?«

»Gern«, erwiderte sie.

Wir vertilgten noch ein paar Kartoffeln mit Zwiebeln und Tunke, bevor ich Em schließlich bat, mir zu zeigen, wo in dieser Welt man Kailens sterbliche Überreste abgelegt hatte. Sie führte mich zur Stadtmauer hinaus, eine Ecke, die an das Armenviertel stieß. Dann ging's einen Hügel hinauf, auf dem jede Menge Gruben ausgeschaufelt worden waren. Die Stelle, wo er lag, sah aus wie ein frisch umgegrabenes Stückchen Garten.

»Wie war er, als er hier war?«, fragte ich sie.

»Er war gut zu uns, meinem Vater und mir. Die Menschen im Viertel schienen ihm wirklich am Herzen zu liegen. Unser Scapo, Ostler, taugte nicht viel, aber Kailen hat nur mit seinen Hauptleuten gearbeitet, und es dauerte nicht lange, da kamen sie immer, um ihn um Rat zu bitten. Und obwohl er sich hier versteckte, half er ihnen, ihre Probleme mit der Miliz und allem zu lösen. Mich und noch ein paar scheuchte er ständig in der Gegend herum, damit wir nach euch und anderen Ausschau hielten. Er meinte, dass er früher immer mit euch in den Krieg gezogen war. Er hatte die gleichen Hautverfärbungen wie du. Sieht gut aus.« Sie lächelte verlegen und ließ mich auf diesem flachen Abhang allein zurück, von dem aus man über Sporn hinweg bis zu den Wasserfällen dahinter und noch weiter zum Hochland blicken konnte. Bei dem schwindenden Licht war es jedoch zu dunkel geworden, um in der Ferne etwas zu erkennen. Schon waren unten in der Stadt die ersten Laternenanzünder auf den Hauptwegen und in den Docks unterwegs.

Niemand weit und breit kannte den Mann, der hier lag, oder wusste, was er alles getan hatte. Auch wenn er nur ein Söldner war, so hatte er in einem Großteil der Alten Reiche und in einigen Teilen der Welt jenseits der Sar das Schicksal von Königen mitbestimmt. So viel hatte ich allein wegen ihm gesehen. Klar, es war ein hartes Leben gewesen, auf das vielleicht nicht viele mit Freude zurückblickten. Aber er war stets gerecht. Lesen und Schreiben hatten wir bei ihm gelernt. Und er brachte uns mehr Gold ein, als je jemand erwarten konnte. Mehr als eine ganze Generation der Menschen je zu Gesicht bekommen würde, die hier lebten und unter deren Toten er nun lag. Ich und Shale, wir würden uns anständig ihm gegenüber verhalten. Und falls es, wie ich hoffte, etwas danach gab, so würde er das wissen.

Einige Stunden saß ich da oben und dachte darüber nach, was aus uns, aus der Truppe von einst geworden war. Kailens Zwanzig war die einzige Familie, die ich, abgesehen von Shale und meiner Schwester, je gehabt hatte, und ich fragte mich, was den anderen widerfahren sein mochte. Es gingen ein paar Pfeifchen drauf, ehe ich mich auf den Weg zurück zur Schänke machte.

Als ich das Zimmer betrat, saß Shale auf einem Stuhl in der Ecke beim Fenster, seine Pfeife hing zwischen den Zähnen, und eine kräftige Kannabmischung verqualmte den Raum, während er mit den Gurten von Kailens Tasche auf seinem Schoß herumspielte.

»Noch nicht aufgemacht?«, fragte ich.

»Wollt ich nicht ohne dich«, erwiderte er.

»Vielleicht sollten wir sie nicht anrühren, bevor wir auf seinem Anwesen sind und seine Frau Araliah dabei ist.«

Er nahm einen tiefen Zug aus seiner Pfeife, nickte kurz darauf und ließ den Rauch vor seinem Gesicht aufsteigen. »Wär nur recht und billig, wenn sie sie öffnen würde«, meinte er.

In jener Nacht konnte ich nicht schlafen. Meine Gedärme spielten verrückt, und ich verwünschte die Tatsache, dass ich mich nach all diesen Wintern wieder auf der Flucht befand. Ich war viel zu alt und kaputt für all das, was auf uns zukam. Zum Beispiel immer schön falsche Fährten legen und halbe Nächte Wache schieben, egal, wohin wir von jetzt an auch gingen.

»Wir müssen herausfinden, wer hinter all dem steckt«, meinte Shale am nächsten Morgen. Er schlürfte vernehmlich seinen Tee und hielt mir gleichzeitig etwas Käse und einen Bissen Kochfisch unter die Nase, um mich zu wecken.

»Jede Menge Leute von der Wacht überall unterwegs. Ich weiß nicht, ob Gilgul und seine Jungs hierher zurückkommen werden.«

»Bin die Gassen runter und am Kai drüben gewesen. Hab mich mal umgesehen, während du schliefst. Die haben hier diese Scapos, Anführer von Banden, die alle kleine Stücke von Sporn kontrollieren; Gauner, alle wie sie da sind. Das Übliche halt, und ihre Leute sind vor einigen Nächten tüchtig aufgemischt worden. Auch 'n paar Rote. Wurden alle von einem massakriert, der hinter Kailen her gewesen ist. Komisch nur, dass all diese Agenten dazwischen rumgesprungen sind. Aus den Vierteln ringsum kamen auch noch Rote angerannt. Aber wenn die auch dran glauben mussten, wer ist dann hinter wem her? Hörte, es sind sogar zwei Agenten niedergemacht worden.«

Ich stemmte mich auf meinem Bett hoch, setzte mich auf und trank den Tee, den er mir gebracht hatte. Kalt und süß, wie ich ihn mochte.

»Ich komm immer noch nicht dahinter, wieso er sich umgebracht hat. Wieso er's nicht geschafft hat, hier rauszukommen, egal, wie seine Chancen standen. Hat er doch sonst auch immer hinbekommen. Hat er seinen Schneid verloren?«, sagte ich.

Shale ließ seine kaputte Schulter in dem Versuch kreisen, sie zu lockern. Wurde Zeit, unsere Präparate aufzutragen, mussten uns fertigmachen für den Tag.

»Schneid war nichts, das Kailen gewinnen oder verlieren konnte. Er war anders als wir. Keine erkennbaren Höhen oder Tiefen, hat immer gleich gut funktioniert. Hat sich nie mehr erlaubt als eine durchzechte Nacht, und dann ist er sofort wieder los mit dem Prinzen wegen des nächsten Auftrags.«

»Ich glaube, es gibt da einen Scapo, der in diesem Viertel ziemlich rumgelärmt hat, nur einen Tag, nachdem der eigentliche Boss hier in den Knast gewandert ist. Muss wohl Rückendeckung haben«, sagte ich.

»Dann sollten wir uns diesen Scapo mal ansehen und ein Wörtchen mit ihm reden.«

»Wir werden 'nen Trank für den ganzen Tag brauchen. Wenn der Bursche seine Sinne auch nur halbwegs beisammen hat, wird er seine Männer um sich haben, während er das Viertel hier unter Kontrolle bringt.«

»Also Leder. Los, machen wir uns fertig.«

Als wir nach Westen Richtung Indra aufbrachen und uns vom Fluss entfernten, klarte es etwas auf. Em hatte gemeint, dies sei Darins Revier. Gab eine nette Anzahl Gildenhallen und ein paar hübsche Häuser für diejenigen, die in Sporn den Laden am Laufen hielten. Viele Flussfrauen und Almosenhäuser, windschiefe Bretterbuden und Ähnliches bestimmten das Bild in den heruntergekommenen Bereichen. Es dauerte nicht lange, bis wir beschlossen, in einer schäbig wirkenden Schänke einen Krug Bier zu uns zu nehmen. Es wurde still unter den Khaat-Kauern, als wir eintraten. Die Leute musterten uns unverhohlen und fragten sich wohl, wer wir sein mochten. Wir tranken langsam.

Em hatte uns gesagt, dass wir nach jemandem Ausschau halten sollten, der den Hauer eines Ebers als Tätowierung trug. Das sei jemand, der zu Darin gehört.

Kaum ging es auf den Abend zu, hatten wir natürlich sofort die Metzen am Hals. Söldner, die Farben wie wir tragen, sind immer für ein paar Silberlinge gut, wenn der Kundendienst stimmt. Den Ortsansässigen gefiel das erwartungsgemäß gar nicht. Um es noch schlimmer zu machen, markierten wir ein bisschen den dicken Mann, klemmten den Weibern Münzen in den Ausschnitt und ließen reichlich Slivitz fließen, einen abartig süßen Likör, der sich in diesem Teil Hevendors großer Beliebtheit erfreut.

Schließlich kam eine elegant aussehende Frau zu uns herüber. Ihr schwarzes Kleid war ein wenig gescheiter geschnitten als die Fummel der Huren, die vor allem eines taten, nämlich ihnen die

Titten abquetschten. Es hatte einen offenen Kragen, und wir konnten den Hauer an ihrem Hals sehen.

»Ihr macht die Mädchen mit eurem Geld noch ganz wuschig. Seid ihr zum ersten Mal hier in Sporn?«

»Ja«, erwiderte Shale.

»Männer von Eurer Farbe könnten, bei allem Respekt für meine Mädel, von den weitaus süßeren Früchten kosten, die ich in der *Hohen Sieben* anzubieten habe.« Sie beugte sich nach vorn und verfiel in ein Flüstern. »Ihr würdet auch die hiesigen Jungs nicht so verstimmen. Die mögen es nicht, wenn jemand seinen Wohlstand so zur Schau stellt. Gut möglich, dass Ihr Ärger bekommt.« Dann erstarrte sie, sah unsere Augen, spürte die von uns ausstrahlende Hitze. »Ihr seid der Ärger. Ihr seid auf Gebräu.« Shale hielt sie am Arm fest, sodass sie nicht zurückweichen konnte. Die beiden Mädchen machten, dass sie hinüber zum Tresen kamen.

»Du arbeitest für Scapo Darin. Wir möchten ihn sehen.«

»Machen die dir Schwierigkeiten, Aniy?«

Sie blickte hinter sich zu einem der Kerle am Ausschank, ein Milizionär außer Dienst, der noch sein Kettenhemd trug.

»Alles bestens, Amz.« Sie wandte sich wieder zu uns um. »Wisst Ihr, ich kann nicht einfach so zu Darin spazieren, so läuft das nicht. Ich hab keine Ahnung, wo er ist.«

»Sind alle ein bisschen – wie ist das Wort dafür, Gant – nervös? Nervös wegen dem, was im Indra-Quartier passiert zu sein scheint. Alles, was wir von Darin wollen, ist, mit ihm reden. Darüber, wer hinter dem ganzen Possenspiel steckt. Keine Bange, Schätzchen. Darin selbst ist uns völlig egal. Geht uns nur um das, was er weiß. Dann sind wir auch schon wieder weg.«

»Wird schwierig für die guten Leute hier, sollten wir das Gefühl haben, du willst uns nicht helfen«, setzte ich hinzu.

Ihr Blick strich kurz über unsere Gürtel und Taschen, die bis zum Bersten mit Kampfgerät vollgestopft waren. Oh ja, wir hatten uns vorbereitet, ehe wir hierherkamen.

»Ich muss zuerst mit meinem Hauptmann sprechen.«

Wir standen auf. »In Ordnung. Wir kommen mit dir.«

Bei unserem offenbaren Aufbruch erhoben sich einige der Burschen ebenfalls von ihren Plätzen. Sie hatten die Huren das Feld räumen sehen, und es sah so aus, dass diese Frau sich allem Anschein nach in Kalamitäten befand.

Als sie sich umdrehte, bemerkte sie den grollenden Mob.

»Himmel, Arsch und Zwirn, setzt euch wieder. Es sei denn, ihr wollt alle umgebracht werden.«

Amz ging zu ihr, ein paar Männer standen auf.

»Sie kommt nicht mit euch, Jungs, fürchte ich. Ihr wisst wirklich nicht, wo ihr seid, hab ich recht?«

»Scheiße, Amz, das sind richtige Soldaten«, versuchte Aniy, ihn zurückzuhalten.

Doch er funkelte sie nur wütend an. »Ich etwa nicht?« Noch während er sie anstarrte, flog seine Rechte nach vorn, und seine Linke zog einen Dolch aus seinem Gürtel, so schnell er konnte. Wirklich traurig. Im nächsten Moment befand sich seine Rechte im Zwingengriff von Shales Pranke, und ich meinerseits rammte ihm sein eigenes Handgelenk in den Leib, sodass er den Dolch fallen lassen musste. Er wehrte sich noch einen Augenblick, aber genauso gut hätte er versuchen können, eine eingemauerte Hand aus einer Wand zu ziehen.

»Ich werde deine Hand jetzt loslassen«, sagte Shale. »Mach keine Dummheiten damit, sonst hast du sie die längste Zeit gehabt. Haben wir uns verstanden?«

Er schaute Aniy an, und sie nickte. Shale ließ los.

»Geh vor«, sagte ich.

Wir folgten ihr durch die mucksmäuschenstille Schänke auf die Straße. Ein paar Gäste zuckten, die meisten rochen nach Angst.

Mit einigen knappen Worten wies sie draußen einen halbwüchsigen Jungen an, einen Gang für sie zu erledigen – obwohl wir beide annahmen, dass es sich dabei eher um eine verschlüsselte Botschaft handelte. Dann führte sie uns einen kleinen Hügel hinauf zu einer Lederwerkstatt. Es war eines der wenigen Gebäude in der Gegend, die aus ordentlichem Stein errichtet waren. Einige Vertreter der Zunft – es musste sich um Lederzurichter oder Schuhmacher handeln – saßen nach getanem Tagwerk auf Bänken vor dem Haus und schmauchten, bevor sie sich auf den Heimweg machten, noch eine gemeinsame Pfeife.

Als wir näher kamen, standen sie auf.

»Aniy!«, grüßte einer von ihnen, während er uns kritisch musterte. Er war ungefähr in unserem Alter, seine Färbung ein wenig verblasst, und er hatte ein Gesicht, das nur eine Mutter lieben konnte. Musste der Hauptmann sein. Sie küssten und umarmten sich, und sie hatte keine Ahnung, dass wir auf Gebräu so ziemlich alles mitkriegten, was im Umkreis von zwanzig oder dreißig Fuß um uns herum gesagt oder getan wurde, egal, wie leise sie dabei blieben. Es befanden sich noch weitere Männer hier, in den Hütten ringsum.

»Schick jemand rein, Darin holen«, sagte sie zu dem Hauptmann. »Die sind randvoll mit Trank, gib den Männern hinter ihnen ein Signal.«

»Kein Grund, deine Männer hinter uns zu beunruhigen, Aniy«, sagte Shale. »Wenn er da drin ist, dann können wir die Sache auch da drin hinter uns bringen.«

Sie drehte sich um, sah ihn verblüfft an.

Ich zog mein Schwert. »Ich spüre, was du denkst. Tu's nicht.«

»Sollte sich auch nur ein Pfeil von den Jungs hinter mir in meine Richtung verirren«, sagte Shale, »zerfetz ich euch wie Schinkenkeulen, die jemand für die Hunde im Schlamm hat liegenlassen.«

Der alte Mann deutete mit einem Nicken über unsere Schultern hinweg. »Die sind nicht die Einzigen, wegen denen ihr euch Sorgen machen müsst, ihr aufgeblasenen Arschlöcher.«

Im gleichen Moment kamen vor uns acht Mann aus der Lederwerkstatt; sie waren ebenfalls auf irgendeinem Gebräu, heiß, bereit und mit Knüppeln bewaffnet. Einige trugen auch Handäxte, wie die Soldaten von Hevendor sie gerne benutzen.

»Darin ist beschäftigt, und ihr habt hier keine Freunde. Aniy, geh rein.«

Fensterläden öffneten sich einen Spaltbreit an den Fassaden der Hütten und Werkstätten rundherum.

»Viel mehr Pfeile, als ihr geregelt bekommt, meine Herren. Dürfte ich um eure Gürtel bitten?«

Shale und ich sahen uns an, machten ein paar Schritte nach vorn, als wüssten wir nicht recht, was wir tun sollten. Dann schnellten wir vorwärts. Noch bevor der Hauptmann seinen Knüppel zum Schlag nach oben reißen konnte, war ich schon bei ihm. Shale war noch schneller bei den anderen. Keiner von ihnen trug eine Maske. Nachdem ich dem vor mir also den Knüppel weggeschlagen und ihn in die Defensive gedrängt hatte, angelte ich mir einen Sporenbeutel von meinem Gürtel und schleuderte den den nächsten drei Haudegen entgegen.

Von den Seiten zischten Pfeile heran, einer blieb in meinem Leder hängen. Einige Geschosse kamen auch von hinten, aber das hörte auf, als wir ihre Leute in den Nahkampf verwickelten. Das war unsere Chance. Shale pustete einem seiner drei Gegner das Licht aus und benutzte den leblosen Körper als Schild. Ich sah, wie weitere Männer drinnen Tränke in sich hineinschütteten. Aniy hatte sich nach hinten geflüchtet und rannte zu irgendeinem Nebeneingang des Ladens.

Die bei dem Hauptmann, auf die ich meine Sporen geschmissen hatte, hatten zwar flink ihre Masken zur Hand, aber bereits so viel abbekommen, dass sie sich nun krümmten und würgten. Als sie in meine Richtung schwenkten, zog ich ein Messer. Shale wuchtete den ihn schützenden Leichnam in die Höhe, schwang ihn durch die Tür in den Laden und folgte dem Toten dichtauf. Das führte dazu, dass drei der Männer, die in dem einen Moment noch vor uns gestanden hatten, im nächsten am Boden lagen. Ich bekam einen meiner Verfolger vor die Klinge, verpasste ihm eine tiefe Kerbe im Arm; das Gift erledigte den Rest. Einem weiteren gelang es, mich am Oberschenkel zu ritzen, als ich mich gegen zwei andere wappnete, die es auf mich abgesehen hatten. Da ich keinerlei Anzeichen von Schwäche verspürte, handelte es sich anscheinend um Stoff, mit dem unser Tagesgebräu gut zurechtkam.

Ich musste es ins Haus schaffen, bevor irgendeinem der Bogenschützen ein Glückstreffer gelang. Ich wirbelte mein Messer herum und verscheuchte mit einem gezielten Wurf den Hauptmann, während ich gleichzeitig mit der anderen Hand in einen Beutel mit Staub griff, den ich um mich herum schleuderte. Das verschaffte mir etwas Luft. Ich nutzte die Gelegenheit für ein paar Hiebe, die einen – traurig, es sagen zu müssen – jungen Bengel niederstreckten, dieweil ein anderer von einem ihrer eigenen Pfeile durchbohrt wurde. Den Hauptmann konnte ich daraufhin so weit zurückdrängen, dass ich zur Tür hineinkam.

Drinnen hatte Shale bereits drei weitere von ihnen zur Strecke gebracht. Weiter hinten machten der Scapo und Aniy Platz, als ihre Leute in Angriffsposition gingen. Die beiden wirkten nicht sehr erfreut, mich zu sehen, und wie die Dinge auf einmal liefen. Männer drangen auf Shale ein, doch er wehrte jeden ihrer Vorstöße mühelos ab, und allmählich machte sich so etwas wie Furcht unter ihnen breit. Sie zeigten keine Lust, ihn länger zu attackieren, hatten die Schreie der letzten Unglücklichen doch bewiesen, dass bei dem Gift der allerkleinste Kratzer genügte, um den Tod zu bringen.

Der Hauptmann kämpfte, so gut er konnte, als er hinter mir herkam, doch was für einen Trank er auch immer genommen hatte, er war den Anforderungen nicht gewachsen. Der gute Mann verteidigte sich ganz passabel, aber nachdem ich ihn an die Wand bei der Tür zurückgedrängt, sie zugetreten und die anderen ausgesperrt hatte, erwischte ich ihn erst am Schenkel und dann in der Brust. Draußen herrschte jetzt ein einziges Gewürge, und aus den Häusern ringsherum kamen Leute herbeigerannt, um ihren Kameraden zu helfen. Darin hatte offensichtlich genug und trat zwischen uns.

»Aufhören! Sofort aufhören, alle!«, rief er.

Shale schnappte sich einen Lappen von einer Werkbank und wischte sich das Blut vom Leder und aus dem Gesicht.

»Wir haben's ihm gesagt, und Aniy auch. Aber von euch scheint ja keiner zuhören zu wollen», rief ich, und deutete auf den Hauptmann, der spastisch zuckte, während das Gift das letzte bisschen Leben aus ihm herauspresste.

»Wir wollten nur mit Euch über Ostler reden und darüber, was drüben im Indra-Quartier vorgefallen ist«, sagte Shale. Er schob sein Schwert wieder zurück in die Scheide.

In meinem Unterleib machten sich Schmerzen bemerkbar. Trotz ordentlichem Verband hatte der Kampf an den Nähten gezerrt, mit denen Shale mich vor ein paar Tagen geflickt hatte. Ich setzte mich auf einen Stuhl, um die Wunde zu beruhigen, und schaute mich kurz um. Darin trug einen Lederstanzer am Gürtel. Ich hatte ein paar der herumliegenden Arbeiten vor mir, und wenn die von ihm waren, dann war er im Verzieren nicht schlecht.

Darin begann zu reden. »Mein Freund Ostler wurde vom Meister der Stadt ins Gefängnis geworfen, und es gibt einige, die sehen mein Angebot an die Seinen, sie zu unterstützen, als …»

»Übernahmeversuch«, half Shale aus.

»Wahrhaftig, eine schlimme Anschuldigung. Damit solltest du vorsichtig sein, solange du nicht verstehst, wie fürsorglich ich handle.«

»Sabbel nicht rum.«

Kampfgebräu setzt der Geduld heftig zu, so viel steht fest. Seine Männer draußen waren tot oder schissen sich vor Angst in die Hosen, und hier drin hatte die Hälfte seiner Leute es ebenfalls hinter sich. Ich war wütend. Nicht nur angesichts der Sinnlosigkeit des Ganzen, sondern auch wegen der Aufmerksamkeit, die es uns fraglos bescherte.

»Könnt Ihr uns sagen, was da los gewesen ist?«, fragte ich.

»Paar von meinen Jungs sind abgemurkst worden, als jemand was über einen alten Söldner rauszukriegen versucht hat. Kailen war sein Name. Dann wurde ich zu einem Marschall zitiert, und wie es aussah, waren da noch andere, die sich den Mann ebenfalls schnappen wollten. Nur Ostler hielt seine Hand über ihn. Dieser Söldner, ist das jemand, den ihr kennt?«

»Er war es. Wir wollen denen, die hinter ihm her gewesen sind, einen Besuch abstatten«, entgegnete Shale. »Würde es Euch etwas ausmachen, uns zu verraten, wer das wohl sein könnte?«

»Irgend so'n vornehmer Gildenmeister namens Alon Filston, aus Issana. Hat Agenten und einen Marschall engagiert, wie ich hörte, und obendrein offenbar ziemlich viel Einfluss. Hat den Meister von Sporn und dessen Männer dazu gebracht, ihm bei der Suche nach diesem Kailen zu helfen. Wer dieser Meuchelmörder war, scheint niemand zu wissen.«

»Siehst du, Aniy, war doch gar nicht so schwer«, sagte Shale. Sie schaute Darin an, wusste jedoch nichts zu erwidern. Möglicherweise hatte sie Angst vor ihm.

»Wer immer dieser verdammte Söldner war, er ist dafür verantwortlich, dass ihr meine halbe Truppe weggefegt habt. Ich bin froh, dass er tot ist. Vielleicht kann ich mich jetzt ja wieder wichtigeren Dingen widmen.«

Shale hob seine Augenbrauen. Ich sah ein Zucken, für die anderen war das zu schnell. In einer blitzschnell fließenden Bewegung hatte er sein Messer aus dem Gürtel gezogen und geworfen. Es traf Darin direkt in die Brust. Irgendwo in seinem Mund formte sich noch eine Frage, die ihm aber nicht mehr über die Lippen kam, dann taumelte er zurück. Er wandte den Blick zu Ayin hinüber, riss die Augen weit auf und fiel tot um. Als die anderen sich auf uns stürzen wollten, nahmen wir ein paar Sporenbeutel von den Gürteln. Das gab ihnen zu denken.

»Wir können euch auch gern alle umbringen. Dann kann auch keiner mehr quatschen, wenn wir weg sind«, gab ich zu bedenken. »Aber normalerweise legen wir großen Wert darauf, niemanden zu töten, für dessen Beseitigung wir nicht bezahlt werden oder der es nicht unbedingt darauf anlegt. Doch mangelnden Respekt gegenüber Kailen können wir unmöglich hinnehmen.«

Aniy sank dort, wo es Darin dahingerafft hatte, zu Boden.

»Sie ist nicht die Dümmste«, sagte ich zu denen, die drauf und dran waren, dem Beispiel Darins und ihres Hauptmanns zu folgen. »Ihr könntet Schlimmeres tun, als Anordnungen von Aniy entgegenzunehmen. Willst du etwas aufbauen, das niedergerissen wurde, wähle eine Frau. Willst du etwas niederreißen, nimm einen Mann. Im Augenblick scheint ihr eine Frau zu brauchen.«

Wir hakten die Beutel wieder an unsere Gürtel, und ich fragte Aniy nach einem Weg zurück. Einem anderen als den, auf dem wir hergekommen waren. Sie gab mir die Information, und wir kletterten durch die Hinterfenster nach draußen. Auf der anderen Seite des Hügels schritten wir einen Weg hinab, schlugen unten einen Bogen Richtung Süden und hielten uns dann flussaufwärts, bis wir das Viertel erreichten, wo wir unsere Pferde zurückgelassen hatten.

Nachdem wir ein Bad genommen und uns eine ordentliche Mahlzeit einverleibt hatten, schulterten wir die Sättel, begaben uns zu den Ställen und machten unsere Gäule bereit. Wir wussten, dass Filston in Issana war. Würde nicht schwierig sein, ihn zu finden. Aber wir hatten jetzt ein paar Antworten, die Kailen betrafen, und wir verspürten beide die innere Verpflichtung, uns seiner Frau gegenüber anständig zu verhalten. Also schlugen wir den Weg nach Harudan ein. Das Land liegt am Südrand der Alten Königreiche und blickt hinaus auf den Golf von Merea, auf den es einigen Einfluss ausübt.

Zwischen uns und Harudan lag Hisca. Gibt nicht viel über diesen Landstrich zu erzählen. Wir forderten das Schicksal nicht heraus und suchten uns den Weg unter Sternen. Tagsüber versteckten wir uns unter Felsvorsprüngen und in hohen Gräsern, weitab von Pfaden und Straßen. Shale ließ sich von einer Landmaid den Tag versüßen, als wir bei einem Bauernhof haltmachten, um etwas Brot und Schinken zu kaufen, während ihr Mann irgendwo draußen auf den Feldern war. Er brauchte es immer noch von Zeit zu Zeit. Sie war kess genug für uns beide, aber ich verspürte seit Jahren schon nicht mehr den Drang. Pissen schien schon länger das Einzige zu sein, worin mein Pimmel seinen Daseinszweck sah, selbst nach dieser wilden Freude, die man immer verspürt, wenn man eine Schlacht überlebt hat.

Viele Männer würden nur so mit ihrem Ding herumwedeln, wenn sie blutgebadet und brüllend dem Himmel dafür danken, dass sie am Ende eines Kampfes noch am Leben sind. Das liegt zum Teil an den Tränken. Was immer das Blut eines Mannes sieden lässt, scheint fast immer auch seinen Schwanz in Wallungen zu bringen. Ich erinnere mich, wie Bresken einmal sagte, das Gebräu würde sie erregen, aber natürlich war sie vorsichtig genug, es inmitten der Zwanzig nicht drauf ankommen zu lassen. Es tat mir wirklich leid, als ich später hörte, dass sie getötet worden war.

Jetzt, wo meine Jahre als Krieger vorüber sind, finde ich oft keinen Schlaf. Es ist wegen all der Leute, die ich umgebracht habe. Sie überfluten meine Augen, sobald ich die Lider schließe. Dann sehe ich sie vor mir, wie sie um ihr Leben betteln, und auf der Spitze meines Schwerts doch keine Gnade finden. Mehr als genug Frauen mit Kindern, kleine Rotzlöffel. Dazu Jungen und Mädchen, alte Männer. Ich habe nie Unterschiede gemacht, wenn das Sengen und Brennen begann. Es dauert nicht lange, bis man so wird, solange man es nur schafft, die Schreie und das Flehen auszusperren. Doch tief in einem drin ist es immer da und will raus, drängt sich über die Jahre hinweg beharrlich nach oben. Die Träume werden immer lebhafter und schlimmer. Meine Morde kehren so realistisch zu mir zurück, dass ich sie wieder in den Muskeln spüre und das Heulen und Wehklagen höre, als wäre es heute passiert. Wie die meisten Soldaten brauche ich Pflanzen, um zu schlafen. Aber ich erwähne dies alles nur fürs Protokoll. Ich erwarte kein Mitleid.

Bald hatten wir Hisca durchquert und die Pforte von Irudan erreicht, einen Bergzug, der die nördliche Grenze von Harudan bildete. Ich war vor vier Sommern schon einmal dort gewesen, ebenfalls auf dem Weg ins südliche Harudan, einen Landstrich, wie man ihn nicht oft findet, abgesehen vielleicht von der Staubküste und natürlich Jua, wenn ich glauben soll, was man darüber so hört.

Harudan verfügt vor allem über heftige Kriegsakademien und die Hochkommunen. In den Bergen hier wurde, wie es heißt, außerdem einer der über geheimnisvolle Kräfte verfügenden Magisten gesichtet. Es ist ein reiches Land, mit Hochlanden, die so fruchtbar sind, dass die Kommunenbauern massenhaft Shiel und

Ska anbauen können, mit denen das Land so eifrigen Handel treibt. Es stellte einst den Mittelpunkt des alten Rotsteinreiches dar, was uns einen ungefähren Eindruck gibt, wie unbedeutend unsere eigene Zeit nach historischen Maßstäben ist.

Ich und Shale hielten uns auf der Route nach Süden, Richtung Küste, folgten zusammen mit anderen Reisenden den befestigten Straßen, die auf die Haupthäfen Melradan und Fildensdorn zuliefen. In den höheren Regionen begleiteten uns die aus leuchtend orangerotem Stein angelegten Weinberge. Das Gestein wird an den nördlichen Gipfeln abgebaut und man sieht es an allen Ecken und Enden Harudans.

Als dann das Meer in Sicht kam, eröffnete sich ein atemberaubendes Panorama. Unser Blick ging von der Höhe der Pforte aus nach Süden zur fernen Küste hinab und dann nach Westen bis zu einer sich sanft krümmenden Gipfelkette, die Teil des Gebirgszugs war, aus dem wir jetzt herunterkamen. Ich stampfte ein paar Lutablätter, und Shale half mir, die Paste unter meine Augenlider zu reiben. Es war das letzte Mal, dass ich dies alles zu sehen bekam, und nachdem sich der Extrakt auf meinen Augen verteilt hatte, führte ich mein Pferd von der Straße herunter einen schmalen Pass hinauf. Shale folgte mir, und gemeinsam genehmigten wir uns einen kleinen Schluck Branntwein, während ich mich ausruhte.

Immer, wenn ein so großes Stück der Welt vor mir ausgebreitet lag, überkam mich die Empfindung, keinen Haufen Dreck wert zu sein. Doch so ein Anblick erzeugte auch das Gefühl, dass das nicht unbedingt schlecht war.

Wir ritten noch gut zwei weitere Wochen die Straßen entlang, und dann befanden wir uns an der Küste. Von Soldaten oder Einheimischen, denen wir begegneten, ließen wir uns den Weg zu Kailens Anwesen zeigen, das ein paar Meilen hinter Melradan lag. Es gab jede Menge Güter in dieser Gegend, oft Paläste aus rotem Stein und mit Dächern aus dem blauen Schiefer, den sie aus Jua und der Provinz Hoffnungsberg importierten. Der Senat und seine Speichellecker hatten hier überall rundherum ihre Hütten, sogar Kailens Vater, auch wenn er nie mit ihm zurechtgekommen ist.

Als Kailen das höchste Ehrenabzeichen seiner Kriegsakademie bekam, war er gerade mal sechzehn Winter alt, das jüngste Mitglied, das es jemals erhielt. Sein Vater war hocherfreut, als er es ihm erzählte. Er dachte, aus Kailen würde ein großer Flottenkommandant im Kampf gegen die Piraten werden. Oder ein Feldherr, der irgendwo im Osten die Interessen Harudans durchsetzte.

Doch Kailen erteilte ihnen allen eine gründliche Abfuhr. Er bezeichnete die Befehlshaber, mit denen er trainiert hatte, in einer öffentlichen Rede als einen Haufen Senatorensöhnchen, bei denen es sich und durch die Bank um Arschlöcher handle, die ihn die ganzen Jahre wie Dreck behandelt hätten. Sein Vater war der Sohn eines Schmieds. Der Stolz, den er für seine Mutter und seinen Vater empfand, weil sie es dennoch zu etwas gebracht hatten, flammte auf, während er, als gefeierter aufgehender Stern der Akademie, vor dem Senat sprach.

Wie ich bereits erwähnte, war er ein großer Leser und konnte mit Worten gut umgehen. Auch vor dem Senat. Leidenschaftlich ließ er sich über Besitzende und Besitzlose aus, über die Gesetze, die für sie galten, und die Gesetze, die für uns galten, und darüber, wie sie allesamt im Sinne der ersten Gruppe verbogen wurden, damit die auch weiterhin in ihren hübschen Herrenhäusern wohnen konnte. Ein Hagel der Empörung und wütendes Geschrei ging von der Seidenfraktion auf ihn herunter. Ein paar lachten sogar angesichts der stählernen Eier, die Kailen bewies, indem er sich vor sie hinstellte und ihnen von der Ausbeutung der Armen und Sklaven erzählte.

Sein Vater war knallrot im Gesicht, aber seine Mutter so stolz, wie man sich's nur vorstellen kann. Und das, obwohl sie die feine kleine Tochter eines Ratsherren war. Komische Sache, das Ganze. Ich glaube, seine Mutter sah in dem Moment nur den Sohn, der allen zeigte, was ein Mann aus sich machen kann, wenn er nur einen unbeirrbaren Willen besitzt. Sein Vater hingegen war arm geboren, schämte sich jedoch, weil er dazugehören wollte.

Für Kailen stellte die ganze großartige Ausbildung nichts anderes dar als Dunst, den die Schwerter und Pfeile von Armeen, die die wirklich wichtigen Dinge entscheiden, mit Leichtigkeit wegwehten. Und so nahm er, was er gelernt hatte, und machte sich auf, um Söldner zu werden. Doch natürlich nicht irgendein Söldner.

Kailen wollte der Beste sein, und er erkannte, dass man ein feistes Sümmchen in Rechnung stellen konnte, wenn man es zuwege brachte, eine Gruppe der hervorragendsten Schwertkämpfer und Freibeuter und Drudhas und dergleichen um sich zu scharen, da eine solche Ansammlung von Spezialisten in der Lage war, den Ausgang einer Schlacht zu entscheiden. Er brachte fetten Aristokraten Taktik bei und führte seine Truppen so an, dass sie ihre Kämpfe auch gewannen. Worauf es ihm ankam, war, zu beweisen, dass es keine Bedeutung hat, ob man als Kind reicher Leute zur Welt kommt oder nicht.

Was für sie weniger augenfällig war, ist der Umstand, dass er seine Lektüre über Geschichte, Wappenkunde, Familienzweige und so weiter mit solcher Hingabe betrieb, dass er immer wusste, für welche Seite er Partei ergreifen sollte, welche Männer mehr Mumm hatten im Kampf und bei wem man sich darauf verlassen konnte, dass er eine Sache auch zu Ende bringen würde. So kamen wir zu unserem Ruf, nie eine Schlacht zu verlieren. Nicht einmal bei den Tharosfällen, wo wir zwanzig es waren, die die Stellung hielten, und niemand es schaffte, diese Linie zu überqueren.

Am Tor zum Anwesen hielten wir an. Der Großteil des Landes ringsum war seines. Es bestand aus Oliven- und Obsthainen und einem Gutteil Gemeinland für seine ehemaligen Leibeigenen.

Zwei von ihnen standen Wache. Keine Frage, dass sie von Kailen ausgebildet worden waren. Man konnte seinen Drill förmlich an ihrer Haltung erkennen und daran, wie sie uns aufs Genaueste musterten, als wir näher kamen. Ihre Schwertgehänge und -griffe sahen ziemlich abgenutzt aus, und ihre Gesichter sagten mir nichts. Ich konnte nicht sagen, ob sie dabei gewesen waren, als Achi uns aus den Händen der Wacht befreit hatte.

Wir saßen ab und Shale verklickerte ihnen, wer wir waren. Ich zeigte ihnen noch die Halskette, und dann waren wir durch. Sie bliesen nach einem Mädchen, das kommen und sich um die Pferde kümmern sollte. Es war beeindruckend, doch nicht anders zu erwarten, mit welcher Leichtigkeit sie es mit ihrem Flüstern schaffte, die Gäule dazu zu bewegen, uns zu verlassen und ihr zu den Ställen zu folgen. Eine der Wachen stapfte den Weg hinauf, der zum Herrenhaus führte, während wir mit der anderen am Tor warteten, bis ein kurzes Pfeifen uns ebenfalls nach oben rief.

Einige hundert Meter Sommersonne vor uns sahen wir Kailens Gemahlin aus den Haustüren treten. Sie hatte schwarzes Haar und war größer als die meisten Männer mit einer haselnussbraunen Haut, die von einem dünnen, jadeblauen Gewand bedeckt war. Indigo war in Harudan selten, ganz zu schweigen von der speziellen Pflanzensorte für den Ton ihres Kleides. Sie war eine reiche Witwe, und ich hatte solche Schönheit seit ein paar Sommern nicht erblickt.

Wenngleich sie bereits ahnte, weswegen wir hier waren, vermochte sie es dennoch nicht ganz zu verbergen.

»Gant, Shale. Ich bin Araliah.« Sie umarmte uns und hauchte jedem nach Aristokratenart einen Kuss auf die Wangen. Ihre Augen zeigten zunächst nicht den Hauch eines Zuckens, aber als ich die Halskette und seine Tasche hochhielt, füllten sie sich mit Flüssigkeit. Dicke Tränen kullerten wenig später ihr Gesicht herab, und an der Faust, mit der sie jetzt die Kette umklammerte, traten die Knöchel weiß hervor. Abermals schlang sie ihre Arme um meinen Hals. Sie vertraute darauf, dass ich sie festhielt, als sie sich in ihrem Schluchzen verlor. Araliah duftete intensiv nach Nelken und Früchten, ihr Haar fühlte sich zart wie Regenwasser an, und ich konnte nicht begreifen, wie Kailen diese Frau und sein Heim jemals für irgendetwas hatte verlassen können.

Ich drückte sie sanft, aber bestimmt, sodass sie wieder zu sich kam, und sie trat zur Seite, um uns hinein und in den Innenhof zu bitten, nachdem sie sich wie ein kleines Mädchen die Nase am Ärmel abgewischt hatte. Im nächsten Moment ergriff sie Shales

Arm, und ich folgte den beiden durch die Tür. Sie wurde immer noch von Schluchzen geschüttelt.

Im Innenhof ging es hoch her. Ein Mann, der Quartiermeister anscheinend, und die Bauern debattierten lautstark wegen einiger Kisten mit Öl und Konfitüre. Doch das geschah unter einer Menge Gelächter und hatte nichts mit dem Geschacher und rüden Bellen zu tun, wie man es von den meisten anderen Landgütern kennt. Scheint, als hätte Kailen etwas von seiner Gelehrsamkeit hiergelassen, nachdem er sein Schwert niedergelegt hatte. Als Araliah durch die Gruppe der Männer hindurchschritt, hielten sie einen Moment inne. Der Quartiermeister sah, dass irgendwas nicht stimmte, doch nach einem kurzen Blick auf uns zog er die richtigen Schlüsse und hieß die anderen, mit ihrer Arbeit fortzufahren. Er begriff sofort, dass jetzt nicht der Moment war, über das, was Kailen widerfahren war, zu reden.

Wir erreichten über einige Durchgänge den Hauptspeisesaal, der, wie ich schätze, ohne Weiteres dreißig hungrigen Mäulern Platz bot. Wir wollten gerade anfangen, unsere Leder aufzuschnüren, doch Araliah war schneller. Mit raschen und geübten Griffen zog sie uns die Waffenröcke und Wämser aus und trieb dann für uns ein paar seiner Wolljacken auf. Sie nutzte die wenigen Augenblicke, die das dauerte, um das Ganze zu verdauen. Shale schaute mich verstohlen an, ihre Aufmerksamkeiten bewegten ihn sichtlich. Mit einem scharfen Blick bedeutete ich ihm, sich zusammenzureißen, während sie uns Höflichkeiten und ein vornehmes Gebaren entgegenbrachte, wie es Leuten wie uns eigentlich nicht zustand. Ohne Frage stanken wir nach den Wochen im Feld wie die Otter, und meiner Wunde ging es gar nicht gut. Aber Araliah rümpfte nicht ein Mal die Nase.

Doch gleichzeitig erbebte sie immer wieder, sah uns an, als ob sie einen Teil von ihm in uns fand, als ob sie ihm durch uns nahe sein könnte. Ich bin nicht genug bewandert mit Worten, um auszudrücken, wie sich das anfühlte.

Schließlich läutete sie eine auf dem Tisch stehende Glocke, und ein junges Mädchen erschien.

»Käse, Huhn und drei Flaschen von dem Roten aus dem alten Weinkeller«, sagte Araliah zu ihr. »Gant, Ihr seid verwundet, und zudem seht Ihr so aus, als hättet Ihr irgend so eine Alfra-Mixtur genommen. Amahle, könntest du bitte ein Pferd für Stimmy bereit machen? Ich möchte, dass er morgen früh zur Kommune aufbricht.«

Nachdem das Mädchen gegangen war, setzte sich Araliah ans obere Ende des Tisches.

»Dann ist Achi also hier? Stimmy gehörte zu seiner Truppe. Sie haben uns geholfen. Kailen hat uns geholfen«, sagte Shale.

»Jemand hat versucht, uns zu töten«, sagte ich, »und wie es aussieht, haben sie es bei Kailen leider geschafft. Aber nicht bevor er dafür gesorgt hatte, dass Achi und ein paar seiner Jungs kamen und uns retteten.«

»Er hat aus Sporn nach uns gerufen. Wir gingen so schnell, wie wir konnten«, setzte Shale hinzu.

Es war ihr nicht entgangen, wie ich mich auf dem Weg zu diesem Esssaal hatte zusammennehmen müssen und mich jetzt am Tisch festhielt. Die Strapazen der Reise holten mich nun mit aller Macht ein, und ich konnte kaum den Rücken geradehalten. Mir entging nicht, wie sie und Shale einen Blick wechselten.

»Achi ist wegen eines anderen Auftrags für Kailen unterwegs. Kann sein, dass er gar nichts weiß. Er ist ein guter Mann, ich hoffe, dass ich es ihm selbst sagen kann. Lasst mich Euch Euer Zimmer zeigen, Gant, wir können morgen über alles Weitere sprechen. Es gibt da einen Aushang, den Ihr sehen müsst.«

Dankbar willigte ich ein.

Ich schlief durch bis zum Morgen.

Ich erwachte von den lauten Rufen der vom Hof rumpelnden Karrenlenker, und mein erster Blick fiel auf die Gewänder, die Araliah auf einem Stuhl bei dem Bett offenbar für mich hingelegt hatte. Der Magen machte mir übel zu schaffen. Nicht lange, und Shale schneite mit ihr herein, und sie nahmen sich meine Verletzung vor. Mein Zustand nötigte ihr nicht einmal ein Wimpernzucken ab. Kailen dürfte unbekleidet auch kein schöner Anblick gewesen sein. Sie half ein bisschen mit, schaute jedoch die meiste Zeit nur zu, während Shale die Wunde verband, und ging ihm beim Auftragen der Präparate zur Hand; Knie, Ellbogen, Nacken und ein paar Schluck in Wasser aufgelöst. Er wusste, was ich in all jenen Jahren benötigte, und war fix. Ich tat, wie ich es immer tat, das Gleiche für ihn.

»Gant, Ihr seht besser nach dem Rest«, sagte sie. »Stimmy ist wegen Pflanzen zur Kommune. Shale hat mir gesagt, was Ihr braucht, und sie werden sich sputen, wenn sie mein Siegel sehen.« Sie setzte sich neben mich auf das Bett. »Shale sagte mir außerdem, dass es Eisenhut war, das meinen Gemahl umbrachte.« Ich schaute ihn an, und er schüttelte kaum merklich den Kopf, damit sie es nicht mitbekam. »Ich bin ausreichend im Bilde, um zu wissen, dass wer immer ihn und Eure alten Gefährten getötet hat, über entsprechende finanzielle Mittel verfügen muss, um dies zu bewirken. Das lässt sich auch aus dem Anschlagzettel schließen, den man mir gebracht hat. Aber jetzt«, schloss sie, »genug davon. Erst mal werde ich sehen, ob ich euch beiden etwas zu essen auftreiben kann.« Sie lächelte, als sie das Zimmer verließ, das erste richtige Lächeln, und es raubte mir für einen Moment den Atem.

Auf dem Tisch, an dem wir am vorherigen Abend gesessen hatten, hatte Araliah eine Bekanntmachung ausgebreitet. Es waren Zeichnungen von Männern mit Schwertern in der Hand, zwischen ihnen ein Beutel voller Münzen. Kailens Tasche lag daneben, die Schnallen noch immer geschlossen. Die Worte auf der Zeichnung – in Gemeinsprache, auf Jua und Issana – lauteten:

> Fünf Gold Belohnung für denjenigen, der etwas über den Aufenthalt eines jeglichen der schändlichen Söldner weiß, die mit Kailens Zwanzig paktierten. Hinweise an Gildenmeister Alon Filston aus Ithilbucht. Wacht erlässt die Zustellungsgebühr.

»Das erklärt einiges«, sagte Shale. »Wir haben schon von diesem Filston gehört. Angeblich soll er hinter all dem stecken, was in Sporn vorgefallen ist. Aber fünf Goldstücke! Das ist ein Lösegeld für einen Lord.«

»Genau das ist der Grund, warum ich Kailen nicht über die Wacht Mitteilung davon gab, obwohl er es wahrscheinlich selbst gelesen hat.«

»Wo kommt das her?«, fragte ich.

»Man fand den Anschlag bei einem aus dem Gefolge von Filstons Vater, der mit einer Senatsdelegation Issana bereiste. Aber es hingen einige davon in der Stadt. Das war vor ungefähr einem Monat. Kailen war da schon lange fort, um nach euch Überlebenden zu suchen. Ich vermute, diese Tasche enthält ein paar Antworten für uns.«

Dicke, noch brutzelnde Scheiben Schinken wurden hereingetragen, frisch aus der Pfanne. Wir waren Könige bei einem Festmahl, doch meine Augen konnten mehr verzehren als mein Magen, der mich wie mit glühenden Stecknadeln quälte, während ich ihn füllte. Verfluchte Schwarzhände. Trotzdem hatte es etwas Herzerwärmendes, zu sehen, wie Araliah sich Häppchen von dem Schinken schnitt und dabei wie wir nur ein Messer benutzte und mit den Fingern aß. Sie versicherte, wie froh sie sei, keine Adelige zu sein, und ließ bald schon Honig bringen, um die Schinkenstücke hineinzutunken. Wir ließen uns nicht lang bitten und taten es ihr gleich. Der Honig war köstlich; geschmacklich so gut wie perfekt und Balsam für meine Gedärme.

»Wir wollten die Tasche nicht vor Euch öffnen. Es erschien uns nicht richtig«, sagte Shale.

»Danke. Ich würde mich glücklich schätzen, wenn Ihr sie jetzt öffnen würdet.«

Darin fanden wir Dokumente, Schriftwechsel mit diversen Quartiermeistern und der Wacht und so weiter. Die ganzen Papiere hatten ihm dazu gedient, in Erfahrung zu bringen, wohin es uns alle, die Zwanzig, verschlagen hatte. Auch ein Brief von Vorwald war dabei, der unseren Auftrag unten in den Roten Hügeln bestätigte und dank dem es ihm möglich gewesen war, uns Achi gerade noch rechtzeitig zu schicken. Es gab auch Briefe von Achi selbst und anderen der Truppe, die er aufgestellt hatte, damit sie auf ihn und sein Anwesen aufpassten oder im ganzen Alten Königreich herumreisten, um nach uns zu suchen.

Da waren auch Briefe vom Prinzen, mit dem ihn offenbar eine vertraute Freundschaft verband und der jetzt in Rhosidia irgendeiner großen Gilde aus Jua bei ihren Geschäften half.

Dann ein Brief, der an Araliah adressiert war. Sie nahm ihn an sich und las ihn still für sich, überließ uns eine Weile uns selbst.

Und schließlich gab es auch einen Brief an uns. Ich kann es nicht so gut ausdrücken wie er, daher hab ich ihn einfach abgeschrieben:

> Ich bin von Feinden umzingelt, so dicht wie damals bei Tharos. Dieses Mal habe ich aber nicht die Zwanzig. Dennoch konnte ich das Feld für die Schlacht wählen und vorbereiten, und deshalb wird es ihnen noch leidtun.
>
> Unter diesen Schriftstücken befindet sich ein Brief für Araliah. Ihr habt hoffentlich so viel Ehre im Leib, ihn nicht zu lesen, sondern ihr, sobald es euch möglich ist, zu überbringen.
>
> Ich habe Achi losgeschickt, den Hauptmann meines persönlichen Gefolges, der dabei hilft, die Angelegenheiten auf meiner Plantage und die Abwicklung der Karawanen dort zu regeln. Er soll südlich der Roten Berge nach euch suchen. Ich befürchte, dass ihr ebenfalls ein Ziel dieses Meuchelmörders seid, der, wie euch Achi vielleicht berichtet hat oder ihr diesen Dokumenten entnehmen werdet, für den Tod von so vielen von uns verantwortlich ist. Nicht auszudenken, wenn es mehrere sind, aber vermutlich handelt es sich nur um einen Mann. Dann allerdings ist es, eingedenk der im Folgenden zu schildernden Einzelheiten, jemand, wie mir noch nie ein Mensch begegnet ist.
>
> Ich hoffe inständig, dass dieser Brief euch lebend antrifft. Wie ich hörte, seid ihr bei den Männern, die an den Ostgrenzen der Roten Berge gegen die Virate kämpfen, zu so etwas wie Legen-

den geworden, indem ihr in organisierten Einsätzen den Aggressor auf für ihn fremdem Boden aushungert. Die Schwarzhände haben so gut wie keine klare Linie in ihrer Führung, sodass von Koordination der zahlreichen Clanmänner und von einheitlicher Vorgehensweise weder hinsichtlich Strategie und Taktik noch bei ihrer Versorgung die Rede sein kann. Ich hoffe, ihr wart bei allem erfolgreich; wie ihr es macht, ist es richtig. Doch leider habt ihr einen neuen und tödlicheren Feind.

Harlain wurde in Tetswana getötet, in seinem königlichen Zelt, mitten in der Wüste. Und mit ihm jeder Mann und jede Frau, die bei der Versammlung anwesend waren. Er war ihr König, eine außerordentliche Ehre für jemanden von unserer Sorte. Milu wurde in Alagar ermordet, noch einer, der seinen Tribut gezahlt und sich aufgemacht hatte, um sich als exzellenter Pferdesinger bei einem Maiol in jenem Land zu verdingen. (Zum besseren Verständnis: ein Maiol ist so etwas wie ein Lord, mit viel Grundbesitz und mindestens einer größeren Herde.) Digs hat es ebenfalls erwischt, im Kerngebiet des Ten-Clans, was angesichts von deren Feindseligkeit an sich schon bemerkenswert genug ist. Das sind die Opfer, von denen ich weiß, weil der Prinz, zwischen dem und mir in all den Jahren immer eine enge Verbindung bestand, mir darüber berichtete. (Er ist da drüben in Rhosidia auf die Füße gefallen, wurde 'ne große Nummer in einer Gilde, hatte die Farbe abgebüßt und lebte sein Leben.) Außer bei Digs fand man bei allen Opfern eine schwarze Münze. Man kann wohl davon ausgehen, dass die von Digs geklaut wurde. Als ich mich aufmachte, war mir klar, dass irgendwo da draußen jemand rumlief, um uns den Garaus zu machen. Vielleicht ein sich betrogen fühlender Auftraggeber, aber das war bloß eine Vermutung. Jedenfalls kann ich mich auch jetzt noch an keinen Auftrag erinnern, wo wir uns eines Verrats schuldig gemacht hätten.

Dann erfuhr ich von Khelds Ermordung in Handar; er hatte sich als Zimmermann niedergelassen und gleichfalls das Schwert an den Nagel gehängt. Etwa zur gleichen Zeit erreichte mich die Nachricht vom Tod des Prinzen in Rhosidia. Wer immer es auf uns abgesehen hat, er leidet jedenfalls nicht unter Geldmangel. Ich begab mich nach Rhosidia, um mir, so gut ich konnte, persönlich ein Bild davon zu machen, was ihm zugestoßen war. Am selben Tag, an dem er starb, verschwand in dem Haushalt, in dem er lebte, auch ein Diener. Sie sagten, er wäre ein Söldner gewesen. Wegen der tiefen Färbung seiner Haut. Er habe schon monatelang in der Küche gearbeitet, bevor der Prinz überhaupt aufgetaucht sei. Das Ganze war sorgfältig geplant, der Täter ein hochgradig fähiger Meuchelmörder. Ich fürchte um uns alle, daher will ich euch eine Warnung zukommen lassen. Im Zuge meiner Nachforschungen nach euer aller Verbleib kam mir zu Ohren, dass auch Connas'q und Sho getötet worden sind, bei Letzterem wurde eine Münze gefunden, die Leiche des Ersteren aber niemals geborgen. Connas'q befand sich, genau wie Digs, im Feld, als er von Agenten der Wacht entdeckt und niedergemacht wurde, weitab von euren Operationen gegen die Virate.

Ich muss davon ausgehen, dass die Wacht mit dem Mörder oder den Mördern zusammenarbeitet. Connas'q kämpfte an den Westgrenzen gegen den Ten-Clan. Ihr habt vielleicht von den Einfällen gehört, die zur Folge hatten, dass der Krieg zwischen beiden Parteien wieder in vollem Umfang entbrannt ist. Wie auch immer, bei meiner Recherche nach den näheren Umständen seines Todes fand ich über den Kriegsmeister der Roten Berge, einen langjährigen Freund seit unserer Zeit als die Zwanzig, heraus, dass Elimar starb, bevor ihn der Meuchelmörder erwischte. Außerdem berichtete mir der Prinz von dem Hinscheiden Dithnirs, der kurz nach der Rückkehr in seine Heimat gleichfalls den Löffel abgab. Von Bresken, Ibsey, Kigan, Valdir und Mirisham habe ich keine Nachricht. Stixie und Bense habe ich gefunden, und beide sind wohlauf. Meine Hoffnung ist, dass ihr euch zusammentun könnt. Bense sitzt im Knast in Cusston, Jua. Ich hab ihn da reingebracht, um ihn von einer Ziestmixtur wegzubekommen, die er sich von seinem eigenen Geld niemals hätte leisten können. Ich glaube, dass ihn jemand benutzt, aber ich bin noch nicht dahintergekommen, zu welchem Zweck. Stixie dürfte beim Turnier in den Wehrlanden sein oder zum Überwintern auf dem Weg nach Süden. In den letzten Jahren hat er sich überall in den Alten Königreichen rumgetrieben, Jua, Issana, Marola, Harudan. Schaut euch auf dem großen Jahrmarkt von Gesalla in Jua um. In Issana gibt es eine Stadt, an die ihr euch vielleicht erinnert, Bruinwen, wo im Herbst das berühmte Fest der Schiffsverbrennung stattfindet. In Marola führte er sein Spektakel beim Zirkus auf, der im Anschluss an Stille Weiden seine Tore öffnet. Im Winter und Vorfrühling, wenn nicht schon früher, findet ihr ihn wahrscheinlich in Harudan, aber die Wintersonnenwendfeiern dort kann kein Mensch zählen.

Was Mirisham angeht, bin ich nicht sicher. Valdir ist möglicherweise zurück nach Marola gegangen, nach Langers Ende, wenn mich mein Gedächtnis nicht täuscht. Nie wurde in dem traurigen kleinen Kaff ein größerer Krieger geboren, und er wäre uns eine unschätzbare Hilfe, falls er noch lebt.

Zu Recht fragt ihr jetzt vielleicht, ob ich jemanden im Verdacht habe, die Morde an den Unsrigen zu begehen. Wen wir verraten haben könnten.

Ich muss euch leider enttäuschen, denn ich habe genauso wenig Ahnung wie ihr. Ich hab mir über sämtliche Aufträge, die wir jemals als Söldnertrupp angenommen haben, den Schädel zermartert, von unserem ersten größeren Erfolg in Lagrad über Ahmstad, Razhani und Tetswana bis hin zu Tharos, und dann noch diese ganzen Einsätze in Argirwehr, einschließlich dem für Doran. Immer haben wir unseren Teil der Abmachungen erfüllt, haben nicht eine von ihnen verletzt. Und mir fällt kein Gegner ein, der fünfzehn oder mehr Winter nach Argir an uns Rache üben sollte.

Ich hege die Hoffnung, dass Achi euch vor diesem Brief gefunden hat und euch zu mir bringt. Agenten, Rote und die Miliz von Sporn rücken mir immer weiter auf die Pelle. Es gibt keine Möglichkeit zur Flucht.

Ihr habt immer noch euren Schneid, ihr beide, die jetzt vielleicht hervorragendsten Frontsoldaten auf der ganzen Welt. Bitte findet die anderen, bevor der Meuchelmörder es tut. Um unseres eigenen Überlebens willen. Gemeinsam können wir uns ihm möglicherweise entgegenstellen und ihn zur Strecke bringen, wer immer es auch ist, der da Jagd auf uns macht.

Das war's. Araliah kehrte mit mehr Wein zu uns zurück.

»Er hat den Brief an euch in dem meinen erwähnt. Ich glaube, er hat recht. Ihr solltet euch auf die Suche nach eurer alten Truppe machen.«

»Ich schätze, eine gute Adresse, um anzufangen, wäre Alon Filston. Sieht so aus, als hinge er bis zum Halse mit drin«, meinte Shale. »Vielleicht erledigt sich das alles von selbst, wenn wir ihn über die Klinge hopsen lassen. Söldner ohne Auftraggeber hören damit auf, Leute zu töten.«

»Könnte auch sein, dass dieser Filston den Aufenthaltsort der anderen kennt«, ergänzte ich.

»Wir machen besser ein paar Waffenübungen, Gant. Die Waffenröcke und Leder könnten wir wieder auf Vordermann bringen lassen, während wir darauf warten, dass dieser Stimmy mit den Pflanzen zurückkehrt. Vor Ort ist doch alles da an Kochergerätschaften und Pressen, um uns mit ordentlichen Mixturen zu versorgen. Wir ziehen mit voller Kampfausrüstung los; Sporenbeutel, Pechkloben, das Übliche halt.«

»Stimmy wird noch einige Tage fort sein«, sagte Araliah. »Ihr solltet euch ausruhen und einer Witwe dabei helfen, ihren Wein am Ende dieser Lese zu trinken.«

Und das taten wir.

Ostler

Im Sommer nach dem Tod meines Vaters konnte ich mit dem Scapo Ostler sprechen. Von besonderem Interesse ist seine Schilderung von Aniys Begegnung mit dem Attentäter, nur ein oder zwei Tage, nachdem mein Vater und Shale sie faktisch zum Scapo von Darins ehemaligem Distrikt in Sporn gemacht hatten.
Goran

Wäre dieser Krieg nicht gewesen, hätte ich mich wohl niemals in Aniy verliebt. Wir Scapos hatten uns zusammenraufen müssen, um die Soldaten, die Hevendor im Verein mit Harudan schickt, irgendwie versorgt zu bekommen. Sie ist eine gute Frau, hilft mir wie vordem Kailen. Meine Zeit in den Zellen hab ich genutzt, um über das nachzudenken, was er gesagt hatte. Und was er gesagt hatte, das stimmte. Es brachte mich gut voran, zumindest tat es das, bis Caragula kam.

Erst nachdem ich ein paar Mal mit ihr spazieren gegangen war, kamen wir auch ins Gespräch darüber, was im Indra-Quartier vorgefallen war und was Darin mit diesen Söldnern hatte. Sie erzählte mir von dem Söldner, der vielleicht ein oder zwei Tage darauf aufgetaucht war, etwa so alt wie die beiden vorherigen, aber mit stärkerer Färbung.

Er erkundigte sich ebenfalls nach Kailen, hätte dabei allerdings, wie sie meinte, irgendwie komisch geredet und immerzu genickt, als würde er seinen eigenen Gedanken zustimmen, oder aber zwei Gespräche gleichzeitig führen. Ich hab so was schon mal bei einem gesehen, der für die Farbe büßte. Ein paar von ihnen enden in den Elendsvierteln, da sie kein Handwerk ausüben können, und voll auf Stoff, weil sie's nicht lassen können.

Sie hatte gerade die Männer, die von den beiden anderen getötet worden waren, unter die Erde gebracht, als er auf der Gedenkfeier an sie herantrat.

Schon als er auf sie zukam, war ihr sofort klar, dass er unter dem Einfluss irgendeines Gebräus stehen musste. Seine Augen waren ganz gelb, sagte sie. Wie die einer Schlange. Er hatte einen Drudha-Doppelgürtel um. Sie wollte nicht, dass sich das, was die anderen zwei Söldner getan hatten, wiederholte, nicht ausgerechnet auf der Gedenkfeier. Nur wenige von uns hatten schon Soldaten wie sie zu sehen bekommen, wenn sie bis oben hin mit Gebräu vollgepumpt waren. Sie sagte, sie würde das nie wieder vergessen, die Geschwindigkeit, mit der sie sich bewegt hatten. Schnitte, die nicht mal richtig bluteten.

Also hatte sie kaum eine Wahl und erzählte ihm von dem Gildenmeister und den Roten, die er dafür bezahlte, dass sie jene ausfindig machten, die früher in Kailens alter Truppe gekämpft haben.

Sie wusste, dass der Gildenmeister aus Issana kam, aber das war auch schon alles.

Was sie seltsam fand, war, dass er ihr, nachdem er sie direkt zu Beginn nach Aristokratenart auf beide Wangen geküsst hatte, trotz seines Erscheinungsbilds wie der menschgewordene Inbegriff von guten Manieren vorgekommen war. Und bei allem, wonach er fragte, hatte sie das Gefühl, ihm Antwort geben zu müssen, ob sie wollte oder nicht. Es heißt, dass die Magisten nur mit der Hand zu wedeln brauchen, damit Dinge geschehen, sich große Steine bewegen oder Bäume wachsen oder sogar Leute, die dem Tode nah sind, wieder gesunden. Das war ihr erster Gedanke, dass er über irgendeine Art Macht verfügte. Natürlich glaube ich nicht, dass Magisten jemals existiert haben, am allerwenigsten welche, die für die Farbe büßen müssen. Als er ging, so sagt sie, war es, als kehrte etwas von ihrer Stärke wieder zu ihr zurück. Doch bis dahin hatte sie ihm schon von diesem Kaufmann erzählt, und noch so einiges andere, das sie auch besser für sich behalten hätte.

Schlangenwald Süd / Straße von Hisca, Hauptroute
Schänke zum Rätsel
Blenner
Sporn

Robbo,

Bitte an unsere Freunde übermitteln.

Befinde mich gemäß Anweisung in Schlangenwald.

Der Kanzlist der Zhilma-Gemeinschaft hat deiner Anfrage stattgegeben. Es dauerte drei Tage, im Archiv die Hauptbücher für die Jahre 653-657 OE rauszusuchen.

Der Kanzlist bestätigt, dass das Schiff, die *Launische Maid*, nebst Ladung einschließlich Sklaven, Nordmeerwehr in See gestochen ist. Ziel Staubküste, 653 und 654 OE. Die *Launische Maid* absolvierte ihre Jungfernfahrt und wird als auf ihrer zweiten Reise verschollen geführt, mutmaßlich südlich des Knies von Gath'Fen. Der Kanzlist schlug vor, dass ich mich nach Feirians Locke begebe, um die Inventurlisten beider Fahrten mit ihren Archivunterlagen zu vergleichen.

Beim Hafenmeister benötigte es etwas Überzeugungsarbeit, aber mein Beutel war für solche Hindernisse ausreichend gefüllt. Ich kann bestätigen, dass der Mann, um den es geht, bei der zweiten Reise an Bord gegangen ist. Der Hafenmeister erinnert sich außerdem, dass etliche Monate danach der Schiffsquartiermeister, ein Mann namens Ethin, nach Feirians Locke zurückgekehrt ist. Dessen Behauptung nach ist das Schiff nach einer Meuterei bei einem Sturm gesunken. Er war der einzige bekannte Überlebende. Ich hab mich nach seinem vermutlichen Aufenthaltsort erkundigt, doch mir wurde mitgeteilt, er sei im vorigen Jahr während einer Reise nach Rhosidia verstorben.

Wie vereinbart mache ich mich nun auf den Rückweg nach Sporn. Wenn du nicht dort bist, breche ich zur Plantage auf, um mich meinem Trupp anzuschließen.

Man kann wohl als gesichert annehmen, dass der Mann, nach dem du suchst, auf der anderen Seite der Welt dahingeschieden ist.

Der Magist sei mit dir.

Achi

7. KAPITEL

Sand

Sie erzählten mir, dass sie mich auf Knien gefunden hatten. Ich flüsterte zu mir selbst, während ich an meiner abblätternden Haut und den Narben kratzte, die sich in der Folge in eine einzige, hässlich-blutige Entzündung verwandelten.

Das Floß eines Fischers brachte mich an Land. Auf Schultern trug man mich in eine kleine Siedlung. Hier erlebte ich ein Art Wiedergeburt, bei der mein Kopf von Stimmen erfüllt war, die ich mir unmöglich eingebildet haben konnte. Ich hörte das Quieken und Plappern von Kindern, irgendwo in der Nähe schlugen Wellen an einen Strand, und der Geruch von geräuchertem Fisch stieg in meine Nase. Schwarzhäutige Frauen tröpfelten mir Wasser in den Mund. Sie hatten Angst vor meinem Körper, schüttelten Halsketten und streuten irgendwelche scharfen, geschwärzten Körner über mir aus.

Ich kannte keine Worte, die sie verstanden, sie hatten keine für mich. Sie zeigten auf mein Brandzeichen; es muss ihnen klar gewesen sein, dass ich ein entflohener Sklave war.

Ich erinnere mich daran, dass ich mehrmals aufgewacht bin, aber ich habe keine Ahnung, wie viele Tage und Nächte ich in diesem Zustand verbrachte. Irgendeine mir unbekannte Salbe, von der ich erst Wochen später erfuhr, wie sie sich zusammensetzte, wurde mir im Schlaf auf die Haut aufgetragen, damit sie eintrocknete und so hart wie Eucarinde wurde. Eines anderen Tages dann, ich glaube, es war der Morgen, nachdem ich wieder stehen konnte, wurde die Kruste im Meer abgespült. Die Haut, die darunter zum Vorschein kam, war wund, aber gesund, meine Färbungen blass unter der unbarmherzigen Sonne.

Weitere Tage vergingen, und es schien, als verlören die Kinder und die Gruppen von Männern, die kamen und gingen, um untereinander Fisch, Leder und Speerspitzen zu tauschen, allmählich das Interesse an mir.

Sie speisten mich, ohne Fragen zu stellen, die Menschen dieses Clans, dessen Namen ich erst Monate nachher erfuhr. Ihr Anführer nahm mich in sein Haus in der Dorfmitte auf. Grobe, schwarzweiß gestreifte Tierhäute bildeten mein Lager. Sie stammten von einem Tier, das sie für mich in den Sand zeichneten und das stark einem Pferd ähnelte.

Eine Weile sah ich einfach ihrem Leben zu; die Frauen setzten mit Nadeln Kerne ein in die Haut ihrer Kinder, formten Muster von Wellen und den Sternen am Himmel. Vor allem aber die Herstellung von Mixturen und Tränken fesselte meine Aufmerksamkeit, die von Giften fürs Fischen bis zu Pech, um die Planken ihrer Flöße zu versiegeln, reichte.

In den Nächten fand ich ohne ein Gebräu aus Milch und riesigen Nüssen keinen Schlaf. Ich muss in meinen Träumen laut gesprochen haben, denn in ansonsten wenig sinnstiftenden Konversationsversuchen tauchten Namen auf. Sie klangen seltsam, so wie sie sie aussprachen und doch bedeutungsschwanger und schienen nebulös mit irgendeinem Teil meiner Vergangenheit verknüpft. Ich vermochte nur nicht, sie zu greifen und ihre Bedeutung zu bestimmen. Ich wusste, dass ich aus den Alten Königreichen kam, aber nicht, woher genau. Wieso ich als Sklave geendet war, hatte ich komplett vergessen. Ich fing an, Selbstgespräche zu führen, wanderte den Strand entlang oder half bei den Booten. Ich nuschelte in meinen Bart, erzählte mir Dinge, die ich selbst nicht verstand. Eines Tages ging es darum, dass Rache genommen sein wollte, aber die Antwort hinterließ kein Echo in mir, keine Spur, kein Bild aus vergangener Zeit, abgesehen von dem, was ich auf der *Launischen Maid* durchlebt hatte. Irgendjemand hatte mich versklavt, und ich musste wissen, wer. Doch wie erinnert man sich an Vergessenes?

Ich machte mich bei dem Schreiber und seiner Frau nützlich,

die für das Dorf das Pergament und die Tinte herstellten, und als Gegenleistung für meine Arbeit erhielt ich von ihnen ein paar Bögen, um festzuhalten, woran ich mich entsann. Ich glaubte, dass ich durch das Aufschreiben dessen, was ich noch wusste, es nicht verlieren würde, wie ich so vieles verloren hatte. Wenn ich anfing, Dinge niederzulegen, die mit Erinnerungen zusammenhingen, die ich nicht mehr zu sehen vermochte, konnte ich diese ebenso aufschreiben. Vielleicht würden sie irgendwie das Ödland befruchten, welches das Vorleben des Mannes verbarg, der ich einst war.

So ohne weiteres konnte ich mich nur daran entsinnen, wie ich zu mir gekommen war. Ein Erwachen als Sklave. Es muss wohl zu Anfang meiner Sklaverei gewesen sein, denn meine Erinnerung setzt ein, kurz bevor mir die Finger gebrochen werden.

Das Brennen meiner gefesselten Handgelenke holte mich aus dem Schlaf, doch wurde es sofort ausgelöscht durch den harten, brüllenden Schmerz der in meinen Hintern dringenden Schwänze der Wächter. Aber mit einem dick mit Wolle vollgestopften Maul war schlecht schreien. Wildes Schnauben stellte den einzigen Widerstand dar, den ich zu leisten vermochte, mein Gesicht feucht von Tränen, die die am Hals zugebundene Baumwollkapuze durchnässten, die sich mit jedem Einatmen an Mund und Nase festsaugte. Meine Arme und Beine waren gefesselt. Sie nahmen mich auf dem Steinboden einer geräumigen Zelle, brachen mir die Knochen, ließen meinen Umhang zwischen ihren Besuchen auf meinem Rücken liegen. Es dauerte nicht lang, bis sie begannen, mir die Fingernägel auszureißen, und während sie es taten – wobei sie nach jedem Nagel eine Zeitlang warteten, um die Qualen in die Länge zu ziehen – legten sie ihre Lippen an meine Ohren, erzählten mir, wie wunderbar eng ich sei und malten mir in den schönsten Farben aus, wie das Druup diesen hübschen Körper zuschanden machen würde, nachdem es erst alle Hoffnung getötet hatte.

Dann brachen sie mir die Finger, jeden Tag einen. Ein Knack mit jeder Schüssel Fraß über zehn Tage. Es waren saubere Brüche, sonst wäre ich wertlos gewesen, doch während der Zeit, als meine Hände geschient und auf meinem Rücken zusammengebunden waren, konnte ich den Haferbrei nur wie ein Hund fressen. Ich schlabberte ihn von dem gehämmerten Kupferteller auf dem Boden, leckte alles auf bis auf den Grund, wo mich das Algenblau korrodierten Kupfers empfing, und hieß das Erbarmen der Harosin-Opia-Melange willkommen, die man der Pampe beigemischt hatte. Das Druup. Bei jeder Dosis rollten meine Augen zurück in die graue Tonerde in meinem Kopf, während ich in dem Empfinden badete, das der mich durchdringende Stoff auslöste. Jedes Mal erbebte ich vor Behagen, ließ meinen Eingeweiden freien Lauf, überflutete meine Fersen. Die ersten Dosen, die man als Sklave bekommt, sind die stärksten – um das Bedürfnis zu verankern. Und die Verzweiflung zu wecken, die eintritt, wenn die Wirkung vergeht.

Irgendwann kam der Tag, da ich meine Brandzeichen erhielt; eine der Wachen mit Namen Rygat, ein Baum von einem Mann, presste mich, gut eingewickelt, fest an sich, als es eingebrannt wurde: eine Mondsichel, links und rechts davon jeweils ein Stern. Allem Anschein nach gehörte ich einem Sklavenhalter aus einem der Virate im Osten.

Ich kannte diesen Ort nicht. In den lauten Rufen, die ich manchmal von draußen vernahm, schwangen Akzente mit, die eben jenem verborgenen Teil von mir nicht ganz unvertraut waren. »Feigen! Zwanzig Stück der Qut!«, pries irgendeine Frau mit einer zitternden, schrillen Stimme an, die man eher bei einem Schwein vermuten würde, wenn Schweine sprechen könnten. »Hikri Ope!«, erschall es von woanders. »Drei Dröhnungen für einen Qut, nur die besten Jua-Sorten!« Dreckiger Lügner. Hinter diesem allgemeinen Lärm wechselten dieselben vier oder fünf Auktionatoren übergangslos von generös-reißerischen Beschreibungen der Sklaven zu der nahezu unverständlichen Geschwindigkeit, mit der sie anschließend die erhaltenen Gebote aus ihren Mündern hervorsprudeln ließen, um die Steigernden zum Leichtsinn zu verführen.

Das kleine Vergnügen, das mir das Druup bescherte, wurde mir bald schon vom Ziest-Entzug vergällt. Ich erkannte die Symptome, obwohl ich aufgrund meiner Hautverfärbung nur vermuten konnte, dass ich als Soldat davon abhängig geworden sein musste. Es war, als wenn man in kochendem Schlamm ertrinkt. Ein Gewicht drückte mich tiefer und tiefer nach unten, und ich begann zu fiebern. Die Zelle um mich herum und die Fetzen von Orten, Menschen und Stimmen drehten sich wild umeinander, sodass ich nicht mehr zu sagen vermochte, was außerhalb oder innerhalb meiner selbst war. Ich scheuerte und verrenkte mir an dem feuchten Steinboden die Schultern, doch das Jucken und Kratzen wurde dadurch nur schlimmer. Schlimmer sogar als die Tritte der Wächter gegen meinen Kopf und die Beine. Es waren mit Bedacht verabreichte Tritte, gerade kräftig genug, um mir nicht das Licht auszublasen. Immer noch gefesselt wie ein zusammengerollter Säugling, versuchte ich, den Schmerz auszusperren. Während ich verzweifelt Zuflucht in der Erinnerung suchte, röchelte mein Verstand die Dosierungen zahlloser Mixturen und Rezepte aus, die ich einstmals gekannt haben musste. Etwas tief in mir behütete mich, so gut es das vermochte.

Ich wiederholte mir eine Sache wieder und wieder. Ich flüsterte, sah die Worte, selbst als Rygat wegen meines Lochs wiederkam. Mehr als ich hatte hoffen können, war ich randvoll mit Druup, abgefüllt. Er fickte mich in den Schlaf. Doch ein Gedanke blieb mir erhalten.

Ich war nicht tot.

Ich bewegte mich.

Meine Arme und Beine waren nicht mehr gefesselt, dafür an die Stäbe eines Käfigs auf einem Karren gekettet. Blut von meinen Fuß- und Handgelenken verschmierte die Eisenringe, ausgefranste Streifen blanken Fleischs nässten und brannten. Die Sonne stand hoch, doch war sie kein Trost, während die Karawane aus dem kleinen Ort herausrumpelte. Die Erinnerungen daran, wieso ich mich hier befand, sanken auf mich herab und wanden sich umeinander, wie Eisenstangen, die sich vereinigten und erstarrten. Schmerzwellen und Krämpfe vom Entzug brachten mich fast um den Verstand.

Bald versank die Welt wieder in einem Rhythmus aus hell und dunkel. Ich nahm das Brot in meine geschienten Hände und aß von den paar Löffeln Schweinefett, die man uns aus Gründen der Werterhaltung gab. Von einer Küstenlinie weit entfernt in meinem Inneren aus sah ich die anderen Sklaven auf dem Karren, wie sie nach mir traten und bissen, während ich um mich schlug und spuckte und zurücktrat. Ich schiss, wie es kam, in den Karren. Hoffte auf Prügel, die übel genug waren, mir das Bewusstsein zu rauben und den Entzug zu ersparen. Oder ein Ende machten und mir ersparten, was immer die Jahre für mich bereithalten mochten.

Ich befand mich hunderte von Meilen weit oben im Norden. Schlug mich nie um die Bärenfelle, die sie uns auf den Karren warfen, damit wir nicht erfroren. Selbst wenn mir meine Finger gehorcht hätten, wäre ich unter dem Druup gar nicht in der Lage gewesen, eine Faust zu ballen. Tatenlos nahm ich wie durch einen Schleier von jener inneren Küste aus die vierzehn anderen auf dem Karren wahr. Bis auf die Kinder hätte ich sie alle massakriert, hätte ich die Kraft gehabt. Ich ertappte mich dabei, wie ich in Gedanken die Gifte durchging, die ich ihnen einflößen würde, mir die Symptome vergegenwärtigte, sie mir bildlich vorstellte, wenn ich es tat. Ich wollte es aussprechen, sie aufstacheln, doch das Druup entschied dagegen, indem es meine Zunge anschwellen und meinen Durst unerträglich werden ließ.

Bei schwerem Regen erblickte ich Wunder. Schwarze und gelbe Farbtöne aus dem fernen Osten kuschelten sich aus Angst vor den eisigen Stürmen aneinander. Ich hörte Seemöwen auf jenen Stürmen reiten. Der Regen fand keinen Widerstand in mir, keine Auflehnung gegen die Schläge seiner frostigen Gerte. Die betäubende Kälte des strömenden Wassers über meinem Kopf sank mir tief in den Schädel. Eistropfen zerrannen in den Schnitten und den Riefen meiner geschwollenen Augen. Absolution.

Es hätte gut Feirians Locke in Nordmeerwehr sein können, in das die Karren rumpelten. Dunkle, von Schneenarben bedeckte Berge erfüllten den Horizont im Westen. Walfangkoggen und Karavellen übersäten die Bucht, aber noch weitaus mehr Schiffsmasten dümpelten am Hafendamm auf und ab, deren eingeholte Segel sich wie Reihen von Schlachtstandarten über den Schuppen des Kais erhoben.

Ich konnte mich nicht erinnern, wann ich das letzte Mal meine Beine benutzt hatte. Die Käfigtür öffnete sich, und wir purzelten in den Dreck. Speere stachen nach uns, während wir zu einem längst überfüllten Pferch stolperten. Schwer lagen die erstickenden Ausdünstungen von fünfzig Menschen in der Luft, nicht zu vergessen die von hunderten anderen, die ebenfalls in Pferchen entlang der Palisade untergebracht waren.

Eine Frau zu meiner Linken hielt eine Hand an ihr Ohr, zitternd wie eine Klapperschlange und die Finger im Eiter einer Wunde, die sie zu schützen versuchte. Rechts von mir hatten sich zwei Kinder bei den Händen gefasst, das Mädchen vielleicht acht oder neun Winter alt, der Junge fünf oder sechs.

Jede Nacht holten Rygat und zwei andere sich das Mädchen aus dem Pferch, und ich fand in der Asche meiner Gedanken Lieder, die nur aus meiner eigenen Kindheit stammen konnten. Ich summte und sang sie dem Jungen vor, bis sie wieder zurückkam. Sie selbst ließ keine Singerei zu, saß auch nie anders als auf ihren Knien. Er, möglicherweise ihr Bruder, ließ ihr grimmiges Suchen nach Läusen über sich ergehen, dem sie sich stumm in den Stunden widmete, wenn sie vom Druup herunterkam.

Ich schlief, wo ich saß oder stand, wenn das Druup bei mir zuschlug. Eine Zeitlang träumte ich dann gar nichts, und da war nur Stille, als ob etwas in mir fest schliefe oder aber mich ganz verlassen hätte. Dieser Bann währte jedoch nur, solange mich das Druup durchströmte. Wenn der Absturz kam, ging das Zucken wieder los, sein Triumph über meinen kurzlebigen Ziest-Entzug. Hilflos schlug ich mit dem Kopf gegen die wie Eis brennenden Gitter, rieb mir die Stirn an ihnen wund, während ich unausweichlich die Kontrolle verlor, mit einstimmte in das Kreischen der Stimmen, der Gestalten um mich herum, die unmöglich diesen Pferch mit mir teilen konnten, mochten sie auch hundertmal so real sein wie die Gitterstäbe selbst. Die Knüppel und Ketten der Wächter, das Kratzen und Beißen der anderen im Pferch, um mich zum Schweigen zu bringen, das alles rettete mich. Ich beschimpfte und beleidigte sie, ihre Raserei linderte die Martern des abklingenden Druups, als würde ein Teil meines Leidens zu meinen Gunsten abgeführt. Nur meine verbundenen Hände hielten mich davon ab, mir das eigene Gesicht zu zerfetzen, mir die Augen auszureißen, um die Welt daran zu hindern, weiter auf mich einzustürmen. Meine zitternden Knochen schienen an meinen Eingeweiden zu scheuern; ich wollte mir die Haut herunterreißen, damit ich an sie herankam. Und deshalb war ich dankbar für meine gebrochenen Finger.

Ich schlief wieder, wurde geweckt, aus dem Pferch geschleift, um zusammen mit den Unruhestiftern, den Spastis, den Querulanten mein Druup und mein Essen zu mir zu nehmen. War ich jetzt ein Querulant? Ich kriegte eine größere Portion als sonst. Die Kinder auch. Wir wurden aussortiert, waren tauglich für irgendwelche anderen Dinge, als in den Minen zu schuften oder als Drudhafutter zu dienen, das sie zum Ausprobieren von Giften und für sonstige Forschungszwecke benutzten.

Kaum hatten wir unsere Dosis verdrückt, hießen sie uns, einer Kolonne von Sklaven zu folgen, die sich, zitternd im schneidenden Wind, durch hohe Tore und einen Pfad entlang wie eine schläfrige Schlange zu den lärmenden Schuppen im Hafen schob. Männer brüllten und pfiffen über das Geraune schlagender Segel und das Knarzen von Nägeln in Planken und Masten hinweg.

Die *Launische Maid* war neben ihrem Schwesterschiff hier an diesem Westkai vertäut. Sie war eine große Galeere aus altem schwarzem Kishiholz, bereit zum Ablegen, die Fahne gehisst: eine Mondsichel, flankiert von zwei Sternen darauf.

Die Mannschaft bewegte sich mit der Disziplin von Ameisen über Taue und Spieren. Wir mussten an den Wächtern vorbeimarschieren, Rygat an der Spitze, die Peitsche in der Hand. Vor dem Quartiermeister hielt man mich an.

Rygat war rasch zur Stelle. Ich hielt meinen Blick auf den Boden gerichtet, das leise Rasseln der Kette im Ohr, das von meinem Zittern bewirkt wurde. Die Stahlkugel am Ende seiner Peitsche knallte mir ans Auge, während er dem Hieb einen Haken folgen ließ, der mich auf die Schiffsplanken warf.

»Du hast da wirklich ein ziemlich hässliches Tosen«, sagte er. »Schmeiß auf diesem Schiff mit Scheiße rum, und ich reiß dir den Arsch weiter auf, als zwei Pferde es könnten.«

Er wandte sich dem Quartiermeister zu. »Krawallmacher. Die Söldner haben ihm irgendwelches Kraut eingeflößt, bevor er einkassiert wurde. Ist die Arbeit nicht wert, wenn mich einer fragt.«

»Er ist seine Koje wert«, erwiderte der Quartiermeister.

Eine weitere Faust schlug in mich ein.

Ich erwachte in einem Pferch unter Deck. Durch die Gitterstäbe hindurch hatte mir irgendein durchgedrehter Irrer, den sein Dasein schon vor langem zu einem Schatten seiner selbst gemacht hatte, in die Hand gebissen.

»'Evitt, 'Evitt, ich bringe dich um.«

Seine Zähne waren tief eingedrungen, noch durch den Verband. Aus den Abdrücken tröpfelte Blut und lief an meinen Fingern herab. Ich zog meine Hand aus den Gitterstäben, trat mit dem Fuß nach dem Wahnsinnigen und rutschte ein Stück weg.

Er ließ sich nicht beirren und blieb, wo er war. Deckte die Stelle am Boden, wo ich während meiner Bewusstlosigkeit eben noch gelegen hatte, mit Flüchen und Verwünschungen ein. Das Unheil nahm seinen Lauf, als die anderen von dem Radau, den er machte, aufwachten und wütend ihrerseits ein lautes Getöse anstimmten.

Es dauerte nicht lange, und die Luke ging auf. Rygat ließ sich hindurchfallen. Hinter ihm wurde eine Leiter herabgelassen, damit er später wieder hoch konnte.

»Ich hab dich gewarnt.«

»Der zickt und krakeelt hier nur rum«, sagte einer der Schatten hinter dem Strahl Tageslicht, der durch die Luke auf die Planken des Unterdecks fiel.

Ein paar andere schlossen sich seinen Beschuldigungen an, und eine einarmige Frau von mehr als vierzig Wintern spuckte aus dem Pferch gegenüber dem des Spinners zu mir herüber. Ein Pferch weiter krächzte ein alter Mann, der sich dabei immer wieder mit der Zunge über die trockenen, schartigen Lippen fuhr, die wir alle vom Druup hatten.

Ich wurde aus meinem Käfig in das Licht unter der Luke gezerrt. Rygat machte sich nicht die Mühe, etwas zu sagen, sondern schleuderte mich nur in Richtung zweier seiner Jungs, die mich sofort packten und an den gestreckten Armen festhielten. Die Peitsche biss zu, schnitzte schmale Linien in meinen Rücken. »Mehr!«, schrie diese Stimme in mir, ein kleiner Kiesel des Trotzes in meinem Bauch, der mir Angst machte und den ich zum Schweigen zu bringen versuchte. Die Gitterstäbe dröhnten und die Meute johlte, als der Peitschenstiel in mich gerammt wurde, mich auf die Zehenspitzen trieb. Im nächsten Moment wurde er herausgezogen, umgedreht und mir in die Schnauze gezwungen. Rygat hielt mir die Nase zu, bis ich zu zappeln begann. Das Spielchen wiederholte sich ein paar Mal. Eine kleine Vorstellung für die anderen Sklaven, bevor der blässliche Drudha des Schiffes die Striemen auf meinem Rücken abwischte, die Bisswunde säuberte und mir einen Klumpen zusammengerollte Blätter in den Arsch schob, um die Blutung zu stillen.

Das Gespucke und Gejohle ging noch eine Zeitlang weiter. Dann trug mich das bisschen Druup, das noch in mir war, davon und übergab mich der Stille.

Ich war nicht tot.

Ich löste mich auf. Der Ziest-Entzug hatte mich ausgezehrt, als wäre meine Haut nur mehr mit einem kränklich-grauen Brei gefüllt anstatt mit Innereien. Weitere Wechsel von hell und dunkel, mehr Inseln der Stille. Und immer Rygat und die anderen, die ihren allabendlichen Branntweinumtrunk stets mit einem schnellen Fick beendeten oder wahllos noch rasch einen der Sklaven züchtigten, je nachdem, auf wen ihr Blick gerade fiel.

Ich lebte weiter. Durch lange Stunden des Auf und Ab von ihren Mixturen, folgte ich dem Rhythmus des Knarzens und Ächzens der Balken, während die *Launische Maid* an zugefrorenen Buchten und der Mündung der Meerenge von Sardanna vorüberglitt, Illanas Hut hinter sich ließ und ins Westmeer segelte. In den Zeiten, in denen ich wach war, versuchte ich der Wahrnehmung meiner Sinne zu entfliehen, das Grauen meiner Lage zu ignorieren.

Eines Tages wurde ich davon aus irgendeinem Wachtraum gerissen, dass Rygat mich aus meiner Zelle rausholte: »Ich hab dir gesagt, du sollst Ruhe geben. Aber du kannst das Maul nicht halten, was? Los, halt dein Loch still, damit ich den Steifen hier loswerden kann.«

Die Zellen tobten. Wildes Gebrüll, ein Gesang für Rygat, ein Chor verzweifelter Entladung und finsterer Erleichterung darüber, dass sie heute nicht dran waren. Ich lag auf den Knien, vornübergebeugt auf dem Boden. Merkte, dass ich irgendwas nuschelte, sagte. Ich kämpfte darum, dem Sinn meiner Worte zu folgen, doch wie ein loses Blatt im Sturm flatterte meine Zunge durch die Sätze. Wo immer diese Stimme herkam, sie sprach düster, von Rache und unfassbaren Torturen.

Ich wurde auf die Füße gezerrt. Den Rücken aufzurichten fiel mir unsagbar schwer. Mein Kopf baumelte nach hinten wie der über den Arm seiner Mutter hängende Schädel eines Säuglings.

Nur mit Kettenbeinlingen und Ledersandalen bekleidet stand Rygat vor mir. Ich konnte bloß in seine Augen starren, die über dem wuchernden und in fusseligen Locken bis zu seiner Brust fallenden Backenbart tief in ihren Höhlen lagen. Sahen aus wie Eier in ihren Nestern. Wieso brabbelte ich noch?

Er packte mich am Hinterkopf und brachte eine riesige Faust in mein Sichtfeld.

»Hast du etwas zu sagen? Klingt so, als würdest du mir drohen, anstatt dich bei mir zu entschuldigen. Ich schätze mal, du hörst jetzt Stimmen. Kommt schon mal vor, wenn einer auf Druup ist.«

Ich versuchte nicht, irgendetwas zu sagen, dennoch konnte ich mich selbst reden hören. Die Worte blubberten durch das Blut.

Ein Geräusch, als würde eine Schnalle geöffnet.

Ich wurde von einem inneren Licht erfüllt.

Ich sterbe, dachte ich hoffnungsvoll.

Dann erlosch das Licht, ließ eine Verzweiflung zurück, wie sie größer nicht sein konnte, als sich in mir etwas zu verändern schien. Ein Abkommen schien zustande gekommen zu sein. Ein Abkommen zwischen diesem Körper und seinem Leiden auf der einen Seite und jenem flüsternden Wesen auf der anderen Seite, das nur darauf wartete, mich für sich zurückzufordern.

Die Wächter hielten mich unter den Armen, bereit, noch mehr Hiebe auszuteilen. Rygat stieß auf keinerlei Widerstand mehr, der seine Wut befeuern konnte, und präsentierte seinen harten Schwanz wie eine Lanze. Wegen der Konfusion in meinem Kopf konnte ich meinen Peiniger kaum wahrnehmen. Ich war verwirrt, dachte, dass diese andere Stimme vielleicht ich war. Das Ich, nach dem ich suchte. Welcher innere Aufruhr meinen schlafenden Ungehorsam auch immer begleitet hatte, als ich Rygats Aufforderung, Ruhe zu geben, nicht Folge leistete, löste er sich rasch auf. Rygat griff sich ein Mädchen aus einem der Verschläge und vergewaltigte sie auf dem Gang; sein Grunzen, ihr Grunzen und Würgen und mein eigenes Gemurmel verdichteten sich zu einem Hohelied, das ich auf seltsame Art als irrsinnig komisch empfand. Das fachte den Zorn der Wächter noch mehr an, und sie verdoppelten ihre Anstrengungen, mich zum Schweigen zu bringen. Ich konnte nicht aufhören zu lachen und lachte noch lauter, als ich mitbekam, dass mein Mund noch immer Worte zu bilden versuchte.

Der Rhythmus der Stiefeltritte in meine Eingeweide und gegen die Beine erreichte mein Denken kaum, während ich versuchte, den Sinn der Worte, die ich von mir gab, zu verstehen. Es wohnte ihnen eine Lebenskraft inne, ein Trotz, den ich fürchtete und liebte. Wie stark, wie furchtlos war ich gewesen, dass dieser Teil von mir die Qualen schmälerte, die ich durchlitt? Ich fragte mich, wie ich denn verrückt sein konnte, wenn ich noch imstande war, das zu begreifen. Der Drudha tauchte abermals auf und rückte mit Lappen und Fläschchen für mich und das zitternde und blutende Mädchen an. Ich schlug nach ihm, als er mir die Kannabmelange in die Nase schob. Der feuchte Geruch von Zuckerrohr drang mir warm durch die Kehle, betäubte den Rest der Blessuren, brachte gnädig meine Zunge zur Ruhe; die letzten Worte eine Erinnerung an meine Mutter, während die anderen Sklaven ihren Druup-Koch erkannten und nach ihrer Mischung schrien.

Ich erinnere mich, dass ich lächelte, als ich nach innen wegdriftete, denn ich war im Begriff, mich selbst wiederzufinden. Ich hatte mich aufgelöst, aber ich fügte mich wieder zusammen. Diese neue Stimme war eine von meinen.

Ich war noch da.

»Verflucht und zugenäht noch mal!«

Die Worte drangen an mein Ohr, schnitten sich durch meinen Schlummer.

Es war eine Männerstimme, die ich nicht kannte, und sie kam aus dem Pferch neben meinem. Ich lehnte zusammengesackt an seine Seite der Gitter, er gegen meine. Es war zu dunkel, um irgendetwas zu sehen.

»Was hab ich gesagt?«

»Du hast 'ne Schwester verloren, du hast auf 'nem Mann dabei zugeschaut, wie er an vergiftetem Brot krepiert ist und sich anscheinend darüber gefreut hat. Und noch mehr von dem Zeug, worüber du einfach nich's Maul halten kannst. Hört sich an, als wären fünf Stück von dir da drin, was?«

Ich berührte meine Brust, dort, wo normalerweise ihre Halskette hing, dann fragte ich mich, ob sie wirklich meine Schwester war und wieso ich wusste, dass ich einmal eine Halskette besessen hatte. Ich konnte seinen Akzent nicht recht einordnen, er sprach die Gemeinsprache fließend, jedoch mit starkem Dialekt. Schwer zu sagen, woher er kam, vielleicht von Rulamna oder aus den fernen östlichen Viraten.

»Wer bist du«, fragte ich.

»Scheint, ein Söldner wie du, eh? Wie ist dein Name.«

»Ich weiß nicht. Sie nennen mich Sand.«

»Ich bin Harl.«

»Ich …»

»Zum ersten Mal seit Tagen klingst du halbwegs vernünftig. Dein üblicher Stoff … waren das Zizi-Mixturen?«

»Ziest, ja.« Ich versuchte, meine Finger zu beugen. Es tat weniger weh. Die Krämpfe hatten auch nachgelassen, nur hier und da etwas Zucken.

»Du bist auf der anderen Seite, was?

Ich weinte, konnte nicht sagen, um was oder wen. Er hatte recht; trotz der Schmerzen, die mit dem Verlangen nach Druup einhergingen, war ich imstande, ein Gespräch zu führen.

»Wie bist du hierhergekommen?«, fragte ich.

»Warum enden Soldaten als Sklaven? Dafür gibt es nie einen einzigen Grund. Du hast die Hautfarbe eines Söldners. Und starke Rottöne, also gutes Kraut. Wette, dann hast 'nen Auftrag verraten. Mich ham'se auf der Verliererseite bei einem Überfall auf Banditen erwischt. Die Wehrlande hatten uns 'nen Versager als Anführer vor die Nase gesetzt, und die Hälfte von uns hat's beim Marsch auf Feirians Locke erwischt. Und du?«

»Ich kann mich nicht erinnern.«

Ich muss wieder weggedämmert sein. Als ich erneut die Augen aufschlug, herrschte heller Tag, und heftiger Regen trommelte über uns auf die Planken. Die Luke stand offen, als wäre sie das Arschloch am hinteren Ende des Schiffs.

Fünf Wächter passten auf, während die Sklaven, in Reihen aufgestellt, zu der Öffnung hin schlurften. Ausgehungerte Raupen. Die meisten hatten sich in ihre braunen Wolldecken gewickelt, um sich ein bisschen vor der grimmigen Kälte zu schützen, und warteten zitternd im Gang. Das harte Tageslicht an der Luke attackierte die Augen, sodass man nicht sehen konnte, was sich hinter seinem grellen Schleier befand.

Schließlich ging ein Wächter zur Luke und begann, nach oben zu klettern. Als er schon halb draußen war, rutschte er mit dem Stiefel auf einer Sprosse ab und fiel. Er schrie laut auf; ein spitzes Knochenstück ragte aus seinem wollenen Ärmel, ein Blutfleck wuchs rasch drum herum.

Ich wiederholte Anweisungen, die irgendwo aus dem Nichts hinter meinen Gedanken zu kommen schienen, versuchte, das schnarrende Krächzen der Druuper zu übertönen: »Bindet ein Seil um den Knochen«, »Legt den Mann mit Opia still«, »Schert etwas Haut sauber zum Nähen. Zurückfalten«, »Kannab aufs Schwert und ein einfacher Schnitt« … Und so in einem fort, wieder und wieder, bis der Drudha eintraf.

Das Erste, was er tat, war, die Wächter anzubrüllen, von denen einer den Mann mit Druup abgefüllt hatte, während ein anderer ihm gerade ein Messer an den Arm legte. Sie zeigten auf mich. Der Drudha spie das Wort »Mord« aus und packte den Arm des Wächters, der die Haut an der Verletzung des gestürzten Mannes freischneiden wollte. Augenblicklich sprang ein anderer Wächter herbei und stieß ihn zurück in den Gang zwischen den Pferchen.

Das Schwert senkte sich, der verletzte Wächter schnappte nach Luft, als wäre er in einen Bergbach gehüpft, und alles Weitere schluckte das Druup. »Kannabpaste mit Zypresse oder zerstoßenem Spierstrauch und heißem Wasser vermischen. Näht ihn zu«, fuhr ich fort.

»Rygat wird dir bei lebendigem Leib die Haut abziehen!«, geiferte der Drudha.

»Er hat ihm das Leben gerettet!«, brüllte Harl ihn an.

Daraufhin stieg der Drudha wieder nach oben, gefolgt von Wächtern, die den verletzten Mann hochwuchteten.

Ich hatte keine Worte mehr, nur noch Fassungslosigkeit über die Klarheit meiner Anordnungen. Meine Augen brannten. Selbstmitleid sickerte in die Risse meiner Ausnüchterung. Die Gitterstäbe schienen mir aus soliderem Eisen als zuvor zu sein.

Der Pferch schnürte mir auf einmal den Atem ab, wo ich vorher ein kleines bisschen Sicherheit in den Grenzen meines Käfigs gefunden hatte. Die Gebeine des Schiffs krängten über schwerere See, ein Dröhnen wie die Sehne eines gigantischen Bogens. Meine andere Stimme kehrte zurück, gratulierte mir. Es tat mir wohl.

Einige Stunden später wurde ich aus meinem Käfig gezerrt und zur Leiter unter der Luke gestoßen. Oben auf Deck vermochte ich mich kaum auf den Beinen zu halten, bedeckte mit meinen geschienten Händen die Augen. Das Licht traf mich wie der Schlag eines Hammers, der Wind schnitt so kalt, dass ich dachte, ich müsse ersticken. Vor mir stand Rygat. Die eine Hand wie einen Wolfsrachen fest um meinen Nacken geschlungen, zwang er mich am Besan vorbei und in die Achternkajüte, wo der Kapitän an einem kleinen Holzschreibtisch saß, hinter ihm der Quartiermeister.

»Ich bin Kapitän Cythe, und dies ist mein Quartiermeister Ethin. Du bist der, den sie Sand nennen, ist das korrekt?«

Ich nickte, soweit Rygats Hand es mir erlaubte.

»Du bist ein Drudha?«

»Ich … Ich weiß es nicht, ich habe mein Gedächtnis verloren.« Ich schaute auf. Drei Wachen, eine jede mit Messer und Kurzschwert, über allem der Geruch von kochenden Liebstöckelblättern. Außer Rygat wies niemand im Raum die fleckige Haut der Kampftrankabhängigkeit auf, nur den üblichen rötlichen Stich, wie er durch Opia hervorgerufen wird. Ich murmelte irgendetwas, um meine Verwirrung zu übertünchen, die Unfähigkeit zu erklären, wieso ich so mühelos Pflanzen bestimmen konnte.

»Irgendeine Lehre, in die du gegangen sein musst, hat jedenfalls soeben das Leben eines meiner Mannschaftsmitglieder gerettet. Er ist jetzt wenig nützlich und nur ein weiteres Maul zum Durchfüttern, aber ich bin sicher, er ist dir sehr dankbar.«

Cythe wirkte irgendwie verbogen, unnatürlich schmal, als wäre sein Kopf einmal in eine Schraubzwinge geraten. Ein feuchter Glanz lag auf seinem schlaffen Gesicht, trotz der geöffneten Fensterluken hinter ihm klebten ein paar graue Haarsträhnen an

Wangen und Stirn. Ethin dagegen hatte dichtes, schwarzes Haar, sein Gesicht war von der Sonne gegerbt. Er war vielleicht dreißig Sommer alt, und die Hautfarbe bewies, dass er die meiste Zeit davon in der Takelage verbracht hatte. Eindeutig nach dem Kapitän der zweite Mann auf dem Schiff.

»Hol Morki rein«, bellte Ethin.

Rygat ließ meinen Nacken los und ging. Kurz darauf kehrte er mit dem Drudha zurück.

»Meine Eingeweide brennen wie Feuer, ich kann mich kaum noch bewegen«, sagte der Kapitän. »Morki, was rührst du da eigentlich zusammen?«

Der Drudha schaute mich an. Ganz offensichtlich stand er unter dem Einfluss irgendeiner Bacca-Mixtur. »Äh, Kannabsud, die Blätter von …«

»Habt Ihr die Scheiße des Kapitäns untersucht?«, unterbrach ich ihn. Wieso war das so naheliegend? *Vertrau dir einfach*, sagte ich mir.

Morki funkelte mich an, wandte den Blick dann zu Boden.

Cythe nickte, las die Krümel von seinem Essteller und warf sie neben dem Stuhl auf den Boden. Dann ließ er seine grauen Kniehosen bis auf die Stiefel herunter und hockte sich über den Teller. Er setzte ohne größere Mühen einen Schiss darauf ab und blickte mir dabei unverwandt in die Augen.

Während er sich anschließend die Hose wieder zuband, bedeutete er Ethin mit einer knappen Geste, den Teller zu nehmen.

»Nun?« Ethin hielt ihn Morki unter die Nase. Reflexartig zuckte dessen Kopf zur Seite.

»Du.« Cythe hielt ihn mir unter die Nase. Ein Leben im Krieg, kaum erinnert, schien mich gegen dergleichen abgehärtet zu haben.

Unbeholfen wegen meiner verletzten Hände nahm ich eine Gabel vom Tisch, wartete, dass er nickte, und begann daraufhin in dem Haufen zu stochern.

»Da ist Blut. Irgendeine Infektion oder innere Blutung. Zaubernusstee, aber frische Blätter, dazu Schwarzeichenrinde, zerkleinert und in dem gleichen Tee mitziehen lassen. Sollte zur Heilung führen.«

»Morki?« Cythe drehte sich zu dem bibbernden Drudha um. Schwach schüttelte der seinen Kopf.

»Ich … Schwarzeiche? Aber es ist noch was Zaubernuss da. Ich war dabei, eine Salbe anzusetzen für …»

»Halt dein blödes Maul und mach mir diesen Tee.«

Morki war augenblicklich still, warf mir einen verstohlenen Blick zu, fragte stumm nach dem Rezept.

»Heißes, aber nicht kochendes Wasser, drei Zoll zerstoßene Borke, acht bis zehn frische Blätter. Doppelt so viel Blätter, wenn nur getrocknete da sind. Ziehen und abkühlen lassen.«

Morki verschwand. Cythe schaute zuerst Ethin an und dann aufmerksam mich.

»Du hast die Haut eines Söldners.«

»Ja, sieht danach aus.« Sein Atem ging flach, roch säuerlich. Mit ihm stimmte weit mehr nicht, als etwas Zaubernuss wieder ins Lot bringen konnte. Die Ränder meines Gesichtsfelds flimmerten bedrohlich; ich brauchte mehr Druup. Ich sagte nichts, fixierte meine Aufmerksamkeit weiter auf ihn.

»Du hast die Scheißerei gerochen, die einige sich eingefangen haben. Wir haben noch eine Woche zum Hafen. Ich kann veranlassen, dass du eine Weile aus deinem Pferch rauskommst, wenn du diesem zugedröhnten, wichsetrinkenden Drudha zeigst, wo es langgeht, und dafür sorgst, dass er die Mannschaft und die Sklaven richtig versorgt. Wenn wir Janoa erreichen, bedeutet jeder Sklave, der noch am Leben und transportfähig ist, siebzig Silberlinge extra. Ein netter Bonus zu den Färbemitteln und Gewürzen, die wir geladen haben, auch wenn das Gesocks verhältnismäßig viel Platz wegnimmt. Aber was soll's, Zhilma wird wohl am ehesten wissen, was gut für uns ist. Rygat, bring ihn nach unten.«

»Ja, Kapitän.«

Ich konnte das Schlottern jetzt nicht länger verbergen, meine Knochen krümmten sich wie Zweige, während meine Muskeln zitterten und nach der Labsal lechzten, die keine Speise zu spenden vermochte.

Wie gehabt krallte Rygat seine Hand in meinen Nacken und zwang mich aus der Achterkajüte hinaus und die Leiter hinab zu den Pferchen. Die Augen aller Sklaven waren auf mich gerichtet, während meine Gittertür hinter mir verschlossen wurde.

Ich wartete, bis Rygat gegangen war.

»Ich werde euch stärker machen«, kündigte ich ihnen an.

Am nächsten Morgen, umgeben von den Gerätschaften, Tiegeln und Kräutern des Drudha, strömte mein altes Wissen auf mich ein, aus was für Quellen auch immer es kommen mochte. Es ging so rasch, dass ich kaum imstande war, die Beschriftungen auf Morkis Flaschen und Fläschchen zu lesen. Meine Hände bewegten sich, als würden sie von jemand anderem kontrolliert, oder vielmehr: von einem Teil von mir, der noch unverbunden war mit dem Sklaven, der diese letzten Wochen erduldet hatte.

Das Kannabgranulat erhitzt. In kochendes Wasser gestreut. Hernach der Ritterspornsamen, unter Schmerzen mit meinen geflickten Händen in einem Mörser zerstoßen. Dann den Nachtschatten hinein, aus einem staubigen Glas, über dessen Inhalt dieser Drudha eindeutig nicht den Hauch von Kenntnis besaß.

Ich ließ die Mixtur abkühlen, während er mir mit Hass gezuckerte Fragen stellte oder Behandlungen für die Sklaven vorschlug, die tödliche Mengen der uns zur Verfügung stehenden Kräuter enthielten. Ein allzu billiger Trick, um mich aufs Glatteis zu führen. Ich spielte weiterhin den Ahnungslosen, schob meine begrenzten Kenntnisse vor. Ich beugte mich seiner Gelehrtheit bei einigen Mischungen, die er für unorthodox hielt, von denen ich jedoch wusste, dass sie vollkommen schwachsinnig waren.

Ich sah gerade nach der Mixtur, als er, den letzten Becher Branntwein des vorherigen Abends verfluchend, gegen den Arbeitstisch sackte.

»Eins der Dinge, die ich noch weiß, ist ein Mittel für ’nen Brummschädel. Es hilft relativ schnell.«

Ohne nachzudenken griff er zu, als ich einen Becher reichte. Er brauchte etwas, das ihm half, einen klaren Kopf zu bekommen. Stellte das leere Gefäß zurück auf den Tisch. Jetzt würde er nach und nach seinen Gleichgewichtssinn verlieren, während der Nachtschatten, vorausgesetzt, die Wirkstoffe hatten sich noch nicht verflüchtigt, zunehmende Paranoia verursachte. Das Kannab würde ihm die Kraft nehmen und seine Gedanken umnebeln, die Handvoll Ritterspornsamen eine teilweise Lähmung hervorrufen.

»Ihr solltet an Deck gehen, Drudha, an die frische Luft, damit das Wundergebräu schneller seine Wirkung entfaltet.« Er war von dem Vorschlag begeistert.

Hätte nicht gedacht, dass er so bald den Löffel abgeben würde. Er wurde von einem Schiffsjungen überrascht, der aus dem Tauwerk des Hauptsegels direkt vor seinen Füßen landete, zweifellos ein dem Übermut entsprungener Scherz. Kreischend und wild um sich schlagend geriet der gute Morki in Konflikt mit der Reling, ging über Bord und ward nie mehr gesehen.

Kurz darauf stand ich zusammen mit dem Jungen und noch ein paar anderen dem Kapitän gegenüber, um ihm Rede und Antwort zu stehen. Der Junge meinte, dass Morki vor Schreck hintenübergekippt war. Ich meinerseits wies darauf hin, dass die Sauferei des Drudhas seinen Seemannsbeinen auch nicht gerade förderlich gewesen sei. Der Kapitän sah mich starr an, aber er konnte nichts machen.

»Dann bist du jetzt unser Drudha, Sand. Du hast zwei Stunden am Tag, um für die Mixturen zu sorgen, von denen Morki ein Verzeichnis angelegt hat. Natürlich unter Bewachung.«

Es blieb wenig Zeit, um so etwas wie ein Gefühl der Befriedigung aufkommen zu lassen, als ich in das Kabuff des Drudhas zurückkehrte. Es dauerte nicht lange, und Rygat erschien. Er füllte die Kajüte aus. Meine Hände hielt er umschlossen von den seinen. Der Schmerz trieb mich auf die Knie, als er sie immer stärker zusammenquetschte.

»Du bist ein richtig raffiniertes Arschloch, aber ich bin nicht blöd. Keine Missgriffe bei den Tränken! Und meinen wirst du selber kosten.«

Er ballte seine Hände mit meinen darin zur Faust und zwang mich zu Boden.

Tage später gingen wir in irgendeinem in die Klippen und das Tal einer schmalen Flussmündung gestanzten Hafen in Ry'la vor Anker. Es war der letzte, bevor wir das Knie von Gath'Fen und den verbleibenden Rest Landmasse nach Janoa an der Staubküste umschiffen würden. In Ketten führte mich Rygat zu den Pflanzenverkäufern. Wir waren noch hoch genug im Norden, dass ich die passenden Kräutersorten für die Mixturen fand, die dem Zweck dienten, die von mir geplante Meuterei in Gang zu setzn. Rygats Tage waren gezählt. Bevor ich seine Suppen mit Brot vorkostete, würde ich mich mit dem passenden Gegenmittel wappnen.

Seit meiner Beförderung hatte ich zwölf Sklaven in jenem schmalen Bereich aufgefangen, wo der Druup-Kerker und die Angst, von dem Stoff zu lassen, sich treffen. Mit Harls Hilfe schaffte ich es, jedem von ihnen etwas Kaffin einzuflößen und dann in groben Umrissen zu erklären, wie ich ihnen zu einem besseren Druup verhelfen würde. Eine Dröhnung, die ihnen die Schmerzen nahm, so dass sie wieder normal leben konnten, wenn sie mir halfen. Alle gaben mir ihr Wort, sich bereitzuhalten. Sie sahen in mir den Weg in die Freiheit, jetzt, da ich selbst die schreckliche Reise antrat und das Druup überwand. Unter den unkundigen Augen Rygats rührte ich unsere Mixturen an.

Der Teil meiner selbst, der sich noch an das erinnerte, was ich einmal gewusst hatte, hatte das Druup ein wenig gebändigt und dem Harosin Kaffinpulver anstatt des Löwenschwanzkrauts beigemischt. Es nahm uns das Zittern, aber wir täuschten weiterhin dieselben Verhaltensweisen vor wie die immer noch dahindösenden armen Kreaturen. Mangels Alters oder Körpergröße konnten mir die meisten Sklaven nicht helfen, aber ich hatte nicht das Herz, sie einfach sterben zu lassen.

Mich unter den Mannschaftsmitgliedern umzutun, beanspruchte mehr Zeit. Ich drehte ihnen ein paar nette Tränke und

Rauchstängel an, um ihrem Leben die Schärfe zu nehmen. Diejenigen mit Skorbut, Dünnschiss oder den Hurenpocken waren leicht zu behandeln, und bei diesen Behandlungen kamen wir ins Plaudern. Das waren Gespräche, die ein gutes Bild von den an Bord herrschenden Loyalitäten und Hassgefühlen zeichneten. Auch bei dem Kapitän waren Zeichen der Besserung festzustellen, obwohl ich ihm wie allen anderen ein einlullendes Gift verabreichte, das sich langsam, aber unaufhaltsam durch seine Eingeweide arbeitete und von da aus ins Blut. Allein bei Ethin, dem Quartiermeister, sah ich von dem Gift ab. Ich hatte gehörigen Respekt vor ihm, und er war meine beste Chance, mir das Schiff irgendwie zunutze zu machen.

Nach ein paar Wochen hatte ich zehn Besatzungsmitglieder beisammen, von denen ich wusste, dass sie nur allzu gerne bereit waren, ihr Schicksal mit Ethin als Kapitän in günstigeres Fahrwasser zu bringen. Mir würde schon reichen, mit dem Schiff irgendwo anzulegen.

Inzwischen war ich auch die Handschienen endgültig los, überraschenderweise fast. Ich hatte gar nicht mitbekommen, wie viel Zeit wirklich vergangen war, seit mich irgendwer irgendwie versklavt hatte.

Es war ein warmer Morgen vor den Gestaden der Staubküste, als es begann. Ich empfand eine aufwühlende Furcht, aber auch Erregung bei der Aussicht auf den Tod – den schmerzvollen Tod – der grausameren Besatzungsmitglieder.

Der Wirkstoff, der das Gift in all den Tränken der letzten Wochen wachküssen würde, fand seinen Weg in jenen Wein, den der Koch für die kleine vormittägliche Zwischenmahlzeit erwärmt hatte. Ich hockte mich auf den Bootsrand und zählte die Minuten, die es brauchte, bis das Essen unten war, das Bauchgrimmen sich zeigte und schließlich das Nasenbluten anfing.

Nicht lange, und die Deckmannschaft ließ, von Krämpfen geschüttelt und kotzend, ihr gesamtes Arsenal an Flüchen und Verwünschungen vom Stapel, während ihre Schmerzen in Wellen kamen und gingen. Ihre Zeit war zu kurz, um zu realisieren, dass ich sie umgebracht hatte. Sie hatten keine Chance mehr, das Schwert oder ein Messer gegen mich zu erheben. Ihre Flüche und Schmähungen waren dafür noch sehr kreativ.

Ungehindert spazierte ich zwischen denen, die das Gift bekommen hatten, hindurch, während sie sich krümmten oder auf die Decksplanken sanken und mich anflehten, ihnen zu helfen.

»Ihr werdet alle sterben! Alle außer Ethin. Je eher ihr mir Gefolgschaft gelobt, desto weniger werden euch die Gifte verkrüppeln. Doch diejenigen unter euch, die ihren Spaß daran hatten, die Sklaven zu schlagen oder zu ficken, werden auf jeden Fall sterben.« Dieses andere Ich wärmte mir die Knochen. Ich tat mein Bestes, mitzuspielen, war beinahe betrunken von meinem Triumph und der Macht, die ich plötzlich besaß.

Ethin und der Segelmeister legten eilends ihr Versprechen ab, gefolgt von zehn Besatzungsmitgliedern, mit denen ich sowieso gerechnet hatte. Ihnen war das Gesöff, von dem ich sie abhängig gemacht hatte, anscheinend sehr wichtig geworden. Ethin begab sich geradewegs in die Kapitänskajüte, aber ich hatte dafür gesorgt, dass Cythe den auslösenden Wirkstoff auf keinen Fall überlebte.

Rygat hatte zusammen mit einem anderen Wächter in der Nähe der Backbordleiter zum Achterdeck gegessen. Als er den Wirkstoff aufgenommen hatte, verließ ihn seine Stärke binnen weniger Momente. Auf seine Dosis hatte ich besonders geachtet. Sein Bellen verebbte, während er nach Atem rang und der bullige Körper zuckte. Ich nahm die Schlüssel von seinem Gürtel, wehrte seine kraftlosen Versuche, mich zu packen, mit dem Arm ab, so wie man Fliegen verscheucht, und schickte ein Mannschaftsmitglied nach unten, um die Sklaven zu befreien. Es war alles perfekt gelaufen.

Harl und die zwölf, die ich für die Meuterei mit dem besonderen Stoff versorgt hatte, halfen den anderen die Leiter hinauf und aus der Luke heraus. Licht und Druup ließen sie auf die Knie fallen. Auf dem großen Hauptdeck wirkten sie verloren und glotzten dümmlich wie Fische.

Ich gab denen, die sich meiner Meuterei verpflichtet hatten, ihren Trunk und sah zu, wie sich ihre Rücken strafften, als die Mixtur zu wirken begann.

»Ihr werdet kurzzeitig gewaltigen Dünnpfiff kriegen. Nicht wundern, gehört zur Entgiftung.«

Die Mädchen, die sich in Gefangenschaft befunden hatten, steuerten zielstrebig Rygat an und bedachten ihn mit heftigen Schlägen und Tritten. Er bog und wand sich, versuchte auszuweichen, doch es gab kein Entrinnen.

»Lasst Rygat in Ruhe«, sagte ich zu ihnen. »Seine Spezialmischung wirkt langsam. Ihr könnt ihn weiter verkloppen und ihm gleich ein Ende machen, wenn ihr wollt, ihr könnt euch aber auch einfach hinsetzen und zugucken. Dann stirbt er langsamer und unter größeren Schmerzen.«

Ich wandte mich dem Segelmeister zu, der mir, wiewohl er noch immer auf seinen Schilfrohrbeinen schlotterte, fest in die Augen schaute. Er stand mit Ethin am Steuerrad.

»Ich bin Wilbo«, sagte er. »Wie lautet der Kurs?«

»Ich will weg. Freiheit für alle, die noch leben. Das Schiff könnt ihr behalten. Bring uns zur Küste, irgendwohin, wo ich abhauen kann, fernab von irgendwelchen Städten und Häfen.«

»Die nächsten vierzig Meilen würd ich übern Daumen gepeilt nich an Land gehen. In der Gegend hier trampeln sich die Clans von Gath'Fen gegenseitig auffe Füße. Ich würd sagen, wir schippern an den Hyczikanern vorbei zu den Mittenlanden. Da, anner Shahnküste, haste vielleicht 'ne Chance.«

»Du kennst die Gewässer hier gut?«, fragte ich.

Sein Kopf schnellte in die Höhe. »Wir müssen bloß 'ne Dromone aufstöbern oder was in der Art. Da können wir uns dranhängen. So'n Kapitän vonnem Flottenboot sollte wohl wissen, wie er an Riffen und Sandbänken vorbeikommt.« Aufmerksam blickte ich Ethin an. Es war immerhin nicht auszuschließen, dass dies Teil eines Plans war, den sie ausgebrütet hatten, um mich loszuwerden.

»Er hat recht, Sand. Er sagt die Wahrheit. Auf diesen Meeren wimmelt es von Piraten, dazu jede Menge kleine Inseln ringsum zum Verstecken. Die Flotte von Gath'Fen oder Hyczika könnte uns etwas Schutz bieten, falls wir sie finden.«

Ich drehte mich um, und sah Harl hinter mir stehen. »Harl, gib den Sklaven ein paar Messer und lass sie sich um die anderen kümmern. Rygat fesseln wir an den Besanmast.«

»Dann bin ich jetzt der Kapitän?«, sagte Ethin.

»Ja, Ethin. Ich kann kein Schiff segeln. Die Sklaven, die ich vom Druup abgewöhnt hab, können es auch nicht, sie sind bloß Beutel mit Stecken. Die verbliebene Mannschaft wird für dich arbeiten, und die Sklaven können uns hoffentlich helfen, wenn wir sie mit den Rationen der toten Besatzung erst einmal wieder auf die Beine gebracht haben.«

»Ein guter Drudha könnte im Dienst eines Händlers ein Vermögen machen. Wo musst du, so weit von den Alten Königreichen entfernt, eigentlich so dringend hin, dass du unbedingt sofort loswillst?«

»Ich muss zurück.« Das sagte ich ihm, aber in Wahrheit wusste ich es nicht. Meine Überzeugung hatte ihren Wohnsitz in meinen Erinnerungslücken. Ihre Stimme hatte all meine Anstrengung, die Freiheit zu erlangen, genährt, ohne dass ich sie verstand.

»Wir wollen hoffen, dass wir weit genug nach Süden runterkommen«, sagte Ethin.

»Bist du die Küste hier schon mal entlanggesegelt?«

»Als Junge. Mein Vater war Segelmeister für den Finola-Clan. Wenn die uns sichten, bleibt von uns nichts mehr übrig.«

»Du sprichst die Gemeinsprache recht gut«, stellte ich fest.

»Er hat mich von den Schiffen runtergeschafft, für eine Weile. Wir waren in Farlsgrad vor Anker gegangen, hoch im Norden, hielten Ausschau nach Sklavenhändlern oder einer Ladung wie dieser, kurz nachdem der letzte von Kaghs Enkelsöhnen einen Krieg mit den Shahn forciert und unseren Nachschub an Fleisch und Rum zum Versiegen gebracht hatte. Die Handelskoggen blieben schön nördlich des Knies, bis der Krieg vorbei war. Die Finolas hatten Flottenkontakte, aber als Freibeuter, wenn man so will.

Wir nahmen Aufträge von ihnen an. Halfen ihnen ein bisschen mit diesen Handelsschiffen, ohne dass die Flotte und die Machthaber ihre Finger drankriegten. Nur wenige Piraten werden älter als dreißig Sommer. Vater machte mich zu einem vermögenden Mann, sodass ich studieren konnte und ein bisschen Bildung erhielt, bezahlt mit Krabbenaugenwein, von einer Karavelle aus Hanwoq. Seine Leute bekamen nicht mit, was es war, denn sie hatten so eine Pflanze noch nie gesehen. Er versteckte sie und mit ihnen errang ich die Freiheit.«

Ich schüttelte den Kopf; das war eine erstaunliche Beute.

»Lass uns tun, was wir können, Ethin, ich werde dir jedenfalls keinen Kummer mehr machen. Ich will einfach nur weg.«

Ich wandte mich um und überblickte das Deck. Es war voller Blut und mit den zerschundenen Leichen der Wächter bedeckt, die die Sklaven am meisten gehasst hatten. Unter den unkundig geschwungenen Klingen hatten sie noch eine Weile gewimmert. Es war ein überwältigendes und ergötzliches Bild gerechter Grausamkeit. Ethin brüllte den Sklaven zu, sie sollten zusehen, dass sie ihre Sauerei da wegmachten, damit sie das Deck wieder in Ordnung bringen konnten.

Mühsam kämpften wir gegen starke südliche Winde an, als wir unsere Fahrt fortsetzten. Mehr als einmal verfluchte Ethin mich dafür, dass ich uns einer erfahrenen Mannschaft beraubt hatte. Aber er war der Richtige, um den Rest der Leute an der Kandare zu halten, während wir südwärts segelten.

Rygat hielt zwei Nächte durch, bevor Harl und Wilbo mich anflehten, ihn über die Reling schubsen zu dürfen, damit sie sich von seinem Geheule erholen konnten. Ich für meinen Teil konnte mir kaum etwas Wohltuenderes vorstellen, als ihn leiden zu hören. Es hielt meinen Mut aufrecht, erinnerte mich daran, dass ich nicht mehr ohnmächtig war.

Während dieser zwei Tage zeigte er immer, wenn er mich sah, mit kraftlos zitternder Hand auf die Reling. Der hilflose Wunsch, den Armen des Meeres übergeben zu werden, war alles, was von diesem Baum von einem Mann noch übrig geblieben war. Doch wenn ich zu ihm trat, dann, um ihm den einen oder anderen Tritt oder ein paar mit dem Knüppel zu verpassen, bis er schließlich schon zusammenzuckte, wenn ich nur in seine Nähe kam, selbst als er mich anbettelte, über Bord geworfen zu werden.

Als wir die Straße von Siczy-Eiland hinter uns gelassen hatten, setzten wir Kurs auf die Mittenlande und Janoa. Heftige Sturmböen gaben Ethin Gelegenheit, die kräftigeren Sklaven zu erproben und ihnen beizubringen, wie man zusammen mit der regulären Mannschaft das Haupt- und das kleinere Besansegel setzte, reffte und verstaute.

Nach etwa einer Woche Fahrt mit Kurs Richtung Süden, verließ uns das Glück. Ich war gerade damit beschäftigt, das Kaffin-Druup für die Mädchen und die älteren Sklaven zu mischen, als von oben aus der Takelage ein Ruf ertönte.

Ethin tanzte die Spanntaue zur Topspiere hoch, wo das Mannschaftsmitglied stand und nach unten rief: »Sieht nach Clan-Farben aus, nicht Flotte!«

Der Segelmeister ließ seinen Blick rasch über den Horizont schweifen. »Da is noch was andres im Busch«, rief er, als ich aus der Kajüte des Drudha trat und mich zu ihm begab.

Ethin plumpste neben uns aus der Takelage.

»Zwei Schiffe. Karavellen. Wilbo?«

»Wenn der Wind so bleibt, wie er is, könnten wir's aufn kleines Wettsegeln ankommen lassen, aber guck ma … keine Möwen, Käpt'n. Seh auch keine hellen Wolken. Da zieht irgendwas auf, den Schaumkronen nach von Südwest, und den ganzen Morgen hat's von Osten geweht, da war überhaupt nix mit Kronen.«

»Dann hat der Wind scharf gedreht, ein Sturm«, sagte Ethin.

Vom Deck aus konnte ich jetzt die Segel der beiden Schiffe erkennen, die sich von achtern näherten.

»An die Brassen und klar zum Wenden!«, bellte der Segelmeister. Sein mächtiges Organ, das quer über das Schiff trug, strafte seine Spatzengestalt Lügen.

Ethin schüttelte unmerklich den Kopf, die Lippen spannten

sich zu zwei schmalen Strichen, als ob sie die lähmende Furcht vor dem Kommenden herauspressen wollten.

»Sämtliche Fracht stapeln und festzurren! Ich muss euch nicht sagen, was Piraten mit gefangenen Mannschaften machen. Wir sind tot, wenn wir nicht Kurs auf den Sturm nehmen, und sowieso tot, wenn ihr Wilbo und mir nicht jedes Fitzelchen eures Überlebenswillens gebt!« Er drehte sich zu mir um, vergessen jeder Vorwurf, wie es schien. Ethin wappnete sich für den Aberwitz eines Höllenritts auf einer unterbesetzten Galeere in einen mahlenden Sturm hinein.

»Sand, du beschaffst uns jetzt am besten eine nette Mixtur, mit der wir uns von der Bühne zurückziehen können.«

Als wir volle Segel setzten, spürte ich, wie das Schiff krängte, als es gegen den Wind kreuzte und auf den schwerer werdenden Seegang zuhielt. Ich legte meine Gürtel, Klingen und Lumpen an und machte mich in der Kajüte des Drudhas ans Werk. Ein Teil von mir wunderte sich über meine Sicherheit beim Präparieren der Gürtel. Sie verlieh mir die Ruhe, die ich brauchte, um das nervöse Wrack, zu dem ich geworden war, zu zertreten, zu begraben.

»Lee-ho! Hart an den Wind«, schrie Wilbo, während die Mannschaft und die kräftigeren Sklaven sich in die Brassen warfen, um die Wende zu vollziehen.

»Abstand verringert sich noch immer!«, rief jemand von der Besanrah.

Sie waren noch ein gutes Stück entfernt, näher zwar, sich aber der Gefahr, in die sie sich begaben, wenn sie weiterhin an uns dranblieben, fraglos bewusst. Ich machte die letzten Fläschchen fertig und begab mich dann zum Achterdeck.

Vor uns wurde der Horizont dunkler und dunkler, der Himmel verlor seine Farbe, und die See tat es ihm gleich. Der Bug klatschte hart in die Täler zwischen den immer höher werdenden Wellen, und bald wandten See und Sturm sich wütend gegen uns, als wären wir Mücken, die einem Riesen in den Hintern gestochen hatten.

»Wär'n guter Zeitpunkt, das Gebräu rumzubringen, Sand«, meinte Ethin. Er trank seinen Teil, und ich sprang auf das Hauptdeck hinunter, um die Fläschchen mit Harl zu teilen. Sie sollten jetzt für ein paar Stunden leistungsfähiger sein; klarer denken, deutlicher sehen. Auf der anderen Seite war der Preis, den sie dafür würden zahlen müssen, gesalzen. Doch wen interessierte das jetzt?

»Die Scheißkerle kommen immer noch näher!«, rief Ethin über das Brausen von Wind und Meer hinweg. »Sie wollen uns direkt drin sehen!«

»Ich drück uns 'n bisschen nach Osten, Käpt'n. Is ja möglich, dass so 'ne Landzunge anner Shahnküste den Schmackes aus diesen Kaventsmännern nimmt. Sieh zu, dass die Jungs ausser Takelage raus sind.«

»Werd's ihnen ausrichten, Wilbo.«

Während die Minuten verstrichen, erreichte uns die Randzone des Sturms. Über uns die Wolkenbäuche, tief und massiv. Als wir hineinstießen, verloren wir die Segel der Verfolger an dunkle Schatten, die nur sichtbar wurden, wenn das Schiff sich oben auf einer Welle befand. Wilbo und Ethin schrien und mussten schließlich brüllen, um sich Gehör zu verschaffen, während der Wind die Takelage singen ließ.

»Refft die Segel! Dano, geh nach unten und hol Eimer und Pumpen. Schnapp dir jeden, der arbeitsfähig ist! Latten auf die Vorderdecksluke!«

Wilbo fluchte und bellte etwas Richtung Steuermann. Die Wellen attackierten uns breitseits, als die Böen das Schiff plötzlich in eine neue Richtung drängten.

Jedes Mal, wenn er versuchte, den Kurs zu korrigieren und hart am Wind zu bleiben, wurden wir von Steuerbord getroffen. Für Ewigkeiten währende Augenblicke wurden die Wellen zu Bergen, schäumten und fauchten, wenn ihre weißen Kronen nach uns schlugen. Dichte Regenfetzen peitschten von allen Seiten her auf uns ein, als würden sie nach einer Schwachstelle suchen.

Eine weitere Stunde verging, während der wir nichts anderes

taten, als Kommandos zu befolgen und weiterzugeben, die Segel anzupassen und uns Wilbos bestem Vermögen nach an der Wellenfront zu halten.

Ich murmelte die Namen der alten Magisten, die man vielerorts an dieser Küste noch immer verehrte. Ich hatte kaum damit begonnen, als wir uns einer besonders heftigen Welle gegenübersahen; weiß schäumend, scheinbar kochend, wirkte sie, als ob sie in Höhe meiner Augen auf dem Achterdeck stand. Während das Ruder uns stabilisierte, um uns auf den Aufprall vorzubereiten, gellten die Schreie der Deckmannschaft herauf, die von einer anderen, von breitseits anrollenden Welle in Silbenfetzen aufgelöst wurden. Der Schlag warf steuerbord einige Jungs von den Beinen, ein paar hielten sich schwingend an den Brassen. Der Kontrollverlust hatte zur Folge, dass die Rah umschwenkte und das Schiff gefährlich zu krängen begann. Mit losen Tauen ritten wir auf der Welle und gierten, als wir in das Wellental stürzten, in die von der Backbordseite her kommende nächste Woge hinein. Ich sah, wie es Harl erwischte, als die Hauptspiere aus dem Stagsegel brach, das daraufhin in die Welle geriet und abriss. Als wir zurückkrängten, kam die Takelage herab, und Wilbo und der Steuermann stemmten sich mit aller Kraft gegen das Ruder, um das Schiff auf seinem Kiel zu halten.

Binnen weniger Wimpernschläge waren Harl und der Großteil der anderen, heulend an den Trümmern zerrenden Sklaven verschwunden. Lediglich ein paar ihrer Körper rollten noch auf dem Deck herum, als wir uns vorarbeiteten, um die Seile zu kappen, die auf der Backbordseite das Stück Rundholz mit dem zerrissenen Segel im Wasser neben uns herschleppten. Über das Heulen des Windes konnte ich so gerade noch das Weinen der Kinder unter Deck hören. Die Luke, durch die die Schiffsmannschaft immer die Bilgenjauche heraufbrachte, musste gebrochen und Wasser eingedrungen sein.

»Schneid die verdammten Taue durch, Sand!«, bellte Ethin. »Ich brauch noch zwei, die nach unten gehen und die Pumpen in Gang halten!«

Zwei der Männer hackten bereits auf die dicken Seile ein, als ich mich vom Achterdeck zur Backbordreling des Schiffs schwang. Im Handumdrehen hatten wir die kaputte Spiere und das Segel befreit, und ich hielt mich an einem Haltetau fest, während das Schiff stieg und stürzte.

Steuermann und Segelmeister hielten uns gemeinsam am Wind. Wir waren jetzt zu wenige, um noch bei irgendwelchen Kurskorrekturen zu helfen. Ich hatte jedes Zeitgefühl verloren, der Sprühnebel von den vorm Bug zusammenschlagenden Wellen verwischte alles. Das Einzige, das ich sicher spürte, waren die fortlaufenden Momente der Schwerelosigkeit, wenn wir für den einen Augenblick auf einem Scheitelpunkt verhielten, bevor es auf der anderen Seite wieder abwärtsging; Wellenkamm auf Wellenkamm. Nicht lange, und ich wurde nach unten gerufen, wo der Tanz des Schiffes ein Fass auf einen der Jungs dort geschleudert und ihm den Arm zertrümmert hatte. Die anderen standen würgend und hilflos daneben, während das erste Gebräu seinen Anspruch zu erheben begann.

Ich frischte die Tränke und die Mixturen gegen Übelkeit auf, tat, was ich konnte, um die Schmerzen der Wunden zu lindern und die einsetzende Erschöpfung zu mildern. Es war verlorene Liebesmüh, das Wasser da unten herausbekommen zu wollen. Bevor die Eimer das Deck erreichten, war bei dem Geschaukel und Geschlinger fast alles wieder verschüttet. Bei jedem Schlag, der gegen die Bohlen donnerte, kreischten die Mädchen laut auf, und von den Druupern kam ein einziges Jammern und Klagen und Gebrüll und lenkte die wasserschöpfenden Männer ab.

Mir war zu dem Zeitpunkt längst klar, dass dieses Schiff niemals mehr Land erreichen würde. Aber jetzt erst konnte ich es auch in den Augen der Frauen lesen, die die Kinder an sich klammerten und an den Gurten um die Wein- und Gewürzfässer Halt suchten. Sie waren die letzten der Sklaven, die weder halfen noch tot waren.

»Ich will es nicht wissen, wenn es passiert!«, schrie die eine. Ihr starker Akzent aus den Wehrlanden, einer, den ich liebgewonnen hatte, als ich mich von dem Ziest wieder erholte, verriet blankes Entsetzen. Ich nickte, verstand, was sie meinte.

Ich zog eine Feldflasche aus einer meiner Gürtelschlaufen. Die Augen der jungen Mädchen hefteten sich darauf, als befände sich irgendeine Kraft darin, die dem Sturm Einhalt gebieten könne. Die Galeere rauschte in ein Wellental, und ich fiel hin, vor einer Frau auf die Knie.

»Jeder einen Schluck, wenn es so weit ist, ich bitte dich. Die Mädchen zuerst!«

Mit zitternder Hand ergriff sie die Flasche und umfasste meine Schulter. Wir konnten nicht mehr als ein Nicken miteinander teilen, bevor ich einen Tritt in die Seite erhielt. Einer von den Jungs zog mich zu einer Pumpe.

Ich arbeitete an der Pumpe, während der Sturm das Schiff zerriss. Verlor mich in dem Tun, wer weiß, für wie lange. Das Gebräu ließ meine Muskeln wallen und sang in meinen schmerzenden Schultern, während ich den Griff auf und nieder und auf und nieder drückte und Wasser in die Eimer sog.

Irgendwann wurden wir hart getroffen, und als wir durch das Unterdeck purzelten, rissen sich einige der Fässer aus ihren Gurten und krachten gegen ein Bullauge. Der Anprall zerschmetterte den Sturmschutz und ließ einen dicken Schwall schwarzen Wassers herein, gefolgt von eiskaltem Wind.

Ich brüllte durch die Deckluke nach mehr Männern, aber niemand kam.

Stattdessen hörte ich von hoch oben einen Schrei. Vielleicht tat sich eine Lücke in dem peitschenden Regen auf. Dann erkannte ich in der Düsternis einen Farbklecks, der trotz meiner durch das Gebräu geschärften Sehkraft im tiefen Dunkel des Sturms kaum wahrzunehmen war.

»Kann sein, wir haben das Schlimmste hinter uns, Jungs! Los, geben wir Wilbo alles, damit er uns zur Küste bringt.«

Mit dem Holz der geborstenen Fässer wurde das Bullauge zugenagelt, doch das war leider bei Weitem nicht der einzige Schaden. Ein Ruf drang zu uns durch, dass es achtern zu Lecks gekommen war, durch die das Meer wie eine Wand von Betrunkenen ins Schiff hineinpisste.

Ich stimmte ein Arbeitslied an, trieb sie noch mal bis zum Letzten an, während ich mich gleichzeitig nach einem Stück Mast oder Schiffsrumpf umsah, das mich tragen konnte, wenn es zum Schlimmsten kam.

Bald wateten wir knöcheltief im Wasser in der Bilge. Ethin stand oben an der Luke, blickte sich um, schüttelte den Kopf und verschwand, rief irgendetwas zu Wilbo rüber.

Einige der Jungs bekamen mittlerweile das Zittern, doch ich hatte keine Tränke mehr für sie, die den Absturz infolge der ersten und stärksten Mixtur würden hinauszögern können. Das Druup hatte auch mir einiges an Mark aus den Knochen gehöhlt. Ich wechselte zu den Eimern, um zu verschnaufen, doch wir wurden zusehends langsamer.

Als ich zum Eimerauskippen meinen Kopf durch die Luke steckte, konnte ich genug von den Wolken erkennen, um zu wissen, dass der Sprühnebel der Wellengischt sich abgeschwächt hatte. Noch mehr Splitterstücke einer Rah, Segel und Taue lagen haufenweise mittschiffs herum. Die Mannschaftsmitglieder an Deck hielten instinktiv durch. Sangen irgendwelchen Magisten ihre Lieder und beteten darum, dass die kommen und sie retten würden – das leise Summen von Männern, die Befehle oder Argument nicht länger erreichte.

»Arbeiten sie noch?«, rief Ethin.

»Aye, so gerade. Alles hat seinen Preis, ich kann die Nachwirkungen des Gebräus nicht aufhalten!«

Er nickte. Sein Gesicht war blutverschmiert, und er hielt seinen Arm fest an die Seite gepresst, vielleicht um eine Rippe zu schützen.

»Nur nicht unterkriegen lassen. Noch ein oder zwei Stunden schlagen wir raus, bevor sie absäuft. Bis dahin ist der Sturm an uns vorbeigeblasen, und wir können nur noch hoffen, dass uns die Strömung an Land trägt. Werden nur irgendwie Flöße zusammenzimmern müssen. Das Beiboot ist im Eimer, der Rest vom

Hauptmast zersplittert, als der Kiel vor 'ner Stunde oder so einen mitgekriegt hat.«

»So viel Zeit bleibt uns nicht, Kapitän. Es ist vorbei.«

Es waren nur mehr fünf von uns übrig, die noch genug Kraft hatten, das Wasser auszupumpen, während es uns jetzt schon bis an die Schienbeine und den Kleineren bis zu den Knien ging. Das laute beständige Heulen war Böen gewichen. Einer von den Jungs sank fröstelnd zu Boden und hielt sich den Kopf. Manchmal muss man dem Gebräu einen verheerenden Tribut zollen.

»Wir sinken«, sagte ich, ließ die Pumpe Pumpe sein und richtete mich auf, »das Beiboot können wir vergessen. Nehmt euch genug Wasser, ich brech' jetzt gleich eins der Fässer auf. Sucht euch irgendwas dafür und dann etwas, das euer Gewicht im Meer trägt.«

Gesagt, getan hebelte ich mit einem Klauenhammer den Deckel von einem Süßwasserfass, füllte ein paar Schläuche ab und warf sie denen zu, die noch genug bei Kräften waren, um auf eigenen Beinen über Schiffsdecks zu gehen.

Als ich mich zur Leiter begab, schaute ich zu den Frauen und Mädchen hinüber. Sie standen jetzt, zitternd und ausgezehrt im Wasser der See.

Etwas von dem Silberblau der Nacht, das durch die Luke drang, sickerte der Frau aus den Wehrlanden in die Augen, als sie mich anstarrte, als wüsste ich eine andere Antwort. Sie presste das dürrste aller dürren Mädchen an ihre Brust, dessen Gesicht ein Totenhemd aus durchnässten Wolldecken verbarg, die zerschrammten Arme wie klapprige Stöckchen um die Hüfte der Frau gelegt. Dann wandte sie ihren Blick auf eine andere, ältere Frau, die sich mit einem Nicken in ihr Schicksal fügte. Fraglos eine Mutter, einst, in vergangenen Tagen.

Mit zitternder Hand hielt die junge Frau ihr die Feldflasche hin und zog den Stöpsel heraus.

»Lasst uns trinken, Mädchen, das gibt uns Kraft.«

Es war im Morgengrauen, als die *Launische Maid* sank, die Sonne machte sich gerade daran, die Brise über einer sich erholenden See zu erwärmen. Sechs Mann entkamen dem Seemannsgrab, hockten in sich gekehrt auf dürftig zusammengehaltenen Fässern, nachdem das Morden um einen Platz auf dem Treibholz getan war.

Eine Zeitlang blieben wir noch beisammen, doch schon bald ruderten wir mit abgerissenen Planken in der Hoffung unserer eigenen Wege, dass wir die Küste fanden, ehe die Süßwasservorräte aufgebracht waren. Ich schüttelte Ethin noch einmal die Hand, bevor die Fässer auseinanderdrifteten. Er war das Letzte, was ich von ihm, Wilbo und den anderen sah.

Dann war ich allein. Irgendwann später ging mir das Süßwasser aus.

Unter dem Einfluss des Druups, das ich in seiner Zusammensetzung verändert hatte, um zu verhindern, dass ich noch so einen Entzug wie als Sklave durchleben musste, verlor die Zeit jede Bedeutung.

Ich hatte akzeptiert, dass ich auf diesem Meer sterben würde. Seine Weite, sowohl ringsum als auch in die Tiefe, kam dem vollkommen stillen Blau des Himmels über mir gleich. Beide wollten mich auf meinem Floß mit ihrem Gleichmut erdrücken, als wüssten sie nichts davon, dass ich ein lebendes Wesen war. Was kümmert es einen Berg, wenn ein Blatt in eine Pfütze an seiner Flanke fällt?

Ich erinnerte mich an so gut wie nichts aus meinem früheren Leben. Eine Flut von Bildern, ja, doch kein Rahmen, worin ich sie einordnen konnte. Manchmal wurde ich davon wach, dass ich redete, mich mit jemandem unterhielt, doch im gleichen Moment, da ich aufschreckte, waren der Sinn und die Antworten auch schon zerronnen wie Sand. Die blassen Farben, zu denen meine Haut ausgebleicht war, waren das einzige stichhaltige Zeugnis dafür, dass ich einmal als Soldat gekämpft und getötet hatte, auch wenn die Haut verbrannt war und abblätterte. Ich wollte ihn zurückhaben, diesen fehlenden Teil von mir. Als Beistand, als etwas, das mir Kraft gab. Jene Stimme in mir kannte den Mann, der ich einst war, aber jemand hatte ihn mir genommen. Das wusste ich, und wie ein Kleinod bewahrte ich diese Gewissheit tief in meinem Herzen. Sie war mein Anker, der einzige Trost, den ich hatte.

Irgendwann später weinte und sang ich in der Nacht, über mir stumme weiße Augen, endlos an der Zahl. Ich erinnerte mich an einen Jungen und an ein Mädchen, die mir etwas bedeutet hatten. Wusste, dass ich das Mädchen irgendwie geliebt hatte. Da waren noch andere Gesichter, eine Windmühle. Ich befand mich in jemandes Armen. Ich starrte in einen Bach, entzückt von dem Jungen, der zurückstarrte, die Nase lief ihm vom Weinen. Dann hackte ich Erde auf, so hart vom Frost und so lebhaft in meinem traumgefangenen Geist. Schreiend wachte ich auf und erbrach mich, mein Sein zerrissen, aufgewühlt, so anders als das Wogen dieser leeren, freudlosen See.

8. KAPITEL

Gant

Wir verließen Araliah und Kailens Anwesen und brachen Richtung Norden nach Ithilbucht auf, beunruhigt von dem, was wir über den Rest der Zwanzig gelesen und gehört hatten.

Die Reise verlief mehr oder weniger ruhig. Einmal dachten wir, dass wir verfolgt wurden. Wir hatten vielleicht zu viele Fragen nach möglichen Attentätern gestellt, die uns irgendwo auflauern mochten. Eigentlich glaubten wir zwar nicht, dass es mehr als einen Assassinen gab, wie Kailen befürchtet hatte, doch um sicherzugehen, taten wir uns entsprechend um.

Da waren tatsächlich fünf Männer, aber die Dämpfe von Tarumsamen brachten sie zum Husten, und wir konnten sie problemlos erledigen. Es stellte sich heraus, dass es bloß Diebe waren, die dachten, sie hätten es mit Wilderern oder gewöhnlichen Reisenden zu tun. Der restliche Ärger, den wir ab und an bekamen, rührte daher, dass wir Söldner waren. Aber unser Silber öffnete uns bei den Milizionären Tor und Tür. Es gab Zeiten, da hätten wir ihnen allen die Hammelbeine langgezogen, wenn wir aufgehalten worden wären. Doch je weniger Lärm es gab, der den Attentäter auf uns aufmerksam machen konnte, desto besser. Wir vermuteten, dass der Grund, weshalb wir beim Durchqueren von Issana weniger Schwierigkeiten hatten als sonst, Probleme im Norden waren, die die Aufmerksamkeit der Milizionäre in Anspruch nahmen. Normalerweise rennen an den Grenzen viel mehr von ihnen rum, um die Shielernten zu schützen oder Ähnliches.

Ich hatte den Hafen von Ithilbucht zuletzt vor sechs Sommern gesehen. Ich war auf dem Weg nach Norden zu meiner Schwester, nachdem ich für den Weiler ein paar Kräuter besorgt hatte.

Sie hatte gelacht, als ich ihr wie ein kleiner Junge erzählte, wie riesengroß diese Stadt war, von den hunderten und aberhunderten von Schiffen, die dort im Hafen oder in der sich weit hinstreckenden Bucht vor Anker lagen. Männer aller Hautfarbe und Zunge konnte man auf den Kais treffen. Einige krächzten wie Krähen, andere redeten fast in einer Art von Gesang mit einem. Das gleiche Wort konnte verschiedene Bedeutung haben, je nachdem, ob sie es mit hoher oder mit tiefer Stimme aussprachen.

Eine solch bunte Versammlung fand man nur in den Hafenvierteln von Issana. Im Inland waren die Menschen mit sich selbst beschäftigt und größtenteils verschlossen, es gab nur wenige Fremde, die dort nicht schnell von den einheimischen Ortsvorstehern und selbsternannten Predigern vertrieben wurden.

In den Docks ging es so geschäftig zu, wie ich es von meinem letzten Besuch her in Erinnerung hatte. Die blankgewetzten Kennungsfarben der Quartiermeister und Zunftobersten, die Gilden aus aller Herren Ländern und Weilern repräsentierten, blitzten an Lagerschuppen und Karawanensammelstellen auf. Kaufleute kamen von weit hergereist, um sich ihren Anteil an den Gewinnen zu sichern, die Issanas Krieg an den fernen Grenzen zu Vilmor abwarfen.

Wie in allen issanischen Häfen gab es auch hier eine starke Präsenz der Wacht und der »Grünen« der königlichen Garde; so wie die Kettenhemden der Wacht rot waren, trug die Garde eben Grün. (Es kam mir immer etwas sonderbar vor, dass die Wacht ihre niedrigsten Ränge als »die Roten« bezeichnete und gleichzeitig ihrem höchsten Rang, ihrem Anführer, den Namen »der Rote« und nicht irgendetwas mit »Vogt« oder so im Titel verlieh.) Doch sei dem, wie es sei. Der König von Issana mochte sich zwar der Aufrechterhaltung von Recht und Gesetz und einer harten Strafgerichtsgerichtsbarkeit rühmen. Aber wenn es um Seemänner ging, die auf ihrem Landgang einen wegstecken und sich ordentlich zudröhnen wollten, drückte er ein Auge zu. Die Obrigkeit war nicht so dumm, sich den Leuten in den Weg zu stellen, solange sie ihren Begierden in einigen klar definierten Distrikten abseits von Adel und Handelsherren nachgingen. Prediger suchte man in Ithilbucht vergeblich.

Von Süden kommend, an den Hügeln am Südende der Bucht vorbei, stießen wir auf ein paar große Lager, die sich über das zur Küste hin abfallende Tal ausbreiteten.

Die Lager waren säuberlich errichtet, was in Anbetracht von Issanas Haltung gegenüber Flüchtlingen einigermaßen überraschte. Viele dieser Leute würden in den Docks Arbeit zu finden versuchen, egal, welchen Schwierigkeiten in ihrer Heimat sie auch entflohen sein mochten. Schwierigkeiten jedenfalls, die groß genug gewesen waren, dass ihnen Issana als das kleinere Übel erschien. Außerdem lebten hier die Ackerbauern und Händler, die sonst selbst in den übelsten Bezirken, die das östliche Ende der Bucht verstopften, kein Bein an die Erde bekamen. Die Herrschenden schienen vollauf mit dem Krieg im Norden beschäftigt. Jedenfalls gab es hier nicht genug Grüne, um die Tausende, die in Schiffen von der West-Sar oder vom Golf her angespült wurden, zu verjagen.

In Nestern aus Zelten schritten wir durch Wolken von Fliegen und Scharen schreiender Kinder, während sich die Männer um diese Tageszeit unten am Hafen oder sonst wo rumtrieben. Sie warteten den Einbruch der Dunkelheit ab, um in den Wäldern auf Jagd zu gehen, oder es bei den issanischen Siedlungen drauf ankommen zu lassen.

Die ganze Zeit über nahm das Betteln kein Ende. Wir sahen wohl zu sehr danach aus, dass wir über klingende Münze verfügten. In der Hauptsache war es die Farbe unserer Haut, der wir die friedliche Durchreise verdankten. Allerdings machte hier sowieso niemand den Eindruck, dass er uns gefährlich werden konnte. Und Substanzen, gegen die wir nach Jahren der Kampfgebräue nicht immun geworden waren, würden die erbärmlichen Seelen hier wohl kaum besitzen.

Noch immer stellten die schartigen Ruinen der alten Befestigungsmauern die eigentliche Stadtgrenze dar. Die Hauptstraßen, die in den Dreck der Baue führten, wie man den nördlichen Teil von Ithilbucht nannte, wurden von den Überresten der Vier Bögen beschattet. Der Westbau und der Ostbau neigten sich mit ihren Hängen den Straßen im Hafenviertel zu, wo sich, neben den etwas besseren Wirtshäusern, die Kontore und Gildenhallen befanden. Die Grünen richteten kein Wort an uns, Söldner waren in Ithilbucht ein vertrauter Anblick. Man sollte es nicht meinen, aber nur wenige Söldner bedeuteten Ärger, den meisten ging es bloß darum, den Schlachten und dem Tosen der Mixturen für eine Weile zu entfliehen. Bei Schlägereien mit Säufern und zugedröhnten Heißspornen war kein Geld zu verdienen.

Wir schlugen die Richtung zum Ostbau ein, um einen Platz aufzutun, wo wir die Pferde unterbringen und unsere Köpfe ein wenig einziehen konnten. Die Miliz würde dort wahrscheinlich nicht suchen.

Wir führten die Pferde durch einen düsteren Bienenstock aus Gassen, die von Druupern und Rauschgifthändlern in verschiedenen Stadien des Stumpfsinns bevölkert waren. Ein krakeelender kleiner Hosenscheißer kippte gerade aus einem Hauseingang einen Eimer Pisse in die Gasse, und ließ seine lauthalsen Verwünschungen auf einen Schluckspecht niedergehen, der ihm den Weg versperrte. Der Eingang gehörte zu einer Art feuergeschwärzter Schänke ohne Schild, mehr eine Privatbehausung mit ein paar Fässchen unter der Theke. Die Stühle waren weitestgehend von Männern besetzt, die es längst aufgegeben hatten, miteinander zu sprechen; ihre eigenen Stimmen waren ihnen Gesellschaft genug für die paar Gedanken zwischen dem letzten Absturz und dem nächsten Becher Gesöff.

»Wir brauchen einen Stall, irgend 'ne ruhig Ecke, zahlen gut«, sagte Shale zu dem Schankwirt.

Ein Mann erhob sich und hieß mit einer Geste die anderen zu bleiben, wo sie waren. Nicht, dass sich einer von ihnen für ihn interessiert hätte. Dann wandte er sich uns zu, so voll, dass er nicht begriff, mit wem er es zu tun hatte. »Ihr seid hier auf Jakis Gelände, Jungs, zahlt ihr auch gut genug für Jaki?«

Shale hatte wieder diesen Blick aufgesetzt und eine für ihn

typische Haltung eingenommen, die ihn wie eine kalte, starre Statue wirken ließ. Der Bursche versteifte sich etwas und geriet wohl ein klein wenig ins Grübeln, als er uns genauer ansah und unsere Farbe bemerkte. Dann lächelte Shale breit, wie ein kleines Mädchen, ein so verblüffender Gesinnungswandel, dass der Kerl ihn mit einem schwachen und unsicheren eigenen Lächeln quittierte.

»Wir bezahlen Jaki, Jungchen, keine Sorge.« Der Bengel handelte sich ein Silberstück ein, was ihn für einen Augenblick ziemlich verblüffte, war er doch gerade noch auf Ärger gefasst gewesen. Links und rechts von ihm erhob sich ein Murmeln, als die Münze auf ihrem Weg in irgendeinen Beutel an seinem Gürtel kurz im Kerzenlicht auffunkelte. Im nächsten Moment wirbelte er herum und rannte hinaus.

Der Schankwirt holte ein paar Krüge aus einem Regal. Seine Stirn und der kahle Schädel waren so breit und schwer, dass man fast den Eindruck hatte, sie würden seine Nase auf Lippen und Kinn niederdrücken, sodass alle miteinander um den verfügbaren Platz kämpfen mussten. Ich glaube nicht, dass er imstande gewesen wäre, nach oben zu blicken, selbst, wenn er es gewollt hätte.

»Jetzt, wo sie wissen, dass hier Geld zu holen ist, kommen bestimmt noch mehr«, meinte er. »Rum oder Bier?«

»Ich hoffe nur, der Rotzlöffel besorgt uns 'nen Stall, der sicher genug ist, wenn wir dafür löhnen. Und gib mir Rum«, erwiderte Shale.

»Sicher genug, wenn ihr dafür löhnt«, sagte der Wirt und nickte uns zu.

Er schenkte mir und Shale ein Quantum Rum ein, und daraufhin rückte uns einer der anderen im Raum auf die Pelle. Der Kerl wollte uns ein oder zwei Dosen einer heftigen Mischung andrehen, die er speziell für, wie er sich ausdrückte, seine betuchteren Kunden im Angebot hatte. Ohne Zweifel war »Kunden« in diesen Kreisen ein sehr windiges Wort, als ob flüchtiges Kennen schon eine Art Vertrauensverhältnis begründete. Wir ignorierten ihn, bis er laut zu werden begann. Da pustete Shale ihm die Lichter aus.

Wir hatten unseren zweiten Rum noch nicht ausgetrunken, da kam der andere Bursche zurück. In seinem Schlepptau ein Mann, bei dem es sich wohl um Jaki handeln musste. Er wies leichte Hautverfärbungen auf, wahrscheinlich von den Rezepten irgendeines Feld-Wald-und-Wiesen-Drudhas oder eines Kochers. Vermutlich hatte er auch jetzt etwas intus, falls er einen Streit schlichten musste, den irgendwer angefangen hatte, wie es so häufig der Fall war mit Leuten wie uns und unserem Teint. Allem Anschein nach glaubte er, dass eine Lederweste und ein paar lange, verzierte Messer uns beeindrucken würden. Sicher, die Klingen waren eingeölt, aber die hübschen Dinger waren sicher noch nie in einen Körper eingedrungen und die Griffe blitzsauber.

»Neu in Ithil und sofort nichts wie ab in den Ostbau, meine Freunde? Scheint so, als ob ihr nicht gesehen werden wollt. Und da ihr alte Soldaten seid, kann ich mich also darauf verlassen, dass ihr euch benehmt?»

»Wir wollen nur Ställe, mein Herr«, entgegnete Shale und ließ dabei den Rum in seinem Becher kreisen.

»Die Jungs in meinem Viertel niederzuschlagen ist nicht, was ich unter Benehmen verstehe.«

»Er wurde aufdringlich«, sagte ich, »wollte uns unbedingt was von seiner Dröhnung aufschwätzen. Meine Scheiße ist wertvoller als das Zeug.«

Er war sich unschlüssig, was er tun sollte. Unsere Hautfarbe war zu dunkel, viel zu dunkel.

»Jaki hat eure Ställe, eure Pferde sind bei mir gut untergebracht.«

»Ruh dich was aus, Malk«, sagte Shale zu mir. Unsere wirklichen Namen brauchten niemand zu interessieren. »Ich kümmer mich um dein'n Gaul und unterhalt mich'n bisschen mit Jaki.«

Der alte Schankwirt führte mich durch das, was hier als Küche durchgehen mochte, und zu einem kleinen Zimmer, das bis auf einen Stoß Feuerholz und die Käfer und Ratten, die sich dort fröhlich tummelten, vollkommen leer war.

Den Rest des Tages unserer Ankunft tat ich gar nichts. Zu sehr schmerzte mein Bauch vom Reiten und vom Schlafen im Freien.

Als ich wieder zu mir kam, war es dunkel. Das tiefe Gemurmel im Schankraum klang jetzt ein wenig durstiger. Shale stand über mir.

»Gant, wir müssen uns mit ein paar Bandenvögeln treffen, die in den Bauen hier das Sagen haben. Vielleicht können sie uns helfen, diesen Alon Filston zu finden. Was macht die Wunde?«

»Auszuhalten«, sagte ich. Ich sah keinen Grund, warum sie vor dem nächsten Morgen verarztet werden sollte, und nach diesem Treffen würde ich mir der Einfachheit halber die Hucke volllaufen lassen.

Jaki führte uns durch die Gassen und zu einer schlichten alten Tür in einem dreigeschossigen Haus. Lautes Gebrüll und Musik drangen von drinnen heraus. Auf den gegenüberliegenden Dächern meinte Shale, zwei Männer erspäht zu haben. Es war also der richtige Bandenmann, es gab viel zu verlieren.

Jaki klopfte an, und ein junger Mann öffnete die Tür. Er reichte uns gerade mal bis an die Brust, war aber stämmig und – im Gegensatz zu dem Haufen von Frauen und Kindern hinter ihm, die zu den Klängen einer Mandoline und Trommel tanzten – nüchtern. Mit dem Rücken zu uns stehende Burschen klatschten anfeuernd im Takt, die meisten von ihnen sogen dabei an langen issanischen Tonpfeifen, in die sie den Löwenanteil ihres Baccas gestopft hatten. Jaki verdrückte sich diskret, und der junge Mann bat uns mit einer einladenden Geste einzutreten.

»Ich hoffe, ihr Jungs lasst die Schwerter hier bei mir«, sagte der Türsteher. Er musste sich weit zu uns herüberbeugen, um sich über den Lärm hinweg verständlich zu machen. Er war klug genug, nicht auch um die Gürtel zu bitten, das Ganze war sowieso mehr ein Ritual des Respekts und Vertrauens. Wir taten ihm den Gefallen mit den Schwertern, und er geleitete uns an den Zechern vorbei durch ein relativ schmuckloses Wohnzimmer und weiter durch einen Raum voller Kinder dahinter. Die unterbrachen ihr Spiel und stachelten einander an, es zu wagen, unsere Haut anzufassen. Ich musste grinsen, als ich sah, wie Shale seinen Arm wegriss, weil so ein kleiner Windelkacker seine Patschhändchen danach ausstreckte. Kreischend und giggelnd flog der Dreikäsehoch zurück in die Arme eines hübschen Mädchens, deren rotes Gewand die scheinbare Bescheidenheit des Hauses Lügen strafte.

Wir folgten dem Türsteher weiter einen schmalen Flur hinab und schließlich in eine Küche, wie man sie eher in einem Gutshof vermutet hätte. Auf mehreren Tischen türmten sich alle möglichen Sorten von gedünstetem Gemüse und Obst, bergeweise gewürztes und geräuchertes Fleisch von jenseits der Sar, dazu Hummer in Hülle und Fülle, gedämpft auf Brettern und lebend in Eimern. Und erst die ganzen Düfte, die unsere Nasen verwirrten. Dazu jede Menge Fässer und Kisten mit Flaschen. Und neben der offenen Feuerstelle ein Tisch, an dem ein kleiner, glatzköpfiger Mann stand, der aussah, als wäre er ein Junge, der alt geworden war, ohne jemals aufzuwachsen.

Er hatte ein junges Mädchen hochgehoben, vier Sommer alt meiner Schätzung nach, sofern sie nicht kleinwüchsig wie er war. Sie half dabei, einen Fischeintopf in einem Bronzekessel umzurühren, der über der Feuerstelle hing. Die beiden sangen zusammen irgendein Lied, bei dem die Kleine bei jedem Refrain bis zehn zählen musste.

Der Kahlkopf drehte sich um und schaute uns und den Türsteher an.

»Pat! Guck mal ihre ganzen Farben!«, rief das Mädchen aus, lehnte sich weit über seine Schulter hinaus, um uns besser sehen zu können.

»Sie haben ihre Schwerter abgegeben, Sir«, sagte der Türsteher.

»Gut. Danke, Ralim. Ich bin Lokio, meine Herren. Wie es scheint, habt ihr Jaki … nun ja … ein bisschen in Aufregung versetzt. Und nun wünscht Ihr, mich am Geburtstag meiner Tochter zu sprechen. Wasser? Branntwein?«

»Nein, danke schön, Sir«, erwiderte Shale. »Wir wissen's zu

schätzen, dass Ihr Euch Zeit für uns nehmt, und entschuldigen uns für den Ärger. Wir suchen jemanden, einen Gildenmeister namens Alon Filston. Ich bin Shale, und das hier is Gant.«

Lokio nickte und lächelte, ein offenes Lächeln, auch wenn sein Blick deswegen nicht weniger prüfend ausfiel. Er drückte das Mädchen an sich und redete ihr zu.

»Wir Erwachsenen sagen, diese Männer haben ›für die Farbe gebüßt‹. Bei so tollen Farben haben sie bestimmt recht ordentlich gebüßt, oder was meinst du, mein Schatz? Siehst du das grüne Schimmern in ihren Augen? Das ist Luta. Dafür nimmt man ein Blatt, ein ganz besonders kleines Blatt. Das weicht man ein und tut das Blatt dann unters Augenlid, pass auf!«

Er tat so, als wollte er ihr ans Auge gehen, und sie kicherte und stieß seine Hand weg. »Was tut es da, Pat?«

»Na ja, wenn es ans Auge kommt, dringen das Blatt und sein Saft in deinen Augapfel ein und weiter bis in dein Blut. Dann kannst du sehen wie ein Adler.« Sie bedeckte ihre Augen, wahrscheinlich um uns in ihrer Vorstellung daran zu hindern, in ihren Gedanken herumzustöbern.

»Der nächste Drudha, der so was machen kann, wohnt in Harudan, dem alten Rotsteinreich, und nicht mal dein Pat kann es sich leisten, sich solche Sachen zu kaufen. Die Farben bedeuten, dass dies sehr starke Männer sind. Stärker als alle Männer in ganz Ithilbucht, kannst du das glauben?«

Während er sprach, strich er ihr sanft das Haar hinter die Ohren. Er liebte sie über alles, so viel stand fest. Seine gelben, knubbelgelenkigen Finger, die von einem früheren Leben als Kämpfer kündeten, streiften ihr über die Wange. Sie erforschten ein Gesicht, das eher fein war, eher zart denn kränklich und blass, und überdies völlig mit den Resten von Früchten verklebt.

»Und jetzt, mein Mäuschen, kannst du vielleicht nach drüben gehen und Lamptey und Ralin sagen, dass dein Pat für ein paar Minuten nicht gestört werden will.«

Nachdem er sie auf dem Boden abgesetzt hatte, beugte er sich ein kleines Stück zu ihr herunter, sodass sie ihre Arme um seinen

Hals legen und ihn drücken konnte. Dann flitzte sie, die auseinandergespreizten Finger vor den Augen, an uns vorbei und zur Küchentür hinaus.

Als die Tür sich hinter ihr geschlossen hatte, schien Lokio ganz leicht in sich zusammenzusacken. Doch seine wohlgesetzten Worte und die kontrollierte Art legten die Annahme nahe, dass dies auch bloß ein Trick sein mochte, damit wir vielleicht in unserer Wachsamkeit nachließen.

»Ihr seid wirklich Shale und Gant, von Kailens ehemaligen Zwanzig?« Er kam um den Tisch herum näher und griff sich im Vorbeigehen eine offene Flasche Wein.

»Ja«, erwiderte ich.

»Irgendwer bringt uns alle hübsch der Reihe nach um«, sagte Shale. »Lässt immer die schwarze Münze da. 'Nem Aushang nach, der uns in die Finger kam, hat es, scheint's, was mit diesem Filston zu tun.«

»Es ist ein Kopfgeld ausgesetzt, und gar nicht mal so ein kleines«, sagte Lokio.

»Das können wir auch«, sagte Shale. »Für seinen Aufenthaltsort würden wir genauso gut zahlen.«

Lokio nickte, blickte dann auf den Boden, als ob er gründlich nachdächte. Er ließ uns stehen und ging zu einem Küchenbord neben dem Feuer, auf dem sein Eintopf blubberte. Er nahm ein paar Becher heraus und schenkte uns Wein ein, während er weitersprach. Der Wein war mindestens so gut wie der, den uns Araliah gegeben hatte.

»Gildenmeister Alon Filston«, nahm er das Wort wieder auf, »hat eine verzogene Schlange von Weibsbild aus den Wehrlanden zur Frau. Die Gute ist allerdings eine außergewöhnliche Schönheit. Alon wohnt, verständlich für einen Mann mit zwanzig oder mehr Schiffen und Plantagenanteilen in ganz Issana, an der Westkuppe, in den höher gelegenen Hügeln. Eine wirklich beeindruckende Hütte. Alles, was in diesem Land Rang und Namen hat, ist regelmäßig dort oben zu Gast.«

»Dann wart Ihr also schon dort?«, fragte Shale lächelnd.

Abermals nickte er. »Ja, ich tue viel für diese Gildenmeister, und sie tun viel für mich. Ich nehme mich der verzwickten Situationen an, zu denen es hin und wieder kommt und die zwischen den Gilden zu Streitigkeiten führen. Ich profitiere von ihnen, indem ich sie löse. Ihr werdet nirgendwo Grüne sehen in den Hafenvierteln oder Bauen, wo alles eher im Dunkeln geschieht. Sie haben auch keine sonderliche Ahnung, wie die Sklavenhändler immer so schnell an Nachschub gelangen. Decksleute, Quartiermeister, Hauptleute, Zimmerer, Meldegänger, Huren und die Sicherheit ihrer Buden – den ganzen Kladderadatsch kriegen die Grünen nicht mal ansatzweise geregelt. Das mache alles ich.«

»Hat's dafür nicht die Wacht? Ich dachte, die Grünen und die Wacht wär'n ganz dicke miteinander«, meinte Shale.

»Die Wacht kümmert sich um die Wacht.« In den meisten Landen, in denen man die Wacht kennt, ist das ein fast schon geflügeltes Wort.

Während wir unseren Wein süffelten, probierte Lokio mit einer Suppenkelle seinen Eintopf.

»Welches Anwesen genau? Gibt es viele da oben?«, fragte Shale.

»Vier Goldstücke.«

»Zwei«, sagte ich.

»Vier.«

»Vier. Dazu aber auch seine täglichen Gewohnheiten und die Orte, wo er in den Docks zu tun hat«, erwiderte Shale.

Lokio lächelte erneut und ließ dem ein anerkennendes Nicken folgen, von dem ich unmöglich sagen konnte, ob es ehrlich gemeint oder nur geschauspielert war, damit wir uns seiner sicher fühlten.

»Die Grünfläche seines Domizils ziert der Mast einer Kriegsgaleere, die vor der Küste gesunken ist. Ganz leicht zu finden, sobald man einmal oben auf der Kuppe ist«, sagte Lokio.

Ich holte die Münzen aus meinem Beutel. Er hielt eine davon ins Licht und rieb sie, um sich von ihrer Echtheit zu überzeugen, dann ließ er alle vier mit einer eleganten Drehung der Hand in seiner Tasche verschwinden. Es war eine beinahe beiläufige Bewegung, die einiges über seine Position aussagte. War immerhin eine Summe, die die meisten Soldaten in ihrem ganzen Leben nicht verdienen.

»Die täglichen Gewohnheiten braucht ihr nicht, Jungs. Ich kann das deichseln. Wenn ihr mich hier fertig machen und danach in Ruhe den Geburtstag meiner Tochter feiern lasst, könnt ihr euch mir morgen anschließen und wir reiten zusammen da raus. Von Weitem werden sie Euch für meine Leibwache halten. Wenn wir erst dort sind, erzählen wir ihnen dann, dass ihr mich als Geisel genommen habt und mich dafür, dass ich euch zu ihm bringe, freilassen werdet. Von allem, was dann passiert, will ich nichts wissen, solange es mich nicht selbst betrifft.«

»Klingt annehmbar«, sagte ich.

»Schön. Und jetzt muss ich los. So furchterregend ihr auch seid, ihr werdet vor meiner Tochter verblassen, wenn ich sie noch länger auf ihren Kuchen warten lasse. Ralim bringt euch hinaus.« Er stieß einen kurzen Pfiff aus, und kurz darauf stand Ralim im Küchendurchgang und brachte uns zur Tür.

Mit einer Flasche seines besten Juatropfens im Gepäck, die Lokio uns noch mit auf den Weg gegeben hatte, kehrten wir in die Baue zurück.

Als wir durch die Gassen gingen, konnte ich sehen, dass Shale dasselbe dachte wie ich.

»Ich trau ihm nich, Gant. Nich für das Gold, das wir ihm gegeben haben. Ich würd sagen, wir gucken uns bei dem Anwesen mal um, vielleicht sehn wir ja irgendwen. Oder irgendwas, das uns herauszufinden hilft, wer die Morde auf dem Kerbholz hat.«

»In Ordnung«, sagte ich. »Kann sein, dass er uns nicht reingelegt hat. Aber wenn er uns anschmiert, hat er nichts zu verlieren. Nach allem, was wir wissen, wäre es keine Sache für ihn, einen Boten da raufzuschicken, um uns 'ne Falle zu stellen. Ich muss irgendwann mal nach meiner Wunde sehen, aber das kann warten, bis wir eine Stelle gefunden haben, von wo wir einen Überblick über das Anwesen haben. Wenn wir heute Nacht schon hochreiten, kann ich bei Tagesanbruch die Gegend auskundschaften, und du hältst Wache. Falls niemand auftaucht, kehren wir am späten Morgen zu Lokio zurück und gehen mit ihm, um diesen Kaufmann zu finden. Sollte dort irgendwas im Gange sein, sind wir zumindest vorbereitet darauf.«

»Ja, aber wir machen's andersrum. Du bleibst bei den Gäulen, um dich zu schonen, und ich tu mich da oben um«, sagte Shale.

Wir brachen direkt auf, holten unsere Pferde und ritten zurück durch die alten Stadtmauern und die Auffanglager, in denen jetzt Feuer brannten und der Geruch von Essen in der Luft lag, das schnelle Finger zubereitet hatten.

Während wir den Hafen hinter uns ließen, suchten wir mit den Augen bereits die vor uns liegende Westkuppe nach günstigen Aussichtspunkten ab und entdeckten ein paar vielversprechende Stellen in den Bäumen auf den hohen Hügeln, die jenseits des Anwesens lagen. Das Anwesen selbst war, wie Lokio gesagt hatte, an dem Mast und einem daran gesetzten Segel leicht zu erkennen.

Bald schon saßen wir ab und schoben uns zu Fuß durchs Gestrüpp zu der Baumgrenze vor, die die Rückseite der Westkuppe säumte. Es waren ein paar Meilen Schinderei, die Pferde durch den feuchten Dunstschleier zu führen, der in den Eucabäumen hing, und es kostete uns einige Kehrtwenden und Mühe, im Dunkeln einen gangbaren Weg die Hänge hinauf zu finden.

An einem Kamm, der sich unserer Schätzung nach hoch genug befand und annähernd gute Sicht auf das Anwesen bot, zogen wir uns wieder ein kleines Stückchen zurück, banden die Pferde an, und Shale machte sich ans Werk, meine Wunde frisch zu versorgen.

»Könnte sein, dass's hier oben Bären und Füchse gibt, Gant. Ich stell ma'n paar Fallen und guck mal, was kommt.«

Meine Sorge galt in Anbetracht der Pferde mehr Katzen und Wölfen. Doch Shale schwirrte ab und blieb bis nach dem Morgengrauen verschwunden. Nachdem ich etwas Kannab gekaut hatte, gönnte ich meinen Augen ein bisschen Ruhe, und irgendwann trat er mich gegen das Bein, um mich zu wecken. Er hielt mir eine Flasche hin, die er an einem Bach mit Wasser gefüllt hatte.

»Hab die Ruinen von irgend 'nem Außenposten gefunden. Ungefähr 'ne Meile von hier oder so. Prima Ausblick von da auf das Haupthaus. Die Moosbeer-Luta-Mischung auf unseren Glubschern wird ihr Übriges tun. Wir sollt'n alles bestens erkennen können, solang wir uns nich 'ne Kapuze übern Kopp ziehn. Müssen nur dem Kamm weiter folgen, die Klepper nehmn wir mit. Hab bis jetzt nichts gesehen, das so aussieht, als würdense was im Schilde führen gegen uns.«

Wenig später führten wir die Pferde über die felsigen Hänge zwischen den Bäumen. Im Morgenlicht war der Pfad zu dem ehemaligen Außenposten leichter zu erkennen, und noch bevor die Sonne ihren höchsten Punkt erreicht hatte, waren wir an den Ruinen. Die Schnitzarbeiten an den Balken des Eingangs bildeten den Stammbaum irgendeines Königshauses ab und erweckten den Eindruck, dass sie einer Zeit entstammten lange vor der Herrschaft derjenigen, die jetzt in Issana regierten. Die Schnitzereien waren stark verblichen und verwittert, die Mauern vom Wald überwuchert, große Teile von Baumwurzeln zerstört. Das, was von ihnen noch stand, spendete uns ein bisschen willkommenen Schatten.

Ich setzte mich und gab den Pferden etwas Wasser, während Shale über eine bröckelnde Steintreppe nach oben kletterte.

»Dann schmeiß mal was von der Mixtur rauf«, rief er, auf einer Mauerspitze balancierend.

Ich fand sie in der Satteltasche und warf sie ihm hoch. Mit seinem üblichen Gefluche und Gestampfe schmierte er sich die Augen ein. Man konnte fast meinen, er hätte frischgeschnittene Zwiebeln drübergestreut.

»Fantastische Stelle hier, Gant, wir können genau auf dieses Anwesen gucken. Ich kann 'n paar Leute rumrennen sehn. Hauptsächlich Grüne, dann noch'n paar Händler, dem Aussehen nach.«

Ich suchte die nähere Umgegend nach Stiefelabdrücken ab, hielt Ausschau nach der Lagerfeuerasche von Nomaden oder Soldaten, doch dieser Ort war wirklich verlassen. Hier gab es nichts als die Vögel ringsum, die sich auf den von der Sar herüberwehenden Winden durch die Luft tragen ließen.

Ich tränkte meine Augen, und der Blick ins Weite wurde klar und gestochen scharf. So viel gab es allerdings nicht zu entdecken – ein Mann, wahrscheinlich ein Quartiermeister, beladen mit Büchern und Rollen; eine Frau im Garten; Pferde und Reiter. Die Tiere waren wie die Puppen einer Prinzessin verziert, die Männer in bunt schillernde Seide gekleidet, die selbst auf diese Entfernung scharf und leuchtend hervorstach.

Es war Shale, der die drei Reiter bemerkte, die einen sich um ein paar der großen Herrenhäuser schlängelnden Weg hinaufgetrabt kamen. Sie machten einen sehr zielgerichteten Eindruck. Der vordere von ihnen saß auf einem wunderschönen Rappen. Die braune Mähne des Tieres war sorgfältig geflochten, es musste von dem Reiter sehr geliebt werden.

»Scheiße!«, sagte Shale. »Sieht aus, als hätte Lokio uns verraten. Das ist sein Mann Ralim, der, der uns gestern Abend unsere Schwerter abgenommen hat. Hat noch zwei dabei.«

Das Luta verlieh uns ausreichend Sehvermögen, um mit Gewissheit sagen zu können, dass sie es waren. Shale hatte recht. Der Mann auf dem Rappen war Ralim. Kurz vor den Toren eines des größeren Gebäude des Anwesens machten sie Halt. Es war rundherum von einer Mauer umgeben, einer hohen Mauer. Von unserem Aussichtsplatz aus, war sie jedoch nicht hoch genug, um uns den Einblick zu verwehren.

Es vergingen nur wenige Augenblicke, da trat ein Mann aus dem Haupthaus, und Ralim ging ihm entgegen. Sie trafen sich auf halbem Weg zwischen den in die weißgetünchte Ummauerung eingelassenen Toren und dem protzigen Eingangsportal des Hauses und redeten einen Moment miteinander. Der Mann trug Gewänder vom Feinsten, hatte ein gemütliches, seiner Lebensart geschuldetes Bäuchlein und war immerhin jung genug, dass sein dunkles Haar noch keine angegrauten Stellen aufwies; der Hausherr, Alon Filston, zweifellos.

»Lokio, du Ratte!«, stieß Shale hervor.

»Wir sollten schleunigst zurück, bevor Jaki ihm erzählt, dass wir letzte Nacht nicht in der Herberge waren, und er Verdacht schöpft.«

»Ja, machen wir. Aber wart noch kurz.« Wir beobachteten weiter die Szene und sahen Lokios Mann wieder aufbrechen. Aber vorher sprach er noch mit seinen beiden Begleitern. Daraufhin lenkten diese ihre Pferde in die eine Richtung davon, und er ritt in die andere, nach Nordosten.

»Wir müssen hinter Ralim her, die haben irgendwas verabredet«, sagte ich.

Shale nickte.

Die Sehkraftmixtur ist wenig geeignet, um Dinge in der Nähe gut zu erkennen. Also übergab ich Shale eine Leine, damit er mir half, während wir die Pferde über die bewaldeten Hänge wieder nach unten führten. Dort saßen wir schließlich auf und konnten uns in Richtung der befestigten Straßen in die Hafenstadt halten.

Unser Ritt zurück nach Ithilbucht war ein Wettlauf mit der Zeit. Wir konnten nur hoffen, dass irgendjemandem auf freier Strecke das Pferd aufgefallen war.

Wir hatten Glück. Eine Sklavenhalterkolonne und ein Söldnertrupp, die eine Weinkarawane von abseits gelegenen Höfen begleiteten, konnten sich an den Rappen mit der geflochtenen Mähne erinnern und wiesen uns einen Weg ins Land hinein, in ostwestlicher Richtung.

Wir ließen ein paar Münzen für Sichtungen springen und erhielten weitere Hinweise. Als ein paar Hirten uns in ein Tal verwiesen, konnten wir mit einiger Sicherheit davon ausgehen, dass er die Hauptstraße mied. Er wollte ins Hügelland, das sich als schmaler Silberhauch jenseits der steinigen, vergilbten Grasebene abzeichnete, die ihm mit ihrer mickrigen Vegetation wenig Möglichkeiten bot, sich zu verstecken.

Als wir ein Wasserrinnsal erreichten, das aus einer scharfkantigen Erderhöhung sickerte, konnte Shale ihn mit seinen getränkten Augen vor dem Hintergrund einer kleinen Baumgruppe ausmachen. Wir verabreichten den Gäulen eine Mischung und trieben sie voran. Jetzt würden wir ihn kriegen.

Ganz ohne Zweifel hatte er sich an einer von den wenigen möglichen Stellen versteckt. Er musste bemerkt haben, dass wir ihm folgten. Mit geschulterten Köchern und angelegten Masken trennten wir uns und ritten auf die Baumgruppe zu. Shale signalisierte als Erster.

Pferd hundertfünfzig west.

Dass meine Wunde bei jeder Art von Kampfhandlung wieder aufriss, war klar. So betete ich, Ralim möge sich auf Shale stürzen. Rasch zog ich mir zwei, drei Schluck einer Shiel-Kaffin-Mischung rein. Ich hoffte, dass die *Glorie* nicht nötig werden würde; der Preis, den ich hinterher für den Absturz bezahlen müsste, war einfach zu hoch. Die Schmerzen reichten auch so völlig aus.

Wir feuerten Pfeile in das Unterholz ab, dahin, wo wir ihn wähnten. Nach dem dritten Pfeil konnte ich ihn deutlich hören.

Einen Wimpernschlag später sirrte ein Pfeil keine zwei Fuß entfernt von mir durch die Luft.

Der Bursche wollte es offenbar wirklich wissen. Ich gab Shale ein Zeichen, dass er von der Seite her angreifen sollte, und gab mich der Mixtur hin. Schloss meine Augen und lauschte nur: Leder knackt anders als Holz, und Hanf noch einmal ganz anders. Er verlagerte sein Gewicht drei Bäume vor mir, sein Tritt bewegte die Gräser, ließ sie wie brutzelnden Schinkenspeck knistern, sobald er seine Position veränderte. Als das Spannen einer Hanfsehne an mein Ohr drang, ließ ich mich zu Boden fallen, öffnete die Augen und sah seinen Arm aus der Deckung hervorlugen. Der Pfeil flog an mir vorbei, und ich gab Shale das Pfeifsignal, das ihn wissen ließ, wo der Kerl steckte. Wie auch immer, Ralim hatte mich erspäht, und mit meinem Loch im Bauch und ohne Kampfgebräu war ich einfach nicht schnell genug, um es auf eine Flucht nach vorn ankommen zu lassen.

Ich hörte, wie neben ihm auf dem Boden zwei Beutel aufschlugen und von den Pfeilspitzen, auf denen sie saßen, aufgerissen wurden.

Nun war es mit seiner Vorsicht nicht mehr so weit her; hastig schickte er die Beutel mit einem Tritt in die Äste über ihm und wich vor dem herausstiebenden Staub um sich schlagend zurück.

Koordiniert rückten Shale und ich weiter vor, trieben ihn aus der kleinen Waldung ins offene Land. Schließlich bohrte sich einer von Shales Pfeilen in sein Bein, und mit einem Aufschrei geriet er ins Stolpern und schlug der Länge nach hin.

»Schnell, Shale, hin, der murkst sich ab!«, brüllte ich.

Binnen Augenblicken war Shale bei ihm und riss ihm seinen Feldgürtel weg, um ihn daran zu hindern, noch mehr Gift zu nehmen.

Das Zittern und die Lähmungserscheinungen breiteten sich rasch über seinen ganzen Körper aus. Die übliche wilde Stickwurz, auf Ska-Basis und mit Jubeeren-Alka versetzt, um ihre grausame Wahrheit zu verbrämen.

»Gleich wirste so schlimm scheißen und bluten, dass von dir bloß noch'n Sack aus Haut übrig bleibt«, sagte Shale, nah zu seinem Gesicht heruntergebeugt, während er rittlings auf ihm saß. »Deine ganzen Eingeweide machen schlapp, und das tut mir wirklich sehr leid für dich. Aber schau mal, hier diese Mixtur. Die nimmt das alles weg, wennde schnell mit deine Antworten bist. Kriegste das hin?«

Für ihn ging die Sonne allmählich unter. Das Gift nahm ihm all seine Kraft. Seine Augen waren ängstlich geweitet, und seine Kehle musste staubtrocken sein. Jetzt, wo ich ihn genauer betrachtete, sah ich, dass er wesentlich jünger war, als ich ihn vom letzten Abend her in Erinnerung hatte. Ich schätze, das machte es noch schlimmer für ihn. Kam mir vor, dass er bisher als Lokios Bandenmitglied immer nur in unserer Position gewesen war, während die Leute bettelnd und schreiend vor ihm gelegen hatten. Aber gegen jemand wie uns konnte er wenig ausrichten, und nun sah er, dass sein kurzes Leben schon fast am Arsch war.

Zwischen seinem Keuchen, den Krämpfen und den hoffnungslosen Versuchen, sich nicht in die Hosen zu kacken, flehte er um irgendwas. Wahrscheinlich darum, dass wir seinem Leiden ein rasches Ende machten. Shale durchsuchte seinen Feldgürtel, während der Junge anfing zu weinen. Knackige Erzdrudha-Mischungen aus der Harudan-Kommune sind eine krasse Erfahrung, zu welchem Zweck auch immer sie hergestellt worden sind.

Seine angeborene Hautfarbe, die Form der Nase und Augen wiesen ihn als einen Burschen aus den Viraten aus, Corobsmund oder Rotwall-Konföderation, weit im draußen im Osten.

»Wohin wolltest du?«, fragte ich ihn.

Als Antwort erhielt ich irgendein Geplapper in einer östlich klingenden Sprache. Sofort war Shale wieder über ihm und presste ihm einen Daumen aufs Auge.

»Noch mal! Gestern konnteste unsere Sprache noch ganz gut«, sagte er.

Das Jüngelchen schien nicht recht mit der Auskunft herausrücken zu wollen, doch als sich der Druck von Shales Daumen verstärkte, fiel ihm die Entscheidung nicht schwer.

»Filstons Weingut.«

»Hält er sich da auf? Alon?«, fragte ich.

»J-ja, Lokio hat mich zu dem Anwesen geschickt, um zu fragen, ob Filston zu Hause ist. Aber er besucht sein Weingut.«

»Dann hat Lokio also vor, uns in die Pfanne zu hauen, hab ich recht?«, fragte Shale.

Der Junge schüttelte den Kopf.

Shale ließ von ihm ab und hockte sich neben ihm auf den Boden.

Inzwischen tobte das Alka heftig in Ralims Kopf. Obwohl er uns völlig ausgeliefert war und in seiner eigenen Scheiße am Boden lag, schien er irgendetwas lustig zu finden. Mit geschlossenen Augen lag er murmelnd da, und ein Lächeln spielte auf seinem glattrasierten Gesicht, während die Angst, die von ihm Besitz ergriffen hatte, sich legte.

»Wo liegt das Weingut, Ralim?«, wollte ich wissen.

»Frohes Tal.«

Er krümmte sich jetzt, brabbelte irgendwas in seiner eigenen Sprache.

»Schwer zu sagen, ob wir verarscht worden sind oder nicht«, sagte ich.

»Scheiße, Gant, das erkennt doch'n Blinder, dass die uns reingelegt ham. Na, wenigstens könn'n wir so zu unsern eignen Bedingungen zu dem Weingut da kommen.« Das dachte ich auch, aber wir sollten bald schon erfahren, dass er damit falsch lag.

Er beugte sich vor und brach dem Jungen mit einer kurzen Drehung das Genick.

»Ich brauch 'ne Pfeife, Gant. Was macht die Wunde?«

»Geht so«, erwiderte ich.

Wir stopften eine Pfeife, teilten sie miteinander und brachten das Tosen von unseren Mixturen wieder auf ein erträgliches Maß.

»Dieser Dreckskerl aus den Bauen hat uns verraten. Wenn wir mit Alon fertig sind, geh ich zurück und knöpf ihn mir vor. Dem geb ich vier Goldstücke und so!«

Er lächelte, was meistens passierte, wenn er wütend war und versuchte, einen klaren Kopf zu bekommen.

»Wir werden wohl 'n bisschen Gebräu nehmen müssen«, sagte er. Ich nickte. Masken, die volle Palette Mixturen. Meine Eingeweide freuten sich jetzt schon darauf, und es würde nicht schön werden hinterher.

Das Frohe Tal lag, laut einigen Jägern, die uns ein paar Stunden später über den Weg liefen, etwa eine Tagesreise östlich. Wälder aus Silbereichen füllten das Land ringsum, und am nächsten Tag führten wir die Pferde durch einige davon, um zur Mündung des Tals zu gelangen.

Der Aufseher einer Gruppe von Waldarbeitern, ein dunkler, lederner Strich in der Landschaft von einem Mann, der damit beschäftigt war Eichen anzuzeichnen, zeigte uns den Weg zu dem Weingut selbst. Ich schnappte ein Wort auf, das, meinen dürftigen Issanischkenntnissen nach, verlassen oder tot bedeutete, dazu die hiesige Bezeichnung für »Fluss«. Auf den stießen wir dann später auch und folgten ihm auf seinem Weg zwischen den Böschungen der steiler werdenden Hügel hindurch bis zu Weinbergen.

Wir ließen die Pferde mit ein paar Münzen bei dem Waldhüter zurück, waren aber so schlau, bis auf die Sättel alles herunterzunehmen und gut zu verstecken. Wir konnten es nicht riskieren, dass sich jemand unsere ganzen Besitztümer unter den Nagel riss, falls etwas schief ging und wir die Flucht ergreifen mussten.

Es war ein eher kleines Weingut, mit Hängen voller Reihen von sich selbst überlassenen, verwahrlosten Rebstöcken, die beinahe ganz und gar von lauter anderen Sträuchern und Gräsern überwuchert waren. Der Fluss schlängelte sich an der Ostflanke des Guts entlang, beschrieb einen kleinen Bogen drumherum und stieß dann weiter nach Norden; eine natürliche Grenze.

Wir verbargen uns in den Bäumen auf unserer Seite des Flusses und schauten über die Hänge hinweg auf das Landhaus dahinter. Shale tränkte sich die Augen, während ich die Masken und die *Glorie* vorbereitete.

Läden dicht, Wege frei, signalisierte Shale, was uns beiden seltsam vorkam angesichts des bejammernswerten Zustands der Reben. Nirgendwo ließ sich auch nur der Anschein eines Gefolges erblicken, und genau an dem Punkt hätten wir uns aus dem Staub machen sollen.

Wir küssten uns und tranken die *Glorie*, schnallten uns gegenseitig die Masken fest und überprüften einer beim anderen, ob Gürtel, Waffenrock und Polster richtig saßen.

Man kann sich auf einen Kampf nicht allein vorbereiten, und wenn Ralim die Wahrheit gesagt hatte, dann würde Alon allem Anschein zum Trotz nicht allein dort sein. Ein Gildenmeister, der so reich war wie er, gäbe sich wohl kaum mit etwas Geringerem als Roten, Agenten und guten Söldnern als Leibwächter zufrieden. Ich hoffte, dass er hier war. Mit seinen Männern sollten wir schon fertig werden, und dann würde er uns erzählen, wer über die Zwanzig das Todesurteil gesprochen hatte. Und warum.

Als das Zähneklappern losging, nickte Shale mir zu. Die *Glorie* durchflutete mich und erhob ihre Schwingen. Augenblicke, in denen ich das Gefühl hatte, gar nicht mehr auf dem Boden zu stehen, bevor meine Füße wieder die Erde und Steine unter sich spürten, so fein ausbalanciert, als könnte ich mit meinen Schuhsohlen sehen.

Die Gürtel über unsere Köpfe haltend, schoben wir uns durch den tiefen, rasch dahinströmenden Fluss.

Das Luta war eine genau auf die *Glorie* zugeschnittene Mixtur. Obwohl es dunkel war, ließ der ölige Saft es so erscheinen, als würde ein sattgrüner Mond die Weinhänge erhellen und ließ das steinerne Landhaus wie einen Smaragd in der Sommersonne funkeln.

Mit eingezogenen Köpfen rückten wir durch die Rebstöcke vor, immer noch ungewiss, ob überhaupt jemand da war. Ich lauschte in die Nacht hinaus, tastete mit meinen Sinnen nach den Wachen, die aufgestellt worden wären, wäre das Gutshaus voll belegt.

Genau in dem Augenblick spürte ich es und gab das Zeichen, stehenzubleiben. Ich konnte den Fluss in der Erde wahrnehmen, das Geräusch seines Rauschens und Schäumens in meinen Ohren, aber da war noch eine andere Unruhe. Wie ein Nebel, der von Bäumen aufsteigt, für meine Augen aussehen würde, so fühlte es sich in meinen Füßen an. Da lag ein weiterer Ton über dem schwereren Lied des Flusses, der über die Steine in seinem Bett rollte.

Männer beim Haus, bedeutete Shale. Wir duckten uns im nächsten Moment, als mit dem Schnappen von Bogensehnen Pfeile in unsere Richtung flogen. Es war, als erhob sich ein Sturm um uns herum. Einer, drei, acht Männer und mehr kamen von Norden her durch den Fluss auf uns zu, und noch mehr ergossen sich vor uns aus dem Haus. Wie sie unter lautem Schnaufen unbeholfen durch das verfilzte Buschwerk brachen, leuchteten sie für meine Augen so hell wie Glühwürmchen. Sie mussten uns gesehen haben, als wir den Fluss überquerten. Und es waren weit mehr, als wir gedacht hatten.

Um uns herum schlugen Pfeile in Scholle und Reben ein, Sporenwolken stoben auf. Wir hatten unsere Augen mit Eichensaft präpariert und hielten die Nasen in die Luft, um die Art des Gifts erschnuppern. Ein Würgen oder Husten hätte uns verraten.

Agenten. Rote. Versuchen Zange. Beide Flanken, teilte ich Shale per Handzeichen mit, als ich sie die Ufer entlanglaufen sah.

Zehn, fünfzehn vor uns. Fünf von rechts. Rauch und Brand, signalisierte Shale zurück.

Wir ölten ein paar Kalkbeutel ein und brachten sie aus. Binnen Kurzem fingen die Sträucher und Weinreben Feuer, und in einigen Metern Umkreis um uns herum stieg dicker schwarzer Rauch empor. Das Hin- und Hergerenne zwischen den Holzpfählen ließ daraufhin deutlich nach. Durch meine in Luta schwimmenden Augen sahen die Flammen wie flatternde Smaragdwimpel aus. Agenten der Wacht dagegen benutzen für nächtliche Operationen eine Moosbeermixtur, die in den Augen schmerzt, sobald man in ein Feuer blickt.

Wir begannen, uns von dem Haus zurückzuziehen, Richtung Norden, wo wir eine geringere Präsenz von ihnen spürten. Überall um uns herum flogen Pfeile in die Reben, die meisten bestückt mit Pulvern. Entweder wurden wir getroffen oder nicht; wir konnten nur auf den Rauch und das Feuer vertrauen.

Ich deckte beide Seiten mit Pfeilen ein, haute sechs oder sieben der sich nähernden Gestalten mühelos weg. Das gab dem Rest von ihnen zu denken. Die *Glorie* stellte den Unterschied zwischen einer Schätzung, wohin sie sich wohl bewegten, und dem sicheren Wissen dar. Die Welt wird langsamer, wenn die *Glorie* dich regiert, selbst die Agenten mit ihren eigenen Mixturen erschienen jetzt schwerfällig und plump. Und das Sterben war wie Musik für mein Tosen.

Dann stieß der erste Schwung Wachtleute durch die Rebstöcke zu uns vor, ein paar wenige Agenten und einige Rote. Ein schriller Austausch von Pfiffen zerfetzte die Nacht, und der Pfeilbeschuss hörte auf. Ich schulterte Juletta und zückte mein Schwert.

Zwei kamen von rechts. Einer stürzte sich direkt auf Shale, weil der ihnen am nächsten war, der andere brach aus, um ihn von der Seite anzugreifen. Doch Shale war schnell, sein erster Hieb wurde zwar abgewehrt, aber der Schlag warf den Agenten aus dem Gleichgewicht. Im nächsten Moment wurde sein Bein aufgespießt, und das Gift entrang ihm ein Brüllen, als es ihn zu Eis erstarren ließ und hinrichtete. Shale tauchte unter dem Streich des anderen Agenten hinweg und brachte sein Schwert hoch. Es durchdrang das Leder des Mannes nur geringfügig, aber das reichte aus. Er war noch nicht auf dem Boden aufgeschlagen, da hatte Shale bereits den Bereich in unserer unmittelbaren Nähe mit ein paar Sporenbeuteln eingedeckt und wartete auf den nächsten, der seinen Zug machte.

Ein Angreifer näherte sich zu meiner Linken. Blasrohr hoch, und ein Pfeil blieb in meinem Leder stecken. Sofort stürzte ich mich auf ihn, drängte ihn zurück, und während er mit Mühe meine Hiebe parierte, verlor er die Balance. Ich stieß ihm mein Schwert durch die Brust, spürte durch Hand und Arm hindurch, wie Fleisch und Knochen nachgaben. Ein kurzes Zittern, als würde sein Leben aus ihm herausgeschüttelt werden, dann glitt sein schlaffer Körper nach hinten weg von meiner Klinge. Als ich wieder aufschaute, sah ich die grünen Gestalten von noch mehr Männern herannahen.

Ich opferte noch einen Ölbeutel, um den schon lustig um uns flackernden Rebstöcken ein wenig zusätzlichen Anschub zu geben. Das Feuer hatte einige Agenten, als sie sich zurückgezogen hatten, um eine günstigere Angriffsposition zu finden, von den Kampfhandlungen abgeschnitten. Aber es schadete auch ihrem Ziel, also verlegten sie sich auf ihre eigenen Beutel mit Pulvern. Überall auf dieser Seite des Weinguts regneten sie vom Himmel herab.

Pulver hart links. Nimm rechte Flanke, signalisierte Shale. Ihm wie mir war klar, dass unsere einzige Chance darin bestand, es wieder zum Fluss runter zu schaffen, um in den Wäldern dahinter dann vielleicht zu entkommen.

Ich schleuderte noch ein paar Beutel in die Nacht, und dann rannten wir los, direkt auf ein paar Männer zu. Als wir aus der Deckung des Rauchs auftauchten, blieben sie stehen und nahmen uns unter Beschuss.

Ich fing mir einen Blasrohrpfeil im Arm ein, und Shale bekam einen in die Schulter, aber das hielt uns nicht auf. Ihr Mondsamenverschnitt war bei uns nutzlos, und das schon seit Jahren.

Der Erste, an den wir herankamen, nur ein Roter diesmal, besaß eine etwas zu große Vorliebe für die Technik, die man ihm beigebracht hatte. Die Jungs lassen sich so wunderbar einstampfen und kaltstellen, weil sie denken, man spielt mit seinen Kampfhaltungen wie sie bei ihren Waffenübungen nur rum. Nachdem ich ihm den Arm abgehackt hatte, ging er zu Boden. Sah nicht so aus, als ob es dieser Tage viel bedurfte, ein Agent oder Roter zu werden. Doch ich durfte nicht davon ausgehen, dass sie sich alle so leicht aus den Sandalen hauen ließen. Schätze, sie waren auf einen gut vorbereiteten Gegner wie uns nicht gefasst. Von dort, wohin ich vorhin die Beutel geworfen hatte, drang ein Röcheln und Schreien herüber; Agavenpulver in den Augen oder im Rachen ist keine schöne Sache. Unterdessen schwärmten vor uns drei weitere aus, einer von ihnen, dem Gebaren und seiner Haltung nach ein Hauptmann. Außerdem atmete er nicht so heftig wie seine Jungs.

Shale erzwang den Kampf mit ihm. Er wusste, dass ich mit meinem genähten Bauch nicht sehr beweglich war. Ich rückte gegen die beiden anderen vor und vertraute darauf, dass sie genug Respekt vor mir hatten. Dann war von der Stelle in den Weinstöcken her, die ich mit Pulver eingedeckt hatte, ein Knarzen zu hören, und ein Pfeil löste sich von der Sehne eines Bogens; im Flug schien er die Welt an sich zu ziehen, während er wie ein eiserner Mauersegler die Distanz überwand.

»Shale!«, schrie ich, als der Pfeil in seine Schulter schlug. Die kurze Warnung reichte, dass er sich mit der Wucht des Aufpralls abrollte, ein Manöver, mit dem der Hauptmann nicht gerechnet hatte. Einer der Agenten vor mir wagte einen Ausfall, um mich in Richtung des näherkommenden Bogenschützen zurückzudrängen, der bereits ein paar Dolche für mich zückte. Sie wirkten jetzt ein bisschen, als hätte sie der Blutrausch gepackt. Diese Jungs machten Druck. Gleichzeitig warteten sie darauf, dass der Pfeil Shale auszubluten begann. Der kämpfte jedoch weiter, als wär nichts passiert. Er prügelte den Hauptmann mit seiner Klinge nur so vor sich her. Jeder Bewegung des Hauptmanns passte er sich mit spielerischer Leichtigkeit an, und dann brachte er ihm einen Schnitt, zwei Schnitte bei, und das Gift war im Blut des Mannes. Als es ihn kurz unachtsam werden ließ, schlug Shale ihm mit einem mächtigen Hieb von der Seite sauber den Kopf ab.

Der abgetrennte Kopf lenkte einen der Jungs vor mir ab, der einen Moment brauchte, um zu begreifen, was da geschah. Den Moment nutzend griff ich an. Seine Parade zwang ihn, die Kampfhaltung aufzugeben, und ich erwischte ihn am Knie. Während er die letzten Augenblicke seines Lebens mit Brüllen ausfüllte, suchte ich mir wieder festen Stand, um mich dem nächsten Gegner zu stellen.

Sein Waffenbruder ging in die Offensive, versetzte mir einen Hieb quer über die Schulter. Er drang durch meine Polster, schnitt in mein Fleisch und ließ mich einen Schritt zurücktaumeln, während ich meine Benommenheit abzuschütteln versuchte.

Durch die Lücke zwischen mir und meinem Angreifer schleuderte Shale ein Messer auf den Bogenschützen mit den Dolchen, der mir von hinten auf den Pelz rücken wollte; ein paar Tropfen von dem Gift klatschten uns in die Gesichter, als das Messer durch uns hindurchgewirbelt kam. Es bohrte sich seinem Ziel bis ans Heft in den Kopf.

Der Junge zögerte jetzt, nun, da er allein mit uns war. Er war rasch Geschichte.

Wie ließen weitere Kalkbeutel ihr Werk in den Rebstöcken rundum verrichten und verschafften uns so neue Deckung. Pfeifsignale ertönten, und wieder hagelte es Pfeile, als sie den frischen Rauch aufquellen sahen. Fluchend zog Shale an dem aus seiner Schulter ragenden Schaft.

»Grab das Scheißding aus«, zischte er, »ich kann mein' Bogen nich benutzen.«

Wir kauerten uns auf den Boden, und Shale hielt einen Beutel Agavenpulver bereit, während ich den Pfeil herausschnitt und einen starken Wickel aus Kannab und Wiesenknöterich in die Wunde drückte.

Immer mehr Pfeile rissen Löcher in die Holzpfähle und Reben. Das Pfeifen kam näher.

Arm, gestikulierte Shale und deutete auf die Stelle, wo es mich erwischt hatte.

Keine Zeit, gestikulierte ich zurück.

Ich klebte etwas Stoff auf seine Schulter, um den Wickel abzudecken und zu fixieren. Sie waren nun keine fünfzehn Meter mehr entfernt. Ich hörte ihr knirschendes Leder und konnte sie fast riechen. Wegen des Rauchs strahlten sie jetzt weniger hell, aber ich erkannte, wie sie sich Zeichen gaben, um ein Netz um uns zu bilden. Es sah nicht gut aus für uns.

Blüte, signalisierte Shale, berührte seine Brust, wo an einem Halsband, das er unter seinem Waffenrock trug, die Kapsel mit seiner Schicksalsblüte hing.

Glück im Unglück, gab ich zurück, klopfte auf meine eigene Kapsel, was mir auf seltsame Art und Weise ein Gefühl von Unangreifbarkeit gab. Der Verzehr einer Schicksalsblüte bedeutet den sicheren Tod. Sie überlastet den Körper. Ihre Auswirkungen auf Muskeln, Knochen und Blut rufen Veränderungen hervor, die zu schnell und heftig ablaufen, als dass man sich daran anpassen könnte. Man benutzt sie, wenn eine Gefangennahme schlimmer ist als der Tod.

Fußangeln links voraus, warnte mich Shale, die Schicksalsblüte vorerst Schicksalsblüte sein lassend. *Ich gehe links vorbei, du nach rechts zum Fluss*. Shale würde sie beschäftigen und von mir weglocken, damit ich eine Chance hatte, es zu schaffen.

Dort, wo wir uns befanden, wurde es allmählich ungemütlich, und ich duckte mich noch tiefer, als eine Gestalt vor mir die Rebstöcke durchquerte. Offenbar hatte sie keine richtige Ahnung, wo wir steckten, hoffte aber, uns zu überraschen. Als ich auf sie zusprang, erblickte sie mich.

»Jetzt hab ich dich, Gant«, sagte die Gestalt, und nun, da der Mann vor mir stand, erkannte ich ihn. Es war Gilgul.

»Bisschen spät, Fettarsch, inzwischen hab ich die *Glorie*.«

Er war so stark, wie zu erwarten, und nachdem ich einen Hieb abgewehrt hatte, stürzte ich mich auf ihn, um ihn niederzuwerfen. Doch er war vorbereitet, und ich handelte mir nur einen Schlag in die Fresse ein sowie einen raschen, aber heftigen Tritt gegen das Knie. Für einen kurzen Moment verschwamm mir die Sicht, und auf meinem gesunden Bein hüpfte ich zurück, um mein Schwert ins Spiel zu bringen. Aber er war schneller, setzte mir hinterher und rammte mir mit voller Wucht sein Knie in den Bauch. Greller Schmerz durchzuckte mich.

»Denke, ich halt dich 'n bisschen auf Trab, während meine Jungs deinen Schatzi aufschlitzen.«

Angesichts der Wunde in meinem Leib befand er sich ganz klar im Vorteil.

Einen Augenblick lang, in dem ich testweise mein angeschlagenes Knie belastete, konnte ich lediglich parieren. Als Nächstes führte ich ein paar Kombinationen aus, während ich versuchte, Muster in seinen Angriffen zu erkennen. Oftmals macht die Kenntnis bestimmter Kampfroutinen bei entsprechendem Training, wie man sie zu seinem Vorteil nutzen kann, den entscheidenden Unterschied zwischen zwei guten Schwertkämpfern aus. Ein Grund mehr, Kailen dankbar zu sein.

Gilgul zog sich etwas zurück, um Zeit zu gewinnen, während ich hörte, wie Shale in die Mangel genommen wurde. Dann, als mir bewusst wurde, was er beabsichtigte, nahm ich ihn mir richtig zur Brust. Er grinste und leckte sich die Lippen, als wäre das genau, was er gewollt hatte: ein harter und aggressiver Gegenangriff, um herauszufinden, wie meine Beinarbeit in der Offensive war. Er versuchte, mich dazu zu verleiten, mich auf Öffnungen in seiner Deckung zu stürzen, aber diese Lücken waren zu offensichtlich.

Gegen jemanden wie mich hatte er noch nie gekämpft. Schließlich ließ ich wieder ein bisschen von ihm ab. Es dauerte ein bisschen, bis er kapierte, dass ich ihn müde machen wollte, während ich selbst meine Kräfte schonte. Ich erwischte ihn in dem Moment, als er seine Körperhaltung anpasste, während des einen Atemzugs zwischen vorheriger und neuer Ausrichtung.

Ich hatte ihn beobachtet, als wir uns umkreisten. Er vollführte fünf oder sechs Finten und wechselte dann seine Stellung. Aber immer, wenn sein rechter Fuß nicht vorn war, machte er einen Zwischenschritt, um in Position zu gelangen. Ich stieß zu, als er den tat, attackierte ihn rechts, um ihn nach links zu bewegen, und als er sein Schwert rübergebracht hatte, um meines abzulenken, ging ich hinein. Erwischte ihn mit einem Messer am Arm, ein schneller Stich, um ihn zu vergiften. Auch wenn man es bei seiner klotzigen Statur nicht vermutete, hatte er mit seinem Tritt doch eine ziemliche Reichweite. Sein Fuß traf mich mitten vor die Brust, presste mir die Luft aus den Lungen und ließ mich zurücktaumeln. Ich sah, wie er seinen Arm schüttelte. Die Betäubung setzte ein.

»Das ist nichts von der gewöhnlichen Scheiße, vor der euer Kampftrank euch schützt«, sagte ich. »Am besten kommst du her, solange du deine Arme noch benutzen kannst.«

Er zögerte, wie ich es erwartet hatte. Er dachte, ich wollte, dass er auf mich losging, doch was ich in Wahrheit wollte, war, dass er zögerte. Und das Gift würde seine Wirkung schnell entfalten, da es frisch vom Kocher kam, stark und unverdorben. Er wechselte sein Schwert in eine Hand anstelle von zwei, und da ging es auch schon los. Sein Atem wurde schneller. Um Shales willen konnte ich die Sache nicht in die Länge ziehen, auch wenn mir das lieber gewesen wäre. Ohne weitere Zeit zu verlieren, griff ich ihn an, und er machte ein bisschen mit, doch ohne seine volle Reichweite hatte er mir nicht viel entgegenzusetzen. Bald hatte ich ihm den toten Arm abgetrennt und ihm mein Schwert durch die Eingeweide gezogen, bevor ich ihm noch ein Bein amputierte. Das war's für ihn.

Ich hörte das Klirren und Zischen von Stahl, als Shale ein paar von ihnen beschäftigte, damit ich dort wegkam. Sie setzten ihm hart zu. Einer deckte ihn aus zweiter Reihe mit Blasrohrpfeilen ein, während die anderen defensiv blieben, aus dem Weg tänzelten oder ihn anstachelten, wenn er sich nicht entscheiden konnte, wen er angreifen sollte.

Weitere Sporenbeutel kamen auf ihren Pfeilen herangerauscht und ließen giftige Wolken aufsteigen, wohin immer sie fielen. Wenn sie so weitermachten, würden sie bald selbst alle außer Gefecht gesetzt sein, aber irgend ein anderer Hauptmann spielte wohl auf Risiko in der Hoffnung, uns ruhigstellen zu können.

Shale war die Grazie selbst, denn die *Glorie* schenkt einem eine gänzlich natürlich anmutende Kraft und Balance. Ich rannte zu ihm. Wenn ich schon starb, dann an seiner Seite. In dem milchigen Grün der Welt konnte ich sie hecheln und herumspringen sehen, während er die Holzpfähle und Sträucher dazu nutzte, ihr gemeinsames Vorgehen zu behindern, und dabei immer noch Zeit fand, im Vorbeigehen Fußangeln auszulegen. Obwohl auch er nach Atem rang – die Gifte fanden offensichtlich langsam Halt, während immer mehr Schnitte seine Leder zerfetzten.

Die Häscher fingen an zu röcheln, würgten an ihren eigenen Sporen. Aber die Flammen loderten immer höher und behinderten unseren Weg quer über den Weinhang. Der ganze Ort brannte lichterloh, da es Tage her war seit dem letzten Regen.

Langsam, wie ich war, musste ich mich immer wieder diverser Angriffe erwehren. Einer drehte sich um, als ich mich ihm von hinten näherte. Er stieß einen Signalpfiff aus, bevor er versuchte, mich mit irgendeinem von ihren Pulvern zu blenden. Die Lutamischung würde meine Augen schützen, aber die *Glorie* verschaffte mir genug Eindrücke, sodass ich die Lider schloss, als das Pulver hervorstob. Was der Mann unternahm, konnte ich auch anhand von Geräuschen, Vibrationen und seinem Geruch verfolgen.

Einen Moment später konnte ich ihn zu einem Angriff verleiten, und anstelle von mir traf sein Schwert einen Pfahl. Als er daraufhin an seiner Klinge herumzerrte, rammte ich ihm einen Stiefel in den Leib und, kaum dass er sich zusammengekrümmt hatte, mein Schwert in sein Kreuz.

Meine Kehle fühlte sich inzwischen ein bisschen kratzig an. Die, mit denen sich Shale gerade herumschlug – unter ihnen ein Agent –, hatten ihre Masken ebenfalls nicht auf und hackten blind in der Gegend herum. Immerhin waren sie Manns genug, um weiterzukämpfen. Einer wurde von Shales Angriff zurückgedrängt und trat in eine Fußangel mit hinlänglich Gift, dass es im Nu aus war mit ihm. Der Letzte, der Shale ans Leder wollte, wurde getötet, als ich erschien und ihn in Shales Klinge hineintrieb. Ich sah mich gerade nach weiteren Gegnern um, da hörte ich ein Horn ertönen, hinter uns, in der Nähe des Hauses. Dort wurde gekämpft! Verblüfft sahen Shale und ich uns an, fragten uns, welchen Grund das wohl hatte, doch angesichts unseres Zustands war es besser, von hier zu verschwinden, bevor noch weitere Agenten uns fanden.

Das Feuer um uns herum breitete sich rasch aus. Ein paar Pfiffe gingen noch hin und her. Man konnte jetzt kaum noch was erkennen, und hustend und würgend brachten wir die letzten Meter zum Fluss hinter uns.

»Du bist zurückgekommen. Das war so nicht geplant«, zischte Shale, als wir abermals unsere Gürtel lösten und ins Wasser gingen, um ans andere Ufer zu waten.

Ich hatte keine Kraft mehr zum Reden, mein Kopf hämmerte, während das Tosen sich legte. Der Schnitt an meinem Arm schmerzte wie verrückt. Ich konnte kaum Gürtel und Bogen über Wasser halten. Mein Bauch fühlte sich auch nicht gut an. Irgendwann musste die Wunde aufgegangen sein.

Wir müssen deinen Arm verbinden, gestikulierte Shale, als er das ganze Blut sah, während wir auf der anderen Seite aus dem Fluss stolperten.

Wir machten einen Augenblick halt, und er arbeitete schnell, wobei er versuchte, seinen Husten zu unterdrücken. Kannabwasser für seine Augen, und dann mein Arm, die Polster weggeschnitten, damit er an die Wunde kam. Ein bisschen eingepuderte Rinde auf den Schnitt und ein paar getränkte Baumwollstreifen drauf. Fertig.

Wir trennen uns. Zwei Meilen. Nord und Ost. Pferde in zwei Tagen, teilte er mir mit Handzeichen mit.

Ich quälte mich auf die Beine und machte mich auf Richtung Osten. Im kalten Mondlicht schleppte ich mich zu dem vor mir liegenden Wald, das Gepfeife und das Prasseln des brennenden Weinguts hinter mir lassend.

Ich weinte wie ein kleines Kind. Der Absturz war brutaler, als ich es je in all den vielen Wintern erlebt hatte. Den größten Teil des folgenden Tages brachte ich, während ich für die Farbe büßte, zusammengerollt unter einem Felsüberhang zu. Ich schiss mir die Seele aus dem Leib und kotzte jeden Streifen Trockenfleisch, jeden Keks, den ich aß, sofort wieder aus. Die Schmerzen in meinem Bauch waren kaum zu ertragen. Als dann auch noch Fieber einsetzte, hatte ich das Gefühl, von innen heraus zu verbrennen. Shale war irgendwo da draußen und befand sich in dem gleichen Zustand.

Wenn uns jetzt einer fand, dann war's das gewesen.

Kailen und die ›Zacke‹

Dies ist der Bericht eines namenlosen rhosidischen Lords über die Schlacht von Ubetzwan, 641 OE, gegen ein tetswanisches Heer, das an den rhosidischen Grenzen Chaos und Verwüstung angerichtet hatte. Nebenbei bemerkt begegneten sich Kailen und Harlain erst nach der darauffolgenden Schlacht dieses Feldzugs, und Letzterer wurde Teil der Zwanzig.
Goran

Die Tetswaner hatten einen vorzüglichen General, Orko Trisi. »Orko« ist übrigens ihr eigener Begriff für General. Er machte hinsichtlich ihres Mangels an Pferden aus der Not eine Tugend und ergriff erschreckend wirksame Maßnahmen gegen unser Kraut. Er besiegte uns in zwei Gefechten, bei denen er seine südliche Flanke mit Seeyaltanern gestärkt hatte. Fürchterliche Wilde, aber grimmige Soldaten.

Ich war zu der Zeit Hauptmann, gerade erst befördert worden. Ubetzwan war das erste Mal, dass ich ein paar Soldaten befehligte. Für jemanden, der wie ich von der Küste stammt, ist das Landesinnere von Südrhosidia mörderisch heiß. Die Tetswaner verfolgten das Ziel, unsere Grenze zur Oase von Vorposten Vierzig zurückzuschieben, von dem Ihr schon gehört haben werdet, wenn Ihr etwas über rhosidische Geschichte wisst.

Wir waren recht zuversichtlich angesichts des Umstands, dass sie kaum mehr hatten als einige leichte Pferde. Wir hingegen verfügten über annähernd tausend gute Pferde aus Alagar, wo man uns unterstützte, weil man sich wegen der eigenen Grenze zu Tetswana und dessen Aggression Sorgen machte.

Die tetswanischen Truppen waren ausgezeichnet. Bestens gedrillt stießen sie blitzschnell vor, während wir noch unsere Flanken organisierten. Unser General schickte, nachdem unsere Bogenschützen sie vermeintlich ein wenig weichgeklopft hatten, eigene Fußtruppen los. Doch als sie sich der feindlichen Linie näherte, wechselte man dort auf Kommando die Formation. Die Tetswaner bildeten eine Zacke aus, einen Keil, der unerwarteterweise von ein paar ihrer besten Männer und Frauen angeführt wurde. Wir zahlten einen hohen Preis für die Erfahrung, dass sie ein Gegenmittel gegen unseren Staub besaßen, denn all unsere Salven ließen sie kein bisschen langsamer werden.

Mir nichts, dir nichts hatten sie die Linie unserer Fußtruppe in Unordnung gebracht und zersplitterten sie. Ich befehligte eine Einheit in der Nähe der Nachhut unseres Heers und erkannte, dass wir ihrer Formation herzlich wenig entgegenzusetzen hatten.

Unser General gab das Signal für die seitlich positionierten Reiter, aber der Keil ließ sich an den Flügeln schlecht packen. Nichtsdestotrotz warfen sich unsere vordersten Pferde in die von Speeren strotzenden Flanken des Feindes. Doch als sie in den Keil eingedrungen waren, wendeten sich die hintersten Truppen des Feindes in einer Art Gegenflanke unserer berittenen Schar zu. Dadurch bekamen sie die Reiter quasi auf dem Silbertablett präsentiert, als die mittig in den Keil einbrachen, um ihn zu zersprengen.

Diese Gegenflanken fingen augenblicklich an, ihre Speere auf die Pferde zu schleudern, die von disziplinierten Lanze- und Schildformationen an der Seite des Keils auf der Stelle festgehalten wurden. Es dauerte nicht lange, und unsere Reiterei war gezwungen, sich neu zu gruppieren. Bis das geschehen war, hatten die Tetswaner die Linie der Fußtruppen durchbrochen und stürmten auf unsere Bogenschützen und Reserveeinheiten zu. Panik griff um sich. Ich befahl meinen Männern, die Stellung zu halten, wurde jedoch von ihnen verspottet und stehengelassen, um entweder dem Feind entgegenzutreten und mutig zu sterben, oder aber ebenfalls zu fliehen. Ich entschloss mich vernünftigerweise zu Letzterem.

Das nächste Gefecht lief ganz ähnlich ab und führte zu einer Bilanz, die mich und etliche andere Hauptleute schlechterdings entsetzte. Es war nicht zu erkennen, dass unsere Führung auch nur die Idee von einer wirksamen Erwiderung auf die von den tetswanischen Fußtruppen angewendete Zacke hatten. Wir mussten an die zehntausend Mann in beiden Schlachten verloren haben. Außerdem fielen sechs Standarten in die Hände des Feinds, die unsere Generäle unbedingt zurückhaben wollten, denn die vier, die sie in der ersten Schlacht erbeutet hatten, wurden während der zweiten zur Schau gestellt, um uns zu verhöhnen.

Ubetzwan war eine Siedlung, die an einem strategisch wichtigen See errichtet worden war. An dem dem Ort gegenüberliegenden Ufer befand sich Vorposten Vierzig. Die Regenzeit stand an, und wenn es uns gelang, die Siedlung einzunehmen und zu halten, würde uns das einen bedeutenden Vorteil verschaffen, sobald der Regen das Becken wieder aufgefüllt hatte.

Zu der Zeit waren wir froh um jeden Soldaten, und die Königin, die überaus erlauchte Königin Vaurn, nahm Geld bei verschiedenen Gilden und Handelsleuten auf, um den Krieg und die Rekrutierung von Söldnern sowie noch mehr Pferden von den Maiol von Algar zu finanzieren.

Es gab da einen Söldner namens Kailen in unseren Reihen, etwa in meinem Alter und offenbar adeliger Abstammung sowie

Träger der Purpurrose der Harudanischen Kriegsakademie. Er hatte den Antrag gestellt, bei der Versammlung des Kriegsrats, auf der dieser über einen Angriff auf Ubetzwan beriet, anwesend sein zu dürfen.

Anfangs nahm er sich allenfalls aus wie jemand mit schlechten Manieren. Bei jeder Auslassung der Generäle hinsichtlich taktischer Fragen verdrehte er die Augen, sog die Wangen ein oder seufzte laut und schüttelte unübersehbar den Kopf. Egal, ob es um die Nutzung des Terrains ging oder wie wir versuchen wollten, die Formation der feindlichen Truppen aufzulösen – er brachte eine an Verachtung grenzende Haltung zum Ausdruck. Dieser erste Eindruck wurde von seinem eigenartigen Erscheinungsbild nicht gerade gemildert. Infolge irgendeines Missgeschicks mit seinen Tränken sah seine Haut hölzern aus und fühlte sich, wie jemand mir sagte, anscheinend auch so an. Sehr merkwürdig jedenfalls. Das verlieh ihm einen Anschein von Wildheit, der den Generälen eindeutig missfiel.

»Irgendjemand sollte diesen Wichtigtuer da rauswerfen und ihm einen Tritt in den Arsch geben, während wir diesen Krieg zu gewinnen versuchen!«, machte unser Heerführer in Kailens Beisein seiner Verärgerung Luft.

»Ihr habt dargelegt, was Euren Streitkräften zwei Mal widerfuhr, Kriegsherr, doch Ihr unterbreitetet keine Lösung«, erwiderte Kailen. »Lasst mich es für Euch tun.«

Wir dachten alle, dass man ihm für diese Frechheit das Rederecht entziehen würde; das war schon für weniger geschehen und Männern von höherem Rang als dem seinen.

»Ich könnte etwas Belustigung dringend brauchen, junger Kailen, und außerdem muss dieser Becher hier nachgefüllt werden. Also bitte, Ihr habt das Wort, die Karte und die Figuren gehören Euch.«

Er breitete die erste Schlacht in der gleichen Ausführlichkeit aus, wie ich es hier tat, und legte die Schwächen unserer Taktik schonungslos dar.

Er ging richtigerweise davon aus, dass der tetswanische General ebenfalls nur über begrenzte Optionen verfügte, wie er seine Kräfte einsetzen konnte. Allerdings hatte er die mit großem Erfolg genutzt. Immerhin verfügten wir über berittene Nahkämpfer, Fußsoldaten und Reiterbogenschützen und hatten trotzdem den Kürzeren gezogen. Auch brachte Kailen die konkrete Bestückung unserer Pfeilsäckchen zur Sprache und klärte uns über die Gegenmaßnahmen auf, welche den Tetswanern dagegen blieben. Unsere Drudhas bestätigten, dass seine Beurteilung weitestgehend den Gegebenheiten entsprach. Kailen und sein ausgezeichneter Drudha Ibsey verfügten über ein exorbitantes Wissen bezüglich der in der Region in ausreichender Menge vorhandenen Pflanzen.

Dann nahm dieser Söldner die Reiterei von der Kriegskarte und ersetzte jede *Centa* – sprich: jede Einheit von jeweils hundert Pferden – durch mit Bögen ausgerüstete Fußsoldaten hinter einer Frontlinie aus Nahkampffußtruppen. An deren Flanken platzierte er sodann die Reiterbogenschützen. Das war ein Zug, der selbst mir völlig widerstrebte.

Doch er stellte sich hin und behauptete mit kühler Arroganz, dass wir zwar einen großen Teil unserer Fußtruppen verlieren, im Gegenzug jedoch den Tetswanern eine vernichtende Niederlage beibringen würden, solange wir uns nur an seinen Plan hielten. Weiterhin schlug er vor, seine Drudhas nach deren eigener Rezeptur einen neues Gemisch für unsere Pfeilsäckchen zubereiten zu lassen.

Kailen wies noch auf einen zweiten strategischen Schwachpunkt in den Plänen der Generäle hin. Solange die Tetswaner Ubetzwan hielten, bestand für sie überhaupt keine Veranlassung, den Fluss zu überqueren. Überdies würde das fast trockene Flussbett so kurz vor der Regenzeit ohnehin kein großes Hindernis darstellen, da es kaum noch Wasser führte. Trotzdem würden die Uferböschungen jegliche Formationswechsel während des Marschs zu einer Herausforderung werden lassen, und das keine tausend Meter vom Rand der Siedlung entfernt.

Also organisierten wir unsere Linien, wie wir es vorher getan hatten, zumindest für die Augen der Tetswaner: Der Feind sah die Truppen, die er sehen musste. Doch die Bogenschützen hatten wir mit Äxten und Schilden ausgestattet, sodass sie wie normale Fußtruppen wirkten, und dass alle Reiter einen Bogen mit sich führten und ihre Satteltaschen mit unter Decken verborgenen Köchern vollgepackt hatten, ließ sich aus der Entfernung nicht ausmachen.

Singend und mit Geschrei stapften die Tetswaner im Gleichschritt, mitten unter ihnen hocherhoben die von uns erbeuteten Standarten. Wieder staunten wir darüber, wie außerordentlich gut sie gedrillt waren, als sie ihre Formation änderten und sich ihre Zacke ausbildete.

Unsere Fußtruppen rückten aus, um sie zu empfangen. Meine Einheit und die der anderen Hauptleute, welche die jetzt auf Schusters Rappen marschierenden Soldaten der Reiterei kommandierten, hatten strikten Befehl, dort zu bleiben, wo wir waren, und ihnen auf keinen Fall zu folgen. Wie gehabt richtete unser Pfeilhagel wenig aus, um ihre Linien zu durchbrechen, und mehr oder minder unbeeindruckt hielten sie stur auf uns zu. Kailens Drudhas hatten unserem Heer geholfen, eine Mixtur zusammenzubrauen, die erst mit Verzögerung wirkte, was unsere Kriegslist noch effektiver machen würde.

Unsere Fußtruppen taten, was sie konnten, und ich war bestimmt nicht der Einzige, für den es die Hölle war, dabei zusehen zu müssen, wie diese tapferen Männer, unsere Landsleute, starben. Niemand hatte ihnen gesagt, auf welche Weise diese Schlacht gewonnen werden sollte. Hätten wir es getan, wären sie wohl in Massen desertiert, zumal nach zwei verheerend demoralisierend wirkenden Niederlagen.

Kailen hielt sich bei den Generälen auf und verfolgte die Entwicklungen hauptsächlich anhand der Horn- und Flaggensignale, die von den an den Flügeln positionierten berittenen Bogenschützen ausgingen.

Sein Zeitplan war perfekt. Kaum war die feindliche Truppenspitze zu den hinteren Reihen unserer Fußsoldaten durchgebrochen, da griffen die Reiterbogenschützen sie von den Flanken her an. Im gleichen Möment erhielten wir den Befehl, unsere eigenen Bogenschützen zu schützen und vor deren Formation kleinere Keile zu bilden. Als die tetswanische Zacke langsamer wurde, um sich der drohenden Attacke zu stellen, hielten die Reiterbogenschützen sich außerhalb der Reichweite ihrer Speere. Damit waren sie aber immer noch nah genug am Feind, um ihn mit Pfeilen beschießen zu können. Mochten die Männer an den Flanken des tetswanischen Keils auch leidlich vorbereitet sein auf eine solche Situation, so machten ihnen die Pfeilsäckchen, die wir zwischen ihnen platzen ließen, doch ziemlich zu schaffen. Selbst bei dem bestenfalls lauen Lüftchen, das an jenem Tag ging, bedurfte es nur einer geringen Menge dieses Pulvers, um unseren Leuten die Tränen in die Augen zu treiben und sie ihre Kapuzen überziehen zu lassen. Ihre Soldaten litten jedenfalls ganz exquisit, als das Pulver um sie herum aufstob.

Natürlich bestand ihre Reaktion darin, nach dorthin vorwärtszudrängen, wo unsere Bogenschützen standen und immer mehr dieser Säckchen auf ihre Einheiten herabregnen ließen. Das, was von unserem Fußheer noch übrig war, floh an uns vorbei. Vor die Wahl gestellt, entweder ihre Formation aufzulösen und sich der Reiterbogenschützen an ihren beiden Flanken anzunehmen, oder aber weiter in Richtung der Bogenschützen vor ihnen vorzustoßen, brach die Zacke auseinander, um unsere Reiter anzugreifen. Obwohl das Pulver nicht tödlich war, konnten die Tetswaner doch kaum etwas sehen, und ihre Hauptleute bemühten sich vergebens, sie in geordneten Reihen zu halten, als sie ohne Sinn und Verstand ausschwärmten, um die berittenen Bogenschützen zu stellen. Die wiederum waren, wie Ihr gewiss längst richtig geschlussfolgert habt, schnell genug unterwegs, um sich ihnen immer wieder aufs Neue zu entziehen und sie auf diese Weise zu Tode zu hetzen.

Wir verloren an jenem Tag siebenhundert Mann, sie verloren siebentausend. Die Standarten wurden zurückerobert, ihr General und ihre Drudhas gefangen genommen. Die Drudhas wurden gefoltert, bis auch das letzte Bisschen ihres Wissens aus ihnen herausgequetscht war.

Es ist kein Zufall, dass wir uns einige Jahre darauf an Kailen wandten, als General Urutz eine Heereskolonne zu den Tharosfällen führte, weil unser gesamtes Königreich bedroht war.

9. KAPITEL

Sand

Ich breche aus dem Dschungel auf, um mich zu rächen.

Viele Jahre hab ich hier verbracht. Zehn, vielleicht sogar mehr, sind vergangen, seit ich an jenem Strand angespült wurde. Im Garten eines Magisten habe ich seither das Leben eines Wissenschaftlers und Forschers geführt.

Ich kann mich nach wie vor an so wenig aus meinem Leben als Junge und an die Familie, die ich vielleicht einmal hatte, entsinnen. Doch die Erinnerung an das, was mir als Sklave widerfuhr und wie es dazu kam, dass ich versklavt wurde, die habe ich vollständig wiedererlangt. Ich werde dieses Tagebuch weiterführen, da es immer noch zu viele Dinge gibt, die ich nicht mehr weiß.

Ich kann mich immer noch nicht an meinen Namen erinnern.

Die Geschichte meiner Versklavung bis zu dem Punkt, da ich als Schiffbrüchiger strandete, hatte ich in einer Kiste im Garten des Magisten hinterlegt. Ich hatte sie in dem Dorf der Fischer, die mich am Strand fanden, niedergeschrieben, doch die Tinte war von geringer Qualität und verblasste mit der Zeit immer mehr, sodass ich sie noch einmal zu Papier gebracht habe und jetzt ab hier fortsetze.

Eines Morgens, es war bereits gnadenlos heiß, kam es zu einem bescheidenen Menschenauflauf, als vier Männer zu Pferde in die kleine Gemeinde geritten kamen, die mich vor der See gerettet hatte.

Die Sprache dieses Volkes ging ihnen nur schwer über die Lippen. Einer von ihnen wurde auf mich aufmerksam, als ich aus dem großen, strohgedeckten Haus des Dorfanführers trat. Wir hatten beide für die Farbe gebüßt. Seine Färbungen waren ein gesprenkeltes Gold und Braun, was ihn und die anderen Reiter, denen man ebenfalls den jahrelangen Gebrauch von Kampftränken ansah, vor dem Hintergrund ihrer dunklen angeborenen Haut fast wie Leoparden aussehen ließ. Ich hätte jedoch nicht zu sagen gewusst, woher ich mich an diese Wildkatzen erinnerte. Schwarze, die in den Alten Königreichen für die Farbe büßten, sahen infolge der rot-grünen Verfärbungen durch die Kampftränke meist noch übler aus als andere Kämpfer.

Ich wartete darauf, mit ihm reden zu können. Er hatte einen Feldgürtel um, also musste er bei diesen Besuchern wohl so etwas wie ein Drudha sein. Für ein paar Münzen verkaufte er den Dorfbewohnern einen Lederbalg mit Kernen, die die Leute ihren Kindern unter die Haut pflanzten, sowie etwas, das wie Teeblätter aussah.

Schließlich, kurz nachdem Tee herumgereicht worden war und die Anwesenden gegenseitig auf ihr Wohl getrunken hatten, kam der Drudha zu mir herüber.

»Ich bin … Sand«, sprach ich ihn an. »Erlitt Schiffbruch in einem Sturm«, sagte ich, seiner Frage vorweggreifend.

»Gemeinsprach? Du aus Alten Königreichen? Du Thamir? Ich meine … Drudha?«

Ich nickte. Er zeigte mir so etwas wie einen Feldgürtel, der in die Falten seiner Baumwollrobe eingenäht war.

»Drudha hier Thamir. Mein Gemeinsprach nicht sehr gut. Ich Loza.«

»Ich muss in die Alten Königreiche zurück«, sagte ich.

Er lachte. »Du auf anderer Seite der Welt, Drudha.«

Indem er seine Hand hob, bedeutete er mir zu warten, und sprach mit dem Verhandlungsführer seiner Gruppe. Es handelte sich um einen Mann, dessen Kopf eine Form hatte wie das obere Ende einer Keule und der die ganze Zeit über ein finsteres Gesicht machte. Mit einem raschen Blick sah er mich abschätzend an; es folgte ein kurzer Wortwechsel mit Loza. Dann wandte er sich, auf mich zeigend, an das Oberhaupt des Dorfes.

Kurz darauf sah ich mich von so gut wie dem ganzen Dorf umarmt, mit einer Flasche von dem Milchgebräu in der Hand als Abschiedsgeschenk.

Der Thamir half mir auf sein Pferd. Er war der einzige, der der Gemeinsprache mächtig war.

»Werdet ihr mich wieder in die Sklaverei verkaufen, Thamir?«, fragte ich, als wir das Dorf verließen und auf einem Pfad ins Inland ritten.

»Nein. Aber Drudha ohne sein Buch nicht wertvoller Drudha. Ich gern die Rezepturen haben, die du weißt. Du frei und bekommen Essen. Diese Leute mir erzählen, du viel reden im Schlaf, reden Pflanzen. Ich mein Ohr an dein wenn du träumen, Drudha. Du träumen Rezept, ich höre.«

»Ich wäre dir sehr dankbar, wenn du mit mir teilen würdet, was du hörst. Vielleicht hilft es mir, mich an mehr zu erinnern.«

Ich hatte sein Rezepturenbuch noch nicht gesehen, aber wie die meisten von uns würde er es wohl irgendwo am Leibe verborgen mit sich tragen, verschlüsselt in Geheimschrift, einer Cyca, die ich nicht würde entziffern können, vor allem nicht ohne tiefergehende Vertrautheit mit ihrer Sprache.

Die folgenden drei Tage ritten wir durch sanft von der Küste her ansteigende Lande. Wege schnitten durch eine ausgebleichte braune Graslandschaft, die von kleinen Waldungen aus Feigenbäumen und einer Art von Eiche unterbrochen wurden, die ich noch nie gesehen hatte. Die Eiche wies eine hellorangene Rinde auf, von der der Thamir und einer der anderen Reisenden bei jeder Rast große Stücke lösten und mitnahmen. Sie diente der Behandlung von Stichen und Schnitten, wie ich später erfuhr.

Keiner dieser Männer hatte jemals harte Einsätze erlebt, zumindest hatte keiner allzu sehr für die Farbe gebüßt. Die Art, wie Lozas Begleiter bei jeder sich bietenden Gelegenheit die Backen aufbliesen, ließ vermuten, dass sie nie einen richtigen Krieg mitgemacht hatten. Soldaten, die knöcheltief in Blut gewatet sind, legen eine solch große Klappe relativ schnell ab.

Das Milch-mit-Rum-Gebräu, das ich zum Abschied erhalten

hatte, belebte recht wirksam Körper und Geist. Seit dem letzten Mal, als ich auf Druup war, hatte ich mich nicht mehr so stark gefühlt. Dem Zeug war irgendeine Balsamsorte beigemischt, und das verräterisch bittere Harz verdickte den Trunk. Was aber sonst noch drin war, erkannte ich nicht.

Trotz der Wiederkehr meiner Kräfte dachte ich nicht daran, diese Männer zu töten und zu fliehen. Ich wusste zu wenig über die Gebiete ringsum oder den Clan, zu dem sie gehörten. Ich bekam mit, dass Loza sich Dinge aufschrieb, denn einmal, als ich aufwachte, saß er über mir und kritzelte die Buchstaben seiner Cyca in sein Buch.

Am Abend des vierten Tages näherten wir uns ihrem Lager. Eine sengende Sonne überzog die Silhouette hunderter von Zelten mit einem gleißenden Glanz. Sie waren hoch oben auf einem Plateau aufgeschlagen, von dem aus man ein ausgetrocknetes Flussbecken überblickte.

Wir kamen an zehn Wachposten vorbei. Wenigstens drei Spähtrupps patrouillierten an den Flanken des Beckens, und, den nicht gerade klugen Lagerfeuern nach zu schließen, noch mehr in den umliegenden Hügeln. Egal, ob ich fliehen wollte oder nicht, zu Fuß würde ich nicht weit kommen.

An einer Gerberei, ein paar Hühnergehegen und den würzigen Dünsten von köchelndem und brutzelndem Essen vorbei wurde ich durch einen Palisadenzaun zu einem der größeren Zelte im inneren Lager geführt.

Vor dem Eingang dieses Zeltes saß ein Mann, der den ersten Brustharnisch trug, den ich außerhalb der Alten Königreiche sah. Er erhob sich von einer Platte mit Lammstreifen und Reis und schüttelte Loza und dem Händler, der unsere Gruppe von der Küste hierher zurückgeführt hatte, die Hand.

Ich verstand nur das Wort »Drudha« bei dem sich anschließenden Gespräch. Er war anscheinend nicht der Anführer oder Kriegsherr, da ungefähr fünfzig Meter rechts von uns ein noch größeres Zelt stand, doch von seinem Habitus her muss er mindestens Hauptmann gewesen sein.

Schließlich trat er an den beiden vorbei und auf mich zu. Schob meine Ärmel zurück, begutachtete meine Arme und Hände, dann meine Augen, die vollkommen gelb davon waren, dass ich neben der Farbe auch für mein Drudha-Scherflein büßte. Es gab weiteres Palaver, dann schien Loza gegen irgendwas zu protestieren. Zwei Wachen holten mich ab und brachten mich in den Bereich des Hauptlagers, das von einem senkrechten Sturz in das etwa zwanzig Meter darunter befindliche Flussbecken begrenzt wurde.

Kleine Jungen und Mädchen rannten neugierig neben uns her, die meisten mit leichten Überwürfen bekleidet, wie sie in solchen Gegenden unweit der Mittenlande üblich waren, einige nackt.

Zu den Hunden allerdings, die das Tor zu dem abgesonderten Bereich bewachten, hielten sie respektvollen Abstand. Es waren mindestens zehn, die dort bellend und nach mir geifernd an ihren Stricken zerrten. Ich nahm einen schwachen Geruch wahr, der darauf schließen ließ, dass die Tore behandelt worden waren. Gift für den unvorsichtigen Flüchtling, keine Frage.

Bei einer Bank vor den Unterständen versorgte ein Schüler Lozas soeben die verletzten Hände irgendeiner zitternden Jammergestalt. Unter diesen Gebilden kauerten, dicht gedrängt und an Pfähle gebunden, Gefangene, um sie vor der Sonne zu schützen. Ich beugte mich einer mündlichen Aufforderung und den Spitzen der Schwerter, mit denen sie unterstützt wurde, und trat in eines der Zelte. Drinnen waren Pfähle befestigt mit nicht allzu kurzen Stricken, die etwas Bewegung erlaubten. Jeder Pfahl war durch am Zeltdach befestigte Rahmen von den anderen abgetrennt, an die ein Vorhang aus miteinander verwobenen Haaren genäht worden war.

Mir wurden die Hände festgebunden, und sie überließen mich der Gesellschaft eines Mannes im Nachbarverschlag. Ich spürte, dass er der einzige andere Mensch in dem Zelt war. Er flüsterte irgendetwas in ihrer Sprache.

Mir graute davor, dass ich wieder unter Druup gesetzt, wieder unter den Folgen leiden würde. Diesen Weg konnte ich kein zweites Mal gehen.

Der verknotete Strick schnitt in meine Gelenke, und ich zerrte wütend an ihm, wünschte, mir würden die Hände abfallen. Ich fluchte und stampfte in wilder Raserei darüber, wie schnell ich wieder in Ketten gelegt worden war. Meinetwegen hätte das ganze Lager abbrennen können, wenn es nur meine Freiheit bedeutet hätte. Ich fühlte mich von dem Thamir verraten, und diese Treulosigkeit gesellte sich zu der Ahnung eines noch viel größeren, omnipräsenten Verrats, den ich mit mir herumtrug wie eine nicht in den Griff zu bekommende Krankheit.

Der Mann nebenan verstummte. Von den draußen an den Pfosten in Mengen gefolterten Menschen wehte der Wind den Gestank schwärender Wunden herein.

Schließlich verebbte meine Wut, die Gewissheit dieses meines älteren Ichs brach sich erneut und machtvoller denn je in mir Bahn, Dekaden des Soldatentums arbeiteten, ohne dass ich es gewollt hätte, für mich. Vor allem der Rat eines Mannes, eines Anführers, dessen Name mir entfallen war, entriss mich dem Zustand dieser aufgewühlten Entrücktheit: *Manchmal ist es besser, nicht zu handeln*, sagte er, *die Welt wird handeln, und es geht nur darum, ob du bereit dafür bist.*

Als es Tag wurde, kam Loza, der Thamir, zu mir.

»Es mir leid. Ich den Hauptmann nicht umstimmen geschafft. Deine Farbe zu stark. Er denken, du Krieger gewesen. Gefährlich.«

»Nein. Das ist die Farbe der Drudhas der Alten Königreiche, der Tribut für unsere Experimente. Ich weiß gerade mal, wie man ein Schwert hält.«

Er nickte und führte mich zu einem Zelt, das so aussah, wie Drudha-Zelte in einem Kriegslager überall aussehen. Hier sah ich Männer mit den mir sattsam bekannten Blessuren; wie Wunden von der Schlacht oder Schnitte und Schrammen von betrunkenem Wettstreit oder Raufereien. Die Gifte indessen waren nicht so vertraut, ebenso wenig wie die Stiche oder Bisse einiger in diesem Teil der Welt beheimateten Tiere.

Die Kräuterpressen waren primitiv, ebenso wie Lozas Glaube an jemanden namens Lorom Haluim naiv war. Das war ein Magist, von dem es hieß, dass er in dem großen Dschungel im Osten gehaust habe und in vergangenen Jahrhunderten unter seinem Volk gewandelt sei. Dazu sagte ich nichts, denn ich wollte ihn, was das anging, nicht desillusionieren. Aber wie konnte jemand bloß glauben, es gäbe Menschen, die die Macht hätten, die Welt zu verändern, wo sie doch so schrecklich ist, wie sie ist?

Ich wurde dazu bestimmt, Lozas zu assistieren, mir dadurch das Vertrauen dieser Leute zu erwerben und mein Wissen über Pflanzen mit ihnen zu teilen. Und so sollte es sein.

Sämtliche Rezepturen, die ich preisgeben konnte, wurden in seinem Büchlein niedergelegt. Das beinhaltete alle Mixturen, die ich auf dem Schiff gelernt hatte oder die nicht meinem Gedächtnisverlust zum Opfer gefallen waren. Andere entnahm er, ganz wie er es sich vorgestellt hatte, meinen Träumen. Wenn er mir dann davon berichtete, weil er hoffte, ich könne mir einen Reim auf das wirre Gebrabbel machen, das Leute, die im Schlaf sprechen, in der Regel so von sich zu geben pflegen, fielen sie mir auch tatsächlich wieder ein. Doch ich garnierte die Rezepte ein bisschen mit diesem und jenem, sodass sie der Rezeptur, um die es ging, immer nur teilweise entsprachen. Dafür stellte ich aber auch ein paar seiner Irrtümer richtig, denn es konnte nicht schaden, wenn mein Ansehen bei ihm weiter stieg.

Wenn wir nicht damit beschäftigt waren, Wunden und Fieber zu behandeln, arbeitete ich mit Loza an den Kampfmixturen. Neben dem Hauptmann, der ab und zu hereinschaute, um nach seinen Soldaten zu sehen, kam manchmal auch Lozas wettergegerbtes und ziemlich nervenaufreibendes Eheweib vorbei. Sie brachte uns Suppe und Reis und hatte stets ihre gemeinsame Tochter im Schlepptau, die uns dann immer stolz ihre jüngsten Webarbeiten zeigte. Doch schien der Thamir, genau wie ich, am glücklichsten zu sein, wenn er mit seinen Töpfen und Tiegeln und dem Sandbad allein war und für das Drudha-Scherflein büßte.

Nach Ablauf weniger Wochen wurde ich zwar immer noch allabendlich in den Gefangenenzwinger geführt, allerdings verzichtete man jetzt darauf, mich an einem der Pfähle festzubinden. Ich nutzte die Zeit dort, um meine Bekanntschaft mit meinem Körper und dessen Fähigkeit, Leben zu nehmen, zu erneuern, schließlich besaß ich die Hautverfärbungen eines Soldaten. Durch einen Riss in meinem Zelt beobachtete ich, wie ihre Soldaten gedrillt wurden, und kopierte ihre Bewegungen, da mir meine eigene Ausbildung abhandengekommen war. Das war für den Anfang hart genug, ging es mir doch in erster Linie zunächst einmal darum, wieder zu lernen, wie man überhaupt seinen Körper benutzt. Das Training diente dabei sowohl als Vorbereitung auf eine Flucht wie dem Versuch, möglicherweise ein paar Erinnerungen aus meiner Vergangenheit wiederzuerlangen.

Ich schaffte es, für das Kommen und Gehen von Verletzten ein gewisses Interesse zu entwickeln und so einen guten Eindruck zu machen. Das Mitgefühl, das ich Loza vorheuchelte, weil der Hauptmann und sein eigenes Eheweib ihn so unter Druck setzten, mag wohl auch für mich gearbeitet haben. Er vertraute mir zunehmend und übersetzte mir genug von dem Geschwätz im Lager, um daraus entnehmen zu können, dass der Kriegsherr sich bereit machte, Druck auf die Grenzen im Süden auszuüben und so den Streit mit einem Rivalen um fruchtbareres Land zu beenden.

Wir arbeiteten jetzt bis tief in die Nacht an den Mixturen. Händler und Späher brachten größere Mengen von Ingredienzien herein, und die Schüler des Thamir bereiteten sie für uns zum Destillieren, Mischen und Extrahieren vor. Inzwischen kannte ich mich mit den Fläschchen und Behältern in den Kisten ziemlich gut aus. Ich wusste genau, wo ich was fand; Gifte, Heilmittel und die Vorräte der Konzentrate, mit denen die Klingen bestrichen wurden.

Über zweihundert Männer würden in zwei Tagen ausziehen, vierzig blieben zurück. Die Welt beschenkte mich mit einer Fluchtmöglichkeit.

Ein kaltes, klares Morgengrauen lang belud ich mit Loza die Pferde und füllte die Feldgürtel der Soldaten. Wenn ihre Männer in die Schlacht zogen, zeigten sich die Frauen relativ unbeeindruckt, doch die Kinder weinten nicht anders als in allen Dörfern und Ansiedlungen, in denen ich stationiert gewesen bin. In dem Moment schwor ich mir, noch an diesem Tag zu verschwinden, sobald die Routine erst durchbrochen war und die zurückbleibenden Männer ein paar Becher Wein mehr intus hatten, als gut für sie war.

Von dem Kriegsherrn selbst erhaschte ich kaum einen flüchtigen Blick; Loza allein war für die Gürtel der Hauptleute verantwortlich. Ich sah zu, wie die Männer Richtung Südwest abmarschierten; fünf ausschwärmende Reiter voraus, die den Blicken im dichten Gebüsch entschwanden.

Der Alltag kehrte in das Lager zurück. Rempelnd und lachend versammelten sich die zurückgebliebenen Soldaten zur täglichen Pflicht. Der grelle Ton einer Pfeife zerteilte die Luft, als der Wachkommandant erschien und sie unter Zuhilfenahme eines schwarzen Stabs mit einer dumpf-metallischen Ausbeulung an einem Ende in eine Linie zwang und die Wachen einteilte.

Die Ställe befanden sich gleich neben Lozas Zelt. Vier Pferde hatten sie zurückgelassen. Eins von ihnen würde mich unter den Pfeilen der Männer, die ich nicht töten konnte, aus dem Lager bringen müssen. Ich konnte nur hoffen, dass die Frauen nicht in der Handhabung von Bögen ausgebildet waren, so wie es in vielen der über die ganzen alten Länder verstreuten Weilern der Fall war.

Zwei Stunden nachdem die letzten Reste des Kriegstrupps außer Sicht des Lagers verschwunden waren, entschuldigte sich Loza und begab sich in sein eigenes Zelt, um etwas zu essen. Endlich allein, verleibte ich mir eine Mixtur gegen ihre Gifte sowie ein Kampfgebräu ein und hängte mir dann eine Wasserflasche an einen Gürtel, den man mir gegeben hatte, damit meine Hosen nicht rutschten; ein vollkommen verschmuddeltes und brüchiges Drecksding, das anscheinend seit Jahren den hiesigen Sklaven in dieser Funktion diente.

Ich spürte, wie das Gebräu in mir sein Werk zu verrichten begann. Wie es sich von meinem Magen aus sturzbachartig ausbreitete und etwas wie Weißglut durch meine Adern pumpte, meine Beine mit Lava marterte. Es fühlte sich an, als würde sich in meiner Wirbelsäule ein Eisenspeer aufstellen, während das Gerüst aus normalen Gedanken und Zweifeln zu einem Häuflein Asche verbrannte. Dieser Trank war weit besser geraten, als ich zu hoffen gewagt hatte. Das bestätigte meine Vermutung, dass die Pflanzen hier in der Gegend besonders vital waren. Sie zeigten ein Temperament und eine Ursprünglichkeit, die sie ungewöhnlich und machtvoll zugleich machte. Vielleicht lag der Unterschied darin, dass in den Alten Königreichen so viele Pflanzen auf Höfen kultiviert wurden, um die große Nachfrage zu stillen.

Auch bedeutete das Fehlen von Pulvern in ihren Rezepturen, dass ich, während ich auf Lozas Rückkehr wartete, keine Maske anfertigen musste. Der Einsatz von Sporen oder Staub war hier unbekannt.

Als Loza schließlich wieder das Zelt betrat, erkannte er an meiner Haut und meinen Bewegungen mit einem Blick, dass ich auf Gebräu war und vorhatte zu fliehen.

»Wir können sagen, dass du mich nicht aufhalten konntest, Loza.«

»Sie mir nicht glauben, sie mich töten. Du gute Arbeit, verdienen Vertrauen in Sand. Nicht machen dies.«

»Ich verschwinde auf jeden Fall. Wenn du mich aufhalten willst, stirbst du nur schneller.«

Er erschauderte, erschrocken über die plötzliche Gegenwärtigkeit seines Tods. Verzweifelt blickte er sich um, suchte nach einem Messer oder irgendeinem anderen Instrument, mit dem er sich verteidigen konnte. Ich erwischte seinen erhobenen Arm und brach ihm mit einer Drehung den Knochen, bevor ich ihm die Kehle zerquetschte. Ich beging diesen Mord ganz gelassen, es war etwas Selbstverständliches daran, etwas das jenseits des Blutdursts lag, den man unter einem Trank entwickelt. So seltsam es klingen mag – ich hatte das Gefühl, durch diese Tat wieder zu meinem alten Selbst zurückzufinden.

Ich hatte keine Zeit, ihm den Überwurf auszuziehen, um mich damit zu tarnen. Mit meinem Messer schnitt ich das Kleidungsstück auf, um an sein Notizenbuch zu kommen. Hastig schob ich es in mein Hemd und begab mich nach draußen.

Im Stall traf ich nur auf einen einzelnen jungen Mann. Er runzelte die Stirn, als ich plötzlich auftauchte und öffnete den Mund, vermutlich nur, um mich zu fragen, was ich ohne Begleitung hier zu suchen hatte. Doch für den Fall, dass er vielleicht doch Alarm geben wollte, stürzte ich nach vorn und schlitzte ihm die Kehle auf. Die Pferde schnaubten, traten nervös auf den Boden. Ich rang um so etwas wie Selbstbeherrschung, von der ich wusste, dass ich sie auszustrahlen vermochte, während ich mich ihnen näherte. Das musste mir irgendjemand einmal beigebracht haben, jedenfalls gelang es mir, die Tiere zu beruhigen.

Ich erkannte eines der Händlerpferde wieder und legte ihm die Zügel an. Den anderen schmierte ich ein Langzeitgift auf den Hals, das sie innerhalb der wenigen Minuten, derer es bedurfte, durch Fell und Haut in ihren Körper einzudringen, für eine Verfolgung nutzlos machen würde.

Durch eine schmale Öffnung im hinteren Bereich führte ich mein Pferd auf die Koppel hinaus und weiter zu dem Hang, über den ich vor all diesen Wochen in das Lager gelangt war. Die drei Wachen, die uns damals empfangen hatten, hockten draußen vor der das Lager umgrenzenden Palisade und plauschten.

Ich saß auf und preschte, eng an den Pferderücken gedrückt, an ihnen vorbei. Bei dem Geräusch der sich nähernden Hufe wandten sie ihre Köpfe. Nur einer von ihnen besaß die Geistesgegenwart, nach seinem Bogen zu greifen, und ausgerechnet der war ein so guter Schütze, dass er mir einen Pfeil in die Schulter zu jagen vermochte. Um ein Haar hätte es mich vom Pferd geworfen, wäre ich nicht von dieser alles durchdringenden Stärke erfüllt gewesen, die ich so sehr vermisst hatte, seit ich das letzte Mal einen vollwertigen Kampftrank genoss.

Ein Hornsignal hallte über das Plateau. Ich wandte mich nach Nordosten und ritt in offeneres Gebiet.

Mit einer Hand die Zügel haltend, zerrte ich an dem Pfeil, doch die Widerhaken saßen fest. Ich brach den Schaft ab und ritt weiter. Als die Pfeilspitze infolge der Bewegungen des Pferds an mein Schulterblatt stieß, durchzuckte mich ein greller Schmerz. Egal, das Gebräu hielt mich am Leben, und die Wunde blutete nur schwach. Ich holte alles aus dem Pferd heraus, denn es hatte wenig Sinn, langsamer zu reiten, solange ich nicht entweder den Dschungel selbst oder eine Stelle, wo ich mich verstecken und aus dem Hinterhalt agieren konnte, erreicht hatte. Zwei Tagesritte bis zum Rand des Urwalds, hatte Loza gesagt. Das konnte gar nicht so weit entfernt sein.

Kurz nachdem hinter uns die Sonne untergegangen war, ließ ich das Pferd verschnaufen. Wir hatten gerade ein lichtes Wäldchen durchquert, das an einen Abhang grenzte. Den musste ich hinauf, wollte ich feststellen, wo ich ungefähr war.

Mit zitternden Flanken ließ das Pferd den Kopf hängen, sein Schweiß hatte uns beide durchtränkt. Als ich abstieg, taumelte es. Ich strich ihm über die Nüstern, drückte seinen lange Schnauze herunter und brachte sein Gesicht an meines. Dann vergrub ich mit starker Faust das Messer in seinem Schädel. Das Tier war viel zu erschöpft, um noch irgendwie zu reagieren.

Nicht viel später, oben auf der Kuppe des Hügels, sank ich auf die Knie. Der große Stern war bereits aufgegangen, und sein silbernes Licht offenbarte den Saum eines Tals. Gewaltige Bäume standen auf den Riesenkrallen freiliegender Wurzeln jenseits dieser sich weit hinstreckenden Kluft. Ich blickte auf die Grenze des Hanwoq-Dschungels, der sich in einer unermesslichen Weite unter mir ausbreitete. Loza hatte gemeint, dass noch kein Drudha oder Reisender auf der Suche nach einer Passage von den Alten Königreichen weit im Osten bis hinüber zur Staubküste ihn jemals durchschritten hatte.

Ich schaffte es, mit dem Messer die Pfeilspitze aus meiner Schulter zu holen, und tat, was ich konnte, um mit den paar zur Verfügung stehenden Mixturen die Blutung zu stoppen. Nachdem ich mich eine Weile ausgeruht hatte, fand ich eine Route nach unten und auf der anderen Seite wieder hinauf. Ohne einen guten Trank wäre kaum jemand in der Lage, mir auf diesem Weg zu folgen; selbst mit zwei kräftigen, funktionierenden Schultern nicht.

Ich unterbrach meine Flucht bis zum nächsten Morgen. Der Aufstieg hatte so an meinen Kräften gezehrt, dass ich kurz vor dem Zusammenbruch stand.

Die riesigen Kapoks, wie man, wie ich später erfuhr, diese Bäume nannte, warfen ihre gigantischen Wurzeln über die Erde aus. Hier, am Eingang dieses Tals, war es derart sumpfig, dass der Nebel über jedwedem Pfad vor mir hing. Ich hatte keine Ahnung, wohin ich lief. Das Einzige, was ich wusste, war, dass ich unter allen Umständen den Spurensuchern entkommen musste, die mir aller Wahrscheinlichkeit nach hinterhergeschickt worden waren.

Als das Gebräu seinen Anspruch erhob, meinen Durst verschlimmerte und mich langsamer werden ließ, welkte ich rasch dahin. Wie nicht anders zu erwarten war in dieser drückend feuchten Dschungelschwüle, begann die Wunde zu schwären und kostete mich weitere Kraft. Nach zwei Tagen war die Wasserflasche leer. Es dauerte noch einmal zwei Tage, bevor ich einen großen Fluss fand, dem ich zu folgen beschloss; meine einzige Hoffnung, dass ihn vielleicht irgendwelche Menschen benutzten, die mich fanden.

Zwischen all den Farnen und Bäumen, die meinen Richtungssinn ausgelöscht hatten, begann ich die Fremdartigkeit und furchterregende Natur dieses Orts zu begreifen. Einige der Bäume, die Eingeborenen nannten sie Kautschukbäume, hatten eine Rinde, die eine gummiartige Substanz absonderte. Insekten und Vögel, die sich an der Flüssigkeit laben wollten, blieben an ihr kleben, um aufgelöst zu werden. Einmal musste ich mich über den Fluss retten, als Ameisen in der Größe von Kinderhänden über eine von einem bäumefällenden Erdrutsch gerissene Lichtung angeschwärmt kamen, wo sie aus den zerfallenen organischen Substanzen ein Nest gebaut hatten.

Etwas später erblickte ich Orchideen in den prächtigsten Farben, die ich mir näher anschauen wollte, als ich eine Bewegung wahrnahm. Etliche Meter um die Pflanze herum wuchsen, nein, wucherten Lianen aus dem Boden und schlangen sich wie Gebinde um die Gerippe von Tieren und mindestens einem Menschenkind. Sie rochen stark nach frischem Fleisch. Als ich näher kam, teilte sich eine der Lianen, und eine Flüssigkeit sickerte heraus, die Dämpfe entwickelte, die mich schwindeln ließen. Als sich noch mehr Lianen öffneten, hielt ich die Luft an und sah zu, dass ich schnellstens dort wegkam, auch wenn der Drudha in mir nur zu gern mehr über die Eigenschaften einer solch exquisiten Pflanze in Erfahrung gebracht hätte.

Eben erst dem Nest von Blumen entkommen, wurde mein Vorankommen auf der Dschungelexpedition entlang des Flusses durch eine monströse Wand aus Spinnweben blockiert, die sich in knapp fünfzehn Meter Höhe über die tieferen Äste und die Stämme einiger Bäume spannten. Ich wollte gar nicht wissen, was in ihnen auf der Lauer liegen mochte. Also machte ich kehrt und suchte mir neue Pfade, auf denen ich um und über die steilen Geländeerhebungen gelangte. Die Überwindung jeder einzelnen war ein Kampf mit der aufgeweichten Erde und schlüpfrigen Wurzeln.

Gegen die Moskitos und Fliegen vermochte ich wenig auszurichten. Sechs Tage lang kletterte ich diese versteckten Hänge hoch und wieder runter und ernährte mich ausschließlich von Termiten und Feigen. Die Lianen spendeten mir etwas Wasser, das immerhin deutlich besser war als das des Flusses. Meine Hände waren von den feinen Härchen, die sie wie Widerhaken in meine Haut abwarfen, wann immer ich sie festhielt, um sie aufzuschneiden und auslaufen zu lassen, jedoch wund und stark angeschwollen.

Am siebten Tag ging es mit den Schwindelanfällen und der Kotzerei los. Meine Schulter war dick, und das Loch darin suppte und war voll von Maden. Wiederholt brach ich an einem Baumstamm nahe des Flusses, dem ich folgte, zusammen. Erst jetzt kam mir meine Einsamkeit voll zu Bewusstsein, die Sinnlosigkeit, die darin lag, weiterzumachen, sowie die Gewissheit, dass es trotzdem keinen Weg zurück gab. Während die Stunden verstrichen, wuchs ein Heulen in meinem Kopf an, vielleicht irgendeine Infektion der Ohren. Der Fluss murmelte, als flösse er durch eine hohle Kammer, die klammen Bäume und Büsche schienen auf etwas zu warten, als wären sie erfüllt von einer Präsenz, einer Intelligenz. Ich vermochte dem Klagen der um mich herum lebenden Dinge weder Einhalt zu gebieten, noch konnte ich sie kontrollieren, während sie, ihren Instinkten folgend, sangen und disharmonisch ihrem Hunger Ausdruck verliehen.

Bald schon fanden sich Fantasiegespinste ein, und ich sah Soldaten aus meiner Vergangenheit. Einige erschienen mir nur verschwommen, die Gesichter anderer waren bis ins letzte Detail von brutaler Klarheit, ihre Haut dabei so tot und glatt wie Kiesel am Strand. Sie verbreiteten einen riesigen Schatten um sich, als hätte ein Gebirge beschlossen, sich in Bewegung zu setzen. Sie waren mannsgroß und schienen doch zugleich bis in den Himmel zu reichen. Ich wusste nur, dass ich sie kannte, aber es waren keine Namen oder Erinnerungen mit ihnen verbunden. Auch hießen sie mich nicht etwa willkommen, nein, im Gegenteil, sie richteten über mich. Gedanken gingen zwischen ihnen hin und her, Stirnrunzeln und Blicke verrieten ein Tribunal, das sein Urteil fällte.

Der Mann an ihrer Spitze setzte der Debatte ein Ende. Seine Augen schlossen sich, als er, die Sonne verdunkelnd, über mir stehen blieb. Leise drangen aus seinem Mund alte Lieder, die ich selbst einst als Kind gesungen hatte. Doch diese Gesänge waren ein kalter Wind in diesem erstickenden, feuchten Auditorium von Bäumen. Hier wurde ein Beschluss gefasst über mein Leben, wurden Pro und Kontra von Ungeheuern erwogen, die entweder nicht die Kompetenz besaßen, über mich zu befinden, oder aber voreingenommen waren. In stummer Verschwörung standen sie eine Zeitlang da. Ich mochte sie nicht ansehen, ich hatte genug ertragen für einen Mann. So ließ ich es denn zu, dass ich in die

Unendlichkeit stürzte – um zu sterben und frei zu sein, oder um zu leben und über den Grund meines Leidens zu siegen.

Ich weiß nicht, wie viel Zeit vergangen war, als ein süßlicher, nussiger Rauch mich weckte. Ich lag neben einem Feuer auf einer Schlepptrage aus Flechtrohr. Die Matte war an den Seiten mit Bambusstöcken verstärkt und an dem einen Ende zusammengerafft, um das Ziehen von Lasten zu erleichtern, oder, in diesem Fall, meinen Körper.

Es juckte und kribbelte am ganzen Körper, doch mir war angenehm kühl. Als ich den Dämmerzustand, in dem ich mich befand, abgestreift hatte, vernahm ich leise Geräusche; ein Rascheln und Summen, das Klickern und Flattern und Raspeln von Insekten und anderem Getier erschollen um mich herum. Ich spürte, dass jemand in der Nähe war, hörte einen Löffel über die Innenwand eines auf dem Feuer blubbernden Topfes schaben. Dann stieg mir der Duft einer kräftigen Brühe in die Nase, eine Andeutung des Geruchs von ausgekochtem Fleisch.

Es fällt mir schwer, den Mann zu beschreiben, denn es verwirrte einem Geist und Sinne, wenn man sich in seiner Nähe befand. Als Mensch schien er bisweilen um die vierzig Sommer zu zählen, in anderen Momenten sah er weit älter aus, und schien so um die sechzig zu sein. Sein Knochengerüst mutete an, als ob es aus Schiffstauen gefertigt wäre, überzogen mit einer papierdünnen Membran. Deren Farbe war stellenweise changierend; schillerndes Purpurrot und Libellengrün marmorierten seine Haut. Und doch konnte man sich des Eindrucks nicht erwehren, dass dies alles lediglich dazu diente, das kurzgeschorene weiße Haar zu illuminieren, das auf dem Schädeldach seinen Griff zu verlieren schien, sowie einen Schnauzbart, der einem Brett aus Schnee auf seiner Lippe glich.

Er trug nichts außer dicken Baumwollhosen und Sandalen. Ein paar Beutel hingen noch von einem Gürtel. Insbesondere einer war darunter, der die Luft zu verändern schien, sobald er geöffnet wurde. Alle Härchen stellten sich mir dann auf, meine

Arme fingen an zu kribbeln, und ich hatte das Gefühl, in einen Traum von genau diesem Moment hinüberzugleiten, aus dem es kein Erwachen mehr gab. Einmal, nicht lange nachdem ich allmählich wieder zu Kräften zu kommen begann, nahm er eine Prise von einem stumpf-braunen Pulver daraus und streute es wie Salz über mich.

»Du verspürst kein Verlangen, mich nach diesem Beutel zu fragen«, sagte er.

Ich lächelte. Natürlich verspürte ich das Verlangen, ihn danach zu fragen, aber wenn ich heute so zurückblicke, muss ich sagen, dass ich es wirklich nicht tat.

»Du hast überlebt. Du musst essen.«

Er schöpfte etwas Brühe in eine Holzschale und stand über mir, während ich mich vorsichtig auf die Ellbogen aufrichtete, um ihn und diesen Ort besser zu sehen.

Seine Augen waren so weiß wie sein Haar, oder doch beinahe, wenn mich meine eigenen nicht täuschten. Aber er war nicht blind. Hagere Wangen und ein straffes Kinn waren scharf konturiert, wo Augen und Mund unbestimmt blieben. Hatten seine Züge noch in dem einen Moment etwas Väterliches an sich, so wirkten sie im nächsten schon gereizt oder betrübt.

Mein forschendes Spähen blieb ihm nicht verborgen. »Man sagt«, ließ er mich wissen, »mein Geist, meine Natur seien von solcher Macht, dass sie das Auge eines Betrachters von mir abwenden. Die Etil, die du schon bald kennenlernen wirst, schauen mich schon lange nicht mehr an. Sie glauben, das bringe Unglück. Es ist erfrischend, wieder einmal jemandes Blick zu begegnen.«

Seine Worte schienen ihn zu amüsieren, etwas, das ich mehr spürte, als dass ich es sah, während ich die Schale entgegennahm und einen kleinen Schluck von der Brühe schlürfte.

Sie war glühend heiß; ich keuchte auf und musste husten, setzte die Schale aber nicht ab und genoss den fetthaltigen, salzigen Geschmack.

Er trat zurück, und auf einmal wurde die Luft wärmer. Er lächelte. Ich fragte mich, ob da ein Runzeln auf seiner Stirn stand und sein Lächeln unterlegte, gab das Spekulieren jedoch dran und widmete mich dem Rest von der Brühe.

Wir befanden uns auf einer natürlichen Lichtung am Fuß eines Kapoks. Eine kleine Weile sah ich ihm zu, wie er an den Gräsern zupfte, zwischen ihnen herumwühlte und dann wieder mit der Kraft und Geschmeidigkeit eines jungen Seemanns in der Takelage auf die Bäume im Umkreis kletterte.

Lozas Notizenbuch hatte er an sich genommen, ebenso die Pflanzen, die ich von meiner Flucht aus dem Lager bei mir gehabt hatte.

»Wer bist du?«, fragte ich.

»Die Stämme der Etil hier in der Gegend haben mir alle möglichen Namen gegeben. Außerhalb dieses Dschungels hab ich es, schätze ich, erfolgreich geschafft, vergessen zu werden. Der Name, der dir am vertrautesten sein dürfte, lautet Lorom Haluim.«

Diese Antwort war vollkommen unerwartet. Ich glaube, im ersten Moment habe ich nur gelächelt. »Das kann nicht sein. Lorom Haluim ist der Name eines Magisten, der unmöglich heute noch am Leben sein kann, wenn die Legenden stimmen. Mal abgesehen davon, dass Legenden es mit der Wahrheit ganz allgemein nicht so genau nehmen.«

»Ich verstehe. Nun, aber das ist mein Name. Ich bin froh, dass ich dir das Leben retten durfte, und freue mich über deine Gesellschaft, so du dich mir denn anschließen willst.«

»Ich stehe tief in deiner Schuld und möchte dich keinesfalls kränken. Ich …« Aber was gab es da noch zu sagen? Er war nur umso überzeugender dadurch, dass er mich nicht zu überzeugen versuchte. Und seine Pflanzen, sein Drudhawissen mussten außerordentlich sein angesichts der Schnelligkeit, mit der er meine Schmerzen gelindert und meine Wunden gesäubert hatte. Ausgehend von dieser ersten Erfahrung mit ihm, waren seine Künste ganz ohne Zweifel mindestens ebenso gut wie meine.

»Du hast für das Drudha-Scherflein gebüßt, wie man das laut einem alten Freund wohl nennt. Deine Hände und Narben sagen mir, dass du irgendwann einmal Soldat gewesen bist. Vor kurzem hast du Verbrennungen erlitten, ich sehe, dass Rotholzmilch benutzt wurde, um dich zu heilen. Tatsächlich kann ich es sogar noch riechen, du auch? Du kommst aus den Alten Königreichen, und dein Brandzeichen verrät mir, dass du vor nicht allzu langer Zeit Sklave gewesen bist.«

»Für einen Eingeborenen aus Hanwoq sprichst du die Gemeinsprache recht gut«, erwiderte ich. Gestärkt durch die Fleischbrühe, setzte ich mich aufrecht.

»Leider bin ich kein Eingeborener dieses wunderbaren Orts. Viele Jahre bin ich durch jene Lande, die Alten Königreiche, gereist. Doch ich ziehe diesen Teil der Welt vor, die Pflanzenwelt hier ist eine ganz andere als auf dem Ostkontinent. Obwohl … hier aufzuwachsen hätte mir vielleicht weniger gefallen. Komm, wir haben einige Meilen vor uns.«

Er erhob sich, trat das Feuer aus und machte sich zum Aufbruch bereit. Langsam und behutsam stand ich ebenfalls auf, wobei ich bemerkte, dass das zerfetzte Hemd, in dem ich angekommen war, fehlte. Ich trug Baumwollhosen ähnlich den seinen. Neben der Trage standen Sandalen bereit, auch sie von gleicher Machart wie seine. Sie hatten Sohlen aus irgendeiner Schlangenhaut und etwas nachgiebigere Riemen, aus Hirschleder vielleicht; das perfekte Schuhwerk auf den glitschigen Steinen und, wie ich bald schon herausfinden sollte, sogar den Baumstämmen.

Wir ließen die Trage, die er dabeigehabt hatte, zurück; allein die Flechtrohrmatte band er los und rollte sie zusammen. Sodann nahm er Hammer, Pflöcke und den Kochtopf und befestigte den ganzen Kram an den Schlaufen seines Gürtels. Versuchsweise ließ ich meine Schulter kreisen; unter dem vollgesogenen Lehm, mit dem er sie verschlossen hatte, protestierte lediglich ein halbherziger Schmerz. Später würde der Lehm abbröckeln und nur eine Narbe zurückbleiben, nicht schlimmer als andere, die ich schon hatte.

Die nächsten paar Stunden in den stickigen, feuchten Korridoren unter dem Baumkronendach waren hart. Mein neuer Begleiter schien davon ungerührt. Er überwand ohne jede erkennbare

Anstrengung die nassen Felsen, wenn wir Steigungen erklommen und an der anderen Seite wieder herabrutschten. Nicht selten sahen wir uns dabei gezwungen, Sturzbäche in den Tiefen des Urwalds zu überqueren, indem wir Pflöcke als Trittstufen zwischen den Steinen einschlugen, über die das Wasser gischtete. Die Wege, an die Lorom sich hielt, waren eine Art von Pfaden. Allerdings konnte ich über die Schulter blickend, wenig mehr davon ausmachen als Nipapalmen und Bambus, an denen wir es irgendwie vorbeigeschafft hatten.

Mehr als einmal packte mich mein Begleiter am Arm und hieß mich, dicht bei ihm zu bleiben, wenn wir uns einem dunklen Dickicht aus Ranken und Farnen näherten. Bisweilen hielten mich meine Sinne zum Narren, und der wild wuchernde Bewuchs schien uns zu umspülen, als hätten wir gerade eine Lichtung verlassen. Aber wenn ich mich dann umdrehte, war alles völlig normal. Ich fühlte mich durch Loroms Nähe und diesen seltsamen Einfluss erschöpft, aber als sich in dem Moment, da er sich etwas von mir entfernte, mein Geist wieder klärte, stellte ich fest, dass wir in einem Tal standen. Bei uns waren auf einmal drei Männer, die zu den Etil, den Eingeborenen dieses Waldes, gehören mussten.

Sie waren barfuß, wesentlich kleiner als Lorom Haluim oder ich und nur mit Stofflendenschurzen bekleidet, die zum Teil mit Stickereien versehen waren, deren Bedeutung ich erst später erfuhr. Ihre Verfärbung war zart, ein Hauch von Grün auf bronzener Haut, das Haar ein beinahe einheitliches struppiges und verknotetes Schwarz. Alle trugen sorgfältig geschnitzte Holzspangen und anderen Schmuck in ihrem Haar, weshalb sie ganz schön klapperten, wenn sie sich bewegten. Die Motive darauf stellten eine Art Stammeshistorie dar. Sie erzählten ihre Lieblingsgeschichten und Lehren, und sie wurden nach ihrem Tod, wie ich ebenfalls später erfuhr, eingesammelt und auf diese Weise an die Nachwelt weitergereicht.

»Oldor-Etil«, sagte Lorom Haluim. »Ich kenne alle achtzehn Etil-Stämme, wie du sie nennen würdest. Die Oldor stehen mir am nächsten, obwohl ich Beziehungen zu allen Strömen pflege, wenn ich kann. ›Strom‹ ist ihre Bezeichnung für ›Stamm‹.«

Sie sprachen schnell, zwitscherten mitunter, wobei sie ihre Worte mit wilden Gesichtsausdrücken unterstrichen, als würde ein Teil dessen, was sie sagten, durch ihr Mienenspiel transportiert. Lorom Haluim antwortete in gleicher Weise, mit viel Zungenschnalzen, Zähneblecken und auffälligem Rollen der Augen. Nach einigen Augenblicken drehte er sich zu mir um.

»Ich muss ein paar Kranke behandeln. Im Gegenzug erhalte ich Geschenke von ihnen. Die eine oder andere Pflanze, an die selbst für die Eingeborenen dieses Dschungels schwer heranzukommen ist, zum Beispiel. Komm mit.«

Ich folgte ihnen über einen Fluss, der in einem breiten Tal über Steine und um Felsbrocken herum rauschte. Mit der untergehenden Sonne wurde die Luft allmählich kühler. Vom Anfang bis zum Ende dieses Tals war ein Weg geschlagen worden, ein paar mörderische Meilen, auf denen es größtenteils bergauf ging. Irgendwann hatte ich einfach nicht mehr die Kraft, weiterzukraxeln, und einer der Etil schlang mir ein Seil um die Hüfte, um mich zu ziehen.

Als wir das Baumkronendach durchstießen und sich vor uns eine Hochebene öffnete, bekam ich einen Eindruck von den Dimensionen des endlosen Urwalds um uns herum. Nach Westen hin brandete er an die Lande, aus denen ich geflohen war. Aber überall sonst auf den sich erhebenden Kämmen und überwucherten Felsen herrschte Grün, das jetzt, in den Abendnebeln, einen leichten Blauton annahm. In weiter Ferne waren die dunklen Schattierungen von noch mehr Felswänden zu erkennen.

Nicht weit von uns standen etwa fünfzehn Hütten, einige an den Seiten offen, andere mit Wänden aus Flechtrohr, die an den das Dach tragenden Pfählen festgebunden waren.

Eine Gruppe junger Männer kam auf uns zu, allesamt Beethkauer, wie man an ihren vom andauernden Spucken roten Kinnen und Hälsen sah. Ihnen voraus stürmte, kreischend und in der hier üblichen Weise zur Begrüßung die Zähne zeigend, eine Horde

Kinder. Sie schienen keine Angst vor mir zu haben, und waren in erster Linie völlig aufgeregt darüber, dass Lorom Haluim sich wieder unter ihnen befand. Die Männer hingegen beobachteten mich genau und betrachteten mich offenbar als einen Eindringling. Eines nach dem anderen hob Lorom Haluim die Kinder in die Luft, was die Männer beruhigte. Ich war keine Gefahr. Unsere drei Begleiter begrüßten sie und brüllten nach Beeth.

»Nimm auch etwas, Sand«, sagte Lorom Haluim zu mir. »Es wird dir guttun, wenngleich dir deine Gedärme morgen was anderes erzählen.«

Ich nahm nur ein paar Blätter, gerade so viel, dass sich niemand gekränkt fühlen konnte. Binnen Augenblicken begannen meine Zähne zu sirren, und es dauerte nicht lange, bis mich eine kribbelnde Wärme durchströmte und mein Kopf sich leicht, schläfrig und glücklich anfühlte. Ich setzte mich hin und sah zu, wie die Siedlung ihren Abend durchlebte. Man lud mich ein, ihre Lieder mitzusingen, und meine Versuche, ihr Geschnatter nachzuahmen, fanden offenbar großen Anklang. Später gesellten sich auch Frauen zu den Männern, einige von ihnen kamen schwer mit Wasser beladen den scheußlich steilen Anstieg hoch. Dann holte ein Ältester ein paar Flaschen abgekochte Wurzelmilch hervor, die sie Bala (mit zweimaligem Heben der Augenbrauen ausgesprochen) nannten. Einige Schlucke davon, und der Abend war für mich gelaufen.

Ich erfuhr, dass dies das Vierte Haus der Oldor-Etil war; das vierte von achtzehn, die innerhalb streng beachteter Grenzen von der Jagd oder der Landwirtschaft anderer Etil, Oldor oder sonstiger, lebten. Nur zwei der Männer waren in der Lage, einen Weg zu den Pfaden des Siebten oder Dritten Hauses zu finden, jener Ströme, die dem ihren am nächsten lebten. So verlangten es Regeln, die rigoros eingehalten wurden, sodass jeder, dem es einfiel, in diese Lande einzudringen, ohne die Kenntnis der Pfade und Flussübergänge schnell steckenbleiben würde. Das hatte ich in den vergangenen paar Tagen schon am eigenen Leibe erleben dürfen.

Als sie hörten, dass ich Sklave gewesen war, legten sie aufrichtiges Mitgefühl an den Tag. Sie bewirteten mich mit Tapiwurz und einer extrem süßen Kartoffel, die ich noch nie gegessen hatte. Beides sollte über die folgenden Jahre, wenn sich keine Tiere finden ließen, zu meinen Grundnahrungsmitteln werden.

In dieser Nacht muss ich wie ein Toter geschlafen haben; ich konnte mich nicht einmal mehr daran erinnern, betrunken gewesen zu sein. Irgendwann weckte mich mein rumorender Magen. Ich hatte kaum Zeit, aufzustehen und zum Lagerrand zu torkeln, als auch schon ein dünner Schwall Scheiße vom Beginn meiner Akklimatisierung an das Essen und die Pflanzen der Oldor kündete.

»Es ist meine feste Überzeugung«, sagte Lorom Haluim, der plötzlich hinter mir stand, »dass das, was wir essen und trinken, Lebensformen enthält, die so klein sind, dass wir sie nicht einmal mit einer Linse zu sehen vermögen. Unser Körper braucht stets eine kleine Weile, um sich an ihren Durchmarsch zu gewöhnen.«

»Du hast eine Linse?«

»Oh ja. Aber wir sollten aufbrechen, da gibt es noch so einiges, das ich dir in meinem eigenen Lager zeigen muss.«

Die zwei Tage, während derer wir uns in Richtung der fernen Felswände vorarbeiteten, die von den Hütten der Oldor-Etil aus zu erkennen gewesen waren, hätten nur einer sein können, wären da nicht die Krämpfe und meine Schwäche gewesen. Mein Kopf lief förmlich über vor Fragen, umgeben von so vielen Pflanzen und Tieren. Zu Etlichem, woran wir vorüberkamen, gab er einen knappen Kommentar ab.

Einmal fluchte er laut und brachte uns geschwind vom Pfad herunter. Dort wuchs ein kleines Feld von Blumen, nicht ganz einen halben Meter hoch von der Wurzel bis zum oberen Ende des Stängels. Sie trugen große orangefarbene Blätter und violette Blütenhüllen, die herabhingen wie ein Haufen Köpfe mit heruntergeschlagenen Kapuzen. Während wir sie umgingen, verspürte ich einen starken Kopfschmerz, meine Augen begannen zu tränen und hörten für die nächste Stunde auch nicht damit auf. Es gab einige Insekten, die von der Pflanze unbeeinträchtigt blieben. Wenn man die aß, so reduzierte das im Gegenzug die Wirksamkeit des tödlichen Dufts dieser Blüte.

Solchen und ähnlichen Dingen begegneten wir zuhauf. Bei einigen fiel es mir aber schwer, nachzuvollziehen, was Lorom bei ihnen angeblich an Wirkungen überprüft und beobachtet hatte, wenn er sie für Tränke oder Mixturen einsetzte. So wollte er über ein Mittel für die Flussblindheit verfügen, das bis zu einem gewissen Grad auch gegen Schwerhörigkeit helfen sollte. Gelegentlich praktizierte er sogar ein Verfahren, bei dem er die Brust mit einer Bambusnadel durchstach, die er mit einer Mischung gefüllt hatte, die bisweilen einen frisch Verstorbenen wieder zum Leben erwachen ließ. Gewöhnlich, wenn überhaupt, waren es aber nur Kinder, die eine solche Behandlung überlebten. Doch es war auf jeden Fall erstaunlich, das mitzuerleben.

Was er mir dann als sein Zuhause präsentierte, war der wohl seltsamste und wunderlichste Ort, den ich jemals besucht hatte. Wir hatten an ein paar Kaffinbüschen haltgemacht, die aus den Ruinen von etwas hervorwuchsen, das früher einmal äußerst fremdartige Bäume gewesen sein mussten. Zu unserer Rechten befand sich eine hohe Böschung, zur Linken fiel der Boden steil ab, und vor uns lag ein Dickicht aus Nipapalmen. Nachdem er genug Kaffinbeeren gesammelt hatte, führte Lorom Haluim uns geradewegs in den Palmenhain, wo ich sofort eine Veränderung spürte. Die Luft war auf einmal schwerer, feuchter geworden, und meine Sicht schärfer. Selbst der Schmerz von den ganzen Blutegelbissen hatte nachgelassen. Wie schon öfter schien das Dickicht undurchdringbar, und doch gelangten wir nichtsdestotrotz hindurch.

Auf der anderen Seite brachen wir auf eine weite Lichtung hinaus, die sanft zu einem Felsgrat anstieg. Wie es den Anschein hatte, weilten wir nicht mehr ganz an dem Ort, zu dem wir heraufgeklettert waren. Jetzt befand sich ein Stück weit entfernt zu meiner Linken die Front einer Felswand und nicht mehr die Abrisskante. Und von deren Plateau stürzte ein Fluss in ein Becken vor uns herab, das seinen Überschuss unter uns in die Tiefe vergoss, denn offenbar standen wir auf einem eigenen Plateau, obschon der Rundumblick von dichtem Gebüsch, Farnen und Bäumen verstellt war, die die Lichtung säumten.

Hier gedieh und blühte ein veritabler Garten, eine Menagerie von Pflanzen, die atemberaubend war und dennoch der Ordnung der Natur um sie herum trotzte. Auf viele hundert Meter sah ich nichts als Kräuter, Bäume, Früchte und Sträucher der unterschiedlichsten Art. Hier gab es Arten, die meines Wissens sonst nirgendwo westlich der Sar wuchsen. Sie zu sehen war, sie zu kennen. Schon konnte ich sagen, was sie bewirkten, und allein das versetzte mich in schieres Entzücken. Sie füllten Reihen um Reihen von Gartenterrassen, die sich den Hang vor mir hinaufzogen.

Das Licht an diesem Ort war in gleicher Weise schwer zu beschreiben, es wirkte irgendwie eingedickt, cremig wie an einem Abend im Herbst. Doch in Hanwoq war es erst Nachmittag, die Sonne hätte rund und klar über uns stehen sollen. Allein, es war, obwohl es da oben kein Versteck für sie gab, weil der herrlich erfrischende Wind so froh und frei blies, nirgendwo auch nur ein Fitzel von ihr zu sehen. Als ich über eine der Terrassen schritt, sah ich Beete in großen Bambuskisten, die Erde in vielen verschiedenen Farben enthielten. Von rötlichem Lehm bis zu dem wohlriechenden, an Nährstoffen reichen Schwarz der Hochlagenscholle reichte die Palette, ganz so, wie man sie in Hoffnungsberg überwiegend vorfindet. Hier sprossen zudem üppige Büschel von Bergblumen aus heimischem Humus in allen Farben des Regenbogens. Die Flora reichte vom außerordentlich seltenen, hoch wirksamen Zitadellenblauherz über das Grüne Basaltmützchen bis hin zur Rulamna-Sternblüte, einer vereinzelt in einigen Rezepturen aus Harudan vorkommenden Ingredienz, die in hohem Maße den Effekt von Umschlägen und Wickeln zur Schmerzlinderung bei Amputationen verstärkt oder als oral verabreichte Mischung mit Kannab das Blut reinigt und gegen Übelkeit hilft.

Schmale Gehwege zogen sich durch die gestuften Terrassen, deren geschwungene, zusammenlaufende Umgrenzungen in den Lücken zwischen ihnen idealen Lebensraum für Kletterpflanzen boten. Hier wuchs eine Vielzahl von Efeu-, Schling- und Ausläufergewächsen, von denen ich etliche nicht kannte. Einige davon blühten in spektakulärer Weise, schufen Mauern und sogar Tunnel wie aus buntem Regen, während sie sich in ihren geschweiften Reihen von mir weg ausbreiteten. Ich ging weiter und bemerkte starke Veränderungen in der Luft, als ich durch den Garten schlenderte: In dem einen Bereich war sie feucht, in einem anderen auffallend kalt, je nachdem, wie es die dortige Pflanzenart erforderte. Nirgendwo konnte ich einen dafür verantwortlichen Mechanismus entdecken oder aus Lage oder Standort auch nur irgendeine Erklärung ableiten. Also konnte dies wohl nur meine erste Erfahrung mit der wahren Macht eines Magisten sein.

Das bestätigten die Legenden, von denen wir alle gelesen hatten. Diese Geschichten sind vielen Menschen heilig. Sie erzählen von den Kräften, die ein Magist besitzt, und darüber, welch verheerende Folgen sie für die Ordnung der Welt und ihre Bewohner mit sich bringen können. Dies Gefühl von Macht berauschte mich – mich, der ich so lange machtlos gewesen war. Er musste wahrhaftig nichts beweisen, und ich erhielt die Chance, an Rezepturen zu gelangen, um die mich vielleicht einmal die ganze Welt beneiden würde. Die Pflanzen in diesem Garten ließen selbst die Bestände selbst der höchsten Kommunen jämmerlich aussehen.

Beinahe eine Stunde brachte ich damit zu, über dieses Plateau zu wandern, bevor wir schließlich seinen Unterschlupf erreichten. An der Rückseite von zwei Kapoks und vorn durch zwei starke Pfosten gestützt, war die stattliche Zuflucht mit einem festen Schilfdach gedeckt, und die Wände waren aus geschlagenem Bambus gefertigt. Die Seiten waren dadurch effektiv vor dem Wind geschützt, der sonst die Drudha-Arbeitstische und die zahlreichen Ablagen mit Gläsern und Beuteln drumherum durcheinanderwirbeln würde. Auch eine alte Kiste konnte ich sehen, eine monströse Zimmermannsarbeit aus lackierter Roteiche und

Bronze, die, wie ich später herausfand, der einzige Ort war, wo er seine Schriftrollen, Pulver und anderes Zubehör aufbewahrte, das von Regen oder Feuchtigkeit leicht ruiniert werden konnte. An den Pfosten im Innern der Hütte war eine Hängematte befestigt; nicht weit entfernt prasselte lustig ein Feuer, als ob es schon Stunden vorher angefacht worden sei, obwohl wir erst gerade bei der Behausung angekommen waren.

»Ich hab noch mehr von diesem Kaffin. Hab ihn getrocknet und aufgebrüht. Gibt ein hervorragendes Gebräu ab und passt gut zu Curryfleisch«, ließ Lorom mich wissen.

Nach der unsäglich langen Zeit, die ich mich als Sklave von Brei und Essensabfällen ernährt hatte, wollte mir das Mahl, das er mir anbot, geradezu königlich scheinen. Das Kaffin schmeckte so frisch gemahlen und aufgebrüht viel besser und aromatischer, als ich es kannte. Ich bedankte mich gebührend, woraufhin er auf die Hängematte wies und mir ein Säckchen mit Paste zuwarf, um die Schwellungen der Insektenstiche und -bisse damit einzureiben.

»Soweit ich sehen kann, hast du jede Menge Pflanzen von deinen Reisen mitgebracht«, sagte ich.

Er lächelte. »Ist nicht schwer, sie hier zu erhalten. Es ermöglicht mir, besser ihre Einzigartigkeit zu verstehen. Na ja …« Er machte eine kurze Pause. »Genug davon. Nun, ich hab dich wieder auf die Beine gebracht. Was hast du jetzt vor?«

»Dieser Ort, die Pflanzen, die du hier hast … Als ich sie sah, konnte ich mich wieder an sie erinnern. An die Kräfte, die sie in sich bergen, meine ich. Ich habe so viel von meinen Erinnerungen verloren, aber ich weiß noch, dass ich einmal ein Drudha gewesen bin. Und ich weiß auch, dass ich, wenn ich wieder zu einem werde, hier, bei dir, die Tür zu diesem seit der Versklavung verborgenen Teil meines Gedächtnisses vielleicht aufschließen kann. Ich wäre über die Maßen dankbar, wenn ich an deiner Seite arbeiten und dir assistieren dürfte, um ein besserer Drudha zu sein.«

Dann schien ich auf einmal das genaue Gegenteil zu sagen. »Ich werde nach dorthin zurückgehen, in die Alten Königreiche.«

Warum hatte ich das gesagt?

»Was denn nun?«, fragte er.

»Tut mir leid. Ich … ich möchte hierbleiben. Die Alten Königreiche können warten. Ich glaube, es liegt an den Pflanzen, ich hatte vielleicht zu viel davon. Oder es ist eine Folge des Druups. Ich schätze, dass hier der Mann, der ich da drüben gewesen bin und an den ich keine Erinnerung habe, aus mir spricht. Ich rede im Schlaf. Im Wachzustand höre ich mich seltsame Sachen sagen und bin mir manchmal der Dinge, die ich gerade tue, nicht bewusst. Sobald ich mich dabei ertappe, hört es offenbar auf. Ich kann verstehen, wenn das für einen anderen keinen Sinn ergibt.«

Er nickte. Ich bin nicht sicher, warum ich das sagte, aber ich hatte in dem Moment das Gefühl, dass ich nicht versuchen sollte, irgendetwas vor ihm zu verbergen. Das würde sich wahrscheinlich bald genug ändern.

»Wie ist er? Dieser andere Sand, der sich ungebeten meldet.«

»Gute Frage. Er scheint sehr von sich überzeugt zu sein, und deshalb ist er für mich ein Trost.«

»Ich las das Notizenbuch, das du gestohlen hast«, sagte er. »Die Cyca ist vielen Thamir, die in den Landen ringsum Anweisungen erhalten, geläufig. Hab mir auch deine Rezepturen und Anleitungen, die der Thamir zwischen seiner eigenen Arbeit hinzugefügt hat, angesehen. Es gibt nicht viele, die sich mit deinem Wissen und Scharfsinn zu messen vermögen. Ich sollte den Osten wohl mal wieder besuchen.«

»Ich bin … Ich war jedem Erzdrudha ebenbürtig. Zumindest jener Überzeugung nach, von der ich sprach.«

Er kniete sich neben mich und legte mir eine kalte Hand auf die Schulter.

»Ich habe dich geheilt, aber dein Körper erzählt eine Geschichte großen Schmerzes und enormen Missbrauchs. Vielleicht gibt es hier eine Pflanze, die den Mann, der du einst warst, wiederherzustellen vermag. Du hast als Soldat, als Drudha und Sklave gelitten. Ich stimme dir zu, du solltest bleiben. Es gibt ein paar Dinge, die ich von dir lernen kann. Doch weit mehr hab ich zu teilen. Gern will ich dir auch ein neues Rezepturenbuch geben, denn was ist ein Drudha ohne eines? Mag sein, dass es das beste aller Rezepturenbücher wird – ein Buch, das in den Osten zurückkehren und denen, die sich dem anwachsenden Sturm aus den Wilden Landen entgegenstellen, ein wenig Hoffnung bringen könnte.«

Er sah mir in die Augen. Ich konnte Zweifel wie Zuversicht in ihnen erkennen. Seine Aura ließ zwischen uns den Eindruck schimmernden Wassers entstehen. Sich ihm so nah zu befinden war, wie untergetaucht werden, Erinnerungen stiegen von alleine aus den Brüchen auf, die seine bloße Gegenwart schuf. Sie schienen mir wie fremde Stimmen. Oder wie Bilder, die meinem Leben entsprangen und in diesem Moment aus einem Schlaf erwachten, in dem meine grausamen Erlebnisse sie begraben hatten.

Viele Stunden trieb ich auf jener Hängematte zwischen Schlummer und Wachsein dahin, erschöpft und gleichzeitig dadurch stimuliert, dass ich Lorom Haluim in seiner großen, lebenden Bibliothek arbeiten sah. Die Erkenntnis, wie wenig ich wusste, sowie die dankenswerterweise fruchtbare Kameradschaft dieses Mannes sind der Grund dafür, das ich zu dem wurde, was ich heute bin – der größte Drudha von allen.

Es dauerte Jahre. Ich verlor mich darin, denn da so wenige der Ursachen für das Unrecht, das ich empfand, sich als ergründbar erwiesen, begann die Faszination, die meine Studien auf mich ausübten, den Aspekt der Suche nach der Vergangenheit mehr und mehr zu verdrängen. Das Sammeln von Ingredienzien delegierten wir weitestgehend an die Etil, insbesondere wenn es um das Einbringen von Tieren und Insekten ging.

Allein die Expeditionen durch den Dschungel, um alle Etilströme zu besuchen, erforderten den überwiegenden Teil eines Jahrs. Vereinfacht wurde die Sache ein wenig durch die Holzschnitzereien, die in ihren Domänen an Bäume gebunden waren. Sie waren so gearbeitet, dass sie sich drehten wie Räder im Wind und die in sie hineingebohrten Löcher ein jeweils charakteristisches Heulen erzeugten. In erster Linie dienten sie dem Zweck, die Toten und andere gefährliche Kreaturen davon abzuhalten, sich zu nah an die Pfade und Lager zu wagen; doch praktischerweise kennzeichneten sie außerdem Stammesgrenzen.

Bald schon war ich als Gefährte des Magisten akzeptiert, und allem Anschein nach nicht einmal der erste. Alle Ströme und deren Häuser freuten sich über seinen Besuch, vor allem die Kinder waren von ihm angetan. Ich selbst interessierte mich nicht für ihre Spiele; meine Besuche stellten Pflichtübungen dar, die mich nur in meinen Studien unterbrachen. Über die Jahre gab es viele Monate, in denen er oftmals abwesend war, ohne auch nur eine Andeutung fallenzulassen, weshalb und wieso. Er warnte mich davor, ihm heimlich zu folgen, und riet mir, meine Besuche bei den Etil fortzusetzen und unsere Vorräte aufzufüllen.

Ich machte mich ganz ordentlich bei meinen Streifzügen mit einigen der Eingeborenen, auf denen wir nach Pflanzen suchten, die selbst sie Mühe hatten zu finden. Ich könnte an dieser Stelle endlos von den seltsamen und schrecklichen und wunderbaren Dingen erzählen, die ich sah. Die Wahrheit über das, was in diesem Dschungel hauste, entsprach einigen der wilden Mythen, die Überlebende hierher unternommener Expeditionen gesponnen hatten. Es soll hier der Hinweis reichen, dass die Etil Außenstehende, die wegen der Pflanzen herkamen, tatsächlich verspeisten. Ich wohnte mehr als einem dieser Festessen bei.

Ansonsten waren schier unglaubliche Entdeckungen zu machen. So gab es eine Pflanze, die, korrekt zubereitet, die durch ein Kampfgebräu bewirkten Veränderungen ohne die üblicherweise folgenden Beeinträchtigungen von Körper und Geist herbeiführen kann. Außerdem eine, die einen die Bedeutung des Zwitscherns der Vögel verstehen lässt. Ferner lebt in dem Dschungel eine von den Etil gefürchtete Menschenrasse, die selbst Lorom Haluim nur ein einziges Mal zu Gesicht bekommen hat. Ihre Haut erfuhr durch die langjährige Einnahme eines Trankes, den ich in meinem Buch aufgeführt habe, eine Veränderung, die es ihnen erlaubt, wie ein Chamäleon die Farbe zu wechseln.

Ich nutzte die Zeiten seiner Abwesenheit hauptsächlich, um die Verbesserung meiner Kampfmixturen voranzutreiben: Gifte,

Schlachtengebräue und – am interessantesten – die vollkommen geruch- und farblosen Luzine, die er entwickelt hatte. Die atmete man über Depots von der Konsistenz einer Paste ein, die sich problemlos auf Kleidern oder jeder anderen Oberfläche unsichtbar auftragen ließ.

Ich wandte meine Ergebnisse bei den Etil an, ohne dass Lorom jemals Verdacht schöpfte, namentlich ein Öl aus den Samen einer Pflanze, welche die Etil Hanwoqträne oder auch Kummerkraut nannten. Der Haupteffekt bestand aus einer starken Beeinflussbarkeit; wenn ich es aufgetragen hatte und mich in unmittelbarer Nähe eines Etil befand, war ich imstande, dessen Handeln in alarmierendem Maße zu lenken. Ich missbrauchte es – und die Etil – in vielerlei Weise, nicht zuletzt, wenn es um das Sammeln der am schwierigsten zu beschaffenden Ingredienzien ging. Aber die benötigte ich nun einmal, um das Öl zu verfeinern und es für eine Konservierung zu verfestigen.

Ich weiß nicht mehr, wie viele Gifte ich ohne ihr Wissen an ihnen erprobte. Glücklicherweise waren die Dosen in den seltensten Fällen tödlich. Die Herausforderung lag darin, die Übelkeit oder andere Unpässlichkeiten durch gute Werke auszugleichen, sodass meine Visiten nicht irgendwann mit einem auffallenden Muster von Zwischenfällen assoziiert wurden.

Ich selbst zog aus den guten Werken, die ich tat, wenig Freude, und konnte die Begeisterung, mit der die anderen mir bei Entbindungen oder der Behandlung von Wunden und sonstigen Erkrankungen halfen, nicht teilen. Dennoch musste es in meiner Vergangenheit etwas gegeben haben, das mich dazu bewogen hatte, mich für dieses Fach zu entscheiden. Und zwar mehr als nur die bloße Faszination, das, was mit Menschen geschah, kontrollieren zu können. Es musste *für* irgendetwas gewesen sein. Indessen, während die Jahre vergingen und jener fremde Mann in mir immer offener und unverhohlener sprach, klammerte ich mich an dem Mann, zu dem ich geworden war, fest. Bei allem Kleinmut, bei allen Ängsten und furchtbaren Träumen schien er mir doch ein besserer Mann zu sein.

Zumindest für eine Zeitlang bewahrte ich ein Interesse an den Etil, das sie nicht lediglich zu Objekten meiner Arbeit reduzierte. Ich sah einigen Säuglingen, die ich entbunden hatte, beim Entwachsen ihrer frühen Kindheitstage zu und verfolgte, wie sie laufen lernten und dann im Laufe der Jahre mit ihren Familien zu jagen und zu sammeln begannen. Nichtsdestotrotz trachtete ich mehr und mehr danach, ihre Kenntnisse auszubeuten, ungeduldig, voller ungebärdigem Wissensdurst und Hunger nach Experimenten. Gemeinsam mit ihren Jägern unternahm ich Expeditionen, begierig darauf, zu erfahren, wie sie in dieser Welt operierten, wie sie Fallen aufstellten und welche Zeichen sie deuteten, um Wasser oder die Affen und Alabs aufzuspüren, die einen nicht unwesentlichen Teil ihres Fleischbedarfs deckten. Abwechselnd erteilten ihre Frauen mir Nachhilfeunterricht, damit ich lernte, ihre eigentümliche Sprache zu verstehen, und beantworteten mir auch bereitwillig andere Fragen. Dafür gab ich ihnen Gifte, die schneller als ihre gebräuchlichen wirkten, in kleineren Dosierungen größere Tiere niederstreckten, sowie Gegengifte gegen mehr toxische Substanzen, als Lorom Haluim jemals Lust verspüren würde zu erforschen.

Monat für Monat, Jahr auf Jahr, wuchs mein Rezepturenbuch. Eingefasst in die Häute von Alabs und Schlangen, waren die Rezepturen darin auf gebleichte und für die Bindung gummierte Lederstücke geschrieben. Ich lernte, meinen eigenen Feldgürtel herzustellen, die Taschen für Mixturen und Pulver daran auszufüttern und zu imprägnieren, die Säckchen für Wachsblöcke und Sporenbeutel anzufertigen. Dergestalt gerüstet, bestritt ich meine Wanderschaft auf den Pfaden der verschiedenen Ströme nunmehr auf eigene Faust, und irgendwann lenkte ich meine Schritte in den Dschungel selbst und zu jenen sonderbaren und gefährlichen Pflanzen zurück, denen wir auf meiner ersten Reise ins Herz Hanwoqs aus dem Weg gegangen waren.

Ich wäre wohl gestorben, wären nicht die Etil gewesen.

Ich suchte diese Pflanze für Luzin-Mixturen, die stärker waren als die, welche sie für das benutzten, was sie ihre Himmelspfade nannten. Ich vermute, es gibt für den Eindruck, dass man seinen Körper verlässt, so wie das Luzin ihn hervorruft, mehr Namen als Stämme in ganz Sarun. Doch dieses Aus-der-Haut-Schlüpfen würde mir, so meine Hoffnung, irgendwie auf meiner Reise nach innen behilflich sein. Manchmal war ich tagelang unterwegs, meine Glieder von den Etil bewegt und gestreckt, während ich zitternd und murmelnd dalag, verloren für die Welt. Sie gaben mir Wasser, derweil ich flüsternd und umherirrend die Täler des stummen, kalten Schlachtentods und der ach so lieblichen Wärme der Lebenden durchschritt. Sie kümmerten sich um mich, während ich in meinen Träumen denen begegnete, deren Blut ich nahm und mit denen ich experimentierte, sowie anderen, die ich rettete und die marschierend ihre Lieder sangen, mit frostigem Atem zotige Verse grölten oder ihre Toten entkleideten und in Feuer oder Gruben warfen, wie immer der Brauch es auch wollte. Und die Thamir der Etil kritzelten auf die Lederfetzen, die sie zum Schreiben benutzten, was ich aussprach. Sie verfassten einen Bericht über meine Reise auf den Himmelspfaden, so wie sie ihn füreinander immer anfertigten, da er ihnen zu Weissagungen diente. Einige dieser Worte, ihre Niederschrift meiner Träume, brachten Bruchstücke von mir zurück, von dem Mann, der ich vor dem Druup gewesen war. Ein Mann, den andere gefürchtet hatten. Ein Drudha.

Dann, eines Tages, erzählten sie mir von meinem Traum von einem Land in eisiger Kälte, von einem Jungen und einem Mädchen, denselben, zu denen meine Gedanken schon früher zurückgekehrt waren, ohne sie jedoch zu erkennen. Sie sprachen das Wort aus, das mich fällte wie einen Baum. Das Wort, das mich wieder mit jenem Teil meiner selbst vereinte, den ich für so lange Zeit verloren hatte.

Schlangenwald.

10. KAPITEL

Galathia

Ein weiterer Brief an ihren Bruder.
Goran

Der Assassine hockte zu meinen Füßen auf dem Boden, sein Kopf ruhte auf meinen Oberschenkel, und eine seiner Tränen hinterließ eine kalte Spur in meiner Kniekehle. Ohne seine Lederrüstung war er unbeschreiblich schön. Etliche Male gebrochen und doch wieder genesen, voller Narben, wie Linien im Sand, von Knötchen übersäht, die wie Pampelmusensamen unter der Haut saßen – ein Überbleibsel der Gifte, die man ihm verabreicht hatte. Kleine Hautpartien waren verschorft und leuchteten in sattem Lila, anders als jede andere Farbe, die ich je bei einem Soldaten gesehen hatte, während der Rest des Körpers aus einem einzigen, dunkelblauen, rotgesprenkelten Bluterguss bestand, der sich über die muskulösen Arme, seinen Rücken und die Brust zog.

Als ich ihn ansah, konnte ich das Gefühl kaum ertragen, wie sehr ich ihn brauchte; er seinerseits weinte, als er mich erkannte. Mit seinen ersten Worten erzählte er, dass er verraten worden und zurückgekehrt sei, um mich zu finden. Um seinen Auftrag fünfzehn Jahre später doch noch zu erfüllen.

Sie nannten ihn Sand. Er hatte alles vergessen, Petir, außer uns. Er ist gefoltert worden und wirkt noch immer arg mitgenommen von seinen Erlebnissen. Auch als Sklave hat man ihn gehalten. Manchmal flüstert er bei sich, ohne dass ihm selbst bewusst ist, was er da tut, doch dann ist wieder hier bei mir. Er hat mir alles erklärt, mir berichtet, was sich in Schlangenwald zugetragen hat.

Das letzte Mal schrieb ich dir vom Sporn, wo wir Kailens Leichnam fanden. Von dort brachen wir nach Süden auf, zu einem Treffen mit Agent Gilgul und seinen Männern, die Gerüchten zufolge Gant und Shale in ihrer Gewalt hatten. Sie waren nicht am vereinbarten Ort, sondern warteten bei unserem Anwesen auf uns, wie man sie ihrer Ansicht nach angewiesen hatte. Laun war deswegen außer sich. Alon ebenfalls, jedenfalls, bis er die Schriftrolle zu Gesicht bekam, die ihm die Männer präsentierten, die sich als Agenten ausgaben. Da erst erkannte er das Ausmaß der List.

Als uns ein Vorarbeiter mit Namen Lokio (ein abscheulicher kleiner Mann mit den Augen eines Schakals, der die Interessen meines Gemahls auf den Docks vertritt) über den Besuch von Gant und Shale informierte, scharten Laun und Gilgul so viele Rote um sich, wie sie nur konnten. Besprochen war, dass Lokio Shale und Gant die Nachricht überbringen würde, dass sich Alon auf dem Weingut befand. Dort sollten Laun und Gilgul hernach den Anschlag auf sie verüben, sobald sie eintrafen.

Als Lokio uns wissen ließ, dass sie nicht wie verabredet am Treffpunkt aufgetaucht waren und einer seiner eigenen Männer verschwunden sei, ritten wir mit dem Hochvogt und einem Tross Milizionäre aus der Ithil-Bucht zu dem Weingut. Wir gingen davon aus, dass sie in der Annahme, dass sie Lokios Untergebenem die Information abgerungen hatten, dass Alon dem alten Weingut einen Besuch abstatten würde.

Bei unserer Ankunft bot Laun dem Mann die Stirn, der so viele ihrer Mitstreiter getötet hatte, erst in Iltrick und dann auf dem Sporn. Sie und die Ihren standen da und hatten ihre Pfeile auf seinen Kopf gerichtet, doch der Mann machte keinerlei Anstalten, die Flucht zu ergreifen.

»Er nennt sich Kigan«, erklärte sie. »Er sagt, dass er schon sehr lange nach Euch sucht und dass Ihr ihn ungeachtet der Veränderungen, die die Jahre mit sich brachten, wiedererkennen werdet. Er sagt, er habe Euch niemals hintergangen; vielmehr sei er selbst betrogen worden.«

Als ich mich ihm näherte, begann er zu weinen und zu zittern, streckte mir die Arme entgegen. Es war ein Schock, ihn zu sehen, jetzt ohne Maske. Doch er war es. Ich war drauf und dran, mein Schwert zu ziehen. Die Erinnerung daran, wie er uns verließ, an die Tage des Harrens und Suchens, ließ die verzweifelte Wut von einst mit Macht zurückkehren, doch Launs Worte hielten meine Hand ebenso im Zaum, wie seine Tränen. Sein Atem ging abgehackt, er schien überwältigt von Emotionen. Ich lief zu ihm hinüber, um ihn zu umarmen, und er drückte mich an sich, sodass seine Worte gedämpft klangen, als er mich an seine Gurte presste und ich sein Gesicht an meinem Hals spürte. »Ich hatte die Hoffnung schon aufgegeben«, schluchzte er.

Kaum eine Stunde später standen wir durchnässt beisammen im warmen Nieselregen, vor uns die Folgen eines regelrechten Massakers. Das, was von den Feldgurten und Waffen der Agenten noch zu bergen war, wurde auf einen Karren verladen. Der Hochvogt der Wacht, der für Issana, Jua und Harudan zuständig war, bebte vor Wut beim Anblick der Leichen, die vor ihm aufgestapelt lagen; einen Fetzen Stoff vor der Nase, um den Gestank verbrannter Haut erträglicher zu machen. Unser Gefolge von vierzig Mann besetzte das Weingut, das vom Feuer geschwärzt war und schimmerte wie feuchte Kohle.

Laun und ihr Trupp hoben die Gräber für ihre Brüder aus. Dabei ließen sie sich von niemandem helfen. Ich empfand angesichts dieser Wendung der Ereignisse nicht weniger Zorn als Laun oder der Hochvogt, doch die Dinge waren nun einmal so, wie sie waren.

Der Hochvogt sprach mit einem Ausdruck von Verachtung auf den Zügen. »Vogt Fisker von Issana soll zu Vogt Fisker von Norddorn ernannt werden, auf dass er in den dortigen eisigen Gefilden eine Lektion über die Ausbildung von Soldaten lernen möge. Zwei Söldner haben es mit zehn seiner Agenten von der Wacht und all unseren Brüdern hier aufgenommen. Und Ihr Hauptmann? Diese dreißig Roten habt Ihr ausgebildet. Denkt Ihr, Ihr sollte Euch dem Vogt anschließen? Ihm und Laun dort drüben, einem Marschall, dem nur noch eine Handvoll des Trupps geblieben ist, den er einst befehligte?«

Bei diesen Worten blickte Laun auf und starrte Kigan und mich an, ehe sie sich mit wachsendem Unmut wieder ihrer Arbeit zuwandte.

Der Hauptmann in seiner vom Feuer geschwärzten Rüstung nahm Haltung an und hatte Mühe, ein Zittern zu unterdrücken, als die Farbe ihren Tribut forderte; zu mehr, als seinem Herrn und Meister zuzunicken, war er offenbar nicht imstande. Der Hochvogt ihm gegenüber sah aus wie ein Mann, der einst fett gewesen und mit den Jahren dünner geworden war, sodass sich das überschüssige Fleisch nun unter seinem purpurnen Wams und dem bestickten Gewand einer weichen, schwabbeligen Schlange gleich um die Leibesmitte wand.

»Mit allem gebotenen Respekt, Hochvogt Albin«, sagte Kigan und trat vor, um das Wort besser an den Hochvogt richten zu können. »Zehn Agenten und die übrigen Roten waren für zwei Söldner dieser Güte alles andere als eine unüberwindliche Hürde. Und das, obwohl die beiden mit den Jahren etwas nachgelassen haben. Sie sind nach wie vor fähig und gefährlich und fast noch dieselben Soldaten, die ich von früher kenne. Ihr habt sie unterschätzt.«

»Mit allem gebotenen Respekt, Kigan, dreißig Männer und Frauen der Wacht sollten doch wohl genügen, um zwei Mann zu bezwingen, ganz gleich, wer oder was sie sind.«

Gleichsam als Antwort darauf deutete Kigan auf den Haufen verkohlter Leichen, viele davon entstellt.

Die Wahrheit ist, dass ich mich nicht mehr richtig an Gant oder Shale erinnern konnte, auch wenn Kigan mir berichtete, dass es über beide hieß, dass sie ganz hervorragende Schwertkämpfer seien.

»Wir werden sie finden«, erklärte ich.

»Gut möglich, dass Ihr das tatsächlich tut, meine Liebe«, sagte der Hochvogt, »doch ohne die Unterstützung der Wacht!«

»Ich habe das Recht, für mein Gold mehr zu verlangen, als das!«, brauste Alon auf. »Euren Lohn müsst Ihr Euch erst noch verdienen!« Mein Gemahl trat mit einem unbewussten Schwung seines fellverbrämten Gewands vor, wie um instinktiv seine Stellung hervorzukehren. Die geschürzten Lippen und das Grinsen eines Wachmanns, der hinter ihm stand, zeugten von seiner fatalen Fehleinschätzung der Lage. Mein Gemahl hat einiges von Petir, doch Kultiviertheit gehört nicht dazu.

»Euer Marschall zeichnet für den gescheiterten Hinterhalt verantwortlich, Gildenmeister Filston. Das ansehnliche Honorar und Euer Einfluss in diesen Gefilden sind die Gründe dafür, dass wir bereit waren, Euch in dieser Angelegenheit zu unterstützen«, erklärte der Hochvogt. »Gleichwohl erbringen Eure hundert Goldstücke für die Dienste von Marschall Laun und ihren Mannen der Wacht keinerlei Profit. Stattdessen bin ich nun gezwungen, dieses Geld darauf zu verwenden, Ersatz für jene zu finden, die hier gefallen sind. Sie müssen ausgebildet und ihr Lohn beglichen werden, während ich zugleich dafür Sorge tragen muss, dass die Aufträge, die sie ansonsten erledigt hätten, uns nicht noch weitere Einnahmen kosten. Achtzehn Karawanen sind nun ohne den Schutz der Agenten oder Roten. Und das nur, weil Ihr uns zugesichert habt, dass ein Trupp dieser Stärke mit diesen in die Jahre gekommenen Söldnern schon kurzen Prozess machen werde. Sagt mir: Was hat es mit diesen Söldnern auf sich, das einen solchen Aufwand rechtfertigt?«

»Nichts, was für den Hochvogt der Wacht von Interesse wäre«, versicherte ihm Alon, der allerdings sofort erkannte, dass es falsch von ihm gewesen war, dem Mann die Stirn zu bieten.

»Informationen sind für die Wacht immer von Interesse. Nichts sonst könnte das Gold wert sein, das Ihr gezahlt habt. Du da, Prennen, du bist doch einer von Launs Leuten, richtig? Welche Namen hat euer Auftraggeber euch genannt? Wen solltet ihr unschädlich machen? Was sind das für zwei Männer?«

Prennen stellte das Graben ein, richtete sich auf und nahm einen Atemzug. »Ja, Hochvogt, das bin ich. Diese beiden heißen

Gant und Shale. Die einzigen anderen Namen, an die ich mich erinnere, sind Valdir, Bense und Mirisham. Wir sind auf der Suche nach einem alten Söldnertrupp, Kailens Zwanzig genannt.«

»Kailens Zwanzig … Das bringt bei mir ein Glöckchen zum Klingen; ich wünschte, ich könnte mich entsinnen, warum … Gildenmeister Filston, die hiesigen Ereignisse haben den Interessen der Wacht in Issana beträchtlichen Schaden zugefügt. Diese Männer, Gant und Shale, werden uns gegenüber Rechenschaft ablegen, es sei denn, Ihr haltet Euer Anrecht darauf für größer als das der Wacht. Ich werde dafür Sorge tragen, dass man Euch danach über ihr Schicksal unterrichtet und euch jedwede Informationen zukommen lässt, die Ihr womöglich sonst noch von ihnen benötigt. Seid Ihr sicher, dass es richtig ist, Euer Wissen nicht mit uns zu teilen, für den Fall, dass unsere Jagd erfolgreich ist?«

»Ich bin mir sicher«, entgegnete ich. »Lebt wohl, Vogt. Wir bedauern es, der Wacht solche Ungelegenheiten bereitet zu haben.«

»Alon, Ihr tätet gut daran, dafür zu sorgen, dass Euer Weib die Regularien im Umgang mit einem Hochvogt angemessen beherzigt!«

»Verzeiht mir, Hochvogt, sie entstammt einer Adelsfamilie; sie ist einfach an dergleichen gewöhnt.«

Der Vogt musterte mich von Kopf bis Fuß, wie ein Lehrer, der sich den letzten in einer langen Reihe von Unruhestiftern zur Brust nimmt. Er strahlte eine Aura der Überlegenheit aus, auch wenn das bisschen Wohlstand und Ruhm in seinem Fall kaum mehr waren, als der Schimmer auf einem Haufen Scheiße. Bald darauf versammelte sich sein Gefolge, und ein Gardist führte ihn zu seinem Pferd, um ihm nicht ohne Schwierigkeiten in den Sattel zu helfen. Sobald der Hochvogt aufgesessen hatte, grübelte er einen Moment lang nach. »Gildenmeister Filston, in drei Tagen trifft ein neuer Vogt für Issana ein. Die Wacht ist stets gewillt, Loyalität zu würdigen, und wir wissen treue, erfahrene Händler zu schätzen. Ich bin sicher, dass dieser Vogt unsere guten Geschäftsbande mit Eurer Unterstützung fortsetzen wird. Betrachtet den Auftrag als erledigt, andernfalls wird die Filston-Blackmore-Gilde die Frachtabgaben und Hafengebühren selbst aufbringen müssen, um mit Jua und Issana zu verhandeln.«

Eine Schwarzschwinge landete auf dem Arm seines Falkners. Man überbrachte dem Hochvogt eine Nachricht, und schlagartig konzentrierte sich seine gesamte Aufmerksamkeit auf diese neue Angelegenheit, und er vergaß den Hof ringsum.

Alon indes verneigte sich und wandte sich von mir ab, wobei er vor lauter Wut die Handschuhe in seinen Händen würgte, um sich nicht vor aller Augen gehen zu lassen. Wir hatten eine bittere Lektion über diese Söldner gelernt, die nach wie vor unbeirrt ihre Ziele verfolgten, nachdem sie eindrucksvoll unter Beweis gestellt hatten, dass die Jahre ihrem Kampfgeschick keinerlei Abbruch getan hatten.

Nachdem der Hochvogt uns verlassen hatte, kehrte mein Gemahl zu Kigan und mir zurück.

»Nun«, sagte er. »Du bist also der Mann, dem mein Weib all diese Jahre lang nachgejagt hat. Derjenige, von dem sie meint, er habe sie verraten.«

Kigan murmelte einen Moment lang vor sich hin, ehe er das Wort ergriff.

»Nichts dergleichen habe ich getan! Wir wurden beide betrogen, und ich weiß …« Hier schien er wieder mit sich selbst zu sprechen. »… Ich weiß, was sie getan haben.« Dann schaute er Alon und mich an, ehe er seinen Blick über die Soldaten und die Roten ringsum schweifen ließ. »Wir müssen unter sechs Augen reden.« Kigan führte uns von den anderen fort.

Wir gingen zum Ufer des Flusses, der an dem Weingut vorbeifloss; noch immer stieg Rauch von den verkohlten Reben auf. Ich muss zugeben, dass ich meine Augen nicht von ihm abwenden konnte. Warum, ist schwer zu beschreiben, Bruder. Alles an ihm wirkte faszinierend auf mich, von seinem Gewand bis hin zu seinem Feldgürtel mit den ganzen Schlaufen, Beuteln und Werkzeugen. Mehr beeindruckte mich jedoch noch seine Art, sich zu bewegen – etwas, das mir niemals aufgefallen wäre, wenn ich diesbezüglich nicht einiges von Laun gelernt gehabt hätte. Wäre er eine Armbrust gewesen, sie wäre bis zum Anschlag gespannt; seine Augen huschten zu jedem knackenden Zweig und jedem Vogel, der unvermittelt in den Bäumen um uns her tschirpte. Es war, als stünde eine furchteinflößende Kraft unmittelbar davor, entfesselt zu werden.

»Als Launs Soldat, dieser Prennen, die Namen jener Zwanzig nannte, die wir suchen, habe ich den Hochvogt genau beobachtet«, erklärte er. »Für einen Herzschlag ließ ihn der letzte Name, Mirisham, innehalten. Selbst mir wäre das fast entgangen, wenn ich nicht damit beschäftigt gewesen wäre, darüber nachzugrübeln, mit welcher Mixtur sich wohl die fleckige Haut seiner Wangen verbessern ließe, und was ich ihm dafür abknöpfen könnte.«

»Warum erzählst du mir nicht, wieso du es ebenfalls auf die Zwanzig abgesehen hast, Kigan? Schließlich waren diese Leute viele Jahre lang dein Trupp.«

Wir blieben stehen, und Kigan fuhr fort, auch wenn er die ganze Zeit über keinem von uns in die Augen sah.

»Sie haben mich verraten. Sie waren das, es war … Vielleicht waren es nicht alle von ihnen, aber sie waren dort, in diesem Gasthaus, in Schlangenwald. Ich entsinne mich nur noch, wie ich sie traf. Danach kann ich mich an nichts mehr erinnern …»

Jetzt flüsterte er und schien in Gedanken einen Moment lang weit weg zu sein. Dann fing er wieder davon an, wie er die Reaktion des Vogts beobachtet hatte, als der den Namen »Mirisham« vernahm. Er ging über meine Frage hinweg, als hätte ich sie ihm überhaupt nicht gestellt.

»Es ist schwer, seine wahren Absichten vor jemandem zu verheimlichen, der den Trank intus hat, den ich zu mir nahm. Ich konnte hören, wie das Herz des Vogts schneller zu schlagen begann, konnte den Anflug von Wärme erkennen, als ihm das Blut in die Wangen schoss und wie sein Blick flüchtig abschweifte, während er überlegte, wie er das Gespräch abbrechen könnte. Und das alles nur, weil der Name Mirisham fiel.«

»Wenn du die Wahrheit sprichst, Kigan, dann könnte dieser Trank uns alle sehr reich machen.«

Kigan brachte meinen Gemahl verärgert zum Schweigen und sprach weiter.

»Was könnte dieser Hochvogt über Mirisham wissen? Was auch immer es ist, euer Lohn war es zumindest nicht wert, es zu verraten. Falls der Hochvogt den Aufenthaltsort von Mirisham kennt und er ihn trotz der Bemühungen der Wacht, die Zwanzig zu finden, nicht mit Euch teilt, muss Mirisham in irgendeiner Form mit der Wacht oder ihren wichtigeren, übergeordneten Interessen in Verbindung stehen. Was wiederum heißt, dass Mirisham selbst zu jemand Wichtigem geworden ist. Jedenfalls wichtiger, als ihr es seid.«

»Weißt du, wo die anderen stecken?«, fragte ich.

»Ich weiß, wo Bense ist. Er steht unter dem Einfluss einer Ziestmixtur, die ich so weit verbessert habe, dass seine Loyalität außer Frage steht. Sein Lord erachtete es für angemessen, ihn wegen eines Zaubers in den Kerker zu werfen, den er in Jua bei Cusston wirkte. Vermutlich, um ihn von dem Trank zu entwöhnen, jedoch erst, nachdem er mir Stixie geliefert hatte. Bense war es auch, der mir von Kailens letztem Besuch berichtet hat, von dem, bei dem er gefasst wurde.«

»Wenn du Bense tatsächlich im Sack hast«, entgegnete ich, »sollten wir unverzüglich zu ihm aufbrechen. Womöglich kann er uns mehr über die anderen sagen.«

»Bense ist für uns fürs Erste nicht von Belang.«

»Dann müssen wir einen Weg finden, diesen grässlichen Vogt dazu zu bringen, uns zu sagen, was er über Mirisham weiß. Du scheinst dein eigener Herr zu sein, Kigan. Würdest du ihn für mich überzeugen?«

»Das kann ich nicht gutheißen, Galathia«, warf Alon da ein. »Sollte ich in irgendeiner Form mit dem Anschlag auf einen Hochvogt in Verbindung gebracht werden, wäre das mein Ende, und ich gehe davon aus, dass es dir genauso wenig gefallen würde, wieder ein Leben in Armut zu führen, ohne finanzielle Mittel.«

»Er hat recht, Galathia, das wäre jetzt der falsche Schritt«, pflichtete Kigan meinem Gemahl bei. »Irgendwie ist es Kailen gelungen, Gant und Shale davor zu warnen, dass die Zwanzig nach und nach eliminiert werden. Und Bense hat er auch gewarnt. Dass er davon weiß, würde erklären, warum er Laun zufolge mit einer raffinierten List dafür gesorgt hat, dass die beiden aus dem Gewahrsam der Agenten befreit wurden.« Er verschränkte die Hände hinter dem Rücken und atmete tief durch.

»Willst du damit sagen, dass noch mehr der Zwanzig tot sind, Kigan? Digs sagte so was.«

»Oh ja. Ich habe jeden Einzelnen getötet, den ich aufspüren konnte.«

Mir verschlug es die Sprache; ich bekam kaum Luft. Ein Schauder überlief mich.

»Warum? Weil sie …? Du sagtest, sie hätten dich verraten?«

Er sah mich in dem Wissen an, dass ich darauf eine Antwort erwartete, doch sein glasiger Blick und seine sich fast unmerklich bewegenden Lippen verrieten mir, dass er ganz in sich selbst versunken war.

»Wie gut kennt Ihr den Obersteuereintreiber von Harudan?«, fragte er schließlich.

»Kigan, ich …«, begann ich, wollte unbedingt wissen, wen er alles getötet hatte.

Doch er hielt eine Hand in die Höhe. »Dafür ist später noch Zeit, Gala.« Er hielt inne und wartete darauf, dass ich seine Worte zur Kenntnis nahm, ehe er fortfuhr. »Was ist mit Euch, Alon? Kennt Ihr den Obersteuereintreiber von Harudan?«

»Inwiefern ist das von Belang?«, fragte mein Gemahl, während er stirnrunzelnd den Dreck betrachtete, den der feuchte Boden auf seinen Wildlederstiefeln und seinem Gewand hinterlassen hatte.

»Diesem Vorarbeiter, Lokio, zufolge, haben Gant und Shale uns gesucht. Sie wussten, dass man Jagd auf sie macht, und ich glaube, dass Kailen ihnen gesagt hat, dass Ihr hinter den Morden steckt.«

»Sprich weiter, Kigan; ich fürchte, ich kann deinem Gedankengang nicht so recht folgen.« Alon warf mir einen Blick zu, der

Argwohn widerspiegelte; das war seine Art, Verdruss oder Unzufriedenheit zu verbergen.

»Laun hat mir erzählt, dass Kailen und Ihr Euch beim Sporn begegnet seid, wo er Euch eine raffinierte Falle gestellt hatte. Was bedeutet, dass er Eure wahren Absichten entweder kannte oder zumindest entsprechende Mutmaßungen darüber hegte, was Ihr im Schilde führt. Jetzt, wo er tot ist, müssen wir uns entweder mit Kailens Vater – besagtem Obersteuereintreiber – oder mit Kailens Weib in Verbindung setzen. Vielleicht kann man einen oder beide dazu bringen, uns dabei zu helfen, mehr über jene der Zwanzig in Erfahrung zu bringen, die noch am Leben sind.«

»Sollen wir morgen nach Harudan reiten?«, fragte ich. »Um Kailens Familie aufzusuchen?«

»Ja, meine Liebe«, unterbrach mich Alon. »Und ich habe noch mehr Geld für dich, da dieses Unterfangen zweifellos einiges kosten wird. Bislang schlägt deine Vergeltung bereits mit einhundert Goldstücken zu Buche, und dennoch wissen wir bis dato nichts weiter, als dass die Agenten der Wacht – darunter sogar ein Marschall – nicht annähernd den Preis wert sind, den ich oder andere Mitglieder meiner Gilde all diese Winter über für ihre Dienste berappt haben. Es ist, wie der Hochvogt sagte: Dreißig Männer und Frauen hätten eigentlich genügen müssen, um diese Aufgabe zu meistern. Jeder Mensch bei rechten Sinnen hätte dem beigepflichtet, sobald er das Risiko dieses Vorhabens hätte einschätzen sollen.«

»Mein Gemahl, ich bin heilfroh, dass Laun das nicht gehört hat. Andernfalls würdest du jetzt womöglich am eigenen Leib erfahren, wozu ein einzelner Agent imstande ist.«

Ich weiß, was du jetzt denken musst, Petir. Dass ich mich schlecht vermählt habe. Ja, sein Reichtum war mir von Nutzen. Er ist nachsichtig mit mir und unterstützt mich. Doch es ist keine Liebe. Wie könnte man nach den Ereignissen von Schlangenwald auch etwas anderes erwarten, ganz zu schweigen von der Zeit davor?

Während wir nach Süden, nach Harudan, ritten, erzählte uns Kigan vieles von dem, was damals, nach Schlangenwald, geschehen war, was ihm alles widerfuhr. Irgendetwas stimmt nicht mit ihm. Er hat den Preis des Drudhas gezahlt und das Druup und die Folter haben ihn … Es ist schwierig, das in Worte zu fassen … Er ist wie ein Schauspieler, der in seiner Rolle durchaus zu überzeugen weiß, was jedoch nichts daran ändert, dass es bloß eine Rolle ist. Er erinnert mich an ein Ei, gegen dessen Schale sich von innen etwas Gefährliches drängt, das danach trachtet, auszubrechen.

An dieser Stelle füge ich einen Auszug aus einer Unterredung ein, die Galathia zu jener Zeit mit Kigan führte, unmittelbar nach ihrem Wiedersehen. Dieses Gespräch offenbart einiges darüber, was aus Kailens Zwanzig wurde und woran Kigan sich diesbezüglich noch erinnerte.
Goran

»Du hast dich verändert«, sagte Kigan am folgenden Abend auf meinem Anwesen in Issana zu mir. Ich hatte ihn in seinen Gemächern aufgesucht, während Alon in Gildenangelegenheiten auf den Docks weilte. Ich aber wollte nicht von seiner Bettstatt weichen, und nun musterte er mich von seinem Kissen aus.

»In den Erinnerungen, die mir noch blieben, auch wenn ich mir nicht sicher war, ob die Bilder, die ich sah, Wirklichkeit oder Traum sind, hattest du Haare wie ein Ginsterbusch, damals als Mädchen, ein Dickicht von Orange; jede Strähne stand ab, als wolle sie der Sonne entgegenstreben. Jetzt ist das Chaos gezähmt und zu Locken geworden. Doch diese veilchenblauen Augen hast du immer noch.«

»Wahrscheinlich kann ich von Glück sagen, dass sie blau sind. Doch all diese Winter später bin ich Alons Trophäe.«

»Ihr habt eine Übereinkunft getroffen, die euch beiden zum

Vorteil gereicht, und in dieser Gasse in Iltrick habe ich nichts von einer bloßen Trophäe gesehen.«

»Erzähl mir von meinem Vater«, sagte ich. »Du meintest, die Erinnerung an Schlangenwald habe alles wieder zurückgebracht.«

»Gala, wie sicher kann ich mir denn sein, dass all dies wahr ist, wo ich mich an einen solch großen Teil von dem, was passiert ist, bevor ich Harlain in Tetswana getötet habe, nicht entsinnen kann? Ich erinnere mich weder an Verwandte noch an etwaige Namen. Trotzdem vertraue ich den Erinnerungen, die mir blieben, mittlerweile ebenso sehr wie meinen Sinnen, und diese Art von Überzeugung war in den vergangenen Wintern ein leidlich seltenes Gefühl.

Ich sah deinen Vater das letzte Mal an dem Tag, als Kailen die Zwanzig auflöste, an dem Tag, an dem wir fortgingen. Mir wurde im selben Moment wie ihm klar, dass wir ruiniert und die Zwanzig am Ende waren. Als ich erwachte, war der Marmorboden so kalt, dass mein Gesicht schon ganz taub war; bloß meine Wange, die war warm von meiner Spucke. Ich hatte Wermut und gepresstes Mohnöl aufgekocht. Man gebe drei Maß Blätter in das Gebräu und schneide rohen Fadenkannab hinein, um ein geschmeidiges Gesöff mit einer Menge Wumms zu brauen, auf das ich seinerzeit in demselben Maße stolz war, wie ich seine plumpe Anstößigkeit heute verachte.

Rings um mich her waren Kailens Zwanzig. Ein Raum voller Massenmörder. Alle nackt oder anderswie mit Dirnen beisammen. Sie lächelten oder sabberten im Schlaf, Leiber aus Rauch und Vergnügen, wie es in diesem Gedicht heißt, niedergestreckt von meinen Mixturen. Ich tat es ihnen gleich, lag da und scherte mich sonst um nichts.

Mein Schädel hämmerte, und meine Muskeln und Knochen erschienen mir wie angespitzt, um mich überall zu durchbohren. Ich rappelte mich auf die Knie auf und tastete zwischen den Laken und Kissen umher, die den schmutzigen Boden übersäten, auf der Suche nach meinen Gürteln, nach meinen Nerven. Ich zahlte den Preis des Drudhas für ein Leben voll des Mischens, Kostens und Trinkens von Kampfgebräuen und anderen Experimenten. Ich musste meinen Händen gut zureden, sie dazu bringen, mir bei der Erfüllung meiner Aufgabe zu helfen. Das schwerfällige Aufknoten einer Kordel und der Nachgeschmack von Roter Betonie auf meinem Gaumen und unter meiner Zunge ließen meinen Kopf ein bisschen klarer werden.

Ich arbeitete mich durch die übrigen Präparate: Hautsalbe für die Geschwüre, Kannabsalbe für die Schürfwunden. Dann fiel der Blick meiner gereizten Augen auf dich.

Diese veilchenblauen Augen waren so voller Mitleid. Mitleid! Ich konnte es kaum ertragen, dich anzusehen, wusste ich doch nur zu gut, wozu der Audienzsaal deines Vaters verkommen war: zu einem Bordell voller Männer, die sich in seiner großzügigen Gunst suhlten. Ich hatte so gut wie nie mit Kindern zu schaffen. Wusste nichts, das mich dazu befähigt hätte, mich ihrer anzunehmen. Und dann entschied dein Vater – aus welchen Gründen auch immer –, mich zu deinem und Petirs Hüter zu bestimmen. Ich konnte mir darauf selbst keinen Reim machen, abgesehen vielleicht davon, dass der allgemeine Respekt vor Druhas auf die Leute da draußen womöglich abschreckender wirken würde als ein bloßer Soldat, wie fähig auch immer der sein mochte.

Für mich war das Ganze nichts weiter als ein Extraverdienst, ein Bonus, und da ich sonst nicht viel zu tun hatte, ließ ich mich auf das Angebot ein. Ich konnte ja nicht ahnen, dass du so wissbegierig sein würdest, so an meiner Arbeit interessiert und dermaßen erpicht darauf, dass ich dich Lesen und Schreiben lehre. Eine Zeitlang freute ich mich über deine Fortschritte und darüber, Petir im Umgang mit der Klinge zu unterweisen. Doch ich hatte nicht erwartet, dass ich dadurch Mitgefühl mit euch entwickeln würde. Hätte nie damit gerechnet, dass ein Kind mit den Monaten Fragen stellen würde, die ein Mann nicht beantworten kann. Wie etwa, warum ich für Geld töte? Wie es ist, zu töten? Ob ich schon jemals irgendwelche Mädchen umgebracht hätte – Mädchen wie dich?«

Er schwieg einen Moment und legte sich die Hand vor den Mund, um sein Gemurmel zu unterdrücken; ich hatte den Eindruck, als würde er sich seiner Worte schämen.

»Doch sie ging zur Neige, unsere Zeit mit deinem Vater, dem König. Die allmächtigen Händler der Argirwehr hatten in jenem letzten Jahr ihre politischen Rapiere geschwungen, um die Macht deines Vaters zu beschneiden. Sie zogen den Hof und die Gerichtsbarkeit auf ihre Seite und übten das, was sie für Recht und Gesetz erachteten, von der Gildenhalle auf dem Hauptplatz der Wehr aus, gerade drei Meilen von uns entfernt. Und die Wacht unterstützte sie – gegen dich – in ihrem Streben nach Macht. Die Wacht drängte schon lange auf eine gewichtigere Rolle in Argirs Handelsgeschäften, als dein Vater ihr zugestehen wollte. Dementsprechend gering waren seine Chancen, dieses Kräftemessen für sich zu entscheiden, zumal das Volk ihm allenfalls Respekt entgegenbrachte, obwohl doch viel eher Liebe vonnöten ist, wenn es eine solche Prüfung der Stärke zu bestehen gilt.

So kam es, dass er in einem Netz gefangen war, das kein Schwert durchtrennen und kein Soldatenauge durchschauen konnte. Deine Familie wie auch andere Höflinge und Männer von Rang und Stand hassten uns. Sie sahen den Putsch kommen und ahnten, dass der König keine Möglichkeit haben würde, mit seinen Reichtümern aus dem Palast zu entfliehen. Die Soldaten, die wir ausbildeten, scherten sich mehr um die Feuer und das Bier auf ihren Posten als um Dienst und Drills. Uns verachteten sie nicht minder. Als die Gilden den König schließlich nicht mehr länger in ihre politischen Machenschaften verstricken konnten, solange Kailen zugegen war, zogen sie ihre Fäden heimlich aus den Schatten.

Nicht lange, nachdem ich dich an jenem Morgen in der Halle bemerkt hatte, stellte ich fest, das Kailen aufgewacht war; er schaute sich um und starrte uns an, dich und mich. Er hatte sich im Schlaf eingepisst. Er bedachte mich mit einem knappen Kopfschütteln, und mir war klar, wem er die Schuld an alldem gab, schließlich sollte ich seinen Männern – seinen ›Brüdern‹ – die

Luzine und Mixturen verschaffen, mit denen sie der Langweile dieses jüngsten Auftrags entfliehen wollten.

Du riefst meinen Namen und kamst zu mir herübergelaufen. Du warst verängstigt, vielleicht, weil du so viele von uns nackt sahst. Ich warf so rasch wie möglich mein Gewand über, um mich zu bedecken. Ich entsinne mich, dass ich dich fest an mich drückte; du duftetest nach Lavendel. Du hattest ein Fläschchen davon, das dein Vater dir geschenkt hatte. Es hatte jahrelang deiner Mutter gehört. Dann ging ich mit dir auf den Balkon hinaus und von dort die Treppe in den Garten hinunter. Eine kalte Brise ließ mich vollends wieder munter werden. Ich entsinne mich, dass der Palast hoch droben vor dem Hintergrund der Gipfel aufragte, die das Rückgrat der großen Wehr bildeten und die Stadt unter uns überblickten. Vielleicht werden wir eines nicht allzu weit entfernten Tages dorthin zurückkehren. Du sagtest mir, dein Vater, Doran, habe erklärt, du müsstest an diesem Tag fortgehen. Ich sah, dass die Posten und die Unfreien, die im Garten und im Haus tätig waren, weder Wache hielten noch ihrer Arbeit nachgingen. Stattdessen standen sie in kleinen Gruppen auf dem verwilderten Rasen und inmitten der Beete aus Unkraut und toten Rosen. Sie rauchten Pfeifen und steckten verschwörerisch die Köpfe zusammen. Das war der Beginn des Aufstands, doch solange wir an der Seite des Königs standen, konnten sie nicht die Hand gegen ihn erheben.

Dein Vater hat dich geliebt, Gala. Er war seit jeher ein von Sorgen geplagter Mann, für den die Krone und die Intrigenspielchen bei Hofe einem Irrgarten von Nesseln und lähmenden Fallen glichen. Seine Ehe mit deiner Mutter war eine frostige Verbindung der Zweckmäßigkeit, ausgehandelt von Vätern, die sogar noch kälter waren als selbst deine Eltern.«

»Mutter war eine Säuferin. Meine einzige Erinnerung an sie ist, wie sie mich oder Petir schlug. Ich wünschte, sie wäre in ihrem Kelch ersoffen.«

»Nun, in gewisser Weise ist das letztlich ja wahrhaftig passiert. Wie auch immer, ich hörte Geschrei im Saal hinter uns.

Ich glaubte, der Aufstand sei losgebrochen, und man würde uns zu den Waffen rufen. Drinnen angekommen sah ich, wie Kailen Dirnen von Shale, Harlain, Kheld und Sho herunterzerrte, während die anderen in aller Hast ihre Roben überstreiften.

Ich sagte Kailen, dass ich glaube, der Aufstand habe begonnen. Doch er erwiderte bloß: ›Scheiß drauf!‹

Dann geriet Moadd mit ihm in Streit; während ich mit dir draußen im Garten war, musste Kailen irgendetwas davon gesagt haben, die Zwanzig aufzulösen. Er meinte, eigentlich sei unsere gemeinsame Zeit schon seit langem vorüber, und damit hatte er recht. Behauptete, wir taugten mittlerweile ebenso wenig als Kämpfer, wie ein Haufen Adliger im Ballsaal.

Ibsey versuchte, ihn zur Vernunft zu bringen, obwohl er praktisch im selben Augenblick zitternd nach einer neuen Dosis verlangte, in dem er erwachte. Er stöhnte, dieser Auftrag wäre doch leicht verdientes Geld, wo er mittlerweile so gut wie blank sei. Er widerte mich an.

Kailen baute sich vor Ibsey auf und verpasste ihm einen einzigen wuchtigen Schlag. Ibsey ging wie ein nasser Sack zu Boden; das Knirschen seines Kiefers brachte uns andere zum Schweigen.

Kailen redete sich in Rage und brachte alle möglichen Probleme zur Sprache, die er mit uns hatte; all sein Ärger schien wie Galle in ihm hochzukochen und sich über uns zu ergießen, so, als habe er unsere Lage an jenem Morgen als einziger mit aller Klarheit erfasst. Er brüllte, dass wir unbedingt wieder zu alter Form zurückfinden müssten, wenn wir noch irgendwelche Missionen übernehmen wollten. Dann rülpste einer der Jungs ein Stück die Reihe runter, genau in dem Moment, als Kailen darüber wütete, wie wir tagaus, tagein die besten Tränke und Rauchwaren genossen hatten, die Ibsey und ich zusammenbrauen konnten.

Damit endete unsere letzte Zusammenkunft: mit diesem einen Rülpser. Kailen verstummte. Ich hingegen lachte. Das Ganze war auf sonderbare Weise befreiend. Zu lange schon war ich für meine Methoden kritisiert worden, zu lange hatte ich mir von Kailen und den anderen alles Mögliche gefallen lassen müssen, während sie mich wie einen dahergelaufenen Dorfpanscher behandelten. Dieser Rülpser war ein unbeabsichtigter, zufälliger Ausdruck der Respektlosigkeit. Doch für Kailen brachte er das Fass zum Überlaufen. Er verließ den Saal, ohne sich noch einmal umzudrehen. Damit waren Kailens Zwanzig Geschichte.

Stixie und Bresken hievten Ibsey auf eine Pritsche, um ihn zu versorgen. Sein Kiefer war zertrümmert, sodass ich ihn festbinden musste, um die Knochen so zu fixieren, damit sie wieder zusammenwachsen konnten. Der Rest der Zwanzig zerstreute sich. Wir waren alle schockiert darüber, wie plötzlich sich alles geändert hatte. Elimar und Milu fanden Pfeifen und stopften sie mit dem, was von unserem Tabak noch übrig war, um sich den nächsten Rausch zu genehmigen. Andere, wie Mirisham und Valdir, pinkelten in große, handgemeißelte Töpfe mit erlesenen Miniatur-Soorabäumen, bevor sie loszogen, um sich etwas zu essen zu suchen.

Mit diesen beiden verband mich seinerzeit die engste Kameradschaft. Mirisham war jemand, zu dem wir alle aufblickten, ähnlich wie zum Prinzen; er war ein paar Jahre älter als die meisten und verstand sich darauf, uns von einem schlechten Rausch runter- oder von Kämpfen abzubringen, auf die wir ganz heiß waren, wenn der Branntwein unsere Sinne rot vernebelte.

Gleichwohl, wie ich bereits geahnt hatte, nahmen die Dinge jetzt in Windeseile ihren Lauf. Sobald der König sah, wie sich die Unfreien an den Toren versammelten, wusste, er, dass der Umsturz unmittelbar bevorstand. Kailen war bei ihm, um uns unseren letzten Lohn auszuzahlen. Wir trugen Rüstungen, Schwerter und Gürtel und warteten in der großen Halle, draußen vor den königlichen Privatquartieren. Nacheinander und einzeln und traten wir ein. Ich war der Letzte. Seit dem Morgen hatte Kailen nicht mehr mit uns gesprochen, doch wir wussten alle, dass es vorbei war. Nach Jahren voller Höhen und Tiefen, Seite an Seite an vorderster Front, in denen wir uns jeder Schlacht gestellt hatten, als wären wir unsterblich, schlurften wir kraftlos in die Quartiere des Königs und wieder hinaus. Wir waren kaum fähig, die

Auflösung der Zwanzig zu begreifen, oder dass wir damit unserer Lebensaufgabe beraubt wurden, unserem Lebenszweck. Mit festen Umarmungen und wenigen Worten kamen wir überein, uns zu irgendeinem luxuriösen Jua-Pflanzenhaus zu begeben, um uns darüber klar zu werden, wie es jetzt weitergehen sollte.

Drinnen standen dein Vater und Kailen hinter dem erlesenen Schreibtisch, der einst der Königin gehört hatte. Über den Stühlen rings um das Bett und dem Paravent hingen noch immer Kleider von ihr, auch wenn sich mittlerweile die Schimmel und die Motten daran gütlich taten. Ein geschnitzter Holzhund – ein Spielzeug Petirs, an das du dich vielleicht noch erinnerst – stand auf dem Sims über der Asche des seit Ewigkeiten ungenutzten Kamins. Der Geist deiner Mutter vergiftete die Gegenwart noch immer, gefangen in einem Zimmer, in dem du damals schon längst nicht mehr spieltest.

Auf dem Tisch lag ein Hauptbuch. Kailen schob mir meinen Anteil hin. Ich hatte ihm nichts zu sagen, so, wie er am Ende auch kein Wort für mich mehr übrig hatte; schon gar kein Wort der Anerkennung darüber, dass ich das meine dazu beigetragen hatte, ihn zu der Legende zu machen, als die er inzwischen galt. Meine Tränke und Mixturen waren die Glanzstücke unserer Generation, einzigartige Kreationen, die wir für ein Vielfaches mehr verkauften, als uns die Aufträge selbst einbrachten. Seit damals gab es keine Schlacht auf offenem Feld, bei dem die Haut unserer Feinde nicht beim geringsten Spritzer oder Schnitt Blasen warf oder explosionsartig aufbrach. Die Kunde machte die Runde, dass der Aufstand der Hevendor-Unfreien mit einer Armee von tausend stummen, gänzlich paralysierten Männern ihr Ende gefunden hatte. Ich hatte selbst gesehen, wie ihre Augen flatterten wie neugeborene Motten, hatte ihr Geheul angehört, als man ihnen die Zähne zog, und war Zeuge der Grausamkeiten geworden, die die Plünderer mit ihnen trieben, die sich über sie hermachten, kaum dass die Loyalisten fortgeritten waren. Kailen vereinnahmte den ganzen Ruhm, den er allein meinen Rezepten verdankte, für sich. Und nun nahm ich den schweren Samtbeutel vom Tisch und quittierte den Empfang im Hauptbuch. Der Beutel wog so schwer, dass ich sowohl den König als auch Kailen fragend ansah.

›Du bist der Letzte, Kigan‹, erklärte der König. ›Hab' Dank für deine Dienste. Würdet Ihr uns für einen Moment allein lassen, Kailen?‹

Dies gefiel Kailen offensichtlich ganz und gar nicht, denn er bedachte uns mit einem skeptischen Blick, doch schließlich nickte er und verließ den Raum. Dein Vater wartete einige Sekunden, bevor er das Wort ergriff. Seine einst so autoritäre Stimme war durch das Pfeiferauchen ruiniert, und selbst ich konnte nichts gegen das Pfeifen in seiner Brust mehr tun.

›Es ist allenfalls eine Frage von Tagen, bis der Aufstand losbricht. Ein Fest für die Richter, diesen Klüngel aus Unfähigkeit und Betrug, ausgeheckt von diesen widerlichen Narren, die vor der Wacht und diesem Miststück aus Eural den Schwanz einziehen, das morgen hier eintrifft. Die Gilden haben meine Kanzlisten bestochen und ihre Männer dazu gebracht, die Arbeit niederzulegen, bis ich entthront bin. Meine Adeligen haben mich im Stich gelassen.‹

Ich nahm an, dass auch sie als Gegenleistung für ihre ›Treue‹ ein Stück des Weltal-Lands bekamen, das von Geburtswegen dir gehört, Gala. Dein Vater wusste, dass er am Ende war, und ich sagte ihm, dass seine beste Chance darin bestünde, sich an uns zu halten, an die Zwanzig, um lebend aus den Wehrlanden zu entkommen. Doch er schüttelte den Kopf und trat hinter dem Tisch hervor, um seinen Blick durch die verschimmelten Fensterläden über die blasse Dämmerung schweifen zu lassen.

›Ich werde meiner Familie nicht noch mehr Schande bereiten. Mein Bruder, Moren, wäre der bessere König gewesen; das hat das Volk mir unmissverständlich klar gemacht. Er verstand sich stets blendend mit Galathia, und auch Petir bewunderte ihn für sein soldatisches Können. Er fehlt mir.‹ Dann sagte mir dein Vater, dass ihr beide mich liebt.«

»Ja, das taten wir; du weißt, dass wir das taten.« Während Kigan sprach, drückte ich ihn fester an mich. »Du hättest dich nicht mit uns abzugeben brauchen. Doch du hast beschlossen, uns zu erdulden, uns wie vernunftbegabte Menschen zu behandeln und uns dazu ermutigt, das Beste aus unseren Privilegien zu machen. Mein Vater hatte dafür nie Zeit, hat sich nie die Zeit genommen.«

»Nun, er wusste, dass er sein Reich niemals lebend verlassen wird – das war nach all seinem Gerede über Schande klar. Die Jahre und die Pflicht hatten ihn vor seiner Zeit altern lassen. Zuletzt sah er aus wie ein Mann, der von einer grässlichen Krankheit dahingerafft wird; seine Wangen waren ausgezehrt und kraftlos, und die Hautsäcke unter den Augen signalisierten einfach nur noch grenzenlose Müdigkeit. Nach einem Moment des schweigsamen Musterns blickte er mir in die Augen, als würde er darin nach etwas ganz Bestimmtem forschen. Dann neigte er den Kopf zur Seite, und Kummer ergriff Besitz von ihm. Er suchte nach einem Ausweg, Gala, verstehst du? Ungeachtet der Tatsache, dass er genau wusste, dass es keinen gab. Er gab mir ein bronzenes Siegel, eine übergroße Münze mit dem königlichen Wappen, und trug mir auf, dich aus der Wehr fortzuschaffen – dich und Petir.

Er erklärte, er habe die kostbarsten Dinge aus der Schatzkammer holen lassen, darunter das Buch von Argir, Behältnisse mit Rosannaerbsen und Bilsenkrautwachs, Fläschchen mit Sonnenherzextrakt, Feuerkraut, Smaragde, Diamanten und so weiter und so fort. All diese Dinge sollten euch beiden die finanziellen Mittel verschaffen, ein angenehmes Leben zu führen, weit weg von jedweden Meuchelmördern, die danach trachteten, eurer Blutlinie ein Ende zu setzen. Es waren genügend Mittel für ein mehr als angenehmes Leben. Noch nie zuvor hatte ich eine solche Vielzahl seltener Pflanzen zu Gesicht bekommen. Er trug mir auf, das Siegel Alven zu zeigen, seinem Drudha im Wachthaus Schlangenwald. Von jenem Morgen an in drei Tagen sollten wir dort eintreffen, damit Alven uns an die Stelle führen könne, wo der Schatz verborgen sei. Für diesen Dienst zahlte er mir dreißig Goldstücke mehr.

›Galathia wollte schon immer das große Sar-Meer sehen‹, sagte er. Er versprach, dass man mir nochmals fünfzig Goldstücke geben würde, sobald ich euch bei Alven in Schlangenwald abliefere. Damit sollte eure Reise nach Jua gesichert sein. Ich hoffe, jetzt begreifst du, dass ich euch niemals für Geld verraten hätte. Ganz zu Schweigen davon, dass ich niemals einen Rückzieher von einem Auftrag mache, wenn ich ihn einmal übernommen habe. Jedenfalls nicht zu diesem Preis.«

Als Kigan von meinem Vater sprach und sich seiner Worte entsann, erweckte er ihn damit für einen Augenblick zu neuem Leben; sein letzter Wunsch für uns, seine Kinder, gewann neue Bedeutung.

»Was ist uns widerfahren? Woran erinnerst du dich sonst noch? Wenn ich an Schlangenwald denke, fallen mir bloß all diese Leute in den Karren ein, diese allgegenwärtigen Sklaven. Und die Windmühle, bei der du uns zurückgelassen hast. An die Reise vom Palast dorthin hingegen entsinne ich mich kaum; bloß daran, dass es die ganze Zeit über dunkel zu sein schien. Kalt und dunkel.«

»Jene Tage, die ich gerade beschrieben habe, waren so klar und wolkenlos, wie es nur geht, jedenfalls bis zu der Nacht, in der ich euch verließ«, sagte Kigan. »Dieser Teil meines Lebens wird mir immer im Gedächtnis bleiben, als wäre es gestern gewesen.

Nur Stunden nach meiner Unterredung mit dem König verabschiedete ich mich von Mirisham und Valdir. Ich versprach, zu ihnen zu stoßen, sobald ich meine letzte Pflicht erfüllt hätte, auch wenn ich bezweifelte, dass ich dieses Versprechen tatsächlich würde halten können. Ich stand vor einem kleinen Dienstbotentor im königlichen Garten, als dein Vater euch ein letztes Mal weinend in die Arme schloss. Der Umstand, dass er dortblieb, um seinem Schicksal erhobenen Hauptes zu begegnen, so, wie es einem König geziemt, nötigte mir Respekt ab. Du hast herzzerreißend geheult und darauf beharrt, dass er mit uns kommt. Dein Bruder indes verschloss sich einfach. Er war mittlerweile ein strammer Bursche von der Größe deines Vaters. Alldieweil focht des Königs stumme, hilflose Wut in seinem Innern gegen den

Drang an, zusammen mit uns zu fliehen, mit einem Söldner wie mir zu unbekannten Ufern aufzubrechen.

›Kigan wird euch beschützen, und ich folge euch, sobald ich kann‹, sagte er. Er machte ziemlichen Wirbel wegen deines Rucksacks und deiner Stiefel, und auch wegen Petirs Dolchgurt.

Nachdem du seinem Vater das Versprechen abgerungen hattest, dass ihr euch in den Ebenen von Jua trefft, und endlich gewillt warst, ihn loszulassen, folgten wir einer Mauer in den Gewölben. An einer Stelle, wo ein winziger Riegel sich nahtlos ins Gestein ringsum einfügte, öffnete sich eine verborgene Tür zu einem feuchten Gang. Ich habe dich getragen, doch du hast über meine Schulter zurückgeschaut zu deinem Vater. Er blieb hinter uns zurück, während wir im Schein einer Fackel einige Stufen hinabstiegen.

Petir blickte nicht zurück. Später weigerte er sich, zu glauben, dass er im Schlaf weinte, und wollte auch keine Salbe akzeptieren, um die Blasen an seinen Füßen zu behandeln, die sich nur langsam an die langen Stunden des Marschierens gewöhnten. Du und ich, wir verbrachten die Abende damit, Lieder zu summen, während wir an den Ruinen alter Festen und steinerner Außenposten vorbeikamen, die die historischen Grenzen der Wehren bildeten.

Schließlich erreichten wir Schlangenwald; die ausgetretenen Pfade führten uns zusammen mit unzähligen Karawanen und Karren in die Siedlung.

Schlangenwald: Ein gewaltiger Außenposten voller Ställe für die Sendboten, die die Wacht einsetzte. Es war ein bedeutender Knotenpunkt für den Sklavenhandel in den Alten Königreichen. Provisorische Lager und Unterkünfte für die wichtigsten Sklavenhändler umringten den zentralen Platz. Es gab Befestigungen mit hohen Steinmauern, die Fläche selbst war leer bis auf die Bühnen mit den schweren Türen, auf denen die Sklaven in Eisenkäfigen zur Schau gestellt wurden.

Ich beschmierte unsere Gesichter und die Gewänder mit Dreck, um uns zu tarnen, während wir uns nach dem Drudha umsahen. Mein Schwert, das Wams und die Schulterleder schenkte ich einem Bettler, der am Wegesrand kauerte. Falls irgendjemand fragte, würde ich behaupten, ihr beide wärt meine Kinder.

Die Sklaven der Karawanen – sowohl die auf Druup, aber auch jene, die in Bälde den Besitzer wechseln würden – umgaben uns, als wir uns unseren Weg durch die Händler, Sänger und anderen Vagabunden bahnten, die die zum Markt führende Hauptstraße belagerten. Just, als wir an einer Reihe schäbiger Schänken vorbeikamen, aus denen schier ohrenbetäubender Lärm drang, trat Alven, der Drudha des Königs, auf uns zu; wie sich herausstellte, war er uns von den Toren hierher gefolgt. Wie bei allen schon länger im Dienst befindlichen Soldaten und Drudhas konnte ich ihm seine Erfahrung an der Hautfarbe und den Augen ablesen. Letztere waren von den experimentellen Salben und Kräutern, die man verwendete, um den Blick zu schärfen, schwarz geworden. Weniger aus Angst davor, erkannt zu werden, sondern vielmehr aus eben diesen Gründen, hatte ich meine eigene Haut zuvor mit Dreck besudelt.

Wir führten euch durch einige Gassen zur Rückseite des Marktplatzes. Du hast versucht, dich in meinem Gewand zu verstecken; ohne Zweifel war dies deine und Petirs erste Begegnung mit dem vergleichsweise bescheidenen Dasein der Arbeiter und Gemeinen in der Welt.

Die Mühle stand am Südrand der Siedlung auf dem Kamm eines natürlichen Hügels mit Blick auf die Ebenen von Lagrad. Alven überreichte seinem ehemaligen Drudhan, der nun die Mühle betrieb, zur Begrüßung einen Beutel Münzen, woraufhin man uns ins Lagerhaus brachte.

Alven berichtete mir, dass er den Rest der Zwanzig gesehen habe, die ebenfalls nach Schlangenwald gekommen seien. Ich fand, es wäre klug, in Erfahrung zu bringen, wer von ihnen von hier aus nach Jua ziehen und vielleicht gewillt sein würden, sich uns anzuschließen.

Ich brachte vom Brunnen einen Eimer Wasser ins Lagerhaus und schrubbte uns den Schmutz ab. Du hast mir erlaubt, dir das Haar zu waschen. Dann lehntest du dich gegen Petir und mit dem Rücken an die Wand. Ich sah zu, wie du eingedöst bist; Petirs Arm lag dabei über deiner Schulter, seine Wange ruhte an deinem Kopf. Dies ist eine meiner lebhaftesten, kostbarsten Erinnerungen, eine, die ich selbst da noch besaß, bevor ich mich wieder entsinnen konnte, wer ihr beide eigentlich seid. Er wäre ein großartiger König geworden, dein Bruder Petir; ein stattlicher, starker Mann, den die Unfreien bewundert hätten. Ich hoffte, dass der Wohlstand und die Annehmlichkeiten von Jua ihn nicht verderben würden. Und was dich betraf, Gala, so war ich überzeugt, dass es Alven und mir schon irgendwie gelingen würde, dich zu bändigen.«

»Dabei habe ich dich so lange Zeit für mein Schicksal verantwortlich gemacht«, gestand ich. »Ich dachte, auch du hättest mich verraten.«

»Du hast überlebt, Galathia. Du bist stark und tapfer, hast der Welt gezeigt, wozu du fähig bist.«

»Die Welt hat mir zu viele Male übel mitgespielt. Welche Möglichkeit bleibt einem da, als sich zu wehren?«

»Dennoch tun das die wenigsten. Stattdessen reden sie sich ein, dass andere die Schuld an ihrer Lage tragen, und bürden anderen die Verantwortung für das eigene Los auf. Doch jetzt erzähl mir von dir und Petir. Bitte, sag mir, dass du ihn wiedergetroffen hast.«

Galathias nachstehender Bericht dieser Ereignisse ist zweifellos eine ebenso umfassende Schilderung dessen, was ihr und Petir nach den Erlebnissen in Schlangenwald widerfuhr, wie der, den sie seinerzeit Kigan gab, weshalb ich ihn an dieser Stelle einfüge.
Goran

Als ich Petir das letzte Mal sah, sprenkelten erste Spuren von Grau seinen Bart und das Haar. Natürlich war das erst vor kurzem, lange nach Schlangenwald. Nach seiner Reise in die Wildnis nördlich von Hevendor stank er aus dem Mund. Er hatte schiefe gelbe Zahnstümpfe, ein Finger fehlte ihm, und auch, wenn er für die Farbe gebüßt hatte, war er genauso groß und kräftig geworden, wie Kigan angenommen hatte, dass er es eines Tages sein würde. Wären wir nicht gezwungen gewesen, das Leben zu führen, das wir führen mussten, hätte er fürwahr ein prächtiger König werden können. Er meinte, dass es ihm das Herz brach, mich so erwachsen zu sehen, und so wunderschön, wohingegen er so geschunden war. Das relativierte er dann aber so weit, dass es ihm das Herz gebrochen hätte, wenn er mir nicht von seiner Tochter hätte berichten können, die er nach mir benannt hatte.

Hier will ich meine Erinnerung daran niederlegen, wie es uns hierher verschlug. Oder jedenfalls die Teile, an die ich mich entsinne.

An dem Abend, nachdem Kigan uns bei der Windmühle zurückgelassen hatte, machte sich Petir zusammen mit Gemayel, Alvens Drudha, auf, um nach ihm zu suchen. Auch Alven sahen wir niemals wieder, und in Schlangenwald ging es des Nachts so geschäftig und furchteinflößend zu, dass wir nur wenig Hoffnung hegten, die beiden inmitten all der übrigen Menschen zu finden, die mit den Karawanen Handel trieben. Tage wurden zu Wochen. Petirs Groll und Verärgerung wuchsen stetig. Nicht lange, und er hatte Gemayel mit vorgehaltenem Schwert der Einnahmen einer gesamten Ernte beraubt und schleifte mich in einem kalten Herbst, der einem grimmigen Winter vorausging, nach Süden. Geymael hatte sein Bestes gegeben und das, was Petir ihm antat, nicht verdient.

Banditen strömten in jenen Tagen aus den Bergen im Grenzgebiet rings um die Siedlungen Donag und Lagrad, und das in größerer Zahl, als es je ein Lebender zuvor gesehen hatte. Was die Natur ihnen sonst zum Überleben schenkte, schwand immer mehr, und ihre Tiere zwischen den hohen Gipfeln vor Hunger und Kälte verendeten. Petir hatte den Großteil des Geldes, das wir gestohlen hatten, für eine Mitreisegelegenheit ausgegeben, sodass wir mit Nomaden nach Süden zogen, zur Grenze von Lagrad.

Er hoffte, bei den Clans am Ahm-See Unterstützung gegen die Banditen zu finden. Gleichwohl waren zusätzliche Mäuler, die es auch noch zu stopfen galt, damals im Norden nicht willkommen. So waren wir gezwungen, allein weiterzuziehen, mittlerweile so mittellos wie nur je ein Bittsteller. Irgendwann schafften wir es trotzdem, die Grenze nach Ahmstad zu überqueren. Schnee war gefallen, doch inzwischen war es zu kalt geworden, als dass noch mehr niedergehen würde. Im Dauerfrost fanden wir noch weniger zu essen als sonst, falls das überhaupt möglich war. Da oben gab es nichts als die Stille und Gleichgültigkeit des Winters.

Wir hatten gerade abseits des Weges einen Jäger mit einigen Kaninchen an der Hüfte entdeckt, als Petir in seiner Verzweiflung ein Gedanke kam. Ich sollte so tun, als sei ich allein und hätte mich verirrt. Das sollte als Lockvogel für irgendwelche neugierigen Hirten oder Bauern herhalten, die nichts davon ahnten, dass mein mordlustiger Bruder nur darauf wartete, sich aus dem Hinterhalt auf sie zu stürzen. Eine Zeitlang fürchtete ich mich vor ihm, vor dem, wozu der Hunger ihn trieb. Er drohte damit, mich zu verlassen, wenn ich ihm nicht bei seinen Machenschaften half, und diese Aussicht war sogar noch beängstigender, als bei seinen grimmigen Plänen mitzumachen. Also gab ich vor, mir das Bein verletzt zu haben. Ich schob meine Röcke hoch, um jedermann einen Gutteil meiner Schenkel mitsamt des Blutergusses zu zeigen, den ich einem Tritt von ihm verdankte, damit das Ganze glaubwürdiger wirkt. Von meinen Lehrern hatte ich einst ein wenig Westhügel und Laggie gelernt, um zu vermeiden, dass ich irgendwelche Fragen in der Gemeinsprache beantworten musste. Doch ganz gleich, wie sehr ich auch kämpfte und schrie, mehr als einmal fielen sie über mich her, ehe Petir schließlich auftauchte und sie tötete, um ihnen alles zu nehmen, was sie bei sich trugen: Hasen, Fische, Eier, Bilt und Roben, um uns warmzuhalten.

Unser letztes Opfer war ein Schafshirte, dessen Tiere das erste Anzeichen von Leben waren, das wir seit Tagen zu Gesicht bekommen hatten. Allerdings schien es, als hätte der Schäfer ein gewisses Maß an militärischer Ausbildung genossen, denn als er Petir auf sich zustürmen sah, stieß er sein Messer beiseite und stürzte sich seinerseits auf ihn. Sie rangen miteinander, lieferten sich ein Duell auf Leben und Tod. Zweimal hatte der Schäfer mich getreten oder abgeschüttelt, wenn ich dazwischen zu gehen versuchte. Dann entdeckte ich Petirs Messer unweit der Stelle, wo ich zu Boden gefallen war, nahe meiner Hand, und hob es auf. Mittlerweile hatte sich der Schäfer herumgerollt und kauerte auf meinem Bruder. Er hatte die Hände um Petirs Kehle geschlossen und stieß ein abgehacktes Gelächter aus, während er Petirs Kopf auf die Erde drückte.

Ich stand da wie erstarrt und merkte kaum, dass ich mich eingenässt hatte; ich schaute einfach nur tatenlos zu, bis ich sah, wie Petirs Kampf sich dem Ende zuneigte und seine Arme nach hinten fielen. Dann drehte ich einfach durch. Bei dem Gedanken, meinen Bruder zu verlieren, ihn sterben zu lassen und ganz auf mich allein gestellt zu sein, geriet ich in regelrechte Raserei. Ich stieß dem Schäfer das Messer geradewegs in den Rücken, trieb die Klinge hinein und versuchte, mich an ihm festzuklammern, während er nach mir langte, um mich von sich fortzuzerren. Dann, plötzlich, würgte Petir; ich sah, wie er sich regte und nach Atem rang, wie er keuchend von uns fortkroch. Der Schäfer packte meinen Arm und begann, mich von sich herunterzuziehen. Auf der Suche nach Halt ergriff ich das Heft des Messers, und als sich die Klinge in seinem Fleisch bewegte, ließ er mich los und heulte auf. Ich drehte den Griff, und er stürzte unter Schmerzen schreiend nach vorn. Sekunden später war Petir auf den Knien und schlug ihm mit einem schweren Stein den Schädel ein.

Das war das letzte Mal, dass wir das machten. Einige Stunden später hatte Petir sich wieder einigermaßen erholt. Jeder von uns packte einen Arm des Schäfers. Wir schleiften ihn zu einer Schlucht und warfen ihn hinein.

Wir schlachteten eines der Schafe, und ich erklärte Petir, wie man die besten Keulenstücke auslöst. Diesmal verfluchte er mich nicht dafür, dass ich mich erdreistete, ihm Anweisungen zu erteilen, wie er es bei solchen Gelegenheiten für gewöhnlich immer tat. Er beharrte auch nicht wie sonst darauf, dass er schon wisse, was er tue, selbst wenn ich offenkundig diejenige war, die recht hatte. Das ist etwas, das in meinem Leben seitdem nicht mehr allzu häufig vorkommt: dass die Männer in meiner Gegenwart auf das hören, was ich sage.

Mit dem bisschen Holz, das wir zusammengerafft hatten, unmittelbar bevor der Schneesturm durch den Pass heulte, bekamen wir kein Feuer in Gang. Dafür besaßen wir nun den Mantel des Schäfers, den Petir um uns beide schlang, während wir an den Stamm eines Baumes gelehnt kauerten, um dem Schlimmsten zu entgehen. In jener Nacht erzählte er mir die Geschichte von Rambans Halskette, so wie er es schon einige Sommer zuvor getan hatte; die Nachwirkungen des Gerangels mit dem Schäfer ließen seine Stimme bis zum Brechen zittern, doch das hinderte ihn nicht, seine beste Imitation des liebeskranken Dieners, der Prinzessin und der aufsässigen Bienenkönigin zum Besten zu geben. Wir füllten unsere Becher mit Schnee, um ihn zu Wasser zu schmelzen, und schworen uns, gemeinsam zu sterben. Für ein paar Stunden war ich froh und zufrieden.

Die Morgendämmerung war grell wie frisch geschmiedeter Stahl, und als ich erwachte, stieg mir als erstes der Geruch eines kleinen Feuers in die Nase, über dem Petir das Fleisch anbriet. Er hatte geweint. Ich vermochte nicht zu sagen, warum.

Nach einigen Stunden Fußmarsch folgten wir einem Pfad durch ein Kiefernwäldchen, der sich schließlich zu einem Steilhang hin öffnete, von dem aus man über die südlichen Gipfel von Juas Zähnen bis hin zum sagenumwobenen Jua selbst blickte. Die Grenze dieser Gefilde dort am Horizont zu sehen, brachte uns dazu, einen Teil unserer Vorsicht in den Wind zu schlagen und zu merklich ausgetreteneren Wegen hinabzusteigen. Wir hofften, dort auf jemanden zu stoßen, von dem wir etwas zu essen erbetteln konnten.

Als wir uns durch den Schnee über den Pass kämpften, stießen wir auf einen Trupp Fährtenleser der Wacht. Jeder Einzelne der

Männer war durchnässt von der über einen Monat währenden Reise durch Donag, und das Eis und der trügerische Grund ließen sie ihre Pferde am Zügel führen. Ihre roten Mäntel waren geschwärzt, und als sie uns umzingelten, stierten die meisten von ihnen mich an wie einen heißen, saftigen Schinken. Ihr Hauptmann, Nielus, war ein müder, in Ungnade gefallener einstiger Marschall, der mit seiner zwielichtigen Bande die südlichen Donag-Routen kontrollierte. Ich sollte schon bald erfahren, dass das Einzige, was seine Männer beschäftigte, ihr nächster Rausch und das war, was sich unter meinem Gewand befand. Zwei Tage zuvor hatten sie einen ihrer Pferdeführer verloren und einen zweiten getötet, als sie unter dem Einfluss einer schlechten Mixtur in Streit gerieten.

Nielus war ein Riese, der das gesamte Lager auszufüllen schien. Er besaß die Augen einer Eule; ein Blick von ihm genügte, um dafür zu sorgen, dass die Kerle parierten. Man merkte ihm an, dass er selbst kaum glauben konnte, dass irgendein Schwachkopf eine solche Schar junger Halbstarker angeheuert hatte, um das Rot anzulegen. Er hatte einen stinkenden, ölig grauen Bart und einen feinen Lederhelm, auf dem knöcherne Hörner prangten. Den hatte er vom Kopf eines Kriegsherrn genommen, den die Wacht töten musste, nachdem er mit seiner Meute einige ihrer Karawanen überfallen hatten.

Die Roten beschwerten sich, dass wir sie aufhielten, wo sie es doch eilig hatten, sich ihren Lohn zu sichern und dem nächsten Rausch zu frönen. Aber Nielus konnte nicht umhin, zu erkennen, wie mitgenommen mein Bruder und ich waren. Wie mir Alon später erzählte, hing er noch immer Werten an, von denen sich die Wacht längst losgesagt hatte, genauer gesagt, dem Farlsgrad-Kodex, einem Bekenntnis, das die Roten pflegten, als sie noch um einiges weniger mächtig waren als heutzutage. Damals war ihr Ruf der Wacht noch das Wichtigste, und ihr Verhältnis zu den Leuten, die in oder nahe der Wilden Lande lebten, entschied darüber, ob es ihre Karawanen sicher durch das Gebiet schafften oder ob sie überfallen und die Mitriesenden versklavt wurden. Als

Nielus den Kodex als Argument anführte, um zu rechtfertigen, dass sie etwas von ihrem Essen mit uns teilen sollten, war den Männern zwar anzumerken, dass sie insgeheim über ihren Anführer spöttelten, doch offene Widerworte gab niemand. Tatsächlich brachten sie ihm einen Respekt entgegen, der auf Furcht beruhte, auf einer Unbarmherzigkeit ihres Obersten, die ich selbst nie zu Gesicht bekam. Petir setzte mich auf ein seit kurzem reiterloses Pferd, und Nielus führte mich den Rest des Tages über.

Als Nielus mir an jenem Abend vom Gaul half, um das Nachtlager aufzuschlagen, erkundigte er sich, ob ich mit einem der Männer seines Trupps Holzsammeln gehen würde, um beim Tragen zu helfen. »Ich sorge dafür, dass dir in Gegenwart dieses Haufens kein Leid geschieht«, sagte er. »Ich gebe dir mein Wort. Sten, nimm sie mit, um Feuerholz zu sammeln.«

»Ich bin sicher, dass sie dir und deinem Ast tüchtig zur Hand gehen wird!«, rief einer der anderen, und die Bande lachte.

»Sagt dir das Wort ›ungebührlich‹ etwas?«, fragte Nielus.

Der Mann, Sten, schüttelte den Kopf.

»Das bedeutet, wenn du sie anrührst, weide ich dich aus. Er wird sich anständig benehmen, Mädchen.«

Ich schaute Petir an, der mit dreien der übrigen Männer zusammensaß und sich mit ihnen einen Becher Glast teilte. Er versuchte, mich nicht anzusehen, und einer der anderen legte einen Arm um seine Schulter und begann zu singen. Ich war wütend, dass er sich derart von ihnen vereinnahmen ließ und irgendwelche Spielchen mit diesen Kerlen spielte, deren Gewinn offenkundig ich war.

Sten ließ mich die Fackel halten, während er sich nach Totholz umschaute und mit einer Machete Zweige ringsum abhackte, wobei er mich mit der Zeit immer weiter vom Lager fortführte.

Er bewegte sich lautlos durch das Dickicht rings um uns her, während er aus der Dunkelheit zu mir sprach – und über mich: über meine Schönheit, darüber, dass mein rotes Haar so prachtvoll und strahlend wie Feuer sei, darüber, dass er hoffe, meinem Bruder und mir helfen zu können, wenn ich im Gegenzug gewillt sei, ihm zu helfen, da es schon viele Jahre her wäre, dass zuletzt irgendeine Frau dazu bereit gewesen wäre.

»Ich bin keine Frau«, erklärte ich ihm.

Doch in der darauffolgenden Stille hörte ich ihn schnell und angestrengt atmen, und dann fragte er, ob ich meine Röcke lüften könne, bloß für einen Moment; er versprach, mir dabei auch nicht zu nahe zu kommen, und bot mir dafür ein paar von seinen Speckschwarten an.

»Ich will zurück ins Lager«, sagte ich, angewidert von mir selbst, da sich meine Augen mit Tränen füllten und ich mich erneut so machtlos fühlte.

Er lachte, trat mit noch immer steifer Männlichkeit auf mich zu und wischte sich die Finger an seinem Mantel ab.

»Du bist mir zur Hand gegangen; da hatte Manady Recht. Vielleicht lasse ich dich morgen ja sogar richtig mit anpacken, jetzt, wo ich sehe, dass du deinen Blick gar nicht von mir abwenden kannst.« Er ergriff sein Gemächt, wie ich es bei so vielen von Kailens Zwanzig gesehen hatte, damals, in den Hallen meines Vaters, als sie den Huren nachstellten. Ihr Schwanz macht alle Männer zu Sklaven, nicht wahr?

»In diesem Lager gibt's wesentlich Schlimmere als mich, Mädchen, das solltest du nicht vergessen. Und denk ja nicht, Nielus hätte nicht auch was für dich übrig; es gibt da einiges, von dem sein Weib keine Ahnung hat. Und was die anderen betrifft … Na ja, die wären nicht so liebenswürdig gewesen, ihre Bedürfnisse mit sich selbst abzumachen, so wie ich. Du glaubst ja nicht, wie sich die Dinge hier draußen, in solchen Wintern, auf diesen Routen, manchmal entwickeln. Da fällt es bisweilen ziemlich schwer, seine guten Manieren nicht einzubüßen!«

Am darauffolgenden Tag hielt er sich hartnäckig an Petir und mich und löcherte uns mit Fragen, sodass ich keine Gelegenheit fand, Nielus davon zu berichten, was er getan hatte. Erst am Abend, als ich Nielus seine Bitte abschlug, Sten erneut zu helfen, schaffte ich es schließlich, ihm zu sagen, warum. Der Hauptmann hörte sich alles an und erklärte dann, dass stattdessen wir beide, er und ich, Holz sammeln würden. Sten würde sich um die Pferde kümmern und ihre Hufe ölen. Mir blieb nicht verborgen, dass die Meute wiederum ihr Bestes tat, um meinen Bruder mit Glast abzufüllen, ungeachtet des Umstands, dass die ausufernde Zecherei der vergangenen Nacht dafür gesorgt hatte, dass Petir den ganzen Tag über mürrisch gewesen war.

»Ich habe etwas für dich, Galathia«, erklärte Nielus, sobald wir das Lager hinter uns gelassen hatten. Er war mit dem Slenka-Schlitten stehengeblieben, den sie gestern Abend gebaut hatten, damit wir mehr Holz mit zurückbringen konnten. »Ich bin sicher, dass dieser Schwachkopf gestern Abend dasselbe zu dir gesagt hat. Selbst in den besten Zeiten sind diese Burschen schon keine sonderlich angenehme Gesellschaft, und deine Gegenwart macht sie noch närrischer und rauflustiger, als sie es ohnehin bereits sind. Allerdings brauchst du nicht zu fürchten, dass ich dich hier draußen einfach im Stich lasse.« Er hielt ein Messer mit einer kurzen, breiten Klinge in die Höhe, das ich auch jetzt noch bei mir trage. Außerdem hatte er einen kleinen schwarzen Beutel und einen Stofffetzen in den Händen. »Ich werde dir zeigen, wie man hiermit umgeht. Allerdings nicht, um anderen damit zu drohen. Niemals, um damit zu drohen! Wenn du dieses Messer richtig handhabst, werden deine Widersacher es nie auch nur zu Gesicht bekommen, und in diesem Beutel befindet sich eine giftige Paste, die ich aus Lobelienblöcken hergestellt habe, die ich einst bei einem schief gelaufenen Karawanenüberfall erbeutete. Dieses Gift führt einen grässlichen Tod herbei, und hier im Norden gibt es kaum ein Gegenmittel, um das zu verhindern. Heute bleibt uns eine Stunde; morgen lasse ich das Lager früher aufschlagen, damit ich dir ein bisschen mehr beibringen kann.«

Er streckte die Arme nach mir aus. Ich fügte mich in die Umarmung, dankbar für seine Güte.

»Ich bedaure, was dir und deinem Bruder widerfahren ist, so hochwohlgeboren, wie ihr offenkundig seid, und so wenig vertraut mit der Welt hier draußen. Ihr solltet nicht mitten im Winter in diesen Gefilden weilen, noch dazu ohne jemanden, der ein wachsames Auge auf euch hat. Ich werde mein Bestes tun, um euch zumindest sicher zu unserem Wachthaus zu geleiten.«

Und so unterwies Nielus mich. Er brachte mir bei, dass sie, wenn sie das Messer nicht sahen, automatisch annehmen würden, ich sei unbewaffnet, dass ich diesen Fehler jedoch niemals selbst machen dürfe, da mein Leben nämlich verwirkt sei, wenn sie ihrerseits eine Klinge schwangen und mich zu fassen bekamen. Doch vor allem lehrte er mich, niemals zu zögern; ich sollte lernen, schnell und gnadenlos zu handeln. Das waren seine Worte. Schnell, gnadenlos und ohne nachzudenken.

In den nächsten Tagen, während des Marsches und in den Stunden vor dem Schlafengehen, geriet Petir zusehends tiefer in den Bannkreis der Männer, die ihn damit aufzogen, dass er ein Junge sei, dass er kein Rückgrat habe und dass ihm die Verheißungen des Sinkwurms fremd waren. Das war eine wüste Opiatmixtur, die dafür sorgte, dass er nach dem Genuss – besinnungslos, wie er war – meiner Obhut und Pflege bedurfte. Er entfremdete sich immer mehr von mir, wurde süchtig nach der Pfeife und begann, mich wie seine Dienerin zu behandeln. Wie die anderen es auch taten. Nielus entging dies nicht, weshalb er darauf bestand, dass ich ihm nach dem Holzsammeln Gesellschaft leiste. Und wenn ich ihm am Ende des Tages seine Tränke brachte, teilte er ein paar Kaffinbohnen mit mir.

Er gab sich grundsätzlich nicht mit den anderen ab, wenn sie brauten, rauchten und zu den Klängen einer Flöte sangen, die ihr Drudha, den sie »Ein-Knie« Manaday nannten, als Junge auf den Schiffen zu spielen gelernt hatte. Und immer, wenn ich mit Nielus zusammensaß, erzählte er mir über jene Wochen hinweg nach und nach seine Geschichte. Er hatte einen Sohn, der seine Eltern zu verachten schien, und eine Schwester, die ihn enterbt hatte. Seine Gemahlin jedoch liebte er, und sie erwiderte auch seine Liebe. Sie würde aus dem Dorf, in dem sie lebten, zwanzig oder noch mehr Meilen jenseits der Grenze, mit Pferd und Wagen hoch zum Wachthaus kommen, sobald man ihn dort zurückerwartete. Diese Liebe war so stark, dass sie sogar überdauert hatte, dass er, viele Winter zuvor, auf seinem letzten Feldzug als Soldat der Donag, seinem Volk, von Barbaren gefangen genommen wurde. Sie folterten ihn, bevor sie ihn mit kaum noch einer Handvoll Zähnen im Mund und etlichen anderen Blessuren, die ich bloß nicht sehen konnte, seinem Schicksal überließen.

Sein Bruder und sein Vater waren Falkner und daher von hohem Stand, doch Nielus selbst ermangelte es des Talents dafür. Als seine Soldatenzeit aufgrund der Verletzungen, die er als Kriegsgefangener davongetragen hatte, schließlich zu Ende ging, gelang es ihm stattdessen, die Wacht von seinem Nutzen zu überzeugen, und sich dank seines Wissens über die hiesigen Berge und ihre Bewohner ein solides Auskommen zu sichern. Bald schon brachte er es zum Marschall. Er führte seine Roten mit einigem Geschick, und für eine Weile kontrollierte er die Routen von Jua nach Norden, über den Hoffnungsberg bis zur Hartfelswehr, ohne dass es zu nennenswerten Zwischenfällen kam. Seine Hauptleute nutzten jedoch seine Unerfahrenheit, was Verwaltung und Buchführung anging. Sie verloren sein Vertrauen, als sich zeigte, dass sie im Laufe der Zeit etliche hundert Silberlinge unterschlagen hatten. Da Nielus jedoch die Verantwortung für seine Männer trug, blieb dem Hochvogt bloß die Wahl, ihn entweder hinzurichten oder seines Postens zu entheben. Da der Vogt große Bewunderung dafür hegte, in welchem Maße Nielus den Kodex ehrte, arrangierte er es so, dass der Marschall zwar in Ungnade fiel, aber sein Leben retten und sogar als Hauptmann weiterhin in der Wacht dienen konnte, was Nielus dementsprechend auch ohne Widerworte akzeptierte. Seine Frau stand ihm bei Aufstieg wie Fall gleichermaßen zur Seite; sie waren gemeinsam wohlhabend geworden und wurden zusammen entehrt. Sie mussten dem Herzen der Donag-Gesellschaft den Rücken kehren, stellten allerdings bald fest, dass das Leben an der Grenze zu Jua gar nicht so hart war, wie sie befürchtet hatten, sondern im Gegenteil sogar um einiges ruhiger und aufrichtiger.

Ich denke oft an Nielus, und an die Liebe – so unberührt von Geld oder Ruf –, die ihn erfüllte, zurück. Ich bezweifle, dass jegliches Gefühl, das Alon mir entgegenbringt, ihm wichtiger ist, als auch nur eines dieser Dinge.

Meine Zeit mit Nielus, seinen Mannen und Petir fand ein jähes Ende. Einmal mehr hatte uns das Glück ebenso verlassen, wie den Hauptmann das seine – doch als Ersten traf es Sten. Ich achtete darauf, entweder zusammen mit Nielus oder mit meinem Bruder Holz zu sammeln und Wasser zu holen. Jeden Tag aufs Neue musste ich den Rückzug antreten, wenn ich mich auf der Suche nach Pflanzen in die Wildnis wagte und dabei einen oder mehr Männer von Stens kleiner Truppe entdeckte. Regelmäßig schlichen sie sich zur selben Zeit aus dem Lager, in der Hoffnung, mich zu fassen zu bekommen. Für sie wurde das zu einer Art Spiel, das sie unter den Augen ihres Hauptmanns und meines Bruders spielten. Wobei Petir mittlerweile zu dem Schluss gelangt war, dass es sich tatsächlich bloß um ein Spiel handelte, wie Männer es mit jungen Frauen ständig spielten. Er dachte, dass es mich etwas über die Welt lehren würde.

Schließlich kam es, dass ich allein loszog, um Beeren zu suchen. Ich glaubte, Nielus' Männer seien damit beschäfigt, einen Trank zu brauen, und bemerkte meine Verfolger nicht. Das rettete mir das Leben und kostete sie die ihren. Die drei verließen das Lager kurz nach mir. Nielus hielt gerade ein Nickerchen, und während Manady kochte, war Petir schon längst mit den übrigen auf dem nächsten Hoch. Ich hatte ein Stück abseits des Pfades einen Busch mit Brombeeren entdeckt und fing eben an, sie zu pflücken, um sie in meiner Kappe zu verstauen, als mir auffiel, dass einer der Büsche vollkommen leer war – leerer, als dass es das Werk von Vögeln hätte sein können. Von der Lichtung her hörte ich durch die Bäume Gelächter zu mir herüberdringen, und einen Herzschlag lang schwebte mein Magen wie eine Feder, als ich unversehens begriff, dass ich nicht allein hier draußen weilte, obwohl sich weit und breit keinerlei bekannte Siedlungen fanden.

»Da ist sie ja! Was für ein braves Mädchen.« Das gleichmütige Krächzen und der marolanische Akzent gehörten zu Gerin, dem Ältesten von Nielus' Truppe; da er keine Zähne mehr hatte, wirkte sein Gesicht wie ausgehöhlt. Neben ihm stand Sten, der sich spöttisch vor mir verneigte.

»Wir würden Euch gern zum Tanz bitten, Mylady«, sagte Sten. »Wir zahlen auch gut!«

»Wir sind hier oben nicht allein«, sagte ich. »Jemand hat sich an diesen Beeren zu schaffen gemacht!«

»Vielleicht irgendwelche hungrigen Bären?«, sagte der andere, der eine Nase wie die Schnauze eines Nagetiers hatte. Dazu ein Kinn, das sich in seinen Hals zurückzuziehen schien, als ob es seiner hässlichen Visage zu entkommen trachtete. »Ich hab' auch Hunger«, sagte Gerin. »Auf warmen Kirschkuchen!«

»Du bist erst nach mir dran, Gerin«, erklärte Sten. »Jungs, verpasst ihr den Knebel, um sie zum Schweigen zu bringen!«

Der Nager trat vor; er erwartete keinen Widerstand. Ich legte meine Hand hinten auf mein Kreuz, wo das Messer in der Schneide an meiner Seite steckte; ich hielt die Klinge im Reversgriff flach gegen mein Handgelenk gedrückt. Als er näherkam und nach mir griff, musste es für die anderen aussehen, als hätte ich seinen Arm fortgeschlagen. Er zischte und starrte auf seine Finger – eine schmale rote Linie zog sich über seine Handfläche.

»Die kleine Hure hat mir 'nen Schnitt verpasst!«, sagte er und hielt die Hand hoch, damit die anderen sie sehen konnten.

Sten lachte und langte nach seinem eigenen Messer. »Ich kann euch gar nicht sagen, wie sehr mich das freut!«

Der Nager schüttelte den Kopf und hielt von neuem seine Hand in die Höhe. Er hatte angefangen, zu zittern. Seine Finger zuckten, und Furcht leuchtete ihm schier aus den Augen, als er mich anstarrte und begriff, dass er vergiftet worden war.

»Helft mir!«, rief er. »Ihr Messer ist vergiftet!«

»Mit was für einer Mixtur?«, brüllte Sten; schlagartig löschte die Sorge um den Kameraden die Lust aus.

»Reines Lobelien«, erklärte ich. Der Nager mühte sich, seine Atmung unter Kontrolle zu behalten, doch es schien, als würde er am ganzen Körper von Krämpfen geschüttelt. Er fing an zu heulen und streckte die Hand nach seinen Leuten aus, die vor ihm zurückgewichen waren. Erst sehr viel später, an der Jua-Akademie, sollte ich wieder Zeuge eines Gifts werden, das auf solch grässliche Weise seine Wirkung tat.

»Lass das Messer fallen, oder ich schwöre bei den Roten, dass das hier für dich schlimmer endet, als du dir auch nur im Entferntesten vorstellen kannst!«, drohte Sten.

»Nimm's mir doch ab!«, schrie ich ihn an. Ich hatte kein rechtes Gespür für die Gefahr, in der ich schwebte, und was ich gerade getan hatte, erfüllte mich mit nie gekannter Energie. Außerdem war ich es leid, Angst zu haben, auch wenn ich mich durchaus sorgte, dass uns jemand beobachten könnte. Ich glaube, eine Art Instinkt muss meine Vernunft übermannt haben.

Gerin lächelte; offenbar gab er wesentlich weniger auf den Nager als Sten. »Wisst ihr was, Jungs? Wenn überhaupt, hat mich das bloß noch geiler gemacht!« Er öffnete seine Hosen, um mir seinen zwar recht bescheidenen, dafür jedoch steifen Schwanz zu zeigen, und war offenbar drauf und dran, den anderen einen Befehl zu erteilen, als hinter mir ein Kiefernzapfen knackte und sich seine Augen unvermittelt weiteten. Ohne hinzusehen, duckte ich mich und lief auf die Männer zu. Ich hörte das Sirren einer Bogensehne, und dann traf den Nager ein Pfeil mitten in die Brust. Gerin und Sten zogen ihre Schwerter; ich indes rannte nach links und hastete weiter.

Überall um uns herum hörte ich Bewegungen und die Schlachtrufe irgendwelcher Banditen. Als ich einen Blick hinter mich auf die zwanzig oder mehr Angreifer wagte, die auf die beiden noch stehenden Männer zustürmten, und erkannte, dass ich selbst nicht verfolgt wurde, schrie ich aus voller Kehle nach Nielus und Petir.

Ich hatte es schon fast zurück ins Lager geschafft, als ich auf den losen Steinen der Klippen und Felsen ringsum ins Straucheln geriet. Petir fing mich auf, während die anderen hastig Kampftränke leerten, um sich für das unvermeidliche Gefecht zu wappnen.

»Wo? Wie viele?«, wollte Nielus wissen.

Ich wies hinter mich, auf den Pfad, in die Richtung, aus der man Rufe und das Klirren von Schwertern vernahm, und sagte ihm, wie viele Angreifer es waren. Petir hatte mich kaum wieder auf die Füße gezogen, als Nielus ihm auch schon ein Kurzschwert zuwarf.

»Du hast die ganze Zeit mit deinem Schwertmeister und der Ausbildung geprahlt, die du genossen hast. Nun kannst du zeigen, was du draufhast, Junge!«

»Nein!«, rief ich und klammerte mich an Petir. »Du darfst nicht gehen!«

»Er kann und er wird! Los, kipp einen Trank, Junge, und bleib dicht bei mir.«

Petirs Augen füllten sich mit Tränen. Er schaute sich um. »Dort drüben, diese Senke … Siehst du die Büsche ein Stückchen weiter den Weg hinunter? Nimm dir Essen, Wasser und Decken und versteck dich da. Wenn wir zurückkehren, werde ich etwas von Ramban pfeifen, dann weißt du, dass ich es bin. Los! Geh!«

Ich beeilte mich, ihm einen Abschiedskuss zu geben. Er zitterte verängstigt, und dann zerrte Nielus ihn fort. Ich sollte ihn erst zwölf Winter später wiedersehen.

Ich schnappte mir aus dem Lager, was immer ich tragen konnte, darunter einige Kolben, ein Messer und eine Satteltasche voller Bilt sowie etwas Zwieback. Kurz darauf vernahm ich Jubel, bevor die Angreifer das Camp plünderten und sämtliche Pferde und Vorräte mitnahmen. Irgendwann in jener Nacht schlief ich unter einer Wolldecke ein, nachdem ich mich gezwungen hatte, mit dem Heulen aufzuhören, um den Plünderern nicht zu verraten, wo ich mich verborgen hielt. Dabei redete ich mir hartnäckig ein, Petir sei nicht tot.

Als ich erwachte, lagen dichter Nebel und Stille über dem Land. Der Busch, in dem ich mich versteckt hatte, zitterte, als ich herauskroch; Eiskörnchen rieselten wie winzige Kiesel durch die Zweige. Ich wollte wissen, ob Petir lebte oder tot war, ob dieser panische Abschied das letzte Mal gewesen war, dass ich ihn gesehen hatte, oder nicht. Niemals zuvor hatte ich mich mehr wie die jüngere Schwester, wie die kleine Prinzessin gefühlt, als in diesem Moment.

Ich war zu verängstigt, um die Hänge zu der Stelle hochzuklettern, wo wir überfallen worden waren, um in Erfahrung zu bringen, ob die Plünderer noch da waren. Mir war völlig klar, dass das, was sie mit mir anstellen würden, wenn sie mich entdeckten, noch schlimmer wäre, als das, was Nielus' Männer mir angetan hätten. Petir hatte mir aufgetragen, zu fliehen und mich zu verstecken. Falls er noch am Leben war, würde er mir gewiss vergeben, wenn ich seinen Worten zuwider handelte. Der Tag war bereits halb vorüber, als ich schließlich dem gefrorenen Pfad folgte und langsam in Richtung der Ausläufer von Donags Stiefel und den Ebenen von Jua jenseits davon marschierte.

Am nächsten Tag befiel mich Fieber, und obgleich die kalte Luft klarer und trockener wurde, als ich das Vorgebirge und die Wälder an der Grenze zu Jua erreichte, kam ich nur schleppend voran. Ich ängstigte mich vor jedem Geräusch, und obwohl ich verzweifelt darauf hoffte, jemandem zu begegnen, der mir half, fürchtete ich mich zugleich davor, was diejenigen wohl mit mir anstellen würden.

Das Fieber nahm zu, wie um mein Entsetzen noch weiter anzufachen, und ich betete zu sämtlichen Magisten, von denen mir meine Lehrer berichtet hatten, dass sie mein Leben verschonen mochten. Das ging so, bis das blühende, pulsierende Sein rings um mich her in meinen Ohren erst zu einem Zetern und dann zu einer solchen Kakophonie anwuchs, dass ich es nicht länger ertrug. Mir wurde körperlich übel davon. Ich würgte das bisschen Wasser wieder aus, das ich zu trinken gewagt hatte, und irgendwann übermannten mich düstere, anklagende Träume, Visionen voller überwältigender, fantastischer Gestalten, die mich zu ihrer Marionette machten, bis mein geschundener Geist schließlich in gnädiger Schwärze versank.

Ich wurde von einem Mann geweckt, der später meinte, ich würde ihn an seine Tochter erinnern. Es war ein Jäger, der seine Fallen überprüfte, wie jene, auf die wir einige Wochen zuvor gestoßen waren. Er breitete ein Bärenfell über mich, stülpte mir seine Fäustlinge über die Hände und gab mir Brotstückchen zu essen, da ich den Inhalt meiner Satteltasche während meines Fieberwahns in alle Winde verstreut hatte. Ich entsinne mich nur vage an den Mann, einmal abgesehen von den wunderbar reinen, weißen Härchen seines Schnauzbarts, der sein Lächeln vor der Welt verbarg. Außerdem war er dürr; er hatte offensichtlich Fleisch verloren, denn sein Wams schlabberte lose um seine Schulterknochen. Nachdem er mir einen kleinen, bitteren Apfel angeboten hatte, überließ er mir seinen Wanderstock, stützte mich und führte mich zu seinem Lager.

Er musste sich mit dem Oberhaupt des Camps und auch mit seinem Weib auseinandersetzen, damit man ihm erlaubte, mich in seine Obhut zu nehmen. Der Winter und die Banditen, die von den Gipfeln und aus dem Hochland der Wehren und vom Hoffnungsberg nach Süden zogen, hatten den Hunger und seinen engsten Vertrauten, die Grausamkeit, an die Grenzen des wohlhabendsten Landes in den Alten Königreichen geführt. Könnte ich diesem Mann selbst jetzt noch alles Gold überlassen, das ich besitze, würde ich es tun, denn er rettete mir das Leben und gab mir zu essen, und das auf Kosten seiner eigenen Familie und des eigenen Volkes. Natürlich währte dies nicht lange; sofern man keinen kräftigen Rücken oder eine gute Schwerthand mitbrachte, hatten diese Leute keinen Platz für ein weiteres hungriges Maul, das gestopft werden musste. Zum Abschied überließen sie mir ein Paar Stiefel und Wollkleidung und beschrieben mir den Weg zum nächstgelegenen Wachthaus, da ich der Wacht unbedingt davon berichten wollte, was Nielus und seiner grässlichen Meute widerfahren war. Ich hoffte, dass sie einen Trupp in die Hügel hinaufschicken würden, um nach meinem Bruder zu suchen.

Doch die Wacht, die wir aus den Geschichten unserer Kindheit kannten, war tatsächlich so tot, wie Nielus behauptet hatte. Zumindest verfügte sie nicht mehr über genügend Anführer und Leute, um mehr zu leisten, als zu verhindern, dass die Handelsrouten vollends von Banditen überrannt wurden. Ein träger junger Bursche, nicht viel älter als ich selbst, führte mich vom Tor des Wachthauses zu einer Amtsstube neben den Ladengeschäften. Er trug eine Rüstung, die einmal einem Mann gehört haben musste, der doppelt so groß gewesen war wie er … und mitten in der Brust klafften zwei Pfeillöcher. Er erkundigte sich nach meiner Version der Ereignisse und schrieb sie nieder. Kurz darauf schneite fluchend ein Roter herein und streifte seinen Umhang ab.

»Es müssen mal wieder dringend welche von diesen verdammten Schweinen geschlachtet werden. Der Vogt hat zwei von unseren Tieren an einen Händler verhökert, den wir an der Hand haben; der Bursche versucht, hier einen Kontrakt für Zinn an Land zu ziehen, und will, dass aus dem einen ein Spießbraten und aus dem anderen Koteletts und Suppe gemacht werden.«

»Nach dem, was letztes Mal passiert ist, hat Canny dich damit beauftragt? Meinte er nicht, du hättest es verkackt?«, entgegnete der Bengel lachend.

»Braucht ihr einen Metzger?«, fragte ich.

»Bietest du uns etwa deine Dienste an?« Beide lachten mich aus. »Tut mir leid, Mädchen, aber du sprichst viel zu gediegen, als dass ich dir abnehmen würde, dass du dich darauf verstehst«, sagte der Junge.

»Wer ist das?«, wollte der Rote wissen.

»Sie kommt aus den Bergen. Meinte, Nelly wäre mit seinen Jungs da oben, hätte aber Schwierigkeiten mit Banditen gekriegt. Du musst Canny sagen, er soll einen Suchtrupp zusammenstellen.«

»Gebt mir das Schwein, das geschlachtet werden soll, und ein paar anständige Klingen, und ich erledige das für euch«, ging ich noch mal dazwischen. »Falls ihr glaubt, ihr könntet es besser, könnt ihr mich ja fortschicken. Wenn nicht, überlasst mir etwas zu essen und eine Pritsche für die Nacht.«

Er klatschte in die Hände. »Also, wenn du das zustande bringst, lasse ich dich sogar bei mir schlafen!«

Da wusste ich, dass sie mir Gelegenheit geben würden, mich

zu beweisen. Was sein Angebot anging (ich spürte, dass der charmante Bursche ein gutes Herz hatte), so musste ich ihm dennoch sagen, dass er sich ins Knie ficken solle. Allerdings nahm er meine Ablehnung gut auf, und der Rote gackerte eine geschlagene Minute fröhlich vor sich hin, während ich meine Decken, Wollsachen und meinen Rucksack zusammensuchte und ihm zur Küche folgte. Früher war ich meiner Mutter und meinem Vater bewusst aus dem Weg gegangen, indem ich möglichst viel Zeit in der Küche oder bei den Hirten draußen auf den Feldern zubrachte, wo ich so lange nervte und drängelte, bis die Untergebenen mich schließlich helfen ließen. Im Laufe der Jahre hatte ich so eine Menge über die Zubereitung von Schweinen, Rindern und Vögeln gelernt. Jedenfalls mehr als diese Männer.

Ich fragte den Roten, was er wegen dem Hauptmann und meinem Bruder zu unternehmen gedenke.

»Nielus ist ein guter Mann; wir werden einen Suchtrupp nach ihnen ausschicken. So, hier ist die Küche, und das ist Foddy. Foddy, dieses Mädchen kümmert sich um die Schweine; andernfalls kriegt sie einen Tritt in den Arsch.«

Ein alter Mann kauerte gebeugt über einem Schwein, das auf dem Boden lag, und nähte den Braten gerade für den Spieß zusammen. Er deutete auf das andere Schwein, das ausgestreckt und mit offener Schnauze ein Stück weiter wartete, fast so, als habe sein Tod das Tier ziemlich überrascht. Der Rote ließ uns allein, und der alte Koch half mir mit dem Schwein auf dem Tisch. Dann verdiente ich mir mit seinen Messern und seinem Hackbeil meinen Schlafplatz. Eine gute Stunde später kam der Hauptmann des Wachthauses vorbei, um mir mitzuteilen, dass sie einen Trupp von zwölf Mann hochgeschickt hatten, um Nielus und die anderen zu suchen und in Erfahrung zu bringen, ob sie tatsächlich getötet worden waren oder nicht.

Erschöpft wusch ich in einem Eimer Wasser meine Hände und Arme, ehe der Koch mich zu einer Pritsche führte, in deren Nähe sich der Junge und zwei andere Rote tummelten; die Einzigen, die sich noch im Lager aufhielten.

»Sie ist eine ausgezeichnete Metzgerin«, war alles, das Foddy sagte, bevor er uns alleinließ.

Am nächsten Tag wurde ich bei Anbruch der Dämmerung aus meinem ersten richtigen Bett seit Schlangenwald geworfen und machte mich nützlich, bis die Roten vom Donag-Pass zurückkehrten. Das war jedoch erst vier Tage später der Fall. Ich half Foddy, einen Eintopf für sie zuzubereiten, und bat darum, ihm beim Auftischen zur Hand gehen zu dürfen, damit ich mich bei den Männern erkundigen konnte, was passiert war, während sie sich in der Haupthalle aufwärmten. Sie waren mit den Mänteln heimgekehrt, die alle Roten tragen, einschließlich Nielus'. Doch das war auch schon alles. Sie verbrachten den Abend damit, sich zu betrinken und zu singen und sich Geschichten über Nielus und Gerin und Sten zu erzählen. Ich konnte es nicht ertragen, ihnen dabei zuzuhören.

Der Hauptmann sah mich hinausgehen und folgte mir.

»Ich bedaure den Verlust deines Bruders. Nielus' Weib wird morgen hier sein, so wie immer. Ich möchte, dass du ihr seinen Mantel gibst. Vielleicht versteht sie dann besser, dass er sein Leben für dich geopfert hat, und findet in den kommenden Tagen ein wenig Frieden in dem Wissen, dass sein Tod nicht vergebens war.«

Ich wusch, trocknete und faltete seinen Umhang zusammen, damit er am nächsten Morgen bereit war. Außerdem polierte ich Nielus' alte Marschallsschnalle. Das Kupferstück besaß die Form einer Kaltbucht-Seeschwalbe, mit Schwingen wie Krummsäbel und einem Schwanz in Form einer Heugabel, die der Siebte Rote zum Symbol der Wacht bestimmt hatte. Er hatte diese Vögel im Norden und im Süden gesehen und war damit der Erste, der wusste, dass sie zwischen den Jahreszeiten solch weite Entfernungen zurücklegten.

Nielus' Frau kam den Pfad zu den Toren des Wachthauses empor, brachte ihr Pferd jedoch schon in einiger Entfernung zum Halten, als sie die Roten in einer Reihe draußen vor dem Tore stehen sah, ihre Leder- und Kettenrüstungen frisch gewachst, die

Umhänge so hellrot und sauber wie Mohnblumen. Sie fing an, den Kopf zu schütteln. Ich stand vor allen anderen und trug seinen Mantel quer über meinen Armen, wie man es mir gezeigt hatte.

Sie stieg unsicher vom Wagen und hielt sich am Gurtzeug fest, als sie sich aufrichtete und Haltung annahm. Dann ging sie mit großen Schritten den Hang hinauf, und der Hauptmann begann, »Bruder Rot« zu summen; die anderen stimmten ein. Dieses Lied geht mir stets zu Herzen, doch nie so sehr wie an jenem Morgen. Sie lächelte, als sie näherkam, und ihr Blick war einer, den jede gute Mutter einem kummervollen Kind schenken würde, denn genauso musste ich aussehen: jämmerlich, grau und dürr vor Hunger, in diesen klammen, geschwärzten Wollkleidern und den viel zu großen Lederstiefeln, die mir dieser Jäger überlassen hatte.

Ich konnte nicht umhin, zu weinen, wusste ich doch um Nielus' Liebe für sie, und ich hielt seinen Mantel vor mich hin, während sich der Gesang der Roten zu einem Chor vereinte und der Hauptmann die Männer mit wunderbar hoher Stimme durch die Worte ihrer glorreichen, melancholischen Hymne führte. Die Tränen auf ihren Wangen schimmerten in der Sonne wie Gold, und als sie seinen Mantel ausschüttelte, fing sich eine Bö darin und sorgte dafür, dass sich der Stoff raschelnd hinter ihr aufbauschte. Sie nahm den Kragen und warf sich den Mantel mit einer geschmeidigen, kräftigen Bewegung über die Schultern. Sie verschloss die Schnalle am Hals und führte eine Handvoll Stoff an ihre Nase, um seinen Duft tief in sich aufzunehmen, ehe sie sich die Augen damit abwischte. Sie sah die Männer an, während sie sangen, rang ihre Hände im Schoß und neigte dankbar ihr Haupt, bis sie fertig waren. Ich stand ein wenig abseits, als jeder Einzelne nacheinander zu ihr trat und einige Worte an sie richtete, ehe sie ins Wachthaus gingen, um uns mit dem Hauptmann allein zu lassen.

»Wie ist er gestorben?«, fragte sie und schaute mich unverwandt an; sie schien intuitiv zu ahnen, dass ich mit Nielus vor seinem

Tod zusammen gewesen war, wohl, weil das der einzig logische Grund für meine Anwesenheit hier war.

»Ich sammelte gerade Beeren, als ich Reiter entdeckte und loslief, um die anderen zu warnen. Wir wurden ohne Vorwarnung überfallen. Nielus … Er fand mich und meinen Bruder halb verhungert auf einem der Pässe.«

»Der Farlsgrad-Kodex«, sagte sie. »Du hast deinen Bruder verloren, nicht wahr?«

»Er hat mir das Leben gerettet. Er rettete uns beiden das Leben, jedenfalls in dem Moment.«

»Du bist weit weg von zu Hause. Ein Wehr-Mädchen, deinem Aussehen nach zu urteilen. So wunderschön.«

»Sie hat nichts und niemanden«, sagte der Hauptmann. »Doch nach allem, was man hört, versteht sie sich bestens aufs Schlachterhandwerk. Ich bin sicher, sie würde entsprechende Arbeit finden.«

Die Frau nickte. »Nun, dann hol deine Sachen. Du kannst mir die nächsten paar Tage Gesellschaft leisten und mir von meinem Mann berichten.«

Ein Münzbeutel wechselte den Besitzer, und sie tauschten flüsternd einige Worte miteinander, als sie einander umarmten. Ich stand inzwischen am Tor und beobachtete die beiden einen Moment lang, doch als ich zurückkam, war der Hauptmann fort, und sie saß wieder auf dem Wagen.

»Verstau deine Habseligkeiten hinten auf der Ladefläche und setz dich zu mir. Wir haben einige Meilen vor uns, bevor wir unser Lager aufschlagen können. Ich heiße übrigens Sylve.« Sie strich ihr ergrauendes Haar zurück und streckte die Hand nach unten, um mich hoch auf den Kutschbock zu ziehen, was ihr nahezu ohne meine Hilfe gelang; ein Leben voll harter Arbeit hatte ihre kräftigen, sehnigen Arme geformt.

In den nächsten paar Tagen machte sie mehr Aufhebens um mich, als meine Mutter es je getan hat. Sie badete und wusch mich, kümmerte sich um mein verfilztes Haar und schnitt es kurz. Und sie mästete mich, so gut sie eben konnte, mit Käse und

Haferbrei. Sie hatte beschlossen, auf einem Markt, zu dem jedes Jahr Hirten und Bauern aus dieser ganzen Provinz im Norden von Jua zusammenkamen, zu versuchen, für mich Arbeit und ein neues Zuhause zu finden, wo ich leben konnte.

Das Ganze hatte große Ähnlichkeit mit den Märkten daheim in den Wehrlanden. Zu tausenden pflegten die Menschen den Markt der Stadt Elden zu besuchen. Es gab Viehauktionen und Theateraufführungen und Lesungen, die ich jedoch nicht verstand, weil sie auf Juan waren. Was ich jedoch sah, war ebenso derb und ließ dasselbe Maß an Ehrerbietung vermissen, wie Stücke, die ich mir in Argir angesehen hatte; jedenfalls wenn man nach der Torheit der Schauspieler in den feinen Kleidern ging, denen die Hosen runtergezogen oder die Perücken vom Kopf gefegt wurden. Hausierer und Händler von der Küste kamen mit Käfigen voller sprechender Vögel, japsender Welpen und stoischer Echsen in die Stadt, während Kocher den Leuten wundersame Gebräue und Mixturen versprachen, die angeblich aus den entferntesten Winkeln von Tarantrea oder aus dem sagenumwobenen Hanwoq oder der Korallenbucht stammten. Sylve erwarb für mich einige Teeblätter, die hier geläufiger waren als weiter nördlich, die ich später mit ein bisschen weichem Kannab aufgoss. Seitdem braue ich mir diesen Tee regelmäßig.

Ich schlenderte über den Viehmarkt, der von jenen beherrscht wurde, die für die Lords Vieh kauften und verkauften. Vieles von dem, was sie sagten, verstand ich nicht, da sie nicht die Gemeinsprache sprachen. Doch da war ein Junge, nicht viel älter als ich selbst, der um ein paar Kühe feilschte, die nicht einmal so aussahen, als wären sie auch nur das Schwarze unter meinen Fingernägeln wert.

»Kauf die lieber nicht«, riet ich ihm. Ich dachte, er würde sie vielleicht für seine Familie erstehen wollen, doch wie sich zeigte, arbeitete er für einen Jua-Lord, der aber noch nicht eingetroffen war, womit dem Burschen die Aufgabe oblag, mindestens fünf Kühe zu erwerben.

»Verpiss dich, Mädchen«, sagte der Verkäufer.

Ich konnte ihm ansehen, was ihm durch den Kopf ging. Er wusste nur zu gut, in welch erbärmlichem Zustand sich seine Kühe befanden; ich meinerseits konnte dies den Tieren an den Augen ablesen und an der Art und Weise, wie sie standen.

»Warum glaubst du, mit denen sei etwas nicht in Ordnung?«, fragte der Junge.

»Wegen der Zitzen. Abgesehen davon, dass sie dreckig sind – was bei Kühen, die verkauft werden sollen, ein himmelschreiendes Unding ist –, sind bei einigen die Zitzen entzündet. Siehst du, sie nässen. Und schau dir die hier an; ihre Hüften sind sehr schmal, was ihr vermutlich Schwierigkeiten beim Kalben bereitet, und ungeachtet des Umstands, dass man die Rippen bei dieser hier ein bisschen zu deutlich sehen kann, würde ich sagen, dass dazwischen allenfalls ein Fingerbreit Platz ist, was bedeutet, dass sie auch nicht mehr fetter werden wird. Sollen wir uns noch die Hufe anschauen?«

Der Junge neigte betroffen den Kopf, und ich hatte den Eindruck, dass ich ihn gerade davor bewahrt hatte, in ernste Schwierigkeiten zu geraten.

»Kannst du mir vielleicht helfen, welche auszusuchen …?«

»Ich bin Galathia. Ja.« Als ich meine Hand ausstreckte, schüttelte er sie.

»Du hast mich vor einer gehörigen Tracht Prügel bewahrt.«

»Ich muss irgendwo unterkommen. Ich kann arbeiten«, sagte ich. Sylve hatte nicht die Mittel, für mich zu sorgen, insbesondere jetzt nicht mehr.

»Ich kann mit meinem Herrn reden. Eigentlich sollte er längst hier sein. Keine Ahnung, was ihn aufgehalten hat.«

Ich suchte dem Jungen einige gute Kühe aus, die ihn den Großteil des Silbers kosteten, das man ihm mitgegeben hatte. Als Gegenleistung kaufte er uns etwas Brot und ein paar Beeren. Später suchte sein Meister, der für den Lord die Oberaufsicht über das Vieh führte, den Jungen auf und nahm die Kühe in Augenschein.

»Sie hat die Tiere ausgewählt«, erklärte der Junge, als er Angst bekam, etwas falsch gemacht zu haben; in seinen Augen stand nackte Panik, und ein zotteliger Schopf brauner Haare bedeckte sein Gesicht, als er zu Boden starrte.

»Nun, sie hat ein gutes Auge, dieses Mädel, das du da aufgelesen hast. Sieben Silberlinge sind dafür ein guter Preis.«

»Er meinte, Ihr habt vielleicht einen Schlafplatz für mich. Ich kann arbeiten. Früher habe ich im königlichen Palast gearbeitet, oben in den Wehrlanden.«

»Mit wem bist du hier?«

»Mit der Frau, die mich gerettet hat. Ich bin Waise.« Schon seltsam, dass ich zwar all die Zeit über mit dieser Tatsache gelebt hatte, doch erst jetzt, wo ich es laut aussprach, deswegen fast die Beherrschung verlor.

»Ich denke, fürs Erste werden wir schon einen Stall für dich finden, und dann lege ich beim Lord ein gutes Wort für dich ein.«

Ich suchte Sylve und erzählte ihr, dass ich Arbeit als eine Art Dienerin gefunden hätte. Sie umarmte mich, ermahnte mich, gut auf mich achtzugeben, und gab mir einige Kupferstücke. Als ich ihr die zurückgeben wollte, bestand sie darauf, dass ich sie behielt.

Ich verließ den Markt von Elden auf dem Karren, den sie mitgebracht hatten, während sie die Kühe einige Meilen zu einer Jua-Hochkommune in der Somskaat-Region trieben, einer der vornehmsten Gemeinden der bekannten Welt. Dort hatte das Leid meiner Wanderzeit ein Ende, und ich fand ein wenig Frieden.

Tatsächlich meinten es die folgenden Jahre sogar gut mit mir. Dank meiner Ausbildung konnte ich für die Quartiermeister die Schreibarbeit übernehmen, die die Vorräte und die Verschiffung der Pflanzen beaufsichtigten. Natürlich musste ich die allgemeine Aufmerksamkeit über mich ergehen lassen, die mein Körper in einer Gemeinschaft voller Männer zwangsläufig weckte, während ihr zur Frau heranwuchs. Doch bei meiner Arbeit in der Küche machte ich Bekanntschaft mit einigen der Wachen, guten Männern, die meinem Wunsch nachkamen, den Umgang mit dem Schwert zu erlernen und auch Nielus' Messer möglichst perfekt zu beherrschen. Ich würde nie wieder wehrlos sein. Ich wollte stark sein, und so studierte ich zusammen mit den Novizen die Lehren der Drudhas. In diesen Jahren verlor ich den Kontakt zur Außenwelt, die mir alles genommen hatte. Ich war fest entschlossen, keine Angst zu empfinden, wenn ich der Gemeinde eines Tages den Rücken kehren musste.

Da wir uns in Jua befanden, noch dazu in dieser Hochkommune, fand ich mich quasi im Geburtsland der Alten Königreiche wieder. Denn Jua, Alt-Ceirad und Issana waren es, die aus den Trümmern des Rotsteinreichs von Harudan das erste neuzeitliche Bündnis schmiedeten. Andere schlossen sich ihnen an, während Allianzen vereinbart und gebrochen wurden. Doch die Namen für die Lande an den Ost- und Westküsten der Sar blieben, da die meisten von ihnen anhaltenden Wohlstand und Stabilität genossen. Über viele Generationen hinweg profitierten sie stark von einem ungebrochenen Handel miteinander und weit in den Süden, bis hin zum Golf.

Juas königliche Erblinie und das Patronat gingen sogar noch weiter zurück. Es handelte sich um die älteste ungebrochene Ahnenreihe in sämtlichen bekannten Reichen. Das Netzwerk von Adeligen, Händlern und Lords, die Jua mittlerweile beherrschten, setzte sich aus den Hütern alter Familien, Erben und Gilden zusammen. Ich machte zusammen mit dem Kommunen-Komprador und Erzdrudhas auf den Elf- und Uferstraßen die Runde über die Besitztümer, besuchte Feierlichkeiten und Zusammenkünfte, zu denen man nur mit Einladung Einlass erhielt und die mich in Kontakt mit den wohlhabendsten Männern und Frauen jenseits der Staubküste brachten. Der Luxus war überwältigend und zeugte von einer fast unschuldigen Selbstgerechtigkeit dieser Kultur, die lange nur den Frieden kannte. Selbst der letzte Bürgerkrieg verdiente seine Bezeichnung kaum, da es sich in Wahrheit um kaum mehr als einen Disput innerhalb des Volkes handelte, das sich über die Pflanzen stritt, und darüber, wie viel von der Ernte für die persönliche Verwendung einbehalten werden durfte. Vielleicht lag es daran, dass ich in ihrem gelackten Pomp, in ihren Seiden- und Samtgewändern das Leben sah, das mir verwehrt geblieben war, doch ich empfand nichts als Verachtung für die Rituale, denen sie frönten, für ihre vergifteten Worte, ausgespien hinter schimmernden Fächern, während die Damen in den Pavillons, die auf Anwesen entlang der Elf großen Straßen errichtet worden waren, Klatsch und Tratsch austauschten.

Die Mitglieder der Filston-Blackmore-Gesellschaft waren Gäste der Wacht. Ihre umherstreifenden Karacken – die größtenteils Alon Filston gehörten – waren auf einen Versorgungstreck aus der Korallenbucht gestoßen, der Strykna-Baumsamen transportierte, mit dem die lukrativen Giftmärkte in sämtlichen Hochkommunen an der östlichen Sar versorgt wurden.

Ohne viel Rücksicht auf die jahrhundertealten gesellschaftlichen Gebräuche und Rituale der hohen Familien Juas zu nehmen, besuchten Vertreter Alons die Festivitäten, wenn auch in furchtsamem, unbehaglichem Schweigen. Alon und ich indes saßen zusammen auf einem Teppich in einem der unbedeutenderen Pavillons, den man uns und den Erzdrudhas zugewiesen hatte.

Alons Brautwerben war langweilig; er verpasste nur wenige Gelegenheiten, um über seine Flotte und seinen Besitz zu schwadronieren. Noch zahlreicher waren seine Erzählungen von gewinnbringenden Geschäften und großen Profiten, einschließlich der Entdeckung der Strykna-Samen. Diejenigen, die mich aus der Kommune kannten, waren belustigt darüber, dass er mich auf diese Weise ernsthaft zu beeindrucken versuchte, wussten sie doch, wie wenig Interesse ich an den Avancen zeigte, die so viele der Burschen den paar Mädchen in unserer Gemeinschaft machten. Dennoch ermutigten sie mich, mich darauf einzulassen, und verloren kein einziges schlechtes Wort über ihn.

Dass er weder fett war, noch sich übermäßig viel aus Huren machte, genügte mir. Er war offensichtlich ein sehr reicher Mann, jemand, dem die großen Familien Juas mit Nachsicht begegneten. Der altehrwürdige Tausch von Reichtümern gegen Achtbarkeit und Anerkennung war hier genauso weit verbreitet, wie überall sonst, wurde jedoch um einiges diskreter gehandhabt. Ich konnte kaum glauben, wie leicht es mir fiel, mich seinen doch recht unbeholfenen Avancen zu öffnen. Als ich einwilligte, ihn an jenem Abend zu einem Theaterstück zu begleiten, zeigte er sich höchst erfreut. Und er war über die Maßen höflich.

Zum ersten Mal in meinem Leben befand ich mich in der Gegenwart eines Mannes, durch den ich mich nicht eingeschüchtert fühlte. Ganz im Gegenteil. Ich genoss es. Er schien genauso nervös zu sein wie ich, als es darum ging, miteinander das Bett zu teilen. Ich bedaure, sagen zu müssen, dass ich nichts für ihn empfand, doch unsere Hochzeit war opulent, und mir wurde bewusst, dass ich dank seines Wohlstands künftig alles würde tun können, wonach mir der Sinn stand.

Kigan erhob sich auf die Knie, um mich zu küssen. Sein Körper erzählte eine einzige Geschichte seiner Pein. All dieses Leid hatte er für mich auf sich genommen. Seine Vergeltung war meine Vergeltung.

»Du wirst dein Geburtsrecht zurückerlangen, wenn schon nicht das Buch und die Pflanze. Einst wirst du wieder auf dem Thron von Argir sitzen, oder vielleicht auch Petir. Ich möchte unbedingt erfahren, was aus ihm wurde.«

»Er wird uns alle von den Alten Königreichen befreien. Die Welt wird sich verändern, und er steht im Herzen dieses Wandels. Es gibt da einen Kriegsherrn, Caragula, der sämtliche wilden Stämme nördlich und östlich von Lagrad, Ahmstad und der Razhani-Provinz unter seinem Banner vereint hat. Hunderttausende Mann marschieren just in diesem Moment auf uns zu, und mein Bruder ist die Vorhut, einer seiner Generäle.«

Nachdem sich unsere Wege auf jenem verschneiten Pass trennten, wurde Petir zum Mörder, was wohl unvermeidlich war. Ich kann nicht behaupten, dass er geweint hat, da er nicht zu der Stelle zurückblicken konnte, an der ich mich verbarg, aus Furcht, dass jemand ihn dabei beobachtete. Die Angreifer waren in der Überzahl. Nielus' Männer fielen einer nach dem anderen und rückten mit den Rücken immer dichter zusammen, während der Feind sie einkesselte. Fünf Mann standen gegen dreißig, und drei dieser fünf hatten über ihre Wunden genügend Gift abbekommen, dass sie tot zusammenbrachen, noch bevor sie vollends umzingelt waren.

Als sie die Aussichtslosigkeit ihrer Lage erkannten, legten Petir und der letzte von Nielus' Leuten den Angreifern ihre Schwerter zu Füßen. An der Spitze der Plünderer stand ein Mann, den er nur schwer beschreiben konnte, da er kaum körperliche Besonderheiten aufwies. Der Mann hob sein Schwert vom Boden auf und warf es zu ihm zurück. Mit einem zahnlosen Lispeln wurde er vor die Wahl gestellt: Entweder mit dem letzten von Nielus' Männern zusammen sterben oder ihn töten und sich der Bande der Angreifer anschließen, die gute Schwertkämpfer verdammt nötig hatte. Der Rote begann zu beten. Petirs Schwertarm zitterte, als er die Klinge hob; sein kraftvoller Stoß erfüllte die Erwartungen der Plünderer.

Man zwang ihn, sich zu entkleiden und nackt die Meilen in ihr Lager zu marschieren, während die Pferde der Wacht hinter ihm hergeführt wurden, beladen mit all ihren übrigen Habseligkeiten, abgesehen von den Umhängen. Die Plünderer hatten nicht die Absicht, sich etwaigen Verfolgern der Wacht gegenüber auf den ersten Blick zu verraten.

Die Plünderer auf jenem hochgelegenen Pass prügelten ihn fast zu Tode, und inmitten dieser kalten, schwarzen Schluchten und Pässe entwickelte Petir die Instinkte eines Tieres. Doch der Umstand, dass er Lesen und Schreiben konnte und etwas Hespen beherrschte, sorgte dafür, dass er sich rasch die Anerkennung ihres Anführers verdiente – in den Augen mancher zu rasch. Doch Petir war klug genug, dass ihm das nicht entging; die Fähigkeit, Gesichtsausdrücke deuten zu können, die einst bei Hofe so wichtig gewesen war, erwies sich hier als lebensnotwendig. Dementsprechend rechnete er mit Anschlägen.

Der erste geschah nach zwei schlaflosen Nächten auf der Jagd mit einem der Plünderer. Sie rasteten auf dem Weg zu einem weitläufigen Waldgebiet einige Meilen weiter östlich. Der kalte

Tee, den er aus der Flasche des anderen Mannes nippte, den er bei einer Zusammenkunft dabei beobachtet hatte, wie er sich abfällig über ihn ausließ, schmeckte zu bitter. Er tat so, als würde er auch den Rest leeren, doch in Wahrheit spuckte er jeden Schluck zurück in den Becher, bis sich ihm die Gelegenheit bot, das Zeug unbemerkt wegzuschütten, während der Mann seine Felle für das Nachtlager ausbreitete.

Kurz vor Einbruch der Morgendämmerung lag Petir reglos unter seinem Schlaffell zusammengerollt da, ein Messer dicht an die Brust gedrückt. Er kämpfte gegen die Furcht an und zwang sich, langsam zu atmen, als sich der andere Mann regte und aufstand. In dem Moment der Stille, der die mörderische Absicht zu verschleiern versuchte, warf er sich auf den Rücken und hieb wild mit seinem Messer zu. Der Mann ragte über ihm auf, viel näher, als Petir geglaubt hatte, sodass die Spitze der Klinge den Oberschenkel des Mannes erwischte und in den Muskel drang. Petir kam auf die Knie und stach dem verzweifelt um sich schlagenden Mann wiederholt in den Magen, bis er zusammenbrach. Später erzählte er mir, dass ihn in diesem Moment ein Gefühl der Euphorie überkam, dass dieser Augenblick sein Leben veränderte.

Als er einen Tag später mit einigen Hasen und einem Rehkitz ins Lager zurückkehrte, wurde ihm im Gegensatz zu so vielen anderen Männern klar, dass er, wenn er in dieser Welt irgendetwas erreichen wollte, nicht darauf warten durfte, bis es ihm in den Schoß fiel, sondern dass man bewusst danach streben und etwas dafür tun musste. Sein erster richtiger Kampf auf Leben und Tod hatte ihm die Augen geöffnet; er war jetzt ein Überlebender.

Er berichtete dem Anführer und den anderen, warum er allein zurückgekehrt war. Niemand forderte ihn heraus. Und als er dort stand, ohne dass ihm jemand die Stirn bot, fiel sein Blick auf die Frau, mit der sein Jagdgefährte das Zelt geteilt hatte. Sie führte ihn von der Zusammenkunft zum Zelt des Mannes, und so nahm Petir in jeder Hinsicht seinen Platz im Lager ein.

Er wusste, dass dies den Groll jener unter den anderen, die neidisch auf seine Position waren, nur noch mehr anstacheln würde. Die Frau half ihm dabei, gleich hinter dem Zelteingang Löcher auszuheben und mit Stroh zu bedecken. Als schließlich zwei kamen, trat der Erste in ein Loch und stürzte vorwärts. Petir sprang aus seinen Fellen auf und tötete ihn mit einem Kurzschwert, während der sich vergeblich auf Knien zur Wehr zu setzen versuchte. Der Mann hinter dem Angreifer ergriff die Flucht, doch Petir setzte ihm nach und machte kurzen Prozess mit ihm, als er ihn einholte. Als der nächste Tag dämmerte, ließ der Anführer Krüge mit Wein bringen. Er sprach von Zusammenhalt, von dem Gemeinwohl, das sie in harten Zeiten pflegen mussten, um nicht bloß zu überleben, sondern zu wachsen und zu gedeihen. Die Zahl angesehener Männer, die mit Petir auf diese Worte anstießen, reichte aus, um durch diese Geste der Anerkennung jeden weiteren Zwist im Keim zu ersticken.

Im folgenden Sommer wurde ihm eine Tochter geboren. Ihm blieb nur kurze Zeit, sie kennen und lieben zu lernen, dieses Baby mit einem Schopf roten Haars, so wie das meine, da das Kind nicht lange genug lebte, um einen Namen zu bekommen.

Der Vorteil geringer äußerer Ablenkung erwies sich für Petir als großartiger Lehrer in der Kunst des überfallartigen Angriffs: zuschlagen und wieder abhauen. Es dauerte nicht lange, und er führte mit eiserner Überzeugung einen eigenen Trupp an, tötete die Kämpfer anderer Plünderbanden und die Ahm-Flachländer rings um den Südrand von Juas Zähnen. Nichts erregt so viel Aufmerksamkeit wie Erfolg. Die Wacht wurde wachgerüttelt von der wachsenden Zahl der Überfälle auf ihre Karawanen. Und meine Jahre mit Laun haben mir gezeigt, dass die Wacht nichts mit solcher Entschlossenheit verteidigt wie ihren Ruf.

Die Ahm-Clans, die unter Petirs Übergriffen auf ihre Jagdgründe litten und bei ihren Bestrebungen, den Angreifern Einhalt zu gebieten, herbe Verluste erlitten hatten, taten sich mit der Wacht zusammen, die einen Plan und die Mittel hatte, diesen auch auszuführen.

Kurz darauf luden sie Petirs Anführer und seine Ratgeber zu

einem Treffen ein, um darüber zu sprechen, was sie dafür zahlen sollten, um die Zahl der Übergriffe zu vermindern.

Petir begleitete sie zu der Zusammenkunft im Herzen einer weiten Ebene, wo man keinen Hinterhalt oder Überraschungsangriffe zu fürchten brauchte.

Mit Silber von der Wacht und einem Vorrat aus Kannab und Fellen kam man zu einer Übereinkunft.

Zur gleichen Zeit führten Rote und Söldner, von den rachsüchtigen Angehörigen besiegter Clans mit der Position von Petirs Lager versorgt, einen vernichtenden Schlag gegen die Zurückgebliebenen; das Camp wurde niedergebrannt. Petirs Frau und Tochter gehörten zu jenen, die nicht entkamen. Einen Tag später brachen die Ahm-Clans die Gespräche ab, woraufhin sich Petir, sein Anführer und die übrigen Plünder-Hauptleute auf den Rückweg machten – und geradewegs in die Falle liefen. Petir gelang es, sich den Weg aus einem Hinterhalt freizukämpfen; zusammen mit nur zwei anderen Überlebenden floh er zu den Hochpässen.

Einen Monat später wanderte er allein nach Süden, ein ausgemergelter Dieb, der durch die weite Wildnis von Nord-Issana streifte, ehe er sich gen Osten wandte, und damit Vilmor und einem König zu, der darauf erpicht war, ein Vermächtnis für seine Söhne zu erschaffen, dabei zugleich jedoch allmählich das seines Vaters zunichtemachte; zumindest war das Petirs Meinung.

Die Arbeit als Zimmermannsgeselle gab Petir etwas von seiner ursprünglichen Kraft zurück, oder zumindest genug, dass er wieder imstande war, seine Übungen zu vollführen und sich von neuem dem Kämpfen zuzuwenden, einem Gewerbe, das Münzen und Respekt zugleich versprach. Er wurde zum Söldner und lernte viel darüber, wie man eine Armee führt, während er sich zugleich als furchtlos im Kampf erwies.

Einige Jahre später fand er sich in den Viraten wieder, die an die Wilden Lande grenzten, wo er in den Diensten eines Clanführers mit Namen Imil von Stromschnell und seinen Hauptleuten stand, die ihn vertrauensvoll bei sich aufnahmen, nachdem er gute vierzig Männer, Frauen und Kinder ihres Volkes aus einem

Lager gerettet hatte, das von Barbaren überfallen worden war. Er führte die Stromschnell-Kämpfer bei den Überraschungsüberfällen an, auf die er sich so gut verstand, und bald darauf war der Clan weithin bekannt, nicht bloß unter den kopflosen Anführern und Oberhäuptern der nahegelegenen Wilden Lande, sondern gleichermaßen bei denen der übrigen Clans der Virate.

Petir hielt sich vom Meer fern; unter den Männern gab es so schon genügend Verrat, erzählte er mir, da wolle er nicht auch noch auf trügerische Planken unter seinen Füßen achtgeben müssen. Das, was er zu Füßen seines Vaters über die Fähigkeit gelernt hatte, andere für sich zu gewinnen und Bündnisse auszuhandeln, ließ seinen Clan in den Viraten aufsteigen. Bei den Festivitäten, die das Schwarzhand-Virat abhielt, um ihre gemeinsame Sache zu besprechen und zu stärken, stieg er von einem der Dritten Tische an den Schwarzen Tisch auf. Hier wurden die Entscheidungen getroffen. Wobei es bisweilen darum ging, Konflikte untereinander zu lösen, häufiger jedoch um den gemeinsamen Feind, die Banditen und Plünderer aus den Wilden Landen. Dort, in Stromschnell, wurde er bald darauf Vater eines weiteren Mädchens, das natürlich um einiges blasser war als ihre Freundinnen, und das viel bewunderte blaue Augen besaß. Zumindest dieses Kind blieb ihm erhalten.

Gleichwohl, es dauerte nicht lange, bis Imil, das Oberhaupt von Stromschnell, angesichts von Petirs Erfolgen zu unklugem Draufgängertum verleitet, sein Blatt innerhalb des eigenen Clans überreizte; und das ausgerechnet, als Petir an den Grenzen ihres Gebiets weilte. Damit hatte mein Bruder keine Chance, die Fäulnis im Herzen seiner neuen Gemeinschaft zu erkennen. Als er nach einem langen Streifzug mit Wagenladungen voller Pflanzen und Waffen und einem Abkommen mit einigen nomadischen Barbaren zurückkehrte, stellte er fest, dass Imil von den eigenen Hauptleuten hingerichtet worden war und nun ein anderer Clan, die Standhals, das Gebiet von Stromschnell beherrschten.

Die Standhals hatten nicht die Absicht, sich der Taktiken und Strategien eines Söldners aus dem Norden zu bedienen und ihn in ihren Dienst zu stellen; sie hegten Vorurteile, denen er mit allen vernünftigen Argumenten nichts entgegenzusetzen hatte. Sie waren begieriger, die Barbaren zu beschwichtigen, als Stromschnell es bislang gewesen war, besonders, wenn ihre Ländereien unmittelbar betroffen waren. Nach seiner Rückkehr nach Stromschnell traf er eine Tagesreise entfernt auf einen Späher, der ihm berichtete, dass eine erwartete Lieferung Häute aus seiner Heimatsiedlung sich verspätet hatte, und dass man auch sonst keine Nachricht von dort bekommen habe.

Petir drängte seine Männer, weiterzumarschieren. Er wandte sich nach Westen, um dem Südrand des großen Waldes zu folgen, der an das Virta der Schwarzhände grenzte. Eine Tagesreise später, auf der sie wider Erwarten keine Spur von den Barbaren sahen, trafen sie bei der Siedlung ein und fanden sie ebenfalls unberührt vor; es gab keine verbrannten Gebäude, das Tor war heile – aber es fand sich auch keine lebende Kreatur weit und breit. Verzweifelt begab er sich zu seiner Hütte; er rief nach seinem Weib, Aliam, und nach der Tochter, die er nach mir benannt hatte. Und obwohl seine Tinten und Pergamente fehlten, war drinnen alles ganz genau so, wie Aliam es hergerichtet hatte.

Auf dem kleinen Tisch sah er einen Vogel aus Stroh mit bunten Schleifen, die zwischen die groben gelben Halme gewoben waren, den seine Tochter Galathia gebastelt hatte. Er nahm den Vogel zur Hand, in der Hoffnung, dass er vielleicht noch warm von ihrer Hand wäre. Als er die Hütte wieder verließ, hielt er den Strohvogel fest umklammert, die Finger zitterten vor Kummer.

Draußen hatte der Wind aufgefrischt; frostige Böen fegten über die verwaisten Pfade. Vor dem Tor der Siedlung, durch das er gerade erst hereingekommen war, stand ein Riese von einem Mann. In einer schlichten Schneide an seiner Seite hing ein Langschwert, das an dem Riesen mickrig wie ein Dolch wirkte, und seine ramponierte Lederrüstung war verdreckt und stellenweise eingerissen. Ein kurzer, sorgsam gepflegter Vollbart umrahmte ein attraktives, sonnengegerbtes Gesicht, das wirkte, als sei es aus einem Felsen gemeißelt worden. Sein schwarzes Haar hatte er zu einem Zopf zusammengefasst, in den getrocknete blaue Mohnblumen eingeflochten waren. »Petir. Ich habe schon viel von dir gehört. Dass du ein ausgezeichneter Truppenführer bist, ein wahrer Hauptmann. Und zwar in jeder Hinsicht, bloß nicht dem Rang nach.«

Petir trat vor; etwas an diesem Mann zwang ihn dazu. Er wusste instinktiv, dass dies hier keine Falle oder Hinterhalt war. Beides hätte dem Mann zu keinem Vorteil gereicht, über den er nicht ohnehin längst verfügte.

»Wo sind mein Weib und meine Tochter Galathia?«

Der Riese musterte ihn, die Hände in die Hüften gestemmt.

»Sie ist wohlauf. So wie alle anderen auch.«

»Wer bist du?«

»Caragula. Ich kam her in der Hoffnung, dass du hierher zurückkehren würdest, sobald die Kunde von der Plünderung dieses Lagers die Runde gemacht hat.« Obwohl die Gemeinsprache nicht seine Muttersprache war, redete er klar und verständlich. Seine Stimme war ein geschmeidiges Rasseln, als würden die Worte von einer Klinge geformt, die auf Leder geschärft wurde.

Er streckte eine Hand aus – die traditionelle Begrüßung in den Viraten, bei der man einander den Unterarm umklammerte.

Als Petir näher trat, hörte er nichts weiter als Caragulas Pferd, das jenseits des Tores graste. Sie waren allein.

Caragulas Finger schlossen Petirs Unterarm zur Gänze ein, als würde er nicht mehr als einen dünnen Zweig umfassen. Petir erzählte mir später, dass er seinerseits ebenso gut einen Block Marmor hätte halten können. In Caragulas Augen leuchtete eine einnehmende, väterliche Klarheit. Petir musste sehr genau hinsehen, um auf seiner Haut irgendwelche Anzeichen von Kampftränken zu entdecken.

»Es ist schön, dich kennenzulernen, Petir. Ich habe großen Bedarf an Männern von deinem Können. Ziehst du es vor, dass wir uns lieber in Hespen oder in der Gemeinsprache unterhalten?« Er bedeutete ihm mit einer Geste, Platz zu nehmen, und tat es ihm dann gleich.

»Die Gemeinsprache ist in Ordnung.«

»Ich hoffe, dass du mich anhörst und dich mir anschließt, so, wie es auch deine Familie getan hat. Mehr noch, ich möchte, dass du dich mir anschließt, um viel mehr Männer anzuführen, als es dir in diesem traurigen kleinen Virat erlaubt worden wäre, nur weil kein Stromschnellblut in deinen Adern fließt. Dabei ist dein Blut in Wahrheit edler als das ihrige, nicht wahr? Du bist der rechtmäßige Thronerbe der Argirwehr. Ich glaube, wir könnten einander von großem Nutzen sein.«

Nachdem sie sich gesetzt hatten, zog Caragula an Petirs Pfeife und berichtete ihm von dem gewaltigen Wandel, der der Welt bevorstünde.

»Die Menschen in den Wilden Landen führen ein barbarisches Leben – abhängig von den Jahreszeiten, von innen wie außen immer wieder überfallen und geplündert. Unzählige von ihnen werden getötet, überall entlang der Grenzen der Welt, die wir kennen, von den Viraten bis hin zu den Wehren. Die Alten Königreiche wurden auf unseren Pflanzen errichtet, um dann mit unserem Blut gedüngt zu werden, um zu wachsen und zu gedeihen, bestellt von Sklaven aus unseren Reihen. Hevendor, Ahmstad, Razhani, Lagrad … Das sind unbedeutende Provinzen, die die Alten Königreiche aus den Stämmen formten, die gierig genug waren, um ihr Eisen, ihre Pflanzen und ihre Regeln anzunehmen. Dabei sind sie nichts als Protektorate, die bloß den Eindruck eines freien Lebens erwecken. Statthalter, sonst nichts. Und trotzdem dienen sie nach wie vor als die Rüstung, welche die Kulturen, den Wohlstand und die Raffgier der Alten Königreiche schützt. Doch was wissen diese Alten Königreiche schon über die Wilden Lande? Wissen sie, dass sich diese Gefilde ungleich weiter nach Norden und Osten erstrecken, als sämtliche Ländereien der Razhani-Clans? Unsere Sprachen, unsere Geschichte und unsere Überlieferungen sind genauso reich und vielfältig wie die ihren. Doch unsere Rezepturen sind plump, unsere Kämpfer unorganisiert, unser Ehrgeiz verkümmert. Gleichwohl streben wir danach, diese Schwächen auszumerzen.«

Sie saßen unweit eines kleinen Haufens behauener Steine. Caragula rollte einen Stein zu sich herüber. »Hast du irgendwelche Erfahrungen mit dem Handwerk des Steinmetz'?«

Petir schüttelte den Kopf.

Caragula nahm einen Meißel und einen Hammer zur Hand, bereit, sich ans Werk zu machen. »Du solltest unbedingt mal einem guten Steinmetzgesellen bei seiner Arbeit im Marmorbruch zusehen. Meine Mutter war eine meisterhafte Steinmetzin, eine der Besten. Sie sah sich einen Stein an, berührte ihn und schlug ihn dann mit einem scheinbar mühelosen Hieb entzwei. Ohne nennenswerten Kraftaufwand konnte sie ihn in die Form brechen, in der sie ihn haben wollte.«

Und genau das tat nun auch Caragula. Er drehte den Stein um, fuhr mit der Hand darüber und legte ihn sich zurecht. Dann bearbeitete er ihn mit den Werkzeugen, so beiläufig, als würde er eine Fliege erschlagen. Er trennte die Oberseite ab und erhielt eine glatte Seite, die fast so eben war, wie die Wasseroberfläche eines Teichs.

»Selbst etwas scheinbar so Massives wie dieser Stein ist von Bruchlinien durchsetzt. Dieser Stein steht sinnbildlich für die Protektorate, für all diese Statthalterländer mit ihren Grenzpatrouillen und ihren Befestigungen und Straßen. Sie haben Gesetze, und hier und da gibt es inzwischen sogar Städte. Vielleicht betrachten sie sich selbst ja inzwischen gar als die Jungen Königreiche. Doch ich kenne ihre Bruchlinien, und das sind die Stämme; sie sind wie Ebenen im Gestein, halten sie zusammen, doch nur schwach. Ihre Historien sind der Meißel. Ich bin der Hammer. Und wenn ich sie zerbrochen habe, werde ich sie von neuem vereinen. Wenn sie dann die Alten Königreiche so sehen, wie sie wirklich sind, wenn sie erkennen, was sie angerichtet haben … Wenn sie sich erst erinnern, was wirklich geschah, dann fällt die Rüstung, und dann können wir Sarun nach unseren Vorstellungen neu gestalten, du und ich.«

Anschließend stand es Petir frei, ausgiebig mit ihm darüber zu debattieren. Ernsthaft und ohne Geprotze; dafür zeugten Caragulas' Antworten von einem zu großen Maß an Vernunft. Selbst jetzt noch beharrt mein Bruder darauf, dass Caragula ein weiser Anführer ist, mit Charisma, geboren aus Demut und Überzeugung, und einem ehrlichen Sinn für Humor. Zum ersten Mal, seit er sich entsinnen konnte, verspürte er so etwas wie Hoffnung. Und seit ich mich der Jua-Kommune anschloss, weiß ich, wie sich das anfühlt. Genau wie all die anderen Männer, die ihm unterstehen, fand auch Petir in Caragula so etwas wie einen älteren Bruder – einen Bruder, dem er dann schwor, ihm mit seinem Leben zu dienen.

Kigan lehnte sich vor, um eine Haarlocke beiseitezustreichen, die mir über Stirn und Nase gefallen war, als ich mich zu ihm gebeugt hatte.

»Ich habe nichts von Caragula gehört. Doch anderseits war ich auch nicht im Osten, seit ich feststellen musste, dass du Sho vor mir erreicht hattest. Und ich bin nicht geblieben, um auf Neuigkeiten von den Viraten oder der Konföderation der Roten Berge zu warten. Wann wird diese Armee uns erreichen?«

»In ein paar Monaten, vielleicht früher.«

»Wie viele Mann?«

»Hunderttausend oder mehr. Außerdem hat mein Bruder mir berichtet, dass sie tausend Drudhas bei sich haben, und genügend Pflanzen, um sie auf unzähligen Schlachtfeldern mit allem Nötigen zu versorgen.«

Ich nahm an, er würde so erfreut darüber sein wie ich, dass sich die Dinge endlich änderten. Und dass mein Bruder und ich aktiven Anteil daran hatten, einen Wechsel in der Weltordnung herbeizuführen. Er murmelte etwas vor sich hin, ehe sein Blick wieder auf mich fiel. Er lächelte, und ich fragte mich, ob er sich womöglich gerade selbst dazu ermahnte, das zu tun, doch jetzt, wo ich ihm die Geschichte meines Lebens und meines Triumphs ungeachtet aller Fährnisse erzählt hatte, überwältigte mich mein Verlangen nach ihm. Ich ergriff seinen Kopf und öffnete meine Schenkel, um ihm mit Nachdruck zu zeigen, was ich in diesem Moment am nötigsten von ihm brauchte.

11. KAPITEL

Gant

Shale wartete an der Stelle, wo wir vor dem Gefecht die Satteltaschen verstaut hatten. Er war grimmiger, als ich ihn seit einer ganzen Weile erlebt hatte. Trotzdem legte er die Arme um mich und brachte ein Lächeln zustande.

»So übel ist die Wunde nicht, Shale«, meinte ich und spielte seine Zuneigung ein bisschen herunter, auch wenn ich ebenfalls froh war, ihn zu sehen.

»Ham ganz schön kämpfen müssen, was? War heftig genug, wusste nicht, ob du's schaffen würdest. Wir müssen diesem Scheißdieb unsere Pferde schleunigst wieder abjagen!«

»Ich hab Gilgul erledigt. Der Mistkerl muss mit seiner Bande dort gewesen sein. Hat immerhin die letzten paar Tage ein bisschen erträglicher gemacht.«

»Wie is der mir entgangen?«

»Du hattest mindestens drei an den Hacken, sonst hätte ich dich gewarnt. Die Wunde muss ich aber trotzdem behandeln; 's stinkt schon«, sagte ich.

Während ich mich um die Verletzung kümmerte, schüttelte er den Kopf.

»Wenn du mittem Zusammenflicken fertig bist, müssen wir aufbrechen. Hatte ausnahmsweise mal 'n bisschen Glück und hab ganz in der Nähe bisschen richtig gute Borke entdeckt. Jetzt hol'n wir uns die Pferde zurück und überlegen uns, wo wa hinwollen.«

»Nach dem, was wir von Bense in Jua wissen, dazu das, was Araliah uns erzählt hat, hält Valdir sich höchstwahrscheinlich in Langers Ende versteckt«, sagte ich.

»Gut möglich, dass Valdir letzten Endes überhaupt nich dort ist, Gant. Aber Bense in jedem Fall.«

»Und wenn wir das wissen, dann bedeutet das, dass derjenige, wer immer für diese Morde verantwortlich ist, es ebenfalls weiß«, bemerkte ich. »Die Wacht in Jua dürfte ziemlich sauer sein, und das, was auf dem Weingut passiert ist, hat in den Männern sicher einiges an Rachsucht geschürt.«

»Insbesondere in den älteren Männern«, meinte er lachend. »Ich denke, dass es nich mehr als ein paar Wochen dauern dürfte, Marola zu durchqueren und herauszukriegen, wo Valdir steckt. War'n warmer Herbst so weit, aber sobald's Winter wird, geht's nur noch langsam voran.«

»Dann sollten wir Valdir jetzt aufspüren, Shale. Seit dieser Attentäter hinter uns her ist, laufen wir ihm ständig über den Weg, statt ihm stets ein paar Schritte voraus zu sein. Wenn er weiß, dass Bense noch lebt, glaubt er vielleicht, er kann uns alle drei auf einmal erwischen«, sagte ich. Und obwohl keiner von uns es aussprach, dachten wir beide, dass es ein bisschen zu überheblich von dem Killer wäre, es mit dreien von uns aufnehmen zu wollen. Andererseits hatte er – jedenfalls Kailens Brief zufolge – schon fast alle anderen von uns ein- für allemal unschädlich gemacht.

»Valdir meinte immer, Langers Ende wär'n richtiges Drecksloch«, sagte Shale.

Da wir sonst nichts weiter zu besprechen hatten, brachen wir am späten Abend auf, um uns die Pferde zurückzuholen. Die Sättel und Taschen, die wir vor dem Angriff versteckt gehabt hatten, trugen wir am Mann.

Langers Ende war nicht ganz so ein Drecksloch, wie ich es erwartet hatte, sondern ein ruhiger Ort, wo man von Fremden nicht viel hielt. Allerdings war die Wacht hier kaum vertreten, was zumindest schon mal ein kleiner Vorteil war.

Langers Ende lag am nordwestlichen Rand von Marola, einem Umschlagplatz für das Vieh und Getreide, das weiter im Inland gehandelt wurde. Da eine Gruppe Landbesitzer für Recht und

Gerechtigkeit sorgte, wurde der Ort von den hiesigen Distriktbewohnern auch »Das Gericht« genannt. Die Wappen und Banner, die wir in den Lagern und einigen Dörfern gesehen hatten, deuteten darauf hin, dass mindestens drei Lehen an das Gebiet angrenzten. Wir kauften uns was zu essen und hatten auch bald raus, welchen Weg wir zur Farm von Valdirs Familie nehmen mussten. Sein Vater hatte einst dem Gericht angehört und war in der Gegend dementsprechend bekannt.

Die Steinmauern rings um die Farm und das bisschen Land, das sie umschlossen, waren an nur wenigen Stellen noch intakt. Ich mutmaßte, dass die Anwohner ringsum sich an den Steinen bedienten, um damit ihre eigenen Mauern zu errichten. Das Farmhaus stand oben auf einem Hügel, die Rückseite dem Wald zugewandt. Das Strohdach war halb eingefallen, und überall lag Gerümpel in Form kaputter Forken, Dreschflegel und einem alten Karren herum. Kündete alles von harten Zeiten – nicht zuletzt, weil gerade Erntezeit war und sie jetzt hätten schuften müssen, um Geld zu verdienen. Als wir uns näherten, entdeckte ich in einem offenen Fenster ein Gesicht. Dann trat eine Frau aus dem Gebäude und strich ihre geschwärzte Schürze glatt.

»Es sind Soldaten, Mama«, rief sie nach drinnen. »Schätze, die wollen was zu essen.« Dann wandte sie sich an uns. »Dank einer schlechten Ernte und zwei Scheißern an Gesinde, die vermutlich gerade irgendwo hocken und Kannab rauchen, haben wir nicht viel Essen übrig. Ich kann euch etwas Brin geben, erst heute Morgen frisch gebacken.«

»Wir sind auf der Suche nach Valdir«, sagte ich.

»Ihr habt seine Schwester gefunden, aber er hat 'nen Arm verloren. Deshalb würde er selbst dann nicht bei euch anheuern, wenn er hier wäre. Am besten kommt ihr rein. Es täte gut, zu hören, dass er wohlauf ist.«

Sie meinte freundlicherweise, wir sollten die Pferde neben einem Heuhaufen anbinden.

Drinnen im Haus war es feucht und kalt, obwohl bei dem Tisch an der Rückseite des Raums ein großes Feuer brannte. Ein fetter alter Hund lag ausgestreckt vor einem Fenster, das nach vorne rausging, doch das Zimmer brauchte mehr Licht, als die beiden kleinen Kerzen spenden konnten, die auf dem Tisch standen. Ihre Mutter kuschelte sich in eine Decke und döste die ganze Zeit über, die wir dort waren. Sie war uralt, winzig wie ein Vögelchen und offensichtlich jenseits aller Sorgen über die missliche Lage, in der sie lebten.

Die Tochter – auch längst grau, das fettige Haar hinten zu einem Pferdeschwanz zusammengebunden – starrte ihre Mutter einen Moment lang an, als wäre sie eine Bedienstete, die darauf wartete, dass man ihr eine neue, lästige Hausarbeit übertrug. Sie lispelte ein wenig, was ihre Worte weicher wirken ließ, als sie eigentlich waren.

»Ich kann nicht allzu viel Zeit für euch erübrigen. Das Brin, das dort drüben abkühlt, muss zu Picket gebracht werden, und er wird jedes Mal fuchsteufelswütend, wenn man sich verspätet.«

»Wir erledigen das für dich … ähem …«

»Oh, wo sind nur meine Manieren? Ich bin Julir. Kennt ihr Valdir schon länger?«

»Seit wir das letzte Mal mit ihm gesprochen haben, sind gewiss fünfzehn oder zwanzig Sommer vergangen. Ich bin Gant, und das ist Shale«, sagte ich.

»Oh.« Sie räumte einige Schalen und Lumpen beiseite, die auf einer Sitzbank lagen, und bat uns, am Tisch Platz zu nehmen.

»Es ist nett von dir, dass du uns reingelassen hast und wir unsere Pferde versorgen dürfen; wir werden gut dafür zahlen. Valdir war wie ein Bruder für uns«, sagte Shale.

»Ein wahrer Bruder wäre hiergeblieben, um zu helfen. Dann wäre Paps vielleicht weniger mürrisch darüber gewesen, dass ich eine Pflaume habe, und kein Würstchen.« Sie ließ ein Lächeln aufblitzen, das sich jedoch mangels Energie rasch wieder in Wohlgefallen auflöste. Unter einem Tuch, das auf einem Regal beim ladenlosen Fenster lag, durch das man nach Westen auf den Wald und das offene Land dahinter blickte, holte sie etwas Brin hervor. Ist eine Art Brot, das in diesen Gefilden weit verbreitet ist. Das

Brin war ein wenig fest, schmeckte mit etwas von der gesalzenen Butter, die sie dazu reichte, aber ziemlich gut.

Ihre Hände waren vernarbt, die Finger dick und die Knöchel geschwollen von der harten Arbeit. Sie hatte ebenso wenig Fleisch auf den Rippen, wie ihr Spatz von Mutter hinter ihr, und tiefe Furchen durchzogen ein Gesicht, das früher einmal ansehnlich gewesen sein mochte. Allerdings sah heutzutage keiner mehr sonderlich gediegen aus. Nichts war mehr wie früher.

»Dein Angebot, das Brin auszuliefern, steht das noch? Das würde mir ein wenig Zeit verschaffen, mich um die Kühe zu kümmern. Dann habt ihr also für Kailen gearbeitet?«

»Ja«, bestätigte ich. »Und wir müssen Valdir finden, weil es da jemanden gibt, der Jagd auf die Zwanzig zu machen scheint. Dieser Mann bringt die Truppe, mit der dein Bruder früher unterwegs war, einen nach dem anderen um. Wir wollen uns vergewissern, dass Valdir noch lebt.«

»Er kam vor ein paar Ernten vorbei, damals, nachdem ihr euch getrennt hattet. Meinte, er wäre mit einem von euch unterwegs gewesen. Mit Miri, oder? Doch die Sache ist übel ausgegangen, und dabei hat er auch seinen Arm verloren. Damals lebte unser Vater noch, der ihm nie verzieh, dass er uns überhaupt verlassen hat. Valdir, sein einziger Sohn. Und eine ganze Weile konnte ich ihm auch nicht vergeben. Doch selbst, als er dann wieder da war, zog Paps über ihn her, darüber, wie er die Felder bestellte. Oder dass er nicht genügend Geld für die Gerste bekam. Solche Dinge. Ich flehte ihn an, trotzdem zu bleiben, aber er ging dennoch wieder fort. Ich habe ihn nie trauriger gesehen als in diesem Moment, auch wenn er meinte, sein wahrer Kummer wäre hier drin, nämlich die Erinnerung daran, was er erlebt und getan hatte.« Sie tippte sich gegen den Kopf und kaute einen Moment lang auf einem Stück Brin herum.

»Er machte sich auf den Weg zur Küste. Zu Paps' Beerdigung kam er noch mal zurück, ehe er endgültig fortging. Da hatte er eine Frau bei sich und ihren Jungen. Der war aber nicht von ihm. Sie war hübsch anzusehen und passte zu ihm. Allein ihre Berührung schien zu genügen, um seine Laune zu heben. Er wirkte zufriedener als jemals zuvor, und ich hörte auf, ihm Schlechtes zu wünschen. Heutzutage lebt er in Anleys Hafen. Soweit ich weiß, arbeitet er dort auf den Booten.«

Sie legte eine Scheibe Brin auf den Hocker neben dem Stuhl, auf dem ihre Mutter döste, und füllte einen Krug mit Bier, von dem wir reihum einen Schluck nahmen. Dann nahm sie wieder Platz und schwieg, so, als wäre sie allein.

»Ich hab die Sorge«, sagte Shale, »dass der Mann, der hinter uns her ist, auch die nich verschont, die er bei seiner Jagd nach dem Rest der Zwanzig aufsucht. Familienmitglieder knöpft er sich bestimmt besonders gut vor.«

Ich war ganz seiner Meinung.

»Gibts jemanden, der sich um die Farm kümmert, wennde mal krank bis'?«, fragte Shale.

»Oh, ich darf nicht krank werden. Dann könnten wir uns die Taugenichtse nicht mehr leisten, die schon dafür bezahlt werden wollen, wenn sie sich nur am Hintern kratzen. Wenn man arm ist, müssen die Winter gar nicht sonderlich kalt sein, um einen umzubringen, und wenn wir diesen Weizen nicht zu einem guten Preis losschlagen, sind wir am Ende. Papas Sitz bei Gericht hat uns anfangs einiges Wohlwollen eingebracht, doch das haben wir im Laufe der Jahre aufgebraucht. Und die Leute, die dort jetzt das Sagen haben, die kannten ihn nicht einmal.«

Ich zog einen Beutel Münzen aus meinem Gürtel und ließ sie inmitten der Brotkrümel auf den Tisch fallen. Allesamt Silberstücke, ungefähr vierzig Stück.

»Ich finde, ihr solltet euch das Leben ein bisschen einfacher machen und von hier fortgehen, ein gutes Stück weit weg. Irgendwo hin, wo dieser Mann oder diese Männer, die es auf die Zwanzig abgesehen haben, euch nicht finden«, sagte ich.

Sie nahm ungläubig einige der Münzen zur Hand und schaute uns beide aufmerksam an. Dann ließ sie sie fallen, um stattdessen mit jeder Hand eine von mir und von Shale zu ergreifen. Sie schüttelte den Kopf und begann zu weinen. Wir ließen ihr einen

Moment Zeit, um sich wieder zu fangen. Wer hier in der Gegend hatte schon jemals so viel Geld auf seinem Küchentisch gesehen? Es war leicht, das zu vergessen.

»Warum?«, fragte sie. »Da kommen einfach aus heiterem Himmel zwei Soldaten vorbei und bieten uns ein Vermögen an, als hätten sie selbst keinerlei Verwendung dafür.«

»Wir könnten nicht mit dem Gedanken wieder aufbrechen, dass ihr in Schwierigkeiten steckt. Abgesehen davon sterbe ich. Und ich hab noch genug für mich selbst übrig. Nimm das Geld, Julir. Falls wir Valdir nicht finden, haben wir auf diese Weise doch zumindest etwas Gutes für ihn getan.«

Als wir sattelten und aufbrachen, schien es, als habe sie etwas von ihrer Lebenskraft zurückgewonnen. Allerdings war das Geld wohl nicht Grund genug, ihre Mutter zu wecken, die die ganze Zeit über auf ihrem Stuhl weiterschlief. Während sie sich auf der Türschwelle von uns verabschiedete, murmelte Julir etwas von Reparaturen an dem kaputten Karren, auch wenn wir ihr so eindringlich, wie es uns möglich war, nahelegten, schleunigst von hier zu verschwinden.

Wie versprochen hatte Shale das Brin mitgenommen, um es für sie beim Käufer abzuliefern. Wir ließen den Mann schwören, das Geld auf ihrer Farm vorbeizubringen, da wir ansonsten zurückkommen würden, um ihm eine Lektion zu erteilen.

Der Ritt nach Anleys Hafen dauerte einige Tage. Größtenteils führte uns der Weg durch dichte Wälder, doch abgesehen von den Problemen, die mir mein Magen bereitete, hatten wir keine Schwierigkeiten. Meine Wunde hielt uns auf, und des Nachts musste ich ein bisschen länger rasten, wenn wir unser Lager aufschlugen.

Oben auf den Klippen rings um den Hafen standen einige Häuser, die von der Gischt, die uns durchweichte, halb vor den Blicken verborgen wurden. Wir führten die Pferde einen Pfad entlang, aus dem hier und dort Felsbrocken ausgebrochen worden waren. Anleys Hafen war in einer Bucht errichtet worden:

ein Hufeisen, aus Klippen geformt, in deren Zentrum wie in einer Schüssel der Hafen lag, von dem aus zwei breite hölzerne Piere ins Meer ragten. Entlang der Hänge hatte man große und kleine Hütten gebaut, die den Nebel mit dem Rauch aus ihren geschäftigen Schornsteinen noch dichter machten. Die Geräusche, die wir von Möwen, Tieren und Kindern hören konnten, schienen sich selbst in Echos zu verlieren, als wir dem Weg nach unten folgten.

Die großen Familienhütten machten im Hafen den Kais Platz. Hier war es recht ruhig; ich nehme an, die Boote waren gerade draußen. Die nächstgelegene Schänke hieß »Zum Admiral«.

Drinnen tummelten sich fünfzehn oder zwanzig Gäste. Die Bänke drängten sich dicht beim Feuer, und die Luft war schwer von Pfeifenrauch. Die Streitereien, das Geplapper und das Gekicher verstummten unisono zu einem nervösen Flüstern, als wir an die Theke traten. Der Wirt stand hinter dem Tresen, davor ein junger Mann und ein alter Matrose, den die Sonne und das Meer in eine graubärtige Eiche verwandelt hatten.

»Wir sind auf der Suche nach ’nem Bier und ’nem Mann namens Valdir«, sagte Shale.

»Aye«, grüßte der Wirt, der zwei große Zinnkrüge füllte, als wir uns setzten. »Ich hab zwar gewiss nicht vor, Männer zu vergrätzen, die für die Farbe gebüßt haben, aber was habt ihr mit diesem Mann zu schaffen?«

»Hoffentlich seid ihr hier, um ihn umzulegen«, warf der Jungspund ein. »Danach könnt ihr euch dann gleich wieder verpissen.«

Der alte Mann sah an ihm vorbei und schaute uns an, ehe er dem Jungen eine Hand auf die Schulter legte. »Guck sie dir nochmal richtig an, Bursche. Das rote Leder, die Parierstangen an ihren Klingen und diese Öle sind von keiner Farbe, die’s hier in der Gegend gibt. Bitte, seht dem Bengel seine unbedarften Worte nach«, bat der Alte.

»Großmäulige Grünschnäbel sind mir egal«, meinte Shale. »Aber nur, solang’se nich die Hand gegen mich erheben.«

»Gutes Bier«, sagte ich. »Ich würde den Männern hier gern eine Runde spendieren.«

»Aye, Sir«, sagte der Wirt und sah zu, wie der Jungspund und Shale einander anstarrten. »Also, bei den Steinlaternen, die ihr auf dem Weg hierher gesehen habt, oben auf dem Hügel bei dem ausgebrannten Baum, da ist rechts ein Pfad, der zu einem Haus mit einer großen Glocke an einem Pfosten führt. Das ist unsere Sommerglocke, mit der wir das Fest einläuten.«

»Und den Winter«, rief ein Zechbruder dazwischen, erfreut über das Freibier, auf das er wartete, doch die anderen brauchten ihn rasch zum Schweigen.

»Er wohnt da oben, zusammen mit seinem Weib, der Mutter von dem hier«, sagte der Wirt und deutete auf den Jungspund, der die Männer am Schanktresen jetzt schmollend und grimmig anschaute; die in ihm brodelnde Wut war nicht zu übersehen.

Ich bezahlte die Getränke, und wir stießen an. Als wir später wieder draußen waren und den Hügel hochstiegen, gaben zwei kleine Jungen ein paar kesse Lieder zum Besten, von denen ihre Mütter nicht gewollt hätten, dass sie sie singen. Doch sie waren darauf aus, Geld von uns zu erbetteln, und brachten auch Valdir zur Sprache, weil er dieselbe Farbe hatte wie wir. Der Weg den Hang hinauf war ziemlich anstrengend; ich schwitzte, und die Bauchwunde juckte. Wir umrundeten die Laternen, und dann standen wir vor seiner Tür, unweit der Glocke, wo wir unsere Pferde festbanden.

Dieses Haus hatte ein paar Schritte mehr Garten als die Hütten, die wir sonst ringsum gesehen hatten, und die Beete waren sehr gepflegt; hier wuchsen verschiedene Gemüsesorten, und es gab ein eingezäuntes, sauberes Gehege. Auch das Haus verriet auf den ersten Blick, dass dort ein Soldat leben musste; es war ein kleines Gebäude mit einer stabil wirkenden, lackierten Tür und neu aussehenden Fensterläden. Das Silber von Kerzenlicht und der Rauch aus der Schornsteinöffnung stellten den einzigen Hinweis darauf dar, dass Leute daheim waren, die sich mühten, die abendliche Kälte draußen zu halten.

Ich klopfte, und Valdir öffnete die Tür. Im ersten Moment war er überrascht, doch dann schüttelte er mit einem wachsenden Lächeln den Kopf. »Gant? Und Shale?« Bei unserem Anblick nahm er Haltung an. Wir umarmten uns, und er grinste. Ich sah, dass ihm der Großteil eines Arms fehlte.

»Kommt rein, Jungs, kommt rein! Alina, wir haben Gäste!«, rief er. »Ich war gerade dabei, sie zu füttern«, erklärte er uns.

Er trat durch die Tür ins Haus zurück, und wir folgten ihm in einen warmen, wenngleich fast möbellosen Raum. Seine Frau saß in einem beeindruckenden alten Sessel, den er selbst gebaut haben musste. Sie rührte sich nicht. Ihr Blick fiel auf uns, und sie fing an, heftig zu atmen, so, als sei sie nervös oder hätte Angst. Sie stieß einige Laute aus, aber ich sah, dass ihre Lippen schlaff herabhingen und ihr Gesicht auf einer Seite ein bisschen nach unten zu ziehen schienen; Speichel baumelte daran, und sie hatte offenbar keine Kontrolle über das, was sie da brabbelte. Das hatte ich manchmal auch bei einigen der Jungs gesehen, denen wir im Laufe der Jahre begegnet waren, und in jedem einzelnen Fall bedeutete dieser Zustand das Ende ihrer Soldatenlaufbahn.

»Alina, meine Liebe, es sind bloß ein paar alte Freunde. Setzt euch an den Tisch, Jungs, ich hole euch gleich etwas Eintopf. Und wir, mein Mädchen, essen jetzt diese Karotten und Zwiebeln auf, in Ordnung?«

Er hob eine Holzschüssel vom Boden neben einem Stuhl auf, der dicht bei ihr stand, und bedeutete ihr, ruhig zu sein. Er balancierte die Schüssel in seinem Schoß und führte den Löffel an ihre Lippen. Ihre eine Hand lag still, doch die andere hob sich kraftlos, zitternd von der Anstrengung, auch wenn nicht klar war, ob sie ihm zu helfen oder ihn zu behindern versuchte. Sie hatte einen Latz umgebunden, der etwas von der Sauce auffing, die zusammen mit ihrer Spucke runtertropfte, doch sie zog das Ganze wieder hoch, schluckte es und nickte dabei ein wenig.

Er kümmerte sich rührend um sie und vergaß völlig, dass wir da waren. Nach jedem Schluck legte er den Löffel in die Suppe und wischte ihr den Mund ab oder nahm sich einer verirrten Haarsträhne an, um sie ihr hinters Ohr zu streichen. Dabei sprach er beruhigend auf sie ein und sagte ihr, dass der Eintopf womöglich etwas zu salzig geraten sei. Oder er fragte sie, ob das Gemüse ihrer Meinung nach vielleicht ein bisschen zu fest oder zu weich sei?

Jetzt, wo er nicht mehr kämpfte, hatte er an Masse zugelegt; etwas grauer Flaum rings um die Ohren war alles, was von seinen Haaren noch übrig war, und auch die Hautfarbe war durch die Jahre auf den Booten, während derer sich das Salz tief in seine Haut gefressen hatte, noch dunkler geworden. Zwar hatte er immer noch diese tief unter dem kräftigen Kamm seiner Brauen eingesunkenen Augen, nach all diesen Jahren verliehen sie ihm jedoch die Aura eines trauernden Alten.

Schließlich war er fertig damit, sein Weib zu füttern. Sie klopfte dreimal mit ihrer guten Hand auf und stöhnte ein wenig.

»Tut mir leid, Jungs, sie muss mal austreten. Ich muss sie nach draußen bringen. Bleibt ihr ruhig hier.«

»Wie willst du …?«, sagte ich, hielt mich dann aber, ein wenig beschämt, zurück.

»Mach dir keine Gedanken, Gant. Ich habe zwei Räder geschnitzt und sie hinten an ihren Sessel montiert, sodass ich sie einfach rausrollen kann.«

Sie klopfte von neuem, und er nickte und drückte ihre Hand. In dem goldenen Haar, das ihr um die Schultern fiel, zeigte sich kein Grau, und vor zehn oder mehr Sommern war diese Frau zweifellos eine echte Herzensbrecherin gewesen. Doch der Kampf, den sie seitdem focht, hatte ihre Augen dunkel werden lassen und dafür gesorgt, dass ihr Mund und ihre Wangen schmal geworden waren.

»Wir waren bei deiner Schwester«, sagte ich, als er sie wieder hereinrollte.

»Aye, das dachte ich mir schon. Und was führt euch nun hierher?«

»Eine feine Frau hast du da«, sagte Shale, als Valdir zur Vorratskammer hinüberging. Er schaute Alina an und schenkte ihr ein Zwinkern, das sie erwiderte; ein Anflug von Wärme ließ ihre Wangen leuchten.

Valdir nickte und holte jedem einen Krug Bier.

»Aye, das ist sie. Ich nehme an, meine Schwester hat euch die Geschichte bereits erzählt?«, sagte er.

»Klingt, als wär' dein Vater aus demselben Holz geschnitzt gewesen wie meiner; jedenfalls scheint er genauso reagiert zu haben wie meiner, als ich sagte, dass ich gehe. Allerdings hab ich mich anschließend nie wieder bei ihm blicken lassen. Heute bedaure ich das«, sagte ich.

Er nahm einen tiefen Zug aus seinem Krug. »Mein Vater saß dem Gericht vor, als ich zurückkam, um mein Leben in irgendeiner Form wieder in den Griff zu bekommen. Meine Farbe bereitete mir Schwierigkeiten, doch für ihn war sie in erster Linie eine Schande. Er konnte es nicht ertragen, mich anzusehen. Meine Schwester war dankbar für die Unterstützung, obwohl ich ihr mit einem Arm keine große Hilfe war. Sie sorgte dafür, dass ich von den Tränken wegkam, auch wenn ich immer noch etwas Kannab nehme. Damals hasste ich meinen Paps genauso sehr, wie ich meine Mutter und meiner Schwester liebte, aber ich musste trotzdem gehen. Danach verschlug's mich an die Küste. Ich brauchte einfach ein bisschen Meer, ein Stückchen Himmel, in dem sich ein Teil von mir verlieren konnte. Von den Tränken runterzukommen, den Preis für all die Jahre des Hochs zu zahlen, war ziemlich übel.«

»Deine Schwester führt die Farm allein, Valdir. Is aber nich leicht für sie«, warf Shale ein.

»Früher war sie mit einem Kerl verbandelt, doch als wir sie das letzte Mal besuchten, damals, als sie Paps unter die Erde brachten, da war er ein arbeitsfauler Säufer. Hat die Farm runtergewirtschaftet, schätze ich.« Er stand auf und ging zu Alina hinüber, die knapp nickte.

»Sie möchte sich eine Weile hinlegen. Trinkt ihr Jungs später noch einen Krug mit uns? Bis dahin macht's euch am Feuer gemütlich. Nur für den Fall, dass ihr einpennt«, sagte er. Ich nickte und warf Shale einen raschen Blick zu.

Er legte sich seine Frau mit einer wohlgeübten Bewegung über die Schulter und trat durch einen Vorhang in den Raum dahinter, wo ihre Schlafmatten auf einem kleinen Gestell ein Stückchen über dem Boden lagen.

Ich und Shale halfen einander mit unseren Waffenröcken und den Lederrüstungen und stapelten das Zeug neben der Tür.

Kurz darauf kehrte er zurück und zog den Vorhang vor.

»Hätte ein Sturm ihr nicht den Ehemann genommen, wäre sie jetzt nicht bei mir.« Er nahm zwei weitere Humpen von einem Regal, gefolgt von einem stattlichen Beutel Kannab und Bacca. »Wir waren mit den Booten draußen, vier Stück. Ihr Mann war der Kapitän von unserem. Wir waren unterwegs nach Süden, um die Netze auszubringen und Forellen oder Heringe zu fangen. Wir gerieten in ein Unwetter, das wie aus dem Nichts kam, und das Boot geriet auf die Klippen. Ist ein felsiges Riff dort draußen, und der Sturm hat uns hineingedrückt. Ich hab's hindurch geschafft, viele andere nicht.

Ich wohnte da in einer der Schänken unten am Hafendamm, die von ihrem Vetter geführt wird. Er ließ mich das Abendessen für Alina und unseren Jungen herbringen – na ja, mittlerweile betrachte ich ihn als meinen eigenen –, aber damals litt sie noch sehr unter dem Tod ihres Mannes. Und der Junge, Heldon, ist nie wirklich darüber hinweggekommen.«

Er stopfte die Pfeife zu Ende, was er die ganze Zeit über getan hatte, während er sprach, und reichte sie Shale, der seine Hüpferknochen hervorholte und sie sich anzündete.

»Nach ein paar Monaten begannen einige Männer, sie zu umwerben, da ihr Mann schließlich dieses Haus hatte und an zweien der anderen Boote beteiligt war. Das bedeutete, dass sie ein bisschen Geld hatte.

Es dauerte nicht lange, bis einer der Fischer, die früher für ihn arbeiteten, ihr Avancen machte, und sie nahm ihn bei sich auf. Ich brachte trotzdem weiter regelmäßig Salzfisch hoch, doch dabei sah ich genug, um zu wissen, dass er nicht der Richtige für sie oder den Jungen war. Er behandelte sie schlecht. Dann scharte er einige der Fischer und Arbeiter aus der Gegend um sich, die fast immer hier zu sein scheinen, wenn ich vorbeikam. Ihr Vetter bat mich, dort mal auf den Tisch zu hauen. Also ging ich hin und machte draußen Lärm, um sie rauszulocken. Ich hatte keinen Trank, den ich mir hätte reinkippen können, um meine Gedanken zu beruhigen; außerdem war ich älter und fetter als früher. Doch ich ließ mein Missfallen drüben an der Tür an einem großmäuligen jungen Kerl aus und streckte ihn mit meiner guten Hand zu Boden. Die anderen kamen raus, und ein paar von denen schlugen mich nieder und verpassten mir eine ordentliche Tracht Prügel. Einer zückte sogar ein Messer, in dem Glauben, damit würde er mich loswerden, doch am Ende steckte die Klinge in dem Typen, der sie schwang. Von diesem Moment an hatte ich ihre Aufmerksamkeit, und nicht lange darauf zog ich hier ein.«

»Was ist mit ihr passiert?«, fragte ich. Das zu fragen mochte vielleicht unhöflich sein, doch ich hatte das Gefühl, dass ich durch die Antwort ein wenig mehr darüber erfahren würde, wie es ihm in den Jahren, seit sich unsere Wege trennten, ergangen war.

Selbst jetzt schmerzte es ihn noch, davon zu berichten.

»Ach, sie … Na ja, ich war gerade dabei, den Fang vom Boot zu laden. Da kommt Heldon angerannt, um mir zu sagen, dass etwas mit ihr nicht in Ordnung ist, dass sie gestürzt sei und nicht aufstehen oder richtig sprechen könne. Also laufe ich hier hoch und hebe sie vom Boden auf. Aber da war sie schon so wie jetzt. Sogar noch ein bisschen schlimmer, da sie auf gar nichts reagierte.«

Er ließ sich von Shale die Pfeife geben, nahm einen kräftigen Zug und sammelte sich.

»Diese paar Jahre mit ihr waren die besten und glücklichsten meines Lebens. Dabei hatte ich sie überhaupt nicht verdient, wisst ihr? Sie hat gut auf mich achtgegeben, obwohl man mir alles, was ich getan hatte – alles, was wir zusammen taten – auch heute noch auf den ersten Blick ansieht.« Er hob seinen Becher, um darauf zu trinken, und wir stießen an und leerten unsere Humpen. »Was ist mit euch, Jungs?«, sagte Valdir dann. »Ihr seht aus, als hättet ihr es in letzter Zeit auch nicht leicht gehabt.«

Das entlockte uns ein Lachen. Jetzt, wo wir rauchten, lag ein angenehmerer Geruch in der Luft.

Es war Shale, der das zur Sprache brachte, was anzusprechen wir uns am meisten fürchteten. »Valdir, wir sind hier, weil jemand Jagd auf uns macht. Irgendwer hat's auf Kailens Zwanzig abgesehen. Kailen is tot. Genau wie Kheld, Sho, der Prinz und noch viele mehr von uns. Wir selbst konnten grad noch 'ner Falle entkommen, die uns gut und gerne dreißig Rote und einige Agenten gestellt ham. Wir sind hergekommen, um zu schauen, ob du noch lebs'. Und falls ja, um dir zu sagen, dass du bald tot bist, wenn du nich mit uns kommst.«

»Wir haben deiner Schwester fünfzig Silberlinge gegeben, damit sie zusammen mit deiner Mutter von der Farm verschwindet und weiter nach Süden zieht«, sagte ich.

Bei dieser Neuigkeit drückte er mir dankbar die Hand.

»Du warst doch eng mit Miri befreundet«, sagte Shale. »Lebt er noch?«

Da schaute er uns genau an, ja, fixierte uns beinahe.

»Dreißig?« Damit meinte er natürlich den Hinterhalt.

»Sie hatten uns nicht allzu viel entgegenzusetzen«, sagte Shale mit einem Schulterzucken.

Ich berichtete Valdir von dem, was wir auf dem Sporn vorgefunden hatten und was uns seitdem widerfahren war. Auch von Kailens Brief erzählte ich ihm.

Ihm das alles zu berichten dauerte eine weitere Schüssel Kannab lang. Allmählich wurde mein Kopf weich wie warme Butter.

Dann erzählte er uns, was ihm und Mirisham passiert war. Shale und ich waren von seiner Geschichte arg geschockt. Was er da erzählte, ließ es nur umso wahrscheinlicher erscheinen, dass tatsächlich Kigan es war – einer der unseren –, der da einen nach dem anderen von der alten Truppe umbrachte.

»Keine Ahnung, ob Miri noch lebt oder tot ist, doch ich kann nicht behaupten, dass es mich groß stören würde, wenn er's hinter sich hätte. Ein paar von uns haben diese Wehr-Kinder für Bares angenommen, diesen Jungen und das Mädchen, die wir für diesen König in der Argirwehr beschützt haben. Sie gaben Kigan den Auftrag, die beiden Kinder geradewegs nach Jua zu bringen und sie dort irgendwo sicher abzusetzen. Wenn ich mich recht entsinne, war das ein echtes Vermögen. Dieser Kigan war immer ein bisschen seltsam und arg von sich selbst überzeugt. Ich war dafür, ihnen das ganze Gold abzunehmen, genau wie der Prinz und Kailen. Da meinte Miri, er würde sich um Kigan kümmern, während ich ein Wörtchen mit dem anderen rede, mit dem sie sich getroffen hatten. Ich meine den Drudha dieses Königs, der das Geld bei sich trug. Ich ließ ihn abhauen und erfuhr dafür, an welcher Stelle das Zeug verbuddelt ist. Da Ibsey und Kheld ziemlich drauf waren und noch ’ne ganze Weile nicht runterkommen würden und ihr anderen von Schlangenwald aus eurer eigenen Wege gegangen wart, hatten wir vor, uns einfach alles unter den Nagel zu reißen und zu verschwinden. Ich kann nicht sagen, dass ich stolz darauf bin, was wir damals taten, aber es juckte mich auch nicht wirklich, ob die Jungs Anteile kriegten oder nicht. Mit so viel Geld war ich nicht mehr auf irgendwelche Aufträge angewiesen. Natürlich war es nicht so, dass ich Kigan unbedingt tot sehen wollte, aber es scherte mich auch nicht besonders, was aus ihm wurde – nicht nach einigen Dingen, die ich ihn hatte tun sehen. Seine Tränke waren zwar die besten, doch es schien ihn einen Scheißdreck zu interessieren, an wem er seine Rezepte ausprobierte.«

»Stimmt. Irgendwas war bei dem nich ganz richtig im Kopf«, pflichtete Shale Valdir bei.

Damit hatte er wohl recht. Mehr als einmal hatte ich Kigan dabei ertappt, wie er einen Tropfen oder eine Prise von etwas auf das Essen für die Gefangenen tat, und manchmal auch in unsere eigenen Becher. Einmal sah ich ihn an einer Flasche herumhantieren, die er für mich und Moadd aus der Küche irgendeines Lords geholt hatte. Doch als ich ihn darauf ansprach, behauptete er die ganze Zeit, das sei bloß etwas, um mich wieder munter zu machen. Nach dieser Sache sagte ich Kailen, dass Kigan sich gefälligst von mir fernhalten solle, da ich die ganze Nacht über krank war. Kailen meinte jedoch, es sei der Wein gewesen.

»Dann passierten der Diebstahl dieses Vermögens und Kigans Ermordung also beides in Schlangenwald?«, fragte ich.

»Aye, in Schlangenwald. Allerdings hat Miri Kigan nicht umgebracht. Ich glaube, er hat ihm bloß eine Dosis von irgendwas Üblem verpasst und ihn dann für ein paar Münzen an Sklavenhändler verkauft. Er hasste ihn, und der Umstand, dass er all dieses Gold hatte, und die Aussicht auf den Luxus, in dem er bald schwelgen würde wie die Made im Speck … Na ja, Miri hatte nicht vor, zuzulassen, dass es dazu kam. Also reisten wir eine Weile nach Süden; mussten ja irgendeinen Ort finden, an dem wir etwas von den Pflanzen und unserer letzten Beute zu klingender Münze machen konnten. Wir teilten alles auf, so gut es eben ging. Kailen und den Prinzen verschlug es eine Weile über die Sar. Wir wussten, dass alle möglichen Leute hinter uns her sein würden: die Gilden, höchstwahrscheinlich auch die Wacht und die anderen Wehren, die ihren Anteil an der Übernahme von Argir hatten, als der König abgesetzt wurde. Miri hatte recht, dass wir mit dem Vermögen mehr anfangen konnten als diese Kinder. Falls ihr euch entsinnt: Er stammte aus einem Ort im Osten von Hoffnungsberg, und seine Mutter und sein Vater wurden getötet, als er noch sehr jung war, von den Barbaren, die dort in den Pässen hausen. Wir hatten dort einst einige Aufträge zu erledigen, haben Verstecke und Lager für diesen Wehrmarschall mit dem einen Bein ausgehoben und den Wassergraben angelegt.«

»Ich erinnere mich, dass es hart war und der Lohn dafür kaum der Rede wert«, sagte ich.

»Miri hatte vor, das zu ändern; meinte, wenn er diese Arschlöcher erledigen und die alten Eisenpass-Routen unter seine Kontrolle bringen könnte, um die Minen wieder zu betreiben, sodass sie sich kein anderer unter den Nagel reißen konnte, könnte er dieses Vermögen zu seinem Vermächtnis machen. Zudem war es gut, etwas Nützliches zu tun; allemal besser, als in irgendeiner Fleischgrube Juas die Knochen hinzuhalten.«

»Was ist mit dir? Hast du dich ihm damals angeschlossen? Du siehst nicht aus, als hättest du momentan viel Geld oder Pflanzen«, sagte ich.

»Es gibt genug Geschichten darüber, wie wir das Land eingenommen und den Abschaum ausgetrieben haben, um damit mehrere Abende zu füllen. Problem war nur: Sobald alles geklärt war und Männer, denen wir vertrauen konnten, auf den Routen patrouillierten, fingen die Roten an, rumzuschnüffeln; dieser Schwätzer von einem Vogt und seine Speichellecker. Vermutlich hatte die Wacht auch ihre Finger in dem, was bei Argirwehr passierte. Mirisham schien sich jedenfalls nichts weiter daraus zu machen, dass sie sich in unsere Machenschaften einmischen, und bevor ich mir überlegen konnte, was es nun zu unternehmen galt, hinterging er mich quasi genauso, wie wir zuvor Kigan reingelegt hatten. Zu diesem Zeitpunkt war Miri derjenige, der alles organisierte; er verhandelte die Passier-Tarife mit den Gilden und den umliegenden Ländereien, einschließlich der von Hoffnungsberg. Ich war gerade draußen auf den Pässen unterwegs und arbeitete an den Brücken, die über diese ganzen Schluchten führen. Alles lief bestens. Doch die Roten hatten sich mit den Pässen zu viel aufgebürdet, und innerhalb kürzester Zeit machte Miri Druck auf die anderen, die beim Transport ihrer Güter mit der Wacht wetteiferten. Da merkte ich, dass die Banditen und Räuber wieder zurück waren. Ich bin heute noch davon überzeugt, dass die Wacht sie dafür bezahlte. Ich saß in der Patsche. Die Wacht hatte uns aufgespürt, und es ging um das Geld aus Argir. Als Miri unseren Männern auf einmal befahl, sie sollten Seite an Seite mit den Banditen die Wagen zerstören, die nicht zur Wacht gehörten, stellte ich ihn zur Rede. Alles, was ihn interessierte, war diese armselige Siedlung an der Mündung zu den Tälern, die seinerzeit nicht mehr als einen Zwischenstopp für die Karawanen darstellte. Offenbar sah er mit Unterstützung der Wacht die Chance, den Ort zu sichern und dort draußen zu einer großen Nummer aufzusteigen. Ich vermute, dass er der Wacht als Gegenleistung für diese Hilfestellung das Geld übergeben musste, das wir gestohlen hatten. Ich hab danach jedenfalls keine einzige Münze davon zu Gesicht bekommen.«

Er nahm einen Zug von seiner Pfeife und füllte unsere Becher nach.

»Ich führte eine Eskorte, die einige Pferde und Karren mit ein paar Familien und ihrer Wollernte sicher über den Ampferkrautpass bringen sollte. Meine Männer wandten sich plötzlich gegen unsere Schützlinge. Sie warfen die Karren um und schickten sich an, Schlimmeres zu tun. Die Kleider der Frauen hingen bereits in Fetzen. Damals hatte ich noch zwei Arme«, sagte er, während er seinen Bericht nach besten Kräften mit Gesten unterstrich. »Ich genehmigte mir einen Schluck Trank und stürzte mich auf sie. Doch da ich es mit mehreren auf einmal zu tun hatte, musste ich einige Schläge einstecken und wurde an den Rand eines Abgrunds gedrängt. Ich sah, wie zwei der Männer Pfeil und Bogen auf mich anlegten, und plötzlich hieß es: Entweder fügst du dich in den sicheren Tod oder du springst. Also stürzte ich mich kopfüber in die Tiefe und zog mir bei dem Sturz einige ernste Verletzungen zu. Ziemlich üble Sache; mein Arm war zerfetzt und hing schlaff herab, und ich brach mir den Knöchel, doch zumindest schaffte ich es lebend bis nach unten. Damit war ich außer Reichweite, und aus irgendeinem Grund ließen sie mich dort in Frieden. Ich schleppte mich eine Meile oder so dahin, bevor mich eine Handvoll Minenarbeiter entdeckte, die gerade von ihrer Schicht kam. Die Arbeiter nahmen mir den Arm ab und banden den Stumpf ab. Miri war sich darüber im Klaren, dass ich bei dem Verrat an den Leuten nicht mitmachen und ihn mir vorknöpfen würde. Nun, seine Jungs hatten kein Problem damit, mich fertigzumachen.« Er nahm einen weiteren großen Schluck von seinem Bier. »Ich verdanke diesen Bergleuten mein Leben«, sagte er.

Wir schwiegen einen Moment lang, sodass nichts als das Knistern und Pfeifen des Feuers den Raum erfüllte. Ich finde dieses Geräusch seit jeher beruhigend. Dann schüttelte Shale den Kopf; offenbar grübelte er über irgendetwas nach und hatte das Puzzle schließlich zusammengesetzt.

»Gant, ich denke, was Valdir da grad erzählt hat, macht klar, was hinter allem steckt, was gerade passiert; wer für die Morde verantwortlich ist.«

»Dann lass mal hören«, sagte ich. »Kigan wurde nicht ermordet«, erklärte er. »Und wer immer die Morde begeht, lässt jedes Mal 'ne schwarze Münze liegen. Hängt alles mit irgend'ner Art von Verrat zusammen, und Kailen selbst hat uns nie gesagt, dass es da einen Auftrag gab, den wa vollkommen vermasselt ham. Valdir, eins is klar – wenn jemand 'nen Grund hat, uns zu hassen, dann is das nach allem, was du gerade erzählt has', Kigan selbst. Scheint, als ginge all das letztlich um dich, um Mirisham, um Kailen und und den Prinzen. Is das einzige, was Sinn macht. All anderen Börsen ham wa uns redlich verdient. Wenn noch irgend 'ne alte Rechnung offen ist, dann mit Kigan.«

»Kigan?«, überlegte ich laut. Im ersten Moment fiel es mir schwer, das zu glauben; konnte es einfach nicht begreifen. Valdir indes zog an seiner Pfeife und nickte, während er sich die Sache durch den Kopf gehen ließ.

»Aber warum hat er die anderen getötet, wenn er letztlich hinter uns her ist?«, fragte er. »Und wer auf der Welt könnte es allein mit Kailen aufnehmen, vom Rest von uns mal ganz zu schweigen?«

»Denke, die andern mussten sterben, als Kigan aus ihnen rausholte, wo ihr Burschen steckt«, sagte Shale. »Sieht aus, als dasser Kailen und die andern wirklich im Alleingang erledigt hat. Dann musser aber 'nen bestimmten Plan und die Unterstützung einer Gilde ham. Und der Wacht vermutlich. Ich und Gant ham rausgefunden, dass es da eine große issanische Gilde mit einem Meister namens Alon Filston gibt, die überall Plakate aufgehängt ham. Fünf Goldstücke bieten die für Hinweise auf die Zwanzig. So wie du guckst, haste noch nie was von Filston gehört, Valdir, richtig? Und das ist der springende Punkt. Warum ist der Mann so erpicht darauf, uns in die Finger zu bekommen, wenner nich mit jemandem wie Kigan unter einer Decke steckt? Jemand, der stinkig auf euch ist. Ich will zwar nicht sagen, dass es einfach ist, uns zu töten, wenn wir nicht gerade schlafen, aber diese Morde sind passiert. Ich denk, ein richtig guter Drudha – einer von den Zwanzig –, der sich seinen Schneid bewahrt hat, der würd' das schon schaffen könn'n. Hör zu, Valdir, wir sind hier, um dich rauszuholen – so oder so. Wir wissen, wo Bense ist, nämlich oben in Jua. Da arbeitet er für irgendeinen Lord namens Fesden. Und du weißt, wo Mirisham steckt. Heißt, wir könnten beide erreichen, bevor Kigan sie erwischt – falls er's ist. Schnappen wir uns zuerst Bense, is schließlich auffem Weg. Und dann geh'n wa zu viert zu Mirisham.«

»Da müssen eine Gilde und noch ein Kopfgeld von den Roten hinter stecken, wenn sie den Mann loswerden wollen, der vor einer Generation die Eisenpässe befriedet hat. Damit wären sie dann selbst rechtmäßig an der Spitze«, meinte Valdir. »Aber ich kann hier nicht weg. Nicht, wo meine Frau in diesem Zustand ist und mein Sohn uns nicht besucht.«

Wir nahmen reihum einen tiefen Zug von der Pfeife, in dem Wissen, dass wir eine Entscheidung treffen mussten. Shale hatte die Angelegenheit auf den Punkt gebracht; er hatte alles vernünftig durchdacht und die Gründe sinnvoll zusammengefasst. »Wenn er euch hier aufspürt, Valdir, dann seid ihr beide tot. Ihr Sohn vermutlich auch«, sagte ich. »Besonders, wenn du einer von denen warst, die ihn seinerzeit betrogen haben.« Ich war mittlerweile fest davon überzeugt, dass Kigan hinter allem steckte.

Valdir schüttelte hilflos den Kopf und warf über die Schulter einen Blick auf den Vorhang, hinter dem Alina schlief.

»Dann wollt ihr euch Kigan also vornehmen?«, fragte Valdir. »Vielleicht schaffen wir es ja wirklich zu Bense und zu Miri und können alldem ein Ende bereiten, sodass ich hier zurückkehren kann. Ihr Vetter, der die Schänke am Hafen hat, kann sie verborgen halten, falls Kigan tatsächlich auftaucht und hier rumschnüffelt«, sagte er, wenngleich in einem hoffnungsvollen und gleichzeitig zweifelnden Tonfall. Ich denke, je länger wir über die Angelegenheit sprachen, desto klarer wurde ihm, in welcher Gefahr sie schwebten.

»Wir können dir Geld geben, Valdir«, sagte Shake. »Wir haben eine Menge Gold und nichts mehr, das es wert wäre, es dafür auszugeben.« Er legte einen prall gefüllten Beutel auf den Tisch und holte einige Münzen daraus hervor, harudanische Dublonen; Gold, so rein, wie es nur geht.

»Bei Su'ls Augen! Dann habt ihr Jungs also weiter als Söldner gearbeitet? Da habt ihr aber ordentlich was eingestrichen.«

»Wie viel von dies'm Gold is nötig, um Alina und den Jungen in Sicherheit zu bringen?«, fragte Shale.

Valdir packte und klopfte Shale auf die Schulter. Shale reagierte darauf knochentrocken, das muss ich ihm lassen, und wegen des Kannabs musste ich ebenfalls lachen. Unterm Strich wäre es bereits teuer genug gewesen, einen der beiden in Sicherheit zu bringen; beide zu retten, würde ein kleines Vermögen kosten.

»Ich kann euch gar nicht sagen, wie viel es mir bedeutet, dass ihr hergekommen seid. Ich bedaure bloß, dass euch solch Scheißnachrichten hergeführt haben. Ich weiß nicht recht, von welchem Nutzen ich euch sein kann, mit nur einem Arm und jahrelang aus der Übung.«

Im Raum nebenan gab Alina einen Laut von sich, und Valdir stand auf und ging hinüber. Seine Frau war wegen irgendetwas sehr aufgewühlt; vielleicht hatte sie unseren Worten gelauscht. Bald brachte er sie herüber, um mit uns den Abend zu verbringen. Es gab Tee und etwas von seinem Eintopf. Wir sprachen ein wenig darüber, wie es damals war, zu den Zwanzig zu gehören; ein Thema, von dem ich selbst wünschte, dass ich mehr Zeit hätte, um davon zu berichten. Alte Männer kennen viele Geschichten, und von den Zwanzig wüsste ich einige wirklich gute zu erzählen. Wir mussten von den schlechten wegkommen, da keiner von uns lange die Fassung wahren würde, wenn wir zu sehr über die Morde nachdachten. Valdirs Mixtur half, und während wir unsere Geschichten austauschten, sah ich, dass Alina uns drei beobachtete; dabei ruhte ihr Blick zumeist auf ihm, während sich auf seinen Zügen der Schatten eines Lächelns und ein Ausdruck echter Liebe zeigten, wann immer er sie anschaute. Die ganze Zeit über saß er mit ihr zusammen und hielt ihre Hand; nur gelegentlich stand er auf, um Holz nachzulegen oder unsere Feldgürtel und andere Dinge in Augenschein zu nehmen, die wir mitgebracht hatten. Shale versorgte meine Wunde, und das schien Valdir sehr zu bewegen. Obwohl ich die Verletzung schon erwähnt hatte, als ich berichtete, was mir widerfahren war, begriff er erst in dem Augenblick, als er sie sah, dass mir nicht mehr viel Zeit blieb.

Dann, viel später, nachdem er sie zu Bett gebracht hatte, lagen Shale und ich mit den Köpfen voller Motten auf dem Boden neben dem Herdfeuer, um das letzte bisschen Wärme nicht zu vergeuden. Eine Weile hörte ich Valdir in ihrem Zimmer reden, während er immer wieder versuchte, sein Weinen zu unterdrücken.

Als der Morgen dämmerte, war Shale draußen, um ein paar Eier aus dem Gehege zu holen. Ich brachte das Feuer wieder auf Vordermann, und wir folgten unserem Morgenritual, bevor wir die Bratpfanne aufsetzten. Shale hatte außerdem einige Tomaten gefunden, die er mit dazugab. Ich hatte schlecht geschlafen. Hatte böse Träume gehabt, von meinem Vater, von Zuhause und von unseren Ältesten, die meinten, dass es für mich an der Zeit sei, heimzukehren in die Erde.

Ich kämpfte mit meinen Schmerzen, während die Tränke und Salben allmählich ihre Wirkung entfalteten. Shale half Valdir dabei, seine Frau für den Tag vorzubereiten, sie sauberzumachen und ihr ein Kleid anzuziehen, während ich dasaß und mich ein wenig nutzlos fühlte. »Ich werde heute Morgen unseren Jungen besuchen«, sagte Valdir, während er ihr das Haar bürstete und mit einem Band versah.

Ich nickte. Dann war es also abgemacht. Wir würden noch heute aufbrechen.

»Kann ich ein paar Münzen haben?«

»Nimm dir, was immer du brauchst«, sagte Shale.

Wieder war Valdir gerührt darüber, dass wir ihm bereitwillig so viel Geld gaben. Dann marschierte er davon und machte sich auf den Weg in den Hafen.

Eine gute Stunde verstrich. Shale verbrachte die Zeit damit, aufzuräumen und einige Eimer Wasser aus dem Brunnen ein Stück weiter den Hügel hinab heranzuschaffen.

Valdir kehrte zurück, als wir gerade eine Pfeife rauchten. Er zitterte ein bisschen und hatte ihren Vetter dabei.

»Schön, euch Jungs wiederzusehen«, meinte der Wirt. »Alina, meine Liebe, ich habe dir dein Lieblingspony Eth mitgebracht, damit du auf ihm runter zur Schänke reiten kannst, um Heldon zu besuchen und mit deinem Sohn zu frühstücken.«

Es ging mir nahe, das Leben eines Mannes einzureißen, den wir so gut kannten, ein Leben, das er sich so mühsam aufgebaut hatte. Valdir packte einige Habseligkeiten in einen Sack, und jetzt weinte er ganz ungeniert dabei. Sie heulte ebenfalls, und ihre Hand bewegte sich, wie um ihn festzuhalten, als er zu uns herüberkam; sie versuchte, ihn zu halten, und wimmerte kläglich, war aber zugleich bemüht, sich zusammenzureißen, weil wir da waren. Shale ergriff meine Schulter; wie stets war er es, der den klarsten Kopf bewahrte. Er führte mich hinaus, damit die beiden noch ein paar Momente für sich hatten. Wir machten die Pferde fertig und warteten, bis sie sie rausbrachten. Valdir hielt sein altes Schwert in seiner einen Hand, das er auf den Namen Drondir getauft hatte, was in seiner eigenen Sprache soviel bedeutet wie »treuer Sohn«, glaube ich. Er hatte auch eine alte Decke dabei, die er all diese Jahre über aufgehoben haben musste; er warf sie mir zu, damit ich sie seinem Pferd auflegte. Ich war überrascht und froh, Drondir zu sehen. Dieses Schwert hatte unter den Zwanzig einige Bewunderung genossen; es war von einem erstklassigen Schmied aus Harudan geschmiedet worden, demselben, der auch Kailens Schwert gefertigt hatte. Wir küssten Alina, als sie sie auf das Pony setzten; der Sattel des Tieres war mit einer kleinen Lehne versehen, die es ihr erlaubte, sich dagegen zu stützen. Sie gab mir einen Kuss auf die Wange, auf der eine Träne glitzerte, und selbst jetzt hege ich die Hoffnung, dass sie mir damit auf gewisse Weise ihren Segen erteilte.

»Ihr Jungs seid mir immer willkommen – jederzeit«, sagte ihr Vetter. »Wir werden für sie sorgen, bis ihr zurückkommt.«

»Ich bringe sie den Hügel runter«, sagte Valdir, und wir verfolgten, wie sie davongingen und den Abhang hinabmarschierten, just, als die ersten Männer aufs Meer hinausfuhren und der Klang ihrer Schiffsglocken über die Hügel zu hallen begann.

Wir standen an einem Scheideweg. Das wusste auch Valdir, der offensichtlich daran zweifelte, dass wir zurückkommen würden; aus welchem Grund hätte er ihren Vetter sonst mit Goldstücken bezahlt, für ihre Sicherheit zu sorgen? Damals hegte ich sogar noch mehr Zweifel daran, dass wir die Sache überstehen würden, als ohnehin angebracht waren. Allein Shale war körperlich in guter Verfassung, und wir mussten Bense und Mirisham finden, während die Wacht und – falls Shane recht hatte – Kigan auf unsere Köpfe aus waren. Ich tat mein Bestes, die Bedenken für mich zu behalten, aber ich glaubte ehrlich nicht, dass ich es viel weiter schaffen würde, als bis nach Jua.

Bestimmungsort: Candar-Stadt, Q2 670 OE
Über Jua-Hauptroute
VERTRAULICH – NUR ZU HÄNDEN DES ROTEN
PERSÖNLICH
Bericht von: Elite-Agent 84
Einsatznachbesprechung von: Alon Filston und Marschall Laun

Boten haben eine Reihe bedeutender Entwicklungen, unser Interesse an Galathia aus der Linie der Welvale betreffend, bestätigt.

Zunächst wurde berichtet, dass Kailen bei dem Angriff auf den Sporn, über den Ihr bereits unterrichtet wurdet, umkam. Er starb, bevor Launs Trupp – und Galathia – zu ihm gelangen konnten. Eine Eisenhutmixtur, die in der Schänke gefunden wurde, die Kailen als Zufluchtsort diente, untermauert diese Schlussfolgerung. Meiner Ansicht nach ist es wahrscheinlicher, dass Kailen sich entschied, den Freitod zu suchen, anstatt sich der Lähmung durch Eisenhut zu ergeben und in der Folge eingekerkert und gefoltert zu werden.

Normalerweise hätte ich angenommen, dass Kailen entkam, doch mehrere Zeugen haben gesehen, wie man seinen Leichnam aus dem Gasthaus trug. Marschall Laun ist davon überzeugt, dass der Eisenhut von demselben Meuchelmörder platziert wurde, der auch im Povey-Tal zugegen war, als Galathia den Söldner Sho tötete. Ebenso wie bei dem Massaker an den Agenten und den Roten auf Alon Filstons Weingut. Der Attentäter selbst mag nicht für die Ermordung unserer Männer auf dem Weingut verantwortlich sein, doch es wird vermutet, dass er im Zuge des Angriffs auf das Indra-Quartier im Sporn eine Reihe unserer Roten ermordete, um sich Kailens zu bemächtigen.

Ein Sendbote von Filstons Anwesen (Dokument beigefügt) meldet, dass zwei von Kailens Zwanzig – Gant und Shale, von denen Galathia angenommen hatte, sie seien in Gefangenschaft – durch Männer, die sich als Agenten ausgaben, aus den Händen der Truppen von Agent Gilgul befreit wurden. Ich habe ihre Siegel als Beleg für die Kunstfertigkeit beigefügt, mit der diese Fälschungen angefertigt wurden. Sie wiesen Gilgul an, Gant und Shale ihrem Gewahrsam zu überlassen, um dann unvermittelt mit den beiden zu verschwinden.

Das Kopfgeld auf sie wurde von Gildenmeister Alon Filston von der Filston-Blackmore-Gilde ausgesetzt: zweihundert harudanische Reine. Ich habe darauf gedrängt, dass in allen Wachthäusern im Umkreis des Sporns sämtliche Dienstpläne doppelt überprüft und die Bestandslisten bestätigt werden. Bislang wurden jedoch keinerlei Unstimmigkeiten entdeckt, die darauf hindeuteten, dass jemand aus unseren eigenen Reihen in diese List involviert war.

Gleichwohl, wie bereits im beigefügten Bericht über das Weingut-Massaker erläutert, tragen Gant und Shale offenkundig die Verantwortung dafür.

Hochvogt Albin hat Vogt Fiskers Nadel eingefordert und in Norddorn entsprechende Schritte ergriffen, um jene zu bestrafen, die für das verantwortlich zeichnen, was er als erhebliches Fehlverhalten bei der Ausbildung unserer Soldaten erachtet. Nur dadurch sei das Scheitern des Auftrags, Gant und Shale zu eliminieren, zu erklären. Marschall Laun indes übermittelt die – ihrer

Meinung nach von vielen Agenten geteilte – Sorge, dass dieser Vorfall dem Ruf der Agenten der Wacht schaden wird.

Hochvogt Albin hat zusätzliche Männer aus den Wachthäusern aus Ost-Issana, West-Issana und Mittel-Jua angefordert, um die Kontrakte zu erfüllen, für die ursprünglich die Agenten und Roten vorgesehen waren, die wir verloren haben. Natürlich wurden auch die erforderlichen Entschädigungszahlungen an die Familien unserer Toten in die Wege geleitet.

Anbei findet Ihr Schreiben der betroffenen Gilden, die auf verschiedene Weise ihrem Unmut Ausdruck verleihen. Zudem fordern sie eine Entschädigung für die Kosten zusätzlicher Sicherheitsmaßnahmen und die verzögerte Abreise von drei Karawanen, was pro Jahreszeit beziehungsweise Saison einhundertzwanzig Goldmünzen entspricht. Hochvogt Albin nahm dies zum Anlass, sieben Kontrakte mit unseren Gildenpartnern aufzukündigen, die von dem Verlust der Soldaten betroffen sind.

Falls Gant und Shale, die einst Kailens Zwanzig angehörten, einen Kampftrank verwendeten, der als »Die Glorie« bekannt ist, hätte ihnen das auf dem Weingut einen beträchtlichen Vorteil gegenüber unserem Glücks-Chia verschafft. Dieses neue Gebräu, das auf iliskanischer Ginse beruht, wird gegenwärtig letzten Verbesserungen unterzogen, ehe es an die Agenten ausgegeben wird; die Wirkung soll dann annähernd dieselbe sein, wie die der *Glorie*. Dies wird unseren Agenten und Feldmännern einen beträchtlichen Vorteil gegenüber den meisten anderen Kampftränken verschaffen.

Marschall Laun war auf dem Weingut zugegen, um Gant und Shale abzufangen und die Roten und die Agenten im Kampf gegen sie anzuführen. Bei einem vermeintlichen dritten Gegner, der ihren Männern im Nacken saß, als die Gant und Shale attackierten, handelte es sich tatsächlich um den oben erwähnten Attentäter, von dem wir wissen, dass er einer von Kailens Zwanzig ist. Genauer gesagt handelt es sich um den einstigen Drudha dieser Gruppe, einen Mann namens Kigan.

In Anbetracht der Informationen, die die beigefügten Berichte bergen, ist es wichtig, zu verstehen, dass sein Auftauchen jene Ablenkung, die Gant und Shalo die Flucht ermöglichte, unbeabsichtigterweise erzeugte. Dabei wird er vom selben Verlangen angetrieben wie Galathia: Er will Kailens Zwanzig tot sehen.

Galathia, Alon und Kigan sind gegenwärtig unterwegs nach Harudan, zu Kailens Anwesen. Sie erwarten, dort Informationen über die Aufenthaltsorte jener Mitglieder der Zwanzig in Erfahrung bringen zu können, die momentan noch leben.

Alon Filstons Bote wusste zu berichten, dass Kigan und Galathia ein starkes Band eint, was Alon mit Argwohn betrachtet. Kigan war einst, als Galathia als Kind in Argir lebte, mit ihrem Schutz betraut, und er gilt als herausragender Soldat sowie Drudha von allerhöchstem Können.

Gleichwohl, da seine Absichten in Bezug auf Galathia mit unserem eigenen Bemühen korrespondieren, sie auf den Thron von Argir zu bringen, lautet meine Empfehlung, Laun zu bitten, ein gewisses Verständnis für ihn zu entwickeln und ihn im Auge zu behalten, ansonsten jedoch keine Schritte gegen ihn zu unternehmen. Weder dem Marschall noch Filston ist bekannt, warum Kigan nach so vielen Jahren noch solch starke Bindungen zu Galathia empfindet. Den Einzelheiten von Kigans eigener Erzählung über sein Leben seit damals zufolge – die er laut Bericht des Boten mit Galathia und Alon teilte – hatten die beiden in der Zwischenzeit keinerlei Kontakt.

Sein Bericht birgt Informationen von außerordentlicher Bedeutung. Ihr findet diesen Bericht ebenfalls in diesem Umschlag, einzeln versiegelt, und es ist zwingend erforderlich, dass Ihr ihn lest.

Ich empfehle eindringlich, dass Ihr persönlich mit Kigan in Verbindung tretet. Es erübrigt sich wohl, darauf hinzuweisen, dass jedwede Rezepte unter Verwendung von Pflanzen aus dem Hanwoq-Dschungel, die von einem Mann entwickelt wurden, dessen Fähigkeiten es mit jedem Erzdrudha aufnehmen können, von allergrößtem Wert sind. Marschall Laun wurde angewiesen, sich bei Kigan nach dem Preis für seine Rezepte zu erkundigen.

Ich werde zusammen mit Laun nach Harudan reisen, um mich dort mit Alon und Kigan zu treffen. Es wird mein Bestreben sein, eine Zusammenkunft zwischen Euch und ihnen zu vereinbaren.

Angesichts ihres fortwährenden Erfolgs beim Aufspüren von Mitgliedern der Zwanzig plädiere ich dafür, Mirisham über die potenzielle Bedrohung zu unterrichten. Die Donagschanze und ihre Tribute sowie die Abschnitte drei bis acht des Forstweges stehen nach wie vor unter seinem Schutz. Abschließend habe ich den Berichten, die Ihr bezüglich der Entwicklung im Osten bereits erhalten habt, nichts weiter hinzuzufügen. Es ist Erntezeit, der Winter steht vor den Toren, und zu dieser Zeit des Jahres bedrängen die Barbaren die Grenzen von Ahmstad und Razhani, um Getreide zu plündern und jeden Menschen zu verschleppen, den sie zum Sklaven machen können. Obgleich Kunde über einige sehr ernste Vorstöße in die oben genannten Regionen vorliegt, kann ich die Gerüchte, dass sich an den Grenzen von Ahmstad eine große Barbarenarmee versammelt haben soll, nicht bestätigen.

In Bezug auf Kigan werde ich mit dem oben dargelegten Plan fortfahren, bis ich andere Weisungen erhalte.

12. KAPITEL

Kigan

Hier folgt die Schilderung, wie sich Kigans Reise vom Hanwoq-Dschungel fortsetzte, und wie seine Rache an den Zwanzig, denen er offenbar die ganze Schuld an seinem Unglück gab, ihren Lauf nahm. Dem Pergament und der Verwitterung nach zu schließen, wurden diese Tagebücher zu unterschiedlichen Zeiten geschrieben. In ihnen schildert Kigan den Aufbruch vom Hanwoq und den Beginn seiner Rache, einschließlich der Konfrontation mit Harlain, während der er mit seinem eigenen Namen konfrontiert wird.
Goran

Die Erinnerungen, die Schlangenwald in mir weckte, waren willkommen. Doch sie vergifteten auch das Leben in diesem Dschungel, in dem ich Frieden gefunden hatte, und enthüllten eine Ziellosigkeit, die mir unerträglich wurde. Ich begann zu forschen, zu lernen, ich benutzte die Etil, um an ihnen meine Experimente durchzuführen. Welch besseres Ziel hätte ich damit verfolgen können als Rache?

Der Verrat, von dem ich nur einen Bruchteil mitbekommen hatte, enthüllte sich so völlig und vollkommen, dass es mir den Atem raubte. Ich würgte an den Namen von Soldaten, Männern, die ich so gut gekannt hatte: Kailens Zwanzig. Mehr und mehr Zeit verbrachte ich damit, in den Bäumen zu klettern und mein Sehvermögen durch Mischungen von großer Macht zu verbessern. Dabei erfüllte mich der Wunsch, weit fortzugehen von diesem Fluss und dem Garten Lorom Haluims. Ich braute Mischungen, die mir halfen, am Waldesrand die Jäger von Lozas Clan zu erspähen, obwohl ich viele Meilen entfernt war. Im Osten sah ich nur Bäume, bis über den Horizont hinaus, und dorthin musste ich reisen, so weit, wie ein Vogel fliegen kann, um die Alten Königreiche zu erreichen.

Ich war gefangen zwischen der Gelegenheit, mehr zu lernen und die losen Fäden der Forschung zu faszinierenden, tiefgründigen Schlussfolgerungen zu verweben, und dem Drang, die Zwanzig zu finden, die mir nun nichts mehr würden entgegensetzen können. Soweit ich es vermochte, schrieb und zeichnete ich alles auf, was mir hilfreich erschien. Wenn ich nun die späteren Zeichnungen betrachte, so erkenne ich eine sichere Hand, beinahe wie die eines jungen Mannes, zumindest, wenn ich sie mit den frühesten Skizzen und Notizen vergleiche, die ich angefertigt hatte, kurz nachdem Lorom Haluim mich fand. Die Rezepturen wurden stärker, reiner. Ich wurde der Drudha, der ich einst gewesen war, und noch mehr. Nichts konnte mich schrecken, und ich lernte, mich allein für einen Krieg zu rüsten.

Schon bald begannen die Etil, mich zu meiden, wenngleich Lorom Haluim nicht zugegen war und nichts davon erfuhr. Sie hatten mich genug gelehrt, ebenso wie die Mitglieder anderer Stämme der Gegend, an denen ich im Geheimen meine Tränke erprobt hatte. Niemand würdigte mich eines Blickes, wenn ich nun ohne den Magisten unter ihnen wandelte. Aber das war unwichtig. Ich war stark genug, und mir blieb nichts anderes mehr zu tun, als mich auf die Reise vorzubereiten – die Reise durch den Hanwoq und hinaus in die Welt jenseits des Dschungels.

Als ich an Schlangenwald zurückdachte, erinnerte ich mich zum ersten Mal mit völliger Klarheit daran, wie ich dem Jungen und dem Mädchen zugewunken hatte, Petir und Galathia. Wie ich den Hügel von der Mühle hinabgestiegen war und eine rote Tür durchschritten hatte, von der die Farbe abblätterte. Wie ich einen Schankraum betreten hatte, angefüllt mit Sklavenhändlern, Kaufleuten und Kailens Zwanzig.

Wir tranken Branntwein in dieser Schänke, und es war ein guter Tropfen; es gab nur zwei Fässer, und wir hatten einen Tisch von Sklavenhändlern überboten, die nicht ahnten, wie es um unsere Münzbeutel bestellt war. Ich fragte, wer mit nach Jua reiten würde und erzählte ihnen von meiner Aufgabe: dafür zu sorgen, dass die Kinder dort ein gutes Leben hatten. Mirisham fragte, wie ich das garantieren wollte. Denn wie, wenn nicht mit viel Geld, sollte man in einem Land wie Jua ein gutes Leben führen können?

Ich erzählte ihnen alles und bin selbst jetzt noch erstaunt, welchen Schatz man den Kindern in Form dieses Buches und der Pflanzen vermacht hatte. Ein Erstaunen, das die anderen an jenem Tag teilten. Ich weiß noch, wie Mirisham nickte und ruhig von seiner Zeit in Jua berichtete. Dann fragte er Valdir, welche Erfahrungen er dort gemacht hätte, denn schließlich stammte er aus dem nahen Marola. Kailen sprach von der Herausforderung, die Kinder während der nächsten Tage verborgen zu halten, und andere, wie Milu und der Prinz, wunderten sich, wie viel Geld man wohl für die Pflanzen bekommen könnte, während Ibsey die Ränder seines eigenen Rezepturenbuchs mit Berechnungen vollkritzelte. Ich weiß auch noch, wie ich erklärte, dass der Schatz nicht angetastet werden dürfe, ganz egal, wie viel er wert war, und dass eine Diskussion darüber entbrannte. Ich hatte eine große Belohnung für meine Aufgabe erhalten, und im Gegensatz zu den anderen würde ich mir ein Jahr lang keine Sorgen mehr um Geld machen müssen. Natürlich begannen wir schon bald, zu streiten – kein Wunder, schließlich waren wir betrunken. Elimar spekulierte lautstark darüber, wie viele Leute ich wohl kaufen könnte, um meine Rezepturen an ihnen zu erproben. Dabei hörte ich zum ersten Mal davon, dass es Drudhas in Jua verboten war, Gefangene für ihre Forschung zu benutzen. Die anderen – Sho, Bresken, Shale, der Prinz, Kheld – versuchten, mich ebenfalls davon zu überzeugen, den Schatz zu behalten. Nur Bense und Ibsey stellten sich gegen sie, was den Streit noch hitziger werden ließ. Kailen tat sein Bestes, uns zu beruhigen, denn die Einheimischen, die hier ihren Brei löffelten und an ihren Krügen schlürften, waren nicht an Söldnergruppen gewöhnt.

Ich erinnere mich genau: Ein paar sagten, sie würden nach Osten ziehen, unter ihnen auch Elimar und Bresken. Kheld, der Prinz und Bense planten, noch in der gleichen Nacht aufzubrechen, anstatt hier zu schlafen. Vermutlich wären sie sowieso auf dem Boden zusammengebrochen, sobald der Branntwein mit Mischungen versetzt wurde.

Dann kam der Moment, als man mir eine Mischung gab. Die Mischung, die mir das Bewusstsein raubte. Und sie nahmen mein Geld und ließen mich zurück. Ich bin nicht sicher, wer mir den Becher reichte, aber ich erinnere mich an ihre Gesichter rings um den Tisch, entsinne mich genau, wie sie ihre Pfeifen rauchten und zankten und lachten.

Als ich Lorom Haluim das letzte Mal sah, war ich noch nicht sicher, ob ich wirklich gehen wollte, und ich hatte keinerlei Erklärung und kein Lebewohl vorbereitet. Ich schätze, es war ihm wohl einerlei, ob ich blieb oder ging, abgesehen davon, dass ich in seiner Abwesenheit auf die Etil aufpassen konnte. Aber ich musste die Zwanzig finden, die sich gegen mich gewandt hatten, um sich zu nehmen, was ich hatte schützen sollen, ohne jeden Gedanken an die Kinder. Es ging nicht nur darum, dass mir die Ehre geboten hatte, meinen Auftrag auszuführen. Nein, seit die Erinnerung an Schlangenwald zurückgekehrt war, und mit ihr die Gesichter des Prinzen und der Prinzessin von Argir, da war mir auch wieder bewusst geworden, dass die beiden mir etwas bedeutet hatten. In all den Jahren, die seitdem vergangen waren, hatte es niemanden gegeben, über den ich dasselbe behaupten konnte.

Lorom Haluim war bereits über einen Monat fort, als ich beschloss, den Wald zu verlassen. Das war zehn Sommer, nachdem ich ihn betreten hatte. Ich nahm einen Feldgürtel für Expeditionen, gefertigt aus der Haut eines Tapirs, und packte so viele seltene Mixturen, Pasten und eingekochten Proviant, wie ich hineingezwungen bekam. Ich würde durch die Dschungel gen Osten reisen, und ich wage zu sagen, dass ich mit Ausnahme des Magisten wahrscheinlich der Einzige bin, der je versuchte, diese Reise zu unternehmen, die viele hundert Meilen weit zu den Bergpässen und von dort in die roten Savannen des Iliskan-Virats hinabführt.

Ich verließ die Oldor-Etil, und trotz ihrer gemurmelten Klagen darüber, wie ich mit ihnen umgesprungen war, begingen sie meine Abreise mit einem Fest. Sie tanzten und heulten so ausdauernd und laut wie quietschende Windmühlen in der Dunkelheit. Ich hatte viel Gutes getan, und das vergaßen sie nicht, auch wenn sie vermutlich froh waren, mich los zu sein. Ihre Waldläufer und die der anderen Stämme führten mich ein gutes Stück des Weges in den östlichen Dschungel, bis ihre Pfade sich verliefen und ihre Furcht vor dem Unbekannten die Oberhand gewann. Ihr müsst verstehen, sie waren gute Seelen, die ein schlichtes Leben führten und in enger Verbindung mit der Natur standen – die nichts mit dem Handel und dem Kommerz zu tun hatten, der den Rest der Welt verseucht. Sie hatten mir Frieden gespendet, zumindest eine Zeitlang.

Ich ging allein weiter, und mit einem langen Messer und einem Blasrohr fing und erlegte ich, was immer ich konnte, während ich mich von den Sternen nach Osten führen ließ, auch wenn ich an vielen Tagen erst bei Abenddämmerung ins Blätterdach hochklettern musste, um sie zu erblicken. Das Herz des Dschungels birgt wenige Raubtiere, die einen wie mich als Beute betrachten würden, und so war es eher der Weg zum östlichen Rand, über den ich mir Gedanken machen musste. Trotzdem hatte ich Grund, dankbar für die Gifte zu sein, die ich verfeinert hatte. Auf der Jagd nach einem Tapir scheuchte ich einmal eine riesige Katze auf, welche die Etil Gaju nannten. Mein Pfeil fällte sie, als sie mich gerade anfiel, und ich sprang zur Seite. Hätte ich eine der alten Mixturen benutzt, die ich für die Zwanzig bereitet hatte, wäre ich ihr wohl nicht entkommen. Ich behandelte die Wunden, die ihre Klauen hinterlassen hatten, und verband Fleisch, das dem Gaju als Nahrung gedient hätte.

Viele Wochen später nahm meine erste Begegnung mit einem

Clan des Iliskan-Virats ein böses Ende, und ich war gezwungen, drei Mann zu töten, die mich für einen Etil und somit für einen geeigneten Sklaven hielten. Ich musste die Küste erreichen; in der Korallenbucht gab es mehrere große Häfen, wo ich mit der Suche nach den Zwanzig beginnen könnte.

Hin'ton in der Mitte der Bucht war die nächste dieser Städte. Ihre Mauern und Häuser waren auf den Ruinen toter Kulturen errichtet worden, von denen manche schon vor Äonen, aber manche auch erst jüngst untergegangen waren. Sie erstreckten sich entlang eines tiefen Kanals, der die Stadt in vergangenen Zeiten zu einem so verlockenden Ziel für Eroberer gemacht hatte. Der ausgebleichte, gelbe Stein schimmerte im Licht der aufgehenden Sonne, als ich mich auf einem Weg näherte, den die Farmarbeiter nutzten, um von den Höfen mehrere Kilometer landeinwärts zu ihren Feldern zu gelangen. Natürlich wurden hauptsächlich Bohnen und Kaffin angebaut, aber sie züchteten auch Limetten und Amla, die in den kälteren Gefilden so beliebt waren, weil sie Skorbut vorbeugten.

Koggen, Karavellen, Pinassen und riesige Dschunken, die die Küstengewässer der westlichen Sar und den Golf von Merea befuhren, reihten sich im glänzenden Wasser an den Kais, und der morgendliche Dunst verhüllte im Norden und Süden die gewaltige Krümmung der Bucht.

Die Straßen waren gepflastert, so wie in Jua; vermutlich das Vermächtnis des Amarot-Reiches. An ihren Seiten waren Rinnen ausgehoben, wo man Toiletteneimer ausschütten konnte. Dank eines Pumpensystems floss Wasser durch die Rinnen, so dass der Unrat ins Meer hinabgespült wurde. Es dauerte nicht lange, bis ich die Söldner entdeckt hatte, die von Bord eines Frachters gingen; die auffällige Haut und ihr wortkarges Auftreten waren mir noch immer wohlvertraut.

Ich suchte nach einem Ort, wo ich unterkommen konnte und schloss mich den Söldnern an, die sich augenscheinlich gut auskannten. Die höheren, dreistöckigen Häuser am Rand der Bucht standen krumm und schief, mit schmutzigen Schindeln und zerbröckelndem Stein, als wären sie zu betrunken und müde, um sich aufrechtzuhalten. Genau wie viele der Besucher, die dort ein Zimmer genommen hatten. Die Söldner schritten durch die kalten Gassen, in welche die Sonne noch nicht vorgedrungen war, und führten mich zu einer großen Taverne: Doxtons Herd.

Dafür, dass ich einem Haufen Söldner vom Hafen hier hoch zu ihrer Absteige gefolgt war, hatte ich Glück, denn die Türen standen weit offen, und sowohl der Schankwirt als auch die Stallburschen grüßten ihre Gäste mit Tabletts voll dickflüssigen, aber genießbaren Biers.

Es wurden Hände geschüttelt und Wangen geküsst, jeder nach seiner Sitte, und Grüße erklangen in einer Vielzahl von Sprachen, bevor die Söldner den Schankraum betraten oder durch einen Bogengang in den Stall geführt wurden.

Doxton musste sich offenbar nicht mit den einheimischen Saufköpfen und ihren Kupferstücken und Ausreden abgeben; seine Speisen und Zimmer waren größtenteils für Soldaten und wohlhabende Söldner, die nicht von Bettlern gestört werden wollten.

Das Schiff der Söldner war erwartet worden. Als wir eintraten, saßen nur ein paar Gäste pfeiferauchend oder essend im Schankraum. Kein Wunder zu dieser frühen Stunde, aber Fleisch und Fisch rochen äußerst appetitlich. Und alle waren sie an ihren Hautfarben zu erkennen.

Meine eigene Hautfärbung und der Feldgürtel erleichterten es, ein Gespräch zu beginnen. Ich setzte mich an eine Bank mit zwei Gruppen, von denen eine aus Weißsturz-Ithica stammte, die andere aus Hets'qavar. Beide hatten von Unruhen rings um Alagar gehört, und nun hofften sie auf profitable Aufträge im Norden.

Ich erzählte ihnen eine erfundene Geschichte über vergangene Abenteuer, da ich nicht wollte, dass sie mich mit Kailen in Verbindung brachten. Auch berichtete ich ihnen von meiner Zeit im Hanwoq, wobei ich jedoch darauf achtete, mit keinem Wort Lorom Haluim zu erwähnen.

Es gab nur wenige Drudhas, die allein unterwegs waren, denn

ihre Dienste waren heißbegehrt, und fast jeder, der nach Soldaten suchte, war bereit, ihnen einen hohen Preis zu zahlen. Dementsprechend wollte auch kein Söldner eine Gelegenheit verpassen, seine Probleme mit Mixturen kundzutun und die erlernten Rezepturen zu präsentieren, wenn er mit seinesgleichen zusammensaß, ganz besonders, wenn ein Drudha zugegen war. Ohne Informationen zu teilen mochte es schließlich gut sein, dass einem eine hilfreiche Heilmethode für all die typischen Söldnerleiden entging. Oder eine Methode, um die Nebenwirkungen von Kampftränken und Giften zu lindern.

Ich verbrachte während der nächsten Monate viele Stunden mit diesen Männern und spitzte die Ohren, ob Neuigkeiten über die Zwanzig zu erfahren waren. Nachdem ich so lange fortgewesen war, fiel mir erst jetzt richtig auf, welche Spuren die Pfuscherei niederer Drudhas hinterließ, und wie sie die Söldner zerstörten. Einen, den ich traf, wiederholte sich immerzu; Vergesslichkeit und Verwirrung kamen und gingen, und sein Freund musste ihm immer das Was und Wo zuwispern. Andere litten an Krämpfen und unbeherrschbarem Zittern, weswegen ihre Kameraden Münzen für sie aus ihrem Beutel nehmen mussten oder andere Handgriffe für sie übernahmen. Egal, ob sie nun gegen Bezahlung oder wegen eines Schwurs kämpften, überall büßten die Söldner für die Farbe, und das machte sie zu Brüdern. Ich bezweifle auch, dass ich es jemals schaffen werde, diese Momente zu unterdrücken, in denen ich nicht merke, dass ich vor mich hin rede oder flüstere, wo es aussieht, als würden verschiedene Teile meiner selbst einander beobachten und im Gespräch abwechseln. Diese Männer kannten den Preis des Drudha-Scherfleins, und in diesem Fall erleichterte es mir den Umgang mit ihnen.

Schon bald feilschten sie mit mir um den Preis für meine Mischungen gegen diverse Leiden, oder sie boten mir Geld, damit ich die gröberen und schädlicheren Zutaten für ihre eigenen Gebräue verfeinerte. Ich korrigierte mehr oder weniger die Fehler ignoranter Männer, und die Söldner trennten sich bereitwillig von ihren Münzen, um besser für die Konflikte in Alagar gewappnet zu sein. Ich wiederum freute mich, Geld für hochwertigere Töpfe, Pressen und Werkzeuge zu bekommen. Die Iliskaner waren mit Shiel vertraut, nicht aber mit zerstoßener Ascheborke, Arnika oder Guaia. Zumindest Muskat gab es, und er war billig. Kannab fand nur selten seinen Weg zur Korallenbucht, aber ich fand Shalec-Händler auf der anderen Seite des Golfs, die welches anboten. Im Gegenzug verkaufte ich ihnen meine eigenen Mischungen für einen ausgezeichneten Preis.

Mit Doxtons Erlaubnis und gegen eine kleine Gebühr bot ich meine Dienste auch seinen Kunden an. So verdiente ich mir rasch mehrere hundert Silbermünzen, auf denen die Symbole diverser Lande prangten, von den Schwarzhänden aus dem Osten bis zu den Wehrlanden im Norden. Das Geld benutzte ich, um schwarze Münzen für die Zwanzig herstellen zu lassen – das Zeichen für einen Söldner, der einen Bruder der Bezahlung wegen verraten hatte. Sie hatten mich zurückgelassen, um zu verrecken, und nicht einer hatte sich auf meine Seite gestellt. Während dieser Monate, als ich für Doxtons Gäste kochte, fragte ich immer wieder und überall, ob etwas über die Zwanzig bekannt sei. Nach einiger Zeit traf ich schließlich jemanden. Der Mann war einer Verletzung wegen aus dem Norden geflohen, und er wollte erfahren haben, dass Harlain, der Riese von Tetswana, zurückgekehrt war und nun seinen Stamm anführte.

Kailen hatte ihn bei einem Feldzug nördlich von Tetswana aufgelesen, während eines Kampfes auf den Hensla-Ebenen, wo Rhosidia und Alagar sich einst verbündet hatten, um den Tetswanern Einhalt zu gebieten, die nach der schlimmsten Dürre seit Generationen in die Ebenen geströmt waren. Er war der Letzte, der sich den Zwanzig angeschlossen hatte. Nachdem die Infanterie den Angriff gestartet hatte, hatte Kailen uns mitten ins Getümmel geführt. Die Seeyaltaner und die Tetswaner hatten unserem Geschick und unserer Wildheit nichts entgegenzusetzen, und schon bald hatten wir den Riesen umringt, der anderthalbmal so groß war wie jeder andere in seiner Nähe und Männer mit seinem

Krummsäbel glatt in zwei Hälften hackte, während er tief und triumphierend lachte.

Kailen wurde von uns ebenso bewundert wie Harlain von den seinen, und beide Seiten ließen voneinander ab und beobachteten atemlos, wie die zwei einander umkreisten. Dem alten Ritual folgend, kam das Gefecht zum Erliegen, und der Ruf, dass es ein Duell gab, wurde von Mann zu Mann weitergetragen, sehr zum Missfallen der Hauptleute und Adligen, die in sicherer Entfernung unter ihren Baumwollbaldachinen saßen.

Diesseits der Sar geschah so etwas nur selten, vor allem, wenn die Schlacht bereits begonnen und die Bogenschützen die Reihen gelichtet hatten. Der Dunst des Giftes, in das sie ihre Pfeile getaucht hatten, hing wie Nebel über dem Feld, während wir zurücktraten, um einen Kampfplatz für den schwarzen Riesen und den gedrungenen Kailen freizumachen.

»Sei gegrüßt, Ostländer, wie geht das Schlachten?«, rief Harlain über den Jubel erschöpfter Männer hinweg.

»Ich kann nicht klagen. Viele sind vor meinem Schwert gefallen. Ich grüße auch dich, und biete dir an, dich mir anzuschließen. Der Preis dafür ist deine Kapitulation.« Kailen reagierte auf angemessene Weise, aber er sprach stockend, und die Stimmen beider Männer wurden durch ihre Helme gedämpft.

»Schwarz ist die Nacht, und sie besiegt das Gold der Sonne!«

Mit diesen Worten sprang Harlain vor, ein gutes Gebräu in seinen Adern, und der Krummsäbel beschrieb einen blitzenden Bogen. Kailen machte nur einen halben Schritt zur Seite, um auszuweichen, und dann noch einen, als Harlain herumwirbelte und erneut zustieß. Beide Angriffe trugen den Hünen durch seinen eigenen Schwung nach vorne, und Kailen brachte ihm mit seinem Kurzschwert einen Schnitt am Schenkel bei. Die nächsten Hiebe und Paraden wirbelten ringsum Staub auf und ließen den Boden erbeben, so viel Gewalt steckte in ihrem Aufeinandertreffen. Kailen schien jedoch stets zu wissen, was Harlain als nächstes tun würde, und bewegte sich entsprechend.

Die Pfiffe verwandelten sich in ungläubige Rufe. Harlains

Männer, neben einer Handvoll aus seinem Stamm waren es größtenteils Sccyaltaner, sahen, wie ihr Riese immer verzweifelter um sich hieb, während seine Unterlegenheit immer deutlicher zum Vorschein kam. Nur wir, die wir auf Kailens Seite standen, fragten uns, ob der Kampf wohl anders verlaufen wäre, wenn Harlain einen meiner Kampftränke intus hätte. Aber Kailen war vor allem im Kopf schneller.

Mit nunmehr acht Schnitten am Leib, die ihm von einer Klinge zugefügt worden waren, die mit genug Gift bestrichen war, um ein Pferd zusammenbrechen zu lassen, gab Harlain schließlich auf und warf seinen Säbel zu Boden.

»Die Sonne ist hell.« Er lachte noch einmal dröhnend, dann kniete er sich inmitten der stummen Reihen hin, die einander misstrauisch beäugten, denn viele von ihnen waren nicht sicher, ob die Schlacht nun weitergehen würde.

Kailen kniete neben Harlain und reichte ihm Knöterichsalbe für seine Wunden.

»Der Sohn der Ageh Tetswana ehrt seine Familie durch seine Stärke und Freude.« Die Schlacht ging am nächsten Tag weiter, aber zu dem Zeitpunkt hatten Harlain und viele von seinem Stamm bereits die Seiten gewechselt, und der Sieg ließ nicht lange auf sich warten.

Jeder von uns Zwanzig war auf diese Weise im Duell niedergerungen worden. Der Preis: der Beitritt zu Kailens Trupp.

Harlain war der beste von uns. Er sah die Dinge auf simple Weise und sprach direkt. Das war nicht immer der richtige Weg, aber er irrte sich auch nicht öfter als jene von uns, die eine Ausbildung genossen hatten.

Ich verließ Hin'ton ein paar Tage, nachdem ich von Harlain gehört hatte. Ich kaufte sogar ein Pferd, um die Distanz schneller zurückzulegen.

Tetswana ist ein unwirtliches Land, größtenteils Wüste, und das Pferd würde mir jenseits der Grenze nicht viel nützen. Eine Handvoll Silbermünzen brachte mich zu einem Wachhaus und dort zu einem Vogt der Wacht, der für Iliskaner zuständig war – ein Mann, mehr ausgezehrt vom Leben als von der Sonne. Er wusste von einer Karawane, die auf der Reise nach Norden einen Krieger-Drudha brauchte. Sie transportierte Wein und getrocknetes Bacca, das bei den Tetswanern hoch im Kurs stand, seit sie begonnen hatten, die Reisenden und Karawanen zu imitieren, die sie zuvor nur beobachtet und abgeschlachtet hatten.

Die Wacht hatte eine solide Beziehung zu den Nomaden der südlichen Wüste von Tetswana aufgebaut, die so gut war, dass die Ziegenhirten der Karawane einen Platz zum Schlafen und ein wenig Gastfreundschaft anboten. Ein paar Tage, nachdem wir in die Dünen aufgebrochen waren, schlossen sich uns zwei alte Männer an, beide geschmückt mit Tätowierungen auf ihren Leibern und Armen, die von den großen Taten ihrer selbst und ihrer Vorväter kündeten. Für sie war der Wein bestimmt; er sollte ein Geschenk sein bei einem Treffen zwischen ihren Anführern und den Oberhäuptern der benachbarten Seeyaltaner. Dieses Volk war ähnlich verschlossen und primitiv wie die Etil, aber dennoch gefährlich, zumindest hier, in diesem Territorium. Ich bezweifelte, dass ich heil davonkommen würde, sollten sie noch am Leben sein, wenn ich Harlain fand.

Ein paar Tage später eröffnete sich mir eine Gelegenheit, als die beiden Wachen beschlossen, ihren Posten bei der Karawane zu verlassen und einen verdächtig wirkenden Kamilhirten zu befragen, der ein paar hundert Schritte voraus auf dem Weg lag und schlief. Es war einfach, einen Trank in die Weinfässer zu kippen. Auch behielt ich während unserer Reise die Sterne im Auge, und ich vergewisserte mich, dass die Kamile mich auch allein von diesem Treffen forttragen würden, sobald ich von dort verschwinden könnte.

Die achttägige Reise verlief ohne Zwischenfälle, ein Marsch durch den dunklen Sand, zwischen Akazien und orangenen Tafelbergen hindurch. Wir streiften den gewaltigen Erg, den die Einheimischen das Rote Meer nennen, eine endlose Weite hochaufragender Dünen, die schimmerten und im Wind summten und ächzten, hie und da unterbrochen von halb vergrabenden Säulen, die zu Städten und Königreichen gehörten, an die sich niemand mehr erinnern kann.

Hörner erklangen, als wir den schlängelnden Pfad zum Plateau von Sillindars Tisch nahmen, wo die Tetswaner sich einst eingefunden hatten, um den Rat des Großen Sängers einzuholen. Zwei Reiter kamen uns aus dem Lager entgegen, das von drei gewaltigen, weißen Zeltdächern dominiert wurde, errichtet auf einer weiten Fläche vertrockneten weißen Grases. Da waren mindestens achtzig Leute, und mehr als die Hälfte davon gehörte zur persönlichen Garde der Anführer, die dem Treffen beiwohnten; der Rest waren Gaukler, Kurtisanen, Köche und Diener.

Ich half dabei, die Geschenke in das nächststehende Zelt zu tragen. Davor wurde an mehreren Feuern Mansok zubereitet, und der Geruch des Lammfleischs und gewürzten Reises ließ mir das Wasser im Munde zusammenlaufen.

Auch fanden sich hier Steintöpfe mit saurem, fermentiertem Honig; ein edler Trunk, der während der Unterhandlungen und später beim Pläneschmieden ausgeschenkt werden würde.

Da ich ein Drudha war und nicht mit einer Gruppe von Würdenträgern im Lager ankam, hätte man mir den Zugang zu den Vorräten normalerweise untersagt. Doch eine gute Menge Kummerkraut überzeugte die Köche und Wachen, eine Ausnahme zu machen, und schon bald half ich dabei, Gewürzsoßen für das Festmahl zuzubereiten, wobei ich zerstoßenen Strykna in die Speisen mischte und den Extrakt der Kassavawurzel in den Wein träufelte.

Mit dem Einbruch der Dunkelheit schwoll das Gelächter an, denn nun begann das Festessen. Der Wein wurde angebrochen und Reis mit Lamm an die Soldaten verteilt, während Diener große Pfannen mit Mansok in die Zelte trugen.

Im Lauf der nächsten Stunde bestrich ich mein Messer mit Akonit und nahm einen Kampftrank, den ich im Hanwoq zubereitet hatte. Das Hochgefühl war berauschend, und mit einem Mal konnte ich fast alles hören, was im Lager gesagt wurde; die hohlen Prahlereien, die bewundernden Kommentare über die Brüste und Hintern der Kurtisanen, welche die Anführer mitgebracht hatten, und dann Harlain, laut wie ein Bulle, der zu sprechen gelernt hatte. Um ihn herum erklangen viele Kommentare darüber, wie stark der saure Honig doch war. Einige Wenige erkannten, dass etwas nicht stimmte, und überall im Lager nahmen die Unterhaltungen einen neuen Ton an, als scharfe Panik hörbar wurde. Doch die Rufe verstummten schnell wieder, und einer nach dem anderen brachen sie zusammen, nun selbst ein Festmahl für Geier und Hunde. Die schnelle Wirkung der Gifte erfüllte mich gleichermaßen mit Überraschung wie Genugtuung.

Ich trat durch die Klappe von Harlains Zelt und stieg über die Leichen hinweg, die auf den dicken Teppichen des opulenten Esraums lagen. Wie erwartet konnte ich niemanden atmen hören.

Harlain betrachtete mich nachdenklich. Der Mann, den ich vor mehr als zehn Jahren gekannt hatte, war an Armen und Bauch dicker geworden, und die einst so scharfe Linie seines Kiefers war durch ein Leben in Luxus weich und füllig geworden.

»Agent von Alagar, das muss ein guter Tag für dich sein. Du hast meinen Leuten einen schweren Schlag versetzt. Aber du wärst auch so willkommen gewesen, Kigan.«

Und so erfuhr ich meinen Namen. Es war wie ein Schock – als wäre ich von einem Hieb getroffen worden. In diesem Moment hätte er mich töten können, aber ich fing mich wieder. Verlier die Konzentration, und du verlierst dein Leben; eine Lektion, die ich an der Akademie gelernt hatte, zum Preis von Stock und Stein und gebrochenen Knochen.

»Ich bin weder ein Agent von Alagar, noch glaube ich, dass ich willkommen wäre, falls du den Grund für meine Anwesenheit wüsstest. Du wirst mir verraten, was mit mir geschah, als du mich das letzte Mal sahst, Harlain. All die Jahre seither habe ich als Sklave gelitten. Euer Trunk hat mir die Erinnerung daran geraubt, wer genau von der alten Truppe mich betrogen hat. Du warst da, in der Schänke. Ich weiß noch, dass wir über meinen Auftrag stritten, die Königskinder zu beschützen und sie nach Jua zu bringen. Und dann hat mich jemand vergiftet und in die Sklaverei verkauft. Falls nicht du, wer war es dann?«

Er versuchte aufzustehen, aber das Gift hatte bereits zu wirken begonnen, und seine Beine weigerten sich, sein Gewicht zu tragen.

»Es ist ein schlechter Tag, wenn der Heiler meiner Verbündeten den Tod bringt. Deine Unhöflichkeit entehrt dich. Ich habe nichts getan, und du hast mich nicht einmal gegrüßt.« Er schüttelte angewidert den Kopf. »Ich habe nichts über dich gehört. Dass du nach Süden gingst, um das Gold zu teilen, dass diese schneeweißen Kinder von ihrem Volk genommen hatten, ja, das wusste ich. Aber nun sitzt du hier, mit alten Augen, und du bist abgemagert durch harte Arbeit, nicht fett vom Herumsitzen auf weichen Kissen.«

»Wo sind die anderen? Und willst du wirklich behaupten, du hättest gedacht, dass ich mit den Kindern davongezogen wäre? Mich anzulügen wird dir nichts bringen, nicht bei diesem Gebräu. Dir bleibt nicht viel Zeit, Harlain. Ich habe das Gegengift, und ich möchte es dir wirklich geben. Aber ich wurde verraten, und ich muss wissen, wer mich vergiftet hat und wer sich bereicherte. Du warst dort. Du musst etwas gesehen haben.«

Er zögerte einen Moment, die Augen auf die Phiole gerichtet, die ich vor mir auf den Teppich gelegt hatte.

»Du hast nicht mit mir gesungen oder getrunken, als wir auf unseren Ruhm anstießen, andernfalls hättest du jetzt mein Mitleid, weil du so von mir denkst, einem Ageh. Es ging uns gut, mir und Kailen und Moadd und Sho. Ich kann mich nicht erinnern, mich von den anderen verabschiedet zu haben. Das Gold floss in unsere Hände, das Leben lächelte auf uns herab. Moadds große Geschichte wurde durch einen Pfeil beendet. Seine Leiche nährt das Grasland der Staubküste. Alle unsere Flüsse schneiden durch das Angesicht der Welt, bis sie träge werden und in den See unserer Bestimmung münden. Kailen hatte diesen See erreicht, und ich ebenso. Unsere Wege trennten sich am Tag des Regens. Das dürfte jetzt dreizehn Regenzeiten her sein.«

Harlains Atem stockte, Schweiß rann über seine Stirn und seine Wangen, und seine Hände begannen, zu zittern. Er deutete auf die Toten rings um uns.

»Wir hätten deinen Kelch mit Wein gefüllt, Kigan, aber du schüttetest Gift in den unseren. Und jetzt bringst du großes Leid nach Tetswana. Was du getan hast, wird einen Krieg auslösen, und nichts, was ich sagen kann, würde die Söhne dieser Stämme überzeugen, mir zu glauben. Du hattest schon immer so wenig Freude in dir. Die Welt ist schon karg genug, um unsere Kräfte herauszufordern. Warum muss man sie da noch ärmer machen? Was hätte die Welt in deinen Augen fruchtbar werden lassen, Kigan? Diese Frage musst du dir selbst beantworten, denn ich glaube nicht, dass Harlain von den Ageh deinen Wissensdurst stillen wird.«

Ich sprang vor, um nach seiner Hand zu greifen, kam jedoch einen Moment zu spät. Er hatte ein Messer gezückt und die Klinge schnell und fest über seine Kehle gezogen. Nun kippte er nach hinten, und ein Geysir aus Blut sprühte durch das Zelt. Frustration war alles, was ich empfand, als ich ihn sterben sah. Ich war die Sache falsch angegangen.

Nachdem ich meine schwarze Münze in seine Hand gelegt hatte, stand ich wieder auf und packte so viel Mansok ein, wie ich in meinem Gürtel unterbringen konnte, das Fleisch gepökelt, damit es mir während der nächsten Wochen reichen würde. Selbst mit einem Kamil war die Reise nach Osten zur Sar lang. Die wilden Hunde, die ein Festmahl witterten, zeigten wenig Interesse an mir, als ich das Kamil aus dem Lager lenkte, zwischen den Eisenbäumen und dem Gestrüpp hindurch, dem Stern der Ostmark entgegen. Dabei probierte ich meinen Namen aus. Ich sprach ihn wieder und wieder in der Hoffnung, dass er der Schlüssel zu neuen Erinnerungen wäre, vielleicht sogar alles zurückbringen würde. Nichts dergleichen war der Fall. Nichts an dem Namen wirkte vertraut. Ebenso gut hätte ich Sand heißen können, hatte man mich doch so genannt, so wie alle Waisen und andere Namenlose in den Mittellanden geheißen wurden.

Im nahen Rhosidia verdingte ich mich bei einer Karawane und zog mit ihr gen Norden, nach Limao und Handar, stets auf der Suche nach Neuigkeiten über die Zwanzig. Selbst die besten Drudhas in diesen schmutzigen Hafenstädten waren nichts weiter als Pfuscher. Sie brauten in ihren Hütten billige Mixturen für die Seemänner, Söldner und Piraten zusammen, die an diesen Küsten Unterschlupf gesucht hatten. Ich suchte jene auf, deren Haut sie verriet, und verkaufte ihnen in stickigen Gassen und den dunklen Nischen von Tavernen und Hurenhäusern meine Mischungen. Da es nur wenig ernsthafte Konkurrenz für meine Künste gab, strömten bald schon aus der ganzen Bucht von Alante Söldner herbei, um mich aufzusuchen.

Sechs Monate verbrachte ich im größten Hafen von Limao, wo ›Ungeprüfte‹ ungestört ihrem Werk nachgehen konnten, dann hörte ich schließlich den Namen ›Milu‹. Ich saß mit gerade zwei vom Entzug gezeichneten Karawanenwächtern bei einem Glas Rum zusammen; sie hatten unlängst eine Ladung Pferde – oder ›Gannies‹, wie sie auch genannt wurden – aus Alagar hierher transportiert. Vermutlich würden diese Gannies als Reittiere für die Boten der Wacht dienen und sie auf dem weiten Netz von Routen durch die Alten Königreiche tragen. Die beiden wollten eine Mischung für mehr Ausdauer, denn ihre Schwänze wurden jedes Mal hart, wenn sie ein Mädchen mit einem tiefen Ausschnitt sahen. Sie zahlten mir dafür einen guten Teil der Börse, den ihnen ihr offenbar seniler Maiol mitgegeben hatte.

Und dann erwähnte einer von ihnen Milu, der nun angeblich in den Ganniеställen eins Maiols arbeitete; »Maiol« bedeutet so viel wie Lord in Alagar. Offenbar hatte er ein neues Handwerk erlernt, und die Karawanenwächter wunderten sich über seine Arbeit, so, wie ich mich seinerzeit gewundert hatte, als Kailen den Jungen auf Wunsch eines Prinzen als Knappen nahm, für den wir gearbeitet hatten.

Ich erzählte den beiden, dass ich Alagar gern einmal besuchen wollte, wäre es nur möglich, dass ich dort einen Gönner fand. Sie versprachen, dass sie mich auf der Rückreise mitnehmen würden.

Der Gestank der Bucht, die nahe genug bei den Mittellanden lag, dass Tag und Nacht dort gleich lang waren, blieb hinter mir zurück, als ich meinen Platz in der Karawane einnahm, und schon bald umfingen uns die üppigen Felder von Alagar.

Es gibt wenige Dinge, die einen Mann schneller zum Schweigen bringen, als der Anblick einer Herde Wildpferde – tausende Tiere, die über die Hügel und Ebenen von Alagar galoppieren. Die Maiols picken sich nur die besten Hengste und Stuten für die Zucht heraus, und ihre Pferde sind überall auf der Welt heißbegehrt.

Die Karawane brachte mich bis auf hundert Meilen an den Besitz des Maiols heran, dem sich Milu verdingt hatte. Ich traf keinen Menschen, bis ich das Anwesen erreichte, denn Siedlungen waren verboten in diesem Teil der Ebenen, wo die großen Herden umherzogen. Diener nahmen mich in Empfang und brachten mich zum Stallmeister und dem Hausverwalter, denen ich erklärte, dass ich eine neue Arbeit erlernen wollte, nun, da meine Tage als Kämpfer hinter mir lagen. Ihre Zweifel wurden von der seltenen Gelegenheit hinfortgewischt, einen Drudha in ihre Dienste nehmen zu können.

Die Stall- und Feldarbeiter waren in Baracken untergebracht, fernab der Sänger und Meister. Zwei Tage nach meiner Ankunft hatte ich aber herausgefunden, wo Milu arbeitete. Ich gab vor, nach Ziest suchen zu wollen, um eine Salbe herzustellen, die Wunden heilte und sowohl Mensch als auch Pferd beruhigen konnte, und machte mich auf, über einen Fluss hinweg und durch Waldland, hin zu den Pferchen der Streitrösser.

Ich vernahm seinen Gesang, als ich mich den mit weißem Sand bestreuten Gruben näherte. Dort befanden sich die Koppeln, die man in den Boden gegraben hatte, damit Beobachter und Kunden die Tiere von oben betrachten konnten. Sie lagen im Schatten eines breiten Holzdaches, das sich über der Grube hinweg erstreckte. Die Wände verstärkten den Klang seines Liedes noch.

Er war allein; die anderen Sänger und Stallarbeiter mussten bereits zum Anwesen zurückgekehrt sein. Die süße Luft hallte wider vom Rhythmus seiner melodischen Stimme, während er die beeindruckende, kleine Weise sang, die er schon damals während unserer Zeit bei den Zwanzig zum Besten gegeben hatte. Jeder Sänger hat sein ganz eigenes Lied, und es ist so einmalig wie sein Gesicht. Der Gesang stammte von einer Koppel, wo ein Hengst stand und mit den Hufen auf dem Boden scharrte, während Milu die Stimme im Einklang mit dem Zittern des Tieres hob und senkte. Seine Wangen und Brust konnten eine Note minutenlang halten. Kurz trippelte der Hengst auf ihn zu, und der Gesang wurde tiefer, bis mir der Kopf davon dröhnte. Dann verstummte er. Erst jetzt wurde mir bewusst, dass ich die Augen geschlossen hatte. Er blickte zu mir hoch, dann führte er den Hengst behutsam durch das Gatter, über dem ich stand.

Ich schmierte mir erst die Schutzpaste auf die Lippen, dann das Gift.

»Kigan?« Er stieg einige Meter entfernt aus der Koppel hoch. Die Ruub-Mixtur, die er genommen hatte, war noch immer eines der stärksten Sängergebräue überhaupt, und es ließ seine Stimme laut und klar durch die Luft hallen.

»Milu. Es ist viele Jahr her.« Ich lächelte und breitete die Arme aus.

Wie die meisten derer, die ich zu töten geschworen hatte, war er dicker geworden. Seine Haut sah fleckig aus, und das Haar wuchs nur noch lückenhaft – eine Wirkung, die der Pferdesänger-Trank bei den meisten hat. Sein Hals und die Wangen hingen vom vielen Singen wie ein faltiger Sack herab, und die Gesichtszüge dazwischen wirkten klein, wie Inseln in einem Ozean aus schlaffer Haut.

Er lächelte, und wir küssten einander auf die Wange, wie es bei seinem Volk Sitte war.

»Es tut gut, dich zu sehen, Milu.«

»Kigan, ich hoffe, du bist gekommen, um den Kochern hier beizubringen, wie man einen richtigen Nummer Sechs braut. Wo bist du all die Jahre gewesen?«

Dann rieb er sich die Wange und runzelte die Stirn. Harlains

Tod war schlecht geplant gewesen. Dieser hier sollte mir mehr verraten können, bevor er starb.

Er erkannte sofort, was geschehen war, und sprang auf mich zu. Ich machte einen Schritt nach hinten, fing seinen Arm ab und half ihm, sich zu setzen, als er zu würgen begann. Eine Mauer am Rand der Grube schützte uns vor Blicken.

»Die Paste, die du da auf deiner Wange spürst, wird dich nicht töten, Milu, aber sie wird verhindern, dass du mich anlügst. Und jetzt sag mir, was in Schlangenwald geschehen ist. Damals, in der Nacht, als ich versklavt wurde. Und sag mir, ob Galathia und Petir getötet wurden.«

Er hielt sich heiser keuchend den Hals, dann begann er, zu murmeln. Das Kraut zeigte Wirkung. Die Worte flossen aus ihm heraus, obwohl er versuchte, die Kiefer zusammenzupressen und die Lippen zu schließen.

»Nichts, ich werde dir nichts … Mirisham. Mirisham hat dich mit Valdir nach draußen getragen. Aber du hast schlecht über … schlecht über Kailen gesprochen. Zur Hölle mit dir. Du dachtest immer, du wüsstest alles besser …« Er wollte sich aus meinem Griff losreißen, panisch und vor Furcht spuckend, aber er hatte längst nicht mehr seine alte Stärke. Ich hielt ihn fest, drückte seine Beine mit meinem Knie auf den Boden, und zwang ihn, stillzuhalten.

»Wo ist Mirisham?«, wisperte ich. »Hat er geplant, mich loszuwerden?«

»Ich … habe nichts gesehen. Du warst betrunken. Sie wollten dich nach oben tragen, damit du schlafen kannst.«

»Wo sind die anderen?«

Er starrte mich an, während ich ihn hielt, und winselte zwischen keuchenden Atemzügen.

»Der Prinz ist ein Partner im Quartett. Kh… Kheld is … Kigan, du dreckiger Hurensohn … Kheld ist ein Schiffsbauer in Handar. Er ist ein guter Mann. Du musst das nicht tun.«

»Und ob ich es tun muss. Lange konnte ich mich an nichts erinnern, nachdem ich vergiftet wurde, aber jetzt ist Vieles wieder zurückgekehrt. Ich erinnere mich an deine Abscheu – deine und Khelds –, was meine Dienste und meine Forschungen anging. Ihr alle habt meine Mixturen genommen, aber als es darum ging, die Leichen jener zu verbrennen, an denen ich sie getestet und verfeinert hatte, da wollte mir außer Ibsey und Bense niemand helfen, solange Kailen es euch nicht ausdrücklich befahl. Meine Kampftränke und Gifte verhalfen euch zu dem Leben, das ihr führt. Und das ist der Dank, den ich bekomme? Ich habe euch gesagt, wie viel ich für meinen letzten Auftrag bekommen hatte, und nicht einer von euch hat mich beschützt.«

»Willst du Dankbarkeit? Geht es darum, Kigan?« Er hatte Mühe, zu sprechen.

»Nein, es geht darum, was eure Respektlosigkeit mich und diese Kinder gekostet hat. Dafür zahlt ihr nun den Preis. Ich kann dich nicht am Leben lassen, Milu, nicht, solange du den Prinzen warnen könntest, bevor ich ihn finde.« Ich schlug ihm auf die Nase, so schnell, dass er einen Moment erschrocken innehielt. Nun, da er nicht mehr durch die Nase atmen konnte, klappte er den Mund auf, und bevor ihm sein Fehler klarwurde, drückte ich ihm einen Daumen voll Gift von meinem Gürtel auf die Zunge. Anschließend nahm ich eine schwarze Münze und legte sie in seine Hand, während der Rest seines Körpers unter der beginnenden Lähmung zuckte.

Er lag im Sterben, und es war nur noch eine Frage von Sekunden, bis er aufhören würde, zu atmen. Die verschiedensten Äußerungen des Bedauerns kamen während jener letzten Atemzüge über seine Lippen. Er stammelte etwas von einem Mädchen in den Ställen, in die er verliebt war, von Erinnerungen an seinen Vater, von dem er verprügelt worden war, bis er in seinen Liedern Frieden gefunden hatte.

Ich sattelte den Hengst, zu dem er gesungen hatte, und ritt im Dunkel gen Osten davon, fort vom Anwesen des Maiols. Handar lag nicht weit entfernt, aber wie ich kurz darauf erfuhr, war der Prinz sogar noch näher.

Bei dem Quartett handelte es sich um eine hoch angesehene Handelsgilde und die einzige ernstzunehmende Konkurrenz für die Wacht, was den Geleitschutz von Shiel-Karawanen von Rhosidia nach Jua anging. Falls der Prinz ein Partner war, würde er in der Nähe des Hauptsitzes bleiben, um die Adeligen und Quartiermeister, die den Handel auf der Sar kontrollierten, mit den wertvollen Beziehungen seiner Familie zu betören.

Ich verbarg mich in der Hafenstadt Bronso. Wartete und lauschte, während ich vom Verkauf simpler, annehmbarer Mixturen lebte, die keine Aufmerksamkeit auf mich lenken sollten.

Ich färbte mir das Haar und kaufte ein paar ansehnlichere Roben, damit ich mich unter die Kaufleute und die Offiziere mischen konnte, die die Schiffe der Wacht und des Quartetts bemannten. Nach einem glühend heißen Sommer, der Krankheit und Plagen über das Land gebracht hatte, waren die herbstlichen Shiel-Ernten nun eingeholt und gepresst. An den Docks prangte das Zeichen des Großhauses Findel auf den meisten Kisten, die an Bord der Schaluppen und Dschunken geschleppt wurden, und ich erfuhr, dass das Quartett im Anwesen eben dieses Handelshauses ein Fest abhalten würde, um mit den Offizieren seiner Flotte und anderen Gästen das Ende der Erntezeit zu feiern.

Ich folgte mehreren Dienern und Arbeitern des Großhauses, als sie das Anwesen verließen. Das leichteste Ziel unter ihnen schien mir ein beliebter, alter Koch zu sein, der gerne trank und Karten spielte.

Und er spielte gut, nahm gleichermaßen Seemänner und seidengewandete Adelssprösslinge aus, während er sie mit seinem endlosen Strom von Geschichten und Witzen der unzüchtigsten Art zum Lachen brachte. Sie saßen an einem großen Tisch in einer Schänke direkt am Hafen, die für viele Besucher die erste Anlaufstelle darstellte, nachdem sie von Bord gegangen waren.

Ich setzte mich mit einer Flasche Branntwein dazu und erzählte von meinen erfundenen Reisen, während er mir mein Geld abnahm. Als der Abend voranschritt und der Alkohol seinen Tribut forderte, schmolzen die Münzstapel vor ihm wieder zusammen, denn mit der Dunkelheit kamen bessere Falschspieler in die Schänke. Mein Plan war, ihn davon zu überzeugen, dass ich in der Küche der Findels von Nutzen sein könnte, falls er mir dort Arbeit verschaffte, aber ich war noch nicht weit gekommen, als sein Sohn hereinmarschierte, um seinen alten Herrn von seinem Laster loszureißen. Dieser Sohn war flussblind, und obwohl ihm ein Auge reichte, um zurechtzukommen, ging er tief vornübergebeugt, so, als müsste er die Straße möglichst dicht vor sich sehen, um seinen Weg zu finden.

Ich erklärte dem Koch, dass ich diese Blindheit heilen könne, denn ich hatte im Hanwoq von einer Pflanze erfahren, die diese Wirkung besaß. Da wurde der Alte zum ersten Mal an diesem Tag ernst. Er griff nach meinem Arm und versprach, dass das Augenlicht seines Sohnes mir eine Anstellung im Hause Findel verschaffen würde.

Später in jener Nacht stolperte er, gegen seinen nüchternen und ernsten Sohn gelehnt, hinter mir her, während ich zu dem Zimmer ging, das ich bei der Familie eines Wachmanns gemietet hatte. Ich presste das Alka aus, in dem der Wirkstoff verborgen war, und nachdem ich den jungen Mann gewarnt hatte, rieb ich eine Daumenspitze davon auf seine Augen und hielt ihn fest, während er schrie und sich wand. Ich hieß sie, am nächsten Morgen wiederzukommen, was sie auch taten: Der Sohn klopfte bereits bei Sonnenaufgang an meine Tür, nur halb angezogen, hochaufgerichtet und geradezu hysterisch, weil er seit dem Aufwachen alles klar sehen konnte. Der Koch weinte und nahm mich mit zum Findel-Anwesen, einem erstaunlichen Marmorpalast.

Die Arbeit in der Küche war überraschend hart, aber nach zwei Wochen dort hatte ich viel über das Quartett, seine wichtigsten Mitglieder und die Unterbringung der Gäste in Erfahrung gebracht. Ich wusste genau, wo der Prinz sich aufhalten würde, von dem Moment an, wenn er hier ankam, und hatte genug Zeit, dafür zu sorgen, dass ich es sein würde, der ihm seine Mahlzeiten brachte. Alles, was ich dafür tun musste, war, eine Magd zu überreden, dass sie mit mir den Arbeitsplan tauschte.

Der Prinz erhielt ein Zimmer mit Balkon über dem zentralen, ovalen Innenhof, dominiert von einem Obsidianbrunnen, in dem vierzig Männer hätten baden können. Umgeben war er von einem Grasstreifen, großen Pflanzenkübeln und überdachten Alkoven entlang der Wände, unter die sich die Gäste zurückziehen konnten, falls sie ungestört übers Geschäft reden wollten.

Fisch und Wein für den Prinzen wurden an der Tür gekostet; genau, wie ich erwartet hatte.

Der Raum selbst bestand aus weißem Marmor, mit blutroten Teppichen, Truhen aus Olikaholz und einem schlichten Bett. Er blickte gerade durch die offenen Fensterläden auf das Aquädukt hinaus, das die gewaltige Rasenfläche bewässerte, und den Hain, der den Palast vor neugierigen Blicken von den staubigen Hügeln ringsum verbarg.

»Dein Fisch, Prinz.«

Es dauerte einen Moment, dann erinnerte er sich.

»Kigan! Bei Sillindar. Wie kann es sein, dass du mir hier mein Essen bringst? Man versprach mir eine vollbusige Magd.«

Er machte keine Anstalten, auf mich zuzugehen, deutete lediglich auf einen kleinen Tisch, auf dem ich das Tablett mit Fisch und Wein abstellte. Wir setzten uns, und ich zeigte ihm das Brandzeichen, das man mir in Schlangenwald verpasst hatte.

»Ich erlangte die Freiheit, als mein Schiff kenterte, und danach hatte ich ein paar harte Jahre. Jetzt arbeite ich hier. Als ich hörte, dass du zu Besuch kommst, bat ich, dich zu sehen.«

»Du warst ein Sklave? Wie schrecklich.« Der Prinz schenkte den Wein betont langsam in ein Glas und hielt es mir anschließend hin. Offenbar wollte er sich Zeit zum Nachdenken verschaffen. Er sah noch immer gut aus, kein Haar auf Kinn und Oberlippe, so, wie es typisch für sein Volk ist. Und ähnlich wie bei Milu war auch seine Haut noch immer verfärbt vom Rot und Grün der alten Kampftränke, auch wenn die Farben verblasst waren. Sein geöltes Haar, die bestickte Robe und die bemalten Fingernägel entsprachen der Mode der rhosidischen Adeligen, die er bei der Feier im Namen seiner Gilde umwerben sollte. Sein Körper war schmaler geworden, seit er das Söldnerhandwerk aufgegeben hatte, aber die Stimme klang noch immer herzlich und friedlich. Er schenkte sich ebenfalls ein und trank.

»Ich habe grausige Nachrichten erhalten, Kigan. Über ein Massaker an mehreren Anführern der Tetswaner während einer Zusammenkunft. Fünfzig oder mehr starben, und unser alter Freund Harlain war unter ihnen.«

»Er ging zurück nach Tetswana?«, fragte ich.

»Ja. Er und Kailen machten nach Argir noch eine Weile weiter. Aber ich glaube, er hatte seinen ›Schneid‹ verloren, wie wir es früher nannten.« Er lächelte und stocherte in dem Fisch herum, den ich ihm gebracht hatte. »Noch interessanter ist aber, dass Milu ebenfalls ermordet wurde. Ich erfuhr es gerade vor ein paar Tagen von einem Maiol, der auch zu unserem Fest hier eingeladen ist.«

»Milu ebenfalls? Und ermordet? Nicht einfach nur, ich weiß auch nicht … gestorben?«

»Ja, es ist seltsam. Und Digs ebenfalls. Er ging zurück zum Ten-Clan und wurde dort tot aufgefunden. Soweit ich weiß, hatte ihnen jemand schwarze Münzen in die Hand gelegt. Nun, zumindest Milu und Harlain.«

»Eine schwarze Münze? Das Zeichen des Verrats?« Ich fragte mich, ob er noch mehr wusste, denn ich für meinen Teil hatte keine Ahnung, wer Digs getötet haben könnte. Und dann auch noch aus einem Grund, der meinem eigenen so ähnlich war.

»Ja. Darum ist es ganz gut, dass ich dich treffe, einen großen Drudha, der mir Fisch serviert. Du solltest vorsichtig sein.«

»Ein großer Drudha bin ich schon lange nicht mehr. Was immer sie benutzten, um mich zu unterwerfen und zu einem Sklaven zu machen, hat mir meine Erinnerungen geraubt. Es muss eine Art Ephedra-Mischung gewesen sein. Ich kann jedenfalls nicht länger kochen. Was ist damals mit mir geschehen, Prinz? Weißt du es noch? Ich muss in Schlangenwald von einem der unseren verraten worden sein. Wer hat mich vergiftet und zum Sklaven gemacht?«

»Ich war nicht da, Kigan. Tatsächlich bin ich ziemlich sprachlos, dich hier zu sehen. Aber ich verspreche dir, ich werde unserem Gastgeber nichts von deiner Vergangenheit erzählen.«

»Aber wir waren alle in Schlangenwald, Prinz«, entgegnete ich. »So viel weiß ich noch. Du warst einer von denen, die sich für meine Aufgabe und die Belohnung interessierten.« Nur ein leichter Fehler, aber meine Worte waren zu direkt.

»Ephedra ist eine interessante Pflanze, aber das weißt du ja, Kigan. Jene, die sich davon erholen, erinnern sich an Dinge, die nie geschehen sind, oder sie erinnern sich nur noch an Teile von Gesprächen und Diskussionen, nicht aber an den Rest.«

Sein Blick huschte umher, während er fieberhaft überlegte. Es war klar, dass er mir nicht glaubte und nun versuchte, mir eine Falle zu stellen. Er dachte wohl, dass ich es nicht merken würde, aber ich erlebte gerade ein klares Hoch. Lange, bevor er überhaupt merkte, dass er schwitzte, konnte ich bereits den ersten Hauch aus dem Jasmin seines Haaröls herausriechen. Trotzdem hatte ich die Situation schon wieder falsch eingeschätzt. Das Gebräu stieg in mir hoch. Alle Tränke verlangen nach Blut, und seine Bemerkungen schürten ein Feuer, das ich nur mit Mühe beherrschen konnte.

»Du sagst also, jemand hätte dir Ephedra gegeben, um dich zu beklauen, und danach warst du viele Jahre auf Druup. Falls das die Wahrheit ist, Kigan, wie kann es dann sein, dass du dich so deutlich an diese Nacht erinnerst? Dass du sogar noch weißt, ob ich dabei war? Und ja, ich habe in Schlangenwald Rast gemacht. Aber falls ich mich nicht irre, klimperte eine Menge Münzen in meinem Beutel, und es gab bessere Orte, wo ich sie ausgeben konnte als diesen Misthaufen.«

Ein knapper Blick nach unten, während er sprach, das kurze Händeringen, ehe er sie bewusst wieder voneinander löste – der Prinz verriet sich selbst als Lügner.

»Habe ich euch damals vor den Kopf gestoßen, Prinz? Wir sind einander ebenbürtig in Wissen und Weisheit, aber jetzt lügst du mich an. Du kannst mir ja kaum in die Augen sehen. Warum scheust du so vor mir zurück?«

»Ebenbürtig?« Er schnaubte. »Du warst bestenfalls ein belesener Giftmischer, bereit, an jedem deine Experimente durchzuführen, der nicht auf der Hut war. Ich, Kailen, wir alle … Wir haben dich gefürchtet. Es tut mir leid, falls jemand dich in die Sklaverei verkauft hat, vor allem, wenn es einer von uns gewesen sein sollte. Nicht einmal du hast ein solches Los verdient. Aber du bist ebenso ein Heuchler wie ich, wenn du erwartest, dass ich auch nur einen Moment glaube, du hättest das Kochen verlernt. Ich bin ziemlich sicher, dass dieser Wein mehr enthält als nur Trauben. Mein Wunsch, mit dir zu sprechen, ist größer als mein Wille, dich rauszuwerfen. Das muss eine wirklich interessante Mixtur sein.«

»Wo ist der Rest der Zwanzig? Jetzt, wo wir ehrlich miteinander sind.«

Er holte Luft, um zu schreien, als ihm klar wurde, was ich beabsichtigte, und wie chancenlos er war, falls ich gerade einen Trank intus hatte und etwas in seinem Wein gewesen war. Sollte ihn jemand hören, würde ich den Palast nicht lebend verlassen. Das Filettiermesser glitt mühelos in seinen Hals, schnell genug, dass er nur ein kleines Stück von seinem Stuhl hochfahren konnte. Ich spuckte ihm in die aufgerissenen Augen. »Du hast deinen Part in unserer Mordbande auch nicht besser gespielt als ich den meinen. Wir haben nichts Gutes oder Nobles getan, Prinz. Wir haben getötet, wen immer zu töten man uns bezahlte, und ohne mich hätten wir es nie so weit gebracht.«

Dann zog ich das Messer zurück und legte es auf den Teller, während sein Blut auf den Marmorboden spritzte. Es kostete mich große Mühe, ihn nicht in Stücke zu schneiden; meine Faust zitterte, so sehr wollte ich auf ihn einhacken, bis niemand ihn mehr erkennen könnte. Beim nächsten Mal durfte ich nicht so viel Luzin in den Trank mischen. Der Anblick seines Bluts und das Wissen, dass ich ihn getötet hatte, ließen mich von innen heraus brennen, lodernd wie ein Scheiterhaufen. Nachdem ich mich ein paar Augenblicke darauf konzentriert hatte, die Beherrschung wiederzugewinnen, verließ ich den Raum und marschierte durch das chaotische Treiben in der Küche und den Ställen. Ich stieg auf einen Karren, meinte zum Fahrer, dass ich ihm bei seiner Arbeit helfen sollte, und verließ dann mit ihm das Anwesen.

Während meiner Kindheit war mein Vater ein paar Jahre lang zur See gefahren. Von Handar hatte er Geschichten über Stammesfrauen mitgebracht, die Männer in die Wüste mitnahmen, damit die sie schwängerten, nur, um sie dann zu fesseln und im Sand zurückzulassen. Sie waren ein Geschenk für Sillindar den Großen Sänger, dessen Lieder den Wind in den Dünen verursachten. Die große, alte Simursia-Weststraße war nur noch ein rissiger Pfad, halb begraben unter dem Sand zwischen den toten Tälern von Handar und dem Grenzgebiet zu Tetswana. Aber Sie wies mir den Weg zur Küste, und ich erreichte mein Ziel ohne größere Schwierigkeiten. Zumindest ohne solche, die hier einer Erwähnung wert wären.

Am Olberstor brauchte ich nur ein wenig Rum, um zu erfahren, dass Kheld jetzt ein Schiffsbauer in der Flottenwerft von Handar war, womit Milus Geschichte bestätigt war. Die Arbeiter, denen ich die Rumflaschen besorgte, hatten augenscheinlich nichts Schlechtes über ihn zu sagen. Kein Wunder. Wann immer bei einem Streit unter den Zwanzig Klingen gezückt worden waren, hatte Kheld die Rolle des Schlichters übernommen. Zwei Nächte verbrachte ich in der langweiligen Gesellschaft dieser Männer und erfuhr, dass er oft noch in der Werft blieb, wenn seine Schicht zu Ende war, um sein Tagewerk noch einmal zu inspizieren.

Die Werft selbst nahm den östlichen Rand der Bucht ein, und ihre beiden großen Schuppen ragten hoch über den Straßen auf. Es gab kaum Sicherheitsmaßnahmen, um die ich mir Sorgen zu machen brauchte. Ich mischte mich einfach unter eine Gruppe Holzfäller, die Baumstämme in die Werft brachten. Die Holzfäller hielten mich für einen Werftarbeiter, die Werftarbeiter für einen Holzfäller. Und so kauerte ich mich kurz darauf zwischen den Baumstämmen zusammen, die nahe des Trockendocks gestapelt wurden, bevor man sie zu Planken für die Boote zersägte.

Ein paar Stunden später verließen die Arbeiter die Werft, und als die Wache wechselte, bot sich mir die Gelegenheit, näher an das Dock heranzuschleichen. Dort ragte eine im Entstehen begriffene Schiffshülle auf, größtenteils ein monströser, leerer Brustkorb, gestützt auf einen hölzernen Rahmen. Zimmerleute und Schmiede riefen einander zu und lachten, erquickt von einer Mixtur, und unter ihnen vernahm ich auch Khelds Stimme, die nach ein paar Gläsern verlangte. Und dann, endlich, erblickte ich ihn, wie er zum Rand des hölzernen Rahmens hochstieg, um anschließend im Innern der Schiffshülle zu verschwinden.

Nachdem ich jahrelang die Kapokbäume hochgeklettert war, hatte ich keine Mühe, diesen Rahmen zu erklimmen und mich am Rand der Hülle, dort, wo sich dereinst das Schandeck befinden würde, auf die Lauer zu legen. Die Wachen waren noch immer vorne am Haupteingang. Eingehüllt in den Geruch des Öls, der von dem frisch zugeschnittenen Holz ausging, nahm ich mein Blasrohr zur Hand und tunkte einen Pfeil in eine Paste, die ich aus Kummerkraut und rotem Opia hergestellt hatte.

Kheld inspizierte die Balken. Ächzend zog er das Bein nach, das bei Tharos schwer verletzt worden war – die Wunde, die von der vordersten Linie verbannt und ihn bei den Zwanzig stattdessen zum Mann für die Belagerungsmaschinen und Wehranlagen gemacht hatte. Es war ein weiteres Anzeichen dafür gewesen, dass Kailen weich wurde. Früher hatte er so jemanden einfach aus der Truppe geworfen.

Kheld setzte sich, in der Hand eine Laterne, deren Schein nun die Ecken und Winkel erhellte, wo die Balken und Rungen ineinander übergingen.

Schatten flackerten um die Flamme, aber er war dennoch ein leichtes Ziel. Sein Hals schwoll sofort an und erstickte jeden Schrei. Als er versuchte, aufzuspringen, raubte ihm das Opia sein Gleichgewicht.

Ich ließ mich am Rahmen entlang nach unten gleiten, dann kniete ich über ihm. Er versuchte, sich von mir fortzubewegen, und alles, was anstelle eines Hilferufs über seine Lippen kam, war ein heiseres Ächzen. Er hob die Laterne, um mich besser sehen zu können. An der anderen Hand hatte er keine Finger mehr.

»Du kannst noch immer sprechen, wenn du flüsterst, Kheld.« Ich nahm einen Teil des Kummerkrauts aus der Tasche und rieb damit sein Gesicht ein.

»Kigan?«, keuchte er. »Was soll das? Was tust du?« Seine Augen suchten mein Gesicht, schockiert, mich hier zu sehen, unfähig, zu reagieren.

»Lass mich helfen, dich aufzusetzen. Wir haben noch ein wenig Zeit«, sagte ich.

Ich nahm mir einen Moment, um ihn zu betrachten. Er war noch immer ein dünner Mann, seine Gliedmaßen wie Stöcke, die aus einer Tasche hervorragten. Aber er war inzwischen kahl geworden. Er sah auch so aus, als wäre er jahrelang zur See gefahren, denn der Meereswind hatte tiefe Linien in sein Gesicht gegraben. Seine Haut glänzte vor Schweiß, während der Schock der letzten Sekunden und der Pfeil ihre Wirkung entfalteten.

»Es liegt bei dir, ob du lebst oder stirbst, Kheld. Denk an die Zeit zurück, als wir die Zwanzig waren. Als es endete und wir diese letzte Belohnung von Doran und Kailen kassierten. Du warst da in jener Nacht, als wir alle in Schlangenwald miteinander tranken. Als ich in die Sklaverei verkauft wurde, damit ihr Galathia und Petir ausrauben konntet. Erinnerst du dich?«

Er zitterte; die einzige Bewegung, zu der sein Leib noch in der Lage war, während sich das Gift ausbreitete.

»Argir. Ja, Argir. Als Kailen die Zwanzig auflöste.«

»Schlangenwald. Erinnerst du dich an Schlangenwald?«

»Das Wachhaus? Wir machten dort Halt, ja, aber es war ein Drecksloch, voller heulender Sklaven und freudloser Bauern.«

Ich zog den Ärmel zurück und zeigte ihm die Sichel, die schwarze Tinte verschwommen und im Lauf der Zeit verblasst.

»Wer hat das getan, Kigan? Bist du ein Sklave?« Entweder, er konnte dem Kummerkraut widerstehen, oder er wusste so gut wie nichts über die Ereignisse jener Nacht.

»Was wurde aus dem Jungen und dem Mädchen? Was wurde aus Dorans Kindern? Ich hatte den Auftrag, auf sie aufzupassen.«

»Willst du mich deswegen umbringen, Kigan? Gibst du mir die Schuld? Ich war es nicht. Mirisham und Valdir sagten, dass sie die Kinder nach Süden bringen würden.« Er schwitzte jetzt stärker, und es war kalter Angstschweiß. Ich hatte nichts als Verachtung für ihn übrig, und beinahe wünschte ich, er hätte den Mut, mich ebenfalls zu verachten. Harlain war auf weit bessere Weise gestorben, trotz meines Fehlers.

»Ich wurde unter Drogen gesetzt und in die Sklaverei verkauft, Kheld. Und wie der Prinz, wie Harlain, wie Milu sitzt nun auch du hier und willst mich glauben machen, dass du unschuldig bist. Aber du warst in der Schänke. Du erzählst mir, die Kinder sollten nach Süden gebracht werden, und dass du nichts weiter darüber weißt. Kam dir das denn gar nicht seltsam vor? Warum hast du keine Fragen gestellt? Nein, ich kenne die Wahrheit. Du hast mich genauso verabscheut wie die anderen. Aber ich will ehrlich mit dir sein. Ich habe kein Interesse an dir, oder daran, dich am Leben zu lassen. Ich werde keine Spielchen mit dir spielen oder so tun, als könnten wir wieder Freunde sein. Dafür habe ich weder die Zeit noch die Geduld.« Der Zorn des Gebräus stieg diesmal langsamer in mir hoch. Er füllte meine Muskeln, ließ mir den Kopf dröhnen, während sich mein Blut verdickte. Ich wollte ihn dazu bringen, mehr über diese Nacht zu erzählen, ihn zwingen, sich an die Einzelheiten zu erinnern. Aber falls er sich nicht erinnern konnte, dann würde das Kummerkraut es auch nicht aus ihm herauskitzeln.

»Ich … ich entsinne mich, dass Mirisham etwas sagte. Dass du bereits los wärst, um Vorbereitungen für ihre Ankunft zu treffen. Ich habe nicht gesehen, wie du gegangen bist.«

»Zumindest dieser Teil ergibt Sinn. Wo sind die anderen alle, Kheld?«

Er atmete tief ein und kämpfte gegen den Zwang an, mir zu antworten.

»Wo ist das Gegengift, Kigan? Eine tödliche Dosis und das Versprechen eines schnell wirkenden Gegenmittels als Belohnung für Kooperation, das war doch deine übliche Methode, oder? Warum hast du mit einem Pfeil auf mich geschossen? Ich habe jetzt einen Sohn und eine Frau.«

»Das Gegenmittel? Es gibt natürlich eines, aber was hätte ich davon, es dir zu geben, wenn du mir deine Geheimnisse auch so verrätst? Ich hoffe nur, dass du weniger zu bedauern hast als Milu.«

Ich saß neben ihm, legte den Arm um ihn und bettete seinen Kopf an meine Schulter, sodass ich ihn besser hören konnte, während er wispernd seine Erinnerungen mit mir teilte.

Kheld wusste, wo Ibsey war. Er arbeitete als Karawanenmeister für die Wacht in Cassica, nachdem er sich zuvor in Alagar als Pferdehändler verdingt hatte. Von Schlangenwald wusste er indes nur noch wenig; er glaubte, dass Kailen mit Moadd und Sho in die Lande westlich der Sar gezogen war, so wie Harlain behauptet hatte. Dass nur Mirisham, Valdir, Dithnir, Stixie und er selbst mit mir in der Schänke gewesen waren, war alles, an was Kheld sich von Schlangenwald erinnerte. Digs und Conass'q waren angeblich nach Süden aufgebrochen, und er vermutete, dass Bense nach Jua zurückgekehrt war, zweifelsohne, um sich seiner Sucht hinzugeben. Ich war sicher, dass ich ihn noch immer dort antreffen würde, aber zunächst einmal war Ibsey dran. Ich wusste, dass es mir schwerer fallen würde, ihn zu ihn töten, alles andere wäre eine Lüge. Er war schließlich mein Tutor. Er war der eine unter den Zwanzig, von dem ich hoffte, dass er bereits tot wäre, bevor ich ihn aufspürte.

13. KAPITEL

Gant

Als wir Valdirs Dorf verließen, um Bense zu suchen, erkannte er, dass es eine Möglichkeit gab, Cusston schneller zu erreichen, als es über Land ging. Er verabschiedete sich von seiner Frau Alina, und als er zurückkehrte, schnaufte Valdir weit mehr, als ich es getan hatte, nachdem ich verwundet vom Hafen zu seinem Haus hochgestiegen war. Er musste wieder in Form kommen und ein wenig Fett verlieren, falls er diese Sache überleben wollte.

»Ich habe über das nachgedacht, was du gesagt hast. Falls Bense in Jua war und die Roten es so auf euch abgesehen haben, könnten wir uns dann nicht für ein paar deiner Münzen ein Boot nehmen und einfach an Issana vorbeisegeln, anstatt hindurchzureiten?«

Wir überlegten kurz, dann nickte Shale.

»Gute Idee, Valdir. Aber ich schätze, dafür müssten wir uns von den Pferden trennen.« Es tat mir leid, erneut ein gutes Reittier zu verlieren. Lagrad war im ganzen Norden für seine Pferde berühmt, und obwohl ich so lange von dort fortgewesen war, fühlte ich mich wie die meisten meiner Landsleute verloren, wenn ich ohne ein Pferd war. Aber Valdir hatte recht, wir würden es nie schnell genug durch Issana schaffen, wenn uns die Wacht im Nacken saß. Sie würden gewiss nach Männern mit verfärbter Haut suchen, und ihre Läufer würden jede Neuigkeit sofort zu den Vögten tragen.

»Alinas Vetter kann sie behalten, bis wir zurück sind«, sagte Valdir.

Es war entschieden. Wir gingen mit ihnen zur Anlegestelle und dem Gasthaus hinab, aber Valdir kam aus Rücksicht auf Alina nicht mit hinein.

Er sprach mit einigen der Kapitäne, die bald ablegen wollten, und für ein paar Silbermünzen fanden wir einen, der ohnehin ein Stück die Küste hochfahren würde und bereit war, auch etwas länger auf See zu bleiben. Die Mannschaft hatte auch nichts dagegen, für bessere Bezahlung ein paar weitere Tage Frieden von zuhause zu haben.

Die *Glückliche Margal* legte ab, und sofern der Wind uns gewogen war, sollten wir in ein paar Wochen Rillions Weide erreichen, wo wir ohne großes Aufsehen an Land gehen könnten.

Die Seemänner begegneten uns mit Neugier, und besonders interessierte es sie, dabei zuzusehen, was wir mit Valdir vorhatten, nämlich, ihn wieder an das Kraut zu gewöhnen.

Es war nicht einfach. Er hatte vergessen, wie es wirkte, und nach der ersten Dosis der *Glorie* begann er, zu zittern. Das war der riskante Teil, denn sein Kopf rang mit den Schmerzen und dem Lärm, der Mordlust und den Veränderungen in seinem Blut, die Adern platzen und Muskeln wachsen ließen. Er flehte schreiend, dass es aufhören möge, und Shale musste ihn festhalten und ihn mit lauter Stimme beruhigen, damit er nicht dem Wahnsinn anheimfiel. Die anderen standen wortlos und hielten sich zurück, während er vor ihnen anschwoll und seine Kleider sich spannten, wie bei uns, wenn wir den Kampftrank nehmen mussten.

»Wie zum Teufel haben wir das nur ausgehalten?«, brüllte er schrill. »Und warum schmeckt dieser Trank nach der *Glorie*? Kailen hat uns nie das Rezept verraten.« Er zischte, als die Mixtur sich durch ihn hindurch brannte.

»Er hat es Shale gegeben.«

Seine Beine zuckten unkontrolliert, während er rot anlief, und das Grün an ihm, der Rest seiner alten Farbe, glühte förmlich auf.

»Es wirkt, Gant, 's fängt an«, brummte Shale. »Gib ihm 'n Schwert und was, worauf er einschlagen kann.«

Der Kapitän musterte uns gelassen. »Auf meinem Schiff macht ihr nichts kaputt.«

»Er kann's an mir auslassen«, rief Shale. Er nahm einen Mundvoll von der *Glorie*, griff dann nach seinem Schwert und reichte Valdir eine weitere Klinge.

Valdir war wie tollwütig und stürzte sich auf Shale, als hätte er ihn mit Alina im Bett erwischt. Die Jungen auf dem Boot hatten noch nie zwei vollgepumpte Söldner im Duell gesehen, und sie drängten sich entlang des Schandecks, in sicherer Entfernung der Kämpfenden. Ich sah, warum Shale sich gemeldet hatte. So ein Trank versetzt einen in Rage, aber man muss sie kontrollieren können, und tut man es nicht, vergisst man leicht, dass das Gebräu einem auch Schnelligkeit verleiht. Valdir bewegte sich über das Deck wie ein Bulle, aber ihm gegenüber stand die Beweglichkeit eines Rehs. Shales Können wurde zwar auf die Probe gestellt, aber er hatte noch genug Atem, um Valdir Befehle zuzurufen, so, wie Kailen es einst mit uns getan hatte, als wir das erste Mal einen Trank nahmen und er, Vater und Folterknecht gleichermaßen, an unserer Technik feilte.

Dann kam der Moment, als Valdir es witzig zu finden begann. Shales Bewegungen, mit denen er den hammerharten Hieben und Stichen auswich, waren so schnell, dass man sie ohne Trank kaum mitverfolgen konnte. Wir beide wussten, dass Valdir das Schlimmste überstanden hatte, und die Mannschaft brach in lauten Jubel und anfeuernde Rufe aus, als er zu lachen begann und Shale verfluchte. Jetzt zeigte der andere Teil des Tranks Wirkung und beruhigte ihn, nun, da sein Körper sich daran gewöhnt hatte und die Schmerzen verschwunden waren. Eine Stunde später begann die Dosis der *Glorie* dann, ihren Tribut zu fordern. Ich bat den Kapitän um einen Eimer, denn ich war nicht sicher, dass Valdir es bis zum Klo schaffen würde, wenn seine Gedärme erst rebellierten.

Shale und ich behielten ihn weiterhin im Auge, auch, als er einschlief. Seine Träume waren unruhig, wie immer, wenn einem ein Trank aus dem Gehirn sickert. Da kam der Kapitän herbei.

»Wie lange wird die Überfahrt dauern?«, wollte ich wissen.

»Ist noch ein paar Wochen hin, bis ihr Rillions Weide erreicht. Wir werden unsere Netze erst auf dem Rückweg auswerfen.«

Ich dankte ihm und senkte mich neben Shale.

»Denkst du, Bense wird noch dort sein?«, fragte ich.

Er zuckte mit den Schultern. »Ich hoff's.«

»Ich kann mich kaum noch an ihn erinnern. Genauso wenig wie an die anderen.«

»Er mochte den Rausch 'n bisschen zu sehr, unser Bense. Arbeitete schwer und kämpfte hart, konnte sogar witzig sein. Aber das Kraut war in sein'n Knochen, und ich bin sicher, dass er inzwischen 'n Druuper is.«

»Ja. Er schien für jede Lage ein Sprichwort oder einen Witz parat zu haben. Ein guter Saufkumpan, solange der Wein floss.«

»Is richtig, ihn zu holen«, erklärte Shale. »Wir ham alle gemeinsam gehandelt, und wenn's Kigan is, der unsere Leute umbringt, dann musser aufgehalten werden. Er braucht 'ne Lektion, und ich werd sie ihm nur zu gern geben.«

Als wir unser Ziel erreichten, kam Valdir besser mit der Wirkung des Tranks zurecht, aber wenn sie nachließ, litt er jedes Mal große Schmerzen. Sein Körper härtete langsam ab, doch er musste sich noch immer an das Kraut gewöhnen und außerdem eine neue Balance und Kampfhaltung finden, da nun einer seiner Arme am Ellenbogen endete.

Ein paar Silberstücke und noch weniger Worte wurden im Dunkel vor dem Morgengrauen mit dem Hafenmeister von Rillions Weide gewechselt, dann gingen wir von Bord und machten uns unbeobachtet auf den Weg. Unser Weg führte in einen Wald, vorbei an mehreren Höfen, und ein paar Meilen schritten wir noch im Nebel dahin, bis die aufgehende Sonne ihn fortbrannte. Wir reisten nur des Nachts und zogen auf diese Weise eine Woche lang weiter landeinwärts, ohne dass irgendjemand uns sah.

Wir wollten unser Bilt aufsparen, denn wir wussten nicht, wie schwer es werden würde, Cusston zu verlassen, ob nun mit oder ohne Bense. Also schickten wir Valdir zu einer Gruppe von Hütten, wo die Knechte eines nahen Anwesens wohnten, damit er uns ein paar Brötchen, Käse und Fleisch besorgte – genug Proviant für die Reise zur Stadt. Wir schminkten ihn, sodass seine Haut nicht weiter auffiel, und er gab sich als Reisender aus, der nach einem Platz zu schlafen und Vorräten suchte. Unglücklicherweise waren gerade ein paar Karawanenleute aus ähnlichem Grund in der Siedlung, und so vorsichtig wir auch vorgegangen waren, sie wussten, dass die Wacht in dieser Gegend nach Fremden suchte. Letztlich bekam Valdir die Vorräte, gleichzeitig lenkte er aber auch Verfolger auf unsere Fährte. Wir schafften es durch die Ländereien dieses Lords, und als wir wieder offenes Land erreichten, waren wir nur noch zwei Tage von Cusston entfernt.

Shale nahm unerschrocken wie eh und je ein wenig Luta und stieg dann auf einer Anhöhe, die wir gerade erklommen hatten, auf einen Baum. Es dauerte nicht lange, bis er unsere Verfolger entdeckte. Fünf Männer, einer eine Meile vor den anderen. Alle mit Schwertgurten, aber ohne Taschen oder Maultiere. Vermutlich wollten sie uns angreifen.

Wir stellten rings um unser in einem kleinen Hain gelegenes Tageslager Fallen auf, gruben ein paar kleine Knöchelbrecher und legten entlang der Zugangswege Titarumsamen in den Boden, die wir anschließend mit altem Laub verbargen. Ich übernahm währenddessen die Wache, da ich bereits meinen Brustpanzer angelegt hatte. Ein paar Stunden, nachdem wir so getan hatten, als würden wir uns zur Ruhe legen, erklang Husten. Einer der Kerle musste auf die Titarumsamen getreten sein. Kurz darauf schrie jemand, als sein Fuß in einem der Löcher steckenblieb. Rasch warf ich Federn und ein wenig Gummi aus unseren Taschen ins Feuer, woraufhin sofort schwerer Rauch hochwallte.

Draußen zwischen den Bäumen war es wieder still, aber dank unserer Tränke schnappten wir bald den Gesang ihres Atems auf, und Shale bedeutete Valdir, ihm zu einer Stelle links des Pfades zu folgen, auf dem die Angreifer sich näherten – dort würden sie gegen den Wind stehen. Shale wollte sie offenbar in diese Richtung locken. Ich spannte derweil Juletta und breitete mehrere Köcher vor mir aus, um zu sehen, mit welchen Mixturen sie bestrichen waren.

Ich erwartete erneut Agenten, aber dies waren ganz gewöhnliche Rote. Es würde schnell vorbei sein für die armen Teufel. Einer von ihnen keuchte leise, näher, als ich erwartet hatte. In dem Bewusstsein, dass er sich verraten hatte, wich er rasch zurück. Doch jetzt hörte ich ihn, und auch sein Geruch war deutlich, also feuerte ich einen Pfeil ab, der ihn erwischte, als er zwischen zwei Baumstämmen hindurchsprang. Mit einem Schrei ging der Kerl zu Boden, und das Gift tat seine Pflicht. Nun erklang ein Schrei, als zwei der anderen von Shale und Valdir angegriffen wurden. Auch das war schnell vorbei, woraufhin Shale einen Pfiff ausstieß, das Signal, dass die beiden verbliebenen Roten sich zurückzogen. Ich entfernte mich vom Lager, um abseits des knisternden Feuers nach den Männern zu lauschen, und schon bald hatte ich sie gefunden. Shale stampfte lautstark hinter ihnen her, damit sie vor ihm davonrannten, wobei er sich parallel zu mir hielt, etwas dreißig Schritte zu meiner Linken. Valdir musste in eine andere Richtung losgeschlichen sein, um sie zu flankieren, und im selben Moment, als ich die beiden erblickte, sprang er von der anderen Seite auf sie zu. Einen der Angreifer fällte Shale mit einem Pfeil, ein guter Schuss, wenn man die Entfernung bedachte. Der andere ging auf die Knie und bettelte, aber Valdir ließ seine ganze Rage an ihm aus und schnitt in ihn Stücke. »Wir nehmen ihre Gürtel«, sagte Shale. »Und wir sollten sie verscharren, damit niemand sie findet.«

Wir zerhackten die restlichen Leichen, sodass es leichter war, sie zu begraben, und als der Mond sich im Westen dem Morgen entgegenneigte, waren wir bereits wieder unterwegs. Ich war dankbar, dass ich nicht hatte kämpfen müssen, ging aber ein paar Positionen durch, um meiner Energie ein Ventil zu verschaffen und mich ein wenig zu verausgaben. Ich durfte mir durch die Wunde nicht meinen Schneid nehmen lassen. Ich wusste, bevor diese Sache zu Ende war, würde ein Moment kommen, da ich Blut zu vergießen hatte.

Cusston lag nahe des großen Flusses Almar, und ohne Valdir, der vor einem Jahr dort gewesen war, wäre es vermutlich schwierig geworden, dorthin zu gelangen. Wir fanden eine Stelle auf einer Hügelkette oberhalb des Flusses und der noch immer fernen Stadt, deren alte Mauern über den ausladenden Randgebieten aufragten wie ein Rock, der von einem Windstoß hochgeweht wird. Der Anblick war prächtiger als die Ruinen der Ithil-Bucht, denn viele der Türme wurden noch benutzt, und in den Teilen der Stadt, wo die Adligen ihr abgeschirmtes Leben führten, waren die Mauern auch in einem gepflegten Zustand. Die großen Türme des alten Gildenviertels schimmerten im Glanz ihrer polierten Schieferplatten und des roten und weißen Steins. Ringsum drängten sich zahllose Dächer aneinander, über mehrere Felsterrassen hinweg an der Seite des Curishügels empor. Es zeigt wohl, welchen Einfluss Kailen auf mein Leben hatte, dass ich den Namen dieses Hügels immer noch wusste, denn er spielte eine Rolle in den legendären Kriegen, die zur Gründung der Alten Königreiche und der Besiedlung von Jua geführt hatten.

»Drüben, die Westseite«, sagte Valdir. »Wo die größeren Schiffe festmachen, gibt es ein paar gute Stellen, um ein kleines Boot unbemerkt anlanden zu lassen. Die Fäulnis, so nennt man diese Gegend. Die Boote der Gilde machen einen Bogen darum – zu viele Banden. Außerdem haben sie genug Geld, um unter dem Schutz der Roten einfach ihre eigenen Anlegestellen zu bauen. Die befinden sich weiter dort drüben, hinter diesen Hütten. Ich glaube, wenn wir flussabwärts weitergehen, finden wir sicher einen willigen Schiffer, der uns reinschmuggeln kann. Viele von ihnen liefern Torf und Häute dorthin. Die Gerbereien befinden sich in der Fäulnis.«

Es war ein guter Vorschlag, und wir brauchten nur einen Tag, um einen Steg zu finden, wo Schweine- und Pferdehäute aus der Umgebung verladen wurden. Vier Boote hatten dort festgemacht, und wir mussten den Mannschaften, die hier kampierten, nur ein paar Krüge Wein spendieren, bis ein alter Söldner sich bereiterklärte, uns mitzunehmen. Er war dürr und gezeichnet von den

Schäden, die Jahre des Gebrauchs von Kochertränken nach sich zogen. Als seine Jungs losmachten, verbargen wir uns unter den Öltüchern zwischen den Häuten. Aber der Gestank der Fracht wurde schon bald von dem der Wasserwerkstätten überlagert, an denen wir vorbeifuhren, und vom penetranten Geruch von Dung und Pisse. Valdir litt seit dem Tag, nachdem wir die Kerle getötet hatten, unter dem Absturz, nun, da der Trank aus seinem Körper schwand. Er war seit Jahren nicht mehr daran gewöhnt, und Shale musste sich um ihn kümmern und ihm ständig gut zureden, damit er sich zusammenriss.

Ich hob das Öltuch ein wenig an und sah die riesigen, hölzernen Gebäude, die weiter oben aber über den Fluss hinausragten und eine gewaltige, schützende Höhle über unseren Köpfen bildeten. Unter den Dächern erstreckten sich Laufstege, Lagerräume, Büros und Aufzüge für Fracht wie die, die von unserem Boot entladen werden sollte. Ich musste mir ins Gedächtnis rufen, dass dies Jua war, das Herz der Alten Königreiche und ein auf der ganzen Welt bekanntes Handelszentrum. Solche Gebäude sah man in keiner anderen Hafenstadt. Von den anderen Booten ringsum waren Rufe und Lachen zu hören, Fragen an unseren Kapitän und seine Jungs, und hunderte lärmende Stimmen auf beiden Seiten des Flusses, als wir einen Liegeplatz ansteuerten und gegen die Holzpfosten des Kais stießen. Es war Nachmittag und der Handel hier in der Fäulnis in vollem Gange. Er hallte rings um uns wider, während wir unsere Taschen nahmen, aus dem Boot stiegen und der Mannschaft zum Dank beim Entladen der Fracht halfen.

Der Kapitän riet uns, eine Taverne aufzusuchen, wo es ein paar freie Betten gab und wir keine Neugier erregen würden. Wie in allen Gossenvierteln hatten wir hier inmitten der Menge aber wenig von den Roten zu befürchten.

Es war unmöglich, zu sagen, wo die gewaltigen Häuser endeten und die dunklen Straßen begannen.

Straßenkinder versuchten, nach unseren Beuteln zu greifen – vermutlich übten sie noch, beobachtet von den Augen ihrer diebischen Lehrmeister –, und wir trennten uns von ein paar unserer Münzen, um von ihnen den Weg zu erfragen. Vermutlich glaubten sie, dass wir in den Gassen, die sie uns wiesen, ausgenommen würden, aber die Männer in den Hauseingängen und auf den Laufstegen über uns waren schlau genug, uns nur kurz zu mustern und es dabei zu belassen.

Wir nahmen uns ein Zimmer in einer Taverne, eingerahmt von so gewaltigen Häusern, dass sie aussah wie eine alte Steinkiste, die man zwischen zwei hölzernen Klippen eingeklemmt hatte. Shale kümmerte sich um meine Wunde, während wir uns ein paar Krüge genehmigten. Valdir war wortkarg, und so saßen wir alle über unseren Pfeifen und ließen den Lärm des Schankraums über uns hinwegspülen. Schließlich legten die anderen sich schlafen, und ich übernahm die erste Wache.

So ging es auch am nächsten Tag weiter, als Valdir loszog, um Bense zu finden. Um die Zeit totzuschlagen, besorgten ich und Shale uns ein wenig Kannab für unsere Pfeifen, und der Wirt brachte uns Schinken und Butterkartoffeln für den Heißhunger, den das Kannab in einem weckt.

Am Abend kehrte Valdir zurück. Er hatte herausgefunden, wo Lord Fesden lebte, Benses Arbeitgeber, sonst aber nicht viel in Erfahrung gebracht. Das änderte sich am zweiten Tag, als er mit schlechten Neuigkeiten wiederkehrte: Bense saß im Gefängnis, und offenbar war es Kailen, der ihn dorthin gebracht hatte. Shale musste recht gehabt haben, was Kigan anging, denn die Leute, mit denen Valdir gesprochen hatte, bestätigten zudem, dass Bense von einem Mann besucht worden war, dessen Haut so stark gefärbt war, als würde er noch immer dem Söldnerhandwerk nachgehen. Außerdem hatte er den Gürtel eines Drudha am Leib getragen. Wir nippten an einer Tasse Tee, während wir überlegten, was wir wegen des eingesperrten Bense unternehmen sollten.

»Der Gefängnisturm ist in den Fluss gebaut, und man erreicht ihn nur über eine Brücke, von der Kaserne von Cusston aus. Schlimmer noch, die Brücke ist mit einer der oberen Ebenen des

Turms verbunden, da die Kaserne auf der anderen Flussseite auf einem Hügel steht. Wir müssten also entweder durch die Kaserne oder an der Seite der Brücke hoch.«

»Scheiße«, knurrte Shale, womit er uns allen aus der Seele sprach.

»Es liegt am Rand der Fäulnis, nur ein kurzes Stück von hier entfernt.«

»Weswegen sitzt er überhaupt?«, wollte ich wissen.

»Die Angestellten von Fesdens Anwesen, mit denen ich gesprochen habe, meinten, ein Mann hätte ihn dort abgeliefert, damit er von seiner Sucht nach irgendeinem Kraut loskommt. Angeblich hatte er eine Hautkrankheit und gab wohl einen seltsamen Anblick ab. Aber zumindest lebt Bense noch«, fügte Valdir hinzu. »Der Kerl wusste offenbar, dass eine Belohnung auf ihn ausgesetzt ist.«

»Falls ich dich richtig verstehe, dann war das nicht Kigan, der ihn da reingebracht hat?«, fragte ich.

»Aye. Der Farbe seiner Haut nach zu urteilen, muss es Kailen gewesen sein«, antwortete Valdir.

»Warum hat Kigan ihn dann nich getötet?«, brummte Shale. »Bense, meine ich. Als er ihn besuchte. Wo er doch alle andern auffem Gewissen hat.«

Das passte alles nicht zusammen, und das gab mir zu denken.

»Wir gehen davon aus, dass es Kigan ist, und es wäre nur logisch. Aber wer immer dieser Drudha ist, es muss derselbe sein, der Jagd auf uns macht. Dann ergibt es aber keinen Sinn, dass er Bense am Leben lässt, nachdem er ihn gefunden hat. Oder er ist jemand völlig anderes, und in dem Fall macht überhaupt gar nichts mehr Sinn«, erklärte ich.

»Bense lebt. Er kann uns sicher mehr verraten, falls wir ihn befreien«, sagte Valdir.

»Wohl wahr.« Shale nickte. »Wir ham keine Antworten, er schon.«

»Dann holen wir ihn da raus«, rief Valdir mit einem Lächeln aus. »Erinnert ihr euch noch an Vilmor und die fette Prinzessin?«

Shale hätte sich fast an seiner Pfeife verschluckt, und er klopfte sich mit breitem Grinsen auf den Schenkel.

»Oh, und wie fett sie war. Als würd man ’n Pferd hochheben.« Shale musste es wissen, denn er hatte sie getragen und Kailen deswegen noch einen Tag später verflucht, während die anderen Witze über ihn machten. Valdir sprach den Auftrag an, weil wir die Prinzessin auf eine ganz bestimmte Weise aus einem Kerker befreit hatten, in dem sie gefangen gehalten wurde, um irgendeinen Lord zu erpressen, dessen Namen ich vergessen hab.

»Du glaubst also, wir könnten ein paar Brände legen und einen Aufruhr auslösen, um die Wache aus der Kaserne zu locken. Dann finden wir jemanden, der die Laster der Wärter kennt und bestechen einen von ihnen, damit er uns reinlässt und Bense aus seiner Zelle holt?«

»Könnte klappen, Gant«, erwiderte Valdir. »Niemand würde damit rechnen, niemand wäre auf so etwas vorbereitet. Und war nicht fast jeder Gefängniswächter, dem wir je begegnet sind, ein Druuper, Glücksspieler oder Säufer?«

»Gant sollte sich freun, dass er wieder ’n bisschen Bewegung bekommt«, warf Shale ein. »Er fängt schon an, zu stinken. Wir brauchen ’nen Stall oder ’ne Hütte, wo wir Feueröl, Schwefel, Gummi, Kalk und Pech mischen können. Dazu ein paar Säcke. Und wir brauchen ’ne Route und ’nen Zeitplan.«

»Valdir sollte die Säcke verteilen; er kennt sich hier am besten aus. Und Shale, du solltest ihn begleiten, für den Fall, dass es Ärger gibt.«

Ich brach meinerseits in Richtung des Gefängnisses auf und verbrachte den restlichen Tag damit, zu beobachten, wer dort ein- und ausging, bis Shale mich am Abend ablöste. Valdir mietete derweil mehrere Zimmer entlang des Weges. In jedem dieser Zimmer würde er später einen Sack deponieren und dann, wenn der Moment gekommen war, von einem Gasthaus zum nächsten eilen und sie anzünden. Selbst, falls sich das Feuer nicht ausbreitete, würde der unerträgliche Qualm in den Holzhäusern sicherlich eine Panik auslösen und die Wacht auf den Plan rufen.

Aber da wäre Valdir schon eine Straße weiter, um dort ein weiteres Feuer zu legen. Und während die Wachen dem Chaos Herr zu werden versuchten, konnten wir das Gefängnis betreten, ohne dass sich ganz Cusston an unsere Fersen heftete.

Am nächsten Abend suchten wir uns eine der Wachen aus, die im Gefängnis arbeitete. Der Mann ging von seiner Schicht geradewegs zu einem Bordell voller griesgrämiger, wenig lustvoll wirkender Huren. Ich folgte ihm hinein und wartete, während sich sein bevorzugtes Mädchen um ihn kümmerte.

»Taugt sie was?«, fragte ich dann, wobei ich die Dirne meinte, aus deren Zimmer er gerade kam. Er war nicht viel jünger als ich, und auch fast so abgenutzt. Infolge einer Hautkrankheit bedeckten Schuppen Haare und Hemd, und auch von seiner fleischigen Nase schälte sich die Haut ab, als wäre er ein Seemann aus Sardanna.

»Sie's billig«, antwortete er.

»Bin gerade erst hereingekommen«, sagte ich. »Der Hauptmann muss mir den falschen Weg gewiesen haben. Kannst du mir vielleicht 'n Haus zeigen, das ein wenig, du weißt schon, vornehmer ist? Ich würd' mich natürlich auch erkenntlich zeigen – meine Münzen reichen auch für ein Mädchen für dich. Eines, das mehr zu bieten hat als die hier. Und ein guter Branntwein obendrauf. Ich hab ein paar Stunden totzuschlagen, weißt du, und ich möchte nicht im falschen Loch enden.« Den letzten Satz sprach ich in dem rüden Tonfall aus, von dem ich annahm, dass er der Wache gefallen würde. Der Mann grinste, musterte mich von Kopf bis Fuß und erklärte sich einverstanden.

Es war eine lange Nacht. Ich achtete darauf, dass sein Glas immer voll war, und ließ ihn in einem Bordell, das vor allem Kapitäne, Buchmacher aus der Fäulnis und Kaufleute anzog, mit einem Mädchen seiner Wahl schlafen. Ich gab ihm mit Ginse versetzten Rum, und schon bald war er bei bester Laune und erzählte mir, wie schlecht sein Leben doch war. Offenbar waren seine Kollegen alle gegen ihn, außerdem durften sie sich ihre Schichten aussuchen, weil sie dem Wachsergeanten in den Arsch krochen.

Ich nahm natürlich großen Anteil und entlockte ihm viele Namen und Details über die Wachroutine. Genug jedenfalls, um herauszufinden, welche Handvoll morgen Nacht Dienst hatte – sofern wir es schafften, uns bis dahin vorzubereiten. Ich bezweifelte, dass er mit seinem neuen Sergeanten auskommen würde, wenn sich die Lage in ein paar Tagen wieder normalisierte, aber das war dann nicht mehr mein Problem.

Es wurde bereits hell, als ich in unser Zimmer zurückkehrte. Wir waren bereit: Shale und Valdir hatten alles Nötige besorgt, und Valdir war in dem Stall, den er für uns organisiert hatte, dabei, die Brandsäcke vorzubereiten. Shale präparierte indes seine Pfeile. Wir gönnten uns ein paar Stunden Schlaf, dann warteten wir bis zum Abend, aßen einen Bissen und machten uns fertig zum Aufbruch. Wir gürteten unsere Waffen, Shale verband meine Wunde neu, und wir nahmen die *Glorie*. Anschließend suchten wir Valdir auf, um ihm seinen Trank zu bringen, und von dort aus ging ich allein weiter zum Gefängnisturm.

Ich verbarg mich rasch unter der Brücke, die das Gefängnis und die Kaserne miteinander verband. Das Treiben in den Docks ließ allmählich nach. Die Leute, die noch unterwegs waren, mussten glauben, dass ich nur nach einem Unterschlupf suchte, wo ich schlafen konnte. Die Wirkung des Tranks verlieh mir ein Hochgefühl, und es war nicht einfach, das Zittern zu verbergen, das mich überkam. Da waren ein alter Mann und ein paar Süchtige unter der Brücke, die ebenfalls dort Schutz gesucht hatten. Was immer sie auch genommen hatten, sie waren tief in ihren Rausch versunken.

Ich hob den Kopf und sah Shale auf ein Dach klettern, ungefähr fünfzig Schritte von der Mauer über mir entfernt. Von dort konnte er die Bewegungen der Wachen in der Kaserne verfolgen. Auf sein Kommando würde Valdir in Aktion treten. Ich hatte das Gefühl, als müsste ich explodieren, während die Momente verstrichen. Die Energie brodelte in mir, und ich bebte, so sehr wollte ich dem nachgeben. Die Straßen ringsum erstickten mich beinahe mit ihrem Lärm, und die vielen, penetranten Gerüche der Fäulnis hingen wie die Noten einer Melodie in der Luft über dem Fluss neben mir.

Dann gab Shale das Zeichen, und er salutierte zur mir herunter, als wäre ich ein Hauptmann. Er trug ein Grinsen im Gesicht, nun, da es losging. Es war ein seltsames, aber gutes Gefühl, dass wir diesmal für uns kämpften und nicht nur für einen Sold.

Die erste Rauchwolke stieg über dem Stall hoch, und das Öl sorgte dafür, dass sie wallend und tiefschwarz war. Dann begannen die Schreie und Rufe aus diesem Teil der Stadt.

Shale legte einen Pfeil an seinen Bogen und spannte ihn, während ich meine Maske anlegte und mir zum Schutz gegen das Pulver eine Salbe unter die Augen schmierte. Über meinem Kopf gerieten die Wachen in Bewegung, ihre Schritte polterten über den Stein der Brücke. Als Shale seinen ersten Pfeil abfeuerte, kletterte ich los, die Mauer hoch zur Seite der Brücke, eine Hand über die andere, bis ich das Geländer erreicht hatte. Dann ging's seitlich weiter zum Turm. Es war eine Qual, denn meine Gedärme protestierten, während ich mich an die Mauer klammerte.

Plötzlich roch ich zwei Wachen am Durchgang über mir. Das Orange der Flammen hinter meinem Rücken ließ den feuchten Stein unter meinen Fingern schimmern, als ein Gebäude nach dem anderen Feuer fing. Es ging so schnell, als dürste das Holz geradezu nach den Flammen. Jenseits dieser ersten Reihe von Häusern konnte ich weiteren Rauch sehen, und dann hörte ich, wie innerhalb der Kaserne Türen aufflogen, Soldaten sich bewaffneten und ihre Tränke nahmen.

Shales Pfeile prasselten rechts von mir auf die Brücke hinab, dort, wo sie an die Kaserne anschloss, und jemand rief noch, dass sich alle ducken und nach dem Schützen suchen sollten, aber da erklangen schon Würgen und Geschrei, als das Pulver in ihre Augen drang. Die Wachen über mir fluchten und stritten darüber, was sie tun sollten.

Ich sprang über das Geländer auf die Brücke und zog mein Schwert. Die beiden Burschen hatten mir nichts entgegenzusetzen, denn sie waren nie im Krieg gewesen. Und falls überhaupt etwas, dann hatten sie höchstens zerriebenen Kaffin intus. Ich warf beide über den Rand der Brücke, bevor sie auch nur ein Wort von sich geben konnten, hörte dabei aber, wie hinter der Tür des Gefängnisses ein Riegel vorgeschoben wurde. Rasch wechselte ich zu Juletta und feuerte ein paar Pulversäckchen über die Mauer des Kasernengebäudes hinter mir. Shale hatte bereits das gesamte Gelände eingedeckt, dichter Dunst stieg von dort auf.

»Bilby? Slim?«, rief ich. »Ich soll mit euch das Gefängnis halten, Befehl des Sergeants.«

»Bilby ist nicht hier. Wer ist da?«

Scheiße.

»Slim? Herrgott. Sagte ich Slim? Ich meinte Nelis. Jetzt sei kein Arsch. Hier draußen herrscht ein verfluchtes Chaos!«

Shale hatte das Dach gegenüber verlassen. Sein durchdringender Pfiff verriet mir, dass er zu der Mauer unter mir rannte. Der Riegel glitt zurück, und kaum, dass die Tür sich geöffnet hatte, schob ich meinen Fuß in den Spalt. Bevor ich die Wachen zurückdrängen konnte, war Shale aber bereits die Mauer hochgeklettert. Er sprang an mir vorbei, trat die Tür ein und rammte Slim eine blitzende Klinge durch die Brust. Der andere Soldat griff fluchend nach seinem Säbel, aber ich schlitzte ihn von Schulter bis Schenkel auf und schnitt ihm anschließend die Kehle durch, um seinem Geheul ein Ende zu machen.

Shale schloss die Tür hinter uns, und ich bückte mich, um den Toten ihre Schlüssel abzunehmen.

»Slim?«, erklang da ein Ruf von unten. Shale stürmte die Treppe hinab, um das Blutvergießen fortzusetzen. Der Schrei der Wache wurde begleitet von Jubel, als die Männer in den Zellen Morgenluft witterten.

Ich nahm die Schlüssel und warf sie die Stufen zu Shale hinunter, blieb selbst aber in der Nähe der Tür, wo ich darauf lauschte, wie die Bewohner der Fäulnis auf die Straßen drängten und jemanden suchten, dem sie die Schuld an den Bränden geben konnten.

Unter mir wurden derweil Türen aufgeworfen, und eine Woge

von Männern stampfte die Treppe hoch. Die unerwartete Freiheit ließ ihre Augen glänzen, und nachdem sie sich gestreckt hatten, begannen sie, nach Waffen zu suchen. Shale rief Benses Namen. Ich öffnete den Gefangenen die Tür, damit sie das Chaos unter den Wachen noch vergrößern konnten, und kurz darauf kam Shale die Stufen herauf. Er schob Bense vor sich her.

Der war völlig am Ende, seine Haut glänzte vor Schweiß, und seine Schritte waren so zögerlich, als würde er über zerbrochenes Glas getrieben. Vermutlich war er auf Ziest. Seine Glieder wirkten drahtig, aber die Haifischflosse von einer Nase und sein lockiger Haarschopf sahen noch genauso aus wie damals vor all den Jahren. Falls Kailen ihn hatte ausnüchtern wollen, war das ganz offensichtlich daneben gegangen.

Bense sprach in seiner Muttersprache und griff nach Shales Gürtel, während wir ihn auf die Tür zuzerrten. Shale hatte recht gehabt: Er war ein Druuper, und er versuchte, jede Gürteltasche zu öffnen, an die er herankam, in der Hoffnung, dass etwas darin wäre, was er nehmen könnte, egal was. Nur ein völliger Idiot würde so an einen Feldgürtel herangehen. Doch Bense steckte die Hand in einen Beutel mit Agavenpulver, und als Shale das Zerren an seinem Gürtel spürte, schlug er Benses Arm beiseite, so, dass das Pulver in die Luft stob. Mir und Shale, die wir unsere Mixtur intus hatten, konnte das Zeug nichts anhaben, aber Bense und die Gefangenen in der Nähe fingen an, zu schreien. Männer rannten auf die Brücke hinaus, um der Wolke zu entgehen, andere heulten und rollten über den Boden. Bense lag ebenfalls da, vor Qualen zitternd und spuckend, und Shale musste sich über ihn beugen und ihn bewusstlos schlagen, ehe er ihm ein wenig Saft in die Augen träufeln und seine Haut abwaschen konnte. Anschließend weckte er ihn wieder auf.

Da erklang draußen auf der Brücke ein gellendes Geschrei, und ich sah, dass die Gefangenen mit Soldaten zusammengestoßen waren, die von der Kaserne heranrückten. Wehrlos wie sie waren, wurden sie gnadenlos niedergemetzelt. Ich schob mich an den Kerlen vorbei, die blind und mit zugeschwollenen Gesichtern umherstolperten und stellte mich ein paar Wachen und ihrem Sergeanten entgegen. Als sie mich erblickten, wappneten sich die Soldaten für den Kampf, aber ich war schon ans Werk gegangen.

Zwei Pfeile wurden abgefeuert, aber ich sah sie noch in der Luft und drehte meinen Körper so, dass sie an mir vorbei zischten. Der Sergeant sprang vor und versuchte sich an einer Finte, um mich näher heranzulocken, aber ich konnte ihm die Absicht an den Augen ablesen, und daran, wie seine Zunge zwischen den Lippen hervor zuckte. Er verlagerte das Gleichgewicht für seinen nächsten Zug, und ich ließ mich von ihm locken. Ich wusste, dass er gleich zustoßen würde. Als er es dann tat, schlug ich ihm das Schwert aus der Hand. Die paar Herzschläge, die er dastand und überlegte, was er nun tun sollte, reichten mir, von der *Glorie* beflügelt, um zwei Hiebe anzubringen, von denen ihn einer auf Hüfthöhe halb in zwei Teile schnitt und der andere seinen Arm abtrennte.

Meine Wunde brach dabei auf, und ein stechender Schmerz ließ mich zusammenzucken. Die Soldaten waren nicht schlau genug, es auszunutzen, und als sie endlich über die Leiche des Sergeanten vorsprangen, war ich schneller als jeder einzelne von ihnen. Ich bewegte mich so, dass ich mit ein, zwei Hieben ihre Deckung durchdringen und sie erschlagen konnte. Gleichzeitig fluchte ich, denn ich wusste, wie schlimm die Schmerzen erst werden würden, sobald der Trank zu wirken aufhörte.

Die Gefangenen, die trotz Benses Dummheit und dem Angriff der Soldaten noch halbwegs unversehrt waren, eilten zu den Seiten der Brücke und kletterten an der Mauer hinab. Es war sinnlos, durch die Kaserne fliehen zu wollen, also nahmen wir den denselben Weg. Ich band das Seil, das wir mitgebracht hatten, um Bense, und stieg nach unten, damit Shale ihn zu mir herunterlassen konnte, bevor er selbst hinunterkletterte.

Wir weckten Bense mit einer Prise Shiel auf, und sobald er wieder auf eigenen Beinen stand, rannten wir los, eine Straße entlang, in der mehrere Häuser und Läden in Flammen standen. Das Gummi verursachte jede Menge Qualm, der die Leute rings um uns dahinhasten ließ. Ich hörte Kampfgeräusche vor uns, wo ein paar Kerle aus der Fäulnis die Gelegenheit nutzten, um zu plündern und die Wachen anzugreifen, die sie vermutlich nicht immer sonderlich gerecht behandelten.

Wir bahnten uns am Fluss entlang einen Weg durch Cusston. Valdirs Pfad der Zerstörung führte in die andere Richtung, in die Stadt hinein, um die Wacht und die Miliz zu den Hundertschaften zu locken, die dort gerade aus ihren Häusern flohen.

Schon bald fanden wir einen Kahnführer, der uns über den Fluss brachte, und von dort ging es weiter, erst zu den weiter entfernten Höfen und dann hinaus in die Felder.

»Er hat ganze Arbeit geleistet«, sagte Shale, wobei er auf den Rauch und das Glühen zurückblickte, die zu erkennen waren, obwohl die Fäulnis und die Hügel der oberen Viertel den direkten Blick versperrten.

»Ich hoffe, er hat es rausgeschafft«, murmelte ich. Valdirs Fluchtweg verlief direkt zum östlichen Rand von Cusston, und ließ die Feuer, die er gelegt hatte, in einer Linie hinter sich, damit er nicht in sein selbst erschaffenes Chaos hineingeriet.

Bense war still geworden und ließ sich führen, ohne eine Reaktion auf unsere Wiedervereinigung zu zeigen. Ich rüttelte an seiner Schulter.

»Er ist kalt«, stellte ich fest – ein Wort, das wir benutzten, wenn ein Trank nicht mehr wirkte und es so schlimm wurde, dass man einfach aufgab.

»Was brauchst du, Bense? Ziest? Mehr Agave? Dir scheint ja egal zu sein, was in meinem Gürtel ist, solange du es nur schnupfen oder schlucken kannst.«

Shale wühlte in seinen Taschen herum, dann hielt er Bense einen Daumenvoll Paste hin, woraufhin dieser seine Hand packte und ihm die Paste vom Finger lutschte. Dann benutzte er den eigenen Finger, um sich übers Zahnfleisch zu reiben. Seine Lippen bewegten sich hektisch, während er versuchte, das Einsetzen der Wirkung zu beschleunigen. Als es endlich begann, sanken seine Schultern erleichtert nach unten.

»Bense, wir müssen los und zu Valdir stoßen. Danach suchen wir uns einen ruhigen Ort, wo du dich ausruhen kannst. Es wird dir ziemlich dreckig gehen, sobald du runterkommst«, sagte Shale.

Mit Bense kamen wir langsamer voran. Aber wir wurden auch nicht verfolgt, während wir ein paar Meilen nach Osten eilten, und ein wenig Luta half, dieses Tempo auch in den Wäldern beizubehalten. Als das erste Licht die Ränder des östlichen Horizonts erhellte, hörten wir einige Leute aus einem Dorf von Holzfällern und Fallenstellern weiter vorne, die zu ihrem Tagwerk aufbrauchen. Shale hieß uns, unter einem Erdvorsprung verborgen zu bleiben, während er sich auf die Suche nach Valdir machte.

Meine Eingeweide begannen schon damit, sich zu verknoten, als die Wirkung der *Glorie* nachließ. Ich war froh, dass Bense still blieb, denn auch bei ihm hatte das Zittern begonnen, und ich hätte ihn wohl kaum zurückhalten können, hätte er beschlossen, Terz zu machen. Auf der Lichtung voraus waren ein paar Stimmen zu hören. Dieser Teil des Waldes war recht offen, und die Männer aus dem Dorf marschierten über uns vorbei. Da hörte ich Shales Pfiff, wie ein Vogelruf, aber zu gleichmäßig, als dass es irgendetwas anderes sein könnte. Kurz darauf erklang eine Antwort: ein ähnliches Gurren, aber von einer Pfeife.

Weitere Männer aus dem Dorf gingen vorbei, und das Morgengrauen war inzwischen weit genug vorangeschritten, um sie sehen zu können. Sie beschimpften einen aus ihrer Mitte, der für den Nachmittag Regen voraussagte, weil er es in der Milch seiner Ziege geschmeckt habe.

Bense schien zu schlafen; der kurze Marsch war schon zu viel für ihn gewesen.

Eine Weile schloss ich die Augen, entkräftet vom Zittern meines Körpers. Als ich eine Weile später wieder aufwachte, sah ich Bense zwischen den Bäumen hervorkriechen, zurück zu der Stelle, wo wir uns versteckt hatten. Er blickte mich an und lächelte, was ungewöhnlich war, wenn man bedachte, in welchem Zustand er eingeschlafen war.

»Wo warst du?«, fragte ich.

»Nirgends, Gant. Ich war hier.«

»Ich hab dich doch gerade kommen sehen. Wo warst du?«

»Beruhig dich, Gant. Soll ich etwa dort scheißen, wo ich schlafe?« Er wirkte jetzt ein wenig lebendiger. Rückblickend wünsche ich mir, ich hätte genauer darüber nachgedacht. Aber, wie gesagt, ich war gerade erst aufgeschreckt, und meine Schmerzen beanspruchten den Großteil meiner Gedanken. Nun hörte ich Valdir ächzen, als Shale, der gerade selbst sichtlich für die Farbe büßte, mit ihm herüberkam, wobei er ihn halb tragen musste. Neben uns angelangt, fiel Valdir zu Boden. Er rang um seinen Atem, und Shale gab ihm ein paar Kannabblätter zu lutschen. Anschließend reichte er ihm einen Stock; Valdir sollte darauf beißen, während er zum ersten Mal seit fast zwanzig Jahren den vollen Preis für die *Glorie* und die zusätzlichen Zutaten wie Luta und Eichensaft zahlte. Der Qualm, dem er sich beim Legen der Brände ausgesetzt hatte, schien einen hohen Tribut von ihm gefordert zu haben.

Wir rauchten eine Pfeife, und Bense schlief ein wenig.

»Wir müssen riskieren, uns etwas zu essen zu kaufen, Gant. Der Einbruch ins Gefängnis lief gut, aber Valdir sagt, dass wir zum Issansee müssen, falls wir zu Mirisham wollen, und zwar auf dem Forstweg. Das ist ein langer, harter Weg.«

»Die Leute in der Gegend können sicher etwas entbehren, aber wir brauchen auch Pferde. Es wird nicht lange dauern, bis die anderen Gefangenen wieder geschnappt werden, und dann haben die Roten unsere Beschreibung«, sagte ich.

Issan hieß der große See, der landeinwärts das Gebirge rings um die Grenzen von Issana und Jua teilte. Es gab keinen Weg über die Berge, und um den See herumzugehen würde uns mehrere Wochen kosten. Wir brauchten ein Boot.

Der stechende Schmerz in meinen Eingeweiden entlockte mir ein Zischen.

»Ich hab in Cusston Baumwolle und Gummi besorgt. Lass mich deine Wunde behandeln, damit du ’n wenig schlafen kannst«, sagte Shale.

Später an diesem Tag weckte mich das Gekrächze von Krähen und weitercs Vogelgezwitscher zwischen den Bäumen, deren Äste und Blätter in den milchig gelben Schein der schwindenden Sonne getaucht waren. Ein Kind stand vor uns, die wir uns unter unseren Decken zusammengedrängt hatten. Ein Junge von sechs oder sieben Sommern, mit langem, braunem Haar, der aussah und roch, als hätte er gerade ein paar Hühner getötet. Seine Hände, Beine und Füße waren noch verschmiert von der Arbeit. In einer Hand hielt er eine geschnitzte Holzfigur: Das war ich, in der Wolltunika und den Stiefeln eines Diebes oder sonstigen Unholds. Die Züge waren so detailliert, als wären sie auf Papier gezeichnet. Ich hatte einen Bart und den buschigen Haarschopf aus der Zeit vor meinen Söldnertagen. Dazu aber einen runden Bauch, und es sah aus, als würde ich gerade tanzen.

Der Junge lächelte mich an, und er schien in der Sonne zu leuchten. Er schien erfreut, mich zu sehen, und er hielt mir die Figur hin. Ein Geschenk. Ich griff danach, dann blinzelte ich und löste mich aus dem Schlummer. Alles war wie zuvor: der Wald, das Vogelgezwitscher. Aber der Junge war fort. Ich schloss die Augen, in der Hoffnung, dass ich ihn dort noch sehen könnte.

»Gant, was is los?«, fragte Shale. Er blickte sich um. »Warum weinste?«

Ich hatte keine Antwort darauf.

14. KAPITEL

Kigan

Hier folgt nun der Rest von Kigans Aufzeichnungen über die Morde an jenen seiner einstigen Kameraden, die er hatte ausfindig machen können.
Goran

Cassica war zu Pferd nur ein paar Wochen von Handar entfernt, aber die Jahreszeit ließ die Reise tückisch werden. Monsunregen und Stürme wüteten über den Dschungeln und wühlten die Ebenen um, die ich auf dem Rückweg zur Korallenbucht durchquerte. Es war eine spektakuläre Reise, denn die Welt rings um mich erwachte in brutaler Pracht zum Leben.

Als ich mich den Zwanzig anschloss, hatte ich gerade erst die Blumenakademie von Jua verlassen, hochgelobt für meine Arbeit mit der Agave. Die Akademie ignorierte den Großteil des natürlichen Reichtums im eigenen Land. Ihre Forschung wurde von ihrer Arroganz behindert, und ihre Methoden engten mich ein. Ich brachte ein Rezeptbuch mit dorthin, ein Geschenk meines Vaters, und das lehrte mich mehr als alle alten Schriftrollen und Pergamente, in denen die Erz-Drudhas verehrt wurden. Er war den Großteil seines Lebens zur See gefahren, mein Vater, und er war ein guter Kocher gewesen, der meine Kindheit mit Abenteuern und Experimenten und den Aromen der wilden Welt jenseits der Hafenstadt füllte, in der ich aufwuchs.

Ich würde ihn jetzt gerne beschreiben, aber das ist eine weitere Sache, an die ich keine Erinnerungen mehr besitze, seit ich mich vom Druup erholt habe. Alles, was ich von ihm noch im Kopf habe, sind schwere, braune Hände, die mich führen, durch Wurzeln schneiden oder mir helfen, Gebräue zu mischen, die er dann für wenig Geld an jene verkaufte, die sich nichts Besseres leisten konnten. Während der Monate seiner Abwesenheit aßen meine Schwester und ich wenig mehr als Haferbrei, Reis und Eier, und hin und wieder in paar Reststücke vom Metzger. Für mehr reichten die Münzen nicht, mit denen unsere Mutter sich bis zu seiner Rückkehr begnügen musste. Dann klopfte irgendwann eine der anderen Seemannsfrauen an die Tür und verkündete, dass sein Schiff zurück wäre, und wir eilten gemeinsam mit den weiteren Kindern die Straße hinab, um unsere Väter zu begrüßen, wenn sie von Bord gingen.

Jedes Mal brachte er uns Holzschnitzereien mit, die seine Kameraden angefertigt hatten, und sie zeigten all die seltsamen Tiere, die ihnen auf ihren Reisen begegnet waren. Ein paarmal sah ich auch andere Figuren, die er meiner Mutter zeigte, woraufhin sie schrill lachte und die Schnitzerei dann hastig vor uns verbarg. Sein reich illustriertes Rezeptbuch wurde mit jedem Mal umfangreicher, wenn sein Schiff die größeren juanischen Galeeren begleitete und an so unterschiedlichen Orten wie den Viraten oder sogar Kremen vor Anker ging.

An meine Mutter erinnere ich mich nur bruchstückhaft: Eindrücke eines langen Rocks und roter Haare, der Gesang und das Summen alter Lieder, wenn mein Vater zuhause war. Aber dann holte ihn die See, und sie hörte auf, zu singen. Zumindest das weiß ich noch, und obwohl ich mich kaum an etwas erinnere, vermisse ich ihn, meinen ersten Lehrmeister.

Irgendwann danach starb meine Schwester. An sie habe ich nur eine einzige Erinnerung. Ich möchte sie vermissen, wie man eine Schwester vermissen würde, aber dieser Teil von mir ist leer, unfähig zu solchen Gefühlen. Ihr Name ist noch immer nicht in mein Bewusstsein zurückgekehrt, aber ich weiß noch, wie wir als Kinder in dem Bett lagen, das wir miteinander teilten. Unser Atem vermischte sich zu einer hellen Wolke im kalten Mondlicht, das durch die offenen Fensterläden hereinfiel. Ich entsinne mich auch, wie sie unter der Decke Hefekekse mit mir teilte, die der Bäckerjunge ihr gegeben hatte. Und danach wischten wir die Krümel gewissenhaft vom Bett, damit unsere Mutter nichts davon erfuhr. Da ist noch eine Erinnerung, wie ich mit den Fäusten auf den Boden schlage und schreie, während meine Mutter versucht, mich fortzuziehen; das muss bei ihrer Beerdigung gewesen sein.

Danach begann ich, Mixturen und Gebräue aus dem Buch meines Vaters zuzubereiten, um genug Geld zu verdienen, damit Mutter und ich nicht verhungerten. Mehr und mehr Leute erfuhren davon. Vaters Buch und seine Lehren ermöglichten mir eine Zukunft. Es überlebte all die Jahre und Feldzüge und Schlachtfelder, bis es mir bei Schlangenwald genommen wurde. Wegen dieses Buches war ich ein besserer Krieger-Drudha als Ibsey, der nie wirklich improvisieren konnte, und es war auch der Grund, warum Kailen mich aufnahm, obwohl sein Haufen bezweifelte, dass ich den nötigen Mumm für so ein Leben hätte. Aber für mich war der Kampf gegen feindliche Drudhas die beste Möglichkeit, die Verwendung der Pflanzen zu meistern; und Soldaten aller Widerstände zum Trotz am Leben zu halten, war die beste Möglichkeit, meine Qualitäten zu beweisen. Ich machte ihre Körper und ihre Gedanken schneller, durch mich wurden sie stärker, und gleichzeitig linderte ich die Nebenwirkungen, wenn die Tränke zu wirken aufhörten.

Kein Drudha hat so für die Farbe gebüßt wie Ibsey, ausgenommen vielleicht Lorom Haluim selbst. Ich war überrascht, dass er noch lebte, denn ich konnte mich nur an wenige Momente erinnern, da er nicht vollgedröhnt war und Phantome beschimpfte, die seine Einbildung ihm vorgaukelte. Er war so unerbittlich gewesen wie ein wildes Dornengewächs, und infolge seiner Hautverfärbungen hatte er auch so ausgesehen. Eigentlich hätte es mich nicht überraschen sollen, dass er gelernt hatte, seine Sucht besser zu kontrollieren, aber herauszufinden, dass er jetzt auf einer Route durch den cassicanischen Dschungel für die Wacht arbeitete, war genauso bemerkenswert wie es erbärmlich war.

Die Wacht war in der einen Hafenstadt aktiv, wo sie ein gewisses Maß an Wohlwollen hatte aufbauen können; königstreue Kaufleute verhinderten, dass sie in den anderen Fuß fassten, damit die cassicanischen Schiffe beim Handel im Südmeer nicht behindert wurden.

Die meisten Schiffe, die hier vor Anker lagen, trugen folglich die roten Segel der Wachgaleeren und -koggen. Ein hilfsbereiter Kapitän verlor einige abwertende Worte über Ibsey, dennoch schien der Drudha etwas vollbracht zu haben, was nur den wenigsten hier gelungen war: Er hatte Handelsbeziehungen mit den Etil aufgebaut und führte nun einige Färbemittel und exotische Pfefferarten ein, die sich nur die wohlhabenden Bürger der Alten Königreiche leisten konnten, um ihr Fleisch zu würzen und Stoffe zu färben.

Ich nahm einen Weg nach Westen in den Dschungel, der vielleicht, vielleicht aber auch nicht, mit der grünen Weite von Hanwoq verbunden ist. Aber zumindest gab es ausgetretene Pfade durch das Dickicht, die von den Stämmen gepflegt wurden. Schließlich waren die Menschen hier stark in den Handel involviert und somit von der Wacht abhängig, die dafür sorgte, dass die Geschäfte weiterliefen. Normalerweise versetzte die Wacht Bacca mit rotem Opia, damit es süßer schmeckte und süchtiger machte als beispielsweise Beeth. Folglich sah ich keine Beeth-Kauer unter den Stromern, dafür aber viele Männer und Frauen, die aus Schalen und Pfeifen rauchten, angefertigt aus dem Hartholz, das ringsum wuchs. Mein Etil-Dialekt war in diesen Breiten unbekannt, und ich musste gestikulierend auf meine Haut tippen, um zu erklären, dass ich jemanden von meiner Sorte suchte.

Es war kurz vor Morgengrauen, als ich Ibseys Lager erreichte. Die Wachen dösten vor sich hin, die gesamte Gruppe schien nicht größer als sechs Personen in ein paar abgewetzten Zelten zu sein. Ich bereitete alles vor, dann legte ich mir ein paar Pfeile zurecht und warf einen Sporenbeutel in die Nähe ihres erkalteten Lagerfeuers. Als erstes Opfer wählte ich die Wache, die meiner Position am nächsten war. Ich tötete den Mann, rasch gefolgt von einem weiteren, der sich würgend aufgerichtet hatte und nach dem Grund für seine plötzlichen Schmerzen suchte. Während der Rest aus dem Schlaf hochschreckte, verlagerte ich meine Position. Sie verursachten so viel Lärm, dass ich mich nicht einmal anschleichen musste, so, wie die Jäger der Etil es tun. Nachdem ich noch eine weitere Wache ausgeschaltet hatte, zeigte ich mich schließlich. Es war, als würde ich mit Kindern spielen. Vor mir presste Ibsey sich die Hand vor die Nase, während er eine Maske aufsetzte; die anderen waren nicht so gut gewappnet. Sie erstickten und brachen zusammen, aber das kümmerte mich nicht.

»Ibsey!«

Er blickte zu mir herüber. Sein Zittern war stärker geworden, und es sah aus, als würde ihn unablässig jemand kneifen, so heftig ruckten Kopf und Schultern hin und her.

»Ich will verdammt sein. Kigan in Cassica. Du hast dich gemacht. Musst wohl gut zu essen gehabt haben, hm? Du bist nicht hier, um mir meinen Geldbeutel oder meinen Saft wegzunehmen, richtig? Und du hast es auch nicht auf die Mholcar-Federn abgesehen, die ich transportiere. Du bist kein Bandit und du gehörst nicht zur Wacht. Also – was soll das alles?« Er hustete. Seine Stimme klang hässlich, ein keuchendes Geräusch, das mit einem Pfeifen von Luft aus seinen Lungen entwich.

»Wir müssen über Schlangenwald sprechen. Wir trafen uns dort, nachdem Kailen die Gruppe aufgelöst und uns mit unserem letzten Sold nach Süden geschickt hatte. Das da macht es nur einfacher.« Ich deutete auf die Leichen.

»Du solltest dir das gut überlegen, Kigan«, erwiderte er mit einem Wink in Richtung der Bündel, die sie normalerweise zur Küste zurücktransportiert hätten. »Du möchtest nicht die Aufmerksamkeit meiner Gönner erregen, glaub mir. Jeder würde davon erfahren. Diese Kerle da waren vermutlich entbehrlich, aber ich bin es nicht.«

»Es gibt nichts, was die Wacht mir antun könnte, Ibsey. Mein Leben endete in Schlangenwald, und ich bin erst jetzt wieder in diese Welt zurückgekehrt.«

»Dann haben sie es also tatsächlich getan. Nun, falls wir das schon tun müssen, werde ich mich jetzt aufsetzen. Es ist gottverdammt früh, und ich brauche ein Gebräu.« Er ging daran, das Feuer wieder zu entzünden, dann platzierte er einen Kessel darüber, den er mit Wasser aus einer Feldflasche füllte. Anschließend gab er ein paar Teeblätter hinein.

»Waren es Mirisham und Valdir?«, fragte ich, wobei ich hinüberging und eine der Leichen fortstieß, damit ich in Ibseys Nähe sitzen konnte.

»Und die anderen. Ich dachte, sie würden dich töten. Wäre sauberer gewesen, denke ich mal. Das macht es gleich doppelt schön, dich in so guter Verfassung wiederzusehen.«

Er nahm seine Maske ab und atmete tief ein, nun, da die Sporen verflogen waren.

»Blutwurzel – und etwas anderes. Was Starkes. Hättest du was dagegen, mir ein paar Kleinigkeiten über das Rezept verraten? Vielleicht nach der Geschichte, die du mir offensichtlich erzählen willst?« Er wühlte in seiner Tasche herum, nahm eine Salbe für sein Zahnfleisch und ignorierte mich eine kurze Weile, als ihn das Kraut zu durchströmen begann, so, wie der Ziest während meiner Zeit bei den Zwanzig auch oft durch mich geströmt war.

»Keine Geschichte. Du musst nicht wissen, was mit mir geschehen ist. Ich wurde versklavt, ich floh, jetzt bin ich hier. Dann waren es also nicht nur Mirisham und Valdir, die mich betrogen?«

»Man hat dir Ephedra gegeben, richtig? Dem Zeug kannst du nicht trauen. Manche Wurzeln tragen viel mehr Saft als andere, und das merk man nicht, wenn man sie kocht. Es überrascht mich, dass du noch lebst, geschweige denn, dass du noch so viel weißt. Na ja, du hast damals mit deiner Belohnung geprahlt. Du hattest die Kinder dieses Königs dabei, und all die erlesenen Samen, Paternoster, Feuerkraut und so weiter. Ein verfluchtes Vermögen, Ki. Miri schlug vor, dass wir uns vielleicht der Kinder entledigen, auf die letzte Belohnung scheißen und uns verfrüht vom Söldnerdasein verabschieden. Ein paar andere, wie Shale, der Prinz und Valdir stimmten ihm zu. Wir alle dachten, dass es sinnlos war, den Kindern einen solchen Schatz zu überlassen. Für mich klang es nach einem guten Plan, aber ich hätte damals alles getan, um weiter das Tosen zu verspüren. Natürlich ahnte ich längst, dass du nicht darauf eingehen würdest. Warst schon immer ein hüftsteifer Mistkerl, wenn es um solche Dinge ging. Dir fehlte die Flexibilität.«

»Es war ein Auftrag. Und wir haben unsere Aufträge immer erfüllt. Zumindest so klar konnten wir noch denken.«

Ibsey lachte, schüttelte den Kopf und klopfte sich auf den Schenkel. Er schien sich an seine Zuckungen gewöhnt zu haben. »Konnten wir das, Ki? Konnten wir alle klar denken? Sie haben dich verdammt nochmal gehasst, und ich war die meiste Zeit zu berauscht, um mich darum zu scheren, was mit den armen Kerlen passiert, die du für deine Experimente benutzt hast. Für mich war nur wichtig, dass wir Rezepte hatten, für die die Leute eine Menge Geld zahlten. Und du sagst, das Mädchen und der Junge wären ein Auftrag gewesen? Sie waren eine Schatztruhe, Ki, kein Auftrag. Sie waren ein verfluchtes Vermögen. Mehr noch, die Schatzkammer einer ganzen Nation. Also, was zum Teufel willst du nach all dieser Zeit? Rache dafür, dass wir dich um Geld gebracht haben, das dir nie zustand?«

»Wie viel hast du daran verdient, Ibsey?«

Er lachte, ein stotterndes Keuchen, das einsetzende Hoch ließ ihn benommen werden.

»Also hast du mitgemacht, Ibsey? Du hast ihnen geholfen, mich und die Kinder aus dem Weg zu räumen und das Geld für euch selbst zu nehmen?«

»Ja, du dummer Hurensohn. Ich hätte dir die Kinder schon abgeluchst. Wir hätten einen Weg gefunden. Aber ich muss irgendwann eingeschlafen sein, und als ich wieder aufwachte, lag ich mit Kheld in einem dreckigen, kleinen Zimmer, und du warst verschwunden. Verstehst du? Sie haben mich genauso reingelegt, Ki. Nur habe ich nicht die ganzen Jahre damit verbracht, deswegen rumzuheulen.«

»Nein, du transportierst in Cassica Pflanzen für die Wacht. Ibsey, der Krieger-Drudha. Ich habe als Sklave gelitten und wäre mehr als einmal beinahe gestorben. Ich war im Herzen des Hanwoq und habe mit Pflanzen gearbeitet, von denen du nur träumen kannst.«

Bei diesen Worten lachte er laut, die Hand erhoben, als hätte er bei einem Gelage eine gute Beleidigung eingesteckt. Sein Spott erfüllte mich mit Abscheu, und jetzt war ich froh, dass er noch lebte, denn es bedeutete, dass ich ihn töten konnte.

»Aber jetzt bist du hier in Cassica, Kigan, einer der großen Drudhas deiner Zeit, und du vergeudest dein Leben damit, Söldner wegen eines uralten Verrats hinterherzujagen. Aber falls dir diese Sache ein Buch voller Hanwoq-Rezepturen eingebracht hat, solltest du dann nicht eher dankbar dafür sein? Und du siehst gut aus, Kigan – besser als ein Drudha aussehen sollte, wenn er so ein Leben geführt hat wie wir. Herrgott, du könntest schon ausgesorgt haben, wenn du einfach weiter die *Glorie* verkaufst. Auch, wenn es vermutlich schwer wird, Fulva so weit im Süden zu finden.«

Er schüttelte den Kopf, jetzt voll vom Tosen umfangen und geradezu unbeschwert. Seine Zuckungen wurden zu einem leichten Zittern, während er von seinem eigenen Lebensweg erzählte.

»Ich und Kheld zogen eine Weile gemeinsam weiter. Zusammen mit Milu, Bresken, den anderen, die nach Westen gingen. Digs, Connas'q, Stixie – die blieben im Osten. Ich nehme an, sie wollten nach Hause. Es gab dort genug Ärger, um ihre Geldbeutel zu füllen; all diese Streitereien mit dem Ten-Clan, den Roten Hügeln und den Viraten. Dithnir zog wieder nach Tarantrea, aber ich habe keine Ahnung, was aus ihm geworden ist.«

»Und die anderen? Mirisham und Valdir? Was ist mit Shale?«

Er schüttelte den Kopf. »Shale war ein harter Hund, aber er und sein Freund Gant, die waren zu still, zu ernst. Bresken sehe ich noch immer regelmäßig, sie ist jetzt auch bei der Wacht. Bewacht Lagerhäuser in der Korallenbucht. Wann immer ich dort bin, setzen wir uns zu ein paar Gläsern und einer Pfeife zusammen. Von den anderen weiß ich nichts, Ki. Keine Ahnung, wo sie sind. Also, wie wäre es mit einer Pfeife, um der alten Zeiten willen?«

Er rollte sich auf die Knie und wühlte in einer Tasche neben sich herum, wobei er dem Kessel über dem Feuer mehr Beachtung schenkte als seinen toten Karawanenleuten. Er war kraftlos, das Kraut hatte mehr von ihm eingefordert als nur das übliche Drudha-Scherflein. Wie so viele, die zu lange in ihren eigenen Gebräuen und Rezepturen schwelgen, war seine Haut grünlich, moosartig, feucht, und seine Glieder zitterten wie die einer Marionette, an deren Fäden ein betrunkener Puppenspieler zieht. Ihm blieben vielleicht noch ein oder zwei Jahre ... Vielmehr, sie wären ihm geblieben.

»Ich hätte eine Pfeife mit dir geraucht, Ibsey. Es wäre eine gute Art gewesen, sich zu verabschieden. Aber du wirst tot sein, bevor du zu Ende rauchen könntest. Streck die Zunge raus.«

Er zögerte, drehte den Kopf leicht in meine Richtung und begann dann, ihn zu schütteln. »Was hast du getan, Ki?«

»Es gab mal eine Zeit, da hättest du es gemerkt. Früher haben dir deine Nase und deine Zunge sofort verraten, was in einer Paste steckt.«

»Verfluchtes Akonit.« Seine Zunge leckte ein paarmal übers Zahnfleisch, um seinen Verdacht zu bestätigen. Gleichzeitig suchte er weiter nach seinem Tabak, obwohl es ihm nun schwerer fiel, das Zittern der Finger zu kontrollieren. Schließlich drehte er sich zu mir herum, Tränen in seinen Augenwinkeln.

»Ich kann meine Hände nicht mehr spüren. Würdest du mir die Pfeife anzünden, Ki?«

Ich ließ ihn mitsamt seinen Münzen bei den anderen Leichen zurück und machte mich wieder auf den Weg zur Küste.

Er hatte die Wahrheit gesagt, was Bresken anging. Die einzige Frau, die Kailen je zum Duell gefordert hatte, arbeitete bei den Lagerhäusern der Wacht. Ich beobachtete sie, als sie nach ihrer Schicht von dort aufbrach und mit einem anderen Wachmann die nächste Taverne ansteuerte. Einst war sie eine großartige Schwertkämpferin gewesen, ein natürliches Talent, mit der linken Hand ebenso gut wie mit der rechten. Im Kampf mit zwei Klingen war sie sogar für Sho ein ebenbürtiger Gegner. Der Zweikampf zwischen ihr und Kailen war eine der Erinnerungen, die im Hanwoq zu mir zurückgekehrt waren, und neben dem Duell mit Shale, das wir nie gesehen hatten, war dieser Kampf der wohl knappste Sieg, den Kailen je errungen hat. Wenn sie einen guten Trank intus hatte, stand sie Harlain oder Shale, Sho oder Gant in nichts nach, und sie vermochte es, andere zu inspirieren.

Jetzt trug sie nur ein Schwert, und sie schlurfte langsam dahin, als hätte sie Schmerzen. Ich folgte ihr und der anderen Wache in die Taverne und suchte mir eine Ecke, von wo aus ich sie beobachten konnte. Die ersten beiden Gläser kippte sie schnell und wortlos hinunter, und der Alkohol schien sie zu beruhigen; Bresken war eine Säuferin geworden. Eine Zeitlang unterhielten sich die beiden, aber nach ein paar weiteren Gläsern verabschiedete sich ihr Begleiter, und nachdem er gegangen war, setzte ich mich neben sie. Sie war gerade dabei, mir zu erklären, dass sie keine Lust auf Gesellschaft hatte, als sie mich erkannte.

»Kigan? Was zur Hölle …?« Sie beugte sich vor und küsste mich auf die Wange. Obwohl nur ein paar Kerzen an den Wänden brannten, war es hell genug, um zu erkennen, wie tief sie gesunken war.

»Bresken, es ist schön, dich zu sehen. Ich bin Ibsey und seiner Karawane begegnet, als ich aus dem Süden kam, und er meinte, dass ich dich hier finden könnte.«

»Was kann ich für dich tun? Suchst du Arbeit? Oder brauchst du Hilfe bei einem Auftrag?« Sie rutschte ein Stück von mir fort, um mich besser in Augenschein zu nehmen. »Du siehst gesund aus, Kigan. Verdingst du dich immer noch als Söldner?«

Sie klang hoffnungsvoll; vermutlich glaubte sie, ich könne sie tatsächlich als Kämpferin brauchen.

»Ich muss wissen, wo der Rest der Zwanzig ist. Hast du außer Ibsey sonst noch jemanden gesehen?« Ich winkte der Schankmagd zu und deutete auf eine Flasche.

»Willst du die alte Gruppe wieder vereinen? Arbeitest du noch immer mit Kailen zusammen?«

»Nein. Und nein. Einer von ihnen hat mich hintergangen.« Ich zeigte ihr meine Tätowierung.

»Das ist übel. Ich dachte, du hättest für den Rest deines Lebens ausgesorgt, als du dich der Kinder dieses alten Königs angenommen hast. Wie hieß er gleich noch?«

»Doran.«

»Ja, Doran. Petir war der Junge, falls ich mich noch recht erinnere.« Die Flasche wurde vor mir abgestellt, ich reichte dem Mädchen eine Münze und füllte dann Breskens Glas. Sie trank mit tiefen, gierigen Schlucken, als könnte sie gar nicht schnell genug betrunken werden.

»Weißt du noch, was damals passiert ist? Es war in Schlangenwald, als man mich zum Sklaven machte. Wir hatten gerade unseren Dienst für den König erledigt. Er wurde dann abgesetzt.«

»Ich kann mich nicht erinnern, dich in Schlangenwald gesehen zu haben, Kigan. Sie meinten, du wärst bei Ibsey, Dithnir und den anderen.«

»Hast du vielleicht Mirisham, Valdir oder Kailen gesehen?«

»Nein, ich glaube, die waren schon weitergezogen. Ich blieb ein paar Tage mit Kheld dort. Ja, ich erinnere mich: Sie sagten, sie wollten weiter. Was du da von mir wissen willst, ist schon verflucht lange her.«

Sie nahm etwas Kannab aus ihrem Beutel und schob es sich in die Wange, dann angelte sie sich einen Spucknapf vom Fenstersims hinter uns. Sie bot mir ebenfalls das Kraut an, und ich konnte sehen, dass es gestreckt war. Sie verdiente wohl nicht allzu gut. Nicht, dass es einen Unterschied machte; ich habe mit Kannab nichts mehr am Hut.

Sie fragte nach meiner Zeit als Sklave, und ich gab ihr einen Teil der Antwort. Anschließend begann sie, über ihr eigenes Los zu klagen, über ihre Unterkunft im Wachhaus, darüber, wie sie und die anderen Roten ihr Einkommen ein wenig aufbesserten, wenn der Hauptmann nicht zugegen war. Sie hatte Dorans Gold in ein paar Schiffe investiert, und als daraus nichts geworden war, hatte sie angefangen, für die Wacht zu arbeiten. Aber hier, so weit von Candar und den Alten Königreichen entfernt, waren die Roten kaum mehr als eine Schlägerbande. Sie hatte sich einem Hauptmann angeschlossen, der die Wacht übernehmen und sie zu einer unabhängigen Gruppe machen wollte. Aber der Versuch war schiefgegangen, und als die Unruhen sich gelegt hatten, war Bresken für ein paar Jahre im Gefängnis gelandet. Sie hatte alles verloren, und die Tränke und der Alkohol hatten ihr offenbar den Rest gegeben. Ihr eines Bein war lahm, ihre Sehkraft geschwächt, und ich bezweifelte, dass selbst ich ihr helfen könnte. Nicht, dass ich es vorhatte.

Zu sehen, was aus ihr geworden war, erfüllte mich mit Abscheu. Mehr Abscheu, als ich bei irgendeinem der anderen empfunden hatte. Neben Shale war sie die eine Kämpferin gewesen, die ich bewundert hatte, und eine der wenigen, mit denen ich reden konnte, die den Wert meiner Arbeit verstanden, wenn ich und Ibsey neue Mixturen an den Gefangenen testeten, die wir für solche Zwecke am Leben gelassen hatten.

Ich wartete ein paar Stunden, bis sie volltrunken war, dann half ich ihr auf und führte sie aus der Taverne. Nachdem ich sie in eine stille Gasse bugsiert hatte, rammte ich ihr ein Messer in die Seite und ließ sie zu Boden sinken, sodass sie gegen die Wand gelehnt zu Sitzen kam. Ich beugte mich zu ihr herunter, aber in der Dunkelheit war wenig mehr zu erkennen als die rundlichen Umrisse ihres Gesichts, aufgeweicht durch die Wacharbeit und den Alkohol.

Bresken hatte viel Pech gehabt, und jetzt war sie tot. Niemand würde sie vermissen. Einst war ihr Leben glorreich gewesen, aber seitdem hatte sie es einfach nur verschwendet, während sie darauf wartete, dass ihr Körper den Geist aufgab. Es hätte keinen Sinn gehabt, ihr zu sagen, wie enttäuscht ich von ihr war.

Ich glaubte ihr zwar, dass sie an dem Verrat in Schlangenwald nicht beteiligt war, aber sie hätte die anderen warnen können, dass sie mich gesehen hatte. Der Prinz hatte ja auch schon vermutet, dass ich mit den Morden an Milu, Digs und Harlain zu tun hatte. Die Münze, die ich in Breskens Schoß zurückließ, sollte dafür sorgen, dass es keine weiteren Ermittlungen gab, wenn man sie hier fand. Niemand würde meinen Plan durchkreuzen, schon gar nicht ein erbärmliches und krankes altes Weib.

Ein paar Tage später zahlte ich für eine Überfahrt auf einer Galeere, zurück auf die andere Seite der Sar. Die Reise verbrachte ich von Angst zerfressen unter Deck, um dem Anblick der blauen Wellen und den Erinnerungen an meine vergangene Pein zu entfliehen. Eine Pfeife mit Rosie hielt mich einigermaßen ruhig, bis wir Mousakhor erreichten, einen Hafen des Ten-Clans.

Es war offensichtlich, dass ich mich von allen Überlebenden zunächst Mirisham und Valdir zuwenden musste. Da es aber keine direkte Spur zu ihnen gab, zog ich weiter gen Osten, in der Hoffnung, dort entweder Sho oder Elimar zu finden, wenn sie denn in ihre Heimat zurückgekehrt waren.

Obwohl die Korruption in den Viraten allgegenwärtig war, blühte der Handel, hauptsächlich, weil diese Länder so viel zu exportieren hatten: Silber, Gold, Molasse, Silberhäute – ein feines und äußerst zähes Leder, das von speziell gezüchteten Schweinen stammte – und dann natürlich der Handel mit Pflanzen, vor allem Teesorten, Kaffin und Ska.

Auf den Meeren und in den Häfen wimmelte es vor Gildenschiffen aus den Alten Königreichen, Schiffen von den näher gelegenen Inseln und Fahrzeugen der Wacht. Möglichst viel Profit aus ihnen herauszuwringen, ohne dabei an Gunst zu verlieren, das war das Maß, nach dem der aktuelle Schwarzhand-Herrscher gemessen wurde, bis er wie seine Vorgänger vor ihm irgendwann einen Fehler zu viel machte.

Zunächst plante ich, im Merz zu bleiben, einem Hafen, den ich bislang nur einmal hatte ertragen müssen. Auf der Suche nach Informationen schien mir ein Ort so gut wie jeder andere, doch schon bald stellte ich fest, dass ich nicht der einzige war, der sich für die Zwanzig interessierte. Ich entdeckte Plakate, die im

Namen eines Alon Filston aufgehängt worden waren, wo immer seine Gildenschiffe vor Anker gingen – eine Aufforderung, sich zu melden, falls man etwas über die Söldner wusste.

Mein erster Gedanke war, dass sie wegen der Morde hinter mir her waren, aber der Name auf dem Plakat schien mir neu. Natürlich war ein großer Teil meines Gedächtnisses verlorengegangen, trotzdem hatte ich das seltsame Gefühl, dass mir dieser Alon auch früher nicht bekannt gewesen war.

Issana war weit entfernt, aber ich konnte das Plakat nicht ignorieren.

Ich traf gerade Vorbereitungen für meine Rückreise, als ich herausfand, dass Sho sich im Povey-Tal befand, nur ein paar Meilen landeinwärts vom Merz. Er war in der Region wohlbekannt, denn er hatte sich mit einer einheimischen Bande zusammengetan, die zwar nur eine untergeordnete Rolle spielte, aber dennoch eine eigene Anlegestelle am Hafen kontrollierte.

Kigans Schilderung seines Treffens mit Galathia lasse ich aus, da es bereits in ihren Aufzeichnungen behandelt wurde.
Goran

Dann erfuhr ich, dass Elimar tot war. Ich erinnerte mich daran, dass er unter den Bauern im Hochland von Corobsmund Familie hatte. Er war nicht zu ihnen zurückgekehrt, aber Reisende, die aus der Region stammten, hatten ihnen erzählt, dass er im Dienste eines Schwarzhand-Kriegsfürsten gestorben war. Zu schade, denn wir hatten einander gehasst, und ich hatte gehofft, ihn selbst umbringen zu können.

Es wurde offensichtlich, dass ich nach Issana musste, um herauszufinden, wer dieser Alon Filston war und warum er nach Informationen über die Zwanzig suchte. Ich hatte Galathia nicht gleich erkannt, maskiert, wie sie war, und als ich Sho aufsuchte, nahm ich noch an, dass sie und ihre Mannschaft gedungene Mordgesellen wären, angeheuert von diesem Gildenmeister. Ich beschloss, ihnen nicht weiter nachzusetzen und mich stattdessen ihm selbst zu widmen, wo er doch so offen nach den Zwanzig suchte.

Auf dem Weg nach Issana beschloss ich, mich in Jua nach Neuigkeiten über Bense umzuhören. Ich fand ihn ohne große Mühe, in Diensten eines Lords, gezeichnet von den Nebenwirkungen billiger Betonie und anderer Formen von Opia. Ich hatte mir schon gedacht, dass er zu einem Druuper geworden war, aber er machte sogar einen noch schlimmeren Eindruck als Ibsey. Der hatte zumindest noch eine Karawanenmannschaft zusammenhalten können.

Als ich das Kummerkraut zum ersten Mal bei Bense einsetzte, verriet er mir, dass er vor Kurzem Stixie gesehen hätte. Und dieser hatte von einer Begegnung mit Kailen erzählt, was die Sache gleich viel interessanter machte. Offenbar war Stixie mit Bense in Kontakt geblieben, und er hatte vor, Kailen zu einem gemeinsamen Treffen zu überreden. Also entschied ich, Bense am Leben zu lassen.

Er war leicht zu kontrollieren; ein wenig Betonie, durchsetzt mit Grünkopf-Kannab, und er tat genau das, was ich von ihm verlangte. Im Lauf der nächsten paar Wochen machte ich ihn zu meinem Diener, und ich versicherte mich, dass er jedem meiner Befehle ebenso gehorchte wie denen seines Lords, ganz gleich, wie obskur die Anweisungen auch waren oder wie sehr sie seiner Natur zuwiderlaufen mochten. Ich testete seine Bereitschaft, Stixie und, wichtiger noch, Kailen zu hintergehen, mich über ihre Bewegungen auf dem Laufenden zu halten, während Bense sich ihr Vertrauen erschlich. Ich setzte das Kummerkraut erfolgreich ein, um ihn mir, und mir allein untertan zu machen, und im Gegenzug für diese extrem süchtig machenden Gebräue würde er meine Identität geheim halten.

Stixie war berühmt für seinen Bogen, und selbst bei seinem eigenen Volk, dessen Schützen in den gesamten Königreichen Bewunderung ernteten, galt seine Spannhand als eine der stärksten.

Ich glaube nicht, dass ich je in der Lage war, seinen Bogen zu spannen, egal ob nun mit Gebräu oder ohne. Die verschiedenen Holzarten, vorne Esche, die Arme aus Osim, waren über Monate hinweg zusammengepresst worden, ehe der Bogen schließlich sein ganzes Potenzial erreicht hatte. Die ›Vier‹, so nannte man ihn, weil Stixie einst vier Männer in voller Rüstung mit einem einzigen Pfeil durchbohrt hatte. Und natürlich schnitzte und befiederte er seine Pfeile selbst, damit sie der Kraft der Waffe standhielten.

Bense hatte mich daran erinnert, das Stixie stets das jährliche Hillfast-Turnier besuchte, wo Krieger aus allen Ecken der Welt zusammenkamen, um Ruhm zu erringen, sei es nun für sich selbst oder, und das kam weit öfter vor, für einen Gönner. Im Verlauf von zwei Wochen wurden allerlei Einzel- und Gruppenkämpfe ausgetragen, wobei die Disziplinen, in denen es um Leben und Tod ging, die größten Zuschauermengen anzogen. Zwischen den Wettkämpfen bekamen Drudhas Gelegenheit, ihre Fähigkeiten zu demonstrieren. Viele erschienen eigens, um ihre Akademien zu repräsentieren. Das wiederum zog die Einkäufer der großen Gilden und Lords an, die nach neuen Tränken für ihre Kämpfer suchten. Gleichzeitig pflegten die Kriegsakademien der alten Königreiche während des Turniers auch althergebrachte Animositäten und Rivalitäten. Stixie hatte jedes Jahr, in dem ich die Mixturen für ihn zubereitete, die Bogenmeister-Disziplin dominiert.

Hillfast war eine große Zitadelle, auf der einen Seite eines Kanals errichtet, die im Lauf der Jahrhunderte immer weiter angeschwollen war, bis sie sich schließlich in eine der großen Städte an der nördlichen Sar verwandelt hatte, die Pforte zur Sardanna-Enge, welche ich einst unter Deck der *Launischen Maid* passiert hatte.

Ich ritt direkt zur Station der Wacht und ließ mir von einem Roten den Weg zum Turnierfeld weisen, welches sich noch immer auf einer großen Ebene nördlich der äußeren Stadtmauer befand. Fähren drängten sich am Ufer, Männer und Jungen riefen mir ihre Preise für die Überfahrt zu, und auf der anderen Seite warteten noch mehr Gestalten, von Bandenmitgliedern über Taschendiebe bis hin zu Huren. Alles war käuflich, aber nur wenig entsprach seiner Beschreibung. Meine Hautfarbe, die jetzt tiefer und fließender war als während all der Jahre bei Lorom Haluim, hielt diebische Blicke und aufdringliche Angebote von mir fern, aber ich behielt meine Kapuze tief in der Stirn, um mich gegen den beißenden Wind zu schützen, während ich einem schlammig gewordenen Pfad und hunderten weiterer Zuschauer zu den Kampfplätzen und -gruben folgte. Die jungen Männer direkt vor mir konnten ihren billigen Rausch nicht verbergen; sie schubsten einander, lachten wild und ließen einen Schlauch in der Runde umhergehen, wobei sie über die Ergebnisse des Tages spekulierten. Weitere Söldner marschierten oder ritten an mir vorbei, unterwegs, um bei den diversen Fraktionen und Gilden nach Arbeit zu fragen. Sie waren die einzigen, die nicht von den pustelübersäten Ex-Soldaten behelligt wurden, die hier überall um Almosen bettelten. Und auch nicht von den Barden, die mit brüchiger Stimme zwischen ihren Tanzliedern und Balladen wechselten, je nachdem, aus welchem Land die vorbeistapfenden Reisenden stammten.

Als ich die eisernen Tore passiert hatte und innerhalb der Mauern war, umfing mich eine übelriechende Kakophonie aus Rufen und Musik, eine Masse aus Reich und Arm, die sich auf den schlammigen Wegen dahinschob. Sie wurde eingefasst von Pavillons, über denen die Banner der verschiedenen Gilden oder Lords wehten, und von den Wägen der Händler, Kocher und Unterhalter, die alle Zwischenräume füllten. Vor uns erhoben sich die Steinmauern der Arenen, insgesamt sechs an der Zahl, auf deren Galerien und Stufen sich eine schreiende, Wetten abschließende Tausendschaft zusammendrängte.

Das Donnern von Hufen erklang aus der nächstgelegenen dieser simplen Bauten. Die Bewohner der Zitadellen hatten nie ein großes Verlangen nach Eleganz oder Ausschmückungen gehabt, und ich muss zugeben, ich bewunderte diese Eigenschaft. Denn war der Exzess der Form nicht letztlich nur ein weiteres Mittel zur Beschwichtigung der unwürdigen Masse? Und war sein Preis nicht zu hoch, um diese Funktion innerhalb der Gemeinschaft zu rechtfertigen?

Ich passierte das Zentrum des Geländes und begann, mich nach den Bogenschützen umzusehen, die die Felder am Rand der gewaltigen Turnieranlage beanspruchten.

Vom Keuchen der Zuschauer zu einem dieser Schießplätze gelockt, erblickte ich schließlich Stixie. Seine auffälligen, weißen Reithosen und die silbern bestickte Weste waren im Lauf der Jahre ausgeleiert und zur Farbe von Regenwolken verwaschen. Aber er trug noch seinen lächerlichen Schnurrbart, geölt, gezwirbelt und inzwischen selbst zu einem fleckigen Silber verfärbt. Bei seinem Anblick musste ich unwillkürlich an die tiefblaue Feder denken, die stets seine runde Filzkappe geziert hatte. Aber die war inzwischen verschwunden.

Sein Bogen war noch immer prachtvoll, ein großes, seltenes Meisterstück und eine wahre Augenweide. Nachdem er sich vor den Zuschauern verbeugt hatte, hieß er einen Burschen, achtzig oder neunzig Schritte entfernt, mehrere Holzschilder aufzustellen, zwischen denen Getreidesäcke aufgehängt waren. Er spielte mit den Zuschauern und wurde mit Kupfer übergossen, als er uns aufforderte, noch mehr Schilde zu verlangen.

Vier davon standen schließlich vor und zwischen den Säcken, und jene, die ihn bereits in vergangenen Jahren gesehen hatten, riefen seinen Namen, woraufhin auch der Rest mit einstimmte.

Stixie wählte einen Jungen aus der Menge und lud ihn ein, zu ihm auf den Schießplatz zu kommen. Dann reichte er ihm den Bogen und forderte ihn auf, die Waffe zu spannen. Der Knabe schaffte es natürlich nicht einmal, der Sehne ein Knirschen zu entlocken. Sie bestand gewiss noch immer aus Hanf und Rivvywurzel, auf eine Weise verflochten, die außer den Bogenmachern seines Volkes nur die wenigsten beherrschten.

Nachdem er mit den ausladenden Bewegungen eines Unterhalters um Applaus für den Jungen gebeten hatte, bot er eine Silbermünze für den, der es schaffte, den Bogen ganz zu spannen, und zehn weitere, falls der Kandidat es obendrein schaffte, den vordersten Schild zu treffen.

Ein kräftiger Mann, seinem Körperbau nach zu schließen ein Schmied oder Holzfäller, wurde unter Grölen nach vorne auf den Schießplatz geschubst. Neben Stixie wirkte er schmächtig, dennoch reichte dieser ihm den Bogen. Es war ein netter Trick, denn der Kerl hatte natürlich kein Kraut intus, das seine Muskeln anschwellen ließ, wodurch der eigentliche Schütze noch stärker wirkte.

Der Mann hielt den Bogen selbstbewusst vor sich, um ihn zu spannen. Er begann, vor Anstrengung zu zittern, und nachdem er zunächst nur zwei Finger benutzt hatte, zog er nun mit der ganzen Hand an der Sehne. Aber er vermochte sie nicht weiter als einen Fingerbreit zu bewegen. Er blickte verdutzt drein, errötete, als das Publikum jubelte, und gab Stixie den Bogen zurück, um sich zu seinen Freunden zurückzuziehen. Niemand sonst wollte vortreten, und ein langsames Klatschen setzte ein. Jetzt zog Stixie einen silbernen Pfeil mit weißer Feder aus einem Köcher; seine Pfeile waren länger und schwerer als alle, die ich je gesehen hatte. Aber das mussten sie auch sein, um der Wucht standzuhalten, wenn sie von dieser Sehne flogen.

Er hob den Bogen, zupfte einmal leicht an der Sehne, etwas, das er in jüngeren Jahren noch nicht nötig gehabt hatte, und dann spannte er die Waffe. Es war so schwer, dass die Muskeln unter der Belastung hervortraten, während er sich abverlangte, was allein die Pflanze geben konnte.

Als der Bogen voll gespannt war, atmete er aus und ließ den Pfeil davonschießen. Ich fragte mich einen kurzen Moment lang, ob er danebengeschossen hatte, dann barst der vorderste Schild entzwei und die Hälften kippten nach hinten gegen den Getreidesack, der förmlich explodierte. Die anderen Säcke und Schilde platzten gleichsam auseinander, und der Pfeil zersplitterte an einem natürlichen Felsvorsprung hinter den Zielen.

In besseren Tagen hatten geschlachtete Bullen dort gehangen, wo sich nun die Schilde befanden. Stixie ließ den Jubel über sich hinwegbranden, bis die Menge sich anderer Unterhaltung zuwandte. Dann blaffte er seinen Jungen an, er solle ihm beim Einsammeln der Münzen helfen, bevor andere Aasgeier sie ihnen wegschnappten.

Er blickte aus dem Knien auf, als ich nähertrat und ihm eine Silbermünze hinwarf.

»Kigan?«

»Du bist so stark wie eh und je, Stix.«

»Kigan, du lebst!« Er stand auf, und nachdem er kurz die Münze betrachtet und sie dann hastig eingesteckt hatte, legte er mir besorgt die Hand auf die Schulter. »Hat Kailen dich also zu guter Letzt gefunden?«

»Kailen?«

»Ja, er hat mir eine Nachricht aus Sporn geschickt. Ich wollte dorthin, sobald das Zielschießen vorbei ist.« Wir gingen zum Rand des Schießplatzes.

»Was für eine Nachricht …?«

»Jemand bringt die alte Truppe um, Kigan. Kailens Zwanzig. Mehrere von uns hat es bereits erwischt: Harlain, Kheld, den Prinzen … Ich dachte, du wärst deswegen hier.«

»Weiß er, warum das passiert?«

Stixie zuckte mit den Schultern.

»Ich glaube, wir sollten uns einen Branntwein genehmigen, Stix. Es gibt anscheinend viel zu besprechen.«

Er rief dem Jungen zu, der daraufhin herbeieilte.

»Ich hab alle«, keuchte er.

»Nimm zwei für dich und hol dir was zu essen.«

»Ist das …?«, begann ich.

»Mein Sohn, ja. Aber ich kann mich beim besten Willen nicht erinnern, wer die Mutter ist. Irgendeine Frau hat ihn letztes Jahr zu mir gebracht. Er hat meine Augen, das lässt sich nicht leugnen.«

Das strahlende Blau, das ihm einst so viele Herzen hatte zufliegen lassen, als wir mit Kailen hurend durch die Welt gezogen waren, war noch immer da, aber die Haut drumherum und die ungezähmten Borsten seiner Brauen hingen schlaff herab. Er wirkte müde, und der Trank, den er für seine Darbietung genommen hatte, ließ ihn nun unter Krämpfen erzittern. Seine Haut war noch von derselben Farbe, die ich im Gedächtnis hatte, aber meine schien ihn umso mehr zu faszinieren, während er sie im Licht des späten Nachmittags betrachtete.

»Das Leben war gut zu dir«, meinte er.

Sein Sohn würde meinen Geldbeutel neben dem seines Vaters finden. Ich hegte keinen Hass gegen ihn. Stixie stellte keine Fragen, glaubte nicht, dass irgendetwas Schlimmes geschehen war. Er sagte, dass er nicht in Schlangenwald zu uns gestoßen sei, und es stimmte. Aber er durfte meine Pläne nicht stören. Er wusste zu viel, und nun, da er mich gesehen hatte, konnte ich nicht zulassen, dass er sich noch einmal mit Kailen traf.

Kailen. Ihn würde ich als nächsten töten. Er würde natürlich auf mich vorbereitet sein. Es war ein aufregender Gedanke, dass alles perfekt geplant und durchgeführt werden musste. Es würde ein Test all dessen sein, was ich gelernt hatte.

15. KAPITEL

Kigan

Jetzt haben wir dank Kigans Aufzeichnungen einen Überblick gewonnen über sein Leben seit der Sache in Schlangenwald wie auch über das weitere Schicksal der anderen Überlebenden von Kailens Zwanzig. Da scheint es mir angemessen, nun, da sich seine Suche ihrem Ende nähert, von seinem Besuch bei Kailens Frau Araliah zu berichten.
Goran

Kailen hatte seine Schäfchen zweifellos ins Trockene gebracht.

Der Wind trug den süßen Duft der Orangenhaine heran, als wir sein Anwesen erreichten. Ein paar Leute aus Alons Gefolge, angeführt von Laun und ihren Agenten, hatten bereits die Außenmauern überwunden und näherten sich schon dem Wohnhaus selbst, wie wir durch das Haupttor erkennen konnten. Zu Fuß und mit gezogenem Schwert ging ich auf die beiden Torwachen zu. Einer stieß in sein Horn, aber es nützte ihnen nichts mehr. Sie waren gut ausgebildet, und so dauerte es eine Weile, bis sie dank meiner verpesteten Klinge röchelnd zu Boden gingen. Aus genau diesem Grund hielten sich unsere Soldaten währenddessen im Hintergrund. Kein Gegengift, keine Gesichtsvermummung konnte etwas dagegen ausrichten. Nur jemand, der die Gegenmaßnahmen kannte, vermochte den tödlichen Schwaden zu entgehen.

Vor uns, am Ende der langen Straße, die vom Tor zum Haupthaus führte, geleitete Alons Trupp die Männer, Frauen und Kinder aus dem Gebäude ins Freie. Selbst aus der Entfernung von fünfzig Metern war Araliah bestens unter ihnen auszumachen. Laun und die Männer scharten sich um sie und gestikulierten, doch sie schubsten sie nicht herum oder legten anderweitig Hand an sie. Daher bewegte sie sich nun ungehindert auf uns zu.

»Ihr werdet meine Arbeiter gehen lassen. Wenn Ihr hier etwas zu erledigen habt, wofür Bewaffnete vonnöten sind, wie sie nur ein reisender Händler anheuern würde, dann haltet Euch an mich. Kailen ist nicht da.«

Galathia sah, wie ihr Mann förmlich im Anblick dieser Frau ertrank, die ein dunkelgrünes und am Dekolletee tief ausgeschnittenes Gewand trug. Sie war barfuß, unter seinesgleichen ein Skandal, und ihre Schönheit war der von Galathia mehr als ebenbürtig. Araliah trug ihr dunkles Haar in einem lockeren Knoten, was umso reizvoller war, da sich einige Strähnen daraus gelöst hatten und ihr ins Gesicht fielen.

»Ihr dürftet Araliah sein, also müsstet Ihr eigentlich wissen, dass Euer Mann tot ist«, sagte Galathia.

Nachdem sie Galathias Blick einige Sekunden standgehalten hatte, wandte sich Araliah um und rief nach ihren Leuten. Begleitet von Alons Männern kamen sie heran. Die Kinder rannten auf ihre Dienstherrin zu, umklammerten ihre Beine und Taille. Sie hatten Angst um diese Frau.

»Nur ein Wort, Herrin, und wir werden tun, was in unserer Macht steht, um Euch zu beschützen«, sagte ein alter Mann, der an ihre Seite getreten war.

»Nein. Dieser Mann dort wird schon bald für die Farbe büßen, und das nicht zu knapp. Davon abgesehen trägt er einen Drudha-Gürtel. Die Männer bei der Dame wiederum sind Agenten der Wacht. Niemand von uns könnte ein Schwert gegen sie erheben und das überleben. Bedenkt, wie schnell sie Turan und Ancel erledigt haben. Dein Leben, Imbrit, gilt ihnen nichts, ebenso wenig wie das der Kinder oder irgendjemandes von uns. Nein, ihr müsst heimgehen, während ich versuche herauszufinden, was dieser Herr eigentlich von mir will. Ich vermute, die junge Dame und ihr Ehemann sind nicht seine Handlanger.«

Die Bediensteten der Plantage setzten sich in Bewegung, bevor auch nur einer der Agenten oder Alons Männern dagegen protestieren konnte. Sie war fraglos eine Hochgeborene und gewohnt, Befehle zu erteilen. Schon bald standen wir allein um sie herum, während das Weinen und Jammern der Kinder, die wollten, dass Araliah mit ihnen kam, allmählich in der Ferne verebbte.

»In Anbetracht der Größe dieses Anwesens erscheint es mir nur sehr unzureichend bewacht, meine Dame«, meinte Laun.

»Die anderen Wachen eskortieren derzeit unsere Orangenernte auf ihrem Weg zur Küste, wo die Früchte gepresst und gemischt werden. Nur wenige Menschen in dieser Gegend bringen dem Besitzer dieser Plantage nicht den nötigen Respekt entgegen. Wollt Ihr nicht hereinkommen? Ich habe Wein und Schinken, und die Kinder haben gebacken.«

»Wir sind nicht hier, um mit Euch zu speisen«, erwiderte Alon.

»Oh, das hatte ich auch nicht angenommen, wie ich auch nicht glaubte, dass Ihr mit guten Absichten gekommen seid. Oder dass mir Wein und Schinken bei dem, was mich erwartet, irgendwie zum Vorteil gereichen könnten. Doch Eure Männer müssen sich stärken, wenn es denn ihr Auftrag sein soll, am Ende das in Schutt und Asche zu legen, was hier aufgebaut wurde.«

Wieder wandte sie uns den Rücken zu und schritt durch das Spalier der unverhohlen lüstern starrenden Soldaten auf den Haupteingang des Hauses zu.

Nachdem ich den Klingenschutz angebracht hatte, rieb ich mir mit einer Handvoll getrocknetem Kummerkraut Gesicht und Hände ab. Wenn Araliah damit in Kontakt kam, würde sie vorübergehend zugänglicher werden. Kurz bedauerte ich diese Maßnahme, denn sie schien eine anständige, furchtlose Frau zu sein. Galathia starrte mich wütend an, als sie vom Pferd stieg. Sie erwartete offenbar, dass man irgendwas wegen dieser Missachtung unternahm. Dabei war Araliahs Wesen dem ihrem nicht unähnlich, was sie anscheinend fuchste, ohne dass es ihr bewusst war. Alon folgte uns auf dem Fuß.

Araliah brachte aus der Küche geräucherte Schinken, Früchte

und Krüge mit Wein herbei. Sie bat Laun, ihr bei der Verteilung behilflich zu sein.

»Wie schön zu sehen, dass eine Frau es geschafft hat, eine Gruppe Agenten anzuführen. Eine Frau im Einsatz, das hat es bislang noch nicht gegeben, so habe ich zumindest gehört. Meine Mutter ist eine Kusine des harudanischen Kaisers. Ich finde es köstlich, dass er nach wie vor behauptet, den Roten nie getroffen zu haben. Was für eine Macht dieser Mann doch haben muss, dass selbst ein Kaiser zu seinen Gunsten an offensichtlichen Lügen festhalten.«

Laun errötete und sah zu Galathia hinüber, die ihr mit einem Nicken bedeutete, Araliah zur Hand zu gehen.

»Wart Ihr auch bei den Zwanzig?«, fragte sie mich, als sie den Wein in die Becher goss.

Als sie sich über den Tisch beugte, um mir meinen Becher zu reichen, ergriff ich ihre bloßen Handgelenke und zog sie weiter zu mir. Sie zuckte nicht einmal mit der Wimper angesichts meiner Grobheit.

»Ja, ich bin Kigan, der langjährige Drudha Eures Mannes. Ich könnte jetzt sagen, dass es mir leidtut, was hier geschehen ist und was noch geschehen wird, aber Ihr bedeutet mir nichts. Allein das, was Ihr wisst, hat einen Wert für mich.«

Araliah bewahrte Haltung, während Galathia sich selbst Wein einschenkte und diesen Moment ganz offenbar genoss. »Sie sollte zuerst von diesem Wein trinken, Kigan. Ich traue ihr nicht.«

Ich nahm meinen Becher, hob ihn an meine Nase und stellte ihn wieder ab. Ich sah, wie Araliah die Luft zwischen uns inhalierte und dann den Kopf schüttelte, als die Ausdünstung des Kummerkrauts ihre Sinne erfüllte.

»Der Wein riecht tadellos, Galathia. Und jetzt zu Euch, Araliah. Wusstet Ihr, dass Euer Mann tot ist?«

Ich sah, wie sich die Frage in ihren Augen widerspiegelte, und sie begriff, dass jedes Wort, das ihren Mund jetzt verließ, der Wahrheit entsprechen würde. Es war derselbe Blick der Erkenntnis wie vormals bei Milu. Sie schüttelte den Kopf.

»Ihr müsst es aussprechen, Araliah. Wusstet Ihr, dass er tot ist?«

»Ja.« Ihre Augen füllten sich mit Tränen, und sie versuchte, sich aus meinem Griff zu lösen. Mit meiner anderen Hand griff ich in ihr Haar, zog sie noch näher zu mir heran und presste meine Wange an ihre.

»Wer hat es Euch gesagt?«, flüsterte ich.

Sie zitterte. »G-, Gant und Shale.« Sie atmete schneller, versuchte noch immer, sich zusammenzureißen.

»Habt Ihr sie gefickt?«, fragte Galathia, während sie an ihrem Becher nippte.

»Gant.«

Entzückt kicherte Galathia auf. »Und? War er gut?«

Araliah nickte und schüttelte gleichzeitig den Kopf, das Zittern wurde immer stärker. Da ließ ich sie los. Das Kummerkraut hatte sich durchgesetzt und bändigte ihren Willen.

»Setzt Euch«, sagte ich. Sie gehorchte, und das Zittern hörte auf. Für ein paar Stunden würde sie nicht einmal scheißen können, es sei denn, ich befahl es ihr.

»Wo sind Gant und Shale jetzt?«

»Sie wollten Bense und Valdir suchen. Um danach Euch ausfindig zu machen, den Verantwortlichen für den Aushang.«

»Gut. Allein ihr Versuch, Bense zu befreien, wird sie verraten.«

Tränen rollten über Araliahs Gesicht. Ein Teil von ihr versuchte noch immer, die Worte zu kontrollieren.

»Wo ist Valdir?«, wollte ich wissen.

»Kailen vermutete, er könnte nach Hause zurückgekehrt sein, nach Langers Ende in Marola.«

»Verstehe. Ich hab zwar keine Ahnung, wo das ist, aber die Wacht könnte für diese Information Verwendung haben. Laun, wir müssen der Wacht eine Nachricht zukommen lassen.«

Alon schnitt einen der Schinken an. »Warum sollten sie nach Bense suchen, wo er doch eingesperrt ist? Und dann auch noch in Jua? Nach der Sache auf dem Weingut wird doch jeder mit Farbe gestoppt und verhört.«

»Aus Loyalität. Alle, die ich tötete, nachdem ich sie befragt hatte, verspürten noch immer so etwas wie Verbundenheit mit den Zwanzig. Gant und Shale sind auf der Flucht, vor der Wacht ebenso wie aufgrund der kürzlichen Ereignisse. Sie suchen nach Antworten, um zu verstehen, wer sie alle tot sehen will. Vielleicht hoffen sie auch, dass Bense und Valdir Licht ins Dunkel bringen können.« Ich wandte mich zu Araliah um. »Wisst Ihr, wo Mirisham liegt?«

»Nein.«

Den Mund voller Honigschinken sprach Alon weiter: »Wird sich Bense uns gegenüber denn loyal verhalten, wenn sie ihn finden? Selbst dreißig Rote könnten sie nicht von der Suche nach ihm abhalten.«

»Er ist ein gebrochener Mann, Alon. Schon lange bevor ich mein Werk an ihm verrichtete, war er abhängig von Harosin. Ich stellte ihn auf eine so starke Ziest-Mischung um, dass ich ihn damit effektiv an mich band. Wenn sie tatsächlich an ihn rankommen, wird er alles in seiner Macht Stehende unternehmen, um uns wissen zu lassen, wo er ist. Wenn nicht, habe ich auch noch einen Mann in petto, der das Gefängnis beobachtet, in dem Bense sitzt. Er wird uns auf alle Fälle benachrichtigen, wenn sie versuchen, zu ihm vorzudringen.«

»Also müssten wir Valdir finden. Es sind nur noch wenige übrig, die wissen, was mit Galathias Vermögen geschehen ist.«

»Natürlich«, sagte ich. »Obwohl es viele Wochen dauern könnte, ihn aufzuspüren, sofern die Wacht dies während unserer Abreise aus Harudan nicht schaffen sollte. Ich empfehle, dass wir uns stattdessen auf Bense konzentrieren. Gant und Shale wissen, wo er ist, und wir auch. Wir könnten nach Cusston reisen und dort einfach abwarten, bis sie uns in die Arme laufen. Außerdem wäre ich dafür, so schnell wie möglich von hier zu verschwinden. Die offensichtliche Ergebenheit von Araliahs Bediensteten wird sie vielleicht geradewegs zu den hiesigen Gesetzeshütern treiben. Tötet ihre Pferde, das wird uns die Zeit verschaffen, die wir brauchen.«

»Laun, kannst du das für uns erledigen?«, sagte Galathia.

»Natürlich. Tofi, Prennen, kommt und lasst und Midgie und Omara finden. Wir zünden die Ställe an, teilen uns auf und brennen auch die Hütten dieser Leute nieder.«

»Nein, Laun, bitte«, weinte Araliah.

»Nur die Hütten, Frau. Wir sind die Wacht.« Sie und die anderen gingen hinaus.

»Es gibt noch einen weiteren Grund, warum wir uns direkt nach Norden zu Bense aufmachen sollten, anstatt Zeit auf die Suche nach Valdir im Westen zu verschwenden«, sagte Galathia. »Das ist etwas, von dem ich nicht wollte, dass Laun es hört. Ich brauche sie an meiner Seite, bis die Nachricht ihren Weg ins Herz der Alten Königreiche gefunden hat und die Wacht sie zurückbeordert. Wir haben nicht viel Zeit. Dieser Brief traf gestern ein. Er ist von Petir.« Aus den Falten ihres Gewandes holte sie ein Schreiben hervor, das auf seiner Reise zerknittert und klamm geworden war.

»Ihr wisst, dass mein Bruder bei einem Kriegsherrn namens Caragula ist und eine riesige Armee anführt. Und diese Armee marschiert geradewegs auf die Alten Königreiche zu. Es hat begonnen. Die Truppen hatten sich schon lange gesammelt und machten sich gerade bereit, aus der tiefsten Wildnis heraus in Richtung der vilmorischen Grenze aufzubrechen, als er diesen Brief verfasste. Sie haben es auf die Wehrlande abgesehen. Die Alten Königreiche sind Geschichte. Ich will meine Rache, bevor das Chaos über uns hereinbricht.«

»Damit wäre auch die Wacht Geschichte«, sagte Alon. »Ausgezeichnet. Nichts würde mich mehr freuen, als ihren Zusammenbruch zu erleben. Die Gelegenheiten, die sich damit für meine Gilde ergeben, sind grenzenlos. Ich vermute, wir wären großartige Verbündete für Caragula.«

»Unterschätzt die Wacht nicht«, sagte ich. »Viel zu wenige, die derzeit noch auf ihren weichgepolsterten Thronen sitzen, wissen, dass sie ihre Sicherheit und ihren Reichtum der Wacht verdanken. Natürlich wird es viele Königreiche und Provinzen im Norden und Süden der Alten Königreiche geben, die sich über ihr

Verschwinden freuen würden, weil sie von ihr abhängig sind, aber die Wacht befehligt mehr Männer als so manche Armee. Und falls Caragulas Streitmacht wirklich so riesig ist, wie du sagst, Galathia, wird sie ihre Schatten bereits vorausgeworfen haben.«

»Da bin ich anderer Meinung, Kigan«, sagte Alon. »Wenn die Wacht für all das steht, was in den Alten Königreichen falsch ist, wird Caragula ihr den Garaus machen. Vorausgesetzt, er tut, was Petir uns hier glauben lassen will.«

Gern hätte ich ihm dargelegt, warum seine Sichtweise falsch war, hätte Galathia unser Gespräch nicht unterbrochen. Angesichts ihrer Erfolge und ihrer Organisationsstruktur wäre die Wacht dazu in der Lage, die Routen in und durch Feindesland unter ihre Kontrolle zu bringen. Und wenn diese durch den Roten richtig genutzt würden, hätte Caragula es ohne seine Unterstützung weitaus schwerer.

»Ach was. Die Vögelchen, die gen Westen ziehen, um vor dem Heranrücken dieser Armee zu warnen, werden kaum einen nennenswerten Vorsprung erlangen«, meinte Galathia. »Und wer an den Grenzen sollte ihnen schon Glauben schenken? Da können sie die schlechte Nachricht noch so nachdrücklich überbringen. Aus den Wilden Landen ist doch noch nie eine Armee von ernstzunehmender Größe oder Disziplin angerückt. In hundert Wintern nicht! Und genau das ist heute ihr größter und alles entscheidender Vorteil.«

»Pflanze gegen Eisen. Sie werden alle umkommen«, sagte Araliah, die imstande war, ihre Meinung frei zu äußern, sofern sie keine Lüge beinhaltete.

»Araliah«, sagte Galathia, »geh doch hinaus zu Alons Männern und bereite ihnen ein wenig Vergnügen, sofern ihnen der Sinn danach steht.«

Araliah erhob sich unsicher, als schlafwandle sie. Alle Farbe war aus ihrem Gesicht gewichen. Sie streifte ihr Gewand ab und ging zögernd vom Speisesaal Richtung Eingangstür.

»Alon, möchtest du dich nicht zu deinen Leuten gesellen?«

»Nein, Galathia, ich …»

»Ach, lass uns allein. Dein Sabbern und Schmachten hat mich verärgert. Stell aber sicher, dass die Frau innerhalb der nächsten Stunden stirbt – sie und wer auch immer beschlossen hat, dieses Anwesen nicht zu verlassen, als sich ihnen die Möglichkeit dazu bot.«

Alon spießte den Schinken mit seinem hübschen kleinen Dolch auf und nahm ihn mit nach draußen. Auf dem Gang wurden Gelächter und Grölen laut.

Galathia erhob sich ebenfalls und schloss die Tür. Das Gejohle wurde dumpf.

»In wenigen Wochen werde ich auf dem Thron von Argir sitzen. Und der Gedanke daran lässt mich feucht werden.« Sie kam näher, setzte sich vor mich auf die Tischplatte, hob ihre Röcke und spreizte die Beine.

»Sei nicht zärtlich.«

Kailen

Man sagte mir, ich könne ihre Leiche nicht sehen.

Aber sie war brillant. Sie hat uns gerettet.

Meine Araliah.

Ich hatte mich im Keller des *Rätsels* verborgen. Statt meiner hatte man irgendein totes Bandenmitglied in einem Sack in das Grab auf den Friedhof in Sporn geworfen. Em und Robbo zogen mich später mit den Füßen zuerst aus dem nicht sonderlich tiefen Loch unter den Bodenplatten des Kellers, wo ein Lufteinschluss mich am Leben erhalten hatte.

Ich hatte großes Glück. In der gesamten geheimen Geschichte dieser Mixtur, deren Zusammensetzung ich hier nicht beschreiben kann, haben es nur wenige fertiggebracht, genau die richtige Menge zu treffen. Es dauerte trotzdem vier Tage, aus dem todesähnlichen Schlaf zu erwachen. Innerhalb einiger Stunden kam ich dann langsam wieder zu mir, konnte mich aber noch immer nicht bewegen. Es sind in dieser Phase schon Männer verrückt geworden, doch ich verlor nie den Glauben daran, dass meine Stärke und meine Körperbeherrschung zurückkehren würden.

Erst viele Tage später konnte ich eine volle Mahlzeit zu mir nehmen, und es dauerte noch ein paar weitere Wochen, bis ich wieder in der Lage war, zu trainieren.

Als ich so weit wiederhergestellt war, um nach Harudan zu reiten, war es schon zu spät.

Meine Leute ließen mich ihren toten Körper nicht sehen und sagten mir auch nicht, warum. Ihre Gesichter sprachen jedoch Bände. Turan und Ancel waren die einzigen vollwertigen Wachen auf meiner Plantage gewesen. Araliah hatte die anderen Angestellten fortgeschickt. Erst viel später begriff ich, warum. Die beiden Männer waren neben den niedergebrannten Resten ihrer eigenen Häuser beerdigt worden. Wie auch die anderen, die, den Überlebenden zufolge, Widerstand gegen die Zerstörung ihrer Heime geleistet hatten.

Jawen, der Quartiermeister, erbat meine Anweisungen, obwohl er die gar nicht benötigte. Er hatte bis zu meinem Eintreffen alles Nötige veranlasst, was mir wieder einmal bestätigte, dass er die Kompetenz besaß, das Anwesen in Schuss zu halten. Das Haus war instand gesetzt worden, das rechte Maß an Vorräten verteilt und Unterstützung von den benachbarten Höfen angefordert, um bei der Arbeit zu helfen. Händler waren ausgesandt worden, um neue Arbeitspferde und Baumaterial zu beschaffen, damit die Behausungen meiner Leute wieder aufgebaut werden konnten.

Die Kinder auf der Plantage hatten Blumengebinde und Früchtekörbe für Araliah zusammengestellt, die sie rund um die Stelle niedergelegt hatten, wo man sie begraben hatte. Von ihrem Grab aus konnte man die Orangenhaine überblicken. Genau dort hatten wir unsere Vermählung gefeiert, auch wenn unsere Familien nicht erschienen waren.

Niemand warf mir meine Abwesenheit vor. Diese Schuld erlegte ich mir selbst auf. Die Mörder waren ohne Ankündigung hier aufgetaucht. Araliah hatte mir nicht einmal mehr eine Nachricht hinterlassen können. Als ich zum ersten Mal von den schwarzen Münzen hörte, hatte ich mich dafür entschieden, sie und die Plantage zu verlassen, um herauszufinden, wer meine alte Schar hinmeuchelte. Ich hatte mich für die Zwanzig entschieden. Habe mich damit für die Vergangenheit und gegen sie entschieden.

Es gab da diesen harudanischen Bühnenautor, wie mein Vater ein Mann aus dem Volk, der ein Stück namens »Die Prüfung des Rotsteinriesen« schrieb, eine kaum verschleierte Satire auf das Alte Kaiserreich, aus dem die Republik Harudan hervorging – und es war sein Meisterwerk. Der Rotsteinriese war ein berühmter Soldat, und das Stück erzählt von seinem Leben.

Als der Rotsteinriese zum ersten Mal nach Jahren wieder nach Hause zurückkehrt, muss er feststellen, dass seine Frau gestorben und beerdigt worden ist (wie auch das angesichts all der Kriege hochverschuldete Rotsteinreich feststellen musste, dass sein Volk aufgrund der Dürren zugrunde gegangen war und die Korruption es von innen heraus zerstört hatte):

So ist also die Umarmung dieser Erde der Lohn für
mein Soldatentum.
Auch diese Söhne stehen abseits.
Ich tötete tausend Männer, hab meine Pflicht erfüllt,
für den Krieg ließ ich zurück dein treues Herz.

Wer sieht, wie die Tage und Wochen zu Monaten und Jahren werden, für den kann jeder Abschiedskuss nur ein lautloses Zählen bis zur Stunde der unausweichlichen Abrechnung sein. Die Selbsttäuschung wurde größer mit jedem Monat, den ich fort war, während meine ehrgeizigen Ziele ihrem Höhepunkt entgegenstrebten. Nur ich allein kann den Preis für diese Zeit ermessen, den Lohn für mein Soldatentum. Es ist nicht die Art von Schuld, die ich in Worte fassen und niederschreiben könnte. Sie lebt in meinem Blut, und sie erfüllt mein Herz.

Ich aß zu Mittag und rauchte eine Pfeife mit Imbrit an dem Tag, an dem ich wieder fortging. Er hat schon auf der Plantage gelebt, als ich sie übernahm, hatte sie auch für die Vorbesitzer bereits geleitet. Er berichtete mir, dass ein Gildenmeister, ein Drudha sowie Agenten der Wacht für all das hier verantwortlich seien. Die Frau des Drudhas soll eine milchweiße Person mit langem roten Haar, eine Frau aus den Wehrlanden im Norden gewesen sein.

Er wollte wissen, ob ich sie töten würde. Das war indes das Letzte, was ich zu tun gedachte. Ich hatte alle Informationen, die ich brauchte.

16. KAPITEL

Gant

Mit etwas Ziest und dem Brot und Gemüse, das wir von den Dörflern kriegten, ging's Bense gleich ein bisschen besser. Valdir war ruhig. Er träumte schlecht und musste mit noch mehr Kannab ruhiggestellt werden.

»Hab rausgekriegt, dass die Wacht nich weit vom Forstweg 'nen Außenposten hat. Fort oder so, etwa drei Meilen nördlich, wenn man den Leuten hier trauen kann«, berichtete mir Shale.

»Und? Trauen wir ihnen?«, fragte ich.

»Na ja, die Wacht zahlt ihnen 'nen echt miesen Preis fürs Holz, und die Eier müssense umsonst rausrücken, sonst sucht sich die Wacht andere Zulieferer, habense gesagt. Und dass die in letzter Zeit ziemlich nervös sind, weil sie Wind davon bekommen hätten, dass 'ne Armee aus den Wilden Landen anrückt.«

Ich nickte. »Schätze, ob's stimmt, werden wir noch früh genug erfahren.«

»Hast echt Nerven, dich mit den Roten anzulegen«, nörgelte Bense. »Gibt einfachere Wege, sich 'n paar Münzen zu verdienen. Und noch einfacher wär's, es einfach zu lassen.«

»Mit den Pferden aus diesem Fort wären wir aber schneller«, sagte ich. »Scheiß auf die Wacht, die schaffen wir mit links.«

»Dir isses vielleicht egal, wenn du draufgehst, Gant, aber mir nun mal nich. So viel süßer Ziest und so wenig Zeit«, sagte Bense.

Shale schüttelte genervt den Kopf. »Kriegst alles Ziest der Welt, wennde uns nur hilfst, zu Mirisham zu kommen, damit wir diesen ganzen Scheiß klären können, in dem wir stecken. Und überhaupt, wer issen da überhaupt zu dir gekommen und hat dir all das Kraut gegeben? Der Typ, von dem die Leute auf dem Anwesen von Lord Fesden erzählten. Die ham behauptet, ein Drudha hätte dich gesucht.«

Bense nickte langsam, so wie Druuper es tun, wenn sie nicht noch mehr Scherereien wollen. Er war zum Bandenmitglied geworden und dann in den Wettkampfgruben von Jua gelandet. Sein Ruf hatte Gegner von nah und fern herbeigelockt, denn er war schließlich mal so was wie ein Speermeister gewesen. Doch jetzt war von seiner Kampfstärke nicht mehr viel übrig, obwohl wir die doch so dringend gebraucht hätten.

»Bin natürlich Kailen begegnet. Kam mich besuchen, um nach mir zu sehen. Hat mir was zu essen mitgebracht. Immer drum bemüht, einem zu helfen, was? Sieht Gespenster, und alle müssen damit klarkommen. Hat mich ins Gefängnis gebracht, der Pisser. Und dabei war er nicht mal mehr mein Hauptmann. Den anderen, den sie aufgestöbert haben mussten, das war Stixie. Denn der hat Kailen gesteckt, wo ich war, aber er hat's wohl nur gut gemeint. Da war kein Drudha bei mir.«

»Du hast Stixie gesehen? Wie geht's ihm?«

»Ist 'n guter Mann, 'n guter Mann. Hat immer Zeit gehabt für Bense, ja, das hatter. Hat mir immer 'n bisschen Zeug zugesteckt, wenn er vorbeikam. Ein wahrer Freund, das isser. Nich wie'n gewisser andrer, der dauernd an meine Tür geklopft hat.«

»Wo warst du die ganzen Jahre über, Bense?«, fragte ich.

»Kann mich nicht mal an die Hälfte davon erinnern. Kam nach 'n paar Jahren zurück nach Jua. Konnte die Tränke nicht mehr nehmen. Unsere Bezahlung war ganz anständig ausgefallen, also kaufte ich 'n bisschen Land. Das war schwer, schwerer als ich dachte. Bin abends ins Bett gefallen wie tot. War nicht so der Typ für die Arbeit aufm Acker, und mit der Bande rumzuziehen, hat immer schnelles Geld eingebracht, also bin ich wieder los mit denen. Irgendwann hat mich dann dieser Fesden angesprochen, und ich hab sein Geld genommen. Einfach nur dafür, in der Gegend rumzustehen und gut auszusehen. Dann kam ich in den Knast. Weil Kailen versucht hat, mich zu retten. Wo isser? Hör mal Shale, ich bin alt genug, mir selbst zu helfen.«

Shale steckte den Beutel mit dem Ziest zurück in die Ledertasche an seinem Gürtel und rieb Bense mit den Fingerspitzen etwas davon auf die Haut. »Willste mich verarschen, Bense? Wie geht's denn deinen Augen jetzt? Und die Haut sieht auch immer noch schlimm aus, da, wo du die Finger in den Beutel mit der unverdünnten Agave getunkt hast. Nix für ungut, aber du hättest uns fast umgebracht.«

War schon komisch, wie wenig es Bense zu kümmern schien, was mit ihm passiert war. Andererseits haben Druuper wohl nie ein sonderlich großes Interesse an sich selbst.

»Na ja, der wird jedenfalls nich mehr versuchen, dich zu retten«, sagte Shale. »Er is nämlich tot. Kailen ist tot! Wir denken, Kigan hat ihn umgebracht. Und dasser auch dich umbringen wird. Deswegen holn wir uns jetzt diese Pferde von der Wacht, werfen uns ein paar rote Umhänge um, damit man denkt, wir gehörn dazu, und reiten Richtung Forstweg. Sie werden für das Tänzchen am Weingut bezahlen. Müssen dir aber vorher noch 'n gescheites Schwert besorgen und so. Und 'n bisschen trainieren müssen wir auch.«

Ich nickte. Shale hatte recht. Ich hatte mich zu sehr mit Weglaufen und Verstecken beschäftigt, anstatt das zu tun, womit keiner rechnet. Die roten Klamotten zu tragen, mochte helfen, uns aus der Schusslinie zu halten.

Der Forstweg ist die alte Überlandstraße Juas, die bis zum Issansee führt; ein Vermächtnis der Amulith, der achten und wohlhabendsten Dynastie der Seruat. Zumindest erzählte Bense das, der sich an sämtliche Kriege in dieser Gegend erinnerte und so Shales und mein Wissen, das wir uns mal an der hiesigen Akademie angeeignet hatten, wieder etwas auffrischte. Die alten Schriften über das, was Jua einst groß gemacht hatte, haben mich nie sonderlich interessiert. Aber jetzt füllte sein Geschwätz die Stunden, während wir an den zertrümmerten oder überwucherten Statuen von diesem oder jenem vergessenen Lord oder General vorbeikamen. Er wusste auch zu berichten, welche Ruinen durch Eroberungen einst issanische Festungen gewesen waren. Selbst in

Hoffnungsberg, vor langer Zeit ein Kriegsgegner Juas an seiner anderen Grenze, kannte er jede Mauer und jeden Stein. Auch die Namen der Orte, die am Forstweg ausgeschildert waren, konnte er aufsagen, etwa »Mantha Sul« oder »Mantha Cree«, wobei »Mantha« anscheinend das Wort für Fort war.

Als der Forstweg zum ersten Mal in Sicht kam, hatten wir nicht damit gerechnet, eine Heerschar von mehreren tausend Menschen zu erblicken, die von Süden kommend vorbeizog. Shale tränkte seine Augen, um von einem Hügel aus etwa einer Meile Entfernung einen besseren Blick auf den Zug werfen zu können. Inmitten der Menge waren an die fünfhundert Soldaten und ihre Karren zu erkennen, die jeden von der Straße drängten, der ihnen in den Weg kam. Sie bewegten sich relativ zielstrebig gen Norden. Rundherum der Flüchtlingsstrom, ein Anblick, den ich schon oft hatte sehen müssen, aber nicht in diesem Ausmaß. Es war ein schier endloser Treck von Menschen, die ihre Sterbenden und Toten im Straßengraben und auf den umliegenden Weiden zurückließen wie abgestreifte Haut. Bettelnd, sich prügelnd und wehklagend quälte sich der jammervolle Zug auf dem Forstweg weiter. Überall waren Angehörige der Wacht zu sehen, aber die interessierten sich mehr für die Karawanen, die sie zu begleiten hatten. Es floss Blut, als ein paar Verzweifelte sie angriffen.

Wir beschlossen, dass ich runter zur Straße gehen und nachschauen sollte, was da eigentlich los war.

Der Anblick der Verhungernden war entsetzlich, und je näher ich kam, umso stärker wurde der Gestank von Krankheit, Dreck und Tod, der mit dem Flüchtlingstreck einherging. Kurz wurde ich von einer Gruppe Männer umzingelt, die sich nicht einmal mehr von meiner Farbe davon abhalten ließen, mich zu bedrängen. Einer musste sterben, bevor ich die anderen mit einer Handvoll Kupfermünzen auf Abstand gebracht hatte. Rasch bewegte ich mich an der endlosen Schlange von Menschen vorbei. All diese Flüchtlinge kamen aus Vilmor. Die Insignien und Tätowierungen der Soldaten zeigten nicht selten eine Verbindung zu den Häusern auf, die den königlichen Hofstaat stellten. Viele der

Kämpfer waren verwundet, humpelten oder wurden auf Karren transportiert. Diese Männer hatten eine Schlacht verloren, und das war noch nicht allzu lange her. Ein alter Mann trat vor mich und streckte eine vogelklauendürre Hand nach mir aus, wobei die aufgerissenen grünen Augen aus dem kleinen ausgemergelten Gesicht hervorquollen. Ich beherrschte genug Vilmorisch, um ihn zu grüßen.

»Bisschen Essen oder Kupfer übrig? Mein Enkelsohn ist krank«, nuschelte er. Er deutete auf einen Jungen, kaum älter als acht Winter und das Gesicht so bleich wie Schafspelz, der am Arm des Großvaters voranschlurfte.

Ich beugte mich zu dem Mann und steckte ihm verstohlen eine Silbermünze zu. »Davon solltet Ihr und der Junge in Cusston satt werden«, sagte ich.

Er nickte, hob den Arm und tätschelte meine Schulter zum Dank.

»Warum seid ihr auf dieser Straße unterwegs?«, fragte ich. »Was in aller Welt ist in Vilmor geschehen?«

»Caragula. Vilmor ist ihm in die Hände gefallen, so wahr ich hier stehe.« Er hielt inne, brachte damit die Schlange, in der wir uns voranbewegten, zum Stehen und trat dann zusammen mit dem Jungen an den Straßenrand. Seine Miene wurde sorgenvoll.

»Wenn jeder Grashalm auf den umliegenden Wiesen hier ein Soldat wäre, dann habt Ihr 'ne ungefähre Vorstellung von der Armee, die Caragula anführt. Das Ende der Alten Königreiche ist gekommen. Überquert die Meerenge von Sardanna, so lange Ihr noch könnt.«

»Den Namen Caragula hab ich eine Ewigkeit schon nicht mehr gehört. Das letzte Mal, als er noch ein Junge war. In welche Richtung marschiert er denn?«

»In jede Richtung. Er ist überall. Er muss die Stämme der Wilden Lande vereint haben, jawohl. Auf dieser Straße sind überall Kundschafter und Karawanen der Wacht unterwegs. Aus Richtung Osten und aus dem Süden auch, schätze ich. Höchstwahrscheinlich wollen sie Meldung machen und ihren Vorgesetzten von dem Wahnsinn berichten, der schon bald auch über sie hereinbrechen wird. Viele haben uns überholt, noch bevor wir Issan erreichten. Die Königreiche sind inzwischen wohl gewarnt. Aber sie haben trotzdem keine Chance.«

Ich sagte ihm Lebwohl und lief über die Ebene zurück zum Waldrand, wo die anderen auf mich warteten.

»Keine Ahnung, was wir jetzt machen sollen, Jungs. Offenbar kommt ein Krieg auf uns zu; ein Stammesführer namens Caragula. Vielleicht erinnert ihr euch noch an den Namen von damals, als wir vor über zwanzig Jahren diesen Auftrag an der Grenze von Razhani zu den Wilden Landen hatten. Wie's scheint, hat er sich zum Kriegsherrn gemausert und zieht mit einer Horde aus den Wilden Landen durch Vilmor, und wie ich vermute, auch durch Razhani. Ich will zwar trotzdem zu Mirisham, um rauszufinden, wie wir Kigan das Handwerk legen können, aber so, wie's momentan aussieht, würden wir ihnen direkt in die Arme laufen. Davon abgesehen will ich nach meiner Schwester sehen. Sie lebt in Lagrad, das ja bekanntlich an der Grenze zu den Landen liegt. Ich muss sehen, ob ich was für sie tun kann.«

»Ausgeschlossen, dass wir's übern Issansee schaffen, Gant«, sagte Shale. »Wir ziehn weiter. Müssen massig viele Soldaten auf dem Weg hierher sein. So was hab ich jedenfalls noch nich gesehen.«

Valdir nickte, Bense wirkte elend, schwieg aber.

Es machte Shale schier rasend, ihn so gleichgültig zu sehen. »Bense! Tut mir leid, dass wir dich mitgenommen ham. Hättest sagen sollen, dasses dir lieber ist, von Kigan hingemacht zu werden.«

»Jetzt mal langsam, Shale«, sagte Valdir. »Wir waren seit Jahren nicht mehr aktiv und hatten uns mit der Kigan-Sache schon fast abgefunden.«

»Ich kapier das nicht«, sagte Bense. »Kigan und ich waren die besten Kumpels. Wir hatten das beste Kraut. Seine und Ibseys Tränke waren besser als 'ne fuselpissende Möse. Schätze, Kailen hat ihm einfach zu wenig Respekt entgegengebracht.«

»Soweit ich's noch erinnere, war Kigan ein aalglatter Bursche, obwohl ich viel von damals vergessen hab«, sagte Shale. »Du bist vielleicht dumm genug gewesen, zu nehmen, was der Kerl zusammenbraute, wenn's denn überhaupt von ihm stammte. Aber diese Gefangenen, die wir für Geld gemacht hatten, konnten sich das nich aussuchen. An denen durfte er seine Mittelchen gegen harte Münze ausprobieren.«

»Das hat doch jeder Drudha so gemacht, Shale«, meinte Bense.

»Scheiße, Bense, Ibsey aber nich.«

»Und wer war der bessere Drudha von beiden? Wir wissen doch alle, dass er Ibsey nur mit durchgeschleppt hat. Kailen hat Kigans Kraut verhökert, nicht das von Ibsey.«

»Also, Leute, lasst's gut sein«, sagte ich, um dem Streit ein Ende zu setzen. »In einem Tag oder so könnten wir mithilfe der *Glorie* diese Ställe der Wacht ausgekundschaftet haben. Wir sollten uns besser ausruhen.«

»Der *Glorie*? Wie zum Henker bist du an das Zeug gekommen, wo's doch keiner von uns je geschafft hat?«, fragte Bense. Er wirkte verwirrt, fast schon besorgt.

»Gant sagt, Kailen hätte Shale die Rezeptur gegeben«, erklärte Valdir.

»Musst ihm dafür ja ganz schön tief in den Arsch gekrochen sein, Shale. Keiner von uns hat sie sonst noch rausgekriegt.«

Shale starrte zu Boden, und ich sah, dass er kurz davorstand, auf Bense loszugehen. »Gant, sag mal, warum schleppen wir eigentlich diesen Pisser mit, wo er doch so nützlich ist wie 'n kaputtes Holzschwert.«

»Das geht vorbei«, warf Valdir ein. »Bald ist der wieder in Form.«

Der Außenposten der Wacht, den wir am Forstweg überfallen wollten, hatte zu seiner Verteidigung ein paar mehr Männer aufzubieten, als wir angenommen hatten. Genauer gesagt war es ein kleiner Kampfverband. Die kleine Festung besaß eine hohe Mauer, um Gelegenheitsdiebe abzuhalten, weshalb die genaue Mannstärke von außen nicht einzuschätzen war. Trotzdem beschlossen wir, die Sache halbwegs trocken hinter uns zu bringen, sprich: keine Tränke und keine Masken. Schließlich sollte dies ein Überraschungsangriff werden, für den sich unsere Gegner nicht wappnen konnten. Für den Fall, dass die Wachen wider Erwarten auf Gebräu waren, bereiteten wir uns mit Sporen und Staub und einer extrastarken Kaffinmischung auf den Einsatz vor. Es war ein riskantes Manöver, aber weil wir die Pferde so dringend brauchten, wenn wir es überhaupt bis zum See schaffen wollten, mussten wir es wagen.

Wir folgten einigen Meldegängern der Wacht, die die Straße an der Stelle verließen, an der das Fort liegen musste. Dort stießen wir auf einen alten breiten Waldweg, der zu einer Lichtung führte, auf der das Gebäude stand. Seiner Größe nach zu schätzen konnten auch im schlimmsten Fall kaum mehr als zehn oder zwölf Personen drin Platz haben.

Angesichts dessen, was derzeit im Norden vor sich ging, gingen wir jedoch davon aus, dass es durchaus noch ungünstiger sein mochte und beschlossen, im Schutz der Nacht dort einzudringen. Bense war nutzlos. Wir trainierten ein bisschen mit ihm, doch sogar Valdir, der selbst schon nach ein paar Minuten die Waffen streckte, konnte ihn mühelos besiegen. Wir hätten ihn in den sicheren Tod geschickt, wenn wir ihn mit reinnahmen und er an einen Roten oder, schlimmer noch, einen Agenten geriet.

Es regnete stark, als wir uns bewaffnet und die Kaffin-Mischung geschluckt hatten. Bense blieb zurück. Er wartete irgendwo östlich hinter dem Hügel an einer Stelle, wo die Straße aus dem Wald herausführte, über ein offenes Stück Gelände verlief und ein riesiges Tal überbrückte.

Shale und Valdir sollten sich um die Wachen kümmern, die um die Station ihre Runden liefen. Meine Aufgabe war es, die beiden Torwachen mit Juletta zu erledigen, zwei schnelle Schüsse in die Brust, sodass sie gar nicht erst zum Schreien kämen.

Die beiden Wachhabenden vom Tor hatten sich um eine Feuerstelle im Durchgang der alten Festung geschart.

Ich konnte den Atem nicht so lange anhalten, wie ich's unter dem Einfluss der *Glorie* geschafft hätte, und konnte deshalb nicht so gut zielen wie gewohnt. Ich hatte meine liebe Müh, selbst das bisschen Schwung zu nutzen, das uns die Kaffin-Mischung verlieh. Ich spannte Juletta. Sie bog sich wie eine adlige Kurtisane, dann verschoss sie ihren Pfeil. In dem Moment, da der eine seinen Kumpanen zu Boden gehen sah, blickte er Richtung Bäume und entdeckte mich. Wie er noch darüber nachdachte, was er jetzt tun sollte, war mein nächster Pfeil schon unterwegs.

Er war zu langsam. Als er sich wegdrehte, wurde er genau zwischen die Rippen getroffen. Ich huschte zu den beiden, schnappte mir einen der roten Umhänge, zog mir die Kapuze ins Gesicht und schleppte die Leichen durch den Schlamm auf die andere Seite des Tors, wo sie von den Männern im Fort nicht gesehen werden konnten. Mit dem Gesicht nach draußen blickend stellte ich mich in den Toreingang für den Fall, dass drinnen noch eine weitere Wache patrouillierte. Es war gut, dass der Wind hörbar auffrischte, so hatten Shale und Valdir es einfacher, die Roten zu erledigen, die sich am angrenzenden Waldrand aufhielten. Ich bekam nicht mehr als das Geräusch von Stiefeltritten mit und über den rauschenden Wind hinweg, einige Schüsse sowie ein Grunzen von einem oder zweien. Doch dann auf einmal ein Schrei. In dem Moment wurde eine der Türen der kleinen Kaserne aufgerissen, die sich in der Mitte des Festungsgeländes befand. Ich rührte mich nicht von der Stelle.

»Yilsen, was ist denn da draußen los?«, hörte ich einen der Roten rufen.

Ich hob die Hand, um ihm zu signalisieren, dass alles in Ordnung war, drehte mich aber nicht um. Ich brauchte Shale jetzt dringend hier, weil das Ganze kurz davor stand, schrecklich schiefzulaufen.

»Yilsen, falls Messe scheißen gegangen ist, hol ihn. Zeit, dass ihr euch ablösen lasst. Und ein ›Ja, Sir!‹ wäre auch angemessen.«

Shale und Valdir schlichen entlang der Außenmauer auf den Toreingang zu. Ich nickte, Shale zog seinen Bogen. Dann drehten wir uns beide in den Durchgang und erledigten »Ja, Sir!«. Wir ließen unsere Bögen sinken und rannten auf die Kaserne zu. Drinnen erhob sich ein Tumult, als wir die Tür erreichten. Jemand schrie nach Masken, doch Shale hatte schon einen Staubbeutel ins Innere geworfen. Wir warteten. Valdir hastete herbei, um zu sehen, ob noch jemand sich herumtrieb und tötete draußen bei den Pferden einen Stallburschen.

Shale flitzte um das Gebäude herum, und tatsächlich versuchten gerade zwei, durch einen anderen Ausgang dem Staub zu entkommen. Er hatte sie schneller getötet, als sie ihre Klingen ziehen konnten. Dann hörte ich Valdir auf der anderen Seite der Wohnbaracke, also rannte ich zu ihm, um ihm mit seinem Gegner zu helfen. Valdir hatte aber noch nicht alles vergessen; ein Krachen von Knochen, ein Zittern, und der Junge, der ihn angegriffen hatte, war Geschichte. Natürlich schafften es ein paar Rote zur Tür hinaus, aber um die kümmerten wir uns auch; sie waren keine richtige Herausforderung für uns und starben recht schnell.

In der Kaserne gab es einen Schlafsaal mit Matratzen auf richtigen Bettrahmen, der zwanzig Mann hätte aufnehmen können. Dort brannte auch ein gemütliches Feuer. Wir zogen unsere Handschuhe und Waffenröcke aus, verspeisten ein paar Äpfel und Backkartoffeln, die sich die Männer anscheinend gerade zum Abendessen zubereitet hatten. Ein Segen, wo in dieser Gegend gerade der Winter vor der Tür stand.

Dann ging ich hinüber in die Schreibstube, einen kleinen Raum am Ende des Wohntrakts, direkt neben dem Hof.

Shale durchwühlte dort gerade einen großen alten Schreibtisch. »Die Straße ist schlecht, und wenn wir den Laden hier abfackeln, wird die Wacht fuchsteufelswild. Wir sollten die Roten austricksen und uns in ihrem Namen selbst 'n paar Aufträge geben. In 'n paar von diesen Briefen steht, dass diese Riesenarmee schneller durch Ahmstad marschiert, als man Luft holen kann. Schwer zu glauben, dass die Wilden zu so was in der Lage sein sollen.« Er nickte in Richtung Wachsfass und Pergament vor sich auf dem Tisch.

»Valdir, kannst du anständig lesen und schreiben?«, fragte ich.

»Ganz gut«, rief der aus dem Hauptraum zurück. »Hat mir geholfen in den letzten Jahren. Mir, meinen Jungs und der Vereinigung der Fischer.«

»Ich suche uns die besten Pferde zusammen und packe«, sage ich. »Du holst Bense.« Shale nickte.

Valdir setzte sich an den Schreibtisch und stellte uns eine Mission zusammen. Dazu machte er sich die Korrespondenzen zunutze, in denen es um die Geschäfte der Wacht in dieser Gegend ging.

Normalerweise zieht man sich freiwillig keine roten Klamotten an, weil das ja die Erkennungsfarbe der Wacht ist. Entweder will man nicht mit denen verwechselt werden oder man will nicht, dass die auf Krawall gebürsteten Roten einen windelweich prügeln, weil man sozusagen unter falscher Flagge gesegelt und auf Betrug aus ist. Allerdings kam es schon mal vor, dass Männer so taten, als gehörten sie zur Wacht, um dann mit den Karawanenlieferungen, die man ihnen anvertraut hatte, auf Nimmerwiedersehen zu verschwinden. Überflüssig zu erwähnen, dass wir das Rot nicht zum ersten Mal trugen, sei es zum Vorteil oder zum Schaden der Wacht.

Shale holte Bense, damit der ihm dabei half, die Außengebäude mit Öl zu übergießen. Die Pferde, die wir nicht brauchen würden, hatte ich fortgejagt. Nun wartete ich mit Valdir draußen beim Rest der Gäule, die uns auf dem Forstweg zum Hafen bringen würden.

Schon bald fraß sich das Feuer gierig durch Kaserne und Ställe. Wir ritten in die Dunkelheit davon. Um ein paar Meilen Abstand zu gewinnen, hielten wir uns fern von den Flüchtlingen an der Straße, die sich in behelfsmäßigen Lagern umeinander kümmerten, wo Musik und Gesang, wie überall in Zeiten der Not, den Menschen ein kleines Bisschen neue Kraft verliehen.

Issanische Soldaten unter Aufsicht sangen ein Arbeitslied, als wir durch den Randbezirk von Meddimanns Hafen ritten. Hunderte von ihnen hoben Fundamente für Pfähle aus, während in den Camps der Karawanen, die Holz und anderes Baumaterial angeliefert hatten, massenhaft Lagerfeuer brannten. Daneben wurden ein paar tausend Mann, hauptsächlich Soldaten, einem strengen militärischen Drill unterzogen.

Die Pfähle dienten auch dazu, die Menschenströme durch den Hafenbezirk zu lenken. Überall waren Rekruten eingepfercht, die anscheinend Probleme wegen ihrer Einberufung gemacht hatten. Entweder wurden sie festgehalten, bis sie freiwillig in die Armee eintraten, oder sie verhungerten. Männer wurden von ihren Familien getrennt, weshalb überall großes Geschrei und Wehklagen herrschte. Hatte ich alles schon mal erlebt.

Mit den Lagern kamen auch die Kaufleute, Sklavenhändler und Streuner, die hier ihr Glück machen wollten. Die Schiffe und Barken, die über den riesigen Binnensee herüberfuhren, der an das Gebirge grenzte, steckten wie Pfeile im engen Hafenbecken. Weiter hinten am Ufer, zu beiden Seiten des Hafens, wehten die Wimpel der issanischen Wachleute im eiskalten Wind dieses klaren Tages, und Soldaten versuchten, Boote davon abzuhalten, einfach am Ufer anzulegen. Issana war noch nie berühmt für seine Gastfreundschaft gewesen.

Ich musste immer wieder rasten und scheißen, obwohl nicht viel kam. Brei war das einzige, was ich noch vertrug. Größere Stücke wühlten wie Glasscherben in meinen Gedärmen. Bense tat nichts außer Pfeife rauchen, während Valdir oder Shale mich anzogen oder mir das Brot und die Kekse, die wir aus dem Fort mitgenommen hatten, in Wasser einweichten. War schwer, mir nicht ein bisschen selbst leidzutun.

Als wir die vorderste Linie der Soldaten erreichten, stand da auch ein Roter, der uns misstrauisch anstarrte. Er war zwar kaum älter als zwanzig Sommer, trug aber eine ziemlich schicke Fibel, mit der er seinen Umhang zusammenhielt. An diesen Fibeln ließ sich der Rang des Trägers innerhalb der Wacht ablesen, und wenn auch noch was Glänzendes drinsteckte, ein Rubin oder so, dann war man schon eine große Nummer bei denen.

Er trat zu uns, als wir abstiegen und unsere Pferde hereinführten.

»Der Vogt hat befohlen, dass die Wacht davon absehen soll, nach Norden zu reisen, insbesondere nicht über den See. Die Provinzen dort liegen im Krieg mit einer Horde von Wilden.«

Valdir antwortete ihm und hielt sich dabei an die Geschichte, die wir uns mit Hilfe der Unterlagen im Fort ausgedacht hatten.

»Ich bin Rilbin«, sagte er. »Unser Auftrag führt uns nur bis ans andere Ufer: behandeltes Leder von den Abelmar-Brüdern und der Rücktransport der Brüder selbst, die dem Chaos entfliehen wollen, bevor es Issan erreicht. Seid Ihr Euch der Wichtigkeit dieser Kunden bewusst?«

Der Bursche stotterte kurz rum. Valdir war geschickt vorgegangen, weil wir aus den Unterlagen im Fort wussten, dass der eigentlich für das Südufer verantwortliche Offizier der Wacht derzeit erkrankt war. Der wäre sicher eine Respektsperson und wesentlich älter als dieser farblose Junge gewesen, der seine Autorität mit Tätowierungen und Haaren so lang wie drei Kupferohrringe unterstreichen musste. »Nur bis ans Nordufer? Um wie viel Leder geht's denn?«, wollte er wissen.

»Wir könnten die Lieferung per Pferd zurücktransportieren, an die fünfzig Häute oder so, aber wir brauchen auch einen Karren, wenn wir die Waren mitsamt den Brüdern zurück nach Jua bringen sollen. Ihr seid angewiesen, das zu arrangieren, sofern es in Eurer Macht steht.«

Valdir präsentierte eine Schriftrolle, die das Siegel des Stapelhofs trug. Der Brief war genauso echt wie unsere Erscheinung und Auftreten.

Der Bursche nickte. »Lasst Eure Pferde hier, wir bringen sie zu den Ställen. Ich sende einen Vogel über den See, damit dort alles für Eure Ankunft vorbereitet werden kann.«

Wir wurden zum Hafen durchgewunken.

Das Vorankommen war schwierig, so voll waren die Straßen mit Flüchtlingen. Mütter und Kinder, die einander aus den Augen verloren hatten, verursachten dabei den größten Lärm. Viele waren derart verzweifelt, dass sie selbst von der Farbe gezeichnete Rote, wie wir es in ihren Augen ja waren, um ein paar Münzen anbettelten. Ich gab großzügiger aus dem Beutel der Wacht, als ich aus meinem eigenen gegeben hätte, wie ich zugeben muss. Also warf ich denen ein bisschen Geld hin, die nicht mal mehr die Kraft hatten, sich mit den anderen Bettlern um die Almosen zu balgen. Shale musste mich bei Bense zurücklassen, während er und Valdir durch die Wirtshäuser zogen auf der Suche nach einem Kapitän, der verrückt genug war, die Strecke über den See noch einmal zurückzulegen.

Natürlich war es kein Verrückter, sondern ein Verzweifelter, der den Auftrag schließlich übernahm. Als er von dem Geld hörte, das wir boten, nachdem Shale am Tresen lautstark von unserem Auftrag erzählte, kam er schnell zu uns rüber. Er verlangte gleich ein bisschen Vorschuss, um Essen zu kaufen, was dieser Tage ein Vermögen kostete, da überall um uns herum die Menschen verhungerten.

Unser Fährmann hieß Pavey. Seine Frau, ein Baby, zwei Brüder und deren Muschis lebten allesamt auf dem Flussschiff, auf dem sie von Ahmstad rübergekommen waren. Wir besorgten ein paar Lebensmittel und etwas Bier, um ihre größte Not zu lindern, und die Bezahlung zerstreute dann die restlichen Zweifel, die sie wegen uns vielleicht noch gehegt hatten.

Wir hielten an der Geschichte mit der Lederlieferung fest, während Pavey das Segel hisste und wir dabei halfen, aus dem Hafen herauszurudern. Pavey und seine Brüder kamen ursprünglich aus Ahmstad. Er hatte uns sogar erzählt, von welchem Clan, aber das hab ich wieder vergessen. Ahmstad ist ein Land, in dem Männer mit dem Schwert oder der Keule in der Hand zur Welt kommen und das an mein eigenes Heimatland, Oberlagrad, grenzt. Als nun wieder mal ihre Grenzen bedrängt wurden, war der Ruf zu den Waffen ergangen, und Pavey war dem gefolgt. So hatte er die Geburt seines Kindes versäumt, während er und seine Brüder mit den anderen Männern seiner Siedlung ausritten, um sich der

Armee anzuschließen, die später dann von dem Irren aufgerieben wurde, der schon Vilmor überrannt hatte.

Sie waren, so erzählte er, vielleicht vier Tage lang unterwegs gewesen, als ihnen Soldaten entgegenkamen. Ahmstads legendäre Dritte und Fünfte Kohorte hatten sich mit der Achten und Zehnten sowie ein paar tausend weiteren Männern zusammengeschlossen, um der Bedrohung entgegenzutreten. Und jetzt stolperten die letzten Männer aus eben diesem Kampfverbund an ihnen vorbei und beschworen Pavey und seine Brüder, wieder zu ihren Familien zurückzukehren, weil auch Ahmstad verloren sei.

Verloren! Pavey und seine Brüder konnten kaum glauben, was ihnen diese Veteranen mit dem leeren Blick da erzählten, doch ihre blutdurchtränkten Rüstungen sprachen Bände. Sie waren besiegt worden. Von einer Horde, die vermutlich mehr als hunderttausend Kämpfer in ihren Reihen hatte, wie es hieß.

Bense hielt das alles für einen großen Haufen Scheiße, und auch Pavey hatte diesen Männern zuerst nicht geglaubt, bis er und seine Brüder den Sammelpunkt in Fort Iras erreichten. Iras war niedergebrannt worden, der Rauch war Meilen entfernt schon zu sehen. Das war schwer zu glauben. Nein, es war erschütternd, denn nur wenige Länder der Alten Königreiche unterhielten ein so schlagkräftiges stehendes Heer wie dieses. Ahmstad war ständig gezwungen, etwas gegen Angriffe aus den Wilden Landen im Osten zu unternehmen, und führte zudem Krieg mit Vilmor. Wenn also Männer wie diese besiegt werden konnten, dann war das eine ziemlich schlechte Nachricht für all die unschuldigen Menschen, die noch weiter nördlich lebten.

Sie fanden einen Überlebenden, einen Soldaten, den man sterbend in einem Graben beim Fort zurückgelassen hatte. Er hatte sein infiziertes Bein mit der eigenen Axt »behandelt«, doch das Ergebnis war schlecht ausgefallen, und so ging er langsam daran zugrunde. Er erzählte Pavey von der Horde, die an der Stelle durchgekommen war. Ein paar tausend Mann hatten allein Fort Iras angegriffen, und als er und seine Männer ihr Heimatland verteidigten, sahen sie, wie weitere Aberzehntausende einfach an ihnen vorbeimarschierten. Sie waren dabei so diszipliniert, wie er es bei einer Barbarenarmee noch nie gesehen hatte.

Ich fragte Pavey nach Lagrad, aber darüber wusste er nichts. Natürlich machte ich mir Sorgen um meine Schwester. Auch wenn wir eigentlich hinter Mirisham her waren, erkannte ich doch, dass ich sie unbedingt noch einmal wiedersehen wollte, bevor ich starb, je näher wir der Heimat kamen. Rudern konnte ich nicht viel, ein paar Schläge, und ich war fertig. So war ich zum Zugucken verdammt und schämte mich dafür, dass ich mich zwischen ein paar Kisten ausstrecken konnte, während die anderen malochten. Bense konnte dazu überredet werden, ein bisschen beim Rudern zu helfen. Shale meckerte ausnahmsweise nicht über Benses Laune und versicherte ihm sogar, er würde noch gebraucht für das, was noch kam.

Alles in allem waren das ein paar angenehme Tage, wenn ich so zurückblicke. Pavey und seine Sippe waren gute Menschen. Sie waren so nett, uns ein paar Felle gegen den beißenden Wind zu leihen, der über das Wasser fegte, und des Nachts tranken wir sogar ein paar Schnäpse und sangen Lieder, an die sich Bense überraschenderweise gut erinnerte. So führte er uns durch die Ballade von *Ribbys Bucht* und die endlosen Strophen von *Hedlers Schicksal.* Die Lieder von Paveys Leuten hatten oft dieselbe Melodie, nur war ihr Text ein anderer. So was hatte ich schon oft bei den diversen Truppen erlebt, für die ich gearbeitet habe.

Als wir uns dem Ufer am nordöstlichen Ende des Sees näherten, drang ein Gebrüll an unsere Ohren, als wäre die Schlacht dort schon in vollem Gange. Die Issaner hatten hier längst nicht mehr das Sagen. Sie waren schlicht in der Unterzahl angesichts der abertausenden von Menschen, die aus Ahmstad und Vilmor kommend hier gestrandet waren. Als wir uns nach einem Landeplatz umsahen, von dem aus wir ohne Probleme von Bord gehen und Richtung Norden aufbrechen konnten, sahen wir mehr und mehr Flüchtlinge über die Hügel auf den Hafen zuströmen. Von ihnen ging der meiste Lärm aus; das Heer der Hungernden sowie vereinzelte Gewaltausbrüche erweckten den Eindruck, als befände sich dort drüben eine riesige Kreatur im Krieg mit sich selbst. Die jüngeren Männer drängten sich darum, Palisaden zu errichten und Gräben auszuheben, um sich etwas Brot und ein paar Münzen für ihre Leute zu verdienen. Soweit wir mitbekommen hatten, waren die Verteidigungsmaßnahmen der Issaner gegen die Horde, die nach Süden vordrang, noch immer notdürftig.

Wir waren froh, als es zu regnen begann, nachdem wir am Ufer angelegt hatten, sodass wir, ohne Verdacht zu erregen, unsere Kapuzen hochschlagen konnten. Wir dankten für die Überfahrt, gaben Pavey ein paar Münzen und halfen ihm, so gut es ging, gegen die sich nähernde Meute vorzugehen, die dringend eine Passage nach Süden suchte. Unsere Farbe und die roten Umhänge reichten glücklicherweise schon, um unter denen, die sich des Boots bemächtigen wollten, Furcht zu verbreiten. Trotzdem war es ein erbitterter Kampf. Ich hoffte, Pavey war klug genug, nicht noch einmal hierher zurückzukommen, wenn Caragula Männer nach Süden sandte, um den See unter seine Kontrolle zu bringen, irgendwann, nachdem diese Geschichte längst erzählt ist.

»Wir brauchen Gäule«, sagte Shale, als wir uns durch die Menge drängten.

»Weißt du denn, wo wir hinmüssen?«, fragte Bense.

»Valdir weiß es«, sagte ich. »Aber wir brauchen Pferde.«

Wir fragten einige issanische Wehrpflichtige nach dem Außenposten der Wacht, und schoben uns dann in der Richtung durch die Massen. Einmal mussten wir sogar unsere Waffen zücken, damit wir den Platz ungehindert überqueren konnten. Überall lagen Tote herum; um einige wurde geweint, andere waren aufgestapelt, um auf die Wagen der Soldaten geladen zu werden, die durch die Straßen rollten. Wir drängelten uns zu einem Wachmann der Roten durch, der vor einem schicken großen Steingebäude stand, das sogar einen kleinen Vorgarten aufwies. Musste vor Jahren wohl mal einem wichtigen Mann gehört haben, das Haus.

»Valdir«, sagte Shale, »du musst denen nochmal die Geschichte von den Brüdern auftischen und dass wir Gäule für den Transport der Häute brauchen. Aber sobald die Sache aus'm Ruder läuft, musste losschlagen. Bense, Gant, ihr kümmert euch um die Pferde, während wir versuchen, da irgendwie wieder heil rauszukommen.«

Wir näherten uns dem Gebäude. Fünf Männer standen am Tor und zwei weitere bei den Ställen. Der eine striegelte ein Pferd, der andere fixierte uns. Sechs Pferde. Der Weg nach draußen war klar, aber voller Menschen.

»Hätte nicht gedacht, dass es noch mehr bis hierher schaffen«, sagte der eine Wachmann und trat auf uns zu. Grau und mürrisch, wie er war, schien er den Laden hier zu schmeißen, war aber offensichtlich nicht helle genug gewesen, um bei der Wacht im Rang aufzusteigen. Er wie auch die anderen vier trugen keine Farbe, die Anlass zu der Annahme gab, dass wir altgediente Soldaten vor uns hatten.

»Morgen«, sagte Valdir, »ist einer von Euch Novik?«

»Das bin ich«, sagte der Graue.

»Hab hier 'n Siegel von Rilbin. Sollen die Abelmar-Brüder und 'ne Ladung Häute abholen. Dazu Pferde, um alles zu transportieren. Hat der Vogel Euch die Nachricht überbracht?«

Der Graue drehte sich um und sah zu seinen Männern, die uns nicht aus den Augen ließen.

Dann schaute er wieder zu uns. »Wer seid Ihr? Ihr gehört nicht zu den Leuten, die rund um den See im Einsatz sind.«

»Für Meldegänger haben sie auch 'n bisschen zu viel Farbe im Gesicht«, meinte einer hinter dem Grauen, der so groß wie Harlain war, aber so dürr wie ein Zuckerrohr und genauso krumm.

»Würde ja gern ein Tässchen Tee mit Euch trinken und 'n bisschen plaudern«, sagte Valdir, »aber das Boot, mit dem wir übergesetzt sind, wartet wegen der ganzen Flüchtlinge nicht ewig auf uns.«

Novik brach das Siegel der Schriftrolle und las die Anweisung. Dabei ließ er sich Zeit. Ich schaute mich unterdessen beiläufig um, obwohl ich längst wusste, wen von den Burschen ich zuerst töten würde. Er hatte den olivfarbenen Teint eines Juaners und die Hand am Griff seines Kurzschwertes. Ich denke, die Roten ahnten mit jedem Moment mehr, dass hier was faul war.

»Hier, lies«, sagte Novik zu dem Krummen, der sich noch ein bisschen mehr krümmen musste, um die Schriftrolle zu entziffern. »Hol die Brüder.« Dabei warf Novik ihm einen Blick zu, der mir alles verriet: Er hatte uns durchschaut.

»Ich gehe mit ihm«, sagte Bense. Shale wollte deswegen schon Theater machen, da trat ich vor und deutete in die Richtung, in der die eigentliche Stadt lag. »Was unternehmen die Issaner eigentlich wegen der Flüchtlinge?«

»Nichts«, sagte Novik. »Vor zwei Tagen war Rilbin hier, um uns mitzuteilen, was mit diesem Außenposten zu geschehen hat.« Ich schätzte, es passte Novik gut in den Kram, dass er auf Zeit spielen konnte. Und ich hoffte, dass Bense zwischenzeitlich den anderen ausgeschaltet hatte und bald zurück war.

Shale wirkte abgelenkt. Er hielt Ausschau nach Bense. Valdir holte eine Pfeife hervor und bot sie den umstehenden Roten an, um sie in Sicherheit zu wiegen und noch verwundbarer für einen Überraschungsangriff zu machen. Sie kamen tatsächlich näher, um sich etwas Bacca zu genehmigen, doch allen war klar, dass es nur eines Wortes oder Schreis bedurfte, bis die Sache hässlich werden würde. So warteten die Roten auf Noviks Reaktion und wir auf Benses Rückkehr.

Ich drehte mich halb um, weil ich wissen wollte, wo Shale eigentlich hinsah. So, dass die anderen es nicht sehen konnte, gab er mir da mit der Hand in Bauchhöhe ein Zeichen: *Greifen wir an?*

Ja, sobald du Bense siehst, zählst du bis fünf.

Als ich wieder nach vorn schaute, ließ Valdir gerade die Pfeife fallen, zog sein Schwert und bohrte es tief in den Mann, der ihm am nächsten stand. Gleichzeitig brüllte er aus vollen Lungen »Kigan!« und rannte dann in Richtung Ställe. Auch wir zogen unsere Klingen und machten uns über die Roten her, die gerade ihre Pfeifen verstauten. Dem einen schlug ich sein Jua-Schwert aus der Hand und stieß ihn über den Haufen. Ich riss meine Klinge hoch, als der Rote, der neben ihm stand, auf mich losging, blockte und entwaffnete ihn. Trat in dem Moment einen Schritt nach vorn, als sein Schwert an mir vorbeiflog, und dabei ihm gegen das Bein und tötete ihn, als er die Balance verlor. Erst als ich herumfuhr und Richtung Ställe rannte, sah ich, was Valdir so aus der Fassung gebracht hatte. Mit einem Blick erfasste ich Kigan und Bense und ein paar Rote, die uns nachsetzten, dabei die Menge anschrien und jene beiseite stießen, die wegen des Scharmützels stehengeblieben waren.

Bense steckte also mit Kigan unter einer Decke, und ich kochte vor Wut, als mir das klarwurde.

Kigan holte im Laufen ein Blasrohr hervor. Er wirkte natürlich älter, als ich ihn in Erinnerung hatte, war aber immer noch schlank. Er strahlte eine ungeheure Wildheit aus und schien bis zum Rand voll mit Gebräu. Präzise und schnell trat und stieß er mit seinen Stiefeln und Fäusten die Umstehenden aus dem Weg.

Shale wühlte in einem seiner Lederbeutel, als wir zu den Ställen flitzten. Novik hatte ihm keine Probleme bereitet. Valdir löste soeben die Zügel. Ich hielt inne, holte Juletta von der Schulter und verpasste Kigans Truppe ein paar Pfeile in der Hoffnung, sie damit ein wenig auszubremsen. Kigan wich dem ersten Pfeil aus, der zweite traf einen Roten, auch er voll mit Gebräu, wenngleich nicht ganz so heftig wie Kigan. So was hatte ich noch nie erlebt; wusste mir nicht zu erklären, warum mein Pfeil ihn verfehlt hatte. Es war, als flögen sie durch eine Art Nebel.

»Gant!«, brüllte Shale nach mir, während er unsere Pferde ins Freie zerrte. Ich rannte in seine Richtung. Kigan verschoss einen Blasrohrpfeil, aber er blieb in meinem Waffenrock stecken. Valdir kam auf seinem Pferd aus dem Stall geritten, wendete eng an der Mauer des Anwesens und schrie den Menschen auf der Straße zu, sie sollten um ihr Leben rennen. Ich sprang auf ein Pferd, Shale stürmte zurück in den Stall und warf einen Sporenbeutel gleich vor den restlichen Tieren auf den Boden. Dann folgte er mir, und wir ritten hinter Valdir her. Wir pflügten geradezu durch die

Leute, die sich nicht rechtzeitig in Sicherheit gebracht hatten, wobei sich die Pferde, selbst ohne gezügelt zu werden, einigermaßen friedlich verhielten. Weil wir nicht wussten, ob die Gäule nicht doch irgendwann scheuen und ausbrechen würden, hielten wir uns auf der Straße und verfielen erst in Galopp, als endlich weniger Leute im Weg waren. Das Kopfsteinpflaster wurde zu einem schlammigen Pfad, während wir Richtung Norden preschten.

»Bense, dieses Arschloch!«, fluchte Valdir, als wir auf einem kürzlich abgeernteten Weizenfeld nebeneinander herritten. »Die ganze Zeit hat er mit Kigan gemeinsame Sache gemacht.«

»Aber wie? Das kapiere ich einfach nicht. Er muss uns nach Strich und Faden angelogen haben«, sagte ich, weil ich mir das schlicht nicht erklären konnte, nachdem wir ihn doch aus dem Knast geholt hatten. Ich musste wieder an den Moment denken, als wir nach unserer Flucht in Cusston aufgewacht waren und es so schien, als wäre Bense irgendwo hingegangen. Ich hatte die Augen davor verschlossen, und das war uns teuer zu stehen gekommen. Es machte mich krank. Und es macht mich noch immer krank, und ich komme bis heute nicht damit klar.

»Schätze, das muss schon angefangen haben, bevor er in'nen Bau kam«, meinte Shale, aber sicher schien er sich dessen nicht. »Sehn wir zu, dass wir unsere Vorräte auffüllen, noch vor Ende des Tages sindse uns bestimmt auf den Fersen.«

»Wie weit noch bis zu Mirishams Stadt?«, fragte ich,

»Etwa drei Tage. Wenn wir hart reiten«, erwiderte Valdir, der jetzt über den Wind hinwegbrüllen musste, da wir einen Hügel überquerten, um dann über ein weiteres Stoppelfeld zu galoppieren. »Die größte Chance, Kigan auszuweichen, besteht darin, in die Berge zu reiten. Weiß aber nicht, ob's möglich ist, da ohne Zeitverlust durchzukommen. Jetzt hört mal zu: Wenn was passiert oder wir's nicht alle schaffen oder getrennt werden: Wir suchen nach einem Spalt hoch oben in einem der Hügel, der zu einem Pass führt. Der Weg verläuft ein paar hundert Meter aufwärts zu einem Durchgang, und an manchen Stellen muss man kriechen. Dem Pfad muss man ein paar Meilen folgen. Hab's selber locker geschafft. Dann kommt man zu einer Tür. Gibt keinen Weg drumherum. Auf Händen und Knien muss man unter Mirishams Mauer durchkriechen und kommt im Keller eines alten Gebäudes auf dem Gelände seiner Zitadelle wieder raus.«

»Wär echt hilfreich, wennde uns sagen würdest, wo genau dieser Spalt is', Valdir«, sagte Shale.

»Soweit ich mich erinnere, hat es da so ein paar dicht bewaldete Abhänge. Hinter den Trümmern einer Statue, einem Bildnis von Sillindar mit ein paar spielenden Kindern zu seinen Füßen. Das Ding steht mitten in der Landschaft. Ist kaum zu übersehen, besonders wenn du was geraucht hast. Von dort aus wendet man sich direkt nach Westen, und da führt dann der Abhang hoch und direkt zu dem Spalt.

Ich bekam Schweißausbrüche, mein Magen spielte wieder verrückt, und in meinen Eingeweiden wühlte es. Ich hatte schrecklichen Durst und brauchte dringend etwas Ziest. Jedes Aufstampfen der Hufe jagte mir einen Stich durch den Körper. Ein paar Stunden hielt ich so durch, dann stieg ich nach Luft schnappend vom Pferd. »Tut mir leid, Jungs, aber ich hab echt starke Schmerzen. Fürchte, ich werd zur Belastung für euch.«

Wir hatten in einer Talsenke Rast gemacht. Shale wies Valdir an, mir mit dem Wasser aus einem nahegelegenen Gebirgsfluss ein Fruchtmus zu machen, während er selbst nachsah, ob uns jemand über die unter uns liegende Ebene folgte. Er meinte, er hätte während des Ritts Männer in der Ferne entdeckt, sie dann aber aus den Augen verloren.

»Ich geh nicht mehr weiter, Jungs«, sagte ich. »Irgendwas tief in mir drinnen fühlt sich echt mies an. Kann nicht mehr viel essen, und die letzten paar Gebräue haben mich total erledigt.«

Ich hoffte wirklich, sie würden mich irgendwo verstecken und dann allein weiterreiten, um Miri zu warnen. Was folgte, war viel Gefluche und Geschrei deswegen. Valdir hielt sich größtenteils raus aus dem Streit. Er sah ein, dass mein Vorschlag nicht ganz so abwegig war, Shale aber war so wenig zu beeinflussen wie die Gezeiten.

»Sollten uns denen im Kampf stellen«, sagte er. »Glaub nicht, dass wir denen entkommen können. Die müssten sich schon besonders dämlich anstellen. Sollten uns hier irgendwo ’nen Platz suchen, wo wir sie gut ins Ziel nehmen können und diesen Scheiß beenden. Ich hab das Wegrennen so was von satt.«

»Ich denke, wir können’s schaffen, Shale«, meinte Valdir. »Ein strammer Ritt auf den Pferden der Wacht, und schon sind wir an diesem Spalt und bei diesem Durchgang zu Miri.«

»Aber schneller als die Tauben oder Raben, oder was auch immer die hier in der Gegend benutzen, bist du auch nicht, Valdir«, sagte ich. »Die Nachricht wird noch vor dir dort eintreffen; Bestechungsgelder, Lügen – das Kopfgeld für mich und Shale wird sich seit der Sache auf dem Weingut wohl verdoppelt haben. Ganz zu schweigen von den Überfällen auf die Außenposten, die uns ja fast schon zur Gewohnheit geworden sind.«

»Ich sage, wir treiben die Gäule so hart wie möglich weiter an«, sagte Shale »Dann stellen wir sie an ’nem Ort mit guter Deckung unter, ’nem Hügel oder so. Bauen dort Fallen und kämpfen.

»Können wir machen, du und ich«, sagte ich. »Aber Valdir sollte weiterreiten. Wir können sie ’ne Weile aufhalten, damit wenigstens er durchkommt. Shale, im Ernst, ich denke nicht, dass ich’s schaffen kann.«

Er versetzte mir einen leichten Knuff, dann schlang er seine Arme um mich und rief Valdir herbei.

»Ich lass dich hier nicht zurück, Gant, und Valdir auch nicht. Das sind nur die Schmerzen, und dagegen ham wir ja Ziest.«

Auch Valdir legte einen Arm um meine Schultern. »Gant, ihr habt mir das Leben gerettet, und zweifellos auch das meiner Frau. Das ist genug für mich und diese Angelegenheit kein Auftrag. Ich kann uns ein paar Knöchelbrecher graben, und ein Schwert benutzen kann ich auch. Mit einem gescheiten Gebräu im Bauch kann ich sogar jemanden töten, bevor er mich tötet.« Er lächelte sein ansteckendes Lächeln. Ich war so glücklich, dass er bei uns war. »Wenn du nicht mitkommst, Gant, dann gehe ich auch nicht. Dann leiste ich mit euch Widerstand. Miri kann auch gut auf sich selbst aufpassen. Lieber sterbe ich an eurer Seite als bei ihm.«

Ein Schluck Schnaps und für mich eine Dosis Ziest besiegelten den Pakt, dann zogen wir weiter.

Shale tränkte seine Augen, und als es dämmerte, erreichten wir einen großen Fluss, der von Westen her aus den Bergen kam. Wenn wir das ausnutzten, indem wir die Pferde stromaufwärts durchs Wasser führten, konnten wir die Verfolger vielleicht verlangsamen. Irgendwo weiter oben würden uns die Ausläufer des Gebirges vielleicht sogar eine Stelle bieten, an der wir uns verstecken oder einen Hinterhalt planen konnten.

Als wir die Pferde in den Fluss führten und eine Weile stromaufwärts wanderten, erreichten wir ein Tal, das ziemlich bewaldet und voller Felsbrocken war. Nach ein paar hundert Metern fiel das Gelände in eine Schlucht ab, die nur mehr aus Steilwänden bestand, während der Fluss aus einer Höhe von vielleicht sechzig oder mehr Metern nach unten stürzte.

»Valdir«, sagte ich, »nimm die Pferde mit zurück zum Eingang der Klamm und lass sie dort frei. Wenn möglich, jag sie nach Norden davon. Shale und ich erkunden inzwischen die Gegend hier. Wir sollten uns schleunigst einen vorteilhaften Standort suchen, das Gebiet ist ganz gut geeignet, um sich auf die Lauer zu legen.«

Das Kundschaften war schwierig im Dunkeln, aber das nördliche Flussufer sah einfach besser geeignet aus. Es war schmaler und bot jedem, der sich von der gegenüberliegenden Seite näherte, weniger Deckung.

Damals konnte ich's Shale natürlich nicht sagen, aber ich hatte Angst um uns. Als Kämpfer taugte ich nicht mehr viel, und wir ahnten beide, dass sie ziemlich schnell dahinterkommen würden, dass wir uns in diesem Tal verschanzt hatten. Natürlich würden wir auch ein paar Fallen aufstellen, aber im Wesentlichen kam's auf Gebräue und Bögen an.

»Wie geht's denn so, Gant?«, fragte er und meinte meine Verletzung.

Ich zuckte die Achseln. Die Baumwollauflage, die er draufgemacht hatte, war ganz durchnässt, die Wunde hatte sich weiter entzündet, und das Fleisch an den Rändern war schon abgestorben. Es sah aus wie alter Käse, nur dass es noch viel schlimmer stank. Die Baumrinde hatte nicht viel genutzt.

»Hätten vielleicht mehr Maden drauf ansetzen sollen. 'N bisschen Aufschneiden könnte auch helfen. Aber die Wunde vernähen, das ist 'ne andere Geschichte. Dazu fehlt das Arbeitsmaterial, oder, besser noch, 'n gescheiter Drudha. Aber du wirst's nach Hause schaffen, Gant, vertrau mir. Ich werde Kigans Einzelteile über dieses Tal verteilen, wenn ich hier fertig bin.«

»Kann ja nicht mehr groß mithelfen beim Buddeln der Knöchelbrecher oder Aufstellen der Stolperfallen. Hast du ihn gesehen? Kigan, meine ich?«, fragte ich.

»Ja. Sah nicht halb so alt aus, wie wir's inzwischen tun. Hatte was Böses im Blick. Wette, der hat auch 'n paar richtig üble Pflanzen im Gepäck. Wir müssen damit rechnen, dass er weiß, was wir intus haben, weil er das Zeug vor Jahren ja selbst gebraut hat. Und er kennt unsere Methoden. Na ja, einige von ihnen.«

Ich ließ mich ein bisschen ins Gras zurücksinken, schloss die Augen, lauschte dem weichen, gleichmäßigen Plätschern des Wasserfalls. Etwas an dem Geräusch erinnerte mich an Milu, wie er mal für einen Jungen gesungen hat, der über und über verbrannt war und im Sterben lag. Kann mich nicht mehr erinnern, wie das damals genau passiert ist, und weiß nur noch, dass wir den Auftrag hatten, einen Überfall durchzuführen. Den Jungen hatten wir nicht absichtlich verbrannt. War eher eine Art Unfall während des Angriffs gewesen. Harlain hatte den Kleinen aus seiner Hütte gezogen. Seine Haut hat richtig gequalmt, war schwarz und rot wie glühende Lava. Der Junge schrie und zitterte, konnte sich nicht mehr bewegen. Er muss unfassbare Schmerzen gelitten haben. Seine Mutter hatte die Angst überwunden, dass wir sie vergewaltigen könnten, und sich zu ihm gesetzt. Wünschte sich in dem Moment vermutlich, sie könne mit ihm zusammen sterben.

Milu kam mit einem Schluck einer Mischung rüber, legte seinen Mantel über den Jungen und fing dann an mit dem Atmen und dem Pferdegesang. Ich glaube, es war eigentlich nur ein Ton, aber bei ihm klang es wie eine ganze Harmonie. Der Junge wurde ruhiger, während uns der Gesang durch Mark und Bein ging und die Luft um uns herum erfüllte. Der Ton schien voller und gleichzeitig auch leichter zu werden, und man meinte eine Veränderung zu hören, konnte aber nicht sagen, wann und wie. So machte er weiter, bis der Junge starb, der irgendwann einfach nur noch still und reglos dalag und von seinen Leiden erlöst war.

»Gant!«

Ich kam wieder zu mir. Es war mitten in der Nacht. Shale musste Wache geschoben haben, während ich ein paar Stunden gepennt hatte. Ich hörte, wie sich Schritte näherten, und es waren die einiger Männer.

»Shale! Gant!«, zischte Valdir uns zu. »Ich hab 'n paar Leute mitgebracht, die euch kennen.«

Wir sagten erst mal nichts.

Dann hörten wir eine andere, frischere Stimme, die durch die Nacht schnitt. »Wir sind Araliahs Männer. Achi zu deinen Diensten – wieder mal.«

Wir erhoben uns und traten auf die Gestalten zu. Es waren vier, Valdir eingeschlossen, doch die Nacht verriet nicht viel über sie. Nur ihre gewachsten Lederrucksäcke und Helme schimmerten im Mondlicht. Bald sah ich einen, der viel größer war als die anderen, und ich erkannte Stimmy in ihm.

»Achi?«, flüsterte Shale und trat näher an die Gruppe ran, drehte einen der Fremden ins Mondlicht.

»Derselbe.« Shale umarmte ihn und die anderen zur Begrüßung, versicherte ihnen, wie willkommen sie waren. Dann wandte er sich mit einem kleinen Lächeln zu mir um. Die Ankunft der Männer war ein Geschenk des Himmels. Ich hob den Blick und dankte Araliah dafür. Damals hatte sie uns Respekt entgegengebracht und an diesem Tag wieder so etwas wie Hoffnung geschenkt. Ich ging zu den Neuankömmlingen und umarmte sie ebenfalls.

»Sie hat uns hinter euch hergeschickt«, fuhr Achi fort. »Wir hingen ein paar Tage hinterher, und ihr wart auch nicht so einfach aufzustöbern. Aber ich hab seine Familie gefunden«, setzte er hinzu und deutete auf Valdir. »Die Schwester hat zwar kein Wort rausgelassen, aber seine Mutter hat sich verplappert. Dann haben wir am Hafen rumgefragt, und der Junge, der nicht dein Sohn genannt werden wollte, hat dich für Geld verpetzt. Hat gesagt, dass Seeleute dich bei Rillions Jagd rausgelassen hätten, und so war's dann auch.« Er wandte sich zu seinen Männern um. »Das hier sind Stimmy und Hau, den du ja schon mal getroffen hast, und Roin, dein Kocher für alle Fälle.« Sie waren alle so um die dreißig Sommer. Hau war das genaue Gegenteil von Stimmy, ein drahtiger Bursche aus den Viraten, obwohl sein Oberkörper zweimal so breit war wie der von Stimmy. Roin kaute Bacca und hatte einen friedfertigen Blick, von dem man sich aber wohl nicht täuschen lassen sollte. Er hatte den Kopf bis auf einen Streifen kahl rasiert, so wie ich es bei vielen Jungs aus den Roten Bergen schon gesehen hab, und trug einen Drudha-Gürtel.

»Wer ist denn bloß hinter euch her?«, wollte er wissen. »Uns ist nämlich 'ne ganze Meute gefolgt, und ich mach mir Sorgen, dass sie wissen, dass ihr Verstärkung kriegen werdet. Wir haben uns zwar vorgesehen, aber vielleicht haben sie uns ja doch bemerkt.«

»Kailen hatte uns 'nen Brief geschrieben, in dem steht, dass wir einer nach dem anderen getötet werden sollen, alle Zwanzig. Als wir zu Valdir stießen, kamen wir dann drauf, dass wohl einer von uns dahinterstecken muss – und zwar Kigan.«

»Kailens Drudha?«, fragte Hau. Er pfiff und schüttelte den Kopf. Achi schickte einen Blick zum Himmel, vermutlich konnte er unser Pech genauso wenig fassen wie wir selbst.

»Ich unterstütz dich mit dem Kraut, das wir dabeihaben«, sagte Roin, »aber bei allen Männern, die sowieso schon hinter dir her sind, warum musstest du auch noch ausgerechnet einem Drudha wie Kigan vors Bein pissen?« Er sagte es mit einem schiefen Grinsen im Gesicht. Wann immer man sich mit einer Truppe anlegt, legt man sich im Grunde mit deren Drudha an. Er spuckte den Bacca-Saft auf den Boden und klopfte mir freundschaftlich auf den Arm.

»Wir wissen ja selbst nich, was los is», sagte Shale. »Wird euch zwar noch leidtun, aber euch hier zu haben, das gibt uns wieder 'n bisschen Hoffnung. Die hatten wir schon fast verloren, das kann ich euch sagen.«

»Na ja, mit Reden kriegen wir das Feld aber nicht gegen diese Burschen vorbereitet«, sagte Stimmy. Er holte eine kurze Schaufel von seinem Rucksack, den er dann abstellte. »Hauptmann?«

»Hast natürlich recht, Stimmy«, sagte Achi, »lass die Jungs ein paar Stolperfallen und Knöchelbrecher bauen, und danach soll Roin Pfeilbeutel vorbereiten. Wir warten auf Daniks Signal, der oben Ausschau hält. Haben auch einen Mann namens Wil da oben. Beides tüchtige Bogenschützen.« Er deutete hinauf zu den hohen Felsen, von denen aus die beiden die Südseite des Tals einsehen konnten. Ein guter Blick über die Hügel bis hin zum See. Wir hatten keinen von ihnen herankommen hören, und die da oben konnten wir auch nicht sehen. Stimmy, Hau und Roin gingen davon.

»Euch Jungs hätten wir gut brauchen können, als wir Bense aus dem Knast geholt ham«, sagte Shale.

»Araliah hat gesagt, wir sollen euch vor 'nem Hinterhalt bewahren, nicht dabei helfen, 'ne ganze Stadt niederzubrennen. Dieser Mann, Kigan, und seine Leute, die waren euch die ganze Zeit ziemlich nah auf den Fersen«, sagte Achi.

»Sind sie auch zu Valdirs Familie gegangen?«, fragte ich.

»Unwahrscheinlich, jedenfalls nicht vor uns. Wir sind seit Cusston hinter euch her, doch wenn Kigan der ist, vor dem ihr gestern geflüchtet seid, dann glaube ich nicht, dass er von Marola gekommen ist. Es sei denn, er kann fliegen.«

»Weißte denn, wie stark unsere Verfolger sind?«, wollte Shale wissen.

»Stimmy hat sie ausgekundschaftet. Kigan hat Agenten dabei. Und Rote. Ihr sagt, er hat die meisten der Zwanzig getötet?«

»Ja. Hat Kailen selbst dich ausgebildet?«, fragte ich.

»Aye.«

»Hat einer von euch ihn schon mal im Kampf Mann gegen Mann besiegt?«

Er lächelte. »Was glaubst du? Schau mal, ihr wollt sie hier in einen Hinterhalt locken. Guter Plan und der Ort ist auch richtig. Wir haben versucht, jeden Vogel, der aus dem Issansee gekommen ist, abzufangen, aber alle haben wir nicht erwischt. Die Wacht wird ihre Männer mobilisiert haben.«

»Irgendwas Neues zu dieser Barbarenarmee?«, fragte ich.

»Wir wissen genauso viel wie ihr. Berichte darüber, wo die Wilden wieder mal in unsere Länder eingefallen sind, haben die Leute von der Küste ja noch nie sonderlich aufgewühlt. Aber je mehr Botschaften dieser Art sie kriegen, umso schneller werden sie begreifen, was da vor sich geht. Schätze, die Wacht wird die Nachricht gerade jetzt in den Alten Königreichen unters Volk bringen. Also geht's jetzt nur darum, wie schnell die mobilmachen können …« Er wurde durch einen Pfiff unterbrochen. Danik winkte zu uns runter, kaum mehr als ein Schatten vor dem silbrigen Granit des Felsvorsprungs. Dann signalisierte er Achi etwas.

»Danik sagt, Kigan hätte an die vierzig Mann dabei. Wir haben nur noch wenige Stunden. Die Jungs und ich würden uns geehrt fühlen, wenn du das Kommando übernimmst, Gant.«

»Shale ist dein Mann. Hat mir in Momenten auf Leben und Tod öfter den Arsch gerettet, als ich's zählen kann«, sagte ich. »Ich wär keine große Hilfe bei den Vorbereitungen hier.«

Sie nickten, dann verschwanden Shale und Achi im Unterholz, um die weitere Vorgehensweise zu besprechen.

»Bisschen Kannab, Gant? Ziest hab ich leider nicht.« Valdir setzte sich zu mir und stopfte uns eine Pfeife. »Du und Shale, ihr wart immer ganz dicke. Konnte nicht zulassen, dass er mich zu Miri bringt und wir dich unterdessen irgendwo hätten verstecken müssen. In deinem Zustand hätten wir dich damit praktisch zum Sterben zurückgelassen.«

Seine Kannabmischung schmeckte leicht süß, etwas nach Apfel, und hatte einen milden Zug. Entspannte mich schon ein wenig. »Ich dachte nur, dass ihr beide ohne mich 'ne bessere Chance hättet. Bin doch sowieso schon so gut wie tot, Valdir. Aber du hast 'ne Frau und dein ganzes Leben noch vor dir.«

»Hab tief hier drinnen gewusst, dass ich nicht zu ihr zurückkehren werde. Das Gold hab ich wegen ihr angenommen. So eine Ahnung, weißt du?«

Ich nickte, ich hatte es auch geahnt und war froh, dass er's getan hatte und es sagen konnte. »Warum, Valdir? Warum bist du überhaupt mitgekommen? Wir haben dich gewarnt, obwohl ich schätze, 'ne große Wahl haben wir dir nicht gelassen.«

»Kailen hat dich kommen lassen, und du bist gekommen. Was würden wir füreinander *nicht* tun? Heute wie damals. Wie oft haben wir auf Messers Schneide gestanden und einander Deckung gegeben? Kann man gar nicht zählen. Ein Teil von mir wollte Miri wiedersehen, sehen, was aus ihm geworden ist. Ich war ja mal so was wie sein Partner in der Siedlung in seiner Heimat. Bevor die Wacht ihn umgedreht hat, haben wir was ganz Besonderes geschaffen. Hatten seinen Leuten wieder Hoffnung gegeben. Und dann kamst du in unser Haus, in deiner schicken Rüstung und mit den prächtigen Kampfgürteln. Und du sahst stark aus und warst reich. Hast mir das ganze Spektrum dessen gezeigt, was ich mal war: ein leidenschaftlicher, jugendlicherer Mann. Schwer in Worte zu fassen, was ich meine, aber ich war mit den Jahren fett geworden. Dabei bin ich doch Seemann, ein Deckarbeiter. Schätze, ich hab mich irgendwie abgehängt gefühlt.

»Aber du bist auch verliebt. Damit können wir nicht dienen. Und ich hab noch nie 'ne Frau gesehen, die ihren Mann so angeschaut hat, wie sie dich anschaut.«

Er lächelte, obwohl seine Augen, wie immer, traurig blickten. »Das stimmt. Ich liebe sie und will's auch so. Aber wir stehen in

Kailens Schuld, für alles. Keiner von uns hätte sich anders entschieden.«

Er klopfte seine Pfeife aus und verstaute sie wieder. Wir machten keine großen Worte, als er sich zum Aufbruch anschickte, gaben uns nur die Hand. Kurz umfasste er meine Schulter, bevor er sich aufrappelte.

»Ruh dich aus, Gant. Ist gut, wieder an deiner Seite zu sein, Bruder.«

Ich aß etwas, aber danach wurde mir schlecht. Hatte Träume von Lagrad; meine Schwester hatte nach mir gerufen, so laut, dass ich davon wach wurde und dachte, sie säße im Baum über mir. Das Einzige, was ich von den Träumen, die mich nachts heimsuchten, in Erinnerung behielt, war, dass ich in ihnen wieder ganz der Alte und wohlauf war. Sonst kamen nur all die Gräuel vor, die ich mit den Jahren begangen hatte. In einem etwa war ich wieder in diesem Brunnen, und die Männer, die den Fall überlebt hatten, weinten nach ihren Müttern.

Es war Vormittag. Wir waren uns sicher, dass sie uns finden würden, obwohl sich Achis Männer hauptsächlich durch den Fluss bewegt hatten, damit Kigans Trupp nach wie vor dachte, dass sie nur drei Leute verfolgten. Ich wusste, Kigan würde nicht des Nachts angreifen, weil die Dunkelheit uns in die Karten spielen würde.

Kigans Männer würden Kampfgürtel tragen, und er hatte ihnen sicher was zusammengerührt, das viel stärker war als alles, was wir hatten. Doch Achis Mann, Roin, gab uns ein Pulver der harudanischen Erzdrudhas, das besser war als das Zeug in unseren Sporenbeuteln. Die ganze Zeit über hatten wir auf die *Glorie* vertraut, doch Achis Leute nahmen ein Mittel, von dem man sich besser erholte, was mir nur recht war. Sie besaßen diese Samen, die sie mit einem Sirup vermischten und uns dann verabreichten. Behaupteten, Kailen hätte sie auf einem Markt in Rhosidia erstanden. Wir fanden, mit dem Sirup bestand eine reelle Chance, das Ruder doch noch rumzureißen und gegen Kigans Pulver zu bestehen. Ich wünschte, ich hätte das Zeug schon früher gekannt.

Achis Mannschaft war von Kailen aufs Beste ausgebildet worden. Achi hätte mit seinen Leuten die Zwanzig allein stellen können, da bin ich mir sicher. Seine Jungs wären den Roten gewachsen, ein perfekt eingespieltes Team. Keine Kleinigkeit, aber so sah es aus.

Wir hörten, wie das Vogelgezwitscher anschwoll und wussten, sie näherten sich uns durch das Tal. Wir hatten uns an der Nordseite des Flusses verteilt. Danik und Wil waren weiter oben, mit getränkten Augen, und laut Achi hatten sie auch ziemlich böse Geschosse. Ich, Shale und Valdir hatten uns absichtlich so aufgestellt, dass sie uns drei leicht ausmachen konnten. Sie sollten sehen, dass wir uns alle an einem Fleck befanden. Roin und Valdir hielten sich in der Nähe des Wasserfalls verborgen, Stimmy und Hau im Fluss unter Wasser, wo sie durch Schilfrohre atmeten. Dann würden wir abwarten, bis sie den Kreis um uns enger zogen. Dabei würden sie entweder in unsere Fallen tappen oder von den versteckten Männern paarweise in die Zange genommen werden.

Natürlich endete alles trotzdem in einem beschissenen Blutbad.

Ich und Shale waren bis zum Rand voll mit Gebräu, trugen Masken und fühlten uns auch ansonsten gut gewappnet. Achi hatte uns eine Blattmischung für die Augen gegeben, die besser war als die Weißeiche und uns schützte gegen die ätzenden Löschkalkbeutel und den beißenden Senf oder was die Gegenseite sonst noch pulverisiert haben mochte. Wir hatten uns hinter ein paar Felsen verschanzt, wo man eine klare Sicht durch die Bäume bis zum Fluss und über das Tal auf dieser Uferseite hatte.

Dann hörten wir einen Warnruf, der schwer nachhallte in der Ebene, und irgendwas mit »Masken!« enthielt. Nur ein paar Sekunden später hörten wir ein Aufheulen, dann verstummte der Schmerzensschrei. Wie es schien, hatten unsere Häscher Bekanntschaft mit den ersten Fallen gemacht. Eine Brise rauschte durch die Wipfel, ließ die Bäume flüstern. Noch mehr Vogelgezwitscher, und dann gab Shale hinter dem Rücken Achi über uns ein Zeichen.

Die Bewegungen unserer Verfolger waren aufgrund des rauschenden Wassers schwer wahrzunehmen, aber schon bald konnten wir sie riechen. Ich bin sicher, sie rochen uns auch.

Irgendwann sahen wir, wie drei oder vier zwischen den Bäumen hervortraten, sich auf das uns gegenüberliegende Südufer zubewegten, wobei sie direkt in unsere Richtung schauten. Achi gab Shale ein Zeichen – fünf weitere kamen auf dieser Seite flussabwärts näher. Deren Aufmerksamkeit mussten wir erregen, damit sie, wie von uns geplant, auf die Idee verfielen, uns einzukreisen. Die fünf bewegten sich geradewegs an Stimmy und Hau vorbei, die immer noch im Fluss untergetaucht waren. Wil schoss einen Pfeil direkt neben ihnen ins Wasser, das Signal, dass sie in Aktion treten konnten.

Einer aus der Fünfergruppe befahl seinem Trupp, anzuhalten, als er den Stolperdraht entdeckte, den wir genau zu diesem Zweck dort gespannt hatten. Just an dieser Stelle hatten wir sie nämlich exakt in der Schusslinie. Unsere Pfeile schalteten drei von ihnen aus, die beiden mit den Schilden nahmen wir ins Visier, als sie diese senkten. Natürlich rannten sie um den Draht herum und genau in die Stachelfallen rein, die wir ringsum im Boden versenkt hatten. Die Stacheln erwischten einen, verlangsamten ihn so weit, dass er sich einen Pfeil von Shale einfing, während der andere einen vergifteten Pfeil ins Bein bekam. Er bemühte sich redlich, nicht allzu laut zu sein, war aber leichte Beute.

Als Achi auf den Plan trat, um ihn zu erledigen, ertönte von weiter unten am Ufer ein Ruf, und es folgte ein Pfeilregen. Wir versuchten, an unserer Position ein bisschen Rauch zu erzeugen, und räumten das dornige Gestrüpp vor uns aus dem Weg. Dann hörten wir das Klirren ihrer Kettenrüstungen, so wie auch sie wohl das Knarzen unserer Leder hörten, doch Shale stieß eine zwitschernde Warnung aus und stieß mich zurück hinter den Felsen. Auf der anderen Flussseite wurde ein Plätschern laut, dem folgten ein beißender Gestank und der schwache Geruch von

Feuer. Meine Haut begann mit einem Mal zu jucken, und Shale mahnte zum Rückzug zwischen einige nahegelegene Bäume. Achi schoss ein paar Pfeile in die Richtung, aus der die Männer kamen, und warf einige Kalkbeutel, die noch mehr Funken erzeugten. Es war trocken in dieser Region, und die Bäume würden schnell Feuer fangen.

Was immer sie außer Kalk in ihren Beuteln hatten, wir konnten dem nichts entgegensetzen. Das Zeug brannte, als würde eine wahnsinnige Armee von Ameisen über einen hinwegkrabbeln, und ich brauchte einen kräftigen Schlag, um den Kopf wieder klar zu kriegen, sowie Öl, das ich mir auf den Hals und ins Gesicht schmierte. Wäre die *Glorie* nicht gewesen, hätte ich an diesem Punkt schon ein bisschen den Mut verloren. Womit Kigan diese Leute auch immer ausgerüstet hatte, es war effektiver als alles, was wir aufzubieten hatten.

Mehr Pfeile kamen derweil vom Südufer herübergeflogen, und der Scheißwind verteilte ihr Kampfpulver überall. Achi schaute hoch zu Danik und Wil, die uns die gegnerischen Positionen signalisierten, wenn sie sich unbeobachtet wähnten.

»*Kapuzen auf, eine Minute*«, bedeutete Shale. Er baute darauf, dass der Gegner sich zurückhielt, bis das Pulver seine ganze Wirkung entfaltet hatte. So lagen wir an die Baumstämme gepresst, zählten, lauschten und fieberten mit ihnen mit.

Irgendwo im Wasser wurde es unruhig, zwei, vielleicht drei Mann. Ich hörte das Scheppern von Eisenrüstungen aus Richtung Nordufer näherkommen. Rote! Mein Gebräu zeigte endlich volle Wirkung. Ich versuchte, meine Atmung in den Griff zu kriegen, während alles um mich herum um Aufmerksamkeit bettelte. Das gedämpfte Zischen der Pfeile und ein Knistern in der Luft, als sie an uns vorbeiflogen, verriet uns, dass sie ganz auf dieses Gift setzten.

Nach den Pfeilsalven rückten sie so zügig vor, dass Kigan ihnen was gegeben haben musste, das sie immun machte. Sie wollten es offenbar schnell beenden. Nach Ablauf der Minute streiften wir unsere Kapuzen ab und blickten uns um. Ich fing mir dabei fast einen Pfeil ein, und hörte, wie der Schütze den Bogen erneut spannte. Wir fanden uns – wie geplant – in die Enge getrieben, also gab Shale Achi das verabredete Zeichen, damit der seine Jungs losließ.

Danik und Wil entzündeten ein paar große Ölbeutel, die an Seilen befestigt nun über der Stelle heruntergelassen wurden, von wo aus wir beschossen worden waren. Als die Beutel zwischen den Bäumen und über dem trockenen Unterholz explodierten, wagten wir uns vor und schossen unsererseits ein paar Pfeile auf die Angreifer ab. Ich hörte, wie zwei getroffen wurden, vernahm ihr Keuchen und wie sie sich gegenseitig abklopften, um die Flammen auszuschlagen. Ich verfehlte einen Agenten, der zum Fluss und genau auf die Stelle zu rannte, wo Stimmy sich versteckte. Noch so einer, der viel zu schnell unterwegs war unter dem Einfluss seines Gebräus. Stimmy musste ihn zu Fall gebracht haben, oder er war von selbst ins Straucheln geraten. Jedenfalls schoss Stimmy durch die Wasseroberfläche nach oben und brach ihm das Genick, bevor er mit gezücktem Bogen an Land sprang. Hau blieb, wo er war, was sich schon bald als entscheidend herausstellen sollte.

Auf unserer Seite des Flusses mussten noch weitere Gegner stecken, denn ich hörte, wie Wil Pfeile in die Richtung schoss, wo Stimmy sich befand, etwa zwanzig Meter von uns entfernt. Danik warf alle möglichen prallgefüllten Beutel in die Bäume und aufs Flussufer südlich von uns, um ihnen die Sicht aufs Wasser zu nehmen. Bei dem ganzen Gebräu, das er intus hatte, bedurfte es schon eines ziemlich guten Schützen, um Danik zu treffen, vor allem, weil er auch noch einen Faustschild zum Schutz gegen Pfeile von unten trug.

Achi kam aus der Deckung und rannte los, um Stimmy zu unterstützen. Ich tränkte meine Augen mit einem Ölspritzer und konnte dann sehen, wie Stimmy sich erbittert gegen ein paar Männer zur Wehr setzte. Das Krachen und Scheppern von Schilden, Äxten und Klingen hallte in der Luft wider.

Ich und Shale versuchten, irgendwelche Bewegungen der

Gegner zwischen den Bäumen auszumachen, und warfen dann Sporenbeutel in die Richtung, um Achi Deckung zu geben. Das kriegten wir allerdings mit Zinseszins zurück, und zwar in Form von Löschkalk und vielem mehr, weshalb wir unsere Position aufgeben mussten. Wir bewegten uns in Richtung Stimmy und Achi. Wegen des Tosens wusste ich nicht, ob es mir gelingen würde, irgendwelche Roten im Nahkampf auszuschalten. Das Feuer hatte inzwischen ordentlich um sich gegriffen, aber auch wir konnten deshalb nun nicht mehr so gut sehen. Shale signalisierte mir, dass ich meinen Bogen bereithalten sollte, um Stimmys Gegner auszuschalten. Der Bursche ging zu Boden und versuchte fortzukriechen. Ich musste darauf vertrauen, dass die Jungs über uns den Fluss so weit vernebelt hatten, dass ich ihn ignorieren konnte, aber die Kampfstoffe zeigten ihre Wirkung. Ich hörte, wie Shale etwas davon einatmete und eine Flasche entkorkte. Trotz des Öls brannten meine Augen, ich konnte nur noch Schatten zwischen den Bäumen vor uns erkennen. Ein Speerkämpfer – ich wusste, wir hatten keinen auf unserer Seite. Als dann einer der Schemen hinter einem Baumstamm hervortrat, einen Schritt zurückmachte und ausholte, um zu werfen, streckte ich ihn mit einem Pfeil nieder. Über mir wurde ein Pfiff laut, dann knackten Zweige, als ein Pfeilbeutel direkt über meinem Kopf zerplatzte. Ich rannte los, schnappte mir Shale, als der sich gerade anschickte, Stimmy und Achi im Nahkampf zur Seite zu eilen.

Der Gestank der Paste war mörderisch, als ob man seine Nase in einen Hundekadaver steckt.

Achi kämpfte unter einem nun brennenden und qualmenden Baum mit einem Agenten. Wie wir alle trug auch er nur Leder und verließ sich allein auf sein Können und die Gebräue. Beide hatten Schwerter und Äxte. Ich hörte jemanden »Fünf!« rufen – das kam von einem der Männer, die gegen Stimmy kämpften. In Panik warnte der Mann seine Leute über den Fluss hinweg, dass hier mehr von uns waren, als sie geglaubt hatten. Dort drüben befanden sich Rote, ausgerüstet mit Schilden, Plattenrüstungen und Zweihändern. Dass wir, die wir nur mit Breitschwertern kämpften, an so schwer bewaffneten Gegnern schwer zu kauen haben, war Kigan natürlich klar. Wir rückten näher und hofften, dass die Bogenschützen es nicht wagten, in unsere Richtung zu schießen, weil sie damit auch ihre eigenen Leute treffen würden.

Stimmy grinste sein zahnloses Grinsen, als sich die Roten in Bewegung setzten, doch sie waren so schlau, in Richtung Ufer und damit ins Freie vorzurücken. Wil erkannte das Problem und schmiss Feuerbeutel in die Bäume, die zwischen uns und dem Fluss lagen, um die Gegner zu behindern und unsere Nahkampfattacken vor den Bogenschützen am Südufer unter dem ganzen Rauch zu verbergen. Das hier jedoch war unsere Entscheidungsschlacht, also stürmten wir direkt auf sie zu. Ich hielt mich an den Schildträger, attackierte ihn in Skorpionstellung mit Schwungangriff von oben. Er riss sein Schwert hoch, allerdings schneller und kraftvoller, als ich erwartet hatte, und brachte mich aus dem Gleichgewicht. Dann versuchte er, mich mit seinem Schild zu rammen, doch als ich zurückprallte, erkannte ich meine Chance und rammte ihm mit dem Fuß die Kante seines Schildes ins Gesicht. Mein Tosen setzte wieder ein, und ich riss meine Klinge hoch. Instinktiv parierte er, aber er war noch benommen. Dann noch ein Tritt gegen den Schild, und er war ohne jeden Schutz. Ich durchbohrte ihn. Shale dagegen hatte mehr Probleme. Sein Roter war ein Experte mit dem Zweihänder. Doch ich warf mich gegen ihn, und Shale schlug ihm sauber den Kopf ab. Der Schädel flog auf Augenhöhe an mir vorbei, und einen Moment lang trafen sich unsere Blicke.

»*Gift wirkt nicht. Die Roten kämpfen unter Kigans Gebräu, nicht unter dem der Wacht*«, signalisierte Shale, als wir im Schutz eines Baumes verschnauften. Achi nickte, nachdem er sich von der Leiche eines Gegners erhob, den er ausgeschaltet hatte.

»*Unsere Mischungen verlangsamen sie nicht. Böses Kraut.*«

»*Wir können aber nicht in all dem Kampfstaub und Feuer bleiben*«, signalisierte Shale.

Achi riskierte es, hinter uns die Uferböschung raufzuklettern, um von Wil ein paar Informationen zu den gegnerischen Positionen rund um den Fluss zu kriegen, aber er konnte ihn nirgends entdecken. Er sah zu Danik rüber.

»*Wil ist gefallen, und Danik kann nicht weg. Sie kommen*«, meldete er an uns.

Mein Hals war inzwischen wund. Was immer Kigan auch einsetzte, durchdrang meine Maske und ließ es in meinen Kopf hämmern.

Ein Baum neben uns fing Feuer und begann lichterloh zu brennen. Auf der anderen Seite des Flusses sah man durch den Rauch ab und zu orangefarbenes Geflacker. Das Krachen und Knacken der brennenden Zweige war über das Wasser hinweg zu hören. Die Ölbeutel hatten viele der Bäume in Flammen gesetzt.

Ein paar Männer versuchten, den Fluss zu überqueren. Das letzte Aufgebot. Sie mussten angenommen haben, dass wir – noch immer vollzählig – an diesem Flecken zusammenstanden. Achi signalisierte Stimmy, seinen Bogen bereit zu machen und zu sehen, ob er ihre Reihen, jetzt, wo sie ihre Deckung aufgaben, ein wenig lichten konnte. Sie wurden schneller, begannen zu rennen, einige kamen direkt auf uns zu, das Platschen von Wasser war links und rechts von uns zu hören. Sie zogen das Netz enger.

Dann hörte ich das Knarzen von Stimmys Bogen. Er verschoss ein paar Pfeile, aber ein scharfes Grunzen verriet uns, dass auch er getroffen worden war. Ich riskierte es, aufzusehen, um zu sehen, ob ich irgendwas tun konnte. Aber er lag am Ufer und zitterte stark, verzog das Gesicht zur Grimasse, als er erkannte, dass es das für ihn war. Dann sah er mich an, grüßte und gab mir zu verstehen, wie viele von ihnen er gesehen hatte. Noch im Moment seines Todes tat er für uns, was in seiner Macht stand.

Ich signalisierte dies alles den anderen beiden. Achi schüttelte den Kopf; das Schwindelgefühl nahm immer mehr zu, und die ganzen Kampfmittel drohten uns zu ersticken. Es schien nur eine Frage der Zeit, bis Kigans Kraut uns das Genick brach. Wäre da nicht das Zeug gewesen, das Achi jüngst von der Harudan-Kommune besorgt hatte, wir wären schon längst tot, mit oder ohne die Hilfe seiner Leute. Ich wagte mich heraus, um zu sehen, wie viele kamen und wie sie bewaffnet waren. Ich sah Agenten und Rote. Von Kigan keine Spur, aber ich schätze, der wartete einfach irgendwo auf den rechten Moment. Dann pfiffen Pfeile durch die Luft; sie kamen von irgendwo nahe des Wasserfalls und trafen Kigans Männer auf ihrem Weg durch den Fluss. Die Agenten brachen als erstes zusammen.

Roin und Valdir hatten sie im Wasser entdeckt, worauf Roin sie in schneller, regelmäßiger Folge mit Pfeilen eindeckte und Valdir mit seinem unverletzten Arm Löschkalkbeutel auf sie schleuderte. Er war außer Rand und Band wegen des Gebräus, und es tat gut, ihn wieder in Aktion zu sehen. Seine Würfe ergänzten sich gut mit Roins flinkem und präzisem Bogen. Er war dabei die Ruhe selbst. Die Roten erfassten die Situation und legten noch einen Schritt zu, um über den Fluss zu kommen und sich in Sicherheit zu bringen. Ich signalisierte den anderen, dass wir zuschlagen sollten, sobald sie das Ufer erreicht hatten.

Ich nahm einen Schild – war schon zwei, drei Winter her, dass ich einen im Feld benutzt hatte, ist aber eine gute Maßnahme, wenn's schlecht steht. Drei von uns stürmten auf die Männer zu, die direkt auf uns zusteuerten. Ich hoffte, dass wenigstens das dazu führen würde, dass uns die Bogenschützen am anderen Flussufer nicht mehr beschossen. Ein paar fingen damit an, sich um Roin und Valdir zu kümmern, doch da waren immer noch zehn Mann, die es mit uns aufnehmen wollten. Shale und Achi flankierten mich, hielten sich so gut wie möglich hinter meiner Schulter, sodass ich sie mit dem Schild schützen konnte. Die Roten warfen Krähenfüße und Messer. Eines traf Achi, aber sein Leder schützte ihn, und es prallte ab.

Der erste Rote hatte vor, ein wenig Zeit für einen Kameraden rauszuschlagen, und versuchte, meine Seite anzugreifen. Aber ich warf mich mit dem Schild nach vorn und drängte sein vorstoßendes Schwert ab. Schnell wechselte er in eine defensive Haltung, doch er war noch zu unerfahren, kämpfte zu sehr nach den Lektionen, die man ihm einst bei der Ausbildung erteilt hatte. Ich erwischte ihn am Oberschenkel, sprang vor und verpasste ihm einen Kopfstoß. Seine Nase brach. Ich ließ mich auf die Knie fallen, als sein Schwert herabsauste, blockte es mit meinem eigenen ab und rammte ihm meine Faust in die Eier.

Von der Schildseite her kam ein Agent auf mich zu. Während ich noch auf Knien war, wollte er mir mit seinem Krummsäbel eins überziehen, während er mit der anderen in einem Lederbeutel rumkramte. Vermutlich, um mir eins von Kigans Mittelchen zu verpassen. Die Kante meines Schildes nach vorn gerichtet warf ich mich gegen seine Beine. Seine Waffe traf mich im Kreuz, aber hauptsächlich mit dem Griff, was den Schlag wirksam dämpfte. Der Rand meines Schildes erwischte ihn in Kniehöhe, und er stolperte einen Schritt zurück. Mit Schwung durchtrennte mein Schwert ihm das linke Schienbein. Durch die Lücke, die durch seinen Fall entstand, konnte der Kamerad hinter ihm einen Pfeil auf mich abschießen. Ich versuchte noch, dem Geschoss auszuweichen, es bohrte sich jedoch in die Seite meines Waffenrocks.

Schnell zog er den nächsten Pfeil, um es zu beenden, als Hau aus dem Wasser auftauchte und ihm einen Pfeil direkt in den Kopf schoss. Versteckt hinter einem Felsen und damit vor Blicken von der anderen Flussseite geschützt, gelang es ihm, noch zwei weitere Schüsse auf die Männer abzugeben, die Achi und Shale von mir abzudrängen suchten. In dem Wissen, wie hoch die Chancen waren, dass die Angreifer ihre Pfeile mit einem üblen Gift bestrichen hatten, ließ ich mich wieder auf die Knie nieder und zog den Pfeil aus mir raus, nun, da Hau meinen Gegner erledigt hatte. Nur die Spitze hatte sich ein kleines Stückchen ins Fleisch gebohrt, und ich dankte einem Magisten, dass er nicht tiefer eingedrungen war. Ich tat Guaiarinde und Salze auf die Wunde und zog mich in den Schutz der Bäume zurück.

Dort erkannte ich, dass wir eine ordentliche Bresche in die Reihen der Gegner geschlagen hatten, obwohl unsere *Glorie* ihrem Gebräu weit unterlegen war. So wie es Shale damals schon in den Roten Bergen gesagt hatte, brachten allein unser Können und unsere Erfahrung die Entscheidung über Männer, die jünger und schneller und aufgeputschter als wir waren. Was immer Kigan ihnen auch verabreicht haben mochte, heute reichte es nicht.

Die Männer, die es mit Shale und Achi aufnehmen wollten, wurden von deren Klingen und Haus Pfeilen erledigt, dann machte sich Shale auf, um Valdir zu helfen, der mit denen kämpfte, die uns von der anderen Seite her in die Zange hatten nehmen wollen. Achi stieß einen Schrei aus und rannte zu Hau, um ihn zu warnen. Ich sah, dass er sich aufgerichtet hatte, um die ins Ziel zu nehmen, die Valdir bedrängten. Er war so aufs Schießen konzentriert, dass er nicht mitbekam, wie sich hinter ihm zwei Gegner durch den Fluss heranpirschten. Hau wurde erst auf die Gefahr aufmerksam, als er Achi näher kommen hörte. Er fuhr herum, um sich um die Angreifer zu kümmern. Doch als Achi den einen attackierte, hatte der andere Hau schon erwischt. Das Gift, das in seinen Körper eindrang, ließ ihn förmlich erstarren, bevor er tot zu Boden sank.

Ich wischte die Salze von der neuen Wunde, die ich mir zugezogen hatte, und legte frische, in Knöterichblätter gewickelte Guaiaborke auf. Als ich das tat, fühlte mich, als hätte ich den Kopf unter Wasser, während mein Inneres glühte wie Feuer. Ich war außer Gefecht gesetzt. Was war das für ein Gebräu, das mich mit nur einem Tropfen so fertigmachen konnte? Ich kotzte und zog mich, den Schild über mich haltend, noch ein Stück weiter zwischen die Bäume zurück.

Das Feuer tobte über den Fluss. Ich konnte nicht mehr sagen, wie viele da noch unterwegs waren oder wohin die Flammen den Gegner gerade trieben. Dann sah ich, wie weitere den Strom heraufkamen, und stieß zur Sicherheit einen Warnschrei aus.

Kurz wurde ein Scharmützel laut. Ich war tot, wenn auch nur einer von denen es zu mir schaffte, aber ich versorgte die Pfeilwunde, obgleich meine Finger sich anfühlten, als gehörten sie zu einer fremden Hand, so schwach wie die eines Weibes. Und dann war Shale neben mir, tätschelte meine Schulter und flüsterte: »Hast dich zu guter Letzt doch noch fürs Guaia entschieden, Gant? Wie auch immer, läuft nicht gut, Valdir ist gelähmt und kann sich nicht bewegen. Er ist nicht tot, aber er atmet kaum noch. Viel Rauch, aber wir können nichts riskieren. Danik schießt wieder, und Roin auch, hat 'ne gute Stelle für die Feuerbeutel gefunden. Das treibt ein paar von denen zurück, weiter hoch ins Tal, darunter wahrscheinlich auch Kigan.«

Achi kroch zu uns rüber und nahm die Maske ab. Seine Haut war knallrot und schlug an manchen Stellen schon Blasen. Er war kaum dreißig Sommer alt und wäre ein großartiger Kommandant geworden. Ich weiß das, weil das Gebräu einem dazu verhilft, Furcht oder Zweifel eines Soldaten gut einschätzen zu können, und bei ihm war nichts davon zu entdecken.

»Ihr Jungs solltet euch von hier verdrücken, sonst sind wir am Ende alle tot. Glaube nicht, dass einer von denen sich östlich von uns versteckt hält, um uns den Weg abzuschneiden. Also bietet sich diese Richtung wohl an.«

»Ja, wir sollten von hier verschwinden. Ich geh und hol Valdir«, sagte Shale und wollte sich schon aufmachen.

Achi legte ihm fest eine Hand auf die Brust, um ihn aufzuhalten. »Er kommt nicht mehr zurück, Shale, wir haben nichts, um ihn wieder auf die Beine zu bringen. Haben Araliah versprochen, auf dich aufzupassen. Was sie und Kailen für mich getan haben, ist keine Geschichte, die ich an die große Glocke hängen will. Aber wir haben es geschworen, und wir tun für ihn, was wir immer für ihn getan haben. Mögen Magisten dich auf deinem Weg behüten, während wir für Valdir tun, was wir können.«

Und dann war er weg.

Shale nickte resigniert, fluchte in sich hinein, holte tief Luft und hievte mich dann auf die Füße. Ich wollte ihn nicht enttäuschen, versuchte zu gehen, so gut es ging, aber die Gifte und die Verletzungen setzten mir zu. Nicht zum ersten Mal verließ ich eine Schlacht unter Schmerzen. Aber um ehrlich zu sein – ich weinte. Weil ich Valdir zurücklassen musste. Und alle, mit denen ich gern weiter zusammengeblieben wäre, alle, die einst ausgezahlt worden waren und nun doch wieder mit dabei waren.

Achi hatte richtig entschieden, zum Glück für uns. Danik

musste sich darauf vorbereitet haben, seine Feuerbeutel so Richtung Fluss zu schleudern, dass die Gegner weiter hoch ins Tal getrieben wurden.

Außer dem Feuersturm hörte ich wenig und sah nichts, als ich einen letzten Blick zurück über die Schulter warf. Nichts, außer einem erdrückenden Leichentuch, das sich über das Tal und das letzte Gefecht legte. So humpelten wir Richtung Norden davon, als die *Glorie*, die Achi uns gegeben hatte, ihren Tribut forderte.

Ziel: Candar-Stadt, Q4 670 OE
Über Hauptroute Jua
VERTRAULICH – NUR ZU HÄNDEN DES ROTEN
PERSÖNLICH
Bericht von: Elite-Agent 84
Kontaktierte Personen: Gildenmeister Alon Filston, Kigan
Anweisungen erhalten.

Treffen mit Kigan. Für kein Geld der Welt würde dieser Mann auch nur eine seiner Rezepturen preisgeben, die er im Urwald von Hanwoq aufgespürt hat. Er interessiert sich für kaum etwas – außer für Galathia.

In den zwei Tagen, die ich mit ihm ritt, schien er unter dem Einfluss eines Tagesgebräus zu stehen. Seine Sinne im Hinblick auf die Umgebung und die Leute um ihn herum waren geschärft. Auch das, was gesprochen wurde, nahm er intensiver wahr.

Man sollte daher tunlichst auf sein Auftreten achten, wann immer man zu ihm vorgelassen wird. Seine Farben sind kräftig, ein einzigartiges Blau und Rot. An dem Morgen, an dem ich aufbrach, konnte ich seinem Training beiwohnen, und das war außergewöhnlich. Er kann sich mit den besten Elite-Agenten messen und hat das bessere Kraut zur Verfügung.

Einem Treffen mit Euch stimmte er zu, aber dafür verriet ich ihm den Aufenthaltsort von Mirisham, und er schien zu wissen, welch große Bedeutung Mirisham für uns hat.

Ich unterhielt mich auf dem Weg nach Cusston auch mit Alon Filston, der sehr aufgewühlt wirkte. Er weiß, dass Galathia ihn mit Kigan betrügt und dass er bei seiner Entourage beständig an Ansehen verliert. Kigan und Galathia sind fortwährend zusammen.

Offensichtlich ist er nicht imstande, von Kigan Wiedergutmachung zu verlangen, wiewohl aber auch unstreitig ist, dass Kigans Persönlichkeit äußersten Respekt einflößt. Galathia indes zeigt wenig Ambitionen, Filston bei Laune zu halten, obwohl das teilweise auch mit der Aussicht darauf zusammenhängen mag, in Argirwehr schon bald wieder zu regieren.

Ich habe Filston zudem wissen lassen, wie wichtig es ist, dass Kigan und Galathia bei Mirisham eintreffen. Dass der Rote persönlich dort sein wird, um Kigan zu treffen und ihm zu versichern, dass er Alons und Galathias Pläne nicht länger durchkreuzen werde. Ihm wurde gesagt, er möge die Gastfreundschaft der Vögte in Anspruch nehmen, um dem Roten die nötige Zeit zu verschaffen, dorthin zu reisen und sich auf das Zusammentreffen vorzubereiten. Auch wurde ihm der Wunsch des Roten übermittelt, er und Galathia mögen Verbündete bleiben und einer glücklichen Zukunft entgegensehen.

Er gab mir auch hochvertrauliche Informationen zu dem Problem im Osten. Galathias Bruder, der jetzt als Kriegsherr bei den Barbaren unter Caragula dient, hat Ahmstad eingenommen und marschiert nun gen Donag und Issana. Sicher wisst Ihr aus den Sendschreiben, die meine Brüder Euch aus der Wildnis, aus Ahmstad, aus Vilmor und Lagrad heraus übermittelt haben, vom Vorrücken der Horde auf die Alten Königreiche. Alle Gerüchte haben sich damit bestätigt. Galathias Bruder steht hinsichtlich der Truppenbewegungen in ständigem Kontakt mit ihr. Sie ist über seine Absicht informiert, die Kontrolle über die Wehrlande und den Issansee zu übernehmen, vielleicht sogar die Provinz Hoffnungsberg und Fort Donag, wenn er ein guter Stratege ist.

Sie werden in zwei Monaten, vielleicht auch früher, dort sein.

Filston schien besorgt, ob wir es angesichts des Vormarschs der

Horde noch schaffen, alle Angelegenheiten zu regeln. Ich konnte ihm nur sagen, dass die Alten Königreiche einen Kriegsrat einberufen haben und dass ein starkes Argirwehr mit einem gerechten Anführer gut für alle Argirer und zivilisierten Menschen sei. Gemäß Eurer Anweisung werde ich nun Honoratioren aus Hisca und Marola nach Jua eskortieren und ihnen unsere Geheimdienstinformationen zur Verfügung stellen.

Im Auftrag meiner Brüder bitte ich um Entschuldigung. Wir haben den Grund für die kürzlich eingetretene Entspannung zwischen den Siedlungen und den Häusern der Wacht, die an der Grenze zu den Wilden Landen liegen, nicht näher untersuchen können. Ebenso wenig wie den Grund für die höchst günstigen Lieferzeiten rund um die Grenztribute. Dies stellt zumindest eine ungewöhnliche Aktivität dar und verheißt nichts Gutes.

17. KAPITEL

Kigan

Nachfolgend schildert Kigan die Ereignisse ab ihrem Eintreffen in Cusston bis kurz nach dem Gefecht im Donag-Tal.
Goran

Für das, was in diesem Tal geschehen ist, trage allein ich die Schuld. Weder hatte ich damit gerechnet, dass von Araliah entsendete Männer uns verfolgen und beobachten könnten, noch, dass Kailen eine einfallsreiche Frau an seiner Seite hatte. Ein weiterer Fehler. Denn so gefügig, wie ich sie mir durch das Kummerkraut auch gemacht hatte, hat sie doch nur jene Fragen beantwortet, die man ihr ausdrücklich stellte, nachdem das Mittel durch ihre Haut eingedrungen war.

Ihren Leuten stand nur die *Glorie* zur Verfügung. Sie würde nach ein paar Stunden ihren Tribut fordern, und sie stellten sich uns in einem verzweifelten letzten Gefecht entgegen. Ich hatte nichts anderes erwartet.

Wir hatten die brennenden Ruinen von Kailens Anwesen hinter uns gelassen und uns nach Mothmarun, dem Hafen von Harudan, aufgemacht. Alon hatte uns eine Passage auf einer juanischen Handelskogge nach Port Fortuna besorgt.

Auf dem Weg nach Mothmarun stellte sich uns ein Elite-Agent der Wacht vor. Elite-Agenten stehen im Rang zwischen den Hochvögten und dem Roten selbst, den sie nach außen hin repräsentieren, wobei nur die Elite-Agenten und einige wenige Auserwählte seine Identität kennen. Die Elite-Agenten haben freie

Hand, im Interesse der Wacht zu operieren, wo immer sie das für nötig erachten. Wo die Vögte als Verwalter und Unterhändler auftreten, betätigen sich Elite-Agenten, wie der Name schon nahelegt, darüber hinaus auch als Spione. Sie beherrschen mehrere Sprachen und sind bestens ausgebildete Kriegsdrudha. Nur selten nehmen sie Kontakt zu Außenstehenden auf, doch dieser Elite-Agent interessierte sich für mich. Vermutlich hatte Laun ihm gegenüber von mir gesprochen; wer ich bin und was ich für mich und Galathia zu erreichen suche. Ich empfand das ihrerseits nicht als Loyalitätsverletzung. Tatsächlich kam es mir gelegen, dass sie das Interesse eines höhergestellten Mitglieds der Wacht geweckt hatte, das vermutlich von Galathia wusste. Letztlich verriet uns dieser Elite-Agent den Aufenthaltsort von Mirisham und bestätigte uns, dass er sich wieder an die Grenze von Fort Donag zurückgezogen hatte und dort mit der Wacht zusammenarbeitete, um die Pässe durchs Gebirge offen zu halten. Im Gegenzug bot uns der Elite-Agent eine Audienz beim Roten an, weil die Wacht mehr über das Kraut und die Rezepturen erfahren wollte, die ich aus Hanwoq mitgebracht hatte.

Der Gedanke, dass die Wacht auf derart mächtige Kampfgebräue und Mixturen zugreifen könnte, um ihren Soldaten einen entscheidenden Vorteil zu verschaffen und ihre Macht über die Alten Königreiche noch weiter zu festigen, war mir zuwider. Obwohl sie Reiche zusammenhalten und Bündnisse schmieden kann, ist sie gierig und korrupt. Kurz: Dabei zu helfen, sie noch stärker zu machen, kann in niemandes Interesse sein.

Der Elite-Agent war eloquent, schwadronierte von der »bedeutsamen Rolle« der Wacht, die für Frieden zwischen den Königreichen zum Wohle all jener Menschen sorge, die auf den Handel setzten, um sich und ihren Familien zu Wohlstand zu verhelfen. Die Wacht, so sagte er uns, sei eine zivilisatorische Kraft, die viel Gutes bewirken und anhaltenden Frieden bringen könne, hätte sie nur Zugriff auf wirkungsvollere Substanzen. Dann wollte er wissen, ob ich schon darüber nachgedacht hätte, einen wichtigen Beitrag dazu zu leisten – als Drudha, der sich durch den Dschungel in Hanwoq gekämpft hatte. Auch stellte er mir die »einmalige Gelegenheit« in Aussicht, in hochrangiger Position an der Akademie der Wacht auf der Insel Candar Forschungen anzustellen. Es schien ihn nicht im Geringsten zu kümmern, als ich die zahllosen Vorkommnisse erwähnte, bei denen die Wacht Überfälle verübt und Akte der Destabilisierung gegen all die Parteien durchgeführt hatte, die nicht gewillt waren, ihr zu geben, was sie verlangte. Nicht zuletzt war das schließlich auch die Beteiligung am Sturz König Dorans gewesen; der Grund für all die Kümmernisse meines Lebens.

Für mich zählte nur, dass er uns Mirishams Aufenthaltsort verriet; praktischerweise lagen Cusston und das Gefängnis, in dem Bense einsaß, auf dem Weg. Ich willigte ein, mich mit dem Roten zu besprechen. Es würde zumindest interessant werden. Man sagte mir, dass ich ihn am Issansee treffen solle, von wo er mich Richtung Norden zu der Stadt begleiten würde, in der Mirisham nun Bürgermeister ist. Der Elite-Agent verließ uns an dem Morgen, an dem wir an Bord der Kogge gingen.

Etwa eine Woche später erreichten wir Cusston. Wir betraten die Stadt just an dem Tag, da Lord Hesskan, in dessen Geltungsbereich sie lag, die Gedenkfeier für jene Menschen veranstaltete, die in den Feuersbrünsten umgekommen waren. Die verkohlten Gerippe und Dachbalken der Häuser schmauchten noch immer, als wir an ihnen vorbei zu der Versammlung ritten, bei der ich, wie man mir sagte, den Vogt treffen würde. In Seide gewandet, die sich an Farbe und Pracht mit der des Lords messen konnte, verfolgte Cusstons Vogt der Wacht, wie der Bürgermeister und Hauptmann seiner Garnison zu den Anwesenden sprach. Das gemeine Volk befördert die geschäftlichen Interessen der Gilden und musste besänftigt werden, nicht zuletzt, damit die Angriffe auf die Männer des Hauptmanns endeten. Die Worte mussten Anklang gefunden haben, denn man hörte entsprechende Rufe und Beifall; erwartungsgemäß wurde Solidarität beschworen und die vorherrschende Wut in ein Gefühl der Trauer umgelenkt. Von Brandstiftung war nicht länger die Rede, sondern nur noch davon, welche Wohltaten in Form von Brot, Decken und Holz die Leute zu erwarten hatten – ein offensichtlicher Versuch, weitere Aufstände im Keim zu ersticken.

Mit Alon und Galathia wartete ich das Ende der Gedenkfeier ab. Sie musste den Widerstand spüren, den ihr Mann dem entgegenbrachte, was wir hier taten, so weit im Norden und damit fernab von seiner geschäftlichen Wirkungsstätte. Sie flirtete mit ihm, nestelte an seiner Kleidung und bewegte ihn sogar zu einem Lächeln, was auch nötig war angesichts dessen, was noch kommen sollte. Es war nicht zu übersehen, dass meine Anwesenheit ihrem Verhältnis sehr geschadet hatte. Er fuhr mich bei jeder Gelegenheit an. Er wusste wohl, dass wir beide miteinander ins Bett gingen, wann immer wir die Gelegenheit dazu hatten. Aber was konnte er schon dagegen tun?

Mein Kontaktmann, der das Gefängnis und Bense im Auge behielt, hatte verlauten lassen, dass wenigstens vier Leute Richtung Norden unterwegs seien. Valdir musste also bei ihnen sein. Für mich war klar, dass sie die Brände gelegt hatten, um während der nachfolgenden Unruhen Bense aus dem Knast zu holen.

Der Vogt sollte uns Männer und Pferde zur Verfügung stellen, um sie einzuholen und zu stellen. Allerdings bestand er darauf, dass unsere Gruppe an einem Bankett teilnahm, das er zu Ehren verschiedener Honoratioren aus Cusston und externer Würdenträger veranstaltete, darunter Alon.

Sobald die Geladenen sich an der Tafel sattgegessen hatten, schob ich die Hure beiseite, die dem Vogt schon die ganze Zeit an den Lippen hing. »Vogt, ich habe Neuigkeiten, sowohl zu dem Feuer hier als auch zu dem auf dem Weingut.«

Er war fast weißblond und so groß wie ein Rulamner. Die Sonne in Jua schmeichelte seiner dunklen, rötlich schimmernden Haut, die durch Gebräue nur leicht verfärbt war. Alles in allem eine eindrucksvolle Erscheinung. Auch schien er ein ehrgeiziger und zielstrebiger Mann zu sein, wo er es doch mit kaum dreißig Sommern schon zum Vogt von Cusston gebracht hatte. Er küsste die Frau und trug ihr auf, noch eine Flasche zu holen.

»Helft mir. Ihr seid Kigan, nicht wahr? Und Ihr reist zusammen mit diesem Gildenmeister?«

»Ja, mit Alon von der Filston-Blackmore-Gesellschaft und seiner Frau Galathia. Auch eine Eurer Agentinnen ist mit uns unterwegs.«

»Ach ja, Marshall Laun. Sie hat mir nach meiner Beförderung und Versetzung hierher gute Dienste geleistet. Ich hoffe, Ihr sucht nicht immer noch nach diesen Söldnern, die uns solchen Kummer bereitet haben? Ich hörte von einer Gruppe Roter, die nur zwanzig Meilen von hier ermordet worden ist. Ich vermute, da stecken sie auch dahinter.«

»Bedauerlicherweise ist unser Schicksal mit dem dieser Männer verknüpft«, erwiderte ich. »Da ich nämlich weiß, warum sie herkamen, die halbe Stadt niedergebrannt haben und wohin sie weitergezogen sind. Sie haben einen meiner Brüder entführt und könnten auf der Suche nach einem Mann namens Mirisham sein.« Es war offensichtlich, dass er nichts von unserem Gespräch mit dem Elite-Agenten wusste.

»Sämtliche Informationen, die Ihr besitzt, wären hoch willkommen und würden gebührend belohnt werden, wenn Ihr sie mit uns teilt. Würdet Ihr meinen Schreiber ins Büro begleiten, wo er sich um diese Angelegenheit kümmern kann?«

Ich gebe zu, es fiel mir schwer, die Contenance zu wahren, während ich mir schmerzlich der vielen Stunden bewusst wurde, die Valdir, Shale und Gant nun schon an Vorsprung hatten. Da erinnerte ich mich daran, wie Laun ihre Kameraden begraben hatte, und bedeutete ihr, sich zu uns zu gesellen.

»Marshall Laun«, sagte der Vogt, »welch Ehre, Euch wiederzusehen.« Er wies die Hure an, unsere Becher aufzufüllen, bevor er sie endgültig fortschickte.

»Marshall, ich habe dem Vogt gerade erzählt, dass wir die Kerle verfolgen, die bei den Weinbergen an der Ithilbucht so viele gute Männer getötet haben. Marshall Laun und ihre Leute haben jeden einzelnen ihrer Brüder dort begraben. Dreißig, um genau zu sein. Insofern seht Ihr hier einen entschlossenen Marshall der

Wacht, dem es in seiner Funktion um Vergeltung getan ist. Mit allem Respekt und angesichts des Kalibers von Laun und ihren Leuten, weise ich daher darauf hin, dass es der für uns alle am wenigsten erfolgreiche Ansatz wäre, die Verfolgung hier und jetzt einzustellen. Der Mann, den sie in ihrer Gewalt haben, ist mir loyal verbunden. Er wird alles daransetzen, mir eine Nachricht hinsichtlich ihres nächsten Ziels zukommen zu lassen – über einen Verbindungsmann, der nur an mich berichtet. Ich weiß, in welche Richtung sie aufgebrochen sind, und Ihr nicht. Gewiss habt Ihr in Eurem Hochvogt-Bericht über die Ereignisse auf dem Weingut notiert, dass sie über ein Kraut verfügen, welches in der Wirkung weit über das hinausgeht, was die Wacht ihren Elite-Soldaten verabreicht. Ich selbst habe ihnen diese Kampfgürtel angefertigt, war ich doch mehr als fünfzehn Sommer lang ihr Drudha. Ich könnte nun Kampfgürtel bestücken, die um ein Vielfaches effektiver sind als Eure besten. Ich allein vermag ihren Giften und Kampftränken etwas entgegenzusetzen. Doch dazu würde ich fünfzig oder mehr Agenten benötigen, Vogt. Ich glaube, Ihr braucht mich ebenso dringend, wie Ihr die Köpfe dieser Männer Eurem Herrscher zu präsentieren wünscht.«

Sodann begann Laun, ihn mit einer Leidenschaft für diese Sache gewinnen zu wollen, die an Unhöflichkeit grenzte.

Irgendwann hob er eine Hand und brachte sie zum Schweigen. »Bitte, Marshall Laun, das ist nicht nötig. Kigan, ich bin durchaus überzeugt, dass es dem Prestige der Wacht erheblich nutzen würde, wenn wir Lord Hesskan ihre Köpfe präsentieren könnten. Wie man mir sagte, trifft am späten Abend eine Karawane mit einigen sehr guten Männern hier ein. Ich werde Vögel entsenden nach … Wohin?«

»Nach Norden, an den Issansee.«

»Aber wir wurden angewiesen, derzeit niemanden nach Norden zu schicken. Es heißt, eine Barbarenarmee sei unterwegs. Obwohl ich sagen muss, dass mich die Anweisung ein wenig überrascht, denn normalerweise kümmern sich die Grenzländer doch recht effektiv um Probleme mit diesen Wilden. Dennoch denke ich,

Ihr seid mehr als geeignet, diese Aufgabe zu meistern. Braucht Ihr Hilfe bei der Vorbereitung der Gürtel?«

»Nur Euer Labor. Ich fürchte, es findet sich außerhalb der Akademien niemand, der diese Kunst beherrscht«, erwiderte ich, obschon dieser Versuch, an meine Rezepturen heranzukommen, gar nicht so ungeschickt war, wie ich zugeben musste.

Achtzehn Rote und zwei Agenten gesellten sich zu Launs Mannschaft und Alons Männern. Per Vogel wurden Anweisungen an die Häuser der Wacht entsandt, die auf dem Weg zum See lagen, damit sie Ausschau nach den Vieren hielten und sie festsetzten.

Sie würden auf dem Forstweg Richtung Issansee reisen. Nicht mehr lange, und die Nachricht über das ganze Ausmaß von Caragulas Invasionsarmee würde auch Jua erreichen und das ganze Unterfangen gefährden. Daher drängte ich zu einem raschen Aufbruch noch in dieser Nacht. Natürlich war Alon wieder mal zögerlich, aber Galathia beschwor ihn und seine Männer, an die Zukunft zu denken. Sie schien sich ziemlich sicher, dass Petir ihr den Thron zurückgeben und sie Prinzessin, wenn nicht Königin der Wehrlande werden würde. Alons Versprechen, ihr den Weg auf den Thron zu ebnen, mögen bisher gut funktioniert haben, aber jetzt brauchte sie ihn nicht mehr.

Trotz all der Mägde, die an der opulenten Tafel des Vogts dienten, ruhten alle Augen auf Galathia. Ihr fundiertes Wissen über den Handel und die Geschäfte ihres Mannes, ihr grünes Kleid, das von Araliah stammte, all das war dazu angetan, die von uns geplante rasche Weiterreise zu befördern. Sehr zum Verdruss von Alons Gefolge, da bin ich mir sicher, denn nur wenige von ihnen hatten während ihres Dienstes für Alon wohl so gut gegessen wie hier.

Das, was sie in den folgenden Tagen zu sich nahmen, würde mit meinen eigenen Mixturen versetzt sein. Ob sie lebten oder starben, hing von da an allein von mir ab.

Ich ging rüber zu Valdir, trat ganz nah an ihn heran. Dass seine Haut sich vor Furcht ein kleines Bisschen verfärbte, war kaum zu sehen. Doch mir entging es nicht.

»Willst du mich nicht endlich erledigen?«, sagte er.

»Ich bin noch nicht fertig mit dir.«

Ich hatte ihm einen miesen Tag beschert. Gelähmt und zu Boden gegangen durch den Pfeil, der ihn erwischte. Achis Männer konnten ihn nicht erreichen, da unsere Bogenschützen nur darauf warteten. Am Ende erledigten wir ihren Bogenschützen, der sich über dem Tal befand, und erstürmten danach das Nordufer. Ich führte die verbliebenen Roten über den Fluss, um dem Widerstand von Kailens Männern endgültig zu brechen. Ein paar Pfeile wurden auf mich abgegeben, als ich den Trupp anführte, aber keiner konnte mich treffen. Sie standen unter dem Einfluss der althergebrachten Gebräue und waren zu langsam für meine gestählten Sinne und Reflexe. Achi und seine Leute mussten vor dem Kampf irgendein Gift zu sich genommen haben. Sie kämpften nicht schlecht für Männer, die langsamer dachten und agierten als meine Begleiter. Ich kümmerte mich persönlich um sie. Meine Mischungen versetzten sie in denselben Zustand, in dem sich Valdir befand, nur dass sie gleich darauf starben. Ein letzter Streich, den man mir spielte, einer, den ich nicht verhindern konnte. Sie waren loyal bis zum Schluss.

»Was willst du von mir, Kigan? Bense? Bense, du feiger, gehirnvernebelter Schwanzlutscher!«

Hinter mir am Boden, eingewickelt in eine Ölhaut, bewegte sich Bense, der ganz fertig war von der Harosin-Mischung.

»Bense«, sagte ich, »Valdir ist böse auf dich. Du hast ihn hintergangen.«

»Du benimmst dich wie ein Kind«, zischte Valdir.

Bense setzte sich auf und nickte, wohl eher, weil das von ihm erwartet wurde, nicht, weil er das Gesagte begriff. Er wischte sich die Spucke vom Gesicht und versuchte, in Gang zu kommen.

»Ich … Hast du was Tee, Ki? Brauch ’n bisschen Tee zu trinken, das ist alles.« Er stand auf, zitternd vor Kälte. Die Nacht brach herein über das Tal. Nur über dem höchsten Gipfel stand noch das Rot der Abendsonne.

Valdir schwitzte, bekam heiße und kalte Schübe, während sein Körper allmählich sämtliche Funktionen einstellte. Das ganze Tal würde schon bald im Geschrei seines Todeskampfes versinken.

»Musst ja richtig gut bezahlt worden sein, Bense«, stieß er hervor. Dann schüttelte er den Kopf, als er erkannte, wie sinnlos es war, sich mit einem Druuper unterhalten zu wollen.

Bense hängte einen kleinen Topf über das Feuer, um das herum Alons verbliebene Männer saßen. Sie bemühten sich nach Kräften, zu ignorieren, was um sie herum geschah. Nur wenige haben die Nerven, Höllenqualen mitanzusehen. Für mich klangen sie wie Musik in meinen Ohren.

Ich sprach direkt in Valdirs Ohr, während er an allen Gliedmaßen gefesselt an einem Baum hing. »Benson steht unter dem Einfluss einer Harosin-Mischung, die mit etwas Peyote versetzt ist. Hab aber noch was anderes beigemengt. Er wird etwa zur gleichen Zeit sterben wie du, allerdings auf eine friedlichere Weise.«

»Bense, du bist als Nächster dran. Schon mit der nächsten Pfeife wirst du's hinter dir haben, du abgestumpfter Pisser. Er hat's in deine Mischung getan.«

Bense kratzte sich am Kopf und sah Valdir blinzelnd an. »Die Mischungen sind gut, Valdir, die besten. Ich hab dich an Ki ausgeliefert, bin also nützlich für ihn. Er wird dich und den Rest töten, aber meinen Wert weiß er zu schätzen. Steht zu seinem Wort, dieser Kigan.«

Valdir schüttelte den Kopf und sah mich an, dann, unter einem Zucken, zischte er: »Wie gerissen. Und wenn du schließlich alle von uns getötet hast, Kigan, was machst du dann?«

»Ich werde sehen, wie ich dem neuen Herrn der Welt dienlich sein kann.« Das sagte ich im Brustton der Überzeugung und dachte dabei an Galathia. Doch der Gedanke daran, mich mit einer Sache gemein zu machen und im Auftrag zu handeln, die Vorstellung, jemandem zu gehorchen und bei der Verwirklichung seiner Ziele zu helfen, das alles ließ mich seltsam kalt. So wenig war von mir noch übrig, das sich gedanklich damit auseinandersetzte; ich vermochte meine Erinnerungen an Gesichter oder Namen oder Geschichten nicht mehr in die rechte Ordnung zu bringen. Ich wusste, die Erinnerungen waren da. Wusste, dass ich sie einst besessen hatte, aber nicht mehr, was sie im Einzelnen umfassten. Das hier war Arbeit genug, das hier hielt mich in Atem, erst recht, seit ich von Osten kommend die Meerenge von Sardanna überquert hatte. Ich trug eine Gleichgültigkeit tief in mir drin, Gleichgültigkeit allem und jedem gegenüber außer diesem Mädchen und seinem Bruder. Ein Leben mit ihnen im Land der Kiefernwälder und des Schnees? Ich erinnerte mich wieder des Dschungels, seiner überwältigenden Geräuschkulisse, und die Einsamkeit von Lorom Haluims Refugium zerrte an mir.

»Warum hast du das getan, Valdir? Warum hast du uns hintergangen?«, fragte ich. Viel Zeit hatte ich nicht mehr. Besser gesagt, er hatte sie nicht mehr.

»Weil du mir scheißegal warst, du und dieser letzte Auftrag, der lukrativste aller Zeiten: zwei Königskinder in die reichen Arme Juas zu überführen. Mirisham war es, der sich gegen dich entschied. Er hatte gedacht, du wärst ihm verbunden, zumindest mehr, als du dem Rest von uns je verbunden warst. Er konnte nicht ahnen, dass du all diese Reichtümer in den Wind schlagen würdest, weil du dieses Mädchen und seinen Bruder doch ach so sehr liebtest. Wir wollten was durchziehen, nach dem wir uns alle hätten zur Ruhe setzen können. Keine Selbstmordmissionen mehr für Männer wie uns; Männer, die alt und müde geworden waren. Doch du hast diese beiden Kinder uns, deinen Kameraden, vorgezogen.« Er schaffte es, den Kopf zu heben und mich anzulächeln. »Also haben Kailen, Mirisham, der Prinz, Moadd und ich deine Scheißjuwelen, das Geld, die Pflanzen und das Rezepturenbuch gestohlen. Haben alles verkauft, uns den Erlös geteilt und das Geld ausgegeben. Das tut mir nicht leid. Aber dass wir dich damals nicht getötet haben, das schon.«

Fast hätte er mich so weit gehabt; ich hatte das Messer schon in der Hand und wollte ihn aufschlitzen. Kriegte kaum Luft, als er mir das alles an den Kopf warf und es endlich aussprach.

»Tu's, Kigan, sei kein Schlappschwanz.«

Nein.

»Ihr habt einen Auftrag verraten. Du weißt, was das bedeutet, Valdir.«

»Dein Auftrag, Kigan, nicht unserer. Ich weiß, was dich umtrieb. Du hast in deinem Leben schon mehr Kinder umgebracht, als man zählen kann. Das haben wir alle getan. Wie viele von ihnen sind allein wegen deiner Mischungen ums Leben gekommen? Aber die kanntest du ja nicht, deswegen konntest du sie leicht auf eine Stufe mit Tieren stellen, nicht wahr? Du erinnerst dich nicht mehr daran, oder? An die Nacht in der Schänke in Schlangenwald, meine ich?«

»Ich erinnere mich teilweise, das Ephedra hat das meiste getilgt.«

»Sieben oder acht Krüge hat's gebraucht, dann hast du uns von dem Schatz erzählt, der aus Argir rausgeschmuggelt werden sollte. Ein königliches Rezepturenbuch und massenhaft Bilsenkraut und Geschmeide und so weiter und so fort. Und dann hast du darüber schwadroniert, wie du den Auftrag dazu nutzen wolltest, in Juas besserer Gesellschaft Fuß zu fassen. Du, ein Kriegsdrudha, ein Mann von Farbe, in dieser Gesellschaft. Wir haben uns schlappgelacht damals, kein Wunder.« Er neigte den Kopf und keuchte, als es in seinen Eingeweiden zu brennen begann. Mit einem Japsen verlor er die Kontrolle über seinen Körper, dann erfüllte ein verstörend süßer Geruch die Luft, als sich seine Gedärme geräuschvoll entleert hatten.

»Was wolltest du noch gleich sagen, Valdir?«

»Fick dich! Jetzt, damals und die ganze Zeit dazwischen, fick dich! Du hättest in dem Luxus gelebt, der nötig gewesen wäre, um sie in die Oberschicht Juas einzuführen. Und wir? Wir hätten läppische fünfzehn Goldstücke in der Tasche gehabt und keinen Drudha mehr an unserer Seite, der uns ein Heilmittel für das zusammenbraut, was anderes Kraut bei uns angerichtet hat. Wir hätten dafür an der Pforte einer Akademie kratzen und bezahlen müssen. Wir waren auf dem Weg zurück aufs Schlachtfeld. Wir wollten mehr als das, diejenigen von uns, die damals deinem Geplapper lauschten. Ich wollte mehr, und der Einzige, der mich davon abhielt, war ein selbstgerechter Mann, der sich plötzlich um zwei verwöhnte Blagen sorgte. Nachdem er jahrelang Gefangene mit seinen Mixturen zugrunde gerichtet hatte, darunter viele Kinder. Erbarmen aus einer Laune heraus, Erbarmen um des Geldes willen. Das ist kein echtes Erbarmen.«

»Fünfzehn Goldstücke sind fünfzehn Goldstücke, leicht verdient. Wie euer Sold immer leicht verdient war. Schließlich war es Kailen, unter dessen Kommando ihr auf dem Schlachtfeld gesiegt habt, und ich war es, der euch mit meinen Gebräuen zu Legenden gemacht hat. Deine Undankbarkeit ist erschütternd. Doran hatte *mich* für den Auftrag ausgewählt und nicht etwa einen von euch. Du warst gekränkt und hast mir dafür mein Leben gestohlen. Wie auch immer: Als ich den Auftrag angenommen hatte, ging er dich einfach nichts mehr an. Und jetzt bezahlst du den Preis für deine Gier. Doch lass uns von Verrat sprechen. Wie es scheint, hat man dich auch verraten, Valdir. Weil du nämlich jetzt hier bist und stirbst. In einem einsamen Tal, von deinen Freunden verlassen und weit entfernt von Frau und Sohn. Gant und Shale haben dich ganz prächtig hinters Licht geführt. Was hatten sie sich als Köder ausgedacht? Dass ich deine Familie heimsuche? Ich hatte lange keine Ahnung, wo du warst. Ja, am Ende wärst du vielleicht der der Einzige gewesen, der mir entkommen konnte.«

»Woher wusstest du von ihnen? Von meiner Familie?«

»Hattest mal darüber gesprochen. Bevor du ohnmächtig geworden bist. Hast ein oder zwei Strophen über den Weg zu Mirishams Siedlung geträllert, und ein oder zwei Strophen über deine liebreizende Frau. Die jetzt ein Krüppel ist. Ein einsamer Krüppel.«

Er spuckte mir ins Gesicht. Rasend vor Wut versuchte er, seine Fesseln zu sprengen. In kurzen abgehackten Sätzen und mit immer schwächer werdender Stimme spie er mir entgegen: »Jetzt magst du dich vielleicht als Sieger fühlen in dem Spiel, dem du dein Leben gewidmet hast. Aber eines Abends werden Gant und Shale dieses jämmerliche Schmierentheater beenden. Wir haben die letzte Chance ergriffen, Kailen Dank zu zollen für alles, was er für uns getan hat, und unsere Ehrenschuld zu begleichen. Es tut mir nur leid, dass ich nicht mehr erleben werde, wie Gant und Shale dir den Garaus machen. Auf Wiedersehen, Kigan.«

Er hätte vermutlich noch mehr gesagt, doch die Worte wurden zu einem Murmeln, als er die Augen verdrehte und sein Kopf dann auf die Brust fiel. Der Tod war noch Stunden entfernt, und doch würde er nichts mehr sagen können. Seine Nerven waren drauf und dran, Feuer zu fangen, während seine Muskeln sich allmählich auflösten. Ich steckte die schwarze Münze in eine der Taschen an seinem Gürtel und wandte mich zu den Männern um.

»Kehrt nach Meddimanns Hafen zurück. Galathia und Alon sind auf dem Weg zu ihrem Bruder Petir, dessen Armee Richtung Fort Donag und Mirisham marschiert. Besser, ihr schließt euch ihnen nicht an. Je weniger sich in ihrem Gefolge aufhalten, umso weniger Aufmerksamkeit werden sie erregen.«

»Ihr wollt allein zu diesem Mirisham?«, fragte einer von Alons Männern.

»Ja, ist besser so. Petirs Armee ist noch Tage entfernt, und Mirishams Weiler ist ein wichtiges Ziel, ein Tor ins Hochgebirge und nach Hoffnungsberg selbst. Ihr wärt Alon dort kaum nützlich, und ebenso wenig bei der Ergreifung von Gant und Shale, bevor sie es zu Mirisham schaffen. Weil – wie ich sie kenne – die Pferde und eure Männer, die sie bewachen, schon tot sein werden.«

Er versuchte, seine Erleichterung zu verbergen, während seine Männer meinem Blick auswichen, nickten und auf ihre Becher starrten.

Ich nahm meinen Kampfgürtel und das Schwert. »Er wird bald anfangen zu schreien. Tötet ihn nicht, lasst ihn einfach liegen.«

Am Ufer entlang ging ich davon. Kurz darauf hatte ich ihre Fährte aufgenommen. Da war Blut. Einer von ihnen musste schwer verletzt sein.

18. KAPITEL

Kailen

Midgie liebte Laun. Immer wieder rief sie ihren Namen, als sie in den Talkessel zurückwankte, in dem Alon, Galathia, Laun und was von ihrer Truppe noch übrig war, am frühen Abend ihr Lager aufgeschlagen hatten. Es befand sich am Rand eines Waldes.

Ich hatte das Glück, Midgie schon begegnet zu sein. Na ja, wir waren uns zwar nie anständig vorgestellt worden, aber ich habe sie beobachtet, als Laun das Training mit ihren Leuten absolvierte. Midgie sah sie immerzu an, stellte ihr Fragen, ließ ihr keine Ruhe. Nun, da sie das Bewusstsein verlor und auf die Knie sank, streckte sie ihren Arm nach Laun aus, die auf sie zurannte, während sie Omara, Prennen und Tofi anwies, sich um Galathia und Alon herum zu positionieren und ihre Bögen zu zücken.

Omara trank sein Gebräu und rieb sich etwas Luta-Öl in die Augen, um in der Dämmerung und im Schatten der Bäume besser zu sehen. Er fing sich einen Pfeil in den Hals ein, taumelte wie ein Betrunkener, dann schlug er eine Hand vors Gesicht und brach zusammen. Von Krämpfen geschüttelt lag er eine Weile da, bis er sich nicht mehr rührte.

»Laun«, zischte Alon, »tu doch etwas.«

Sie warf ihm einen raschen, bösen Blick zu.

Aus meinem Versteck heraus rief ich ihnen zu: »Wenn ihr nicht schießt, würde ich jetzt vortreten und mit euch sprechen. Midgie und Omara sind nicht tot. Sie schlafen nur. Ich hätte nichts davon, Agenten der Wacht umzubringen.«

Sie tuschelten miteinander, doch Laun hatte das letzte Wort. Sie verlangte, auf meine Forderung einzugehen, weil sie alle sowieso schon längst tot wären, wenn ich's denn drauf angelegt hätte.

»Komm heraus«, sagte sie.

Ich trat hinter einem Baumstamm hervor und schritt mit den Händen auf dem Rücken am Ufer auf sie zu. Ich versteckte etwas vor ihnen, von dem ich nicht wollte, dass sie es jetzt schon sahen.

Überflüssig zu erwähnen, dass sie mich mit offenen Mündern anstarrten. Galathia schüttelte den Kopf. »Aber wir haben dich getötet«, sagte sie. »Ich selbst hab deinem toten Körper einen Tritt versetzt.«

»Du kannst es nicht sein«, sagte Laun. »Ich … Ich verstehe nicht. Ich hab dich doch tot gesehen.« Dann kniete sie sich neben Midgie, überprüfte ihren Puls, um sich davon zu überzeugen, dass ich die Wahrheit gesagt hatte. Argwöhnisch schaute sie an mir vorbei. »Rührt euch nicht, er ist nicht allein.«

»Scheiß drauf, Laun, sie werden uns nicht beschießen, wenn wir ihn festnehmen. Weil wir ihn in unserer Gewalt haben«, rief Tofi. Er zog sein Schwert und rannte auf mich zu, wobei er im Laufen einen Beutel aus seinem Ranzen zog, der fraglos irgendein Kampfmittel enthielt, weil ich ja keine Maske trug.

»Nein!«, schrie Laun. Er hatte fast die Hälfte zwischen sich und mir zurückgelegt, als sein erhobener Arm von einem Pfeil durchbohrt wurde. Er ließ das Schwert fallen und nestelte an seinem Gürtel herum, um etwas auf die Wunde zu legen. Murmelnd fiel er vornüber und befand sich dann im selben Zustand wie die anderen.

»Erlaubt, dass ich mich vorstelle. Ich heiße Kailen. Einst führte ich eine sehr erfolgreiche Söldnertruppe an. Unser allerletzter Auftrag, wie Galathia weiß, kam von ihrem Vater, König Doran von Argirwehr.

Weil es für Galathia wichtig ist zu verstehen, was hier vor sich geht, und weil ihr mir für die Erklärung alle Zeit der Welt einräumen werdet in der Hoffnung, derweil eine Möglichkeit zur Flucht oder zum Gegenschlag aushecken zu können, werde ich euch nun erzählen, was mit König Doran, Galathias Vater, geschehen ist.«

Ich fuhr fort. »Doran hatte ein Problem. Die Wacht hatte ihre Beziehungen zu den Wehrländern, die rund um Argir liegen, vertieft, um die Routen nutzen zu können, die durch deren Territorien verliefen. Dabei nimmt die von der Wacht so genannte Nordpassage eine Schlüsselstellung ein, denn sie verbindet alle anderen Wege miteinander. Allerdings verläuft diese Passage durch Argir. Vielleicht ahnt Ihr ja schon, worauf das alles hinauslief.«

»Ja, Kailen«, sagte Galathia. »Ich weiß es, denn Kigan hat es mir und Alon erzählt. Karawanen können Argir nicht umgehen, weil ihr Weg sie dann durch Oberlagrad führen würde. Das wiederum ist zu gefährlich, weil die Nomaden dort eine ständige Bedrohung für alle Reisenden darstellen.«

»Aber wusstet Ihr auch, dass es südlich von Argir Gilden gab, die ebenfalls darunter zu leiden hatten? Um genau zu sein vier: die Walling Handelsgesellschaft, das Quartett, Kursmeier und die Filston-Blackmore-Gilde. Auch sie wünschten sich einen Regenten in Argir, der dem Angebot der Wacht aufgeschlossener gegenüberstand. Allen Seiten – also auch Argir – winkte großer Profit, sofern nur sein widerspenstiger König abgesetzt werden würde.«

Ich hielt kurz inne, um zu sehen, wie Galathia auf die Erwähnung der Gilde ihres Mannes reagierte. Alon starrte mich kopfschüttelnd an.

»Alon?«, sagte sie.

»Galathia, damit habe ich nichts zu tun. Wie auch? Es …«

»Halt den Mund und beleidige mich nicht länger«, sagte sie. »Fahr fort, Kailen, es bereitet dir ja offenbar größtes Vergnügen.«

»Alon, Ihr müsst nicht länger auf sie hören. Sie kann Euch nichts mehr anhaben, also könnt Ihr auch gleich zugeben, dass Ihr in diese Sache verstrickt wart, seit man Euch zum Gildenmeister gemacht hatte. Und schon lange vorher wusstet Ihr darüber Bescheid.«

Galathia ging auf Alon los, bevor Laun sie davon abhalten konnte. Er hob die Hand, konnte sie aber nicht mehr stoppen. Alon war seiner Frau nicht gewachsen, und sie begann, ihn zu würgen. Da ging Laun dazwischen, riss sie von ihm fort und schlug ihr ins Gesicht. Würgend und hustend hielt sich Alon den Hals.

»Du bist eine wahnsinnige Hure«, keuchte er. »Eine selbstsüchtige wahnsinnige Hure, und das werde ich nicht länger hinnehmen!«

Galathia machte Anstalten, sich wieder auf ihn zu stürzen.

»Reiß dich zusammen, Gala, das führt doch zu nichts«, zischte Laun.

»Da hat Laun verdammt recht, Galathia, und es freut mich keineswegs. Hier geht es um Rache, und es ist wichtig, dass Ihr begreift, was wirklich vor sich geht. In den Monaten der Besinnung, die da kommen werden, wird Euch das nämlich helfen. Die Wacht trat an die Adligen und Gilden von Argir heran, damit sie auf Doran einwirkten, sodass er seine Entscheidung im Hinblick auf das Angebot der Wacht noch einmal überdachte. Doch der König wollte nicht. Also beschlossen die Verbündeten der Wacht, seinen und den Widerstand seiner Untertanen zu brechen. So begannen die Plünderungen, die Vorräte schmolzen dahin, Aufstände brachen aus. Zum Glück für die Wacht, und zum Unglück für Euch und Petir, fanden sich genug Adlige, die willens und imstande waren, das Militär auf ihre Seite zu bringen und eine Marionette auf den Thron zu setzen.

Die Rädelsführer dieses Staatsstreichs rechneten sich vielleicht auch aus, Eure Familienerbstücke – das Kraut und das Buch von Argir – in ihren Besitz zu bringen. Doch wer konnte schon damit rechnen, dass Doran diese Kostbarkeiten einem meiner Söldner anvertrauen würde – Kigan. Der neue Herr von Argir – Euer Onkel, Galathia –, der als Verwalter eingesetzt worden war, hatte der Wacht Zugang zu diesem Buch im Austausch für zwei Rezepturen aus Jua angeboten, die Immunität verleihen gegen Mischungen, die Fingerhutsamen enthalten. Deren Geheimnisse waren in den vorangegangenen Sommern in Lagrad und Ahmstad enthüllt worden, denen wiederum Argir nichts in Form eines entsprechenden Kampfgebräus oder Gegengifts entgegenzusetzen hatte. Überflüssig zu erwähnen, dass sie seitdem hinter dem Buch her waren. Man kann einem Söldner viel anvertrauen, aber auch den wertvollsten Staatsschatz?«

Jetzt ging Galathia auf mich los, hielt jedoch abrupt inne, als sie hörte, wie in meinem Rücken ein Bogen gespannt wurde. »Das ist nicht wahr, Kailen. Kigan wurde betrogen. Doran hatte sich für den Richtigen entschieden, einen loyalen Mann mir und Petir gegenüber. Ein Mann, der, ohne zu wissen, ob ich noch lebte, diejenigen verfolgte, die ihn hintergangen hatten, um sie einen nach dem anderen zu erledigen – dich und deine Dreckstruppe. Bis unser gemeinsames Ziel uns beide dann zusammenbrachte. Und wenn Kigan dich diesmal findet, wird er dich ausweiden wie einen Fisch. Und du wirst nichts dagegen tun können, wie diejenigen, die du einst angeführt hast, schon erfahren mussten. Er hat auch eine Münze für dich.«

Laun trat vor und legte Galathia eine Hand auf die Schulter, um sie davon abzuhalten, sich mir weiter zu nähern.

»Das, was in Sporn geschah«, sagte ich, »wird sich nicht wiederholen, Galathia. Er hat mich damals nicht töten können, und er wird es auch diesmal nicht schaffen. Kigan war in meiner Truppe nie sonderlich beliebt, wie ich zugeben muss; er hat mich hintergangen, hat uns alle betrogen. Damals habe ich nicht genug unternommen, um ihn zu bremsen, habe mich nicht um die Anschuldigungen und Beweise im Zusammenhang mit seinen Experimenten geschert. Diese Männer, Frauen und Kinder, die er gezwungen hat, seine Mixturen und Gifte zu sich zu nehmen. All die Menschen, die vor seinen Augen verreckten, während er sich Notizen über ihr Sterben machte. Ja, es stimmt, ich hatte den Blick von all dem abgewandt, um ehrlich zu sein. Ich glaube, kein wirklich großer Drudha ist ohne solche Opfer je so weit gekommen, und wir haben von den Gräueltaten profitiert, die er über die Jahre beging. Es gibt vieles, auf das ich nicht stolz bin, und noch weit mehr, das mich meine Verfehlungen gekostet haben. Aber zu erfahren, dass er mit Euch und dem Schatz auf dem Weg nach Jua war? Zu begreifen, dass er, mit diesen Kostbarkeiten in seinen Händen, auch nicht einen Moment lang an das Wohlergehen seiner Kameraden dachte? Fünf von uns entschieden sich gegen den Plan. Wir teilten den Schatz untereinander auf, und das Buch aus Argir werdet Ihr schon bald wiedersehen.

Nun, die Wacht, Euer Onkel und die eingangs erwähnten vier Gilden wollten alle ihren Anteil an dem unterschlagenen Kraut und den Juwelen haben, und so machten sie sich auf die Suche. Schließlich fanden sie Mirisham und Valdir, gleich nördlich von hier, im Kreise von Mirishams Landsleuten, wo die beiden die Stämme aufrüsteten und mobilisierten, um verlorenes Territorium zurückzuerlangen. Die Wacht ließ Mirisham am Leben, im Austausch gegen das, was von seinem Anteil noch übrig war, und dafür, dass er sie die Route durch Hoffnungsberg nutzen ließ. Er hat großartige Arbeit geleistet und sich Valdirs entledigt, was Teil seiner Abmachung mit der Wacht gewesen war. Er hätte niemals etwas von dem aufs Spiel gesetzt, was er und seine Leute aufgebaut hatten, und so floh Valdir mittellos von dort. Einige Sommer später trafen dann die Wacht und ich aufeinander.«

Ich drehte mich nach meinen Kameraden um, gab ihnen zu verstehen, dass sie aus der Deckung kommen konnten. Es waren zwei, und sie standen nun etwa zwanzig Meter rechts und links von mir.

»Ihr seid nur zu dritt?«, rief Laun aus. Dann weiteten sich ihre Augen, als sie die Frau an meiner Seite genauer in Augenschein nahm.

»Wenn's nur drei sind, die schaffen wir, Laun. Also los!« Prennen ließ seinen Bogen fallen und zog das Schwert. »Ich hab große Lust, diesen arroganten Scheißer in Stücke zu hacken.«

»Laun, töte dieses Arschloch und diesen hinterlistigen Dreckskerl von einem Ehemann gleich dazu, dann kannst du eines seiner Schiffe haben«, sagte Galathia.

»Nein! Zurück, Prennen. Seht ihr denn nicht, er hat eine Elite-Agentin dabei! Sie trägt die Uniform einer Elite-Agentin; ich habe diese Kluft schon einmal in Candar gesehen.«

Nun brachte ich zum Vorschein, was ich die ganze Zeit hinter meinem Rücken verborgen gehalten hatte; einen alten Ranzen aus gewachstem Leder. Hier und da war die Naht brüchig, das Riemenwerk ausgedünnt und so weich wie Seide, das Leder selbst fast schwarz geworden im Laufe der Jahrhunderte. Ich öffnete die

Schnallen und hob die Klappe, dann ließ ich den Ranzen fallen, als ich in Händen hielt, was er enthalten hatte.

Beide, Prennen wie Laun, brauchten einen Moment, um zu begreifen, was sie sahen.

»Du bist der Rote.«

»Ja, Laun, ich bin der Rote, und die beiden hier an meiner Seite sind Elite-Agenten. Elite-Agent Siebenundsiebzig war im Feld, weshalb er seine offizielle Uniform nicht trägt, aber Elite-Agentin Fünfundachtzig kam auf meinen Befehl direkt aus Candar hierher, und zwar aus diesem einzigen Grund. Sie hat mir dieses Hemd gebracht.«

»Deine Frau hat behauptet, es gäbe keine weiblichen Elite-Agenten«, sagte Galathia.

»Zu meiner Frau kommen wir noch. Traurigerweise gab es viel, das sie nicht wusste. Prennen – sieh nach Tofi, Midgie und Omara. Verabreiche ihnen ein paar Salze. Sie schlafen nicht tief. Du weißt, wie man die Pfeilwunde behandeln muss. Sie kann nicht sonderlich schwer sein.«

Laun konnte ihre Augen nicht von dem Hemd abwenden. Es war ein Kinderhemd, ganz schwarz von alten getrockneten Blutflecken. Die kostbarste Reliquie der Wacht. Während ich zu ihr sprach, faltete ich es zu einem Quadrat.

»Marshall Laun, Ihr habt Eure Truppe auf vierundvierzig Einsätzen begleitet und als Teil von Marshall Meschs Truppe an achtunddreißig weiteren teilgenommen. Ihr habt mit Entschlossenheit gedient und bei keiner Mission versäumt, das gewünschte Ergebnis zu liefern. Bei der Tötung von hundertdreiundsiebzig Personen im Laufe der von Euch geleiteten Aktionen, habt Ihr Eure Leute ebenfalls mit Entschlossenheit geführt. Nicht zuletzt bei dem Einsatz gegen die Jinzy-Bande, die Strinmores Höhe auf dem Gebiet des Ten-Clans terrorisierte. Und das war ein Einsatz, bei dem siebenundvierzig Rote und sechs Agenten den Tod fanden. Eure Leute respektieren Euch und würden für Euch sterben, wenn Ihr es ihnen befehlt. Ihr wart gewillt, Anweisungen zu hinterfragen und Alternativstrategien vorzuschlagen, wo es Euch zum Wohl der Wacht angemessen erschien. Dies alles sind die grundlegenden Anforderungen, die an einen Elite-Agenten gestellt werden. Ihr wisst wohl, dass ich gekommen bin, um Euch vor eine Wahl zu stellen, und Ihr wisst auch, worum es sich dabei handelt. Ihr habt Euch diese Beförderung mit dieser letzten Mission verdient, mit dem Schutz von Galathia, deren Vertrauen und Freundschaft Ihr gewonnen habt. Ihr habt eine außerordentliche Leistung erbracht. Der Beweis dafür ist auf Galathias Gesicht abzulesen, und bedarf keiner weiteren Bestätigung mehr.

Ihr seht, Galathia, obwohl Ihr das Erbe Eurer Familie verloren habt, haben wir – die Wacht – in bestmöglicher Weise und bis heute von der Sicherung der Nordpassage durch Argir profitiert.

Es gab nie einen Zweifel daran, dass Euer Geschlecht das Volk von Argir gerecht behandelt und dem Land eine lange Zeit Frieden beschert hat. Erst als wir in Abwesenheit Eurer Familie einen Verwalter einsetzten, kam Korruption auf, befehdeten sich die Adligen bei Hof. Von Lagrad aus strömten Einwanderer über die Grenze nach Argir, als sie der Schwäche des Landes gewahr geworden waren. Der Hof demontierte sich selbst durch widersinnige Allianzen, die generationenalte Familienbande zerreißen ließen. Dies alles verschärfte unsere Probleme, und Euer Volk schrie und zeterte und begehrte auf, weil es seine königliche Familie wiederhaben wollte.

Glücklicherweise war mein Vorgänger vor diesem Hintergrund der Meinung, dass es vonnöten sei, Euch ausfindig zu machen. Er hat jahrelang Berichte über rothaarige Mädchen aus den Wehrlanden gesammelt, die in Eurem Alter sein mussten. Schließlich wart Ihr schon immer das äußerlich auffälligere von Dorans Kindern. Dann seid Ihr in der Kommune von Jua aufgetaucht, und von da an mussten wir nur dafür sorgen, dass Eure Sicherheit gewährleistet blieb. Wir brauchten also jemanden, der permanent an Eurer Seite war. Eine Art Aufpasser. Doch es musste jemand sein, der Euch näherstand als ein Leibwächter, jemand wie ein Ehemann.«

»Nein!«, brüllte sie. Abermals ergriff Laun ihren Arm, als Galathia sich erneut auf Alon stürzen wollte, der mit gesenktem Haupt vor ihr zurückwich. Sie schrie wieder und wieder, beschimpfte uns alle, wollte sich von Laun losreißen, trat nach ihr, spuckte ihr ins Gesicht. Dann, irgendwann, fiel sie auf die Knie und schluchzte. Laun kniete sich neben sie, wich ihr nicht von der Seite.

»Euer Gatte hat sich der Wacht gegenüber als höchst loyal erwiesen. Wir hatten viel Erfolg bei gemeinsamen Unternehmungen auf etlichen Routen über die Grenzen der Alten Königreiche hinaus.«

Ich hielt einen Moment inne, sah vor meinem inneren Auge den kleinen frisch ausgehobenen Grabhügel, unter dem Araliah lag.

»Doch zu unser aller Leidwesen und aufgrund meiner Position hattet ihr keine Ahnung, was Ihr tatet, als Ihr nach Harudan reistet.«

»Kailen, ich …«, begann Alon, doch angesichts der Bilder, die ihm nun vor Augen stiegen, verstummte er. Es war überdeutlich, dass er sich an Araliah erinnerte, sich sehr genau daran erinnerte, was geschehen war.

»Weißt du, dass Gant deine Frau gefickt hat?«, fragte Galathia.

»So wie ich meine Frau kenne, hat sie sicher mit ihm geschlafen.«

»Laun war auch dort. Dieses verschlagene Miststück war ebenfalls auf deinem Anwesen, hörst du? Was soll nun mit ihr geschehen?«

»Ich weiß, Galathia, und ich weiß auch, was Ihr damit bezweckt. Laun hat ihre Pflichten gegenüber der Wacht nie vernachlässigt, und ich habe unter diesen Umständen nichts anderes von ihr erwartet, solange sie im Dienst der Wacht steht. Aber sie hat Araliah nicht getötet. Sie hat niemanden auf dem Anwesen getötet, der nicht gewaltsam Widerstand geleistet hat. Ihr, Kigan und Alon allerdings … Und das, obwohl sie nie Teil der Zwanzig war und euch alles, was sie konnte, erzählt hat. Ihr habt es für nötig erachtet, meine Frau auf eine Weise zu ermorden, die so grausam war, dass selbst meine eigenen Leute mir nichts darüber verraten wollten. Egal, wie sehr ich sie darum bat, sie haben mir nicht gesagt, wie sie starb, wiewohl mein Quartiermeister und unser persönlicher Diener Imbrit bitterlich weinten, als sie mir diese Auskunft verweigerten. Ich kann mir viele Grausamkeiten vorstellen, denn auch das war Teil meines Lebens. Doch einen solchen Tod hat sie nicht verdient. Diese Abrechnung ist für sie, unabhängig davon, wie sie sich auf die Interessen der Wacht auswirken mag.

Also, Laun, bevor ich Alon und Galathia zur Rechenschaft ziehe, lasst sie los und tretet zurück. Ich möchte, dass Ihr jetzt eine Entscheidung trefft: Wollt Ihr die Straße von Hisca beschreiten?« Ich präsentierte ihr das gefaltete Hemd auf meinen ausgestreckten Händen.

Laun holte tief Luft und trat einen Schritt vor. Sie sah erst Galathia, dann deren Mann an, und wandte mir dann ganz ruhig den Blick zu. »Ja«, sagte sie, »ich will die Straße von Hisca beschreiten.«

»Was? Was tust du da, Laun? Was geht hier vor?«, rief Galathia. Elite-Agent Siebenundsiebzig hob einen Arm, um sie zum Schweigen zu bringen.

Ich kniete vor Laun nieder und hielt ihr das Hemd hin. Dann legte ich ihr zu Ehren das Gelübde ab. Jenen uralten Schwur, der schon vom allerersten, der das blutbefleckte Kleidungsstück in Händen gehalten hatte, geleistet worden war: »Wir dienen einander. Möge das Blut meines Sohnes das Blut meiner Schwester stärken, um die zu schützen, die unter unserer Obhut stehen, und ihnen für ihre tägliche Arbeit den gerechten Lohn zuteilwerden lassen. Ich bewahre und achte dieses Hemd, weil die Wacht aus seinem Blute erstand. Auf dieses Hemd schwören wir, Land mit Land, Nation mit Nation zu verbinden und die zu ehren, die für diesen Schwur ihr Leben ließen. Ihr seid von nun an Elite-Agent Dreiundneunzig, und Ihr werdet die Straße von Hisca beschreiten.«

Ich erhob mich wieder und nahm Laun behutsam wieder das

Hemd aus den Händen, das sie unwillkürlich fest umklammert hatte. Sie weinte stumm. Ich machte einen Schritt zurück, und Elite-Agentin Fünfundachtzig trat vor, um Laun ihre neue Lederkluft und den Kampfgürtel zu überreichen.

»Bitte«, sagte sie und bedeutete Laun, sich auszuziehen. Elite-Agent Siebenundsiebzig half ihr aus ihrer Agentenkluft, und dann half Fünfundachtzig ihr beim Wiederankleiden. Laun zitterte während der gesamten Prozedur. Es war offensichtlich, dass sie mit der Zeit eine enge Beziehung zu Galathia aufgebaut hatte. Anders hätte das Täuschungsmanöver auch nicht funktionieren können.

»Ihr werdet heute keine Maske brauchen«, sagte ich, »weil Ihr diese Elite-Agenten ja jetzt kennt, wenngleich Ihr vielen anderen niemals begegnen werdet. Fünfundachtzig, Eure Aufgabe heute besteht darin, Galathia zum Hafen zurückzubringen und dort eine Passage über den Issansee Richtung Candar zu buchen. Nehmt dazu dieses versiegelte Schreiben und dies Geld in Empfang.« Ich trat vor und blickte auf Galathia hinab. Sie versteifte sich unter meinem Blick, und ich sah den Trotz in ihren Augen.

»Zu gegebener Zeit werdet Ihr Königin von Argir sein. Vorausgesetzt, Euer Bruder nimmt Vernunft an. Wir werden sehen, wie sehr er Euch liebt, wenn er erst herausgefunden hat, dass Ihr meine Geisel seid.«

»Lieber sterbe ich, als deine Marionette zu sein. Dies alberne Ritual, die Lüge über die Verbindung von Nationen, wo ihr sie doch nur einschüchtert und nach eurem Gusto manipuliert, um größtmöglichen Profit herauszuschlagen. Du machst mich krank.« Sie stand auf, versuchte, mich wegzustoßen. Obwohl sie sich schnell bewegte, ließ mein Tagesgebräu mich ihr Vorhaben rechtzeitig erkennen. Ich sah das Messer, das sie versteckt in der Hand hielt, duckte mich weg und tauchte an ihrer Seite wieder auf.

»Nielus war Euch ein guter Lehrer.« Blitzschnell packte ich ihren Arm, verdrehte ihr das Handgelenk und entwand ihr die Waffe. Sie jammerte, doch ich hielt sie so fest, dass nicht viel fehlte, und der Arm würde brechen. Sie wagte nicht, sich noch länger zu wehren, atmete nur noch flach, jeglicher Widerstand war für den Moment erloschen. Da flüsterte ich ihr ins Ohr: »Das Blut des Sohns unseres Gründers stärkte sein eigenes Blut, und durch das Blut formte er eine Gemeinschaft, die nun schon ganze Zeitalter hindurch besteht. Ihr behauptet, das waren alles Lügen? Ich kann Euch nur raten, einen Blick in die Vergangenheit zu werfen. Dann werdet Ihr Euer Volk vor Augen haben, wie all unsere Verbündeten ihre Leute sehen. Wie ich meine Leute vor Augen habe – meine Roten, meine Agenten und meine Vögte. Das Blut Eurer Untertanen festigte das Geschlecht von Welvale, Euer eigenes Blut. Ihr würdet sehen, wie diese Menschen den Frieden erringen, nach dem es sie so sehr dürstet, zum Wohle ihrer Kinder und als Lohn ihrer täglichen Mühen. Den Frieden, den ein Leben ohne Banditen, Diebe und Schläger ihnen beschert. Den gerechten Lohn, den sie für das Häuten und Gerben der Felle erhalten, für das Säen und Ernten, den Abbau und die Veredelung der Erze aus den Bergen. Wenn Ihr Euer Volk liebt, was macht es dann für einen Unterschied, mit wem Ihr Euch verbündet? Wo doch eben diese Verbündeten Euch in den Stand versetzen werden, die Menschen zum Wohlstand zu führen? Denkt in den nächsten Jahren gut darüber nach. Ihr und ich, wir sind nicht wichtig. Aber inwieweit können wir dem Wohl der Allgemeinheit dienen? Das ist die einzig wichtige Frage.«

Ich ließ sie los und stieß sie fort von mir; dann wandte ich mich um und ging zu Laun, die nun in ihrer neuen Kluft dastand. Alle, die geboren werden, werden geboren, um zu leiden. Sie machte Anstalten, sich zu verbeugen, doch ich streckte meine Arme aus und umarmte sie.

»Macht mich einfach stolz«, flüsterte ich. »Ihr haltet vielleicht das Schicksal der Alten Königreiche in Euren Händen. Ihr und die anderen Agenten, wenn wir uns der Zukunft stellen, die der neue Kriegsherr aus den Wilden Landen für uns bereithält.«

Sie stellte sich neben Galathia, die sich den Arm rieb, ansonsten aber friedlich war.

»Nun zu Euch, Alon. Galathia ist noch wichtig, aber Ihr seid es nicht. Im Gegensatz zu Eurer Frau seid Ihr Hauptmann Nielus nie begegnet. Ich bedauerlicherweise auch nicht, wiewohl Elite-Agentin Achtundsechzig mir berichtete, dass er ein Meister mit dem Messer war. Es heißt, dass er die Klinge so in Schuss hielt, dass er seine Ziele schon allein dadurch umzustimmen vermochte, indem er ihre Schärfe an einem Bambusrohr demonstrierte.« Ich nahm Galathias Messer an mich.

Alon kam in Bewegung und rannte auf die Bäume am Waldrand zu. Elite-Agent Siebenundsiebzig, der einen kegelförmigen Strohhut und eine lange weite Robe trug, wie man sie bei seinem Volk in Corobsmund häufig sieht, zückte sein eisernes Blasrohr, schoss Alon einen Pfeil in den Hals und schickte ihn damit zu Boden.

Siebenundsiebzig zerrte Alon zurück auf die Lichtung und an das Lagerfeuer. Er war benommen und wimmerte. Mit dem Fuß drückte Siebenundsiebzig ihn flach zu Boden und kniete sich auf Alons Brust.

Dann holte er einige Stecken und Schnüre aus seinem Ranzen und fixierte den Gildenmeister fest auf der Erde, schlitzte seine Wollkleidung auf und entblößte Brust und Bauch. Jetzt rief Alon nach Galathia, die sich von Laun losgerissen hatte, sich aber ansonsten nicht rührte und einfach abwartete. Er bot uns Geld an, sein gesamtes Vermögen und seinen Besitz, und natürlich flehte er am Ende um Gnade. Ich tauchte Galathias Messer in einen der Beutel an meinem Gürtel, kniete mich vor ihn und begann mein Werk. Jetzt riss er die Augen auf, er atmete schnell und begann hemmungslos zu weinen. Er konnte den Kopf nicht heben, um zu sehen, was ich mit ihm anstellte, weil auch sein Hals mit einer Schlinge am Boden fixiert worden war.

»Während ich das hier tue, werde ich dir erzählen, was mit der Filston-Blackmore-Gilde geschehen wird. Ihr habt derzeit siebzehn Schiffe, die auf kurzen Strecken die Häfen rund um die Meerenge von Sardanna anlaufen, sowie drei weitere auf einer Route nach Westfarlsgrad, Ryylan und Rulamna. Nach ihrem

Eintreffen werden die Besatzungen ausgezahlt und die Ladungen den örtlichen Milizionären übergeben, um die Bürgerwehren finanziell zu unterstützen. Eure Schiffe gehen natürlich ebenfalls in den Besitz der betreffenden Länder über. Eure anderen sieben Schiffe werden verbrannt.

Ihr unterhaltet vierundsechzig Karawanen, die zu dreiunddreißig Zielen reisen. Mit ihnen wird in ähnlicher Weise verfahren. In dem Moment, da ich Euch die Haut abziehe, wird Euer Bruder, Diens Filston, vor den Augen seiner Familie erwürgt werden. Thiek Blackmore wurde bereits enthauptet und in Eurem Hauptquartier in Jua zurückgelassen. Nun, davor, um genau zu sein. Auch haben wir jeden getötet, den wir dort angetroffen haben, und das Gebäude bis auf die Grundmauern niedergebrannt, womit das Ende Eurer Gilde besiegelt ist. Das hier ist meine persönliche Rache an Euch für das, was Ihr Araliah angetan habt; nicht mehr, aber auch nicht weniger. Zu gegebener Zeit werde ich auch Rache an Kigan nehmen. Was Galathia betrifft, so verbietet es ihre Abstammung mir, ihr einen einfachen Tod zu bereiten, zumindest so lange, wie sie noch von Nutzen ist. So, das hätten wir. Ich hab's tatsächlich mit einem einzigen Schnitt geschafft.«

Ich hielt inne, hielt den großen Lappen Haut in die Höhe, der einst Alons Brust bedeckt hatte, und warf ihn hinter mich.

»Seht Ihr – Ihr habt kaum etwas davon bemerkt, hab ich recht? Dies ist wirklich ein ausgezeichnetes Messer. Wie Ihr Euch vielleicht schon gedacht habt, habe ich die Klinge Eurer Frau mit einem starken Nelkenöl getränkt. Darum spürt Ihr im Moment auch noch nichts. In einer Stunde oder so wird es allerdings anfangen wehzutun, und Ihr werdet sodann langsam an den bestialischen Schmerzen zugrunde gehen.«

Ich sah zu Galathia und Laun auf. Sie hatte ihren Zorn überwunden und weinte.

»Es ist Zeit zu gehen, Galathia. Ich hoffe, Ihr versteht nun Eure wahre Rolle in diesem Spiel etwas besser. Entweder werden wir Euch in Kürze auf den Thron von Argir setzen, oder Ihr werdet ebenfalls sterben. Und aufgrund des Anteils, den Ihr an der Ermordung meiner Frau hattet, werde ich das ebenfalls persönlich übernehmen, und zwar in gleicher Weise wie bei Eurem Gatten.

Elite-Agent Siebenundsiebzig und Laun, ihres Zeichens nun Elite-Agentin Dreiundneunzig, werden mich zu Mirisham begleiten. Wir werden zweifellos auf Kigan treffen. Zumindest hoffe ich das. Elite-Agentin Fünfundachtzig, würdet Ihr alle anderen mit Euch nehmen?«

Sie und Prennen brachten die Agenten wieder zur Besinnung. Sie flüsterten ihnen dabei zu, was sich in der Zeit ihrer Ohnmacht zugetragen hatte.

»Elite-Agentin Dreiundneunzig, Eure offizielle Inauguration wird in Candar stattfinden, und zwar, nachdem wir Mirisham gefunden haben. Von dort aus werdet Ihr dann die Straße von Hisca beschreiten. Wenn diese Reise absolviert ist, werdet Ihr eine Möglichkeit finden, uns zu dienen, und wenn das geschieht, werden wir uns wiedersehen.«

Laun umarmte ihre alte Truppe zum Abschied, blieb auch für einen Moment vor Galathia stehen. Bevor sie etwas sagen konnte, schlug Galathia ihr ins Gesicht, wandte sich um und verließ mit Elite-Agentin Fünfundachtzig die Lichtung.

Ich sah auf Alon hinab. »Dann wollen wir uns jetzt mal Eure Arme vornehmen, einverstanden?«

19. KAPITEL

Gant

Ich muss geschlafen haben; vielleicht ein paar Stunden. Als diese Aufzeichnungen beginnen, liege ich zwischen ein paar Bäumen, und die Luft klebt wie eiskalter Lehm auf meinem Gesicht.

Shale ist bei mir. Auch er hat seit Tagen nicht mehr richtig geschlafen. Ich weiß, wenn ich mich bewege, tut's weh. Letzte Nacht hat er mir etwas unverschnittenen Ziest gegeben. Dumm, ihn pur zu nehmen, aber es schenkte mir etwas Frieden. Und lang habe ich ja sowieso nicht mehr.

»Hab wieder geträumt«, sagte ich. »Diesmal davon, wie uns Mirisham diese stinkenden toten Schafe auf die Trebuchets laden ließ und wie du auch seinen Feldgürtel und sein Schwert auf eines davon gelegt hast, und dann hat er ihnen hinterhergeschaut, wie sie auf diesem Fluss davontrieben. Ich hab noch vor Augen, wie er dich danach zur Schnecke gemacht hat.«

Shale sattelte das Pferd, das einst Kigans Trupp gehört hatte. »Ja, dafür hat er mich ganz schön zusammengedroschen«, meinte er schmunzelnd.

Hab auch von meiner Mutter geträumt, wie ich zusammen mit meiner Schwester ihr und den Ziegen über den Ravellpass gefolgt bin. Vorbei an dem niedergebrannten Fort, dem niemand zu nahe kommen wollte, aus Angst, da irgendwas oder irgendwen aufzurütteln. Meine Schwester meinte, da hätten Männer gesungen, aber der Magist, der an die Kriegsakademie in Jua gekommen war, hat uns dann ja zum Thema Geister aufgeklärt.

»Lass uns gehen, Gant. Iss das, dann lass mich nochmal 'nen Wickel für deine Wunde machen und dir was gegen diesen verdammten Durchfall geben.«

Die Vögel erwachten. Ich sah Drosseln und Sperlinge, als Shale mich schnellen Schritts und im Schatten der nahen Berggipfel auf dem Pferd davonführte. Immer wieder nickte ich wegen dieser Gangart im Sattel ein. Und immer wieder sah Shale über die Schulter, ob uns nicht jemand folgte.

»Hoffentlich ist diese Statue von Sillindar so leicht zu entdecken, wie Valdir meinte«, sagte ich.

Wir aßen ein paar honigsüße Kekse, die wir in den Satteltaschen des Pferdes gefunden hatten. Kigan musste noch immer 'ne gute Beziehung zu Alon haben, wenn er ihm solche Köstlichkeiten zur Verfügung stellte. Die Sonne vertrieb die beißende Kälte nur ein wenig, denn schon bald wurde sie von niedrig hängenden Wolken aus dem Norden verdunkelt. Shale legte ein gutes Tempo vor, und ich fiel in seinen Gesang mit ein, um ihn weiter anzuspornen. Jedes Mal, wenn ich absteigen wollte, um ein Stück zu Fuß zu gehen, wurde er sauer und sagte mir, er brauche mich halbwegs ausgeruht für die Besteigung des Passes.

Wir hofften beide, dass er und Achi es irgendwie da rausgeschafft hatten, obwohl Kigan sein Kraut auf eine Weise einzusetzen vermochte, wie selbst wir Söldner es nicht vorhersehen konnten. Wir sprachen nicht darüber, gingen aber davon aus, dass der andere der Meinung war, sie seien tot.

Später an diesem Nachmittag entdeckten wir ein Gehöft, das in einer Talsenke unter den weiten Hügeln lag, denen wir folgten. Daneben ein paar strohgedeckte Gebäude, die nach Kuhställen aussahen, und nachdem er seine Augen getränkt hatte, erblickte Shale auch ein paar Schneeleoparden, bevor eine der Kühe ein schreckliches Kreischen von sich gab.

»Ob da wohl jemand zu Hause ist, Shale? Wohl eher nicht, wenn sich da wirklich Schneeleoparden rumtreiben.«

Er schnappte sich seinen Bogen, rannte ein paar hundert Meter auf das Gehöft zu und verschoss einen Pfeilbeutel in eins der Gebäude, um die Raubkatzen aufzuscheuchen. Er winkte mich zu sich, und ich zog mein Schwert, bevor wir uns dem Gehöft und den Scheunen näherten.

Das Summen von Fliegen und der Gestank von Tierkadavern fiel uns als erstes auf, dann sahen wir das Kalb, das blökend und mit zerfetzten, nutzlos gewordenen Hinterläufen ausschlug. Alles andere hier sah eher nach planvollem Abschlachten aus. Die Leoparden flohen, als Shale einen mit Pfeilen eindeckte und die anderen während der Flucht beschoss.

»Diese Viecher hab ich fast zwanzig Winter nich mehr gesehen, und schon gar nich so weit draußen in der Ebene«, sagte er. Ich stieg ab, als er dem Kalb einen Pfeil in den Kopf schoss, um es zum Schweigen zu bringen.

»Sieh dich mal drinnen um, Gant. Ich schneid uns derweil ’n bisschen Fleisch runter.«

Es mochten wohl an die acht bis zehn Familien auf dem Gehöft gelebt haben. Ich sah Kuhställe, die an die vierzig oder fünfzig Leute hätten versorgen können, dazu noch Schweineställe. Der Gestank und die Fliegen kamen aus einem von ihnen. Das, was vom Viehbestand noch übrig war, fand ich dort, hauptsächlich abgeschlachtet wegen ihres Fleischs. Die meisten Gerätschaften – Spaten, Beile und so weiter – lagen noch daneben.

Auf der Schwelle eines der Häuser stehend, sah ich, dass die Bewohner überhastet geflohen sein mussten. Ein paar kunstvoll geschnitzte Holzfiguren auf einem der Tische, eine geöffnete, mit feinsten Leinen gefüllte Truhe. Gut für Bandagen, wie ich fand. Die Familien bewegten sich inzwischen wahrscheinlich auf dem Forstweg von dannen. Versuchten, der Horde zu entkommen, die an den Rändern der Alten Königreiche eingefallen war.

Draußen wusch sich Shale in einem der Wasserfässer das Blut von den Händen. »Jede Menge Stroh und Holz hier, da kann ich uns ’n Feuer machen und ’n paar von den Steaks braten, bevor wir weiterziehen.«

»Sie haben aber das Salz mitgenommen«, sagte ich.

»Wenn Valdir uns in die richtige Richtung geschickt hat, werden wir Mirisham schon in einem Tag sehen. So arg isses also nicht.«

Das Essen, das Blut und das verbrannte, nach heißer Rinde

schmeckende Fleisch in meinem Mund tat gut. Doch nicht lange und ich würde Ziest brauchen, sobald das Zeug durch meine Eingeweide wanderte. Diesmal wollte ich mein Fleisch nicht kleingeschnitten, es war schließlich eine der letzten anständigen Mahlzeiten, die ich haben würde.

Mithilfe der Leinentücher frischten wir den Verband meiner Wunde auf, dann stieg ich wieder aufs Pferd, und wir machten uns auf den Weg. In dieser Nacht machten wir nicht mehr als eine Stunde Pause. Als wir dann rasteten, nahm Shale sich seinen Schnupftabak und setzte sich zu mir, der ich zitternd und abgeschieden vom Hier und Jetzt meinen Erinnerungen nachhing. Es war, als ob mein Kopf alles irgendwie durchforstete. Wie ein Penner, der sich durch einen Heuhaufen wühlt, um sich darin zu verstecken. Soweit ich mich erinnere, war von Shale nicht mehr viel zu hören, aber ich wollte ja ohnehin, dass er mal ein bisschen Schlaf bekam. Alles, was ich in Gedanken sah, war aus der Zeit, bevor wir uns getroffen hatten. Clan-Turniere zum Beispiel, wie wir sie in Lagrad abgehalten hatten, als ich noch der Stolz meines Vaters war. Ein paar von den Jungs, die ich damals besiegte, sind wahrscheinlich jetzt Clanführer, mit Frauen und eigenen Söhnen. Söhne, die mittlerweile alt genug sind, um ihre eigenen Herden zu haben.

Wieder wurde es Tag. Zügig machten wir uns an den Aufstieg. Shale hatte ein starkes Lutablatt-Öl in die Augen geschmiert und sah sich ständig nach einem Zeichen von Valdir um. Bald schon wandte er seine Aufmerksamkeit nach Osten, weg von dem Bereich, den wir bisher beobachtet hatten. Erst dachte er, die Augen spielten ihm einen Streich, dann gab er mir das Luta.

»Das musste dir selbst anschauen, Gant.«

Ich nahm ein bisschen von der Paste und verrieb sie mit Shales Hilfe unter meinem Augenlid. Bin nie gut klargekommen mit dem Zeug. Fühlt sich wie Sand auf den Augäpfeln an, bis es endlich zu schmelzen beginnt. Das Licht wird unerträglich, als ob die Sonne noch näher gekommen wäre, um das Geheimnis jedes Grashalms zu enthüllen, und all die Rillen und Löcher auf der

Borke von Bäumen, die hunderte von Metern entfernt standen. Doch darüber hinaus verschafft das Luta der enormen Weitsicht auch eine Tönung, die ich ansonsten nicht wahrgenommen hätte. Sechs oder sieben Meilen entfernt, in den Ebenen unterhalb und nördlich von uns, schien das Land selbst sich zu bewegen. Sah aus, wie ein unter einer Windbö wogender Fluss.

»Was meinste, wie viele sind es?«

»Kaum zu glauben, dass das eine Armee ist.« Je länger ich starrte, umso mehr erkannte ich. Ein Heerzug. Das einheitliche Bild bewaffneter und geschlossen marschierender Soldaten wurde von Katapulten und Karren durchbrochen. Was diesem Anblick vielleicht am nächsten kommt, war das Aufgebot an Männern, das der Ten-Clan und die Konföderation der Roten Berge das letzte Mal zusammengebracht hatten, um sich gegenseitig zu vernichten – und das waren an die fünfzigtausend Kämpfer gewesen.

»Wir müssen unbedingt diese Scheißstatue finden«, sagte Shale.

Wir suchten nach etwas weniger Offensichtlichem als dem, was wir schließlich fanden. Hatten uns zu sehr auf das nackte Gestein der umgebenden Felsenklippen und Schluchten konzentriert. Klar, wenn man mit Luta in den Augen denkt, etwas sei ganz nah, dann kann es noch meilenweit entfernt sein. Doch die Statue selbst stand dann schließlich nur ein paar hundert Meter neben dem nächsten Hügel, und nicht etwa am Eingang zum Pass.

Die Szene war in die Oberfläche eines Steins gemeißelt, der an seiner weitesten Stelle zehn Fuß maß und die Höhe eines Mannes hatte. Sillindar der Magist wirkte hier größer. Ich hatte schon mal ein Bild von ihm gesehen. Auf dem Porträt eines Künstlers aus Jua, das in der Haupthalle der Akademie hing. Mir war diese Darstellung hier lieber: der Pelzmantel und die Mandoline, massenhaft Hosenscheißer, die zu seinen Füßen spielten und über seine schweren pelzgesäumten Stiefel krochen.

Als wir zu den Bergen rübersahen, entdeckten wir einen steilen, schlammigen Pfad hinauf bis zur Baumgrenze.

Es gab zwei natürliche Pässe, aber nur einen, dem wir folgen konnten. Dort ließen wir das Pferd frei und nahmen nur ein bisschen Proviant mit uns. Angesichts dessen, was da von Osten nahte, brauchten wir nicht viel. Auch Juletta und meinen Köcher ließ ich zurück. Konnte sie sowieso nicht mehr spannen, und der Aufstieg würde ohne sie noch schwer genug sein. Ich brachte es kaum über mich, liebte ich diesen Bogen doch einfach so sehr.

Am Anfang war der Fußmarsch anstrengend, dauernd musste ich pausieren und Shale zurückrufen. Meine Eingeweide fühlten sich an wie ein Sack mit Glasscherben. Nach ein paar Stunden erreichten wir einen Felskamm und hatten den Großteil der Bäume hinter uns gelassen, die in der Schlucht und auf den steilen Böschungen bis hinab in die Ebene standen, aus der wir gekommen waren. Weit unter uns graste, ameisengleich, das Pferd. Ab hier war der Weg weniger steil, aber der felsige Untergrund glatt von Frost und tückisch.

Als das Felsenband sich im Nichts zu verlieren schien, schüttelten wir den Kopf und fürchteten für einen Moment, den falschen Weg eingeschlagen zu haben. Dann sahen wir einen weiteren Kamm über uns, der eine kurze Klettereinlage am felsigen Gestein hinauf erforderte. Shale half mir, sodass ich es mit einem lauten Schrei nach oben schaffte. Dort war ein Pfad, kaum einen Fuß breit, der nah am nackten Fels entlangführte. Geschickt folgte mir Shale nach oben und übernahm wieder die Führung, doch hier oben war es weitaus ungemütlicher. Der Wind zerrte beständig an uns und schien zu versuchen, uns in die Tiefe zu reißen.

»Na, macht's Spaß, Gant?«, fragte er kichernd. Er wusste, ich hasste große Höhen. Das Luta war dabei auch nicht gerade hilfreich, weil alles in geringer Nähe einfach nur vor den Augen verschwimmt. Wir hatten uns inzwischen vom östlichen Berghang entfernt, schauten nun auf das gigantische Areal westlich der Provinz Hoffnungsberg. Ein strahlend blauer Himmel, der schmerzte, sobald man ihn ansah, beinahe so grausam wie die Sonne selbst.

An mancher Stelle mussten wir uns ganz eng an die Felswand pressen oder mit ausgestreckten Armen auf dem schmalen Vorsprung balancieren, dessen Gestein mit der Zeit brüchig geworden war. Shale mahnte mich, ruhig zu atmen, weil ich schnaufte wie ein Hund in der Wüste. Der Weg wurde wieder breiter, stieg an und mündete in eine Art Kaverne – ein Riss im Gestein, kaum höher als ein Mann. Auf dem Bauernhof hatte Shale ein paar Fackeln vorbereitet, zündete nun eine davon an und warf sie in den Spalt. Die Öffnung war eng, auch nicht sonderlich tief und wirkte so, als wäre sie künstlich verbreitert worden. Weiter drinnen dann ein weiterer Spalt, der gerade mal so breit war, dass man sich nur mit Mühe hindurchquetschen konnte.

Dazu mussten wir unsere Körper weit zurückbiegen und uns seitwärts an der Wand entlangschieben. Es waren nur acht Meter, aber die waren anstrengend, denn die scharfkantige Felswand schrammte über unsere Rücken und schnitt in meinen Waffenrock. Mit umgeschnallten Kampfgürteln hätten wir da nicht durchgepasst, also banden wir uns die Ausrüstung an die Beine und schleiften sie hinter uns her.

Ein scharfer Gestank stieg uns in die Nase, und über unseren Köpfen raschelte es, als ich mich auf alle Viere fallen ließ, wobei ich bis zu den Knöcheln und Handgelenken in Fledermausscheiße sank – und in die Kakerlaken, die sich davon ernährten. Wir legten unsere Gürtel wieder an und begannen zu kriechen. Je weiter wir vorankamen, umso wärmer und trockener wurde es. Ansonsten war, bis auf die Dinger, die über meine Hände flitzten, hier nichts zu sehen, während ich hinter Shale herkroch.

Shale fluchte vor sich hin und fragte sich, wann wir endlich wieder ans Tageslicht kamen. Die Schwärze um uns herum sorgte dafür, dass wir mit dem Luta in den Augen jetzt alle möglichen Schemen und blasse Körper vor unseren Augen tanzen sahen. Dabei war es schwer, zu sagen, ob die hellen Flecken vor uns Strahlen von Sonnenlicht waren oder was anderes. Dann erreichten wir in dem Tunnel einige Abzweigungen und fluchten wieder, weil Valdir uns nur gesagt hatte, wie man zu dem Pass gelangte, nicht aber, wie man wieder rauskam.

Mehr als einmal wussten wir nicht, ob wir das überhaupt schaffen würden – zu leicht konnte man sich verlaufen, den falschen

Weg einschlagen und im Dunkeln sterben. Männer ohne Kraut hätten es vielleicht nicht geschafft, aber wir standen unter einem Tagesgebräu, das unsere Sinne so sehr schärfte, dass wir die süße Luft schmecken konnten, die uns ein ums andere Mal den rechten Weg verhieß. Viele lange Stunden irrten wir nun schon herum, als Shale echtes Licht vermeldete, das eine Art Durchgang markierte. Dort war die Luft wieder kühler, und von jenseits hörte man das lauter werdende Heulen des Winds.

Die Tür ließ sich einigermaßen problemlos öffnen. Bedrängt von einem weitaus kälteren und stärkeren Luftzug als zuvor, schauten wir hinaus nach Norden und Osten. Direkt vor uns lag ein nackter Felsenkamm, rechts von uns, unten in den Ebenen, konnten wir Caragulas Armee marschieren sehen, ein wogender Teppich aus Heuschrecken, der den Boden schwärzte. Eine etwas kleinere Kolonne hatte sich nach Süden Richtung See gewandt, wie es aussah.

»Wir müssen schnell machen, Gant. Wenn Miris Stadt vor uns liegt, wird diese Armee dort sein, bevor wir überhaupt Gelegenheit ham, ihn wiederzusehen.«

»Vorausgesetzt, er ist noch da.«

»Klar, wenn nich, kehrn wir aufm gleichen Weg zurück und müssen überlegen, was wir als Nächstes tun wollen. Aber wenn Valdir die Wahrheit gesagt hat – ich meine, dass das Miris Zuhause ist und so –, dann wird der nirgends hingegangen sein.«

»Aber er hat Valdir hintergangen. Woher sollen wir wissen, ob er mit uns nicht dasselbe gemacht hat?«, fragte ich.

»Wir tun das hier für Kailen, und weil Mirisham uns so lieb war wie jeder andere der Zwanzig, die wir gesucht ham. Klar, hatter Valdir Unrecht getan, aber so, wie wir hinter diesem verdammten Bense her war'n, und auch hinter Valdir, suchen wir jetzt eben nach Miri. Weil wir das Kailen einfach schuldig sind. Mehr brauch ich nich als Grund. Aber wir sollten unser Schwätzchen unten im Tal fortsetzen, Gant.«

Ich lachte und boxte ihn freundschaftlich in die Seite.

»Aber für diesen Ausblick war's die Schinderei wert«, sagte ich.

Es wurde allmählich dunkel. In fünfhundert Metern Höhe huschten wir über den Felsenkamm, und ich tat mein Bestes, nicht darüber nachzudenken. Am anderen Ende war noch ein Durchgang. Ich schätzte, dass diese Tür für niemanden sichtbar war, außer für die Vögel. Und aufgrund ihrer Lage hier oben war sie zudem auch noch vor den schlimmsten Stürmen geschützt. Der Abstieg war so steil, dass wir Shales Fackeln brauchten, um halbwegs zügig voranzukommen und nicht über das Geröll und die Bruchkanten zu fallen. War das wohl eher schlampige Werk von Mirishams Leuten.

Ein paar Stunden später, im Tal, mündete der Weg in eine kurze, dafür umso breitere Passage, die vor einer weiteren Tür endete. Die war auf der anderen Seite blockiert und bewegte sich nur wenige Zoll, bevor sie von etwas versperrt wurde, das nach Holzkisten aussah. Shale begann, gegen die Tür zu hämmern, warf sich dann immer stärker dagegen, bis sie schließlich nachgab. Wir fanden uns in einem Kellerraum wieder, der Mörtel war feucht und der Naturstein vermoost. Um uns herum stapelten sich Kisten, und dann sahen wir eine Treppe, die zu einer anderen verschlossenen Tür hinaufführte. Wir standen in irgendjemandes Keller. Hinter der Tür brüllte jemand. Die feindliche Armee musste einen Angriff auf die Stadt gestartet haben.

Wir fanden einen Spaten, mit dem Shale die Tür aufbrach. Dahinter lag eine Werkstatt, eine große Schreinerei. Durch die geschlossenen Fensterläden konnte man kaum etwas erkennen, aber das Geschrei draußen wurde lauter, Chaos schien sich in den Straßen breitzumachen. Mit einem Knall traf ein Feuerball ein nahe gelegenes Gebäude. Schien, als ob die Trebuchets gut zielten. Es würde hässlich werden, wenn sie darauf aus waren, die Stadt in Schutt und Asche zu legen.

»'Ne Schreinerei ist nich gerade der beste Aufenthaltsort, wenn man unter Beschuss steht«, sagte Shale. »Bereit?«

Ich nickte, und Shale kloppte das Schloss auf. Die Tür führte in eine Gasse hinaus. Rechts von uns liefen Menschen vor den Flammen davon, die dort aus der Häuserzeile schlugen.

»Wer zur Hölle seid ihr?« Die Frage kam von einer Handvoll Jungs, kaum älter als achtzehn, zwanzig Sommer, die mit Bechern voll Bier und bewaffnet mit bemitleidenswerten Klingen und Keulen auf der anderen Straßenseite rumstanden. In der gegenüberliegenden Schänke herrschte Tumult. Jemand, den wir nicht sehen konnten, brüllte Befehle. Einer der Jungs löste sich aus der Gruppe und trat auf uns zu. Die anderen verstummten. »Wer ihr seid, hab ich gefragt!« Die anderen ließen ihre Becher fallen und machten sich zum Angriff bereit.

»Wir sind Söldner, Bursche. Von Mirisham angeheuert. Wisst ihr, wo er steckt?«, sagte Shale.

»Ihr lügt«, sagte ein anderer. »Los, machen wir sie fertig, Leute.« Doch sie zögerten, unsere Farbe war ihnen nicht verborgen geblieben.

»Wo kommt ihr her? Seid ihr allein?«, fragte der Erste.

»Durch einen Pass, der in den Keller da unten führt. Und ja, wir sind allein. Wenn ihr die fünfzigtausend Mann gesehen hättet, die drauf und dran sind, eure Mauern niederzureißen, wärt ihr schon nicht mehr hier«, sagte ich.

»Der redet Scheiße«, sagte ein anderer Bursche, und die Stimmung schien sich allmählich gegen uns zu wenden. »Davon abgesehen ist das hier unser Zuhause, und das werden wir zusammen mit dem Bürgermeister bis zum Letzten verteidigen.«

»Dann habt ihr größere Sorgen als zwei alte Männer«, sagte ich und zeigte nach oben.

Mehr Feuerbälle wurden auf die Stadt abgeschossen, jeder kam in einem hohen und merkwürdig friedvoll wirkenden Bogen täuschend lautlos herangeflogen. Als ob zwanzig Sterne vom Himmel auf die Erde stürzten.

Ehe die Jungs sich versahen, brachen wir nach links aus und rannten fort von der Schreinerei. Als wir um die nächste Ecke bogen, war der erste Feuerball schon niedergegangen. Um uns herum dichter Rauch. Menschen bildeten eine Löschkette, weil in der Nähe ein Brunnen war. Mehr Feuerbälle schlugen ein. Schweine quiekten, als einer ihren Stall traf, sein Öl über sie und die angrenzenden Verschläge ergoss. Wir rannten weiter die Straße runter, vorbei an der Schlange, die auf die gefüllten Wassereimer wartete. Eine Frau rief nach ihrer Tochter und ihrem Mann, sie waren in einem der Häuser eingeschlossen, als das Strohdach Feuer fing. Ein anderes Mädchen rief nach seinem Vater. Sie flehte, dass der von drinnen ihren Hund ins Freie holte. Da brach das Dach ein. Ich gab ihnen kaum mehr als ein paar Sekunden, so sehr wütete das Feuer.

Als wir am Ende der Häuserzeile ankamen, sah ich vor uns den Brunnen und ein paar Stände, dann hörte ich das Brüllen eines Feuerballs, der in das Dach eines Holzschuppens zu unserer Rechten einschlug. Ich schrie nach Shale, dann suchten wir im Eingang eines nahegelegenen Hauses Schutz. Shale trat gerade von innen die Tür zu, als das Öl des Geschosses über der Straße explodierte. Einige Leute fingen Feuer, und unverschämt schnell drang uns der Geruch verbrannten Fleischs in die Nasen. Ein paar Leute, die ihr Zuhause hatten sichern wollen, bezahlten dafür mit ihrem Leben.

An der Wand uns gegenüber kauerten ein alter Mann und seine Tochter. Sie hielt ein Schüreisen, ihr Vater ein Schnitzmesser in der Hand. Dem Geruch nach zu urteilen, der im Haus herrschte, musste er wohl Gerber sein.

»Wo ist Mirisham?«, fragte Shale.

»Sag's ihnen nicht«, sagte der Mann zu dem Mädchen.

»Wir sind nicht der Feind. Der braucht niemanden nach dem Weg zu fragen, wenn er erst mal in der Stadt ist«, meinte ich.

»Sei still, Vater«, sagte sie zu ihm. »Wahrscheinlich im Rathaus. Helft ihm, er ist ein guter Mann.« Sie zeigte in die betreffende Richtung.

Ich ging auf eine Tür zu, die der gegenüberlag, durch die wir reingekommen waren. Auf der anderen Straßenseite waren Ställe zu sehen, ein Teil der Schänke und ein Auslauf, wo die Tiere sich panisch gegen die Zäune warfen, um dem brennenden Pech zu entkommen. Ich hörte, wie ein paar Männer versuchten, die Pferde auf die Koppel zu treiben; wild traten die Tiere gegen die Stallwände, als das Dach Feuer fing.

Ich trat nach draußen, der Brunnen befand sich gleich rechts von uns, und die Leute stritten sich darum, wo die nächsten Eimer zum Einsatz kommen sollten, die von zwei Männern vollgeschöpft wurden. »Rüber zum Brunnen«, sagte ich, doch Shale schubste mich weiter. Ich stolperte vorwärts, dann pfiff ein Pfeil direkt an meinem Ohr vorbei. Unwillkürlich gingen meine Hände zu der Stelle, an der ich immer den Bogen trug, als ich ums Gleichgewicht rang. Doch da hatte Shale schon seinen gezogen und fixierte die Häuserreihe vor uns. Er holte einen Pfeil aus dem Köcher, und da sah ich Kigan, etwa vierzig Meter von uns entfernt. Er bewegte sich gefährlich schnell, verdrehte geschickt seinen Körper und wich so dem Pfeil aus. Mir wurde klar, dass ich es nicht bis in den Schutz der Ställe schaffen würde.

»Ich geb dir Deckung!«, schrie Shale.

Shale und Kigan hatten beide wieder ihre Bögen im Anschlag. Als Shale feuerte, setzte ich mich in Bewegung, und Kigan legte auf mich an und schoss. Dann ließ er sich auf die Knie fallen, sodass Shales Pfeil über seine Schulter hinwegflog. Ich war nicht so flink, hatte kein Gebräu in mir. Als sein Pfeil mich an der Schulter traf, brach ich zusammen. Shale schoss wieder, doch Kigan war zu schnell.

Als er wieder anlegte, um mich endgültig zu erledigen, wurde er von irgendwas getroffen, und sein Kopf war plötzlich in Rauch eingehüllt. Dann landete von einem nahe gelegenen Dach ein Mann, den ich bisher nicht gesehen hatte, direkt neben Kigan auf dem Boden. Er trug einen seltsamen Strohhut und ein Gewand, dazu etwas, das wie ein Kampfstab aussah. Dann tauchte hinter uns eine Frau mit einem Krummsäbel in der Hand auf, die eine mir unbekannte Uniform der Wacht trug – blutrotes und blaues Wams, weite Baumwollhosen und vollständig vermummt.

»Mir nach!«, befahl sie.

»Wer seid Ihr?«, fragte Shale, als sie uns aus der Straße hinaus und hinter die Ställe führte. Kurz sahen wir, wie Kigan und der Mann mit dem Stab miteinander kämpften. Wobei es Kigan dabei nicht gerade leichtgemacht wurde.

»Spielt keine Rolle, wer ich bin. Ich muss euch nur zu Mirisham bringen.« Schnell hatte sie den Pfeil aus mir rausgezogen. Sie schlug mir wegen des Theaters, das ich dabei veranstaltete, ins Gesicht.

Unterdessen beobachtete Shale den anderen, der mit Kigan kämpfte. »Ihr seid Elite-Agenten«, sagte er. »Nur Sillindar weiß, was Elite-Agenten hier zu suchen ham, aber wir brauchen jetzt 'n bisschen *Glorie*, Gant. Und dann sollten wir uns um Kigan kümmern, wir drei, falls Ihr so gut wie Euer Freund da drüben seid.« Ich nahm etwas *Glorie*, und auch Shale trank einen Schluck. Die Frau riss die Klappe meines Schulterstücks runter und rieb etwas Guaia in die Wunde.

Shale schob sie beiseite, übernahm und verzurrte dann wieder die Riemen meines Waffenrocks.

»Unser Befehl ist klar, wir gehen zu Mirisham«, sagte die Fremde.

Das Gift und die *Glorie* machten mich fertig. Ich musste einen Moment lang das Bewusstsein verloren haben. Als ich wieder zu mir kam, schleiften mich Shale und die Unbekannte über den Boden.

»Helft mir auf!«, brüllte ich. Ich war es leid, so nutzlos zu sein. Doch die *Glorie* begann zu wirken, und auch, wenn ich mit Grauen dem entgegensah, was sie später anrichten würde, konnte sie mir im Moment doch etwas Stärke verleihen.

Sie wuchteten mich auf die Füße. Mein linker Arm war taub und zu nichts zu gebrauchen.

Wir rannten zur einen Seite des Gasthauses, das gleich gegenüber der Koppel lag.

»Was ist los mit ihm? Sein Magen?«, fragte die Frau.

»Er stirbt«, erklärte Shale. »An 'ner Verletzung, die er sich vor 'n paar Monaten zugezogen hat. Sieht nich gut aus. Wäre trotzdem nett, Euren Namen zu erfahren, weil Eure Hilfe uns wirklich sehr willkommen ist.«

Einen kurzen Moment zögerte sie. Dann: »Laun.« Shale nickte, dann begrüßten wir einander mit Armschlag.

Ich war nun voll drauf, nichts konnte die Wirkung mehr brechen. Shale klapperte mit den Zähnen, als friere er, während wir nach Kigan und dem Agenten, der ihn angegriffen hatte, Ausschau hielten. Vor uns, auf der anderen Straßenseite, lagen einige Gassen, die alle in die Richtung führten, in der das Rathaus liegen musste. Ein dumpfer Knall hallte über den Häusern wider, als dem Stadttor mit einer Ramme zugesetzt wurde. Das Triumphgeheul, das die Infanterie der Angreifer dabei verursachte, schwoll mit jedem Stoß an. Im nächsten Moment schlug es über uns zusammen. Wir spürten sogar den Luftzug wie das Zischen einer aggressiven Schlange.

»Pfeile! In Deckung! In die Häuser!«, bellte Shale den Leuten in den Straßen zu. Ein grausamer Rat, wenn man bedachte, dass Caragula als erste Maßnahme den Brandbeschuss der Gebäude befohlen hatte. Nur langsam begriffen diejenigen, die mit uns über die Straße rannten, und bedeuteten den anderen dann hektisch, an den Hauswänden Schutz zu suchen. Wir eilten in die am nächsten gelegene Gasse und in ein anderes Haus, ignorierten die Frau, die bei unserem Eindringen aufschrie.

Der Einschlag war heftig. Etwas landete auf den Dächern und ließ die Mauern erzittern. Hörte sich an, als würde das Meer selbst über der Stadt zusammenschlagen. Das Wehklagen draußen zeigte uns, dass einige es nicht rechtzeitig geschafft hatten, sich aus der Schusslinie zu bringen. Ihre Schreie gingen schnell im Lärm des nachfolgenden Angriffs unter. Hornsignale erfüllten die Luft. Die Stadtmauern wurden erstürmt.

»Wir müssen ins Rathaus!«, sagte Laun zu der Frau, die sich schützend vor ihre beiden Kinder gestellt hatte. »Was ist der schnellste Weg?«

Sie holte tief Luft, hatte wohl gedacht, wir wollten sie töten. »Die Gasse rauf, vorbei an den Ruinen der Fleischerei, dann seht ihr einen Platz. Da ist es.«

Jubel am Tor verriet uns, dass sie die Ramme durchgebrochen war. Sie würden dort kaum auf nennenswerten Widerstand treffen.

Shale nickte, er war bereit. Also öffneten wir die Tür, und ich trat nach draußen. Rasch blickte ich in die Richtung, wo wir Kigan zuletzt gesehen hatten.

Der Boden war so dicht mit Pfeilen bedeckt, dass sie bei jedem Schritt unter unseren Sohlen brachen; ein Teppich aus Holzstäben auf schlammigem Grund.

Irgendwo vor uns wurde Geschrei laut. Am Ende der Gasse bezogen Soldaten gerade ihre Posten bei einem Gebäude, das wie eine Mühle aussah. Wir wurden entdeckt. Shale dachte nicht weiter nach und begann einfach zu schießen; sie waren uns im Weg, und wir konnten, was weitaus schlimmer war, Kigan nirgends mehr entdecken. Auch Laun eröffnete das Feuer. Ich zog meine Maske über und warf zum Schutz ein paar Löschkalkbeutel hinter uns in die Gasse, woraufhin auch die anderen sich maskierten. Ein paar Milizionäre gingen zu Boden, andere schossen zurück. Sie waren schlecht ausgebildet, hatten kein Gebräu intus und schossen die meiste Zeit daneben. Jetzt hatte sich der Rauch aus den Kalkbeuteln um uns herum verteilt. Das würde Kigan sicherlich zu denken geben. Wir rannten auf die Männer zu, obwohl es übertrieben wäre zu behaupten, dass *ich* rannte. In der Lücke zwischen Fleischerei und Mühle entdeckten wir in etwa hundert Metern Entfernung den großen Platz. Vielleicht acht Männer griffen uns an; es war wohl zu dunkel, als dass sie unsere Farbe hätten sehen können. Als Shale sich auf sie stürzen wollte, kam von hinter uns ein Pfeil angeflogen und bohrte sich ins Auge von Shales Ziel. Ich packte den erstbesten Mann, entwaffnete ihn und wirbelte ihn herum. Er fing sich den zweiten Schuss ein. Die Waffe eines anderen Mannes streifte Laun, obwohl ihre Bewegungen eigentlich bewiesen, dass sie durch und durch trainiert war. Shale brauchte nach dem ersten Schuss keine weitere Warnung mehr. Er machte auf der Stelle kehrt; war nun voll auf *Glorie*, und es war ihm keine Furcht mehr anzusehen.

Shale wich dem nächsten Schuss aus. Zwei weitere Milizionäre fielen, doch die Gasse war erfüllt von meinem Rauch, sodass der

Beschuss aus dem Nichts zu kommen schien. Der Rest von ihnen verlor den Schneid, als ihre Kameraden wie gefällte Bäume zu Boden gingen, und zog sich in die Mühle zurück.

Aus all dem Rauch tauchte plötzlich in der Ferne Kigan auf und senkte seinen Bogen. Jetzt konnte ich ihn endlich besser in Augenschein nehmen. Er trug nur einen Kampfgürtel, der über Brust und Schulter geschlungen war. Ansonsten führte er über seiner Tunika zahlreiche Taschen und Beutel mit sich, das Rüstzeug eines jeden Kampfdrudha. Er hatte sich wie wir den Kopf rasiert, nur hier und da waren weiße stoppelige Linien zu erkennen. Die Kopfhaut darunter leuchtete in einem satten Blau und Rot, wie ich es noch nie gesehen hab; lebhafte Sommerfarben. Seine Augen waren gelb und funkelten mordlüstern, selbst durch das Wachs hindurch, das er über Gesicht und Maske trug. Was immer er genommen hatte, es baute ihn ganz schön auf. Deutlich traten die Adern an seinem Hals hervor und an den nackten Armen, die ebenfalls mit einem Wachsüberzug versehen waren, der wahrscheinlich zu dieser seltsamen Färbung beitrug. Hier und da war Heilrinde zu sehen, die in seine Haut eingewachsen war und auf längst verheilte Wunden hinwies. Er war beunruhigend schlank, als wäre er noch immer zwanzig Sommer alt, und vibrierte wie eine angeschlagene Lautensaite.

»Such dir doch noch einen Jungen, den du schützend vor dich halten kannst, Gant«, sagte er. »Vielleicht diesmal einen, der schon Haare am Sack hat.«

Der Holzschuppen in seiner Nähe fing Feuer, brüllte und loderte, als die Stämme und Ölfässer dem Brand weiter Nahrung gaben. Er zuckte nicht mal mit der Wimper, als das brennende Gebäude nur Meter von ihm entfernt in sich zusammenkrachte.

»Wer will als nächstes, Jungs? Soll ich Gant den Garaus machen? Oder soll ich mir erst die Elite-Agentin vornehmen, die mit euch unterwegs ist? Der andere war nicht schlecht mit seinem Stab. Na ja, eine Weile.«

»Versuch's doch mal mit mir, Kigan. Dein Kraut wird da nicht den Ausschlag geben«, sagte Shale.

»Ach, Shale, ich kann von hier aus den Schweiß auf deinem Gesicht sehen. Und das Flackern in deinen Augen, während du überlegst, wie du mich am besten angreifst. Davon abgesehen höre ich, wie hinter dir fünf Mann einander etwas zuflüstern, um sich dazu durchzuringen, den Verletzten anzugreifen. Und nur ein paar Dutzend Schritt von hier entfernt wehklagen acht Kinder, drei Männer und sechs Frauen. Dort drüben in dem Gasthaus prügelt ein Sohn gerade seinen Vater zu Tode; durch die offenen Fensterläden im ersten Stock kann ich die letzten Worte des Sterbenden hören. Kurz: Du hast nichts, womit du's auch nur ansatzweise mit mir aufnehmen könntest, Shale.«

Ich holte ein paar Beutel aus meinem Gürtel.

Kigan schüttelte den Kopf. »Gant, du warst noch nie der Hellste. So wie du stinkst und angesichts der Menge Gift, die du in dir hast, bist du schon so gut wie tot.«

Die Schlacht am Stadttor kam näher, das metallische Scheppern von Männern in Rüstungen drang durch die Straßen. Stimmen, die zur Aufgabe drängten, mischten sich darunter.

Shale sah mich an. Dann riss er sich den Anhänger vom Hals, in dem er die Schicksalsblüte trug.

»Nein!«, schrie ich. »Nein, Shale, du kannst diesen Schwanzlutscher auch so erledigen.« Dabei wollte ich nur, dass er die Chance hatte, mich zu überleben, anstatt Kigan zu töten, weil ich's einfach nicht ertragen konnte, allein zurückzubleiben. Ich zweifelte nicht daran, dass er ihn erledigte, doch ich sah keinen Sinn darin, dass er dabei selbst draufging.

»Danke für Eure Hilfe, Laun, aber Ihr müsst Gant ins Rathaus schaffen, um Mirisham zu finden.«

»Ach, das ist Laun?«, sagte Kigan. »In der einen Saison tötet Ihr die Zwanzig, in der nächsten rettet Ihr sie? Die Wacht ist schon ein launischer Haufen, was?«

»Was redet der denn da, Laun?«, frage Shale, wobei er seinen Blick nicht von Kigan wandte. »Müssen wir Euch etwa auch noch töten?«

Sie steckte ihr Schwert zurück und griff nach meinem Arm.

»Ich bin für niemanden von euch eine Bedrohung. Ihr werdet eure Antworten im Rathaus finden. Folgt mir.«

»Ich geh nirgendwohin, meine Liebe«, sagte ich. »Ich bin nicht mehr zu retten. Ihr seht doch, dass ich sterbe, und das werde ich hier an Shales Seite tun. Bringt Mirisham in Sicherheit. Ihr wollt nicht sehen, was passiert, wenn wir unsere Blüten genommen haben, und es kann sein, dass Mirisham es ohne Eure Hilfe nicht schafft. Einer von uns muss es aber schaffen. Es darf nicht alles umsonst gewesen sein. Wenn Ihr uns helfen wollt, dann helft Mirisham.«

Ich griff nach meinem Anhänger, aber er war nicht mehr da. Ich sah rüber zu Shale, doch er konnte mir eine Weile nicht ins Gesicht blicken, dann jedoch sah er mich an, und ich stellte fest, dass seine Augen voller Tränen waren.

»Warum, Shale, was zum Henker soll das? Wann hast du sie mir weggenommen?« Es musste geschehen sein, als er und Laun mich nach dem Treffer von Kigan eine Weile mitgeschleppt hatten und Shale dann meinen Waffenrock wieder in Ordnung brachte.

Kigan kam auf uns zu. Laun sah uns an, versuchte, mich zu packen. Aber ich knurrte ihr zu, zu verschwinden, und das tat sie dann auch. Unbehelligt von der Miliz. Jetzt sah ich, dass Kigan von innen heraus zu leuchten schien, er war bereit.

»Tut mir leid, dass ich dich nich nach Hause bringen konnte, Gant«, sagte Shale. »Dabei hab ich's so gehofft. Aber auf *Glorie* allein hätten wir ihn nie besiegen können, und du bist auch nich fit genug, um zu helfen. Jetzt bring dich irgendwie in Sicherheit, geh nach Hause und behalt mich in guter Erinnerung.« Er schenkte mir ein Lächeln, und das sagte mir alles, was er nicht ausgesprochen hatte. Natürlich wog er seine Chancen gegen Kigan ab, es steckte immer noch ein kleiner Spieler in ihm. Die Schicksalsblüte war der letzte Ausweg eines Soldaten. Und es gab wahrscheinlich niemanden auf dieser Welt, der Shale dann noch aufhalten konnte.

Er nahm sie aus dem Röhrchen – ein winziges Blümchen, dessen vier Blätter sich um den schwarzen Stempel herum in einem

Feuerwerk aus Rot-, Orange- und Purpurtönen entfalteten. Dann verspeiste er sie und machte sich bereit.

Wieder schüttelte Kigan den Kopf. »Wie es aussieht, wird's also wirklich hier enden. Ich hätte euch zwar schneller getötet, als die Blüte es vermag, aber ihr habt's ja nicht anders gewollt.

Kigan griff an – ein mächtiger Sprung von dem Punkt, an dem er gestanden hatte, und er war direkt vor uns. Shale warf sich gegen die erste Attacke und retournierte sie, doch Kigan war wirklich schnell. Beide sprangen ineinander, suchten nach einem kurzen, gewaltsamen Weg, die Sache zu beenden, doch keiner war imstande, den anderen auszuspielen.

Kigans Gift sickerte in mich ein, es fiel mir schwer, mich zu bewegen und noch irgendwie zu helfen.

Ich sah, dass Shale ihn vom Hauptplatz wegdirigierte. Aufgrund seiner besseren Technik bot er ihm kaum eine Gelegenheit, seine Verteidigung zu durchbrechen. So bewegten sie sich Stück für Stück auf die Gassen zu, aus denen wir gekommen waren. Shale zitterte unübersehbar, als er versuchte, mit Kigans Wildheit und der Wirkung der Blüte umzugehen, die sich zur *Glorie* noch hinzuaddierte. Kigan war in der Zeit, die die Blüte brauchte, um das Zepter zu übernehmen, einfach das kleine bisschen schneller und erwischte Shale erst an der Seite, dann heftig im Gesicht. Andere Hiebe schlitzten seinen Waffenrock auf.

Shale gab nur wenig zurück. Welchen Vorteil er auch immer aus seiner Technik zog, welche List er auch plante, es wurde durch Kigans Schnelligkeit und Stärke zunichtegemacht. Das Kraut, unter dem er stand, war allem, was die Alten Königreiche zur Verfügung hatten, meilenweit überlegen. Doch dank der Blüte konnte kein Gift Shale mehr etwas anhaben, weshalb zumindest das kein Problem für ihn darstellen würde. Dieses Zusammentreffen von Klingen und Körpern hätte jeden anderen Mann zerschmettert. Dann machte sich Shale Kigans eigenen Schwung zunutze und versetzte ihm einen Tritt, sodass er fünfzehn Fuß zurückgeworfen wurde. Die Blüte zeigte zunehmend Effekt.

Im Handumdrehen war Kigan wieder auf den Beinen, doch

Shale griff schon wieder an. Ein Täuschungsmanöver aus einer fast unmöglichen Position ohne festen Stand heraus, und diesmal war es Shale, der so hart gegen eine Wand geschleudert wurde, dass der Mörtel herausbrach.

Die Ehre ist mir bei einem Duell scheißegal. Und so machte ich mich daran, einen Weg zum Eingreifen zu finden, irgendetwas zu unternehmen, um Kigan auszuschalten. Aber ich humpelte nur umher und hätte schon meine liebe Not gehabt, ihm vielleicht ein Bein zu stellen oder ihn sonst wie zu stören, ohne Shale dabei in Gefahr zu bringen. In Wahrheit kämpften sie auf einem Niveau, das selbst das Training mit Kailen bei Weitem überstieg. Ihre Bewegungsabläufe waren so schnell, dass sie jeden Gedanken an eine mögliche Kampfstrategie in einer Staubwolke zurückließen.

Hinter mir wurde Geschrei laut. Männer, die letzten der Stadtmiliz, wie ich vermutete, die auf dem Weg waren, das Rathaus zu verteidigen. Ein paar von ihnen kamen auf mich zu. Sie hatten erkannt, dass ich verletzt war. Aus der Mühle stolperten andere und sagten den Milizionären, sie sollten sich zurückziehen, wenn sie nicht sterben wollten. Einer hörte nicht auf den Rat, und ich schlitzte ihm unter der Wirkung der *Glorie* in Nullkommanichts den Bauch auf und verteilte Stücke von ihm um mich her. Meine Sehkraft verlor sich im Dunkeln, die Feuer blendeten mich, je stärker sie wurden. Ich verlor die Kontrolle über meine Sinne. Jetzt stürmte eine Gruppe Milizionäre auf Kigan und Shale zu. Sie dachten anscheinend, sie könnten sie in der Gasse in die Enge treiben. Doch die beiden führten ihr Duell ungerührt fort. Jeder Mann, der sich ihnen näherte, wurde erledigt, von Hieben zerschmettert, denen er nichts entgegenzusetzen hatte. Ich verteilte ein paar Kalkbeutel um uns herum, und als der ätzende Staub aufgewirbelt wurde, machten sich die restlichen Angreifer davon.

Shale bewegte sich auf eine Schmiede zu, die auch schon in Flammen stand. Irgendwas musste er sich davon versprochen haben, irgendetwas, das Kigan zum Nachteil gereichen konnte. Was das aber sein sollte, konnte ich selbst mit der *Glorie* nicht erkennen. Mit jeder ihrer Bewegungen, jeder Anpassung an Balance und Gewichtsverteilung, hätten sie gleich mehrere Angreifer parieren können. Es war schwer, dem funkensprühenden Tanz ihrer Klingen in seiner unglaublichen Rasanz zu folgen. Nicht zuletzt durch die *Glorie* waren meine Augen einfach hingerissen von dem Schauspiel. Der Trank schien mir jedes Detail ihres Kampfes enthüllen zu können, auch wenn alle möglichen Resultate eines Manövers schon erfolgten, während mein Verstand noch versuchte, dem Ganzen irgendwie hinterherzukommen. Es war, als ob eine Vielzahl von Kigans und Shales einander zur gleichen Zeit bekämpften.

Kigan hatte inzwischen sichtlich mehr Mühe. Gerade fing er sich einen blutigen Hieb am Bein ein, konterte aber dennoch geschickt, und rammte seine Faust in Shales Hals – ein Schlag, der einen Bullen umgehauen hätte, hätte Shale sein Gewicht nicht auf die Außenseite seines Fußes verlagert. So balancierte er sich in einer Weise aus der Gefahr, die ich nicht für möglich gehalten hätte, und landete einige schnelle Schläge in Kigans Rippen. Mit einem Sprung katapultierte sich Kigan von ihm fort und unter den Dachvorsprung der Außenschmiede, deren Dachbalken schon brannten.

Kigan gelang ein Treffer, der Shale das Schwert aus der Hand schlug. Er duckte sich unter dem Tritt hinweg, den Shale auf seinen Kopf ausführen wollte, wodurch er gleichzeitig nahe an einen Waffenständer gelangte, in dem ein Speer steckte. Den griff er sich und kam damit auf Shale zu, nutzte Speer und Schwert, um Shale zurückzudrängen. Als die Dachbalken etwas nachgaben, fielen Schindeln zu Boden. Noch im Fallen schnappte sich Shale zwei von ihnen und warf sie nach Kigan, der den Geschossen geschickt auswich. Doch in der Zwischenzeit hatte sich Shale ein Messer und einen Schild gegriffen und benutzte den Schild, um wieder voranzustürmen und Kigan in die brennenden Wohnräume des Schmieds zu treiben. Der Speer war nun nutzlos, da Kigan im Durchgang kämpfen musste, aber er erwischte Shale trotzdem am Arm, als er sich den kurzen Moment zunutze machte, in dem sein Gegner sich in Position bringen wollte.

Kigan blutete, vor allem aus der Wunde am Oberschenkel, aber dennoch vergleichsweise wenig. Shale blutete stärker, als er unter der Wirkung der *Glorie* eigentlich sollte. Das Gift schien den Effekt der Schierlingsbaumrinde der *Glorie* aufzuheben, die das Blut dickflüssiger machte und die Gerinnung beschleunigte. Trotz der großen Macht der Blüte, schien Kigan selbst dagegen etwas in die Paste an seiner Klinge gerührt zu haben.

Mithilfe des Schildes stieß Shale Kigan in den Wohnraum zurück. Da verlor ich sie einen Augenblick lang aus den Augen. Feuer und Rauch drangen durch die Fensterläden neben dem Durchgang. Es war Shale, der im nächsten Moment durch eins der Fenster an der Seite des Hauses nach draußen geflogen kam, seine Lederkluft qualmte, und die Haut wirkte leicht angesengt. Der Speer folgte ihm. Doch Shale hatte ihn kommen sehen, denn er stieß sich mit Schwung vom Boden ab, und Kigan verfehlte sein Ziel. Kigan sprang ihm nach, Shale war jedoch in eine Hockangriffsstellung gegangen. Kigan hielt inne, atmete durch, benetzte sein Schwert mit dem Gift in seiner Degenscheide. Shale schnappte sich ein bisschen von dem glimmenden Holz der zertrümmerten Fensterläden und presste es sich auf seine Schnitte. Die Blüte war stark. Sie hatte ihre Wirkung fast völlig entfaltet, und Dampf stieg jetzt von ihm auf wie von einem Pferd in vollem Galopp. Der Schmerz machte sich nicht bemerkbar, weil er seine Verletzungen ausgebrannt hatte. Ich sah, dass er sein Schwert nicht mehr hatte, also warf ich ihm meins zu.

Kigan legte eine Pause ein, wollte etwas sagen, doch es war klar, dass er nur Zeit schinden wollte, weil er wusste, dass Shale sich jeden Moment verlieren konnte. Shale wusste das auch und griff wieder an. Ich sah nicht, dass er dabei schrie oder wütete. Nein, er machte alles so, wie Kailen es uns beigebracht hatte und zwang den Gegner in Positionen, in denen er ihn verletzen konnte. Einmal, zweimal erwischte er Kigan mit seinem Messer, wobei er das Schwert zur Ablenkung einsetzte. Kigan verhielt sich eher defensiv. Er setzte auf die Pausen zwischen den Attacken und seine Verteidigungsstellung. Er hoffte, dass die Wirkung der Blüte für ihn arbeitete. Shale ließ sich jedoch nicht beirren, wurde von Mal zu Mal aggressiver, auch wenn er sich dafür vielleicht mehr Treffer als nötig einhandelte. Die machten ihm nichts aus, und Kigan wusste das. Er schien hin- und hergerissen. Einerseits wollte er Shale bedrängen, um so viel wie möglich von der Geschwindigkeit und Stärke zu profitieren, die ihm sein eigenes Kraut verlieh. Andererseits wollte er dem Ganzen das Tempo nehmen, um den verzehrenden Einfluss der Blüte zum Tragen zu bringen, wobei er dafür natürlich Shale die Initiative überlassen musste.

Feuerpfeile flogen durch die Straße. Als ich mich umwandte, sah ich, dass Soldaten und Milizionäre am Ende der Hauptstraße aufeinandertrafen, die durch die Stadt bis zum Tor führte. Die Soldaten verschossen ihre Pfeile in die Mühle, in die Wohnhäuser und Werkstätten, um die darin versteckten Menschen ins Freie zu treiben. Eine Gruppe von Angreifern marodierte durch die Straße. Zwanzig oder dreißig von ihnen traten Türen ein und bellten den Leuten zu, aufzugeben. Andere trieben diejenigen zusammen, die sich schon ergeben hatten. Ein paar von ihnen kamen in unsere Richtung, und ich verteilte noch mehr Krähenfüße und Kalk, der sich mit dem Schleier des qualmenden Öls vermischte, der über der Stadt hing.

Das Tosen in meinem Kopf setzte ein, und mir wurde schlecht von der *Glorie,* die in meinen Eingeweiden wühlte. Ich wusste, ich konnte die Soldaten nicht bekämpfen und fuhr wieder zu Shale und Kigan herum. Die Schmiede brannte nun lichterloh, und das Dach war teilweise eingestürzt. Kigan hatte Shale gerade aus dem Gleichgewicht gebracht, versenkte seine Schwertspitze ein oder zwei Zoll tief in dessen Seite, bevor der ihm geschickt auswich. Kigan nutzte den Moment, um auf die Schmiede zuzulaufen. Da war ein großer Deckenbalken, der an einer Seite schon herabgestürzt war. Durch die Flammen tänzelte er auf dem Balken wie auf einer Rampe empor und stand nun auf den Überresten der Dachkonstruktion. Im nächsten Moment war er auf das angrenzende Gebäude gesprungen. Shale setzte ihm nach, nur wenige Schritte hinter ihm. Ich nahm an, dass Kigan hoffte, das abschüssige Dach und die losen Schindeln würden ihm, der unter dem effektiveren Gebräu stand, irgendwie zum Nutzen gereichen.

Ich konnte nichts tun, außer zuzuschauen. Hielt mir dabei den Bauch, als sich mein Innerstes verkrampfte und mir Höllenschmerzen bereitete. Über mir machten die beiden weiter, nutzten den Raum, der ihnen zur Verfügung stand, um sich einen Vorteil herauszuarbeiten und den entscheidenden Schlag zu landen. Shale kam auf Dolchentfernung an Kigan heran und erwischte ihn an der Schulter. Mit dem Griff seiner Klinge schlug dieser Shales Nase blutig, indem er die Faust vorschnellen ließ. Shale verlor für einen Moment den Halt, doch schon nahm er den Schwung seines Standbeins auf und warf sich mit seinem ganzen Gewicht gegen Kigan und schleuderte ihn über die Lücke der beiden Dächer auf das nächste Haus. Der landete auf dem Rücken. Mit dem Knie hievte er Shale ein Stück vom Boden, verschaffte sich so genügend Hebelkraft, um Shale mit drei rasch aufeinanderfolgenden Schlägen einzudecken. Selbst von unten war das Krachen von Shales Kiefer noch zu hören. Da bohrte Shale seinem Gegner die Klinge in die Flanke und drehte sie herum. Kigan rollte sich beiseite, sodass sie beide auf dem Dach nach unten rutschten, Ziegel mitrissen und schließlich auf dem Boden landeten. Sofort bewegte sich Shale von Kigan fort und ging in die Hocke. Dann hielt er sich den Kopf und stieß einen Schrei aus. Er atmete schwer, sabberte ein wenig und blinzelte.

»So endet es, Shale«, sagte Kigan, während er sich eine Paste in die Dolchwunde schmierte. Auch er schien ziemlich angeschlagen, seine Haut war dunkel von Blut, und auch die Lederausrüstung schimmerte feucht. Schwankend wie Betrunkene standen sie einander gegenüber.

In der Nähe war das finale Gefecht zwischen der Miliz und Caragulas Infanterie zu hören. Ich stand am Rand der Hauptstraße und zitterte; Kigans Gift wütete in meinem Körper. Die Sicht auf einem Auge war verschwommen, schon bald würde ich darauf erblinden. Das Guaia half ein wenig, aber das Gift breitete sich immer weiter aus. Es war von der Sorte, die den Körper allmählich lähmte.

Shale richtete sich bebend auf. Die Wirkung der Blüte würde immer stärker werden, bis der Körper es schließlich nicht mehr aushielt und zusammenbrach. Er sah zu mir, nickte unmerklich zum Abschied. Sein Sprung in Richtung Kigan war entschlossen und erfolgte, ohne dass sein Körper es vorab hätte erahnen lassen. Tatsächlich legte er die etwa acht Fuß zwischen sich und Kigan zurück, als wäre er von einem Katapult abgeschossen worden.

Kigan stand mit dem Rücken zu einer Häuserwand, als Shale ihn mit schier unnatürlicher Geschwindigkeit und Kraft angriff. Ich hörte seine Gelenke krachen, als er rasende Schläge gegen ihn austeilte. Kigan versuchte, sich zu bewegen, hatte aber nicht den Platz, einen sicheren Stand zu erringen. Dann gelang es ihm, einen der Schläge zu parieren und über seinen Kopf hin abzulenken. Shales Klinge zerbrach an der Hauswand, und Kigan bohrte ihm sein Schwert in die Brust. Doch da Shales Waffenarm nun frei war und er die tödliche Wunde ignorierte, konnte er ihm abermals sein Messer zwischen die Rippen stoßen. Um genau zu sein, vier Mal und in so schneller Folge, dass man es mit bloßem Auge kaum verfolgen konnte. Shale stemmte sich nach vorn, während sein Messer noch immer in Kigan steckte. Das verlieh ihm Halt, während er sich gleichzeitig das Schwert immer tiefer selbst in die Brust hineinbohrte. Kigan versuchte, ihn von sich zu stoßen, aber Shales Messer hinderte ihn daran. Da versetzte Shale ihm einen wuchtigen Kopfstoß und zertrümmerte Kigan die Augenhöhle.

Es war vorbei. Für einen Moment waren die beiden Männer wie aneinandergeschmiedet durch die Klingen, mit denen sie einander aufgespießt hatten. Shales Kopf lag gebeugt an Kigans Kinn; er zuckte noch immer. Es war Kigan, der sich nun regte und Shale von sich stieß. Das Schwert glitt aus Shales Brust, wie auch das Messer aus Kigans Seite. Der japste hörbar auf. Shale fiel zu Boden.

Ich versuchte, mich aufrecht zu halten, ihn mit meinem gesunden Auge nicht aus dem Blick zu verlieren. Schnell legte Kigan etwas Rinde auf die schlimmste seiner Verletzungen und gab dann etwas darauf, das die Wunden mit einem Zischen ausbrannte und verschloss, sodass der sprudelnde Blutfluss versiegte.

Ich humpelte auf ihn zu.

Zitternd hielt er sich die Seite. Aus der Nähe konnte ich ihn genau ansehen. Das Gelb in seinen Augen stach hell aus einem blut- und dreckverschmierten Gesicht. Sein Gebräu forderte den Tribut, und er versuchte, den Absturz irgendwie in den Griff zu bekommen. Er schüttelte den Kopf. Ich wusste nicht, ob er mich damit warnen oder mir sagen wollte, dass er mich nicht töten wolle. Er wollte sein Schwert erheben, hatte dazu aber nicht mehr die Kraft. Die Klinge bebte kurz in der Luft, bevor die Spitze zu Boden sank. Ich versuchte, ihm einen Schlag zu versetzen, aber der Schmerz vereitelte den Angriff, und er duckte sich darunter hinweg, schlug zurück und holte mich von den Beinen.

Ohne mein Schwert und fast zu schwach, um mich wieder zu erheben, konnte ich nur zusehen, wie er sich abwandte, hinkend die Straße entlangging und, vorbei am Schlachter und über den großen Platz, außer Sicht verschwand.

Ich rappelte mich auf die Knie auf und sah rüber zu Shale. Er hatte nicht recht behalten; sein Gesicht, vielleicht auch die Muskeln, waren verunstaltet. Und doch war noch immer ein Fieber in ihm, als verbrenne er von innen nach außen. Ich nahm seine Hand, die noch immer heiß war, was das Ganze irgendwie noch schlimmer machte. Selbst im Tod war in ihm noch immer mehr Hitze als in mir.

Wie soll man auf wenigen Seiten ein Leben in seiner ganzen Wahrhaftigkeit schildern? Vor allem jenes andere Leben, das wir jenseits dessen führten, was ich in diesem Tagebuch niederzuschreiben vermochte. Wie soll ich Bilanz ziehen?

Zu sagen, er war mir vierzig Sommer ein guter Freund und Kamerad, würde es nicht mal ansatzweise beschreiben. Jeder, der jemanden vierzig Sommer lang geliebt hat und neben diesem Menschen kniet, wie ich in seiner letzten Stunde neben Shale, wird genau wissen, was ihn mit dieser Person verbunden hat, wird wissen, wie flüchtig und zart die Erinnerungen kommen und gehen. Ich erinnerte mich daran, wie wir uns im Alter von fünfzehn Sommern das erste Mal begegnet sind, als wir an der Akademie die Gerätschaften miteinander teilten.

Er hatte einen trockenen Humor, und wir beide waren damals ein Gutteil glücklicher und aufgeweckter, bevor uns die Gebräue veränderten. Ich erinnere mich daran, wie wir uns gegenseitig hielten, als unser erstes Kampfgebräu seine Wirkung entfaltete, uns in Angst und Schrecken versetzte und solche Qualen bereitete, dass wir dachten, wir müssten sterben. Die ganzen Jahre über sah ich ihn in diesen Momenten, wenn ich am Ende einer Schlacht dastand und inständig hoffte, dass er nicht gefallen war. Dann die Freude, ihn wiederzusehen, wenn er im Feld über den verstümmelten, dampfenden Körpern seiner Gegner stand und das Schwert triumphierend in meine Richtung reckte, ein Gruß, den ich erwiderte. Ich erinnerte mich auch daran, wie wir Seite an Seite dastanden, als die Horde bei Tharos auf uns zustürmte. All meine Kameraden und der, den ich am meisten liebte, waren bereit, uns ihnen zu stellen. An die Ruhe, die in diesem Moment von ihm ausging, als beobachte er einen Sonnenuntergang und nicht das Ende der Welt. Seine Ruhe gab mir den Glauben, dass wir es schaffen würden. Es fällt mir schwer, mich einer Zeit zu erinnern, in der er nicht bei mir war. Wie oft hatte er uns unterwegs eine Pfeife gestopft oder ein Feuer gemacht, oder meinen Waffenrock geflickt, wo er doch so gut mit Nadel und Faden umzugehen wusste.

Ich kann all diese Empfindungen nicht richtig zu Papier bringen. Ich wünschte nur, er wäre jetzt hier, das ist alles. Wünschte, er würde nun, da ich sterbe, ein letztes Mal meine Hand halten.

Rund um die Hauptstraßen standen die Gebäude in Flammen, darunter auch eine Häuserzeile an dem großen Platz, in der die Gilden residierten. Es war ein bernsteinfarbener Rauch, erleuchtet durch die ringsum brennende Stadt, in dem ich mich verbarg.

Auf meinem Weg kam ich an einigen Hühnerställen und Getreidespeichern vorbei. Etwa hundert Leute hatten sich auf dem Platz versammelt, darunter einige Männer der Bürgerwehr. Es war schwer, Kigan unter ihnen auszumachen, ein flackernder Schatten, der unbehelligt zwischen zwei Milizionären vor dem Rathaus selbst stand. Er hatte seinen Kampfgürtel zu Boden fallen lassen.

Als ich näher kam, sah ich, dass das Rathaus unversehrt war, ein Gebäude im Stil der Wehrlande: schlichte, wenngleich sorgfältig bearbeitete Steinquader und einige grobbehauene Säulen, die das Vordach stützten. Dieser Vorbau spannte sich über eine erhöhte Plattform, die den Eingangsbereich bildete und zu dem auf allen Seiten Stufen hinaufführten. Die Flügeltüren waren wuchtig, an die fünfzehn Fuß hoch, eine davon halb geöffnet. Die Milizionäre kamen mir entgegen, als ich auf sie zuwankte. Ihnen schien klar zu sein, dass ich keine Gefahr darstellte.

»Ich kenne Mirisham«, sagte ich. »Kailens Zwanzig …«

Der Bursche, zu dem ich das sagte, hatte ein rußgeschwärztes Gesicht, in das sich die Spuren von Tränen eingegraben hatten, vielleicht wegen einer Tragödie, die er gerade hatte mit ansehen müssen. Er nickte, wollte mich bei der Erwähnung der Zwanzig schon auf Kigan aufmerksam machen, doch ich winkte ab.

»Hab nur mein Messer und meinen Gürtel dabei«, sagte ich. »Ich hab nichts vor.« Ich versuchte, nicht zu lallen. Konnte mein Gesicht nicht mehr spüren, hatte ein Stechen in der Zunge, und das Schlucken fiel mir schwer. Ich ließ meinen Gürtel zu Boden gleiten.

Ich spürte, wie die Beine unter mir nachgaben, und er machte einen Schritt auf mich zu, um meinen Arm zu nehmen und mich zu stützen. Es war ein Kraftakt, mit all dem Gift in mir überhaupt noch zu laufen. Dankenswerterweise unterdrückte es aber auch etwas von den Schmerzen in meinem Bauch.

»Sag ihm, seine Leute brauchen ihn«, rief der Junge mir nach, nachdem er mir die Stufen hinaufgeholfen hatte.

Als ich den Saal betrat, flüchteten zwei Personen hinaus, während ihnen eine dunkle Stimme etwas hinterherbellte. Eine trug das Gewand der Wacht, wie ich sah, und die Stimme gehörte Mirisham. Als Kind war er Bergrufer gewesen, und hatte deshalb ein bisschen was von einem Pferdesänger an sich. Seine Stimme konnte einen regelrecht durchschütteln, wenn er mal ein Lied anstimmte.

Der Platz zwischen den Bankreihen, in dem normalerweise diejenigen standen, die etwas vor Gericht auszusagen hatten, war voller mit Karten bedeckter Tische. Auf dem Boden und den Bänken standen riesige bronzene Kandelaber, deren Licht das Zentrum des gewaltigen Saals in einen kleinen orangefarbenen See tauchte.

Kigan lehnte an einer der Bänke und zitterte vor Anstrengung. Von einem der Tische hatte sich Mirisham erhoben und kam jetzt auf ihn zu. Er fing Kigan im letzten Moment auf, bevor der zu Boden stürzen konnte. Kigans Schwert lag auf dem Boden. Es gab kein Gerangel, und es sah auch nicht nach einem Täuschungsmanöver aus. Mirisham sah erst mich an, dann zurück zu einer Person, die im Zwielicht des Kerzenscheins nicht zu erkennen war.

»Kailen, nimm seinen anderen Arm, dann setzen wir ihn hierhin.«

Kailen?

Der Angesprochene höchstpersönlich trat aus den Schatten – wie ein Geist in einem Theaterstück. Ich konnte es nicht fassen. Auch Kigan stutzte und sah auf. Hinter Kailen stand Laun, doch sie rührte sich nicht.

»Kailen, er soll sich da hinsetzen.«

»Kailen!«, schrie ich. »Töte ihn! Bring diesen Drecksack um! Er hat gerade da draußen Shale getötet. Töte ihn, oder ich mache das!«

Er sah uns beide an und schüttelte den Kopf, bevor er Mirisham dabei half, Kigan auf die Bank zu setzen.

»Er stirbt, Gant, das müssen wir nicht unnötig beschleunigen, zumindest ich will das nicht. Ich will, dass es so lange wie möglich dauert, und du kannst dich sowieso kaum mehr aufrecht halten.

Komm, setz dich zu mir, dann schauen wir gemeinsam zu, wie er zugrunde geht.«

Er nickte Laun zu, die zu mir trat und mir half, bei den Tischen und gleich gegenüber Kigan Platz zu nehmen. In dem Moment dachte ich, dass ich es nicht mehr aus diesem Saal rausschaffen würde. Ich hatte Fieber, dazu unkontrollierbare Zuckungen.

»Hörte, du wärst tot, Kailen. Das tat mir sehr leid, und Shale auch. Wir kamen so schnell wie möglich nach Sporn, nachdem du uns zusammengerufen hattest.« Ich hielt inne, dachte daran, was in den letzten Tagen alles geschehen war, an meine letzten Worte zu Valdir und auch zu Shale. »Freut mich sehr, zu sehen, dass du all die Jahre nach Argir wohlauf bist, freut mich ehrlich.«

Schwer, als trüge er eine große Last, ließ sich Kailen neben mir auf die Bank fallen. Trotzdem legte er mir einen Arm um die Schulter, und sein Kopf berührte meinen; auch er schien froh zu sein, mich zu sehen. Dann deutete er auf Kigan, der zusammengesunken neben Mirisham saß, während das Blut unter ihm auf den Boden tropfte.

»Kigan hat versucht, mich umzubringen und es nicht geschafft. Ich nahm eine Mischung, die es so aussehen ließ, als wäre ich tot, und es hat funktioniert. Doch während ich mein Leben rettete, verlor meine Frau ihres, und ich verlor zudem auch all das, was ich aufgebaut hatte, seit ich kein Söldner mehr war. Was hast du dazu zu sagen, Kigan?«

»Sie war nicht mehr als ein aufgeplatzter Fleischklumpen, nachdem Alons Wachen mit ihr fertig waren«, erwiderte Kigan anzüglich.

»Nicht Araliah …«, sagte ich zutiefst erschüttert. »Sie hat uns gerettet; Achi und Stimmy und deine Jungs kamen und … Bitte, mach all dem hier und jetzt verdammt nochmal ein Ende, Kailen.«

Der hatte seine Hand zur Faust geballt, aber er beherrschte sich. Diese Ruhe, die er aufzubringen vermochte, hatte ihn immer von den Anführern anderer Söldnertrupps unterschieden und all die Jahre den Ausschlag gegeben. Er legte seine Hand auf meine.

»Achis Trupp … Das waren gute Jungs.« Einen Moment lang wurde er still, starrte Kigan an, der nun richtig zu kämpfen hatte und vergeblich die Taschen seiner Tunika durchsuchte, um sich mit einer Wirkpflanze zu helfen. »Aber sieh dich an, Gant. Immer noch von starker Farbe hast du die ganzen Jahre über weiterhin Missionen erledigt. Tut mir leid um Shale, aber … Verzeih, du scheinst mir auch am Ende zu sein. Ich bedaure sehr, dass alles so gekommen ist. Ich wollte euch nur warnen und in Sicherheit wissen. Und jetzt seid ihr alle tot.«

»Das muss dir nicht leidtun, weil wir ohne deine Warnung genauso gehandelt hätten. Ich, Shale und Valdir. Ich weiß, du willst, dass er leidet, aber streck ihn doch einfach nieder und fertig. Mir ist's egal, ob er sich quält oder nicht. Es hilft mir nichts mehr. Aber ich will ihn tot sehen, bevor ich selbst sterbe.«

»Shale hat mir den Garaus gemacht, Gant, ich sterbe schon bald«, sagte Kigan. Trotz all seiner drudhischen Künste sammelte sich das Blut unaufhaltsam neben seinen Stiefeln in einem Riss des Steinfußbodens.

»Ich wusste nicht, dass ich dich oder Shale hier wiedersehen würde«, sagte Kailen. »Ich hatte diese Agenten angeheuert, damit sie Kigan suchten, aber ich musste hier bei Mirisham bleiben für den Fall, dass er bis hierher durchkommt. Hätte ich gewusst, dass ihr da draußen seid, wäre ich gekommen. Valdir hat's nicht geschafft, oder?«

»Nein, Kigan hat auch ihn umgebracht. In einem Tal ein paar Tagesreisen südlich von hier. Ihn, deinen Mann Achi und seine Truppe, die Araliah hinter uns hergeschickt hatte.«

Er schloss die Augen, holte tief Luft. Als er sie öffnete, waren sie voller Tränen.

»Du hast mir alles genommen, Kailen, also hab ich dir alles genommen.« Kigan hustete, spuckte Blut auf den Boden zu seinen Füßen.

Ich hatte Kailen nun schon eine Weile nicht mehr gesehen, und genau wie Kigan sah er irgendwie jünger und besser aus, als er eigentlich sollte. Er trug Leder und einen gut gefüllten Kampfgürtel. Das Haar war genauso geschnitten wie stets, sehr kurz und glatt, und es war immer noch überraschend dunkel. Mirisham setzte sich uns gegenüber neben Kigan. Er hatte es sich gut gehen lassen in all den Jahren, Oberkörper und Bauch waren gut genährt; er wirkte wie ein Riesenfass. Das Haar war lang gewachsen und von grauen Strähnen durchzogen, und die dicke runde Nase beherrschte noch immer sein Gesicht, obwohl Nacken und Wangen so feist waren wie bei einem Eichkater.

»Kailen hat mir gesagt, dass du, Kigan, nicht davon abgehalten werden konntest, mich zu suchen, zweifellos um Rache zu nehmen. Auf deinen Kopf, Gant, ist währenddessen ein Lösegeld ausgesetzt worden, für das ein König sein Reich hergeben würde. Hast ein paar Rote in Issana umgelegt, wie ich hörte, und noch ein paar mehr in Jua nahe Cusston. Die Wacht ist nicht mehr das, was sie mal war, aber, das weißt du, Kailen, gewiss besser als ich.«

»Wir sind mit den Jahren nicht alle so weich geworden wie du, Miri«, sagte ich. Er ignorierte das. Ich war verbittert, und mir war auch nicht so sehr nach Reden zumute.

»Was ist da draußen geschehen?«, fragte mich Kailen.

»Wirst du es ihnen sagen?«, fragte Mirisham an Kailen gewandt. Kailen schätzte meinen Zustand ab, fragte sich, wie schlecht es wohl um mich stand, dann warf er Mirisham einen ernsten Blick zu, obwohl ich nicht wusste, was dessen Frage eigentlich zu bedeuten hatte.

»Shale hat die Schicksalsblüte genommen«, sagte ich. »Wie's scheint, verfügt Kigan über Pflanzen, die unseren weit überlegen sind. Da hat Shale eben alles auf eine Karte gesetzt und getan, was er tun musste. Wenn dein Agent der Kerl mit dem Strohhut und Kampfstab ist – tja, der ist auch tot. Laun hat uns geholfen, doch dann haben wir sie zum Rathaus geschickt, um nach Mirisham zu suchen. Ich wusste ja nicht, dass du auch hier bist.« Kailen sprach kein Wort, als ich berichtete, wie Shale starb.

»Hab viele Winter keinen Mann mehr die Blüte nehmen sehen. Bist in Hanwoq zu einem bemerkenswerten Drudha geworden, Kigan. Offenbar auch ein besserer Schwertkämpfer als ich je einen kannte, wenn man bedenkt, dass Shale dich selbst mit *Glorie* und Blüte nur töten konnte, indem er sein eigenes Leben gab.«

»Wäre diese Armee von Caragula sein Gegner gewesen, so behaupte ich, dass er jetzt bis zum Hals in Leichen stehend immer noch am Stadttor kämpfen würde«, sagte Kigan, der offenbar nicht gewillt war, sich über seine eigenen Kampfkünste auszulassen.

»Dein Fehler war, Kigan nicht getötet zu haben, als du die Gelegenheit dazu hattest, Kailen, damals in Schlangenwald. Das hat Valdir immer gesagt, und es stimmt, so wahr wir hier sitzen«, meinte ich. »Ihr habt's vermasselt – du und Miri und der Prinz. Ihr habt sein Leben verschont, und jetzt sind wir alle deswegen mehr oder weniger tot.«

»Hast du ein Kommando unter diesem Caragula, Kigan?«, wollte Mirisham wissen.

Kigan schüttelte den Kopf. »Ich nicht, aber Petir. Erinnerst du dich noch an diesen Namen?«

»Sicher, deine Suche nach mir konnte doch nur Rache für das zum Anlass haben, was wir dir damals angetan hatten. Bemerkenswert, dass dieser verwöhnte Bengel leben durfte, nur um als Hauptmann unter Caragula zu enden, nicht?«

Kigan hob den Kopf. »Ein Bengel ist er längst nicht mehr. Wir sind beide zurückgekommen, um dir den Garaus zu machen.«

»Nun«, sagte Mirisham, »ich kann nicht behaupten, mir je gewünscht zu haben, es wäre alles anders gekommen. Dafür warst du mir damals einfach zu egal und bist es bis heute geblieben. Du warst schon immer ein bösartiger, egoistischer Bastard.« Er sagte es mit einiger Überzeugung, doch seine Schultern sackten herab dabei. Müde rieb er sich die Augen, bevor er die Hände vor seinem stattlichen Bauch verschränkte.

»Valdir hat mir einiges darüber erzählt, bevor er starb«, sagte Kigan. »Wie ihr – er, Moadd, der Prinz und Kailen – den Kindern alles gestohlen habt. Wie ihr den Auftrag verraten habt. Was habt ihr mit dem ganzen Geld gemacht?«, wollte Kigan wissen und verlagerte, offenbar unter starken Schmerzen, sein Gewicht auf der Bank. Seine Stimme klang gedämpft, als hätte er an Erbrochenem zu schlucken.

»Alles um uns herum steht in Flammen, die Menschen liegen sterbend und tot in den Straßen. Alles wird der Plünderung durch die Horde anheimfallen, und der Rest steht verängstigt auf dem Rathausplatz und wartet darauf, dass ich mich den wilden Schweinen ergebe, die diesen Saustall namens Alte Königreiche so sehr begehren. Ist es nicht eine Ironie der Geschichte, dass Petir Rache nehmen will an den Dieben seines Erbes und gerade dabei ist, das zu zerstören, was die mit seinem Vermögen aufgebaut haben?« Mirisham erhob sich und ging auf einen der Tische zu, auf dem entrollte Karten und andere Dokumente lagen. Er nahm etwas zur Hand, ein Buch oder eine Schachtel vielleicht, eingeschlagen in ein Tuch aus Ölhaut.

»Ich weiß, wer du geworden bist, Kailen, aber ich habe nicht mehr mit dir gesprochen, seit wir uns vor Jahren aufgelöst haben. Nicht, bis ich dann deinen Brief erhielt. Vielleicht erinnerst du dich, dass sie mich riefen, die Bergvölker, die hier rund um die Pässe und in den Ebenen leben. Die Menschen, die an den Rändern von Issana und Vilmor und Jua ums Überleben kämpfen. Du hattest beschlossen, dass es vorbei war mit den Zwanzig. Genau wie die Gilden vor all diesen langen Wintern beschlossen hatten, dass es mit König Doran vorbei sein sollte. Fünfzehn beschissene Goldstücke und dann weiteres Blutvergießen war alles, was ich zu erwarten hatte, es sei denn, ich würde mich mit diesem Hungerlohn für meine restlichen zwanzig Winter oder so in einem Armenviertel zur Ruhe setzen.

Du, Kigan, hast mit uns in Schlangenwald zusammengesessen, mit uns und den abertausenden Goldstücken, die Teil des Kronschatzes waren. Ich dachte an den Weiler, in dem ich aufgewachsen war. Dachte an meine Brüder und Schwestern, die noch immer im Aldental lebten, aber als Diebe gejagt oder versklavt wurden. Und das, wo der Hunger ihr einziges Verbrechen war.« Er setzte sich wieder hin, sah zuerst uns an, dann das Ding, das er in Händen hielt.

»Als Kind hörte ich gern meinem Opa zu, konnte nie genug davon kriegen. Er erzählte mir von den Sechs Pfaden. Das sind die alten Routen der Bergvölker, die von den Tälern bis hoch nach Hoffnungsberg verlaufen und von dort natürlich bis hinab zur Meerenge von Sardanna.

Banditen überfielen unsere Weiler; Bandenmitglieder, die auch für die Wacht arbeiteten. Die Wacht war einst zu Ansehen gelangt, indem sie die Sechs Pfade rentabel machte und das unternahm, was die Könige und Gilden im Umkreis nicht vermochten. Die Wacht stand einmal für Mut und alles Gute. Einmal ihre rote Kluft tragen zu dürfen, davon hatte jeder Junge geträumt. Nun, Hoffnungsberg exportierte im großen Stil, als die Routen nach Osten und Westen offen waren, aber das zog auch das Gesindel an. Und diese Leute prosperierten und wurden immer mehr, wofür wir am Ende bitterlich bezahlten. Ich erinnere mich, wie mein Vater mich eines Tages am Genick packte, bis meine Beine in der Luft baumelten. Mit nur einem Arm hielt er mich, küsste mich und meine Mutter zum Abschied auf die Wange. Es ging um einen Hinterhalt, den unser Weiler geplant hatte. Für die Täler und Hügel zu kämpfen, damit sind wir praktisch groß geworden. Er kehrte nie zurück. Mutter schickte mich fort, als ich gelernt hatte, gegen die zu kämpfen, an denen mir nichts lag, und die Gruben waren für einen Jungen wie mich ein guter Platz, um sich abzureagieren.

Den Weiler Fathin, meine Heimat und seine Menschen, hab ich dann noch einmal als Mitglied der Zwanzig besucht. Ich gab den Leuten, was ich konnte, aber sie lebten wie Vieh. Sie trugen Tierhäute, und ja, sie waren tief gesunken. So wie auch die Sechs Pfade. Und bei all dem dachten sie sogar noch, sie hätten es nicht besser verdient.«

»Also hast du dir die Sechs Pfade zurückgeholt«, sagte ich, »hast mit deinem Anteil 'ne Truppe angeheuert, bist auf Tour gegangen und hast deine Leute heimgeholt.«

»Das hab ich, und das hier ist Fathin, Heimat der Meinen und all der anderen Weilerbewohner, die man von ihrem angestammten Land vertrieben hatte. Das wurde mit Dorans Gold erschaffen. Es war ein guter Handel. Bot ein Auskommen für hunderte von Männern und Frauen, Handwerkern und Kaufleuten. Der Handel floriert, und den Menschen auf den umliegenden Höfen ging es wieder besser, weil sie diese Zitadelle mit ihren Produkten beliefern konnten. Trotz allem, was geschah, als die Wacht dahinterkam, dass ich einer von denen war, die sich Argirs Staatsschatz unter den Nagel gerissen hatten, blieb ich hier. So lange, wie ich sie bezahlte und am Leben blieb, so lange war mein Volk alles, was für mich zählte. Es tut mir leid um Valdir – daran war allein die Wacht schuld, aber sie hielten ihr Wort. Glaubst du wirklich, der kleine Petir hätte so viel Gutes für so viele Menschen getan?«

Kigan spuckte mehr blutigen Auswurf auf den Steinboden und direkt vor Mirishams Füße. »Schön, dass du der Meinung warst, unser Vermögen sei den Preis wert. Was ist im Vergleich dazu mein Leben? Der Kummer, der über mich kam? Ich kann nicht behaupten, dass dies oder irgendein anderes Kaff hier mich je sonderlich interessiert hätten, Mirisham, aber ich hätte dich nie hintergangen.«

»Ja, red dir das nur ein, wenn es dir beim Sterben hilft.«

»Wir haben alle dafür bezahlt, Miri. Kigan hat uns alle abmurksen wollen, weil er dadurch an dich und Kailen rankam.« Ich wandte mich nun an Kigan. »Vermute, du hast auch den Rest von uns auf dem Gewissen?«

Er schüttelte den Kopf, und so etwas wie Belustigung trat in seinen Blick. »Das Ephedra und das Druup haben mir die Erinnerung geraubt, und in all den Jahren kam sie nur teilweise zurück. Erst kürzlich fiel mir wieder ein, wie die meisten von euch mit mir in Schlangenwald zusammensaßen. Ihr alle wusstet, was Kailen, Mirisham und die anderen im Schilde führten, und habt nichts dagegen unternommen. Lange Zeit wusste ich nicht, dass sie es waren, die mich in die Sklaverei verkauft hatten. Bis ich Milu, Kheld und Digs traf. Ich konnte nicht riskieren, dass einer von ihnen euch warnte, ließ sie aber dennoch leben, solange sie ihren

Part erfüllten. Man hatte mir alles genommen. Nur Lorom Haluim konnte mich retten. So wie Galathia nach den schrecklichen Ereignissen in Schlangenwald irgendwie gerettet worden war. Sie war es, die den Rest von euch erledigte, ihre ganz persönliche Rache, die zufällig auch die meine war. Alle von euch sind ermordet worden oder sonst wie gestorben, mit Ausnahme von uns, die wir hier noch sitzen, doch auch wir sind dem Tode geweiht.

»Du erwähntest Lorom Haluim, den Magisten?«, hakte Mirisham nach. »Bist du etwa einer seiner Jünger, die sich an seine Spruchsammlungen und Lebensweisheiten halten?«

»Nein, er rettete mir im Dschungel von Hanwoq das Leben. Nur mit Hilfe seiner Pflanzen erlangte ich die Stärke, um Vergeltung an euch zu üben.«

»Er spricht die Wahrheit, Mirisham«, sagte Kailen. »Hab erst kürzlich einen Bericht über seine Zeit dort unten gelesen. Nun wird er von aller Welt um sein Rezepturenbuch beneidet werden, da es der Grund für das Ende unseres Buchs sein wird.«

Kigan wollte etwas dazu sagen, das ihm anscheinend wichtig war. Doch mir wurde erst später klar, um was es sich dabei gehandelt haben musste. Zu erfahren, dass Kigan mit einem Magisten zusammengetroffen war, war unglaublich, fast so etwas wie ein falsches Spiel. Aber es war eben auch eine plausible Erklärung für die Wirkmacht seiner Pflanzen.

Mirisham dachte eine Weile über Kigans Worte nach. Ein Teil von ihm nahm wohl an, dass das alles erstunken und erlogen war. »Wenn du also die Geheimnisse der Magisten-Pflanzen kennst, wieso hat dein Gift Gant dann noch nicht getötet?«, fragt er.

»Er war schon verwundet, als ich ihn draußen auf der Straße fand. Ich hätte ja gesagt, das hat er sich auf dem Weingut eingefangen, aber es riecht doch verdächtig nach dem Werk der Schwarzhand.«

»War 'nen Ruhm-oder-Tod-Auftrag«, erklärte ich. »Hab mir dabei irgendeine Soße von den Schwarzhänden eingefangen. Passierte ein paar Wochen, bevor Kailen uns informierte, dass die Zwanzig einer nach dem anderen getötet würden. Ich hatte kein

Guaia draufgemacht, und jetzt ist die Haut abgestorben, und in mir drin gibt dein Gift mir gerade den Rest.«

Kigan nickte. »Shale hat's für mich erledigt, bevor ich zu dir gelangen konnte. Er war die Bedrohung, nicht du.« Er fauchte leise, hustete, und sein Atem rasselte feucht. Er sah mich von oben bis unten an. »Wenn es schon tief in dir drin ist, hast du kaum eine Chance mehr. Ich hab allerdings etwas dafür. Hier in dieser Tasche – ein blaues Elixier. Man vermischt eine gute Portion davon mit kochendem Wasser und spült dann die Wunde damit. Noch mal dieselbe Menge trinken, und alles ist wieder gut. Natürlich sehe ich keinen Grund dafür, dir dieses Gegenmittel zu geben.«

Eine Weile wurde es so still im Saal, dass nur das zischende Kerzenwachs zu hören war. Offenbar waren die Kämpfe draußen eingestellt worden. Wie schon Kailen durchlebte nun auch ich den Moment, wo ich Kigan am liebsten die Kehle durchgeschnitten hätte. Doch der verging schnell, denn schon durchzuckte mich ein so schrecklicher Schmerz, dass ich fast besinnungslos wurde.

»Dein Vater hätte anders darüber gedacht, Kigan«, sagte Mirisham. »Für ihn war die Kräuterkunde eine Möglichkeit, den Kranken und Sterbenden zu helfen, nicht, um aus Pflanzen Waffen herzustellen oder mit ihnen einen persönlichen Rachefeldzug zu gewinnen.«

»Was weißt du schon von meinem Vater?«

Mirisham legte das Ding, das er in Händen gehalten hatte, vor sich auf die Knie und nahm es aus der Ölhaut heraus. Es war Kigans altes Rezepturenbuch, das man ihn in Schlangenwald gestohlen hatte. Wir kannten es alle nur zu gut, so oft wie wir es in jenen Jahren zu Gesicht bekommen hatten. Er überreichte es Kigan.

»Dein Vater hat nie versucht, mit Cyca seine Aufzeichnungen zu verschleiern, hat aus seinen Rezepturen nie ein Geheimnis gemacht. Dies Buch hier, deine Rezepturensammlung, hat aus eben diesem Grund viele Leben gerettet. Als sie noch in den Händen deines Vaters war, profitierten wir von seinen Heil- und Schmerzmitteln, doch aus deiner Feder sind hauptsächlich Kampfgifte dazugekommen. Vielleicht gäbe es weniger Leid in der Welt, wenn alle Drudhas so wären wie dein Vater.«

Kigan hielt das kleine, in Schweinsleder gebundene Buch zärtlich in Händen, fuhr mit zitternden Fingern über den fleckigen Einband, der die Farbe von marmoriertem Holz hatte. Er öffnete es auf der ersten Seite und keuchte. Im schummrigen Licht des Saals konnte ich nicht viel erkennen; Zeichnungen, Skizzen, einige wunderschöne Darstellungen von Blumen und deren Wurzeln. Andere schienen einfachere Abbildungen zu sein und von einem Kind zu stammen. Sie hatten sich zwischen die verblassten schriftlichen Anmerkungen zu den Pflanzenblättern gedrängt. Dieses Buch war das Vermächtnis seines Lebens als Drudha.

»Sie hieß Ilina«, sagte Kigan. »Ilina.« Seine Miene hellte sich auf, Tränen traten ihm in die Augen. Plötzlich schien ihm alles wieder einzufallen, und die Erinnerungen ließen ihn erbeben. Dann sah er uns an, und was geschehen war, schien vergessen. Es war, als wären wir immer noch bei den Zwanzig und erzählten uns Geschichten, wie wir's früher immer getan hatten.

Doch diesmal fiel es ihm schwer, denn er weinte dabei. »Sie war meine Schwester und fiel von einer Trockenmauer, auf der wir gespielt hatten. Sie schlug sich an einem Stein den Kopf auf, und es blutete schrecklich. Sie rührte sich nicht mehr. Wollte einfach nicht wieder zu sich kommen. Ich rannte den Hügel hinab zu der Stelle, wo wir wohnten. In der Vargas-Gasse. Und der Hügel, ja, das war der Hügel des Redners. Wir Kinder spielten immer da oben, bei der Ruine des Torhauses von diesem alten Fort. Ich rannte zu ihm, sagte ihm, er müsse ganz schnell kommen, und er … Ich kann ihn jetzt ganz deutlich vor mir sehen … Er lief los. Er war braun und vernarbt, hatte sich gerade am Wasserfass gewaschen, mein Vater. Er schnappte sich seinen Gürtel und lief mit weit ausholenden Schritten den Hügel hinauf, hängte mich ein Stück ab. Auch andere waren schon dort, aber als ich endlich bei meiner Schwester eintraf, hatte er schon eine Ambin aus seinem Gürtel geholt und ihren Saft ausgedrückt, was die Blutung stoppte. Dann folgte ein einfaches Kannabblatt, dann noch eines.

Er bewahrte sie in einer Lösung aus schwarzem Knöterich auf; die Rezeptur ist auch hier in diesem Buch zu finden. Schließlich gab er eine Prise Euca auf ihre Nase, und kurz darauf schlug sie die Augen auf, öffnete weit ihre Arme für ihn. Als hätte sie die ganze Zeit gewusst, dass alles gut werden würde, weil er ja da war. Und dann das strahlende Lächeln auf ihren Gesichtern, als er sie hochhob und im Kreis herumwirbelte. Als die Jungs und Mädchen um uns herum ihn bejubelten, weil er immer gut zu ihnen gewesen war. Wann immer er vom Schiff kam, hat er ihnen Zuckerstangen und Äpfel geschenkt. Sie alle liebten ihn. Ich hielt die Hand meiner Schwester, als wir zurück zu unserem Haus gingen, und fragte mich, wie es wohl wäre, ein Leben zu retten, so wie er ihres gerettet hatte. Wie es das Herz erfüllen musste, zu sehen, dass es einem Menschen aufgrund der eigenen Bemühungen wieder besserging. Den Rest dieses Buches verfassten wir von da an gemeinsam.«

Für eine Weile vergaß er völlig, dass wir da waren. Er war versunken in das Buch seines Vaters und in die Wiederentdeckung seines alten Lebens, das er vergessen haben musste in all den Jahren, seit wir ihn zum letzten Mal sahen. Und weil das Ephedra ihm viele seiner Erinnerungen genommen hatte.

Dann kamen einige Männer in den Rathaussaal und sagten, ein Hauptmann wäre eingetroffen, der über ein Treffen Mirishams mit Caragula sprechen wolle. Mirisham dankte ihnen und schickte sie fort.

Er stand auf und streckte seinen Körper, obwohl eine der Hüften es ihm nicht gestattete, sein ganzes Gewicht zu tragen. Er griff hinter eine der Bänke, holte einen Umhang mit Goldstickereien hervor – die Robe eines Richters. Kailen erhob sich ebenfalls.

»Du hast mehr für deine Leute getan als jeder andere. Der Weiler Fathin wird überleben, Miri«, sagte er. »Ich kam, um dich hier rauszuholen, Bruder, um dein Leben zu retten. Und ich würde es immer noch tun, wenn ich's denn könnte. Wie ich weiß, führt ein Geheimgang aus dieser Halle heraus.«

»Ich glaube nicht, Kailen. Nicht um meiner und auch nicht um Fathins Wille. Wenn es wirklich Petir ist, der diese Armee anführt, dann wäre ich besser da draußen einen würdevolleren Tod gestorben. Ich kann ihm nichts anbieten, um das Leben meiner Leute zu retten, nichts, außer das meinige. Es ist gut, für etwas Größeres zu sterben als einen Sold, nicht?«

Sie umarmten sich, dann half Kailen ihm mit den Knöpfen an seinen hochgekrempelten Ärmeln.

»In meinen Räumlichkeiten ist eine alte Schlepptrage, auf der könnt ihr Gant hinausbringen, du und deine Agenten. Ihr könnt den Geheimgang nehmen.« Er deutete in eine dunkle Ecke des Saals. »Durch diese Kammer und dann runter und durch den Hügel hinter uns. Da gelangt ihr zu einem aus dem Stein gehauenen Gang, der zu einem unterirdischen Tunnel führt, den die Bergbewohner vor hunderten von Sommern in den Fels geschlagen haben. Ich schätze, Kigans Pflanze wird dir genug Zeit verschaffen, Gant. Ich werde Caragula dazu ermuntern, seine Macht und Herrlichkeit ausgiebig zu demonstrieren, damit ihr entkommen könnt.« Dann kniete er vor Kigan, der mit gesenktem Kopf dasaß und nicht zu ihm aufblickte. »Ich werde dafür sorgen, dass sich meine Leute um deine Beerdigung kümmern, Kigan. Um Shales auch, es sei denn, Gant hat was dagegen.«

Ich schüttelte den Kopf, weil ich Shale unmöglich zu seinen Leuten zurückbringen konnte.

Dann sah er wieder zu Kigan, der sich nicht mehr rührte. Mirisham blickte zu mir und Kailen. Er nickte und strich fast liebevoll über Kigans Kopf. Schwer zu sagen, warum das in diesem Moment kein bisschen falsch wirkte. Er war tot. Kigan starb mit einer letzten Erinnerung an seinen Vater, einer Erinnerung an Liebe und all diese Dinge. Mirisham kam um den Tisch herum zu der Bank, auf der ich saß.

»In vielen glorreichen Jahren kämpften wir Seite an Seite, und das soll niemals vergessen werden. Denn was singen sie denn in ihren Liedern über uns Söldner? Diejenigen, die niemals ein Teil von uns waren und uns aus diesem Grunde auch nie verstehen werden?

Um Gold statt Stolz und Blut
Nicht Ehrenschwur noch edles Gut
Noch Lieder, die von Taten singen
So ihre Opfer all' verklingen.«

Er ließ die Phiole mit dem blauen Elixier, das Kigan erwähnt hatte, in meinen Schoß fallen, küsste mich aufs Haupt und verabschiedete sich mit Armschlag von mir. Als er hinausging, pfiff er das Lied, dessen Vers er uns soeben vorgetragen hatte.

Tharosfälle

Als zwanzig Mann die Stellung hielten, und diese Stellung nicht überwunden werden konnte.

Kailen

Man sagt, wir hätten an diesem Tag die Alten Königreiche gerettet. Aber waren sie es auch wert? Damals hat mich die Antwort weit weniger interessiert als heute. Die Virate, die südlichen Inseln und Rotwall entsandten Truppen gen Norden, um ihre Grenzen gegen die Konföderation der Roten Berge zu verstärken. Und sie schickten Schiffe über den Golf von Merea, um in Cassica einzufallen, und das nur, weil die Alten Königreiche sie so schlimm und so lange ausgebeutet hatten, dass irgendwann das Fass übergelaufen war. Pflanzen, Sklaven, Gold und Stahl wurden aus diesen unter der Knute von Händlern und ihren Produktionsstätten stehenden Ländern herausgeschafft. Gefeit durch ihre eigenen überlegenen Schiffe und Gebräue. Jahrhunderte hatten sie von diesen Ländern profitiert, und doch zeigten sich die Alten Königreiche taub gegenüber ihren Bitten, ihnen gegen die Wilden zu

Hilfe zu kommen. Und so wurden diese Länder zum ersten Mal in ihrer Geschichte in eine Allianz gezwungen, da sich allüberall ziviler Widerstand formiert und Unruhen breitgemacht hatten, die die Alten Königreiche am Ende sowieso nur dazu veranlasst hätten, weitere Strafmaßnahmen zu ergreifen, um mögliche Gefahren für sie selbst einzudämmen. Genug war genug.

Die Virate beriefen einen Kriegsrat ein, der sich – und das war entscheidend – aus einigen wirklich fähigen Generälen und Seelords zusammensetzte. Sie sicherten die Straße von Hisca an ihren Grenzen und stoppten alle Karawanen. Bei den Südinseln zogen sie im Geheimen eine riesige Flotte zusammen und überfielen sowohl Cassica auf der anderen Seite des Golfs als auch Schiffe im Golf selbst.

Als ich von all dem erfuhr, war mir klar, dass, wenn die Virate den Golf kontrollieren sollten, die Alten Königreiche ein großes Problem haben würden. Als dann die Invasion Cassicas die Runde machte, war mein Interesse geweckt. Wenn sie Cassica einnehmen und weiter bis nach Rhosidia, seinem viel größeren und reicheren Nachbarn, vorstoßen konnten, wären die Virate auch imstande, die Meerenge von Sardanna zu kontrollieren. Womit die Weltordnung, wie wir sie kannten, ihr Ende finden würde.

Also suchten wir in Rhosidia nach einem Auftrag, weil das Land, wie ich annahm, als Kriegspartei sehr schlagkräftig war und wir uns durch Plünderungen einer so pflanzenreichen Gegend wie Cassica sogar noch mehr davon versprechen konnten. Eine großartige Gelegenheit, bei diesem Einsatz ein Vermögen zu machen und Kigan und Ibsey die Möglichkeit zu geben, weitere Rezepturen zu entwickeln.

Die Cassicer bereiteten den Virate-Soldaten keine großen Schwierigkeiten – auch sie waren lange von den Alten Königreichen ausgebeutet worden. Bei minimalem Widerstand war ihr Land schnell eingenommen und das zu so geringen Kosten, dass es einen direkten Einfluss auf die Geschehnisse bei den Tharosfällen haben sollte. Zusammen mit der Armee von Rhosidia zogen wir nach Süden an die Grenze zu Cassica.

Der Übergang dorthin war gebirgig, und da Eile geboten war – man wollte die Streitkräfte der Virate destabilisieren, bevor sie sich signifikant verstärken und neu sammeln konnten –, stellten das Tharostal und seine Fälle den schnellsten Weg zwischen den beiden Ländern dar und waren demzufolge die einzige Wahl der Rhosidier.

Der Oberbefehlshaber der Rhosidier, General Urutz, setzte darauf, dass die Armee der Virate nicht genügend Zeit gehabt hatte, die Gegend rund um das Tal zu sichern. Seine Späher schwärmten in die Ebene hinter den gigantischen Wasserfällen aus und berichteten, dass von den Streitkräften der Virate weit und breit nichts zu sehen sei. Daraufhin befahl Urutz seinen eigenen Truppen den Vormarsch, um das Tal für die Rhosidier einzunehmen und von dort ins Innere von Cassica vorzustoßen.

Der Kriegsmeister der Virate, Jaon, hatte uns natürlich eine Falle gestellt. Und deren Zutaten waren exquisit: Zum einen schienen die Einheimischen entweder verschwunden zu sein, oder sie taten so, als sei alles in Ordnung, und gaben unseren Spähern so keinen unmittelbaren Anlass zur Sorge. Zum anderen setzte Jaon auf eine weitaus größere Kavallerie als die von Urutz, ja, eine größere gar als die von ganz Rhosidia selbst, womit sogar ich nicht gerechnet hätte. Zu guter Letzt kam noch reichlich Strykna zum Einsatz, ein sehr starkes Gift, von dem ich nicht geglaubt hatte, dass man es in dieser Menge beschaffen kann, geschweige denn, dass es möglich war, es in seiner reinsten Form auf dem Schlachtfeld einzusetzen.

Jaon wusste genau, was er tat. Er hatte den Sieg verdient und hätte ihn auch errungen, wären da nicht die Zwanzig gewesen, und im Besonderen der erstmalige Einsatz der *Glorie*.

Zusammen mit Urutz und ungefähr vierhundert Mann bildeten wir die Vorhut. Der General hatte den Gedanken, diesen Angriff anzuführen, tatsächlich wörtlich genommen.

Jaon wartete ab, bis wir die Ebene hinter uns gelassen hatten. Unsere Infanterie rückte in einer mehr oder weniger geschlossenen Kolonne und in einigem Abstand nach – an die elftausend

Männer und Frauen mit etwa tausend Pferden im Rücken. So viele Fußsoldaten, weil Cassica zu einem großen Teil aus unwegsamen Urwald bestand (umso bemerkenswerter und gerissener war die Strategie von Jaon, denn was folgte, stützte sich vor allem auf seine riesige Kavallerie).

Indem Jaon die Kolonne größtenteils passieren ließ, waren es am Ende einfach zu viele Soldaten, die sich hätten ins Tal zurückziehen müssen, wären wir von der Seite her attackiert worden, aber nicht genug, um einem Angriff wirkungsvoll zu begegnen. Das Donnern der Hufe an den umliegenden Hängen ließ den Rhosidiern wenig Zeit, und so wurden wir schon bald von links und rechts bedrängt. Die Reiterschar der Virate rückte bei den Wasserfällen und vom Eingang des Passes hinter uns vor. Sie schnitt unseren Stoßtrupp vom größten Teil der Infanterie ab – viele tausend Soldaten blieben damit in der Ebene zurück –, während die größten Teile unserer Kavallerie im Pass festhingen und sich nicht vernünftig formieren konnten. Die Hörner erschallten, und Urutz befahl denen, die mit uns hatten vorrücken können, den Angriff. Sein Wert als Kriegsgefangener war immens, also benötigte er den Schutz seiner Hauptstreitmacht, die er vor allem auch anführen musste. Das aber vermochte er an der Spitze der Vorhut nicht zu tun. Als ich hinter uns die gegnerischen Pferde auf die Kolonne zupreschen hörte, war mir sehr wohl klar, dass der nächste Vorstoß uns gelten würde und die Soldaten der Virate unsere Vorhut von vorn und hinten in die Zange nehmen und zerquetschen wollten. Ich verschwendete wertvolle Zeit damit, Urutz davon zu überzeugen, zu verschwinden, behielt aber seine Bannerträger, um Jaon glauben zu lassen, der General sei noch immer Teil der Vorhut. Später erfuhr ich dann, dass er umgekommen war, aber vielleicht hatte diese Maßnahme ausgereicht, um das Pendel zu unseren Gunsten ausschlagen zu lassen.

Kailen erkannte die Gefahr für unseren General und nahm sich die Hauptleute zur Brust, um Urutz verdammt nochmal zurück zu seiner Hauptstreitmacht zu bringen und ihnen gleichzeitig ein paar Befehle mitzugeben. Dabei ging's auch darum, zu versuchen, die Kavallerie, die uns in den Rücken fallen wollte, zurückzudrängen.

Weil wir in einer Kolonne marschierten, waren wir nicht vorbereitet. Keiner von uns hatte irgendwas intus, ausgenommen die paar Späher, die ihre Tagesgebräue genommen hatten. Insofern ging schon mal viel Zeit dafür drauf, Gebräue und Mixturen runterzuspülen.

Kurz nachdem die Reiterei der Virate uns von hinten zu bedrängen begann, sahen wir auf dem Bergrücken vor uns den hässlichen Anblick von noch mehr Pferden, die dann auch gleich zu Tal strömten. Wir befanden uns in einer Art Senke, deren Hänge sich rings um uns erhoben. Es war ein geschickter Spielzug des anderen Generals, uns seine Gäule auf den Hals zu schicken, wo wir sie nicht erwartet hatten. Die Berittenen hielten direkt auf uns zu, um die Kolonne an der Spitze auseinanderzutreiben, wodurch sie dann uns alle mit Leichtigkeit aufreiben konnten.

»Ibsey! Kigan!«, brüllte Kailen. »Holt das Gebräu raus, an dem ihr zuletzt gearbeitet habt. Verteilt es unter den Jungs und gebt den Rest an jeden weiter, der auch einen Schluck davon will. Wenn's so gut ist, wie ihr behauptet, werden wir's brauchen.«

Weil unsere Kräuter besser und wertvoller waren als alles andere, führten wir sie auf ein paar extra Packpferden bei uns, damit wir sie dann auch rasch zur Hand hatten. Ibsey ging zu den Lasttieren, um die Flaschen zu holen.

»Es gibt 'nen Ersatz für den *Erlöser*?«, fragte Elimar skeptisch. »Woher wissen wir, dass das neue Zeug uns nicht umbringt, Kigan? Hast du's schon an irgendwelchen Kindern erprobt?«

Kigan warf ihm eine der Flaschen zu. »Nimm einen kräftigen Schluck und reich es dann weiter, du großmäuliges Arschloch. Du solltest dich verdammt noch mal geehrt fühlen.«

»Ach du liebe Güte, jetzt will uns Kigan auch noch erzählen, es wär glorreich und ehrenvoll, das neue Gebräu von Kigan und Ibsey zu schlucken.« Aber Elimar war nicht dumm. Er wusste genau, dass es sich um gutes Zeug handeln musste. Er konnte Kigan einfach nur nicht ausstehen.

»Macht hin!«, knurrte Kailen, als wir das gegnerische Kriegsgebrüll und die Hornsignale vernahmen. »Schiltron! Die Spieße nach vorn!« Mit »Schiltron« war gemeint, dass die Infanterie sich zu einem gewaltigen Rechteck formierte, wobei die Bogenschützen abgeschirmt im Zentrum standen und bei einem Angriff ihre Pfeilbeutel auf jeden abschossen, der uns zu nahe kam. Ich nahm einen ordentlichen Schluck von Kigans neuem Trank, reichte dann Shale die Pulle, der sie an Bresken, Kailen und die anderen weitergab.

»Ibsey, ich brauch das Roob«, schrie Milu, der ein schweres Horn von einem der Lastpferde holte, das dafür gedacht war, all seine Befehle zu verstärken und dadurch weit zu verbreiten. Es war leicht gewunden, wodurch es besonders laut tönte. Das Roob war ein Gebräu, das ihm das volle Stimmvolumen als Sänger gewährte. Milu besaß die seltene Begabung, seinen Liedern eine Kraft zu verleihen, die selbst Pferde in fünfzig Metern Entfernung scheuen und ihre Reiter abwerfen ließ.

Hinter uns wurde Geschepper laut, als die Kommandeure in unserem Rücken versuchten, ihre Schilde und Spieße in Position zu bringen, um sich den heranstürmenden Pferden zu stellen, während das bisschen Kavallerie, das uns als Vorhut zur Verfügung stand, noch dabei war, sich zu formieren.

Ich sah, wie hinter den Hunderten von Pferden, die uns von vorn in die Zange nehmen wollten, eine wildentschlossene Armee nachrückte. Es war eine schier endlose Linie an Gegnern, die immer größer zu werden schien, je weiter sie auf uns zumarschierte. Darunter auch Bogenschützen und, wie wir bald feststellen sollten, Schleuderer. Dazu natürlich die Infanterie.

Die *Glorie*, wie wir wegen Elimars Gefrotzel Kigans neues Gebräu seitdem nannten, zeigte Wirkung. Ich glaube, ich hatte nicht einmal Zeit, einen angemessen lauten Schrei auszustoßen, weil es sich so gewaltig anfühlte, wie sich mein Kiefer anspannte und mich alles durchschüttelte. Mit dem Gebrüll unserer Männer und dem der anderen sowie dem Stampfen ihrer Pferde, die wie eine dunkle, massive Welle auf uns zu brandeten, war ich für einen Moment fast überwältigt. Ich konnte kaum atmen, weil das Herz wie wild gegen meinen Brustkorb hämmerte. Ich hob den Speer und war bereit für den Angriff.

Wann immer ein Pferd heranpreschte, bohrte ich meinen Spieß in alles, was ich erwischte. Ich stand hinter Bresken, der uns mit seinem Schild schützte und Staubbeutel warf. Die sollten die Tiere ablenken, weil sie an unsere Mischungen nicht gewöhnt waren. Ich schaffte es, erst ein, dann zwei Pferde zu Fall zu bringen, das zweite sprang über das erste und über uns hinweg. Pfeile erledigten die Reiter. Wonnetrunken, wie wir waren, bellten wir einander Warnungen und Befehle zu. Kämpften wie Verrückte.

Kigans Gebräu verursachte ein gigantisches Tosen. Ich bereitete dem Feind ziemliche Probleme und besudelte eine Menge von ihren Pferden mit unserem Gift, woraufhin sie zusammenbrachen und ihre Reiter aufkreischten. Dithnir, Kigan, Valdir, Stixie und die rhosidischen Bogenschützen an unserer Seite erledigten alles, was sich noch rührte, und sie lachten dabei, weil sie so viel schneller und zielsicherer waren als die Gegner; ein Kampfrausch, der auch mich ergriffen hatte. Ich fühlte mich nicht mehr wie ein Mensch, sondern wie etwas anderes, etwas Größeres.

Wir behielten unsere Gefechtsformation größtenteils bei, doch die Kavallerie bedrängte uns immer mehr. Kailen war überall. Er brüllte den anderen Hauptleuten zu, ihren Schiltron ebenfalls nicht aufzugeben, oder er befehligte Bogenschützen oder rannte zu den Stellen, an denen die Verteidigungslinie Lücken aufwies, und schiss überhaupt alle Mann mit schonungsloser Anmut zusammen. Dann rief er Milu etwas zu, als wir heftig mit den anbrandenden Schlachtrössern zu kämpfen hatten, die gegen unsere Schilde traten und uns mit ihrem Gewicht zurückdrängten, sodass der Schildwall aufzubrechen drohte.

Milu war mittlerweile bereit und blies das Horn. Nun, da sie nah genug heran waren, ertönte das zerschmetternde, brüllende Heulen, das uns allen Pein bereitete, die gegnerischen Pferde jedoch panisch aufkreischen ließ. Sie bäumten sich auf, warfen ihre Reiter ab, brachen aus und wollten die Flucht antreten. Dies zerstörte ihre Frontlinie und ließ die Reiter dahinter ebenfalls im Chaos versinken. Jubel wurde laut, doch noch immer war der größte Teil ihrer Phalanx intakt, und es war ihnen gelungen, uns von der Seite her zu bedrängen. Die Rhosidier und die anderen Söldner, die bei uns waren, hatten daher nun ihre liebe Not, vor allem, weil die meisten von ihnen die *Glorie* nicht rechtzeitig hatten schlucken können und nun mithilfe ihrer eigenen Kampftränke den Krieg gewinnen mussten.

Kailen wollte, dass wir uns immer wieder zurückzogen und nicht ungestüm vorandrängten. Er hoffte, dass die anderen Hauptleute und General Urutz sich wieder in größerer Zahl formierten, und die tausenden Soldaten, die sich hinter uns in Schiltron-Formationen befanden oder in Auflösung begriffen waren, zum Tragen brachten. Doch es gab wenig Hoffnung für die Armee der Rhosidier. Die Kavallerie an ihren Flanken richtete einfach zu große Verwüstungen an.

Der Teil der gegnerischen Reiterei jedoch, der an der Frontlinie gegen uns kämpfte, zog sich zurück, weil ihre verstörten Pferde unter der nachrückenden Infanterie nur noch mehr Chaos verbreiteten. Milus Horn war ein Ärgernis, allerdings hatten die anderen Sänger nicht ganz so viel Glück. Nur wenige waren so gut ausgebildet und erfahren wie er; ein weiterer Punkt für Kailen, der uns auch in dieser Hinsicht einen Vorteil gegenüber jenen verschaffte, die darauf nicht gefasst gewesen waren.

Von den etwa vierhundert Mann, die mit uns die Vorhut gebildet hatten, wurde rund die Hälfte niedergemacht. Unsere Seite hatte einige große Schiltron-Formationen gebildet und meine hielt auch recht ordentlich, aber andere widerstanden dem Angriff nicht und wurden durchbrochen. Zwei fähige Hauptleute kämpften an meiner Seite, und aufgrund ihrer vorbildlichen Disziplin konnten wir diesen Schiltron halten und uns zurückziehen. Gleichzeitig gelang es uns, immer wieder Männer aus den zerschlagenen Schildwällen zu unserer Verstärkung heranzuziehen.

Das offene Gelände wäre früher oder später unser sicherer Tod gewesen, doch der Pass, aus dem wir heruntergekommen waren, war für uns zu diesem Zeitpunkt so unüberwindbar geworden wie eine Wand. Was Jaon sehr wohl wusste. Die Angreifer, die unseren Trupp von hinten überrascht hatten, waren schlau genug gewesen, nicht darauf zu warten, bis die gesamte Kolonne durchmarschiert war, weil die Leichen der Gefallenen nun diejenigen behinderten, die zurück durch den Pass wollten. Damit hatte Jaon einen Flaschenhals geschaffen, der uns selbst im Talkessel und unsere Kavallerie im Durchgang festsetzte. Wir hatten also keine andere Wahl, als uns Stück für Stück zurückzuziehen und zu versuchen, den Pass wieder freizukämpfen. Doch als ich mich umsah und feststellte, wie erfolgreich die Streitkräfte der Virate uns von hinten bedrängten und die rhosidischen Soldaten ringsum niedergemetzelt wurden, war ich ernüchtert.

Vor uns machten sich die gegnerischen Soldaten daran, die Reiterei zu ersetzen, die wir zurückgeschlagen hatten. In der Hauptsache Bogenschützen, obwohl ich auch Schleuderer unter ihnen entdeckte, und zwar viele davon. Ich rief den anderen zu, ihre Kapuzen und Masken aufzusetzen, denn es war klar, dass wir ausgeräuchert werden sollten. Dem Bannerträger befahl ich, dafür zu sorgen, dass das Trompetensignal gegeben wurde. Ich konnte keine Befehle mehr rufen, solange ich mich verhüllen musste.

Sie brachten ihre berittenen Bogenschützen in einer Entfernung von fünfzig Metern in Stellung und verursachten so viel Schaden wie möglich, während ihre Schleuderer einige große Beutel mit Strykna in unsere Richtung warfen, das heißt, auf die verbliebenen Schiltron-Formationen an der Frontlinie. Als die ersten Geschosse einschlugen, warnte Ibsey uns, dass es sich um Strykna handelte. Die Jungs gingen in Deckung und trugen ihre Öle auf, während ihre Kameraden die Schilde weiter geschlossen hielten. Trotzdem war es für einige Männer in der ersten Reihe zu viel Strykna. Schon bald fanden die ersten Pfeile ihr Ziel, und der Schildwall bekam Löcher. Trotz der Kapuzen, Masken und Öle war es letztlich die schiere Stärke und die Reinheit ihres Strykna, die uns auseinandertrieb.

Ich suchte nach Ibsey und Kigan, doch sie machten schon hastig ihre Runde unter den noch kampffähigen Soldaten und versuchten, jene mit Öl und *Glorie* zu versorgen, bei denen sie es zuvor nicht mehr geschafft hatten. Hinter uns wurde Jubel laut, wo das Gefecht zu einem offenen Schlagabtausch zwischen den feindlichen Berittenen oder Fußsoldaten und denen aus der rhosidischen Kolonne geraten war. Diese Männer und Frauen hatten nun die Hauptlast zu tragen, da jeder für sich selbst kämpfen musste. Das Triumphgeheul kam von den Virate-Soldaten, als einer ihrer Reiter das Banner des Generals erbeutete und es mit der Spitze nach unten in den Boden rammte. Ein Blick zur anderen Seite der Formation zeigte, dass uns die Kavallerie stark zusetzte. Ich fürchtete um Milu und die Männer an dieser Flanke, doch dann sah ich, dass der Hauptmann, der unsere Bogenschützen befehligte, sich nun auf die durchbrechenden Pferde konzentrierte. Auch gab dieser Hauptmann mittels der Hornbläser Sammelsignale aus, damit die Rhosidier aus den zerstörten Formationen unseren Schiltron verstärkten. Erst später erfuhr ich seinen Namen, doch jetzt sah ich, wie dieser Bär von einem Mann mit zwei riesigen Krummsäbeln um unser aller Leben kämpfte. Er sollte das letzte Mitglied der Zwanzig werden.

Kriegsmeister Jaon, der gesehen haben musste, wie die rhosidischen Banner umgerissen worden waren, nahm dies als Zeichen, um zum entscheidenden Angriff zu blasen. Er schickte seine Hauptinfanterie gegen uns. Viele seiner Berittenen, die unsere Kolonne zu Anfang von hinten angegriffen und aufgerieben hatten, hatten sich wieder gesammelt, und einzig unser rhosidisches Banner stand noch. Nur mehr ein paar hundert Mann hielten die Stellung. Sie scharten sich um Urutz' persönlichen Standartenträger, während der Rest unserer Armee auf ihrer Flucht in Richtung der Wasserfälle vom Feind verfolgt und gehetzt wurde.

Gant

Wir bekamen eine kurze Verschnaufpause, als die gegnerische Infanterie ihren Angriff startete. Die Soldaten hatten große Mühe, einerseits die Linie zu halten und andererseits um die toten Pferde herumzulaufen, deren Zahl in die Hunderte gehen musste.

»Füllt die Bärenklaumischung in eure Schwertscheiden!«, brüllte Kailen. »Pfeile und Pfeilbeutel! Wir müssen ihre Formation durchbrechen!«

Er sprach mit dem anderen Hauptmann – der, wie wir bald erfuhren, Sho hieß – und Ibsey gab ihm eine Flasche mit Bärenklau-Eisenhut-Mischung. Ich sah förmlich, wie es in Kailens Kopf arbeitete. Die Bärenklaumischung würde unsere Gegner kirre oder blind machen. Wenn wir ihnen das Zeug irgendwie verabreichen konnten, auf eine beliebige Stelle ihrer Haut, dann würde es sie unkontrolliert herumhüpfen lassen, und ihre geschlossene Ordnung war dahin, selbst wenn das tödliche Eisenhut-Gift nicht jedes Mal sein Ziel fand. Im Kampf bin ich nie mit dem Zeug in Berührung gekommen, doch Kigan hat's mir mal aufgetragen, um ein Gegenmittel zu entwickeln. Schon dieser eine Tropfen auf meiner Haut hat gereicht, um mich fast verrückt zu machen. Natürlich konnten nur wenige es in dieser Stärke extrahieren wie er, weshalb es unwahrscheinlich war, dass die Virate-Soldaten dem auch nur irgendwas entgegenzusetzen hatten.

»Hey!«, schrie Shale neben mir. »Kailen! Die ham ein Banner, drei Linien hinter der ersten Reihe. Rück mit uns zur Front vor, dann stürmen wir auf se zu, wennse über die toten Pferde drübersteigen. Dann schnapp ich mir das Ding.«

Kailen nickte und trat mit Schwert und Faustschild neben mich. Shale bewegte sich an seine andere Seite und Bresken neben Shale. Er sprach noch kurz mit Sho, der die Formation um jeden Preis halten sollte, weil wir nicht darauf hoffen konnten, ihre Phalanx auf ganzer Linie zu durchbrechen. Wir durften aber auch nicht riskieren, dass sie uns an der Frontlinie umrundeten.

»Harlain! Halt dich hinter Gant und Bresken. Wir holen uns ihr Banner. Auf Shales Kommando!«, rief Kailen.

Harlain kam neben mich. »Wir werfen uns einer Riesenwelle entgegen, Gant. Eine Handvoll Kieselsteine im gigantischen Ozean. Murmeln, die daran glauben, den Widerstand der Welle brechen zu können.« Er schlug mir auf den Rücken und machte sich bereit.

Ein paar tausend gegen ein paar hundert Mann. Und die waren jetzt nur noch wenige hundert Meter entfernt und durchlebten gerade das Tosen, was sie noch ein bisschen schneller machte. Doch als Shale zum Angriff überging, geriet ihre Linie in Unordnung, bevor sie auf ihren Tod trafen.

»Ich denke, wenn man ihm die Murmeln nur hart genug entgegenschleudert, Harlain, dann könnten selbst dem Ozean gewisse Zweifel kommen«, sagte ich.

Und so löste sich Shale von uns und rannte los. Stets war er es, der an der Frontlinie die Führung übernahm, wann immer er Teil davon war. Unter den Hornsignalen, die jetzt ertönten, folgten Kailen und der Rest ihm auf dem Fuß, während die Giftbeutel der etwa dreißig Bogenschützen und Schleuderer, die im Zentrum unseres Schiltrons kämpften, über uns hinwegflogen.

Natürlich hatten die Virate-Jungs keine Ahnung, was sie erwartete, als wir, die Murmeln, es wagten, uns der Welle entgegenzuwerfen. Und wir erwischten sie kalt und heftig.

Mit seinem mächtigen Krummschwert in der einen und der

Streitaxt in der anderen Hand verschaffte mir Harlain etwas Platz. Zwei auf einmal wurden jeweils zerschmettert oder ineinander gedroschen; weitere Männer versetzte er in Angst und Schrecken, als er um sich schlug wie ein Berserker. Mit Kailen zu meiner Linken machte ich mich ans Werk, als ihre Frontlinie auseinanderbrach. Wir fünf hielten uns so eng wie möglich beieinander, während Shale an der Spitze sich bis zu ihrem Bannerträger und dem Hornbläser durchkämpfte, die nun nicht mehr wussten, wohin sie fliehen sollten, als wir sie kampftrunken in die Zange nahmen.

Shale mähte die beiden nieder. Einige Soldaten schrien auf, als sie mitbekamen, dass wir's auf ihr Banner abgesehen hatten. Doch in Windeseile hatte Shale an die zehn von ihnen getötet, rammte seinen Schild in den nächsten, schnappte sich das Banner von dem, den er zuletzt umgebracht hatte, und brachte es schnell zurück zu unserer Truppe. Einer der uns begleitenden Rhosidier spießte die Standarte unter großem Jubel kopfüber auf.

Natürlich hatten auch die Pfeilbeutel ihren Einsatz, und als die giftigen Schwaden aufstiegen und ihre Wirkung entfalteten, machte sich unter den Gegnern Panik breit. Viele der Infanteristen, die wir nicht erreichen konnten, taumelten blind umher, stolperten übereinander und versetzten die in Schrecken, die nachzurücken versuchten. Es hatte den Anschein, als käme zudem alle paar Sekunden einer von Stixies großen Beuteln angeflogen, der den Keil schützte, zu dem wir uns formiert hatten, damit Shale das Banner erobern konnte. Jeder Pfeil hatte die Durchschlagskraft eines Kurzspeers, holte die Männer mit einem Schuss von den Beinen. Die Geschosse durchschlugen mühelos die Schilde, nicht selten drei oder vier gleichzeitig. Mit einem weniger wirksamen Gebräu oder mit schlechteren Bogenschützen im Rücken hätte Stixies Pfeilregen, wie auch der von Dithnir und Kheld, zu einer Gefahr für uns werden können. In dem ganzen Chaos und Gemetzel rotteten wir uns wieder ganz eng zusammen, wobei Kailen und Bresken Shale flankierten, als wir uns zu unserer eigenen Frontlinie und in den Schutz des Schiltrons zurückzogen. Das war auch nötig, denn in dem Moment schickte sich gerade der Rest ihrer Streitmacht zu einem Sturmlauf auf uns an, gegen den unser kleiner Stoßtrupp nie hätte ankommen können.

Shale hatte gute Arbeit geleistet, denn das eroberte Banner motivierte uns ungemein. Der rhosidische Trommler, den wir dabeihatten, brachte es zu Urutz' Bannerträger, und die beiden zeigten der Horde daraufhin praktisch den Stinkefinger. Mit den anderen formierten wir uns wieder, und Kailen überließ uns das Kommando, zusammen mit Sho, der unsere Flanken und den hinteren Bereich des Schiltrons verstärkte.

»Pferde!«, schrie Mirisham, als wir gerade wieder den Schildwall geschlossen hatten. Seine Stimme trug laut und deutlich über das Kampfgeschehen, während er wild hinter unserem Schiltron gestikulierte. Wir, die wir uns vorne befanden, waren ständig gefordert, doch er stand ein wenig abseits und unterwies die rhosidischen Jungs, die zur Verteidigung in unser Schiltron gebracht worden waren. Wobei er im Grunde nicht mehr tun konnte, als diejenigen Kämpfer zu ersetzen, die durch die Angriffe der ständigen Druck auf uns ausübenden Infanterie der Virate gefallen waren. Die gegnerische Kavallerie, die sich am Eingang zum Pass zerstreut hatte, hatte sich wieder formiert und preschte abermals auf uns zu. Und jetzt waren zu wenige Rhosidier übrig, um den Ansturm zurückzuschlagen.

Kailen eilte zu Harlain und bedeutete ihm, was zu tun sei. »Harlain, schnapp dir eine Lanze, geh mit Bense und Moadd nach hinten und kümmer dich um diese Speerkämpfer, wo deren Reiter uns wieder aufspießen wollen!«

»Ich werde mir ihr Banner holen, Kailen, wo sein Anblick unseren Männern doch solche Freude macht!«

Dann befahl uns Kailen Stück für Stück den Rückzug. Für eine Weile hatten wir jedoch nichts anderes zu tun, als die Schlachtordnung aufrechtzuerhalten, weiter zu töten und zu hoffen, dass noch welche im Pass jenseits der Fälle steckten, die uns unterstützen konnten.

Das Gelände stieg zu den Fällen hin leicht an. Wir waren schon etwa tausend Meter vom Pass entfernt, als uns die Kavallerie in den Rücken fiel. Ich hatte Sho angewiesen, eine lose Keilformation aus den Männern zu bilden, die am hinteren Ende unseres Schiltrons kämpften, um Milu und die anderen Sänger abzuschirmen, die wir ebenfalls auf sein Roob gesetzt hatten. Einen davon hatte das Gebräu aus den Latschen gehauen. Nach der Einnahme bekam er seine Atmung nicht mehr in den Griff. Zudem beorderte ich Harlain in den hinteren Bereich zurück, um sicherzustellen, dass unsere Speere bereit waren, wenn die Gegner angriffen.

Ich gab Befehle, so gut ich konnte. Lief zusammen mit Ibsey, Kigan und zwei rhosidischen Drudhas die Linien ab. Wies die Verwundeten, die noch dazu in der Lage waren, an, sich hinter die Frontlinie zurückzuziehen und versorgen zu lassen. Der Fokus der Drudhas lag natürlich auf den Bogenschützen, weil ab hier allein die Kraft der Pflanzen – nicht Muskeln und nicht Stahl – über Sieg oder Niederlage entschied. Leider waren die rhosidischen Tränkebrauer keinen Pfifferling wert, doch sie ließen sich wenigstens bereitwillig von Ibsey unterweisen.

Angesichts der vielen Pferde, die unsere Nachhut angriffen, ging ich ebenfalls nach hinten und stellte mich mit einem Speer neben Harlain. In dem Moment traf die gegnerische Kavallerie auf die Keilformation, und Milu entfesselte sein barbarisches Horn, das die Pferde in Agonie versetzte. Ich rief Bense und Moadd zu mir, und gemeinsam mit Harlain stürmten wir von der Kampflinie genau in sie hinein. Die *Glorie* verlieh uns die Behändigkeit, beim Rennen eine Unzahl von Pferden und Reitern zu verletzen, woraufhin das Gift dann den Rest erledigen würde. Dann waren wir auf der Jagd nach dem nächsten Banner. Es war eines von Jaons ältesten, wie ich später erfuhr, das bis heute stolz am Tor des rhosidischen Königspalasts aufgepflanzt ist.

Harlain war fabelhaft. Unter dem Einfluss der *Glorie*, gekoppelt mit seiner immensen Stärke, spießte er ein Pferd nach dem anderen auf und warf sie unglaublicherweise auch noch auf die Seite. Drei erledigte er auf diese Weise, und dann nahm er, geschmeidig wie Wasser, Ziel und durchbohrte aus einer Entfernung von dreißig Metern den Brustpanzer des Bannerträgers. Als die Standarte fiel, hörten wir hinter uns weiteres Jubelgeschrei, und ich konnte förmlich spüren, wie die Erde angesichts dieses Erfolgs erbebte. Ich spürte die Kraft meiner Männer und Milus donnernden Gesang heranwehen. Und ich spürte die Furcht der gegnerischen Reiterei, die krampfhaft versuchte, zu wenden und sich neu zu formieren, da der Schwung ihres Angriffs in einem Umkreis von hunderten von Metern verpufft war.

Wie ich gehofft hatte, befanden sich zwischen uns und den Wasserfällen weitere unserer Männer in der Ebene, die in Zweier- und Dreiergruppen versuchten, sich wie wir zurückzuziehen. Viele waren verwundet, doch als sie sahen, wie die Kavallerie uns bedrängte und wie dann deren Banner umgerissen wurde, mobilisierte das ihre letzten Kräfte. Sie griffen sich die allüberall herumliegenden Bögen und andere Waffen und stürmten zu uns herüber. Dies geschah mit einiger Entschlossenheit, aber vielleicht auch aus Scham, dass sie sich, als Teil der Vorhut, hatten abdrängen lassen.

Dann folgte Jaons letzter Streich. Es war ein weiteres cleveres Manöver, da er von seinem Standort hinter seinen Kampflinien sehr gut mitbekam, was sich hier abspielte. Und obwohl unser Schiltron seinem Ansturm widerstanden hatte, konnte er sehen, wie wir starben, und dass wir allein durch die schiere Überzahl seiner Kämpfer einer nach dem anderen abgeschlachtet wurden. Er schickte seine persönliche Garde, die nun durch die Linien brach; zwei Eliteeinheiten, von denen eine jetzt direkt auf uns zukam, während die andere uns von links angriff. Ich befahl, die Flanke mit Pfeilen einzudecken, als ich sah, worauf Jaon aus war, und vertraute ansonsten ganz auf die Jungs an der vordersten Linie.

»Keine Beutel oder Pfeile mehr, Kailen!«, rief Stixie. Kurz blickte ich auf zum Himmel. So würde es also hier und jetzt enden.

»Dann alle an die Schwerter und mir nach!«, rief ich den Bogenschützen zu. »Hauptmann! Schiltron auflösen und in Phalanx aufstellen! Hornbläser! Auf mein Signal, und nur auf mein Signal, blast ihr zum Angriff!«

Gant

Wir verdoppelten die Dosis der *Glorie*. Hatten nun keine andere Wahl mehr, weil sie uns immer noch angriffen und wir uns nirgendwohin zurückziehen konnten. Kailen löste den Schiltron auf und ließ die Männer in einer einzigen Schlachtreihe Aufstellung nehmen. Das hieß, es ging nun um alles oder nichts. Zumal es nicht lange dauern würde, bis die Kavallerie, die wir hinten zerschlagen hatten, sich wieder sammelte und uns ein weiteres Mal angriff. Als ich meine Klinge mit frischem Gift präparierte, schaute ich mich kurz um, aber da waren keine Bogenschützen mehr. Das konnte nur bedeuten, dass ihnen die Beutel oder Pfeile ausgegangen waren. Dann sah ich, dass etwa zwanzig Meter zur Linken einige Virate-Soldaten durchbrachen. Dasselbe passierte zu unserer Rechten. Kailen brüllte uns zu, dass das ein paar ganz besondere Kämpfer wären, weshalb wir beschlossen, noch einen Schluck des Gebräus zu nehmen und einfach zu hoffen, es würde uns nicht umbringen. Obwohl man bei einem Ritt auf Messers Schneide sowieso nicht mehr viel zu verlieren hat.

Ich rief den anderen zu, bloß eng zusammenzustehen, und zog Shale aus der Frontlinie heraus, damit er mich begleitete. Ich hatte vor, mich um die Männer zu kümmern, die von rechts kamen und die gerade mit Leichtigkeit alle Rhosidier abschlachteten, die sich ihnen in den Weg stellten. Es schien sie noch zusätzlich zu beflügeln, als sie sahen, wie rasch unsere Verteidigung bröckelte. Wir stürzten uns auf die, die es als erste zu uns durch schafften. Wie nicht anders erwartet waren sie gut ausgerüstet und gingen ebenso schnell wie umsichtig zu Werke. Das waren fähigere Soldaten, als wir bisher gesehen hatten.

Wir mischten uns unter sie. Und obwohl wir die Männer, die sich zu uns gesellt hatten, um ebenfalls gegen diese Elitesoldaten zu kämpfen, aufforderten, in die Schlachtreihe zurückzukehren, wurden sie niedergemacht. Ich konnte nur hoffen, dass sich ihre Reiterei nicht wieder neu formierte. Andererseits würden sie mit ihrer jetzt durchbrechenden Infanterie die Sache auch so für sich entscheiden.

Die Rhosidier, die die Stellung zu unserer Linken gehalten hatten, wurden von den Elitesoldaten aufgerieben, und der Rest schloss zu den Zwanzig auf. Trotzdem musste Kailen noch irgendwo da hinten sein, denn der gegnerische General entschloss sich zu einem Flankenangriff. Er dachte sich wohl, dass wir nicht viel dagegen ausrichten konnten, so lange uns seine besten Soldaten von vorn zusetzten.

Sho und Digs kamen zur Verstärkung. Sie hatten offenbar mitgekriegt, dass es bei uns Probleme gab. So standen vier von uns da wie Felsen in der Brandung. Mit einem Mal traf mich die Wirkung der zweiten Dosis wie der Schlag einer Schaufel ins Gesicht, und die Welt um mich herum brach wütend über mich herein. Ich verlor mich im Tosen und vergaß, was ich im Training gelernt hatte, als wir alles niedermetzelten, was uns in die Quere kam. So was hatte ich bis zu diesem Moment noch nicht erlebt und auch niemals wieder danach. Ich war so stark, wie ich's selbst mit dem besten Gebräu noch nie gewesen war. Um uns herum fielen die Rhosidier, als ihre Tränke an Wirkung verloren und weil Ibsey und Kigan nicht in der Lage waren, ihnen eine zweite Ladung der *Glorie* zu verabreichen. Diese Virate-Burschen waren einfach besser und schneller als sie, und auch wir fingen uns einige Schläge ein. Und doch schützten uns Kigans und Ibseys Tränke vor den schlimmsten Folgen, weil sie sehr genau wussten, was die Gegenseite an Gebräuen einsetzte, und sie sich vor der Seereise nach Rhosidia entsprechend vorbereitet hatten.

Dann hörte ich, wie Kailen nach mir und Shale rief, und es

war klar, seine Flanke war zusammengebrochen. Kailen und seine Mitkämpfer zogen sich zurück und verstärkten wieder unsere Seite. Es lief zwar nicht gerade wie am Schnürchen, doch schon bald, während ich über die Toten beider Kriegsparteien stolperte, fand ich mich an der Seite des Prinzen wieder, der sich mehr schlecht als recht hielt. Wir alle wussten, dass der Schwertkampf nicht seine Stärke war.

Dann musste Kailen an irgendeinem Punkt den Befehl zum Angriff gegeben haben, weil das Hornsignal ertönte, doch da konnten kaum mehr als fünfzig noch von uns übrig sein. Das verschaffte uns eine Atempause, und erst da begriffen wir, was das bedeutete. Dass wir heute nicht fliehen würden. Dass es um alles oder nichts ging. Und dass wir nur auf diese Weise aus dieser Sache rauskamen. So oder so. Harlain und Shale rückten vor, und wir folgten den beiden dicht an dicht. Wir konzentrierten uns auf den Ansturm der Viratstruppen bis zu dem Moment, wo sie ihre besten Männer vorschickten. Denen würden wir schon noch eine finstere Geschichte über Kailens Zwanzig zum Weitererzählen mit auf den Weg geben.

Und wir konnten sie tatsächlich aufhalten, wodurch die aufschließende Infanterie ihren eigenen Leuten auf den Pelz rückte und deren Aktionsradius beschnitt. Wir waren schneller, stießen in Windeseile zu, parierten und überließen dann dem Gift den Rest. Vor allem, weil zu viele andere gleichzeitig versuchten, uns mit ihren Waffen zu erledigen, ob nun geworfen oder anderweitig zum Einsatz gebracht. Vor uns wuchsen die Leichenberge, was den Gegner nur noch mehr behinderte. Der Prinz stimmte mit Milu einen Kriegsgesang an, in den wir alle schließlich einfielen. Und als ich einen schnellen Blick zu beiden Seiten warf, sah ich, dass wir unverrückbar die Stellung hielten. Dass sich nur mehr die Zwanzig einschließlich Sho wie eine undurchdringliche Wand dem Feind stellten. Lediglich die Standartenträger und der Trommler hielten sich hinter uns, und wir schützten sie und die erbeuteten Banner durch eine Halbmondformation.

Unsere Leute hatten die Standarten in dem Moment aufgepflanzt, als wir nicht mehr vor dem Feind zurückwichen, und hatten sich dann zu uns begeben. Dort waren sie im Kampf gefallen, aber wir wussten, dass die meisten besten Männer der Virate ebenfalls getötet worden waren. Die, die noch standen, mussten jetzt mühsam über die Verwundeten und Toten steigen, um zu uns zu gelangen. Die Armee der Virate verausgabte sich, ihre Kriegsgesänge brachen immer wieder ab, der Schwung war raus bei ihnen. Immer öfter zögerten sie und schienen nicht mehr so recht daran zu glauben, dass sie uns besiegen konnten. Wegen der *Glorie* konnte ich all das förmlich fühlen, ja, schmecken. Ich konnte nicht zählen, wie viele ich an diesem Tag tötete.

Shale und ich standen an dem einen Ende der Mauer, und die Mauer hielt. Die Minuten verstrichen, obwohl ich nicht der Einzige gewesen sein konnte, der dachte, dass wir es vielleicht nicht schafften.

Bald darauf bellte Kailen in gewissen Abständen Befehle, damit wir auf sie zustürmten. Dabei ging's darum, sie daran zu hindern, eine bessere Formation zu finden, um uns wieder in die Zange zu nehmen oder Beutel in unsere Richtung zu schießen. Es waren immer noch genug von ihnen übrig, dass es nur eine Frage der Zeit war. Und nachdem auf ein Signal hin ihre Anstrengungen nachließen, wussten wir auch, warum: Sie hofften, genug Zeit schinden zu können, bis die Wirkung unseres Gebräus wieder nachließ.

Plötzlich ertönten vom Pass her Hörner; es mussten an die zwanzig sein. Sie waren klar und laut, dann klang in unserem Rücken ein entfernter Jubel auf und brandete auf uns zu wie die Welle, von der Harlain gesprochen hatte. Das trieb mir die Tränen in die Augen, dann folgte das Donnern von Hufen – die rhosidische Kavallerie war ins Tal gedrängt worden und brach sich nun, gefolgt von der Infanterie, auf der Ebene Bahn, um den Gegner in die Flucht zu schlagen.

Im Galopp preschten sie an uns vorbei. Fünfhundert Pferde, aber das reichte, denn sie waren ausgeruht. Wohingegen so viele unserer Gegner von unserem Gift und durch ihre eigenen Kampftränke geschwächt waren, dass es ihnen gelang, ihre Linien zu durchbrechen. Ihnen folgten an die dreihundert Fußsoldaten, das letzte Aufgebot der Rhosidier, die mit uns im Tal gekämpft hatten.

In diesem Moment verloren die Soldaten der Virate ihren Schneid. Sie hatten uns nicht brechen können. Und so verbreitete sich in der Folge allüberall die Kunde von Kailens Zwanzig, die die Eroberung Cassicas und Rhosidias verhindert und so bei den Tharosfällen die Alten Königreiche gerettet hatten.

Goran

Die letzten Worte werde ich Gant, meinem Vater, widmen und berichten, wie er zu uns nach Hause kam.

Ich wollte ihn wissen lassen, dass ich sein Sohn war, aber Tante Emelt hatte es mir verboten. Sie meinte, er verdiene den Kummer nicht, wenn er erfuhr, dass sie ihn getäuscht hatte. Nicht etwa, weil er weggegangen war, sondern in dem Wissen, dass, wenn die anderen davon wüssten, unser Ansehen im Stamm sinken und ihre Position im Rat zunichtegemacht würde. Ich wusste, das wäre nach allem, was passiert war, das Letzte, was mein Vater wollte.

Als ich ihn sah, herangekarrt auf einem Wagen von meinem Patron, dem Roten, und Elite-Agentin Dreiundneunzig, da erkannte ich die Weisheit meiner Tante. Er hatte nur noch Stunden zu leben, wie es schien, doch er überlebte beinahe zwei weitere Wochen, um diese Geschichte zu erzählen, so wie sie hier geschrieben steht.

Hier in Harudan ist es viel wärmer als in Oberlagrad, wo mein Vater begraben wurde. Ich bin an die Sonne nicht gewöhnt, und meine bleiche Haut färbt sich unter ihren Strahlen leicht rosa, was mir schon den Spitznamen »Goran der Lachs« eingebracht hat. Ich bin Kailens Mündel, und sein Quartiermeister hat mir alles Nötige beigebracht, um eines Tages dieses Anwesen zu leiten, die Plantage zu betreiben und vieles mehr. An jedem Gedenktag legen die hier lebenden Kinder Blumen für Araliah nieder, oben auf dem Hügel. Imbrit und ich jäten dort das Unkraut und halten die Buketts frisch. Auch ein kleiner Eichensetzling hat dort Wurzeln geschlagen, der, wie Kailen meint, in einigen Jahren meinen eigenen Kindern Schatten spenden kann. Aber ich benehme mich noch immer wie ein Fisch auf dem Trockenen, wenn Jesca vorbeikommt, und dabei ist doch sie es, mit der ich diese Kinder würde haben wollen. Kailen ist derzeit im Krieg und noch nicht wieder zurückgekehrt.

Die Gebäude auf dem Anwesen wurden wieder aufgebaut. Ich habe dabei geholfen, die Arbeiten zu überwachen. Kailen hat darauf bestanden, dass man sich erst am Schluss um das Haupthaus kümmern soll, wenn alle seine Leute ihre Behausungen wiederhaben.

Genauso wenig wie den Rat hat Tante Emelt Kailen mit ihrer Meinung verschont, als er in Lagrad erschien. In diesem Fall mit der Ansicht, dass ich ein geeignetes Mündel für ihn wäre. Damit ich es einmal besser haben sollte. Und dass es das Mindeste wäre, was er nach allem, was mit Gant geschehen war, für mich tun könne. Ich denke, er hat ihre Entschlossenheit in dieser Sache respektiert, wie auch ihre direkt Art, und sie hat mich meine Lektionen gut genug gelehrt, dass er ihr den Wunsch nicht abschlagen konnte. In allem, worauf es im Leben wirklich ankommt, ist sie mir eine gute Mutter gewesen. Und Kailen musste zugeben, dass auch ihre Arbeit im Rat ohne Tadel gewesen war. Obwohl er sich ihr als Vogt und Laun als einfache Agentin vorgestellt hatte, habe ich keinen Zweifel daran, dass Tante Emelt ihn durchschaut hatte. Dennoch ist sie schlau genug gewesen, dafür Sorge zu tragen, dass die Wacht und unser Stamm keinen Grund hatten, sich zu entzweien. Im Austausch gegen einige Karawanen mit Waren, die der Rat benötigte – hauptsächlich Waffen und Pflanzen –, würden wir sie unser Territorium passieren lassen und sie über jeden Schritt von Caragulas Streitkräften informieren.

Ich kann nicht mehr viel zum Abschluss dieser Geschichte beitragen. Vielleicht nur, dass mein Vater ein Mann war, auf den man stolz sein konnte. In einem Leben, das so manchen in Angst und Schrecken versetzt hätte, war er mir mehr, als ich zu hoffen gewagt hatte. Er hat seine Heimat nie vergessen. Und trotz allem, was nach seiner Verwundung in den Roten Bergen geschehen war, hätte er es vielleicht nicht geschafft, zurückzukehren, wenn ihm nicht Kigans blaues Elixier verabreicht worden wäre. Eine Pflanze, die allen anderen in den Alten Königreichen überlegen war, deren Preis jedoch Kigans eigenes schreckliches Leben nach Schlangenwald gewesen ist.

EPILOG

Gant

Wir nahmen Kigans Rezepturenbuch an uns. Schon bald würde Kailen die in Cyca verfassten Aufzeichnungen im Hanwoq-Buch knacken. Ich bin sicher, dass es in den kommenden Jahren unter diesem Namen bekanntwerden wird. Kigans Elixier verschaffte mir genug Zeit, um niederzuschreiben, was aus Kailens Zwanzig wurde. Damit man sich wenigstens unseres Endes erinnert, wo wir doch für eine Weile wie Könige über die Welt geherrscht hatten. Ja, unsere Geschichte hätte es gut und gern in die Geschichtsbücher der Alten Reiche schaffen können, hätte ich nur die Zeit gehabt, mich an alles zu erinnern.

Kailen hoffte, die Rezepturen nutzen zu können. Es waren die wertvollsten überhaupt, die Kigan da im Dschungel von Hanwoq von Lorom Haluim gelernt hatte, der von Caragulas Ankunft gewusst hatte.

Und Kailen war es auch gewesen, der mich dazu überredet hat, alles niederzuschreiben, weil wir uns auf dem Weg zurück nach Lagrad viel zu erzählen hatten. Auf den langen, einsamen Straßen berichteten er und Laun mir, was sie wussten. Und auch ich hatte viele Fragen an ihn, während Schmerzmittel und Kigans Elixier das Unausweichliche hinauszögerten.

Natürlich interessierte mich vor allem, was Kailen in Mirishams Rathaus eigentlich gemeint hatte.

»Valdir hat uns gesagt, dass du über die Sache in Schlangenwald Bescheid wusstest«, sagte ich, »aber ich würde gern wissen, woher du so viel über Kigan und seine Pläne erfahren hast. Besonders die Geschichte mit diesem Magisten.«

»Dazu muss ich ein wenig ausholen. Ich hatte mich mit dem

Großteil des Vermögens, das wir uns genommen hatten, an ein paar Handelsschiffen beteiligt. Ich hoffte auf guten Profit mit dem Import von Gewürzen und Pflanzen. Und die Gewinne waren außerordentlich, weshalb ich über ein paar Jahre weiter investierte, bis ich meiner Frau Araliah begegnete. Aber viel mehr machte ich damals eben auch nicht. Ich hatte den Kontakt zu Mirisham und den anderen verloren. Oder soll ich lieber sagen, wir gingen einander für eine Weile aus dem Weg, weil wir wussten, dass man uns suchte? Egal, so hielt ich mich hauptsächlich an den Prinzen, mit dem ich teilweise auch geschäftlich verbunden war. Schon bald besaß ich eigene Schiffe. Der Handel, das Wesen der Wirtschaft – all das wurde immer interessanter, je mehr ich darüber lernte. Ich begann, besser zu verstehen, worin der Kampf um Macht in dieser Welt bestand. Es war der Kampf um die Pflanzen, die so viel Einfluss darauf hatten, wie die Länder Kriege erklärten und Frieden schlossen. Im Zuge dessen hatte ich auch eine Menge mit der Wacht und vielen der Hochvögte zu tun.

Lange Jahre reichte es mir, ein reicher Mann geworden zu sein und mich in gehobenen Kreisen zu bewegen. Und nur so erhielt ich auch das Geschenk von Araliahs Liebe. Doch um ehrlich zu sein, Gant, mir ging es hauptsächlich darum, mehr zu erreichen als mit den Zwanzig. Ich wollte Großes vollbringen, nicht nur Schlachten gewinnen, sondern irgendwie die Welt verändern, sie ein bisschen besser machen. Der Vogt von Harudan, Hochvogt Kilimar, erzählte mir so viel über die Wacht, das ich bis dahin nicht gewusst hatte. Über ihre Macht, die mich immer schon faszinierte, und wie sie so viel in dieser Welt zu beeinflussen vermochte. Ich verstehe den Hass auf die Wacht. Ich weiß noch sehr gut, wie wir alle als Kinder dachten, die Uniform der Roten zu tragen, bedeute nur eines, und dass wir als Erwachsene dann erfuhren, dass es auch etwas anderes bedeuten kann. Jeder hat zumindest ein bisschen was vom Farlsgrad-Kodex gehört. Doch nun hatte ich Zeit und Geld und war – dank Kigan, wie ich zugeben muss – ausbezahlt worden. Doch ich absolvierte noch immer meine Waffenübungen. Ich war noch immer stark.

Der Hochvogt hatte dem Roten eine Nachricht zukommen lassen und mich ihm als Elite-Agent empfohlen. Unter Umgehung des üblichen Wegs, nach dem man erst mal als normaler Agent dienen muss. Meine Leistungen und Errungenschaften – unsere Errungenschaften – waren noch immer sehr präsent, also wurde ich zu Elite-Agent Siebzig ernannt. Und dann, fünf Jahre später, wurde ich zum Roten.«

Er lachte über meine Reaktion, weil ich wirklich von den Socken war. »Scheiße, Kailen, du bist der Rote?« Und dann musste ich auch lachen, weil doch niemand auch nur im Traum gedacht hätte, die Identität des Roten zu erfahren, geschweige denn, ihn persönlich zu treffen. Aber es hätte mich gar nicht überraschen sollen. Kein Mann war für diese Position besser geeignet als Kailen. Er besaß einen exzellenten militärischen Verstand und war ein ausgezeichneter Anführer, der mich mein ganzes Leben lang inspiriert hat, dazu ein fähiger Drudha und Gelehrter gleichermaßen. Es war, als ob das Puzzle sich nun endlich zusammensetzte; nicht, was die Ereignisse selbst anbetraf, sondern wegen der Erkenntnis, dass ein Mann wie er sich natürlich niemals auf dem Respekt seiner Soldaten ausgeruht hätte. Kein König, kein Auftraggeber würde einen Lobgesang auf die Zwanzig anstimmen, wie Miri immer sehr richtig gesagt hatte. Seit seinem ersten Tag an der Akademie hatte Kailen daran geglaubt, er könne die Welt verändern, und dafür war kein Mann besser geeignet als der Rote. Ich war froh darüber, und das sagte ich ihm auch.

Ich sah zu Laun auf, die das Fuhrwerk steuerte, das Kailen gekauft hatte, sobald wir auf dem Territorium von Lagrad eingetroffen waren. »Schätze, er ist dir ein strengerer Meister als er mir einer war.«

Sie nickte, und ich konnte sie fast lächeln hören.

»Aber Mirishams Äußerungen müssen dir schon ’nen kleinen Stich versetzt haben«, sagte ich. »Wir waren ja alle stinksauer auf die Wacht damals.«

»Ja, Gant. Die Wacht ist in vielerlei Hinsicht heute nicht mehr die Wacht, an die sich Mirisham noch erinnerte. Ich sah meinen ersten Agenten, als ich ein kleiner Junge war, und der ritt mit einer Schar der Roten bei uns ein. Sie hatten eine Karawane über die Straße von Hisca nach Harudan begleitet. Da waren weiße Löwen in Käfigen, und ich sah damals meinen ersten Elefanten, weil sie auch einen ganzen Zirkus eskortierten. Das war, als der Ten-Clan fast zerrissen wurde zwischen dem Herrschaftsanspruch der Afagi und Tosak. Die Straße von Hisca war schon damals so gefährlich wie nur je. Die Karawane war unversehrt, doch viele aus dem Tross, darunter auch der Agent, wirkten, als kämen sie geradewegs aus dem Krieg. Es fand so was wie eine spontane Freudenparade statt, und die Roten mit ihren Umhängen und Bannern erleuchteten die weiß verputzten Straßenzüge wie eine Feuersbrunst. Es war inspirierend, diese Abenteurer zu sehen. Doch jetzt treten wir mit diesem Kriegsherrn Caragula in ein dunkles Zeitalter ein. Und die Alten Königreiche sind schlecht darauf vorbereitet. Wir müssen uns der Kunst, die Menschen zu inspirieren, erneut besinnen.«

Er hielt inne, holte tief Luft und deckte mich ordentlich zu. »Ich sollte das bisschen Zeit, das dir noch bleibt, nicht damit verschwenden, zu erklären, was die Wacht tun soll und was ich dazu beitragen kann. Die Sorgen der Wacht könnten von meinen derzeit nicht weiter entfernt sein.«

»Du redest nicht gern über Araliah«, sagte ich.

Er lächelte, doch es war ein kurzes und schwaches Lächeln. »Nein, ich war fort, und das war falsch. Ich wusste ja, dass die Zwanzig ermordet wurden. Ich war ja immer viel fort, doch wenn ich gewusst hätte, was Kigan tat, vielmehr, was aus ihm geworden war, hätte ich sie irgendwo versteckt. Irgendwas hätte ich unternommen. Ich war zu selbstgefällig, und ich hatte meinen Biss verloren. Du bist nach Sporn gekommen, bist meinem Aufruf gefolgt, aber ich wusste nicht, worauf ich mich da einlasse, und mein Plan dort scheiterte. Als klar war, dass ich Kigan heillos unterschätzt hatte, musste ich einen Trank nehmen, um ihn glauben zu machen, ich sei tot. Doch ich täuschte auch jeden anderen. Ich konnte euch von meiner List nichts sagen, ohne gleichzeitig zu riskieren, dass alle Welt davon erfuhr.«

»Aber diese Schankmaid muss es doch gewusst haben«, sagte ich.

»Natürlich, sie war eine Elite-Agentin. Auch der Wirt war einer unserer Agenten.«

Auch das verblüffte mich, obwohl es mich eigentlich nicht hätte wundern sollen.

»Sie, ich meine Araliah, hat ihre Männer hinter uns hergeschickt, um auf uns achtzugeben und uns zu helfen, zu Mirisham durchzukommen«, sagte ich. »Davon hatten wir aber keine Ahnung, bis wir in dieses Tal kamen, wo uns dann Kigan und seine Schergen aufmischten. Achi war ein toller Hauptmann. Er hätte die Zwanzig anführen können. Ohne Araliah und ihre Männer wäre ich heute nicht hier.«

»Achi war ein guter Mann, und vielleicht wäre ohne Araliah niemand von uns heute hier. Denn wenn Kigan auf mich und nicht auf Shale getroffen wäre … Na ja, ich verfügte nicht über die nötigen Pflanzen und hätte den Kampf deshalb allein technisch nicht für mich entscheiden können. Indem sie dich rettete, hat sie auch mir das Leben gerettet. Sie war eine starke, brillante Frau.« Er holte eine Flasche hervor, und wir tranken gemeinsam etwas Branntwein. »Mir graut davor, aufs Anwesen zurückzukehren. Ich kann nur an ihr Grab dort oben auf dem Hügel denken. Und doch sind zweihundert Männer, Frauen und Kinder von dieser Plantage abhängig. Das könnte ich ihnen nicht antun.«

»Zu den zweihundert kommen noch die Millionen Seelen, die einem grauenhaften Krieg entgegensehen«, sagte ich. »Kein Mann ist besser geeignet, Soldaten gegen diese Horde anzuführen und den Gegner auszutricksen, als du. Die Alten Königreiche brauchen dich, wie sie auch die Wacht und alles andere brauchen. Und nach dem, was du sagst, könnte der Rote bald wieder an Bedeutung gewinnen, indem er sich der Horde entgegenstellt. Du hast immer einen Weg gewählt, auf dem du dich beweisen konntest. Wolltest ein Vermächtnis hinterlassen, etwas, das bis nach Harudan hineinwirkt und den Deinen zeigt, was einer der größten Söhne ihres Landes zu tun vermag. Ich muss dir nicht erzählen, was diese Millionen sagen würden, säßen sie jetzt hier auf diesem Wagen. Aber wenn du mir überhaupt was schuldest – und das tust du nicht –, dann könntest du auf welchem Weg auch immer dabei helfen, meinem Stamm und meiner Schwester das Überleben zu sichern, und etwas für die tun, die dir und Araliah ein gutes Leben ermöglichten. Hilf ihnen allen, dann stell eine Streitmacht zusammen und bezwinge diese Riesenarme mit Köpfchen, da man ihr nun mal nicht mit Mannstärke beikommen kann.«

»Er hat recht«, sagte Laun, und wir mussten beide darüber lachen, denn sie hatte heute noch kein Wort gesprochen, und überhaupt nur wenig, seit wir das Rathaus hinter uns gelassen hatten.

»Wie Shale immer zu sagen pflegte«, meinte Kailen, »ich freu mich wie verrückt, dass du heute bei mir bist, und dass ich dich nach so vielen Jahren noch einmal wiedergesehen habe. Auch ich habe meine Feinde bei der Wacht – bei all den Fraktionen läuft es dort auch nicht anders als in jedem x-beliebigen Königreich. Aber genug davon! Erzähl mir noch etwas von euch. Du sagtest, ich hätte in Bezug auf Shales Frau und Valdirs Schwester ein Versprechen einzulösen?«

Einige Tage später erreichten wir das Sommerlager meines Stamms.

Meine Schwester Emelt, das Haar so grau wie die Rinde des Schnee-Eukalyptus, begrüßte uns zusammen mit ihrem Jungen Goran. Sie war nun Mitglied im Rat und, ob sie wollten oder nicht, vertrat ihn in allen Belangen. Goran war gewachsen, groß und stark wie sein Großvater und wohl auch ein künftiger Herzensbrecher, wie ich dachte. Er war mehr ein Mann der Feder als des Schwerts, und das freute mich.

Emelt ließ den Rat einen Agenten und einen Vogt begrüßen – wir hatten beschlossen, Laun und Kailen als solche vorzustellen, ließen vieles aber auch unerwähnt. Sagten ihnen nur, dass ich mir einen Pfeil eingefangen hätte und zum Sterben nach Hause in den Norden gekommen wäre, und dass Shale es auch nicht geschafft hatte.

Inzwischen ging's mir richtig mies, und ich schlief mehr, als ich wach war. Ich glaube, dass in diesen letzten Tagen Emelt, Kailen und Goran viel Zeit miteinander verbrachten.

Kailen gab ihr Kigans altes Rezepturenbuch. Es war in der Gegend als das Fathin-Buch bekannt, weil es die Jahre über so viel Gutes getan hatte, dass Mirisham und seine Leute reich und respektabel darüber wurden. Ich nehme an, Emelt wird das Buch gewinnbringend an Caragula verkaufen und damit gleichzeitig die Zukunft dieses Weilers hier sichern, so wie Kailen es sich gedacht hatte, als er es ihr gab.

Von meinem Lager aus kann ich durch die geöffnete Zeltklappe die weite Ordago-Ebene sehen, die im äußersten Westen von Lagrad liegt. Als Junge bin ich darüber geritten, und die Hufe meines Pferdes sind so schnell über das vom Wind niedergedrückte Grad geflogen, dass mir das Herz beinahe aus der Brust herausgerissen wurde, während eine schneidende, doch wundervolle Kälte um mein Gesicht peitschte. Die ganzen Erinnerungen an meine Mutter und meinen Vater, wie ich mit meiner Schwester spielte, kamen nun hoch. Sie vermischten sich mit meinen Träumen, während ich starb. Das Stimmengemurmel aus dem Lager hatte sich nicht geändert, auch nicht die Gerüche aus den Töpfen, oder die kalte Luft nach einem Regen, oder das Geschrei der Kinder, die am Zelt vorbeiflitzten, die Mütter aufgeregt hinterher, die ihnen die warmen Wollsachen anziehen wollten, so wie meine eigene Mutter ständig in Sorge um mich gewesen war.

Kurz darauf kamen Emelt, Goran und Kailen zusammen mit den Männern ins Zelt, die für das Ritual zuständig waren, das wir für einen Sterbenden abhalten. Wir alle weinten ein bisschen, einer nach dem anderen, bevor die Männer loslegten. Was ich zu Emelt sagte und sie zu mir, behalte ich für mich. Goran konnte nicht sprechen, so sehr weinte er, und ich konnte ihm nur alles Gute wünschen und ihm sagen, er solle dranbleiben an der Schreiberei und sich von Gebräuen und Schwertern und solchen Dingen fernhalten.

Dann trat Kailen an mein Lager, und die Männer bereiteten die Schalen vor.

»Es ist mir eine Ehre – eine Ehre, die ich nicht verdiene –, dass du hier bist«, sagte ich. »Wenn jetzt noch Shale hier wäre, wäre das alles, was ich mir wünschen könnte.«

»Die Ehre ist ganz auf meiner Seite, Gant. Nie gab es ein besseres Paar an vorderster Front als dich und Shale. Ihr wart die besten Schwerter, die ich je gekannt habe.«

Gleich werde ich gewaschen, danach werden einige aus dem Rat mir das Charin verabreichen, das mir das Sterben erleichtern soll. Dann gehe ich, gleich neben meinem Vater, ein in die Erde und werde eins werden mit dem Grund und Boden, der unser Volk ernährt. Als Teil dieser Ebenen werde ich wieder vereint sein mit meinem Stamm und über seine Söhne und Töchter wachen, wenn sie über dieses Land wandeln.

DANKSAGUNGEN

Ich möchte all den Freunden danken, die die ersten Entwürfe von *Schwarzer Sold* lasen und mir die Ermutigung gaben, die alle Neulinge brauchen. Ich blicke auf euch, Rhian, Steve Warren, Ceri Llewellyn, Adam Bouskill, Lewis Boughtwood, Becky Sillince, Ian Smyth, Sean Murray, Dave Fillmore, Charly Hulme und Ross Stanton.

Ich möchte meinem Agenten Jamie »Ich mag das Buch nicht« Cowen danken, für seine Leidenschaft, seinen Ratschlag und die vielen anstrengenden Mühen, derer es bedurfte, um das Manuskript vorlagefertig zu machen.

Jenni Hill und Will Hinton, meine Lektoren bei Orbit – unter Mithilfe von Tim Holman – haben mir fantastische Unterstützung geleistet, indem sie taten, was großartige Lektoren tun – sie schüttelten sowohl mich wie das Manuskript solange heftig durch und aus unseren Kuschelecken heraus, bis *Schwarzer Sold* signifikant besser geworden war. Außerdem ein großes Dankeschön an Joanna Kramer und alle übrigen bei Orbit, die mitgeholfen haben, *Schwarzer Sold* in einen der Welt vorzeigbaren Zustand zu bringen.

Ein Erstlingsroman ist weit mehr eine Lebensreise als jeder andere. Auf diesem Weg gab es einen Englischlehrer am Barry Boys, Mr. Andrews, der fand, dass mein Wunsch, Schriftsteller zu werden, eine vernünftige Zielsetzung sei, und der meine Liebe zu Worten befeuert hat. Ferner gilt mein besonderer Dank John Singleton, meinem Lehrer in Creative Writing am damaligen Crewe and Alsager College, der es, nach einigem verzweifelten Betteln meinerseits, an seinem Kurs teilnehmen zu dürfen, mit mir versuchte. Er öffnete mir die Augen für eine größere Welt der Fiktion und ein tiefergehendes Hinterfragen meiner Prosa als